U0530447

诺曼·马内阿
作品集

Norman
Manea

归来

Intoarcerea
Huliganului

[罗马尼亚]
诺曼·马内阿 著

徐台杰 莫言 译

新星出版社 NEW STAR PRESS

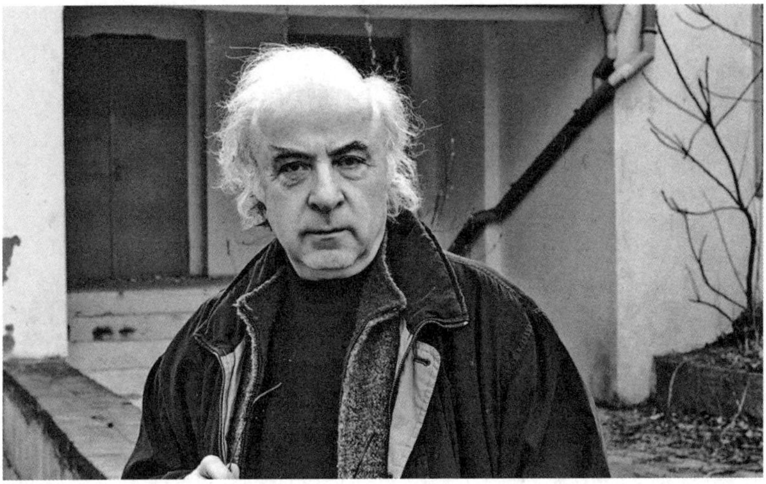

诺曼·马内阿，罗马尼亚最受推崇的作家之一，任美国巴德学院欧洲文学专业教师，同时为驻校作家。自1966年开始在米伦·拉杜·帕拉斯基韦斯库的杂志《言语的故事》中发表作品起，直到1986年离开罗马尼亚，诺曼·马内阿在此期间共出版了10部作品（5部长篇小说、3部短篇散文集、2部随笔集）。1979年，马内阿获得罗马尼亚作家协会奖，后获作家联盟奖（1984年获奖，后被社会主义文化与教育委员会取消）。

1986年后，诺曼·马内阿的作品被译为20多种语言，广受褒奖，在美国出版的作品被《纽约时报书评》评选为"最重要的出版作品"。1992年，马内阿获得古根海姆奖学金，并获得著名的麦克阿瑟"天才奖"（该奖被称作"美国版诺贝尔奖"）；1993年，纽约公立图书馆为他颁发图书馆"文学大师"荣誉奖；2002年，马内阿获得诺尼诺国际文学奖；2006年，凭借《归来》（Întoarcerea huliganului）获法国美第奇外国小说奖，同年，因在文化领域杰出的统领地位，他被罗马尼亚总统授予文化功勋，并当选为柏林艺术学院和诺尼诺国际文学奖评审团成员。2010年，法国政府授予他"法兰西文学与艺术骑士勋章"。2011年，诺曼·马内阿获得内莉·萨克斯文学奖并受邀成为英国皇家文学会荣誉会员。

由罗马尼亚Polirom出版社出版的马内阿作品有：《归来》(2003年第1版，2006年、2008年、2011年第2版），《信封与肖像画》(Plicuri și portrete, 2004年第1版、2014年第2版），《法定幸福》(Fericirea obligatorie, 2005年、2011年第2版），《论小丑：独裁者和艺术家》(Despre Clovni: Dictatorul și Artistul, 2005年第1版、2013年第2版），《傻瓜奥古斯都的学徒生活》(Anii de ucenicie ai lui August Prostul, 2005年第2版、2010年第3版），《黑信封》(Plicul negru, 2007年、2010年第5版），《逃亡者的抽屉：里昂·沃洛维奇谈话录》(Sertarele exilului. Dialog cu Leon Volovici, 2008年），《分离之前：索尔·贝娄访谈录》(Înaintea despărții. Convorbire cu Saul Bellow, 2008年），《与石头的谈话》(Vorbind pietrei, 2008年），《中庭》(Atrium, 2008年第2版），《一幅自画像的变体》(Variante la un autoportret, 2008年），《巢》(Vizuina, 2009年第1版、2010年第2版），《东方信使：爱德华·坎特里安访谈录》(Curierul de Est. Dialog cu Edward Kanterian, 2010年），《流亡的话语》(Cuvinte din exil, 与汉尼斯·施泰因合著，2011年），《囚徒》(Captivi, 2011年第2版），《儿子的书》(Cartea fiului, 2012年第2版），《日子与游戏》(Zilele și jocul, 2012年第2版），《黑牛奶》(Laptele negru, 2014年第2版）以及《在边缘》(Pe contur, 2014年第2版）。

2012年，罗马尼亚作家协会授予马内阿国家文学奖。2013年，作家协会向诺贝尔文学奖提名马内阿，2014年，协会再次提名。

关于作者

当我从旅途归来，回到我那间苏联式的板楼，常常有人问我如何看待流亡者的"热门"书籍。诺曼·马内阿是位文学家，而文学从来都依靠个人的创造力，而非他人的意志。我不知道如今在西方，有哪位作家比诺曼·马内阿更值得被翻译和了解。

——海因里希·伯尔

诺曼·马内阿作品的英文版、法文版和西文版我都读过。能与他结识实在是我的荣幸。我认为他是一位天才的叙事家和小说家。他身上闪烁着新文学中十分典型和地道的现代精神，而这种新文学正在大西洋两岸的欧洲和美洲涌现着。我们不能忘记，在他的故乡罗马尼亚，任凭官僚统治阶级的审查者如何打着各种幌子迫害、敌视马内阿，他始终都能在政治面前保持艺术的独立性，这样的道德品性堪称典范。不过，无论他的节操多么高尚，品行多么令人敬仰，他最值得让人称道的还是：他是一位艺术家，一位真正的作家。

——奥克塔维奥·帕斯

他学识渊博、才智敏锐，喜爱复杂的事物和安静的思考，能够发现和品味日常生活乐趣，所有这些也成了他对抗制度化罪行的最佳武器。他每时每刻都生活在紧急状态中，处处险象环生，他的人生和作品也因此变得痛苦哀伤。那并非什么英雄的抗争，而是弱者的奋起，是一个无助的普通人不甘堕落、排除万难后，勇敢地自我支持。所有这些曾抗争的东西被诺曼·马内阿称之为"源于人性本能的脱轨",没有任何思想的奋起是不值得惊叹的。

——菲利普·罗斯

最近,我被诺曼·马内阿的文章[1]深深打动并为之惊叹。这是我读过的写罗马尼亚噩梦时代最好的作品。我也有幸在巴黎同他相识。他是个复杂而慷慨的人。马内阿非常注重深挖自己的内心世界,他与真理为伍,剖析思想的复杂性,解读其中的奥秘。与他交谈会让人收获颇丰。我十分欣赏他出色准确的叙事和引人入胜的敏感思绪。也许在另一个世纪,他会是一位大智者。如今,他是一位细腻的知识分子,为事物的本质和真理着迷。

——萧沆

诺曼·马内阿经历了不同的流亡阶段,按他的话说是"讽刺的对称性"。他是从荒野中成长起来的伟大作家。在马内阿精彩的著作中,他描写了我们这个时代中的流亡、被连根拔起的经历,在这过程中,每个人都知道自己就同摩西一样,无法到达那片应许之地。他觉得自己更像夏洛特而非阿喀琉斯,但他甚至比后者还要勇敢,与历史直面相对。由此看来,小丑和马戏团成为他作品的中心隐喻绝非偶然。在这位大作家的肌肤和书页之上,镌刻着形如利维坦般的象形文字,那是一道巨大的伤痕。

——克劳迪奥·马格里斯

诺曼·马内阿的书作对广大读者极具吸引力,它拥有一种自白的力量,会透过清晰的思考告诉读者"边缘化、持续的流亡、故乡的缺位"是通过怎样的方式成为我们当代人所习以为常的事情。

——凯尔泰斯·伊姆雷

---

[1] 评论文章《罗马尼亚——三个阶段》,1986年夏天以德文发表于慕尼黑文学杂志《腔调》,罗语版于1997年收录于《论小丑》(克鲁日·纳波卡,阿波斯特洛夫出版社)一书中。原书注

外国媒体评价

有人说流亡是上个世纪最具代表性的经历之一，那么事实上，马内阿的这本书不只局限于流亡，更是囊括了各个时代的特点；它是那样抗拒回忆中的阿谀奉承，企图揭示将回忆连根拔起时那错综复杂的内部景象，让那一幕幕撕裂我们的内心。《归来》这部作品对讽刺和反衬手法的运用出神入化（一如卡夫卡、穆齐尔和贡布罗维奇），如同剥皮般将表层现象丝丝剥落。这部作品很可能是关于那个时代最珍贵的回忆之一。

——《旧金山纪事报》，2003 年 8 月 10 日

语言的奇迹。它讲述了一场几乎不可能实现的归来。强烈涌动的情感演化成了满是忧郁和戏谑的言语，这一切属于那个来自巴尔干黑暗岁月的作者，他只有一条解脱的道路：天才的解放者、能撬开所有禁锢之门的幻想、没有任何一面墙可以阻挡住的精神力量、文学、足以让一个人从狭窄空间中站立起来的语言力量……极具天赋的讽刺挑战、经典的现实缩影，语句的丛林中不时涌现出他精妙的用词。作者童年时的语言——罗马尼亚语，是他唯一的故乡。

——德国《时代周报》，2004 年 7 月 1 日

一本震撼人心的著作。这本小说政治色彩浓重，从遣词造句上看尤甚：它讲述了政治伦理，梳理了历史脉络，或者说是描绘了历史的荒诞。不过，最突出的一点是它对语言的美好歌颂。那是马内阿珍爱

的罗马尼亚语，在多年的流亡后他依然执着于用罗语展开写作。用语言构建而成的蜗牛壳是他的庇护所，即便是最具敌意的历史、最为悲剧的生活抑或是最为遥远的流亡都无法将其摧毁。

——意大利《团结报》，2004年4月1日

罗马尼亚人马内阿是当今世界最伟大的作者之一。正如他这本非凡的自传体小说《归来》所描述的那样，他经历了两次流放，那是一种"带着象征的对称性"。极权主义制造了这种致命的对称性，在20世纪的欧洲杀害和清洗了大量非盟友、"域外人"、"无根的漂泊者"，以及不受欢迎或无法适应的贱民。如今，我们或许都该读读马内阿的文字，通过这段珍贵的亲历者回忆去了解欧洲那个野蛮时代所发生的故事。

——西班牙《ABC报》，2005年9月10日

这部作品既非单纯的传记又非单纯的回忆录。与其说这是部自传体，不如说这更像一部受乔伊斯和普鲁斯特影响颇深的追忆式小说。作者在书中坦言，他首要关心对语言完整性的保护，这也促使他能够与普鲁斯特、乔伊斯、卡夫卡等大师在文学中实现命定的相遇。

——法国《世界报》，2006年9月1日

马内阿的作品以对苦难的描写和反讽的文风出名，这很容易将它们与东欧文学联系起来。在书中，作者通过内省将自己掰开揉碎，怪诞之事仿佛就萦绕在身边，他笔下描绘的那些地方和人物似乎努力掩饰着满是荒诞的沙漠，然而却事与愿违……《归来》是一本极具勇气且令人振奋的书，其中透出坚定的信念，与莎士比亚、奥维德、卡夫卡、普鲁斯特、萧沆和其他许多文学大家间有着千丝万缕的细微联系。

——《瑞典日报》，2012年3月3日

目录

初 篇

3 | 巴内绿草

14 | 乔尔马尼亚

25 | 奥古斯特的舞台

33 | 往昔之地（一）

41 | 新日历

56 | 爪（一）

第一次归来（如同虚构的过往）

73 | 初始前的开端

82 | 流氓之年

97 | 布科维纳

107 | 切尔诺贝利，1986 年

131 | 花中女孩儿的伤口

146 | 流亡者的语言

150 | 陌生女人

158 | 布鲁姆日

161 | 逃离熊熊烈火

168 | 往昔之地（二）

172 | 玛丽亚

175 | 国王万岁！

181 | 乌托邦

206 | 佩里普拉瓦，1958 年

219 | 公务员

228 | 离开

240 | 夜班

247 | 蜗牛壳

257 | 爪（二）

维也纳式长沙发

273 | 回忆

复又归来（后世）

307 | 在路上

313 | 第一天：1997 年 4 月 21 日，星期一

337 | 第二天：1997 年 4 月 22 日，星期二

356 | 暗夜之语

363 | 第三天：1997年4月23日，星期三

373 | 第四天：1997年4月24日，星期四

380 | 午夜的对话者

391 | 第五天：1997年4月25日，星期五

399 | 存在之家

406 | 第六天：1997年4月26日，星期六

422 | 第七天：1997年4月27日，星期日

429 | 夜间火车

433 | 第八天：1997年4月28日，星期一

439 | 第九天：1997年4月29日，星期二

447 | 最漫长的一天：1997年4月30日，星期三

465 | 倒数第二天：1997年5月1日，星期四

471 | 最后一天：1997年5月2日，星期五

致茹拉

初篇

巴内绿草[1]

春光明媚,透过大墙般的窗户,穿梭而入。房里的男人从十楼俯瞰着天堂里熙熙攘攘的模样:另一个世界的高楼、招牌和行人。"天堂总好过别处。"想必这天清晨他也会这样重复。

街对面是一座红色大楼,从中可以看到一群群孩子正上着舞蹈课和体操课。百老汇大街和阿姆斯特丹大街的交叉路口,黄色的出租车堵成一条长龙,汽车喇叭叫嚣着,因早晨抓狂的快节奏而变得歇斯底里。然而,这位观察者却对眼前的一切无动于衷,只是淡漠地望着天际。天空像无垠的荒漠,其中缓缓而来的羊群是绵延飘浮的云朵。

半小时后,街角,他出现在自己居住的那栋42层高楼前。这栋楼房的建筑风格并不特别,只是简单的几何拼装而已。于他而言,这只是一处避难所,一间组装成的陋室。斯大林式的公寓……他兀

---

[1] 原文为英语 Barney Greengrass,是位于纽约的一家早餐厅。(本书注释均为译者注)

自咕哝着。不，斯大林式的公寓才不会有这么高。可它还是斯大林式的，他重复道，显然对自己后世的见闻不屑一顾。在这个清晨，他还会像过去的九年一样吗？还会对死后重生的日子感到惊慌失措吗？九年，犹如九个月大的肚子，里面装满了无数新奇的冒险，最终诞下了这个焕然一新的清晨。新鲜事物总是美好的，正如那些初始前的开端。

左侧，有一块蓝色招牌，上面用白色大字写着："里特救护药店"。他平时常常来这家药店给自己买药。突然，警报声拉响！如同金属堡垒般的五辆消防车从街上呼啸而过。那喇叭声宛如公牛的嘶吼，在街上回荡。看，即便是天堂，也会燃起地狱之火。一切并无大碍，立刻又恢复如初。瞧，那家照相馆，他常去那里为办理各项新手续拍证件照。照相馆旁是面包店的橱窗，地铁的黄色告示牌，再过去就是星巴克，这家咖啡馆里尽是些放荡不羁的艺术家。自然，麦当劳也是少不了的。它挂着红色招牌，上头印着白字和巨大的黄色字母 M。在它的金属门前有一位老妪，她身着牛仔裤，脚穿黑色运动鞋，头戴一顶白色棒球帽，恰好压在眉眼上方，右手拄着拐杖，左手提着一个绿色大袋子；还有两个黑人乞丐，他们高大威武，手里捧着一个白色塑料杯。巴基斯坦人的报摊、印度人的烟草铺、墨西哥人的餐厅和裙装店，还有朝鲜人的小超市，里头有大筐大筐的水果和鲜花：香瓜、西瓜，黑、红、青色的李子，产自墨西哥和海地的芒果，黄、白、红色的葡萄柚，还有葡萄、胡萝卜、樱桃、香蕉、富士苹果、澳洲青苹、玫瑰、郁金香、康乃馨、百合花、菊花和其他大大小小的鲜花，有野生的，也有人工栽培的，白的、黄的、红的。矮楼、高楼、摩天大楼，它们风格混杂、用材不同、用途各异，新旧世界和来世的巴比伦。矮小的日本人身着红色衬衣，头戴红色鸭舌帽，在两个沉甸甸的袋子间跌跌撞撞地走着；蓄着胡子的金发男子，穿着短裤，衔着雪茄，走在两位身材高大的金发女子中间，她们穿着绿色短裤，架着黑色墨镜，后面还背着黑色小包；高瘦的女青年，剪了一头红色短发，穿着透肉的背心，没穿丝袜，单穿了一条热裤，那裤子只有一片葡萄叶的大小；壮硕的秃头大汉，怀抱着两个小孩；矮小敦实的男人，蓄着黑色八字胡，颈上挂着金项链；还有乞丐、警察和游客，没有人是不可替代的。阿姆斯特丹大街和七十二号街的路口坐落着一个名叫威尔第广场的小公园，里面有一块三角形的草地，四周由金属栏杆围着。草坪正中的白色大理石台基伫立着朱赛普·威尔第[1]先生，他身着燕尾服，打着领带，戴着礼帽，被自己创作的歌剧人物簇拥着。天堂的乌鸦在上面安闲地歇脚。铁围栏前的长椅上，零星坐着几个当地平民：退休工、残疾人、流浪汉。他们谈论着流浪汉的事迹，嚼食着袋装炸土豆或是橡胶般的比萨饼。

在天堂，一切应有尽有：食物、衣服、报纸、垫子、雨伞、电脑、鞋子、家具、葡萄酒、首饰、鲜花、眼镜、碟片、灯盏、蜡烛、挂锁、链子、狗、异国鸟和热带鱼。除了这些，还有商人、银行职员、警察、理发师、擦鞋匠、会计、娼妓和乞丐。人们的面孔、语言、年龄、身高和体重各不相同，共同存在于这个虚实难辨的清晨，而这位幸存者也在世间庆祝着自己新生的九载春秋。

在这片新天地里，距离和禁忌都消失无踪，装在口袋里的电子屏上结满了知识的硕果，不死的生命树在药店里贡献着自己的果实。生命转瞬即逝，唯一重要的便是那瞬息之间，当下的瞬间。听，耳边又响起了地狱的警报声！……这次不是火警了，而是一辆乘风呼

---

[1] 人名，Giuseppe Verdi（1813—1901），意大利作曲家。

啸而至的白车，车后有个血色红圈，一个红十字，上边还写着几个红字："救护车"。

不，来世的生活应当无所不有，应有尽有。他望向天际，那是一片允许一切奇迹发生的天空。这栋六面体式的建筑由混凝土构成，顶部可以窥见一小片死气沉沉的天空，右立面则将视野完全挡住。咖啡色的墙面一直绵延至远处，两侧放置了几个蓝色垃圾桶，而左边是一面黄色的墙。闪着金光的墙面上，斑驳的蓝色油漆写下一条信息："抑郁是体内化学物质失衡的结果，而非性格的缺陷[1]。"

这是警告还是信息，不得而知。他停了下来，转过头去，望着那神圣的文字，又往后退了一步，仿佛意识到了什么，接着继续走上了阿姆斯特丹大街。这场新生的好处就是：免疫力。让人不再像前世那样，被鸡毛蒜皮的琐事束缚。从今往后，无拘无束。

他朝着巴内绿草走去。一个朋友曾向他保证说："这是一个会让人回想起前尘往事的地方。"

阿姆斯特丹大街上都是些老派建筑。饱经沧桑的楼房大多是砖红、黄棕或是烟灰色的，约四至六层高，带有黑色的金属阳台，防火梯也随着时间的流逝逐渐变黑。初到纽约时，他觉得上西区的这块地方像是一片铁道区，让他回想起曾经的那个旧世界。在他定居后的 9 年抑或是 90 年里，高楼大厦日益增多，建筑高度也不断被突破。而他所居住的 42 层高的楼房，看起来像是斯大林时期的火柴盒大楼……哦，又来了，这个词，真是莫名其妙。

建筑底层的景象与往日别无二致：一条龙服务的珠宝店、乌托邦餐厅、朱顶红花店、彩票店、鞋店、成人影像店、中国干洗房、

---

[1] 原文为英语，DEPRESSION IS A FLAW IN CHEMISTRY NOT IN CHARACTER。

美甲沙龙、罗马艺术长廊，还有殡仪馆（河畔殡仪馆），坐落在与七十六街相交的十字路口。一个双腿粗壮、披着乌黑长发的姑娘从里面走了出来，她身着黑裙、黑短袖、黑袜，戴着一副沉甸甸的太阳镜。路上停靠着三辆长形的黑色轿车，就像是巨大的棺材，镂出了几扇黑色的窗户。几位风度翩翩的男士下了车，身着黑色西服，头戴黑帽。而后是几位优雅端庄的女士，身着黑裙，也同样头戴黑帽。最后，是几个身着丧服的大孩子。生命之钟又为某人敲响，提示着永恒之刻的来临。生命是不断前行的，他没有忘记这一点，于是匆匆离去。一步，两步，好了，他摆脱了危险。

奥朵曼奈利[1]。这家店的入口和两张木质长椅左右相对，右侧的长椅上坐着一位老妇人。餐馆的橱窗上悬挂着一块绿色的招牌，上边写着："奥朵曼奈利兄弟——始于 1900 年"。他疲惫地瘫坐在左侧长椅上，紧紧地盯着一旁的老妇人。

老妇人的眼神呆滞空荡，却似乎也关注着他的一举一动。他们仿佛曾经便认识一般。他感受到一种家的气息，像是夜幕降临时，整个房间忽然洋溢起温暖人心的宁静和安全感，出其不意地将他包融其中。然而，他从未在这喧嚣的日间，在熙熙攘攘的大街上有过这般感受。

老妇人起了身。待她走开几步，他才像往常那样缓缓地跟上前去。她双腿纤瘦，肤色苍白，脚踝细小，穿着双肉色短丝袜，脚踏轻便的平底鞋，就像套着橡皮套鞋似的，还留着一头白色短发，骨瘦如柴的肩膀佝偻着前倾。她身着短袖连衣裙，裙子并不收腰，面料纤薄，天蓝的底色上印着红橙相间的方格。如同以前一样，她的左手提溜

---

1 人名，OTTOMANELLI。

着一个塑料袋，右手拿着裹成一团的灰色针织衫。

他加快了步伐，走到她跟前，然后突然转过身，同她打了个照面。老妇人吓得一哆嗦！她许是认出了这个陌生人。那晚，就是他，精疲力竭地瘫倒在奥朵曼奈利餐厅门前的长椅上。他似乎也吓得不轻，这幽灵就这么在餐馆门前的长椅上出乎意料地现身了！

瞧瞧她走路的姿势、身上的连衣裙和短外套，那花白的短发像是一顶假发，还有在一瞥间看到的侧脸，那同过去没有丝毫不同的额头、眉毛、双眼、耳朵和下巴。只是她的嘴形不像过去那样完美，现在嘴形偏长，唇纹加深，唇线不复，鼻子也不像以前那般笔挺，鼻梁塌了许多，而脖颈也变得苍老，皮肤松弛，爬满了皱纹。

现在，他依旧保持距离跟随着她。她的身形、走路的样子和整体形象：你甚至无需熟稔的线索，就对这一切了如指掌，因为它们未曾发生明显的变化。你再无必要在街上跟踪她。他沉浸在自己的思绪里，出神地放慢了脚步，而如他所愿，那个幽灵已消失无踪了。

终于，他来到了目的地——八十六街和八十七街之间的那家巴内绿草餐厅。胖乎乎的店主弓着背，挺着肚子坐在窗边，整个身体溢出了椅面。他穿着一件宽大的白色长袖衬衣，上面钉着金色扣子。他有着一头白发，脖子很短，鼻子、嘴巴、额头和耳朵倒是轮廓分明。店里的售货员身着白色工作服，一个在左侧的香肠熟食柜台后干活，另一个则在右侧的西式面点柜台后忙碌着。向老店家和他身边的年轻人打了招呼后，他便向左前方的餐厅走去。那年轻人接起电话，耳朵紧贴着听筒。

靠墙的桌边有一位高瘦的先生，他戴着眼镜，从报纸后面抬起头来，开始了例行寒暄："小兔崽子，近来如何？"熟悉的面孔和嗓音……流亡者总是对这样的瞬间心存感激。

"兔崽子最近怎么样呀,有什么新鲜事吗?"

"平淡无奇!跟我们的同仁齐别根纽·赫伯特[1]说的一样:'社会制度稳定,统治者英明。在天堂里,人们过得比哪儿都好[2]。'"

这位小说家并不热衷于诗歌,所幸的是,这几行诗看起来更像散文。

"你呢?你怎么样?近来可发生了什么新鲜事?我指在这里,不是华沙。"

"我轰轰烈烈地庆祝了一番!庆祝我在天堂度过了九载春秋!从1988年3月9日开始,我就登上了新世界之岸。"

"小孩子总喜欢庆祝生日。巴内这地方用来办生日会可再好不过了。这里的一切都会让人回想起犹太区。哦,我的犹太母亲……[3]古旧的世界,古老的生活。"

他递给我一册塑封的菜单。的确,那上面充满了犹太区的诱惑:奶酪腌鲱鱼、鲱鱼排(味道颇为咸涩)、咸牛肉煎蛋、牛舌煎蛋、熏牛肉煎蛋、火腿肠煎蛋、家常鸡肝酱、芥末拌鱼饼。这是鸡肝酱而非鹅肝酱,就连这鸡也是在美国人工饲养的,而不是来自东欧。鱼和蛋也并非来自旧世界。正如过去一样,诱惑真真切切地存在着,正如过去的替身也未曾消逝一样。俄式沙拉酱,到处都是俄式沙拉酱……用它来蘸烤牛肉,蘸烤鸡,还能凉拌卷心菜……的确,这就是认同的神奇之处。回忆的替身被载入了生活的语言之中。

---

1 人名,Zbigniew Herbert(1924—1998),波兰诗人,著有诗集《光线的一种和声》《赫尔墨斯、狗和星星》等。

2 原文为英语,The social system is stable and the rulers are wise. In paradise one is better off than in whatever country。

3 原文为 Oy, mein Yiddishe Mame...

一位年轻帅气的高个服务员,一眼就认出了这位著名小说家:"我读了您的新书。"菲利普[1]似乎并无受宠若惊之感,也没有因此同他熟稔起来,"哦?你喜欢吗?"喜欢是喜欢,但他必须得承认,相比那本新书,前一本小说来得更色情劲爆。

"行,好吧",这位作家表示同意,却不曾抬起头来看一眼,"请给我来一份鸡蛋、三文鱼和一杯橙汁。鸡蛋只要蛋白,不要蛋黄。"

服务员将身子转向这位顾客的同伴。"您呢?""一样,一样。"我喃喃道。

"你觉得巴内绿草的菜做得怎么样?"

巴内绿草一直不遗余力地模仿着东欧犹太的烹调方式。不过,为了做出旧日的那种口感,光是撒上些煎洋葱,或是以犹太馅饼 beigole 和 knisch[2] 来命名菜肴可不够。

"好吧,你还没回答我的问题呢。去罗马尼亚那件事,你决定了吗?"

"还没。"

"你害怕吗?你想到了芝加哥那场谋杀案?……那个教授……他叫什么名字来着?芝加哥的那位教授。"

"库里亚努,全名是伊万·彼得鲁·库里亚努[3]。不,我的情况与他不同。我不是那什么超验性思想的学生,也从未背叛过导师,我也不是那种爱上了犹太女人就想皈依犹太教的基督教徒。我不过是

---

1 人名,Philip。
2 流行在中欧和东欧的犹太小吃,由覆盖着面团的馅料组成。
3 人名,Ioan Petru Culianu (1950—1991),罗马尼亚宗教史、文化史、思想史学家,哲学家,政治评论家和短篇小说作家。从 1988 年起担任芝加哥大学宗教史教授,1991 年 5 月被谋杀。

一介凄惨的游民，并非一名叛徒。叛徒自然应当受到惩罚，而我……我不过就是个老瘟神罢了，没什么花招可施。"

"是不是要花招倒不得而知，不过你确实是个瘟神。嫌疑人总是会变得愈发可疑。这对你可没什么好处。"

六年前，也就是 1991 年 5 月 21 日，伊万·彼得鲁·库里亚努教授在光天化日之下，于芝加哥大学校园内惨遭谋杀。这场谋杀看起来天衣无缝：在神学院的教师卫生间内，教授正坐在马桶上，一颗子弹突然从隔间呼啸而出，击中了他的脑袋。谋杀案的凶手至今都没被捉拿归案，这自然在坊间引起了诸多猜测：年轻的库里亚努教授和他导师之间的关系——他的导师是罗马尼亚宗教史学者米尔恰·埃利亚德[1]，也正是托了他的福，库里亚努才得以来到美国；他与生活在芝加哥的罗马尼亚社群的关系；他与罗马尼亚流亡国王的关系；他对心理玄学的着迷等。当然，这事还牵扯到他与罗马尼亚铁卫军[2]的关系。那是一场极右的民族运动，其成员被称作军团兵，而米尔恰·埃利亚德曾在 20 世纪 30 年代支持过铁卫军。即便在芝加哥，也有一些罗马尼亚人热衷于铁卫军。那时，库里亚努恰好在审查其导师的政治背景。

芝加哥谋杀案发生的时候，我恰巧在《新共和国》上发表了一篇文章。那篇文章写了埃利亚德的军团兵经历。随后，美国联邦调查局就找上了门，警告我在和罗马尼亚通气抑或是同其他人接触时

---

[1] 人名，Mircea Eliade（1907—1986），罗马尼亚著名宗教史家、科幻小说作家、哲学家，美国芝加哥大学教授。著有《神圣的存在：比较宗教的范型》《宇宙和历史》《永恒回归的神话》《瑜伽：不死与自由》以及《萨满教：古老的昏迷术》等。
[2] 亦称"铁卫团"，是 1927 年至 1941 年间罗马尼亚的法西斯组织，其意识形态包括民族主义、法西斯主义、反犹太主义等，曾制造多起暴力恐怖事件，1941 年 1 月被安东尼斯库消灭。

要加倍小心。

这不是我第一次和美国朋友谈起这一话题。库里亚努、埃利亚德，还有埃利亚德的犹太朋友塞巴斯蒂安[1]。最近几个月，这些名字在我们的对话中频繁出现。

随着离我起程布加勒斯特的日子越来越近，菲利普对我内心不安和犹豫的缘由愈发刨根究底。但我无能为力，这些感觉似是而非……我不知道自己是否害怕在那里遇见那个曾经的我，抑或是无法接受自己以一种全新的形象展现在人们面前，承载着流亡者的颂歌，背负着故乡人的诅咒。

"我或多或少能体会到个中缘由。或许换作其他人也是如此。不过，这趟旅行最终会治愈你的东欧症。"

"或许吧。不过，我还是没有做好回去的心理准备。我没办法抱着无动于衷的态度审视曾经的一切。"

"正因如此，你才应该回去！到时候，你才能无动于衷。归人自可痊愈。"

我们又一次回到了那个僵持不下的话题。只是这一次，菲利普表现得极为坚持。

"和老朋友见上一面？看看曾经的那些地方？……你说过想见见老朋友的，虽然你现在还没做好准备。上周你还提起了墓地的事儿，想去给母亲扫个墓。"

沉默持续了许久。

"我今天早上在来的路上见到她了，大约就半小时前吧。她就坐

---

[1] 人名，Mihail Sebastian（1907—1945），罗马尼亚剧作家、散文家、小说家和记者。后文中的米哈伊尔·塞巴斯蒂安为同一人。

在阿姆斯特丹大街的一排长椅上。那是一排长木椅，就在一家叫作奥朵曼奈利餐馆的门口……"

我们俩继续陷入沉默。如同往常一样，我们在七十九街道别。菲利普向左拐，往哥伦布大道去了，而我继续沿着阿姆斯特丹大街走，一直走到七十街，那片不曾是斯大林式的斯大林式居住区。

乔尔马尼亚

刚离开巴内绿草不久,波尔托菲诺[1]警官的相貌就立即浮现在了我的脑海里。他脸盘宽厚,四肢短小,头发梳得极为服帖,眼神虽沉郁但脸上还是挂着友善的微笑。身材矮小的他总穿着一套蓝色西服,内搭一条白色领带,模样很是体面。

还没同我说上几句开场白,他就急着告诉我,在转到这个行业之前,他曾是一所高中的化学老师。虽然穿着与罗马尼亚安全局官员有些神似,但他的行为举止却与之大相径庭。他为人和蔼可亲,待人彬彬有礼,丝毫没有别人身上那种狡诈粗鲁的样子。他总是让人感觉他是想要保护你,而非像猎犬那样恐吓你或拉拢你,使你堕入晦暗折磨。

而事实上,他并未向我提供任何保护,既不曾给我"防弹衣[2]",

---

1 人名,Portofino。
2 原文为英语,bullet-proof vest。

也未给我配备贴身保镖，甚至连单身女性外出用来防身的催泪喷雾都没有配给我。他的建议听起来热心而中肯，同一位老奶奶的好心劝告别无二致：上街时要多留意；如果老在人群中看到同一个人，那就要改变行进路线和平日买报的时间；还有，别打开可疑信件。他甚至都没有像往常那样让我保持低调，但还是给了我一张名片，在上面附上了他的家庭电话，以防万一。然而我却一直沉浸在自己的思绪里，对社交的淡漠并没有因为他赐予我这一枚"护身符"而有所改观。

我之所以同吉米·波尔托菲诺见面，是因为我先前在《新共和国》报上发表了一篇文章。此文对米尔恰·埃利亚德所谓的"幸福的犯罪"提出质疑，对他在30年代同铁卫军的关系也表示怀疑。直至今天，在美国和罗马尼亚都还有一批将铁卫军奉为神明的追随者。这篇文章触及了一个危险话题，库里亚努教授的谋杀案便是一个例证。因此，巴德学院领导要求联邦调查局能出面保护自己的罗马尼亚教授。

同 FBI 官员见面一年后，我收到了一封来自加拿大的匿名信。信封上的字很是陌生，而我也不大擅长辨认字迹。信封里面就塞了一张空白明信片。于是，我就把信封丢了，留下了那张明信片。上面印有马克·夏加尔[1]"殉难者"的复制品，真品收藏于苏黎世艺术博物馆。它看上去像是幅犹太教的耶稣受难图，但又有些许不同。在这幅画里，殉难者的手脚并没有被钉在十字架上，而是被捆在一根柱子上。整个人被囚禁于熊熊燃烧的集市之中。画面的前排有一位母亲，一位提琴手，一位神学者和他的一众弟子。殉难的年轻人

1　人名，Marc Chagall (1887—1985)，俄国犹太人，超现实派绘画代表人物。

是胡子拉碴、鬈发丛生的耶稣。这就是一幅大屠杀的画面，但不是二战时的"大屠杀"，尽管那种大屠杀的残忍已尽人皆知，但这种恐怖却是东欧屠杀式的。我不知道自己是否已解读出了上面的信息。它算是威胁？或许恰恰相反，是支持？后来，我总时不时地看看放在桌上的这张明信片。

六年过去了，我既没有被威胁，也不曾被谋杀，却一直陷于漫骂之中。1989年前，在罗马尼亚的党派媒体看来，我是"域外人"，是"世界主义者"。而在后共产主义时期，我就变成了"叛徒""来自耶路撒冷的侏儒"和"美国特务"。最近，我发现这些骂名之间并非相互排斥的关系，而是有着其内在关联。难道正是这个缘由，我才对拜访祖国一事惴惴不安？

同菲利普道别后，我又回到了奥朵曼奈利餐厅旁的那家银行。一小时前我经过此地，一幕幕过往倏忽间浮现于眼前。也许向一个美国警察解释这一切会更容易些吧？至少他可以着手解决库里亚努的案子：子弹从身旁的厕所隔间呼啸而出，用的是小口径的贝雷塔25型手枪；凶手左手持枪，未戴手套，也许不是个美国人。致命伤："后脑部位，头顶下方4英寸半（约合11.4厘米），右侧枕骨往内半英寸（约合1.27厘米）部位。"一场由职业杀手上演的谋杀行动，宛若无情的审判，地点——厕所，日期——东正教圣康斯坦丁[1]和埃列娜[2]之日，也是伊万·彼得鲁·库里亚努之母的命名日。

吉米·波尔托菲诺警官还能记起受害者的模样吗？死亡似乎使那面庞在瞬息之间苍老了20岁。当然，美国警方十分了解那群活跃在

1　人名，Constantin。
2　人名，Elena。

芝加哥的铁卫军追随者。他们知道，神秘铁卫军的头目科尔内留·泽莱亚·科德雷亚努[1]的侄女曾在这里避难。同时，狂热的铁卫军成员老亚历山德鲁·罗内特[2]也曾居住于此，他以前还是埃利亚德的私人医生。嫌疑逐渐聚焦在罗马尼亚安全局及其同芝加哥铁卫军成员的关系上。警方或许还掌握了库里亚努的生平和他写的一封信。信中写道，他对埃利亚德的崇敬之情使之成为一个失去批判力的弟子。库里亚努这位学徒，难道已经做好了弑父的准备？他承认，自己的导师"比想象中更亲近铁卫军"。当然，他与老国王米哈伊同时出现的一幕并未打动铁卫军和罗马尼亚安全局成员，与犹太女人结婚继而皈依犹太教的计划亦是如此。在谋杀发生的前一年，库里亚努公开谴责铁卫军的"恐怖主义主张"以及罗马尼亚文化中的民族主义倾向。美国警方是否也了解这位受害教授的兴趣所在呢？比如魔术、预兆、欣喜若狂的经历抑或是心理玄学？……罗马尼亚民族主义分子对这场谋杀又有什么反应呢？《大罗马尼亚》杂志中一篇关于库里亚努的悼文写道："在这座犯罪之城，外来者最不可饶恕的罪恶便是那份为粪便准备的令人作呕的道歉。在看似是命运为他安排好的丧命厕所中，却没有足够的冲厕水让他下去。"这份杂志上丑闻连篇，充斥着民族主义歇斯底里的不堪表达，在1989年之后也对我恶语相向。而在这之前，它曾被称作《周报》，是隶属于罗马尼亚安全局的一种"文化"机构。波尔托菲诺警官是否也知道：几乎所有研究东欧问题的美国机构都在没有提出要求的情况下收到了那几期讴歌库里亚努谋杀案的《大罗马尼亚》。或许就是同一个安全局派发的呢？

---

1 人名，Corneliu Zelea Codreanu（1899—1938），罗马尼亚法西斯政客，铁卫军头目。
2 人名，Alexandru Ronette。

我对回归祖国的恐惧之情,波尔托菲诺先生又是否会在乎呢?是的,这么看来,库里亚努和我并无二致,都害怕回归那个在250年前成为祖国的地方。那时,他的希腊祖先为了逃避奥斯曼帝国的迫害而在那里避难。受博尔赫斯作品潜移默化的影响,他在两篇近似魔幻现实主义的散文中写下这样的话语:他在这片土地上习得了罗马尼亚语,而他所热爱的罗马尼亚,逐渐成了乔尔马尼亚。

第一则故事讲的是马库里斯特王国和乔尔马尼亚的间谍勾结,谋杀了当地的独裁者和他的妻子——莫尔杜[1]女同志,并建立起一套以色情产业和行刑队为特色的香蕉式"民主"。

第二则故事讲述了罗马尼亚1989年革命以后的现实情况。虚构的回忆录中有一篇虚构的评文,它揭示了这场革命的虚假性,以及由其引发向民主社会的虚假过渡:前国家安全局官员的一夜暴富,晦暗的犯罪行径,贪污腐败,蛊惑人心,还有先前的政坛人物与"木卫军"的结盟,从而形成了一个新的极右翼组织。故事通过虚构的回忆录和一系列假想的目击证人,描摹出了国家政变后急于对独裁者莫尔杜夫妇做出的虚假而仓促的裁决、虚假的烈士葬礼,以及蒙蔽受骗的人民……而新任领导人,尊敬的主席先生,这位谋杀了他前任的凶犯,用当地传统式幽默评论道:"难道这不正是人民的核心作用吗?""也就是被蒙在鼓里,被骗。"

所以,波尔托菲诺先生呀,这就是乔尔马尼亚!您说的对,并非什么超自然的力量阻止了库里亚努重见自己的祖国,而是来自巴尔干或芝加哥的乔尔马尼亚阻止了他。那么,朋友、书籍、爱情、笑话、歌曲,这些又该何去何从呢?我们又怎能将它们就此忽略?

---

[1] 人名,Mortu。

而养育我们的母亲——我们真正的祖国又该如何呢？难道所有这些，都彻彻底底地沦为铁卫军军团的领地了吗？吉米，难道这些事可能随时随地发生吗？事实上，我也跟库里亚努一样，疲于研究祖国的种种矛盾。我的经历与他不同。我并不害怕布加勒斯特的左轮手枪，令我心生恐惧的是那些丝丝缕缕的纠葛，它们纠缠着我，令我无所适从。

经过奥朵曼奈利餐厅门口的行人，没有一个长得像我那来自联邦调查局的天使监护人，而我也没有因此失望，因为在长椅上呆坐许久的我所等待的，并非波尔托菲诺警官，而是另有他人。我所等待的对话人对我了如指掌，甚至比我还更了解我自己，且无须任何解释。

他是否会想起祖父书房里的那本小册子呢？那本书出版距今已62年了吧。

她的表兄阿列尔[1]——一个染了一头红发，眼眸乌黑的波希米亚叛逆小子，向围着柜台的人们宣读着一本薄薄的粉色小册子，题为《我是如何沦为流氓的》。它看起来就像一份安眠药的说明书。小伙子的表妹——书店老板的女儿，兴奋不已，替他一页页翻着书。阿列尔的评论中一再出现着一个词：离开！他义正词严，慷慨激昂地一再吟诵着它，好像是在呼喊着"革命""救赎"与"复兴"。阿列尔时不时地将书翻转过来，瞪着双眼，以戏谑的口吻念着封面上的名字："塞巴斯蒂安，你听！海希特[2]先生，就是那塞巴斯蒂安！"

我旅行的前提并非库里亚努，而是另一位逝者。这位逝者是米

---

1 人名，Ariel。

2 人名，Hechter。

尔恰·埃利亚德的朋友，不过这位朋友来自另一个时代：米哈伊尔·塞巴斯蒂安，就是我之前在巴内绿草餐厅吃早饭时提到的那位。他半个世纪前写的那本《日记：从1934至1944》这几天刚刚在布加勒斯特出版了。然而，他的这部遗作却不再被陈列在书架上了，因为那间书店已不复存在，外祖父和他的外孙阿列尔也不在了。就连我的母亲也已逝去。不过，她或许会带来关于塞巴斯蒂安纷扰往事的记忆！母亲曾拥有完美的记忆力，她现在该依然如此，对此我深信不疑。

乏味腐朽的反犹太主义，前法西斯时代的乔尔马尼亚就是一例不错的证明，在塞巴斯蒂安看来，那似乎属于"灵魂的边缘"。他以一种居高临下的口吻说，相比犹太人内心所承受的炙热煎熬，他们经受的外部苦难是极微不足道的。"没有哪个民族像他们犹太民族那般，对自己或真实或虚构的罪行，如此赤条条地供认不讳。再没有人像他们那样进行过如此严格的自省，也没有人像他们那样遭受过如此严厉的惩罚。《圣经》的预言怕是世界上最出人意料的话语了，它们竟会在世上引起共鸣。"这些话写于1935年，而当时外部的苦难恰恰预告了即将来临的灾祸。

1935年，即我出生的前一年，我妈妈的表兄（也就是我外祖父的外甥）阿列尔在乔尔马尼亚那间小小的书店里，发狂似的吼叫起来："我们那苦难的边缘？"

"难道这就是塞巴斯蒂安先生的谆谆教诲吗？我们那苦难的边缘？那他马上就能亲眼见见这所谓的'边缘'究竟是何方神圣了！"

一年前，也就是1934年，塞巴斯蒂安摊上了一桩丑闻：他出版的小说《两千年来》由好友纳埃·约内斯库[1]作序，而后者却成了一名铁卫军思想家。这位序作者将犹太人视作基督教世界中冥顽不化的敌人，认为他们必须被彻底根除。

在基督徒、犹太人、自由派和极端派的抨击下，塞巴斯蒂安写了一篇出彩的文章，并取名为《我是如何沦为流氓的》。文中，他以冷峻而严谨的文风再次强调了犹太人深重苦难当中的"精神独立性""他们那悲剧性的神经"，以及他们总在"躁动不安的善感性和严厉的批判性"之间，在"最冷酷形式下的智慧和最不羁形式下的热情"之间爆发冲突。

流氓？就是边缘的、非线性的、被排斥的吗？他喜欢自称为"来自多瑙河畔的犹太人"，对自我的定义是"无党派人士，永远的异己分子。除了人本身之外不相信其他任何东西"。

甚至对那异己分子的帮派而言，他也算是异己分子吗？我母亲清楚地知道，我常常陷入这天真烂漫的想法中，一如急于从犹太人聚居区离开的那时候……可笑地以为朋友们会展开双臂，期待塞巴斯蒂安先生和我的到来，而不是遭遇另一些犹太人聚居区的耻笑。正如塞巴斯蒂安先生所说的，那是自身的疲倦……我的母亲从不认为有必要为"属性"下定义，她只是生活在其中，怀揣着那份神秘的、带着宿命论意味的信仰，而这信仰从不排除任何苦恼与动荡，任何沮丧与消沉。

"我们是我们，他们是他们，"你想起来了吗？"我们没有理由与他们为敌，也别指望着从他们那儿捞着什么好处。当然，也不能忘记他们的恐怖。"

---

1 人名，Nae Ionescu（1890—1940），罗马尼亚哲学家，以反犹主义主张而闻名。

在之后的 13 年、23 年和 33 年里，每当我听到这些老生常谈的话时总会做出歇斯底里的反应，但每一次都不曾改变她老人家的立场。年复一年，她坚定不移。古希腊人说，性格是一场悲剧。每一日，我都在患了神经症的母系家庭里，在那集体"认同感"中反复咀嚼这句话背后的含义。

离开，是的，阿列尔说得对。时间最终会说服我，你总重复这句话，时间会强迫我认识到自己的错误，让我卷铺盖走人，只不过不是现在。就像那个诗人说的，"那会在很久以后，那会是一个黑夜"。你看着吧，很久以后的那个深夜，我会从这里离开。

诗人，难道比先知更能预见未来吗？如今是 1997 年，塞巴斯蒂安已逝去半个世纪，这位作者的《日记》出版了，其中描述了由朋友变为敌人所带来的"灾难"。"不安的夜晚……不明的威胁。门似乎没关严实，百叶窗恍惚间透明了起来，墙好像也变得愈发脆薄。任何一处，任何时刻，都有可能从外界侵入某种危险，我虽不知道那具体是什么，但我明白它一直都在。"

最终，我离开了！我错在没有选择早些离开，我也错在最后还是选择了离开。

1934 年，塞巴斯蒂安笔下的主人公以作者之名宣布道："我想看看那些反犹太的法典，那些能磨灭我心中不可扭转的事实的法典，即我出生于多瑙河畔，我深爱着这片土地……面对我在精神灾难前表现出的犹太意识，多瑙河展现出了它经典的君王式冷漠与之对抗。"1943 年，作者自问道："我会回到这些人中间吗？战争会手下留情，不摧毁任何东西吗？会不带来任何不可扭转的、不可磨灭的事物吗？"在战争结束时，海希特·塞巴斯蒂安终于准备好了离开，"永恒的罗马尼亚，这里的一切都不会改变"。相较于多瑙河畔，犹太人的灾难意识似乎在哈德孙河畔能得到更好的治愈。

死亡阻止了库里亚努回到罗马尼亚，也阻止了塞巴斯蒂安离它而去。对于我，女求偶狂则耍了另一套花招：她让我在后世得以用旅行者的身份回到罗马尼亚。

不只是多瑙河，布科维纳[1]也能为你不复存在的身世提供生平传记。语言、风景、年龄，都不会由于外在灾难而平白消失，而我对布科维纳这片土地的爱更不会让乔尔马尼亚消失。乔尔马尼亚和罗马尼亚在何处相融，又在何处分界？"在这带着微笑的讽刺文化当中，没有什么是认真的、严重的，抑或是真实的。尤其要注意的是，不可能存在不相容的情况。"……这是塞巴斯蒂安的原话，也许伊万·彼得鲁·库里亚努也这么认为。"有个概念在我们公共生活的每一个层面中都是完全缺失的——'不可相容性'"，我母亲那年轻的弟弟阿列尔也曾这么再三赞美过。

我也可以同其他许多人一样，当自己因于新旧僵局时，如此重复道："在多瑙河畔，不相容是一件不为人知的事情。"那么外部困境又如何呢？我过早地令自己深陷于这百无聊赖之中，然后一次又一次地被教育。可是，当你身陷围攻之中，要想避免因自恋而引起的猜疑并非易事，更别说还要躲开那恼人的受虐倾向了……受害，受害者又开始怨声载道？现在倒好，每个人都声称自己有着一块受害者的招牌亟待修补，无论男女，无论双性恋或是佛教徒，无论肥胖病患者还是自行车手……

可是，面具已经罩到了我脸上。典型的全民公敌，异类一个！即使我没有把自己当成母亲所属犹太区中的一员，或是任何隔离区

---

[1] 地名，Bucovina，欧洲东部一地区，曾属罗马尼亚，现分属罗马尼亚和乌克兰。

中的一分子,我也一直属于"另一类人"。无论我是否意识到这一点,无论我是否戴上了面具。这下可好,"内部灾难"和"外部苦难"二者已缔约结盟,真是令人疲倦。

所以我得像一个倒霉蛋一样避开人们的视线?没有影子,没有身份,只出没于黑暗之中?

倘若如此,那我倒不如去和死人交流来得自在,至少他们还愿意同我说上几句。

奥古斯特[1]的舞台

早在半个世纪前,二战的硝烟刚刚散去,我的布科维纳老乡——保罗·策兰[2]被这样问道:"诗者之孤独,为何?"这位年轻的诗人答曰:"为不着痕迹的一个圈。"

私以为,我的朋友们连同我自己都是小丑。我们在每日的琐碎与滑稽动作里挣扎着。哈尔顿[3]大夫给自己的儿子汉斯[4]·哈尔顿,这位未来的艺术家起了个爱称,将他唤作傻瓜奥古斯特。慈爱而幽默的父辈凭直觉了解这位明日艺术家的性情:当他的同辈们都在为日常生计而操劳时,他却格格不入。他就像一位黑暗骑士,整天对其他规则和补偿异想天开。无论情愿与否,生活已将这角色强加于他,而他则尝试着从中得到些许单独的补偿。

---

1 人名,August。
2 人名,Paul Celan(1920—1970),德国犹太文学家、诗人,代表作为《死亡赋格》。
3 人名,Hartung。
4 人名,Hans。

不可避免的是，傻瓜奥古斯特将在舞台上与代表着权利和专制的白脸小丑正面对峙。全人类将亲眼见证这两位模范的会晤。马戏团的历史，就如同人类历史……

相比从其他人身上挑刺，傻瓜奥古斯特总是在自己身上找毛病。他期待着会有那么一刻，自己能再次以多疑又自嘲的受害者模样登上舞台。在这个身份中，我逐渐变得多疑又逆来顺受——这大约就是流亡的治疗法吧。1986 年，我离开了社会主义的乔尔马尼亚，就像经历了一次对称的轮回：5 岁时，因为一位独裁者和他的意识形态，我被迫流亡；而 50 岁时，由于另一位独裁者及其与前者对立的意识形态，我再次亡命天涯。这一对称性所带来的哀恸，并不让我自豪荣光，反倒让我愤怒万分。我思绪万千，一心希冀能突然出现一束光，好让它终结傻瓜奥古斯特那东拉西扯的独白。

"我相对清白地从独裁统治中抽身而出，因此并没有被玷污。这可并不容易被原谅……你还记得巴萨尼[1]那篇《费拉拉[2]的故事》吗？"

我的对话者沉默着，没有打断我的话。他知道我在为逃避旅行找借口，而这次旅行明明已是板上钉钉的事了。

"因为《菲兹·康蒂尼的花园》这部影片，作者一举成名。《费拉拉的故事》里头有一篇短篇小说，名叫 *Una lapide in via Mazzini*[3]。意大利语念起来真是好听呀，不是吗？ U-na la-pi-de in via Ma-zzi-ni，《马志尼路上的石碑》。"

只要我能因此平静些许，我的这位听众似乎就愿意耐着性子听下去。

---

1 人名，Bassani（1916—2000），意大利犹太作家。
2 地名，Ferrara，意大利北部城市。
3 此处为意大利语，意为《马志尼路上的石碑》。

"战争结束后,焦耳·尧茨[1]突然从布痕瓦尔德[2]回到了他的故乡费拉拉。他是1943年被送进'地狱'的那批人当中唯一的幸存者。以前的邻居如今看到他都会局促不安,因为他们想要忘记过去,忘记曾犯下的过错。被流放至集中营的那个晚上,这位见证者被迫彻底背井离乡,而现在的他更像一位不速之客,显得与这里格格不入。相比之下,我是否应该提及普里莫·莱维[3]?他从奥斯维辛集中营回到故乡都灵,回到那曾住着曾祖父母、祖父母和父母亲的家中时,心里可满是欢喜呀。"

对我的过去,听者似乎不为所动,只是微笑地聆听着。

"总而言之,我还是相对清白地从独裁之下抽身而退了。我成功地对其敬而远之。但是我发现:罪过、妥协甚至是英雄主义都是可以被原谅的,而唯独保持距离难以得到谅解。"

对我的絮絮叨叨,我可爱的美国朋友似乎仍未心生厌烦。他也没有发现,其实我早已烦透自己了,真是百无聊赖,腻烦至极!

"既非共产主义者也非政见不合者……从某种意义上来说,这难道不算妄自菲薄?无论如何,我在布加勒斯特那个巴尔干的世界里,并非一个抛头露面的人物。当然,这也算是另一种意义上的傲慢。然后,我就移民了……走得远远的,有多远走多远,简直傲慢到了极点。"

苗条的金发女郎过来了,她的迷你裙短到了极致,右胸前挂着

---

[1] 人名,Geo Iosz。
[2] 地名,Buchenwald,此处指布痕瓦尔德集中营,是纳粹在德国图林根州魏玛附近所建立的集中营。
[3] 人名,Primo Levi(1919—1987),意大利犹太裔作家,1944年被投入奥斯维辛集中营,成名作为自传体小说《活在奥斯维辛》。

的工牌上写着她的姓名——玛丽安娜[1]。玛丽安娜是法籍以色列人,现在是纽约的一名大学生,空闲时在莫扎特咖啡馆打工。莫扎特咖啡馆位于纽约上西区七十街,距离我体味来世生活的住所很近。她端来两盘卡斯巴乔[2]、刀叉、面包,还送来了自己的微笑。

我那伟大的祖国……我尝试着向倾听者描述的,是那个达达主义式国家的伟大之处,我曾不愿离之而去,如今也不愿回归于它。难以描述的魅力和难以言喻的浊臭。这一点同其他地方一样,但那些地方与我无关。

"近年来,我得了一种特殊的病症。乔尔马尼亚症……"

莫扎特咖啡馆中,钢琴师没来,享用午餐的顾客也还未出现。为了模仿维也纳的风格,咖啡馆里的报纸被陈列在两个木架上,前面悬挂着齐整的标牌。赫尔·沃尔夫冈·艾玛迪斯[3]用怀疑的眼神,透过镀金镜框中的镜片,看着角落里两个戴眼镜的顾客。

"对自我的憎恶,会用'哥哥,我想要吻你'这类甜蜜的话语而伪装起来吗?罗马尼亚人的言语同他们的灵魂一样,是不可被翻译的:'Pupat Piața Independenței'[4]。这句话引自我们伟大的作家——卡拉迦列[5]。"这就同那个充斥着魅力和浊臭的世界一般,无法翻译。这不是该隐和阿贝尔之间的拥吻,而是人们在自己所深陷的污秽之地中,在那场激烈对抗后的集体式拥抱。在新的激战来临前,天鹅娼妓、蠢驴学者、鬣狗议员还有那无辜的小山羊们都在看似平静的酩酊大

---

1 人名,Marianne。
2 原文为 Gaspacho,一种南美风味的冷豆汤。
3 人名,Herr Wolfgang Amadeus。
4 字面意思为亲吻(Pupat)独立广场(Piața Independenței)。
5 人名,Ion Luca Caragiale(1852—1912),罗马尼亚剧作家,代表作有《一封遗失的信》等。

醉中尽情拥抱。相信我吧，罗马尼亚人不需要萨特[1]来告诉他们"他人即地狱"。地狱可能如那沼泽地一般，甜美而柔软。

我对这漫长的对话感到疲倦，不再作声。看来是时候压抑一下自己的乔尔马尼亚症了。

"你听说过西德人和东德人现在有多憎恶彼此吗？若要描述个中痛楚，与其让我来说，不如让塞利纳[2]或是萧沆[3]来讲讲。"

"别再发牢骚了。你已经写过关于小丑和马戏团的书了。有那么长的一段历史可以来叙述，那可是上帝给你的馈赠，别给忘了！"

"这故事太过错综复杂，只能浓缩成几句格言。"

"你同那个美国小丑一起离开吧。他会像个超级大国的当红明星般受到热烈欢迎。正如你所言，他是一个强大的白脸小丑。至于你……你知晓所有的秘密，把一切都深藏于心。你还有什么奢求？"

"一个来自美帝国主义的白脸小丑？而傻瓜奥古斯特，一个流放者，在他身边！上帝赐予我太多有趣的故事了，我却没好好利用。"

"上帝也没法儿面面俱到。"

"我得用格言的形式来描绘祖国吗？我得宣扬善良、美德和民主？你还记得福楼拜[4]是怎么说的吗？他说，倘若一个人过度传布善美，最终就会成为一个白痴。福楼拜，这个家庭白痴，很清楚自己在说些什么……你会为了改变世界去这么宣扬吗？不，我可没那么

1　人名，Jean-Paul Sartre（1905—1980），法国20世纪最重要的哲学家之一，法国无神论存在主义的主要代表人物。
2　人名，Louis-Ferdinand Céline（1894—1961），法国作家，作品重点在于揭示人生的苦痛面，代表作有《走向夜末的征途》等。
3　人名，Emil Cioran（1911—1995），也译作"齐奥朗""乔兰"等，罗马尼亚裔旅法哲人，20世纪著名怀疑论、虚无主义哲学家。
4　人名，Gustave Flaubert（1821—1880），法国著名作家，代表作包括《包法利夫人》等。

傻。一个犹太教教士曾说,'我布道不是为了改变他人,而是为了让自己不变。'然而,我已经发生了改变。"

我沉默了片刻,让自己喘了口气。事实上,我早在心中完整地推敲过这段对话,回答也能倒背如流,根本不需要任何停顿。

"流氓?一个流氓意味着什么?一个无根无源,独自成派,难以定义的人?一个流亡者?还是《牛津英语词典》中写的那样——'伦敦东南部一户爱尔兰家庭之姓,该家庭以恶棍般的作风闻名。'在罗马尼亚作家埃利亚德的小说《流氓》中,有个人物曾这么说道,'生命中唯一一种充满生机的行为——流氓行为'。"也就是反抗、死亡崇拜,"民兵、突击营和军团部队通过死亡相互联结。各个兵团在一个集体式的神话下整齐列队。"而流亡中的埃利亚德,又是否会因为自己成了颇有名气的大学者,而不再深陷于罗马尼亚式的沮丧中呢?这是一场由郊区向都市中心发起的复仇。他那位犹太朋友塞巴斯蒂安又如何呢?犹太人将他视若仇敌,而他那些加入铁卫队的基督教朋友则将他看作社会的弃儿。无根可溯、颠沛流离、异端分子,这就是所谓的犹太流氓吗?现在同你说话的,是一个域外人,一个没有祖国的世界人,这又算是哪一类流氓呢?

我从衣袋里掏出一封信。这封信从罗马尼亚寄来,没有日期,就像一个化脓的伤口。我的一位女性朋友在信中这样写道:"我感到困惑、迷茫和悲伤。你应该每年回来两次看看,向你那些知识分子朋友们致以诚挚的问候。应该让人给你照照相,多参加参加圆桌座谈会,多去小酒馆呷几口酒。你应该以此回应他们对你的冷嘲热讽。我倒要看看这样做能有什么后果,祖国还能以何种态度对你。"

"难道还会有别的情况吗?就算有,那样就会更好吗?我问:还会有吗？你别让自己被同情收买了——这是来自贡布罗维奇[1]的警告。你得一直当个外国人！在他流亡阿根廷期间，他常常对着镜子吐舌头。因为镜子永远不会将他背弃。"

除了嘲讽的微笑以外，我从我的听者那里别无其他收获。在我们分别前，我的美国朋友像往常那样在百老汇大街和七十号街的拐角处就这次见面说了几句结束词："请你每天从布加勒斯特用电报给我捎两句话来，好让我知道是否一切顺利。如果你坚持不下去了的话，就赶紧离开那儿。先到维也纳，再经布达佩斯、索菲亚，然后从那里飞回纽约。"

在那个清丽的春日之前，这些问题，或新或旧，早已陪我些许时日了。我并不需要借助莫扎特咖啡馆、巴内绿草餐厅、百老汇大街和七十号街的交叉路口让它们再次变成话题。

"你别再踏上那片土地了。"索尔·贝娄[2]在电话里对我这样说，"回去对你没什么好处"，索尔劝我道。我们相识也有20个年头了，初次见面是在布加勒斯特，但我俩真正亲近起来还是在美国。"倒不是因为你过去会使自己身陷险境，而是你到那儿肯定会饱受煎熬。前些时日我还读了一位罗马尼亚名人的自传呢。尽是些有涵养的伪君子，正如你所知，都是些假面书生。一面保留着过去良好的礼仪，行着吻手礼，而私下的另一面，却……"他之前是埃利亚德的朋友，还是罗马尼亚一位著名女数学家的前夫。我沉默不语，他却并没有因为我的哑言而沮丧，继续说着："你就不该答应这趟旅行，你压根就不需要这些麻烦事。"我向他解释：还不是因为那所谓的"情感专

---

1 人名，Witold Gombrowicz（1904—1969），波兰小说家、剧作家。
2 人名，Saul Bellow（1915—2005），美国作家，诺贝尔文学奖获得者。

政"，我是被巴德学院的院长里昂[1]说服了，才让的步。

  电话里我听到了索尔开怀的笑声，恍然间似乎看到了他的面庞，上面爬满了皱纹，却笑得亲切友好，眼眸中满是盎然生机。"真的没必要。你也知道，我曾去过那里。快把一切都取消了吧，好好守着属于你的那片安宁。你在这儿已经够难了。好在你还有些距离的优势，可别把这好处浪费了。"

---

[1] 人名，Leon Botstein（1946— ），美籍犹太音乐指挥家，美国巴德学院校长。下文中出现的"波茨坦""里昂·波茨坦"等是指同一人。

往昔之地（一）

1986年6月19日，举行生日会的日子。派对上选用年份久远、品质上乘的苏联伏特加、保加利亚红酒、希腊橄榄和罗马尼亚奶酪招待客人，大家大快朵颐。

"请注意，艺术家们来了！/他们穿过一道又一道门，还有猴子和模仿者们/假独臂人、假跛腿子、假国王和假大臣/还有一群因光芒和烈火而烂醉如泥的人/那是奥古斯特的子子孙孙。"在客人当中，有个人瘸着腿，大汗淋漓，口中嘟囔着诗句，那是我的一位诗人朋友。这位诗人腼腆而孤僻，半残疾，觉得自己同罗马尼亚童话中的一个人物极为相似：半骑士半瘸腿兔。

他身材矮小敦实，蓄着金黄色的胡子，走起路来摇摇晃晃，身子往左侧倾斜。这个男人生性温和胆小，常常为自己的表里不一忧心忡忡，随时准备承认自己的虚伪并为之付出代价——假如这是苟活下去的代价的话。无论是他自己写下的诗句，还是别人写下的关于他和朋友的诗篇，他都为之感到痛苦。作为出版社的编辑，他常常得和审查机关和作者进行协商，并为此恼怒不堪，还主导了一系列夹杂着阿谀奉承和情感敲诈的复杂交易来推销他觉得有价值的书。

作品中充斥着的苦闷和因写作带来的痛楚是那样深沉，只有他忠于妻子的程度才能与之相提并论。尤利娅[1]每隔两天就得去医院做肾透析，那儿的设备十分破旧，还常常因为停电而不得不中断诊治。除了诗歌和每天都得吞下一大把药片控制的神经症之外，尤利娅也成了他那英雄主义的日常考验之一。

跟往常一样，他大汗淋漓，于是用自己那又大又结实的拳头攥紧了一块白手帕，用它时不时拂去额头和脸颊上的汗水。尽管如此，他还是没有脱去身上的礼服，也不曾取下那条为生日会系上的领带。他同尤利娅站在一堵高墙旁，墙前柜子里的藏书浩如烟海。由于见到了太多朋友，他的心潮万分澎湃……诗人、评论家、散文家……猴子、模仿者、假国王、假跛腿子和傻瓜奥古斯特皇帝的朋友们。书籍让我们连成一体，虚荣的竞争让我们称兄道弟。

1986年7月的夜晚，在布加勒斯特胜利大道2号15房间庆祝的是一个时代的终结。这群客人中只有极少数知道，在一个月前的布鲁姆日[2]，就是纪念乔伊斯笔下的利奥波德·布鲁姆的日子，我申请了去西方旅行的签证，但我自己也全然不知这将会把我带向何处。

自那个夏夜之后，流亡生活倏忽间吞噬了十余个春秋。就像是俄罗斯套娃那般，一个嵌套着一个，看起来相似却有所不同，但说到底也别无二致，直到最大的娃娃将所有一切包裹起来。

1　人名，Iulia。
2　在20世纪爱尔兰小说家詹姆斯·乔伊斯的著作《尤利西斯》中，主人公利奥波德·布鲁姆在6月16日这天在爱尔兰街头游荡。后为纪念这本著作，6月16日就被定为"布鲁姆日"（Bloomsday）。每年的这一天，喜欢乔伊斯的各国书迷会举行各式庆祝活动。

那些患了幼稚病的电视脱口秀节目，尽是些年过半百的巨婴想要对自己5岁或者15岁时遭受的不幸发起复仇，鬼知道都是些什么破事儿。一群自以为不被他人理解的孩子、男人和女人，控诉着出于年龄、性别、宗教和种族而施加的虐待：他们都成了受害者！一场席卷全球的哀号大戏……

5岁时候遭遇的创伤，是对50岁、60岁或是600岁时缺乏免疫力的解释吗？任何一个真正成熟的人，都会早早地用犀牛那张失去感知的肉皮将自己紧紧包裹起来！应该为没有及时离开祖国而感到愧疚吗，还是应该为没有坚守在故地而懊悔？在那儿，第一次出现了象形文字的喀迈拉[1]，也正是在那儿，我签下了让我付出一切却无所回报的契约。艺术女士留在了那里，在度过如此长久的姘居生活之后，她依然那样难以触知……只是成为偶尔出现在讣告中的一道印记。

回去前的几个礼拜，我重温了岁月的蜿蜒绵长，想起了记忆中食物的味道和玩笑的韵味，还忆起了脑海中的美酒和歌谣，高山和海洋，爱恋和文学。自然，还有友谊，它曾将无数的困境照亮。的确，像我这样的人，在入侵者的印记下出生，无权忘却在蛾摩拉城[2]所收获的欢乐。那个地方和那里的人民并不只是个幻影，我可以为之作证。二战后，当时保罗·策兰尚处于布加勒斯特时期，他也曾在那里生活。后来，保罗用戏谑和怀旧的口吻将这一阶段称为"一语双关时期"。与此同时，1854年，托尔斯泰[3]也曾分别在布加勒斯

1　古希腊神话中狮头羊身蛇尾的吐火怪物。
2　《圣经》中因其居民罪恶深重而与所多玛城同时被神毁灭的古城。
3　人名，Лев Толстой（1828—1910），19世纪中期俄国批判现实主义作家、政治思想家、哲学家，代表作有《战争与和平》《安娜·卡列尼娜》《复活》等。

特、基希讷乌[1]、布泽乌[2]度过了约莫 7 个月的光阴。美丽与悲伤的纠缠没能避过这位年轻人的目光。他对书籍热切渴求,对肉欲极度向往,对个性和写作几近严苛地精益求精。另一方面,他的目光还被田间搭讪的赤足农妇吸引了去,甚至在茅屋里与之共度良宵。

是呀,这就是光阴的密度,生命,宛若须臾。

胜利日,胜利的节日!1986 年 6 月 19 日的夜晚,人们相聚在布加勒斯特胜利大道公寓里,庆祝的只有一件事:胜利。距离初次流亡已过去了数十年,我不得不再次面对真实的流浪。没有来宾知晓,甚至连我自己也没有意识到,这次生日聚会竟将成为下一次离别的预演。

1945 年 4 月,那个从特兰斯尼斯特里亚[3]集中营归来的孩子已经 9 岁了,他开始逐渐接触食物、衣物、学校、家具、书本还有游戏——快乐。我以极其愤怒的心情,排斥着对往昔的恐惧:"犹太聚集区的恶疾!"我以为自己业已痊愈,于是决定将现实的辉煌同所有的同胞们分享。这份荣耀是祖国给予我们的,人均一份,实为典范。后来,写作的天马行空庇佑着我,而到了 20 世纪 80 年代初,写作带来的幻想已变得千疮百孔,无法再将马戏团世界的悲惨遮蔽起来。新的恐惧没能将旧的取代,而是使之愈发嚣张起来:新旧恐惧一齐作威作福。等我公开这些发现后,才发现自己被推到了马戏团的舞台之上。扩音器中的尖声一再叫嚣着:外国佬、洋鬼子、异类、反动派、杂种!这再次证明了我配不上祖国,而我的先祖们也不配拥有它。

1986 年,我开始与民族主义带来的恐惧保持距离。我原以为自

---

[1] 地名,Chişnău,摩尔多瓦首都,位于该国中部。
[2] 地名,Buzău,罗马尼亚东南部城市。
[3] 地名,Transnistria,即"德涅斯特河沿岸地区"。

己已经对"犹太聚集区的恶疾"免疫,难不成,我又染上了?

十载春秋一晃而过,且不说世事境迁,我也早已不是当年的自己。然而,不再成为受害者的执念却始终不曾改变。难道在身份归属上的释然并未将我真正解放吗?……面对那个早已离去的地方,真正的胜利者,即使身处异地,也会因自己曾是那里的一位被指控者而骄傲,也会因自己代表这徒然无益的东西而自豪。

十位来自蛾摩拉城的可爱人儿就能代表真正的祖国了吗?那么那些在1986年6月一同庆祝我50年来斗争的朋友们,又算作什么呢?

尤利娅是第一位去世的朋友。为了对付审查,在她离世后,诗人穆古尔[1]寄给我的所有信件上都署了她的名,然后再寄到我夫人茹拉[2]手里。"怀着满腔爱意和孤独,我热切地想念你们。孩子们,让我们一起玩耍吧!这声音从街道上飘来。我们可否再玩上一回?就连诗歌也仓皇老去,我的笔尖已经干涸。让我们期待一个无事之秋的到来。"在乔尔马尼亚,没有汽油,更别说——出租车了。那会儿,喀尔巴阡山的白脸小丑正在筑建"白宫"。穆古尔便雇了一位卡车司机,让他在往返"白宫"建设工地的路上接送尤利娅。他白天将尤利娅载到医院,到了晚上再接她回家。医院里挤满了病患。这个地方冷冰冰的,盛满了悲伤。街道湮没于黑暗之中,商店和药店都空空荡荡的。

"然而,爱情……是呀,它绝非一个抽象概念。"诗人如是写道,"就像科学中有欧姆定律,我们也可以想一个'人性欧姆定理'出来,即 Loi de l'Homme:一个人离去后的空缺感会比他活着时的存在感

---

1 人名,Mugur。

2 人名,Cella。

更为强烈。缺位是阵绵长的抽痛——一日一次，一周一次，甚至愈发频繁。然而，心脏依旧老去——没有人能够忍受超过一人极限的压力。历经风雨，我才认识到我们是真正的朋友！如果一切能从头开始就好了……而现在，我俩就像孩子一般站在窗边，隔着马路相互招手，而这中间却相隔浩渺汪洋。"

穆古尔大汗淋漓地在医生、护士和看守人之间奔走，满脸微笑，点头哈腰，给大家送着礼品和书，这些书原是致布鲁诺·舒尔茨[1]和那位半骑士半瘸腿兔的。他对生存有一种近乎盲目的固执，为延长他伴侣的生命而生存。这种对另一半的迷恋，让诗人得以幸存。这一代价变得不可估量，同时他生命的价值也在不断地逝去。

那本属于诗人的痛苦"命运"成了集体的命运。尽管如此，他的负担从未减轻，正如他所写的："我是个瘸子。颤抖不停……颤抖的人总有种在不断自我复制的幻觉；那只手要去捕捉、抓握、打碎——或是爱抚——历经千辛万苦，走过崎岖的道路，直至达成所愿。他茕茕孑立，却同时又觉得身处人潮汹涌的广场，所有人都想要伸手抓住一只苹果。这颤抖源于我的意志之外，而那'意志之外'要求我成为'多'；自此，还有我那不知何用笔写下的思绪，在它成为某种实质之前，生活就是'多'。"

我的脑海中总时不时地闪过这个"多"字。穆古尔曾就此讲过一个关于犹太胖子的寓言故事。这个胖子每天都会吞下海量食物，身体也日益肥胖，甚至到了令人担忧的地步。假若有人问他这是怎

---

[1] 人名，Bruno Schulz (1892—1942)，波兰籍犹太作家，死于纳粹枪杀。他生前职业为中学图画教师，出版过《肉桂色铺子》《沙漏做招牌的疗养院》两本小说集，被誉为与卡夫卡比肩的天才作家。另外，他还是一位卓越的画家，在欧洲超现实主义美术和电影领域有着重要影响。

么回事,他便回答:"等他们来将我火焚的时候,我想要火光冲天,燃烧得更持久些"。

诗人穆古尔因为自己的神经症和内心的恐惧,愈发变得大腹便便、颤抖、惊慌、焦躁、悲惨和恐惧的感觉日益加剧。对审查的担忧导致来信越来越少,措辞也愈发拘谨:"我们没有什么需要特别埋怨的。""特别"这个词的意思自然是:那些不可避免的事情还未发生。"感谢上帝,我们没有什么需要特别埋怨的。"穆古尔便是用这样的暗语来描述情势,而后将信寄给茄拉,用颤抖的手署下"尤利娅"之名。

直至1989年,在尤利娅去世之后,我才第一次收到寄给我本人的信件。"我们还可能再见吗?几年前,我还是一个完整的人;我有五六颗心脏,还有同样数量的手脚、鼻子和嘴巴——就和每个正常人一样,不是吗?如今我的心却四散飘零,或埋于黄土之下,或流离世间。于是,我尝试着在纸上堆砌辞藻,而后用这些纸去取代零落的心脏,取代那些可被取代的部分。您真的觉得我们还会再见吗?我觉得自己近乎重获完整了。这么说吧,至少是半个人,而非那种失去了双眼、心脏和其他一切之人的百分之一。"

我们未曾再见。穆古尔在1991年便去世了,当时再过几天就是他二月的生日。他走的时候,身旁放着一本书,手里还攥着一片夹着香肠的面包。

茄拉的母亲伊芙琳[1]也去世了,她曾那样周到而优雅地张罗了1986年7月的那场生日会。在她最后的几封信中,有一封便提到让我们别再往她的地址写信,得把地址换成她的邻居。在我发表了关

---

1 人名,Evelyne。

于埃利亚德的那篇文章之后,当时的报纸控告我亵渎背叛,当地的爱国人士还把罪人丈母娘的信箱定为攻击对象,好几次将其焚为灰烬。

那天晚上参加生日会的人中,有一些我并不熟识的面孔,他们后来逃往了法国、德国或是以色列避难,或许此生再难相见。即便是留在布加勒斯特的朋友,也都与曾经的他们判若两人。还有这座城市,和我这个流亡者,都已不复往昔。那些情同手足的亲信一直同我在一起,即便命运让我们彼此别离,他们也早已成为我身体的一部分。然而,我似乎叫不出他们的名字,也回忆不起他们的模样,一如我无法追忆父母那般。这种无措感不只与他们有关。直至死亡让他们在我的心中永生,关于他们的一切回忆才重焕生机。

故国与我渐行渐远,堕入了旧时光深处,也坠入了我的心间。我们再也不需要地理或是历史来证明它的重重矛盾或是徒劳无益了。

一个人离去后的空缺感会比他活着时的存在感更为强烈吗?在那个"半人"和他半瘸腿的坐骑消失之前,他们便是这么预言的。的确,空缺感不过是衰老的心灵中一阵被延长的刺痛感罢了。

孩子曾经在街上总大喊着"快来一起玩儿呀",而他如今已去了远方,越过了这世间的所有浩渺汪洋。

新日历

D 日，决定日。1988 年 1 月 20 日，星期三，这一天是决定日。我已经在这个过渡城市里待了一年。经过一而再再而三的拖延，终于到了刻不容缓的时候了。"下决定的时刻是一个疯狂的时刻。"克尔凯郭尔[1]这么嘀咕着。优柔寡断并没有什么新奇。这愚蠢的犹豫持续了一年多，而后又将一生荒废。

这一切，不过是出于飘忽不定的归属感，以及随之而来的可笑感，仅此而已。我们的主角面色苍白，他被自己的滑稽戏选中成了主人公，又因此搞得自己筋疲力尽。在这地球上，芸芸众生每一秒都会有麻烦找上门来，而他不过是其中之一。难道他还没有从将其禁锢了一辈子的皮囊中解脱出来吗？就算他已经将一小时前见过的面孔忘得一干二净，但那前尘往事，他也能忘得了吗？

---

[1] 人名，Soren Kierkegaard（1813—1855），丹麦宗教哲学心理学家、诗人、现代存在主义哲学的创始人。

"轮到您了,请您同委员会面谈。"

穿着蓝色制服的女士向他示意。他拿着公文包,从长椅上起身。那长椅上还瑟缩着五个人。

"您得先同法国代表商谈,结束后,您再来找我。"

她向他指了指自己左手边的门。只走了三步,他就进到了里面。办公桌后端坐着一位干瘦如柴的先生。这位先生请他在自己对面落座。于是,他坐了下来,两手抱着自己的公文包。

"您是愿意用德语,还是法语?"那法国人这样问道。

"用法语就成。"签证申请人用德语回答道。

"那行,我很高兴,"这位签证官微笑着用法语继续说道,"罗马尼亚人都会说法语吧?是这样吗?我巴黎的那些罗马尼亚朋友适应起当地生活来简直易如反掌。"

"的确,法语对罗马尼亚人来说很容易。"罗马尼亚人用法语肯定道。

他更仔细地打量起自己面前的这位先生。这个罗马尼亚人用本国语暗自思忖着:现在所有考官都比考试者要年轻啊。

他面前的这位签证官脸形偏长,鼻子高挺精致,瞳仁乌黑有神,一副很睿智的模样。他头发浓密,笑容灿烂,很有感染力。领带结松松地掩着,浅蓝色衬衫的领口敞开了,深蓝色西服没有系上纽扣,从他瘦削的肩头服服帖帖地垂挂下来。他的嗓音悦耳又亲切,是的,真是悦耳又亲切。

"昨天我还同一位罗马尼亚来的女士聊起您呢。因为知道我们今天要谈话,我就问了问她是否认识您。"

申请人毫无反应。他只是用法语保持着沉默,这语言刚刚让他吃了一惊。

他面前的这位法国签证官点上了一支烟,而后双手扶着办公桌两侧,将背靠进皮质扶手转椅里头。他那样子看起来舒服极了。

"您可不是位无名小卒。昨天我看了您递交的表格。上边儿这些书的名字……我可着实被这些巧合吓了一跳。"

他在说"这些书"的同时,将申请人的表格从办公桌上拿了起来。他先是把它们撂在空中,后又将其放在桌上。随之而来的是一阵难以言喻的久久静默。过了一会儿,这位法国人才重拾了自己的高卢口音,抑扬顿挫地说道:"我看过您的小说《囚徒》。"

房间陷入了完美的寂静,而这则信息的节奏则完美地引人联想到一场击剑角斗。这一探试难不成意味着剑锋出鞘?"我想,大概是20世纪70年代中期吧。"那巴黎人继续道,"那会儿,我在巴黎上大学,还选了一门罗马尼亚语。"

申请人掏出眼镜布擦起了眼镜。

"那时候大伙都在谈论审查。审查和暗语。还有针对独裁体制的暗语评论吗?!囚徒们的……暗号。"

申请人攥紧了提包的手柄。一派胡言!……他甚至想用世上所有的语言吼出这个词!当下他十分确信,面前的这个人可不是一般的外交官。难道说,西方与东方其实并无二致?一样的影射,一样的谄媚,如出一辙的陷阱?……这个无国籍人士,曾经拒绝同本国的恶魔达成协议,如今却不得不接受那臭名昭著的国际业务了吗?难道,在他还没获得无国籍证明之前,就已经变成了一个毫无还击之力的囚徒了吗?一个无名小卒,仿佛是一个被勒索讹诈的弃民,从最初就注定了是刀俎间的鱼肉?

"这对我来说是个巨大的意外。"终于,他轻声地用法语嘟囔起来。"我之前不知道,从来没人向我说起关于……我不知道这本书竟然还出现在了巴黎。"

"我也觉得十分意外。您想想,当我在表格上看到这个名字……"

他重新把申请人的那张表格从书桌上拿了起来,接着又将其放下。

"我看到了名字,还有那些书名……您应该定居在法国,而不该在德国。"

"您应该定居在法国"……这是一个建议?一种承诺?还是他所暗示的协议规则?他同申请人交谈时彬彬有礼,热情友好,将其视作德高望重之人。倘若说这些都是他的花招,那也绝不是用来对付凡夫俗子的小伎俩。

"对一个罗马尼亚人而言,最易适宜的流亡地非法国莫属,想必您也知道这一点。您很快就会交上朋友的。跟您之前的许多杰出同胞一样,您会开始用法文写作……"

没错,这位签证官不仅知道小说《囚徒》的书名和主题,还了解约内斯库[1]、萧沆和埃利亚德[2]的三重奏,他提到了碧贝斯克公主,甚至还有诺亚蕾丝公主和瓦卡瑞斯克公主[3],颇爱谈论大公主和小公主的故事,甚至听说过本杰明·冯达[4]。他确是有备而来。对话以这样的形式进行到了最后。结束时,签证官走到书桌另一边,来到申请者身旁。表明其善意的最终物证:写有其柏林和巴黎住址的名片、一

---

[1] 人名,Eugen Ionescu(罗语)/ Eugene Ionesco(法语)(1909—1994),一译"尤金·尤涅斯库"。罗马尼亚及法国剧作家,荒诞派戏剧著名代表之一,代表作品包括《秃头歌女》等。

[2] 此三人都曾居住于巴黎并使用法语写作。

[3] 三个人名依次为 Bibesco、Noailles、Vacaresco,均为罗马尼亚旧贵族,同时也是作家,曾定居于巴黎并使用法语写作。

[4] 人名,Benjamin Fondane(1898—1944),罗马尼亚犹太诗人、评论家和哲学家,还曾涉猎电影领域。20世纪30年代在巴黎定居,二战时期在奥斯威辛集中营被杀害。

封晚宴邀请函和对支持的保证,任何支持,"任何支持",在柏林有需要的时候,当然也包括巴黎。在任何情况下……"任何情况,无论何事,无论何时,"他面带微笑,一字一顿地念叨着。他握着对方的手,透过镜片中心凝视着对方,似乎传递着这样的信息:倘若能在这个命运让他们意外相识的地方共度良宵,那真是太好不过了。

这位"好朋友"般的签证官先生,不只把他送到了门口,还将其陪到前厅中,那儿有一位身着天蓝色制服的接待员。他宣布:他的这位朋友,某某先生,已经完成了同法国当局的面谈,现在可以接着与掌管西柏林的另外两个强国代表见面了。

面对拉丁人的结盟,德国秘书没有露出一丝怯意,她镇静自若地等着这两个说法语的人分别。

左边的门关上了,申请者被晾在一边继续等待。终于,德国秘书抬起了头,瞥了眼无名氏用手夹着的皱巴巴的大公文包。她用德语说道:"好了。今天就到这儿吧。"

外国人看了一眼表。12点还差10分,他庆幸自己结束了这一切。

"明早8点,您先到前门登记,9点准时到这儿,135室。"

那是个晴朗却清冷的日子。他先搭了公车,而后换乘有轨电车。终于在下午2点左右到家了。

自他来到这个过渡城市已一年有余。他一来到这座自由岛就倍感释然。琳琅满目的广告,城市的繁华和冷漠逐渐成为这个外国人生活中稀疏平常的风景线。然而,他却感到自己直至昨日才刚刚习惯那些黑暗和冰冷,监视者和赌棍。这里的自由让他惊喜又害怕。他已经无法重回过去,但似乎也没有做好新生的准备。太多不确定,太多压抑。在那个"火柴盒"中,他同沮丧和幻想共存,细胞代谢让他觉得自己是个重要的、独一无二的人。岁月在他的语言中转录了一行行代码，难道他终将丢失自己的语言吗？这等于自杀，这无异于回到被谋杀的祖国。他就是这么想的。

面见特别委员会的前夜比无数个犹豫不决的夜晚更难熬。自从他在那个冬夜潜入这个自由岛以来，那些不眠之夜一直折磨着他。无论这个再生世界给予他多少欢乐和遁词，他依然害怕当自己老去时还不得不扮成一个故作老成的小鬼头模样，像婴儿咿呀学语似的，用含糊不清的发音，磕巴地诉说着自己的感激之情。

透过夜晚的蒙蒙白雾，他依稀分辨出了过渡城中那些姿态优雅的高楼大厦和大街小巷。远处，传来了节日的乐声。这个充满了艺术家和情报人员的城市有着极为丰富的夜生活。

一夜，一日，日复一日。只需再往前两步，这位年逾半百之人就将在后世获得重生。从明天，从1988年1月21日这天开始，再生世界就将被命名为"来世"。

他瘫在沙发里，盯着日历上画的那些红圈，后又突然起身，在1月20日那天原有的红圈外又画了一圈，并在一旁用红笔大大地写上：MARIANNE[1]。他对着这名字凝视了片刻。不，他并不满意，于是将它擦去。这次，他用红笔在日历页的下端写上了：FRANCE。然后他像个孩子般开怀而笑，那模样就像小朋友被阿姨逗得心满意足似的。接着，他又在所写的文字之前添上了：Anatole。Anatole FRANCE[2]。写毕，他又重新回到了沙发上，而他的右手则一直攥着那位法国官员的名片。

与这位巴黎代表共进一场晚宴是否管用呢？或者还需要更多场

---

1 人名，Marianne，译作"玛丽安娜"，法兰西共和国的象征。
2 人名，Anatole France（1844—1924），译作"阿纳托尔·法郎士"，法国小说家，1921年诺贝尔文学奖获得者。

晚宴才奏效？难道这就能洗去自己从乔尔马尼亚带来的所有嫌疑吗？应该还需要时间和其他更多的见面才行吧。他甚至都没同自己的这位仰慕者进行过文学讨论。这位仰慕者读的是哪个语种版本的书呢？他将手中的名片撕得粉碎，以期证明自己尚未弄懂该如何利用自由世界赐予他的好处。

翌日，1988年1月22日，这位外国人又从市中心出发，沿着康夫斯坦大道来到了位于郊区的三国委员会。他手抱着公文包，坐在135号房前的长椅上，耐心地等待着。11点一刻的时候，前台的女士一声不吭地向他指了指右边美国的那扇门。

他迈出三步，进了房门，只见办公桌后坐着一位年纪轻轻就谢了顶的先生，请自己在桌前的扶手椅里落座。他手捧着公文包坐了下来。

"您讲英语吗？"美国人用着美式英语问他。

"会一点点。"申请者用世界语含糊其词地搪塞着。

"行，我们也可以用德语交流。您意下如何？"美国人用他那美国味十足的德语说着。

申请人肯定地点了点头。他用心打量着面前的这位先生：这位签证官比前些日子遇见的那位更为年轻。他身材壮硕，身着大翻领的咖色西服，里搭白色衬衫，领口收紧，他白皙的脖颈因此显得有些粗。那对眼眸乌黑炯亮，始终审视着你，而他的双手有些短小，左手戴着一枚粗大的金戒指，白衬衫袖口露在外套外面，那枚金戒指与袖口上的金袖扣相互呼应。

"您的护照。"军人的口气，制式的习惯。

申请者低头从他手捧着的大公文包里翻出一个绿色文件夹，里头塞满了纸质文件。他从中翻出自己的绿皮护照，签证官接过手一页页仔细地翻查着。

"这不是您第一次来西方旅行啊。"

申请者对此不予置评。那位强国代表意味深长地盯了他许久。片刻,他又斩钉截铁地打破了蔓延于室内的寂静。

"您之前到过西方两次呀。还去过一次以色列。"

沉默变得愈发浓重起来。

"您旅行的钱是打哪儿来的?"沉默就此被打破,"您从东欧拿来的钱在西方可没法兑换。当然也可能是政府给了你钱,可政府只在有利可图时才会这么做。"

"我旅行不曾动过政府的钱。"嫌疑人急着辩解起来,"这些钱款是我西方的亲戚寄给我的。"

"亲戚?真是一群慷慨的人……他们在哪儿?哪个国家?"

为了不让这场可疑的沉默变得更令人怀疑,旅行者赶紧一一列举了自己流离四方的家族成员们所在何处。

"你还有亲戚在美国吗?"这位美利坚合众国的代表面露喜色,"在哪儿?是些什么样的亲戚?"

"我妻子的妹妹在美国。她同一个美国人结婚十多年了,在当地生了两个孩子,女孩10岁,男孩4岁。"

"还有柏林,您是怎么来柏林的?不会是那些亲戚为您选了这么个地方吧?我想,他们应该不怎么喜欢柏林。"

沉默又蔓延开来。这次,美国人似乎挺满意的样子。

"因为德国政府提供了奖学金我才来的这儿,这一点我在申请表的个人履历中有提到。"

"是的,您提到了。"这位官员承认道,同时从办公桌上拿起了一份文件,在空中晃了晃,又放回原处,然后忽地推到一边。这份文件似乎对他不再重要了。

"一份由失败者提供给胜利者的奖金，我们可以这么说吗？"

看起来，他并不急于结束关于德国的话题，但战胜敌人绝非易事……面前发生的一切似乎暗示着这才是把他，一个美国年轻人，和面前的这位上了岁数的东欧人，结合起来的真正原因。

为洗刷曾经的罪行而设立的奖学金？是的，即便是这位奖学金获得者，也不止一次这么认为。这是战败者们向他们无法赶尽杀绝的幸存者们提供的奖学金？这是战败后的德国在复兴后，向一败涂地又注定颠沛流离的东欧提供的奖学金？在战后德国的土地上，依然生活着一群勤奋而富有效率的德国人，飘扬着同样的旗帜，鸣奏着同样的国歌。有人曾这么预言道：歌德和俾斯麦的国家将由死亡集中营的幸存者们统治。然而即便是巴伐利亚，在战后也不曾成为犹太人的领地。新预言家们确信，幸存者们将要求德国人用三代人的时间来证明他们维护犹太人的态度，从而让犹太人重新获得他们在浩劫中失去的德国国籍。

一个玩笑罢了，是的，没错……这个幸存者在脑海中自言自语地重复着。一个正话反说的玩笑，从右向左，像是一本希伯来语的《圣经》。事实上，人们真正要求的，是让死亡集中营里幸存下来的犹太人作出证明，要求他们用自己的鲜血，向那个想要灭绝他们的国家证明自己的归属。只有这样，他们才能获得令人欣羡的战后德国国籍。至于那群不再渴望胜利果实的穷人和迷失者们，这个国家还会慷慨地施与他们奖学金。

还没来得及等申请人说这些话，年轻的签证官就停止了这场交谈。他埋下头，开始填写卷宗里的文件。要不然，他就能听到这些充斥着讽刺意味的东拉西扯，或许还会感到一丝愉悦，就像是听到了专用来取悦强权的阿谀奉承。

申请人抬起头来，看到面前的美国官员已起了身，微笑着向他伸出了手。

"祝您好运,先生,祝您好运!"他用美国人的方式祝福着申请者。此刻,他放弃了他们共同敌人的语言。

接下来是同英国雄狮的会见,但它已不再是雄狮了。那位女接待员正眉飞色舞地打着电话,全然没发现美国的面试已经结束。即便在她放下话筒后,也仍然没有注意到杵在她面前的影子。

"接着是跟英国人见面吗?"这个外国人小心翼翼地问道。

"先生,接下来没事儿了。"她不假思索地回答他,"您的事情结束了。杰克逊[1]先生替英国人签了字。"

申请人握紧了提包柄,朝着出口走去。

"先生,请别忘了,明天9点30分。"

所以,今天已经结束了,但其实事情离结束还早。他转过身来,惊讶地看着女接待员。

"明天您将与德国当局进行最后的会谈。2层202室,9点30分。"

沉郁而潮湿的一天。他朝着汽车站,拖着步子缓缓走去。

他慢慢地,慢慢地爬着楼梯,终于来到了三楼,七单元。他从大衣口袋里掏出了钥匙,将门打开后,站在门口愣了几秒。室内很暖和,房子里静悄悄的。他没有先脱下大衣,而是径直走向桌子,拿起放在上面的红色粗笔,走向了日历。他先用手指将日历翻到了1月20日,而后翻到了1月21日,最后在1月22日星期五那页上用红笔画上了粗粗的两个圈。他沿着对角线在另一处写道:"如果我还

---

[1] 人名,Jackson。

能活到明天",又在后面添上了括号,在里面写上:托尔斯泰伯爵,亚斯纳亚·波利亚纳[1]。

在这个夜晚,幸存者再一次保住了小命。他念起了诗歌《来自天堂的报告》[2],一遍又一遍,不知疲倦。

天堂里的劳动时间是三十小时。
社会制度稳定,统治者英明。
在天堂里,人们过得比哪儿都好。

不难猜出诗人在用这首诗暗指什么。倘若将诗歌改写成散文,那么法国、英国和美国的签证官就会明白这报告在说些什么:在天堂里,人们每周工作三十小时。物价在平稳下降,体力劳动并不繁重(因重力减小)。伐树不比打字更艰难。社会制度稳定,统治者英明。在天堂里,人们过得比哪儿都好。他再次尝试念诵起来:"社会制度稳定,统治者英明。在天堂里,人们过得比哪儿都好。"是的,拿这当每日祷文的确不错。

为了明早会见那位德国签证官,他又重新拾起了那首诗,在字里行间挑选出一些词句来。"但是灵魂无法完全从血肉中被剥离,于是人们就带着微量的脂肪,裹挟着一丝肌肉进入了天堂。"接着,他又摘了下一段诗,"没有多少人见过上帝,他只向灵魂纯净的人显现,其余人只能聆听关于奇迹和洪水的报告。"

---

[1] 地名,Iasnaia Poliana。托尔斯泰的出生地。
[2] 该诗摘自《齐别根纽·赫伯特诗选》(1977—1986年卷)。

那晚，他一夜无梦。第二天还是闹钟把他吵醒的。

刚要离家出门，他又折返，从桌上拿走了祷文的草稿："在天堂里，人们过得比哪儿都好。社会制度稳定，统治者英明。在天堂里，人们过得比哪儿都好。"他将纸叠起来，揣进衣兜。这样让他觉得自己更有底。既然能熬过黑夜，那接下来的一个白昼，他也能幸存下来。

他按时赴约，出现在了指定的房间。德国签证官身材矮小敦实，没穿西装也没打领带，而是套着一条天鹅绒的长裤，绿色的羊绒针织衫外面配着一件绿色加厚羊毛坎肩。金色的头发被梳得整整齐齐，他的额头、脖颈和双手上分布着大块的白色斑点。

一个半小时后，面试终于结束。这外国人走出了房间，满脸愕然，甚至想不起来被问了些什么。唯一记得的，是那官员对他重复了两次的一段话：这条路将是漫长且不确定的，第一步仅仅是第一步。对，对⋯⋯布科维纳，出生地，那是第一步。然而，众所周知，德国身份深植于血缘中，并不取决于出生地。我们不是法国人，也不是美国人⋯⋯不是美国人，也绝非英国人，即使我们现在身处同盟国委员会的大楼中⋯⋯这个官员一面向他解释着，一面昂着头，气愤地挥舞着双手。

"不能因为你出生在德国，就认为你是德国人！即便出生地是德国也不能作为判定的依据！更毋庸说别的⋯⋯"他重新埋下头去，念起表格上的内容，核对外国人的名字。"啊，对了，布科维纳⋯⋯以前是奥地利的一省，这点我们承认。不过，只持续了百来年的时间，这您也得承认。奥地利和德国截然不同，完全是两码事。您来自东欧，肯定了解这一点。那个疯子摧毁了德国，正是因为他，现在这个同盟国委员会设在了柏林⋯⋯"这个纯德国血统的德国官员，朝着不知羞耻地玩弄德国命运的万能上帝，再次昂首挥起双手。"就因为那个疯子，德国要永无止境地支付赔款，新的债务和侮辱一刻不停地朝我们袭来。这个委员会还不断地送来叫花子和庸碌者，德国却只能被迫接受他们的入侵。可众所周知，那个疯子根本不是德国人，而是奥地利人。疯子阿道夫是从林茨[1]，从奥地利来的！……他本人压根没否认过这一事实。即便你原来算得上是德国人，但在离开德国八百年后，还算哪门子德国人？几天前，我在电视上看到您的一位女同胞，她自称是德国人，坚持认为自己现在重回祖国了。都过去了八百年了！先生，这可是八百年啊！自从德国殖民者远征到了那个，叫什么来着，对……巴纳特[2]，已经过去八——百——年了！"

这个外来词"巴纳特"，意指罗马尼亚西南部的一个省，古老殖民者的子孙们至今仍生活在那里。然而，他没有在面前的文件上，在布科维纳这个地名旁看到这个词，他只是在自己的记忆里搜寻到了它，还因此感到洋洋得意。

"没错，对了[3]，巴纳特！八百年之后……人们立刻就能感知到其中的区别，无论是口音、词汇，还是行为举止，请您相信我，请相信我吧。"

所以，无论是前天、昨天还是今天发生的一切，都不是决定性的——这就是这位善良的德国代表想告诫他的话。

他先是来到公交车站搭车，又换乘有轨电车，脑海中一直回想着那位官员对他说的话，甚至忘了下车。等他发觉时，已身处城市的另一端。那是一片城郊住宅区，坐落着一栋栋设计精美的排屋。

---

[1] 地名，Linz，奥地利北部城市，多瑙河上游最大河港，上奥地利州首府。
[2] 地名，Banat，现分属三个国家，其东部属于罗马尼亚，西部位于塞尔维亚，北部少量土地属于匈牙利。
[3] 原文为德语，Bestimmt, ja。

他拦了一辆出租，让司机开去市中心的纪念教堂[1]遗址。

他在教堂前的人行道上下了车，这里被行人挤得水泄不通。人山人海的市中心，尤以年轻人居多。他恍恍惚惚地步入一条街边小路，走进了看到的第一家餐厅。这一天在徒劳和虚无中度过，他想借此同其和解。

夜晚，当他打开公寓房门，在黑暗中听到了室友一如往常的问候："下决定的时刻是一个疯狂的时刻。"克尔凯郭尔先生每天晚上都会这么不怀好意地念叨一番。尽管这番话看似有理，但犹豫不决所带来的狂乱也不可忽视。如此一来，这种深夜的争执便丧失了意义。

睡觉前，他进行了晚祷：在天堂里，人们过得比哪儿都好。上帝只向灵魂纯净的人显现。灵魂无法完全从血肉中剥离，于是人们就带着微量的脂肪，裹挟着一丝肌肉进入了天堂。社会制度稳定，统治者英明。上帝只向灵魂纯净的人显现。在天堂里，人们过得比哪儿都好。

一个月后，他来到了巴黎。在这里，他无数次地后悔自己没有留下同盟国委员会中那位法国签证官的名片。又过了一个月，他向着另一世界的来世迈出了一大步。1988年3月，这越洋之步将他再次带入了新世界。

那是一种在一群外国人中当一个外国人的快乐。自由女神像、自由的限制及面具、新的地区、新的句法、关于剥夺的创伤、灵魂和思想中新添的疾病、置身异地的打击，这些包围着他，嵌入了内心。这算是活在来世的机遇吗？渐渐地，他适应了新的历法，习惯了在

---

[1] 原文为德语，Gedächtnis Kirche。

天堂里飞逝而去的光阴：自由流亡的 1 年能抵过前世生活的 4 年。

来到美国一年半后（若按新历法算，就是 6 年后），柏林墙轰然倒塌。在乔尔马尼亚，喀尔巴阡山的小丑及其夫人莫尔杜被执行处决。这意味着重回往昔，重归故土，重返昨日的希望吗？另一片土地上传来的消息打消了他这个滑稽念头。他重新开始审视曾经的困惑，重读了波兰诗人的那份《来自天堂的报告》，里头有这样一句警世恒言：抑郁是体内化学物质失衡的结果，而非性格的缺陷。他将它作为每日祷文，不断重温。

古代诗人奥维德[1]被罗马帝国流放至托米斯，那是斯基泰人生活过的荒凉之地，黑海边的遥远东境，他可曾从悲伤中超脱？现如今，话得反过来说了：托米斯省与他之间的距离是日渐疏远了。他的新居就在纽约怪石嶙峋的河岸边，这是他曾经的沉沦之处，也是现世罗马所在地。在这里，忧伤可以通过药片和锻炼来化解：抑郁是体内化学物质失衡的结果，而非性格的缺陷。万物皆有疗法。敬请拨打 1-800- 求助热线。[2]

1997 年，进入新日历后的第 9 年，也就是 1988 年冬天柏林 D 日以来的第 36 个年头，他又获得了一次重回往日时空的机会。

倘若按新历法算来，他已经 94 岁高龄了。老了，太老了，他已经不再适宜这般远行了。可是，倘若我们从他离开旧日生活开始算去的话，他亦不过 11 岁幼龄。对于一个如此年轻气盛的人来说，这趟朝圣之旅还是稍显过早了。

1　人名，Ovidius（前 43 年—17 年），古罗马诗人。
2　原文为英语，DEPRESSION IS A FLAW IN CHEMISTRY NOT IN CHARACTER. Everything can be fixed. Call 1-800-HELP-YOU。

爪（一）

"你总会获得谅解的。"布鲁克林来的教授这样念叨着，"照这情况来看，你是一个例外。相信我，上帝无论何时都会为你另辟蹊径。"

我们或许会接受这样的假设，但是这和我毫无干系。重要的是，谁在那里等我，而上帝，那伟大的匿名者，假使他真实存在的话，一定知道是何人在那里等我。我之所以循规蹈矩，是因为在那里等待我的人也如此般恪守着规定。正是出于这一原因，我每天早上都致电犹太丧葬自由协会、犹太教会服务处以及附近的犹太教堂。那教堂就在阿姆斯特丹大街上，离六十九号街不远。

可是，得到的答复却如出一辙，简短而明确："打电话找你的教士去吧！"我都来不及解释自己根本没有犹太教的教士，也不属于任何犹太教组织。我只是想知道，复活节那几天，犹太人的公墓区是否准许外人进入。即使一个人不属于任何犹太教组织，以后也不会从属于任何人、任何事，他也有权知晓此类信息。最后，他还是给布鲁克林的教授打了通电话。几年前，我曾让他投入罗马尼亚裔旅法哲人萧沆那虚无主义的怀抱。教授是位无神论者，热衷于无信仰之人的怪事，我倒想问问他可否认识某位犹太教教士。

"当然认识。我的朋友所罗门契克[1]呀，犹太教教士所罗门契克。"

我向他解释了自己的窘境。尽管觉得他能在我这儿开个特例，但其内心流露出的那股意欲替代上帝的狂妄自大还是无法让人轻易忽视。这老兄甚至完全否认那位匿名者的存在。

"是啊，你说得没错，我当时迫不及待地向他做了保证。我可以越过墓地的围栏，老归老，但还不至于连那玩意儿都翻不过去。只是，我不想破坏教规。至少这次不会这么做。要是没法儿进去，我就将永远站在墓园门前，至死方休，就像卡夫卡笔下的主人公那般，用死亡直面一切教规。但我必须先要了解教规是怎么说的。犹太人总会为例外情况制定特殊规则，我必须先知道教规是怎么说的。教规，你明白我说的是什么吧。犹太人的圣词：教规！我需要一位教士。"

"我给所罗[2]打个电话吧。"布鲁克林的朋友说道，"我这就打。他知道，这个教士肯定知道。此人无所不知无所不晓。"

那位教士的确无所不知，甚至还了解表象之外的一些事情。这位教规的代言人清楚地给出了答案："逾越节那一周的头两天和最后两天不得进入墓园，中间的几天可以。"

我在面前的这本日历上记下了日期：头两天是1997年4月22日和23日，即犹太教历5757年尼散月13日和14日。最后两天是4月28日和29日，即犹太教历5757年尼散月21日和22日。中间还

---

[1] 人名，Solomoncik。

[2] 人名，Solo，Solomoncik 的简写。

剩下四天时间，于我足够。

然而，那位教士又补充了些教规之外的东西。当他听闻我要去的是罗马尼亚后，不禁陷入了沉思。这位向我反复传达着圣人之言的中间人没有掩饰住自己的困惑。

"你能想象到会发生这种事儿吗？当那位教士知道是罗马尼亚后，他竟说，'啊哈，他要去罗马尼亚！罗马尼亚？……这样的话我可不敢打包票了。他得问问那边的人。'他就是这么说的。你能想到阿廖沙[1]·所罗门契克给我这么一个回答吗？"

阿廖沙是一位智者，我不得不承认。第二天是星期五，我打电话给布加勒斯特的那位基督徒朋友。

"呃，难道你在纽约查不到这个信息？"我的前同胞感到异常惊诧。

"行是行。有个教士的确向我解释了教规，但当听说我要去罗马尼亚后……"

这个外号叫作"金头脑"的瑙姆[2]忽地大笑起来。我捻着细长的电话线，清楚地听到他在布加勒斯特那头捧腹大笑。"先生，这可太绝了！没想到在纽约还有这么聪明的犹太教士。"

"我们当然有。亲爱的，美国什么都有，但在罗马尼亚犹太人这件事上，美国的教士可做不了主。周日，没错，犹太人周日早上也工作，你可以给布加勒斯特的那个社区打个电话。"我这么和他保证道。

果真，周日我便得到了回复。

1　人名，Alioşa。
2　人名，Naum。

"一位慈眉善目的女士把所有信息都告诉了我。"金头脑说道,"我让她把这些话都重复了一遍,好让我全部记下来。原话如下:墓园在4月22日至29日间禁止入内。4月30日重新开放。"我记下了这个日子。"这个月份叫什么来着,尼散?尼散月?""是的,没错,那位女士就是这么说的。记住了,是4月30日,逾越节过后开放的第一天。"

我陷入了沉默。然而,这位来自布加勒斯特的对话者不会明白,这沉默是对所罗门契克教士表达的敬意,还是对布加勒斯特那位善良犹太女士流露的敬慕,抑或是传递着与这些完全无关的信息?

"有什么问题吗,为什么不出声了?看来你得在这里多待两天了,但多待一阵子天又不会塌下来。我们可以趁这个机会好好地促膝长谈一番。你又赶着去哪里呢?我们已经10年没见面了,真见鬼!"

金头脑说得有道理,事实上我们已将近11年没见过面了,但他讲的道理并不是问题的关键所在。问题的关键在于,我根本不想完成这次旅行,这才是症结所在。

我希望能有除自己之外的某个人来解释我这神经官能症,当然,如果能让我同时将这毛病和这旅行都抛在脑后那是最好不过了。

我需要一个简单明了的解释,一个任何人都能听懂的解释,比如"你不该重回那个将你赶走的地方"之类云云。我需要一枚在所有自动贩卖机上都通用的硬币,将它投入机器后,什么三明治呀,汽水呀,还有用来擦眼泪的纸巾呀,通通都能跑出来。

然而,我收到的却还是那些虚情假意的话:"1941年秋天,那时才5岁的你在运送牲畜的火车车厢里醒来,周围挤坐着你的邻居、亲人和朋友。火车载着你向东边跑去,向那东方的伊甸园飞奔而去。"

是的,所有这些缅怀的碎碎念我都熟悉得很。它们打着纪念过去的名号，出现在各类电影、演讲或是慈善晚宴里，美其名曰：以飨后世。

"1945年，战争结束的那会儿你9岁。'幸存者'这个新鲜出炉的名头加在身上，你完全不知如何是好。而到了1986年，在你年满50岁的这一天，你终于懂得了个中含义。而这次，你再次离开，不过是朝西方奔去。'决定性的向西之旅'。那会儿就是这么说的，穿过铁幕，向西而去，这是具有决定性意义的。"

一个外国人的嘴里道出了一个简洁准确的结论。模仿者可以使你自行痊愈，我们没有忘记这睿智的承诺："逃跑是渺茫的，但渐渐地，你会找到一个归宿，那就是语言。""模仿者既不会在幽默的感觉上有所改观，也不会在修辞的运用上有所改进。""潜在的归宿"，那个声音是这样嘀咕的吗？不，"潜在的"这个词听起来有些自命不凡了，尽管它再合适不过。

接下来低声传来耳熟的陈词滥调：幸存者、外国人、域外人。"毕竟，语言就是你的归宿，不是吗？是的，这样的老调重弹我是知道的。你第一次被流放是在5岁的时候，那时候是因为一个独裁者。到了你50岁的时候，你再一次被驱逐，这次是因为另一个独裁者和与先前那次截然相反的意识形态。这简直就是胡闹，不是吗？"

我依然认得出来这种简化了的老调重弹，尽管它忽略了中间的年岁、希望的陷阱和徒劳无益的教导。可是那隔离的特权又该从何说起？"被排斥就是我们唯一的尊严。"流亡者萧沆不断重复着。

被驱逐，代表着特权与公正？有着良好自我意识的小自大狂？在迈入古稀之年的门槛边，这位流亡者给我们上了关于剥夺的最后一课：要为最终的漂泊无根做好最决绝的准备。

"1982年，你是个域外人。10年过去了，你成了位真真正正的域外人。"

后共产主义时期，乔尔马尼亚的报纸一直在"讨好"它的流亡者，说他是叛徒，是来自耶路撒冷的侏儒，还说他只算得上是半个人。是的，祖国不曾将我忘记，也不允许我将它忘记。我的朋友们花了大价钱买上邮票，从大洋彼岸为我寄来这些"颂词"，任年岁更迭，任四季变幻。1996年，新的爱国主义者要求"消灭飞蛾"。这个最后通牒里卡夫卡式的术语自然是在暗指这些流亡在外的害虫不知何时摇身一变，插上了翅膀，飞跃了山河湖海，来到了天堂。

为何我不能亲自细数这些可爱之处，而是更愿意将它交给一位中介呢？"与祖国相见，是出于对陷入更深绝望的需要，是出于对变得愈发不幸的渴望。"萧沆如此自言自语着。可惜仇恨并不是我所擅长的领域。我愿意高兴地将它留给任何人，包括祖国，包括那些急着将我从滚烫岩浆之狱中拉出来的人。

1989年后，拒绝访问罗马尼亚的邀请并非难事，更难的其实是拒绝陪同美国巴德学院院长一同前去的请求。这位院长曾经在布加勒斯特指挥过两场音乐会。巴德学院是我在美国的东家，所以在布加勒斯特的那几天，我作为东道主自然也得尽一下地主之谊。这个10年前想都不敢想的机会本应是件快活事，但现在却不是了。1996年，当我第一次听到这个计划的时候，我不以为意地耸了耸肩，还罗列了自己无法奔赴那趟旅途的种种理由。可是，里昂并没有放弃。到1997年的冬天，又出现了新的推动力来支持他的想法。

"政局在变化，罗马尼亚也在变化。假使你最后还是得回去一趟的话，那倒不如现在去。届时会有你的一个朋友同你一块儿去的。"

我离开的时候已经迟了，但也不是我自己想要离开。那时我并没有准备好与过去的那个自己重逢，也不想同现在的自己做个置换。

1990年春，正在巴黎书展中的我产生了后知后觉的顿悟。罗马尼亚代表团不再由以往那些文化政客组成，取而代之的是一群真正的作家。那是一次洋溢着真情和乡愁的团聚。然而不一会儿，我便开始一种病态的颤抖，不明缘由地汗如雨下，身体诡异地遭受着焦虑感的侵袭，这感觉深邃而隐匿，令人惴惴不安。我不得不赶紧带着自己紊乱的神志离开现场。我的前同胞们一直彬彬有礼，热情友好，但也有了一些变化，仿佛从一种关系中挣脱了出来，一种曾经将我们牢牢相牵的关系。而我，一个背负着罗马尼亚语外壳的难民，早已身处家乡之外了。

一种令人愤慨的欺诈行为？为什么偏偏要在这个域外人面前介绍他们？

"在你与世界的斗争中，你要协助世界。"卡夫卡曾这么建议我。然而，我接受过他的劝导吗？

里昂仍坚持不懈，但1997年那时候，他无法再用沉默来回答问题。我听见自己说出了第一个词"可能吧"，然后是："我们看情况""或许吧""我是这么想的"。我难以接受那样的想法，但我还是渐渐习惯了它。最后，我终于给出了一个腼腆又清晰的回答："行。"同时，我又确信自己很快就会想收回这句话。不过，我没有这么做。我必须在最后打破枷锁，别人是这么告诫我的。只要回去一次，无论是好是坏，我终将得到解放。

难道，这样的口号对我真的管用？又或是得办一场温情脉脉的调解仪式，或是一次"文化"午餐？在餐宴上，我也许还会发现自己佩戴着红绿相间的绶带，手持奖状，因自己提高了祖国的国际声望而受到杰出退休者协会的表彰？在享用烤泥肠、啤酒，经历过一如往日的玩笑和拥抱之后，我便会被命运击晕在地，它表明了以下事实：你在祖国获得了认可。亲爱的，祖国接受了你，你不再需要做什么了，过去的症结已被摆平。你不必证明那只是祖国在别国面前的托词。你无须再证明什么了……我可爱的小文员，也就是金头脑，或许就会在纽约客人的耳边这么说起来。我几乎都能听到他耳语的声音了，而恰在此时，一阵电话铃声惊醒了我。

早晨6点，电话那头不是我那幽默的老朋友。那个人……来自苏恰瓦[1]，一个承载了我童年和少年时代的地方。电话里的声音听起来温和礼貌。啊！是苏恰瓦商业银行行长的声音！听说我即将回到罗马尼亚，他特地来通知我，布科维纳基金会在去年冬天授予了我文学奖。家乡的民众也因此感到极其荣幸，假如……苏恰瓦！布科维纳！复活！我从未忘记，从集中营回来后，自己就是在那里获得了重生。或许，我可以在没有任何颁奖仪式、电视转播或纸媒报道的情况下领奖吗？可以，行长向我保证了这一点，一年前，在我这个美国获奖者不在场的情况下，该有的仪式都已举行过了。

这位苏恰瓦的银行家似乎不善谈论与文学相关的话题，但确实用心履行着职责。他软糯的口音，那样亲切，说服我接受那不足挂齿的奖励。行长重复"不足挂齿"一词的次数和提及自己名字"库库[2]"的次数一样多。就这样，我终于被说服了。不过，我依然有不可退让的原则：不接受任何采访，不在公众场合露面！

旅行的合理性已在苏恰瓦的墓区得到了确认，可面对这样一种慰藉，我并不认为自己做好了准备。

---

[1] 地名，Suceava，罗马尼亚东北部城市。
[2] 人名，Cucu。

1986年秋，在离开罗马尼亚之前，我坐了8小时的火车，从布加勒斯特前往苏恰瓦，进入布科维纳的核心地区。

走进车厢时，我一眼就认出了那位将全程做伴的乘客。他身着西装，打着领带，全神贯注地读着一份党报，全部行李就只有一只公文包。那个"影子"将陪我一同前往目的地。倘若他未在朝圣之旅后折返，或许还会和我一道去往"那里"。

11月，凄寒如灰烬般的日子。那些年，罗马尼亚深陷于世界末日的氛围中。即便是曾在我少年时代流光溢彩、生气勃勃的小镇，也在那时变得死气沉沉，恍若即将分崩离析。人们打着寒战，畏畏缩缩，沉默寡言。在他们枯槁而褶皱的面庞上，在他们仓皇不安的问候中，甚至在鸡毛蒜皮的日常对话中，你都能察觉到他们的悲伤、痛苦和郁积的愤怒。我的"陪伴者"，或是接替他完成任务的那些人，无论潜伏在何处，戴着怎样的面具，都不再重要。被监视者和监视者最终都将得到同样的审判，生活将让他们在一条死路上慢性中毒。

我不曾期待什么令人开怀的惊喜。全国各地状况如一。苏恰瓦也弥漫着一股丧葬的氛围，这加重了我想要离去的负担。我本想以一种更为阳光轻松的方式来缓和气氛，尝试讲些诙谐的玩笑，用幽默和嬉笑来淡化这沉闷不快的琐碎日常。可结果却不尽如人意。所有谈话在最后总是不可避免地回到"我为何而来"这一话题上，而不再关心周围阴魂不散的悲惨与恐怖。面对我那疑云满面、神情沮丧的双亲，我没能让他们相信我的这次离去只是一次暂时的告别。

在重回布加勒斯特的前一日，我用于安抚双亲的天真伎俩收到了回应。那天清晨，当我还躺在床上的时候，母亲被搀扶着走进了我的房间。这一年来，母亲的老毛病加重了许多，她已双目失明，只能靠别人搀扶才能勉强行走。我们的小公寓里有两个房间：一间客厅，一间卧室。我的母亲睡在一张沙发上，和照料家事的阿姨同住一屋。而我的父亲则睡在卧室。在探亲的那几天，我和他同住。每天早上，我们在客厅共进布科维纳式的早餐，喝牛奶咖啡[1]。在客厅还会进行一些日常活动，比如用餐、接客，或是闲聊。

那天，母亲并没有像往常那样等到吃早饭的时候再同我说话，而是希望能够更早地见到我。于是，她趁父亲去市场又或是去犹太教堂的那会儿，单独来找我，好使谈话时再无旁人。她敲了敲房门，然后让人搀扶着，慢慢摸了进来。她孱弱身躯内所储存的能量显然已被那羸弱多病的心脏消耗殆尽。她在睡袍外披了一件家居长衫。母亲终其一生都觉得热，穿不了厚衣服。这件长衫显然是件新物什，因为现在她开始抱怨起冷来，总觉冷得受不住。

阿姨搀着她的胳膊，我向阿姨示意请她帮助母亲在床沿上坐下来。那阿姨刚走出房门，母亲就滔滔不绝地说了起来。

"我要你向我保证：你一定会出席我的葬礼。"

我并不想同她进行这样的对话，也不愿将时间花在这些胡说八道上。

"我总感觉你这次会一去不回。然后，你就把我一个人丢在这里，孤零零的。"

1982年，她和我同住在布加勒斯特。那年，一份发行量巨大的官方报纸宣称我是个域外人。她知道这并不是什么溢美之词，也明白"世界主义者"绝非什么好话。友人打电话过来问我家窗玻璃有没有被砸碎的时候，她就在我身边。对于此类信号，她比我更明白个中含义。无须多言，我们都知道这些警告会激起我们脑海中的何

---

[1] 原文为德语，Kaffee mit Milch。

种记忆。

我急着打断了她想说的话,一再念叨着我业已重复许多遍的说辞。一遍又一遍,说着前些日子说过的那些话。她仍是入神地倾听着,但面对这些陈词滥调,也不再有好奇之情了。

"我要你答应我,万一我去世时你不在这里,你也还是会赶回来参加我的葬礼。"

"你不会死的,我们现在讨论这些没有意义。"

"不,有意义,对我来说,很有意义。"

"你是不会死的,我们现在谈论这个话题没有必要。"

"不,有必要。我想要你出席我的葬礼,你答应我。"

可我只能用如出一辙的答案搪塞她:对于回程,我什么也不知道,什么也没决定。如果柏林方面给我发了一笔奖金,那我可能会在柏林待上一年半载,那也得看邀请信里具体怎么说。我现在尚未从德国人那里收到任何消息,那信件兴许还躺在哪个检察员的抽屉里。不过,我已经听到些许风声,说我拿到了那笔奖金。然而,现在什么也不好说,只是谣传罢了。

对话还在重复进行着,我们唠叨着那些已被说烂的话。到最后,我有气无力地对她说:我真的无法保证。霎时,长久的沉默将我俩笼罩起来。在这久久的静默里,母亲看起来愈发孱弱,愈发瘦小了。

"这意思是说,你不会来了。"

"不是的,这话题没有任何意义。你不会死,讨论这些一点用也没有。"

"谁都不知道何时会死,怎么死。"

"是这样,没错。"

"所以我们才要讨论这些。"

"谁都不知道在自己身上会发生什么事儿。我也一样。"

"我就是想让你答应我。求你了，答应我。我想让你回来参加我的葬礼。"

"我没法儿保证。实在没办法。"

随后我不假思索地加了一句"再说这也不重要"，但这句话并非我本意。母亲立即说道，"重要，对我而言很重要。"这场对话似乎永远逃不出这一循环。

"即使我不能参加葬礼，但无论我身处何方，终究还是会回来的。这一点你必须明白。无论我漂泊于何处，我终将回到这里。"

不知道那个回答她是否满意，毕竟，我永远也无从得知了。1986年11月以后，我便不曾再见过她。母亲于1988年7月与世长辞，而当时我已经到了美国。父亲在她死后一个月才告知我，但这并非因为他想免去我参加葬礼的麻烦，而是因为他知道，我一旦回来将永远无法再离开。七日守丧是犹太人传统习俗，父亲不愿我背负未遵守这一习俗的罪名。他心中必然有这么一种担忧：无论他儿子多么痛苦，怕是都无法遵守这样的规定。

1989年夏，81岁高龄的父亲在离开罗马尼亚移居以色列之前给我写了一封信，信中向我描述了母亲与病魔斗争的最后几个月。

只要我还待在德国，母亲似乎就能靠等待我的消息坚持活下去。尽管如此，她依然焦虑不安，无论是信件，频繁的通话，还是装有食物和药品的包裹，都不能让她放心。事实上，它们恰好预示了那不可避免的离别。这一点她也预感到了。

我前往美国的消息最终击碎了她的窘困：她再也没有缘由，也不必为了谁继续挣扎下去，更不必心怀希冀了。在这之后，她开始频繁失神，身体日益虚弱，逐渐神志不清。甚至连搀扶着行走也变得极为困难,哪怕只是走去卫生间的几步路也难以为继。直到有一天,她突然摔倒在地,只能蜷缩着,无法起身,不可动弹。曾经说起话来滔滔不绝的她如今变得又聋又哑,双目早已看不清周遭的事物。偶尔开口说话,整个人仿佛被鬼魂附体了一般,张口闭口都是她的父亲和我,还时常将我俩混为一谈。她总觉得我们时刻围绕在她身边,时而担心我们从城里回家晚了,时而懊恼我们忘了告诉她自己去了哪儿。"阿夫拉姆[1]在哪儿?""我的孩子呢,还没回来吗?"有时,她哀号着自己被某些人谋杀了。凶手的名字是马尔库[2]和玛丽亚[3],这对凶手组合似乎并非偶然。在短暂的爆发后,她很快就疲惫不堪,重新陷入睡眠所带来的宁静中,可那宁静薄如蝉翼,忧虑的情绪依然萦绕在睡梦间:我儿在何方,我父在何处?我亲爱的阿夫拉姆呢?这般梦呓总是毫无征兆地开始,并不断循环往复。几番呓语之后,她便会缓缓滑入非现实的宁静当中,那儿成了她寄居的庇护所。"他们回来了吗?孩子回来了吗?阿夫拉姆在哪儿?说在城里,还在城里吗……天黑了,都那么晚了。"

恐怕她永远不会让这两个对话者离她而去,即便在离开了其他人和所有事之后,也依然如此。1988年后,她还会来到怪梦中看望我,梦中的景象实在令人难以忘怀。在那段流离失所的岁月里,我不止一次在陌生房间,在他人屋檐下感受到她的存在。那些房间好似在倏忽间被一阵奇异而温柔的气息拥裹起来,来自往昔的精灵扇动着翅膀飞过我疲惫的眼睑和额头,最后温情脉脉地落在肩头。

重返罗马尼亚的前一周,我又在梦境中与她重逢。我们在布加

---

[1] 人名,Avram。
[2] 人名,Marcu。
[3] 人名,Maria。

勒斯特的街道上漫步,她向我诉说着民族诗人米哈伊·埃米内斯库[1],说他非常希望能同我见上一面,还很想去我的公司看看。她看起来生龙活虎,全神贯注于那些令之喜形于色的甜言蜜语,但我知道,那些话主要还是用来让我开心的。突然,她跌进了人行道边的一道深沟中。实际上,那是工人们用来修筑深层渠道网的一口深井。这跌落发生得太过突然,我甚至都没有反应过来。好在她抓住了我的手,那副苍老而沉重的身躯悬在深坑之上,而我伏倒在地,趴在人行道上,左手紧紧地抓着她,以防她彻底摔下去。我用右手紧扣着人行道边缘,左手抓着她瘦骨嶙峋的手掌,可还是逐渐感到自己止不住地向前滑去,无法对抗她身体的重量,母亲的身体正在深渊之上绝望地左右晃动,她苍白、孱弱和皱巴巴的双腿在空中无助地踢蹬。

深渊之底有一群工人正在忙碌,我看见了他们白色的头盔。然而,他们看不见我的身影,也听不到我的声音,多少求救的呼喊都无济于事,我声嘶力竭的吼叫永远得不到回应。紧绷的身体令人窒息,我感到浑身的气力一点点被抽离。那枯瘦的手紧攥着我,不可避免地将我一并拖入深渊。我滑向人行道的边缘,准备就此放下这沉重的负担,任由自己坠入无底洞。我才刚刚同母亲重逢,不愿就这么再度失去她。

不,此刻,没有任何事物能让我放弃那熟悉的触感。这个念头宛若一支利箭击穿脑海,让我倍感刺痛。可这触感却没能留下一丝让人支撑下去的力量。一切与我的所思所想背道而驰。一阵眩晕后,最后一点气力也消耗殆尽。不过,只要还有一点余力,一切就不会

---

1 人名,Mihai Eminescu(1850—1889),浪漫主义诗人,最负盛名的罗马尼亚诗人之一,代表作包括《金星》《湖》等。

结束，我会继续撑下去，尽管我知道自己早已输了。

我紧紧地拉着那只抓着我的手。随着时间一分一秒地流逝，我慢慢想要放弃。我们失去了对彼此的感知，我不如就同她一起坠入深渊吧。哦不，一切都还没有结束，我不想这样……我泣不成声，精疲力竭，不断下滑，一点一点，眼看就要坠向深渊。

左手麻木无力，已然败阵，右手伤痕累累，无法支撑。就这样吧，我放弃了，无奈而愧疚。就这样吧，一切都结束了，注定了是这般结局，我无法与之抗衡。我们开始坠落，尖爪刺入心脏，像是一把锋利的三棱匕首。

我终于在床上醒来，惊魂甫定，大汗淋漓，浑身无力。上西区的这张床，我再熟悉不过了，明媚的阳光正透过房间的窗户。1997年4月16日，周三的早晨，距我重返祖国的日子还有四天。

第一次归来

（如同虚构的过往）

初始前的开端

6月,酷热的暑夏。在公交车的售票亭前,乘客们一面用报纸和小扇子扇着风,一面用手帕拂去淌下的汗水。

这位初来乍到的人剃了个平头,金色的短发微微泛红,他对缓慢爬行的队伍并不恼火,对烈日炎炎的天气也没一句牢骚。他双唇丰满,眉毛浓密,眉峰遒劲有力,弯成一个角,直直地指向太阳穴。眼中的目光专注有神,鼻子俊秀挺拔,但看起来并不粗犷,身着一套浅灰色毛料西装,双排扣,大翻领,内搭白衬衫,配深蓝领带,脚穿一双剪裁考究的尖头高筒靴。外套右上方衣袋还露着蓝格子方巾的一角。这位年轻的先生约莫25岁,仪表堂堂,无可挑剔,一副令人尊敬的模样。墙边靠着一只小小的公文皮箱和一只小小的皮筒,那样子就像一把雨伞。这位先生用脚将它们护着,皮筒上盖着顶草帽。只见他从胸口的衣袋里掏出一只锃亮的皮夹,抽出两张新钞,将它们分别对折。而后,当他再次将之展开时,纸钞沙沙作响,悦耳动听。他身体微倾,将钱递给了站在柜台后髭须浓密的收银员,并告诉收银员他所要去的地方。他说话声音听起来如何？在这个狭小的收银间里，只听见他简短地陈述了自己的购票需求。

  他将车票塞进了左边的裤兜里，又看了一眼找回来的那些皱巴巴的零钱，愣了一会儿，将它们揣进了裤兜，而不是将它们同其他钞票一起放入那个精致的皮夹。放好零钱后，他俯身提起了那只小小的公文箱和皮筒，拾起了自己的草帽，又看了看左手上戴着的安加牌方形腕表，离发车还有半小时，于是他径直向停车场走去。那里的长凳就在公交车一旁，上面空空荡荡的，而公交车则受着烈日的炙烤。他从衣袋里掏出一份报纸，在长凳上坐了下来。《世界报》，加粗字体在头版上方赫然写着那天的日期：1932 年 7 月 21 日。看起来，编者对这世界的态度并不乐观，他在编者按那儿用两栏文字向世人发出警告：这世界处处埋伏着炸药。或许还没等那些怀疑者做出预测，它们就先行爆炸了。

  然而，这位读者严肃而专注的神情从买了票之后就不曾变过。报上的文字没有增加他观察周遭时的注意力，这周遭也未曾被懒洋洋的时间碎片所触及。他似乎对自己感到十分满意，洋洋自得于这每日时光。公园、湖泊、天空，甚至是游客们叽叽喳喳的喧扰无不印证了这一点：他活在世界之中，是这社会的一分子。这田园诗般的日子背后所蕴含的深意，怕是只有那些没有勤恳生活着，无法在社会上找到自己一席之地的人才无法理解吧。

  周围熙熙攘攘的嘈杂声愈演愈烈。人群急着挤向售票厅，涌向公交车。一大群人摩肩接踵，妇女、小孩都挤在一起，引起了一阵夏日的骚动。他依旧在长凳上坐着，瞧着这场骚动。又过了一会儿，实在没办法，他才不情不愿地起身。

  如往常一样，公交车内人满为患。每年圣伊利耶节后都会如此，而这一天又恰逢弗尔蒂切尼[1]当地闻名遐迩的赶集日，乌克兰人称之为 Iarmarok。他尝试着从座椅中间的通道向前挤一挤。司机马上要发动汽车了，他必须让自己坐下来。于是他小心翼翼地展开了那个圆形皮筒，那可不是用来放雨伞的，而是一把折叠三角凳，迄今已买了一年有余，用过好几次了。他将凳子的三个脚小心翼翼地展开，放在小手提箱旁。他的帽子就搭在那手提箱上。

他觉察到左侧的一位年轻女士正注视着自己……在停车场，当所有人都涌向公交车的时候，他就注意到她了。她留着一头乌黑的秀发，像个西班牙女人，双眸乌黑，炯炯有神，腰身纤细，脚踝纤巧。只见她身穿一条白色短袖印花裙，下配一双高跟羊皮凉鞋，手提一只样式奇特的包，就像拎着一只菜篮子。她苗条纤瘦，行动灵巧，急着打量他人亦渴望被人关注。随着汽车发动，他们之间的对话也就此开启了。优雅迷人的男乘客同风姿绰约的女乘客搭讪并非难事。至于说话时的声音呢，他年轻的男高音几经斟酌而出，听起来平和柔缓，而她年轻的女低音则颤抖着，避免过于尖亮，听起来活泼悦耳。

"你是里梅尔[2]太太的亲戚吗？"

当看到她朝着公车匆忙奔去时，他就在想这个问题。那风姿绰约的女人一听这话，有些惊讶，脸上随之荡漾起愉悦的微笑。

"没错，里梅尔太太是我姑妈，也就是我父亲的妹妹。"

一番简短的对话之后，他们似乎都有相见恨晚之感。那把小三角凳为男人无可挑剔的外表添入了些诙谐的味道。显然，无论是自身所处的社会地位，还是在公车拥挤空间的站位，他都得考虑到位。

---

[1] 地名，Fălticeni。

[2] 人名，Riemer。

话题从里梅尔太太转向她的丈夫——基瓦[1]，一个家具商。大作家萨多维亚努[2]在弗尔蒂切尼过暑假的时候，还曾和他下过国际象棋。接下来，这对年轻男女谈及了里梅尔太太的孩子们，他们学业出色，远近闻名。他们还发现彼此都经常光顾这座城市的7月市集。自然而然，关于这座城市的共同记忆也成为话题之一。这两个人都没有像预定的那样在苏恰瓦下车，而是在另外两个相邻的小镇——男士在伊茨卡尼[3]，也就是苏恰瓦的下一站；而女士则在布尔杜杰尼[4]下，伊茨卡尼的下一站。

全情投入在对话中的他们似乎没有注意到暧昧的幻影正在空气中酝酿而成。他们又或意识到了这一点。尽管年轻女子身上散发着地中海人的活泼，让这场交谈变得热火朝天，但他们自始至终都有意识地在对话中寻觅着什么。离别之时，他们都发觉这趟旅程的终点并非家的港湾，而是一片未知之地。

第二周，他们如约再次相会。神采奕奕的年轻男子骑着一辆锃光瓦亮的自行车，出现在"我们的书店"前。这家商店规模不大，同时还兼作住房使用，就位于布尔杜杰尼主干道中段，店内墙壁刷成了黄色，百叶窗有些窄小。书店距伊茨卡尼制糖厂仅三公里之遥。这家糖厂位于苏恰瓦郊区的一个老镇中，女子的父母是制糖厂的厂长，而这个男人就在那儿任会计一职。那真是一次愉快的骑行，尤其还碰上了一个阳光明媚的周日早晨。

---

[1] 人名，Kiva。
[2] 人名，Mihail Sadoveanu（1880—1961），罗马尼亚20世纪上半叶最负盛名的作家之一，一生创作超过100多部文学作品，也是世界上创作量最多的作家之一，重要作品包括《斧头》《仲夏之夜》《吉德里兄弟》等。
[3] 地名，Iţcani。
[4] 地名，Burdujeni。

最初的记忆同这条骑行之路有关，这是一段我出生之前的记忆，一段我还不存在时的记忆，是往昔之前有关旧日的传奇。

倘若数世纪之前的中国圣贤像问他的众多弟子般那样问我，"在你的父母相遇前，你是何般模样？"我的脑海中就会不由自主地出现20世纪30年代中期罗马尼亚东北部两个相邻小镇间的那条公路。路上混杂着石块和沙尘，两侧排列着瘦削的树丛，抬头，上方被一片睡意蒙眬的天空笼罩着。这公路宛若一条金黄色的缎带，化作一段必须经受的岁月，让人从此处抵达彼处，从此事转向彼事。童话故事将这样的剧情称为爱情，它是一种错误的所属关系。但遗憾的是，这样的错误，似乎我们每个人都需要。

在第一个周日的见面后，伊茨卡尼制糖厂的会计继续着他对邻镇的拜访，或是骑自行车，或是搭老式火车。那段由石块、黄土和沙尘铺筑成的道路逐渐幻化成有着磁石般引力的幻想之境，将那个被世界遗弃的角落打造成了国际中心。在飘扬着田园牧歌的天上，命运中暗藏的中国元素在喧嚣中彼此追逐，它们绘制的不是未来的图景，而是当下瞬间的璀璨星云。正如我想的那样，那位热切地追求着陌生女子的男人将在几个月后发现那些我在半个世纪后才发现的事情。20世纪80年代初，那时我的母亲几乎已经成了盲人。有一天，我带母亲坐火车去看一位眼科医生，这大夫所在的城市离那些老镇有两个多小时的车程。

几年前，我第一次到西方旅行，在巴黎遇到了母亲一位大名鼎鼎的表兄阿列尔，亲戚们常常谈起他那些颇有传奇色彩的故事。那时，他已不再像年轻时那样把头发染成绿色、红色或蓝色，也不清楚他是否还像戴高乐时期那样贩卖军火，或像他声称的那样，继续为《世界报》撰稿。这个男人当时已经谢了顶，一副大腹便便的样子，同时还遗传了家族病，几近是个盲人了。他的藏书浩如烟海，让人一时都不知道从何下手好。他最敬爱的舅舅则是阿夫拉姆，一个书商。当谈及阿夫拉姆之女，即我母亲的青葱岁月时，他总会露出一脸莫名的微笑。我企图打破砂锅问到底，可他总拒绝透露其中的细节。难道她在嫁给我父亲之前，还有一段鲜为人知的尴尬过往吗？或许在公共汽车上同父亲相遇之前，这明眸皓齿的女人还有一段让整个小镇都难以启齿的岁月吗？不过，那些过往可能也没那么夸张，至少没能阻挡那位男士热烈追求的脚步，毕竟他足足坚持了三年之久。

在他们相遇之前我又是什么样子的呢？我的脑海中没有足够的中国智慧，记不起往昔之前的过往，但我可以看见初始前的开端，1933年至1936年间的那段时光，从二人的公交初遇到他们拥有爱情的结晶，而这对夫妇的孩子与其说是活着，倒不如说更像是死了。

在我外祖父的家里，总能见识到祖传的高超厨艺和过人的外交手段。早在我出生之前，这些潜能就开始在四处积蓄起来：在伊茨卡尼和苏恰瓦举办的奥地利风情舞会上；在布科维纳的首府——被誉为世界彼端"维也纳"的切尔讷乌茨[1]的旅行中；在老布尔杜杰尼旧日历上的节日里；在苏恰瓦多姆-波斯基剧院的包厢里；在电影院的放映厅里，在那里这对情侣会发现一个不知是美国人、英国人，还是澳大利亚人的诺曼；在往返于苏恰瓦和弗尔蒂切尼的公交车上。空气中飘来冷杉的香气，各式演讲也随风而至：蒂图列斯库[2]的、亚

---

1 地名，Cernăuți。
2 人名，Nicolae Titulescu（1882—1941），罗马尼亚外交家。

伯廷斯基[1]的、希特勒[2]的、托洛茨基[3]的、巴尔·谢姆·托夫[4]的。房间里烟熏火燎，煎锅里升腾起灼热的蒸汽，弥漫其中。周围，人们你一言我一句地议论纷纷，闲言碎语使黑暗也变得令人振奋。报纸里，各式警告言论更是甚嚣尘上。

然而，最重要的事莫过于突然在世界中心催眠一男一女。一位是沉着镇定的少年郎，出身于一个面包师的普通家庭，无依无靠，为人谨慎，做事勤奋，严守内心，以期通过不懈努力来保全自己的尊严，获得他人的敬重。另一位是热情洋溢的女娇娃，渴求命运的征兆，而恐慌与激情在这命运里并存，这些是从她有些神经质的祖辈那里继承下来的，他们中有犹太法典信奉者，也有经书商。这二人的际遇，就是面包与书籍的相会。

这两人的不合拍在恋爱和刚结婚那会儿反倒起了黏合作用，尽管直至最后他俩都还是选择了坚持自我。婚姻的回旋切磋，一方是戏剧般真挚的热情，另一方则是孤独谨慎，是一再斟酌，是自持克制。警戒提防对淡漠冷静，惊恐慌张对严谨审慎，刺激冒险对言不尽意。种种这些纠缠的产物便形成了命题前提与命题间完美的辩证性……这自然会引发新的矛盾，否则这喜剧将毫无幽默感可言。而这些矛盾中的不耐烦因素是否会附加在新生儿身上呢？

矛盾的是，他们的独子在1936年7月成了早产儿。他出生在

---

[1] 人名，Ze'ev Jabotinsky（1880—1940），犹太复国主义领导人、犹太复国主义修正派的鼻祖。

[2] 人名，Adolf Hitler（1889—1945），德国政治人物，前纳粹党领袖，二战纳粹大屠杀主要策划者、发动者。

[3] 人名，Лев Давидович Троцкий（1879—1940），布尔什维克主要领导人、十月革命指挥者、苏联红军缔造者和第四国际精神领袖，是一名革命家、军事家、政治理论家和作家。

[4] 人名，Baal Shem Tov（1698—1760），犹太教哈西德派创始人，犹太教神秘主义教士。

圣伊利耶节当天，也就是弗尔蒂切尼的赶集日，而这一提前降临不曾表现出任何急躁的迹象。未出生者事实上拒绝出生……他不愿像那些继承者那样，接受这份与生俱来的矛盾。他执拗地在胎盘上拖延时间，但这威胁到了他这形似诞生的出世。对于母亲和婴孩来说，要想活命，这日日夜夜的拖延都是危在旦夕的创伤。

相比胎儿，产妇显然更为重要。当得知妈妈能够幸存下来时，全家人都舒了口气。至于那个婴儿，当他的命运不再与其母亲紧紧相连时，他的外祖父老阿夫拉姆才问道："他长指甲了吗？"当他得知我有指甲后，便瞬间安心了。在我与他相处的短暂光阴以及同他在特兰斯尼斯特里亚集中营共度的那些年岁里，他告诉我一个人要在这世上活命，需要的并非指甲，而是利爪。来到这个世界之后，我度过了一段阳光灿烂的日子。这些日子在我脑海里空白一片，并没有留下任何印记或回忆。那是一段田园牧歌般的时光，我仅能记起的是一条倾斜街道的零碎片影以及外祖父书店大门的模样。

记忆并未对我真正出生前的模样作过多解释，而出生即将降临。换句话说，之后，记忆愈发像一部情节跌宕的小说。我看过好几遍塔可夫斯基[1]导演的那部《伊凡的童年》，里头有这么一个场景：金发男孩和母亲的笑颜营造着温馨快乐的氛围，突然，水井的吊桶发狂似的转动，安定如镜的水面被震天的爆炸声炸碎：战争打响了。

1941年10月的一声惊雷轰动。刹那间，雷声与闪电将地板一分为二。驱逐、流放者的队伍、火车和黑暗的荒野。我们被抛掷其中的深渊可不是婴儿的摇篮。最后，只听见善良女神的绝望嘶吼，她不愿让我离开自己的怀抱，苦苦恳求巡逻兵让她与我们一道化作虚

---

[1] 人名，Андрей Тарковский（1932—1986），苏联著名导演，代表作有《伊凡的童年》等。

空。圣玛丽亚，圣洁的基督徒，与她无法舍弃分离的罪人们同在。漆黑的夜幕、枪声、吼声、抢劫、刺刀、死亡、河流、桥梁、凄冷、饥饿、恐惧和尸体交织在这个启蒙的漫漫长夜中。恰是彼时彼地，喜剧即将上演。特兰斯尼斯特里亚。德涅斯特河的彼岸。特兰斯尼斯特里亚。出生前的启蒙。没错，我知道自己出生前什么样，也知道自己后来又是什么样。1945年4月，那群无国籍的流亡者被遣返回国。祖国终究没能逃过这群人的魔爪，尽管它确实也摆脱了一些人，比如书商阿夫拉姆、其妻哈娅[1]，以及其他许多人。

一个明媚的春日亲拥着那座小城，1945年时的它仍像1933年那样被称作弗尔蒂切尼。十多年过去了，命运之车从那里驶出，为我安排好了出场式。

1945年，一辆卡车载着我们回到弗尔蒂切尼，回到未被驱逐的亲戚身边。然而这一次，卡车不再停靠在公园旁——那曾经出售通往天堂车票的售票处，而是停在了一个广场旁。那里有一个车站，恰好位于贝尔迪恰努街的街角。铃声响起，卡车尾部的木挡板被移到一边。几个戏剧群演从贝尔迪恰努街方向朝我们飞奔而来，上演起欢庆回归的戏码。一出甜蜜而精彩的音乐剧，宛若新生儿的胎盘，手风琴打开的七彩风箱，向我们这群胜利者致敬。

我看着他们涕泗滂沱，深情拥吻，彼此相认，但我只是在车尾踟蹰不前，咬着自己的指甲。街道成了表演的舞台，而我是当中那不知所措的观众。过了一会儿，他们终于想起了这个滞后者，这个被留在过去的人。

在我下车并回归世界之前，我又狠狠地咬了一口指甲，我已经养成了咬手指的坏习惯。

---

[1] 人名，Haia。

流氓之年

  面包师之子与书商之女婚前的纯真爱情诗从 1932 年一直谱写到了 1935 年。苏恰瓦及周围地区的人用"沃斯罗威茨[1]太太"来称呼那位波兰裁缝，布尔杜杰尼地区书商的订单几乎令她应接不暇。那位优雅而严肃的骑士带着她频频出席市里举办的各大慈善舞会！这位肤色黝黑、身形苗条、心情紧张的女子在舞会上如花一样绽放。她黑色的双眸熠熠生辉，面上容光焕发，极具感染力。她总是行色匆匆，争分夺秒，同先前一样没日没夜地工作。现在，她还要为自己的妆容操劳：要准备相称得体的裙子、鞋子、手包、帽子、手套、粉饼、发型和蕾丝花边。

  他们在四轮马车和公交车内拥抱，然后奔赴苏恰瓦、弗尔蒂切尼和博托沙尼[2]旅行，是不是还去了切尔讷乌茨？舞会，在澄明月光

---

1 人名，Wasßowitz。
2 地名，Botoşani，罗马尼亚东北部城市。

下的漫步，在犹太教堂的庆祝，或许还有在未来新娘家中的欢聚？电影院、戏剧院、夏日的花园、滑冰场和系着小铃铛的雪橇，还有，那次赴布科维纳度假胜地的旅行。兴许他们还会在那位会计的独居房里逗留片刻，而里头的场景也不难想象。爱情的脉搏随着时间的节拍而律动，这是灾难降临前最后的田园般的宁静。

因此，1934年或许可以被称作快乐之年。布尔杜杰尼与伊茨卡尼间寥寥数公里之路成了爱情田园诗中的银河。一年前，这爱情在一辆闷热拥挤的公交车中萌芽，当时这对乘客正赶着去参加弗尔蒂切尼著名的圣伊利耶节集市。随着事情的进一步发展，伊茨卡尼的民众，尤其是犹太小镇之都——布尔杜杰尼的居民讨论得热火朝天：政治辩论与长舌妇的八卦闲话屡见不鲜，微不足道的小事与伟大的乌托邦演讲，那场面就像古希腊的集会一样。罗马尼亚语、意第绪语、法语和德语的报刊上铺天盖地都是这个世界的流言蜚语。亲朋好友、兄弟姊妹，还有他那体弱多病、愁容满面的夫人，也就是我的外祖母贝雷娅[1]，她的外号叫特朱拉[2]。这些人里还有一位美丽的姑娘，她叫玛丽亚，是这家收养的农村孤儿。玛丽亚希望能够陪着书商的小女儿前往她的新居。

1934年，这是快乐的一年。年轻的阿列尔，这位消息灵通、修养良好，拥护犹太复国主义的背叛者，却宣称这一年为裁决之年。

同其他人一样，未来的新郎和他中意的心上人也一起在老阿夫拉姆的书店里读着当天的报刊和书籍。因此，他们也许并不会对表兄阿列尔宣布的消息感到吃惊：小说《两千年来》正是在那一年出

---

1 人名，Belea。
2 人名，Tzura。

版的,它汇总了布加勒斯特世界中所有的谣言丑闻!这部小说的作者是米哈伊尔·塞巴斯蒂安,这是约瑟夫·海希特[1]的笔名,这个笔名被印制在了小说灰蓝色的封面上,而小说极具煽动性的前言则要归功于铁卫军的理论家纳埃·约内斯库。他居然被认为是可怜虫海希特的导师!在前言中,约内斯库先生声称他的这位仰慕者和门徒并非是个来自布勒伊拉[2]地区多瑙河畔的普通人,而是来自这一地区的犹太人。看上去这一事实是不可忽视亦无可更改的:即便海希特-塞巴斯蒂安及其共同信仰者变成了无神论者或是被同化,他们也不可能成为罗马尼亚人。约内斯库认为罗马尼亚人之所以是罗马尼亚人,是因为他们是东正教徒,而也正因为他们信仰东正教,他们才得以成为罗马尼亚人。这道理就如同白天得问白天好[3]这么简单!

1935年,书店又上了塞巴斯蒂安的另一册书——《我是如何沦为流氓的》。在此书中,作者改口了,他将先前认为是快乐之年的1934年断言为流氓之年。

"我们凭什么要在乎?"书商阿夫拉姆质问道,这激怒了他那位桀骜不羁的外甥。阿列尔气急败坏地继续坚持着那些旧观点:纳埃·约内斯库确信不存在任何挽救窘境的办法!只见他甩着新染的乱糟糟的蓝头发,援引起约内斯库先生所下的定论:"犹大应承苦难,因为是他让耶稣降生于世。因为犹大看见了耶稣,却不相信他,而这并非什么严重的事。问题就在于其他人——我们,都相信他。犹大正蒙受苦难——因为他是犹大。"所以结论就是:"犹大将受尽凌辱,直至地老天荒。"

---

[1] 人名,Iosif Hechter。
[2] 地名,Brăila,罗马尼亚东南部城市。
[3] 在罗马尼亚,白天问好一般用"Bună ziua",不同于晚上好"Bună seara"。

约内斯库先生已经从哲学家转变成了铁卫队哲学家,从塞巴斯蒂安的旧日好友变成了东正教国度的战士。在 1935 这一新的流氓年,他的言论掀起愈发滔天的骇浪……"约瑟夫·海希特,难道你不觉得自己已被寒冷和黑暗裹挟了吗?"

阿列尔在空中晃了晃那本书,像在分发传单似的。"这位铁卫兵朋友是在问我们呢。"泼皮的阿列尔为了制造戏剧效果,于是最后以一副疲惫不堪的样子小声说道。倘若同化或是转化都无法解决问题,那么还有别的解决方案吗?这位年轻的演说家在短暂的停顿后继续道,"有一本名为《我的奋斗》[1]的当代作品可以为这个两难之境提供指导"。

不管这位听众怎么想,约内斯库都斩钉截铁地表明了自己的观点。最终方案所暗含的黑暗与寒冷不是罗马尼亚东正教铁卫军的产物。无论是古代、中世纪的祖先还是现代的前辈,都赋予了犹大一种可以感知潜在危险的基因。然而,书商阿夫拉姆一家可不是如此。

那么,1934 年和 1935 年的黑夜同其他年份又有何区别呢?

阿列尔用约瑟夫·海希特的方式回答了这个问题:它们是流氓之年。"流氓"一词让他喜形于色,他在众人面前挥舞起那本口袋书,粉色封面上印着黑色字母、猫头鹰和布加勒斯特马卡街 2 号民族文化出版社的徽标。位于布尔杜杰尼的"我们的书店"今年订购了不少《我是如何沦为流氓的》,册数甚至超过其去年订购的那本臭名昭著的小说。

"无论如何,罗马尼亚反犹主义盛行已是既成事实,还会时不时

---

[1] 原文为德语,Mein Kampf。《我的奋斗》是由纳粹德国头目希特勒口授,由同僚鲁道夫·赫斯执笔撰写的一本自传。

地转变成人们的一种观念。"无国籍者对祖国的爱又该当何论呢?"在我的生命中以下事实都不可否认,即我出生在多瑙河畔,并且深爱这方土地。真想知道这世界有没有什么针对反犹主义的法律,能够将这事实从我身上废除。"负罪的犹大·海希特这么宣称道。

"所以,没有任何一部反犹主义的法律能动摇你对祖国的热爱?"……气急败坏的阿列尔大汗淋漓地质问道,"我们的广场从不是希腊式的!我们只是不断从文件夹中的一处悬崖辗转至另一处悬崖罢了!"

他想,那些正听他说话的家人和其他人一定会对海希特·塞巴斯蒂安的愚蠢言论发笑。然而,他们并没有哈哈大笑,而只是对这位年轻演说家的年少轻狂嗤之以鼻。海希特·塞巴斯蒂安先生早已离开了犹太人居住区,去往了布加勒斯特那色彩斑斓的广阔舞台实现自我……但那像天空般永恒的小镇不明白,这种远离家族却又不与祖辈断绝关系的做法到底意味着什么。

"流氓!你们书店这些词典给的解释有错!"无所不知的阿列尔用食指指着书架大喊道。塞巴斯蒂安没有考虑到"流氓"一词的英语和爱尔兰语定义,没有想到印度人在春分日前后的狂欢节,抑或是该词的斯拉夫语义,即其来源于动词"辱骂、诽谤"。"法国人怎么说来着,Troublion?也就是美国人说的Trouble-maker?[1]"

事实上,1935年那本小册子的作者在书中所指的就是新流氓主义,约瑟夫·海希特的另一位朋友埃利亚德在他1935年出版的小说中是这么定义的:新流氓主义是寻衅滋事、插科打诨和诽谤诋毁三种元素在新使命的统招下形成的产物。埃利亚德的那本小说就陈列

---

[1] 本句中的法语词和英语词都意为"麻烦制造者"。

在书店的橱窗中。反抗是到达极乐之境的必经之路,而死亡便是那极乐之境?"人生中唯一最具创造性的开端:流氓的经历。"同时,年轻本身也是藐视一切的流氓英雄。"只有当人类组织成一个个群体,完美而统一地被一种集体神话荼毒时,他们才会获得自由。"……民兵组织和武装部队,当今世界的军团……无数年轻人因集体死亡的相同命运而彼此相连。

"铁卫兵们甚至宣称民族诗人米哈伊·埃米内斯库是这个国度的大流氓!他是那群身着绿衫,歌颂着十字军和科德雷亚努上尉的殉道者们的神圣先驱!"阿列尔像是被鬼魂缠身般说着这一切,所以他自然没有发现,当他抛弃犹大而专注于那些有关文化的东拉西扯时,他的听众们就不再听他说话了。

"那就一起死!"这位雄辩者暴躁地叫嚷起来,"无论海希特先生变成什么样,是无神论者,还是转念入教,甚至变成反犹太主义者,他都无法逃离流氓们向他许下的黑暗。你听说了吧:内在逆境!现在,他的朋友们正为突袭和集体死亡拍手称快呢,而这也正是来自布勒伊拉的约瑟夫·海希特所挂念的。坦率而言,我们的确有些出格,疑神疑鬼,过于激动了!这些陈年旧疾就够我们受的了,可别再来什么对手,全靠自己就行。再说了,可有人过问,我们究竟是需要塞巴斯蒂安先生所谓的内在逆境还是亟须铁卫军的厄运?"

聚在老阿夫拉姆书店里的那些近亲、远亲是否在认真听阿列尔说话呢,难说。无论是那时还是之后的日子,他总自说自话,更多是讲给自己听。

其实他们还是在听的,只不过或许听得不那么愉快。他们对那个天才很是不满,他总认为大家都是一群昏昏欲睡的蠢蛋。

1934年,由纳埃·约内斯库作序的小说《两千年来》出版了,而另一本《我是如何沦为流氓的》也在 1935 年，与米尔恰·埃利亚德的小说上下两册同时出版了。这些出版书籍在布尔杜杰尼"我们的书店"的书架上都能找到。那些在报纸和书本中出现过的重要物什都能在这座博览会般的都市里寻见踪迹！假使顾客要求的话，阿夫拉姆还会订法文报纸和书籍。他姐姐芳妮[1]的儿子阿列尔总是这些外国读物的首位读者，会让他留意那些特别的书名。

冠以《两千年来》这一书名的书籍从不会缺乏受众。我在 20 世纪 50 年代时读到这本书绝非偶然，那时流氓战争的硝烟刚刚散去，流氓和平的年代刚刚到来。这本书就散落在丽贝卡[2]姨妈家那三四本书里。丽贝卡姨妈是我母亲的姐姐，她没什么文化，是个性格淳朴的女人。当时年仅十三四岁的我正在特尔古·弗鲁莫斯[3]走亲戚，就是在那里，我意外地发现了这本小说的旧版书。书的封面是灰蓝色的棉布，上面用斜体字写着书名。当时，还没有哪家出版社或是书店敢用这样的书名和主题！然而，这本书就这么存在于布尔杜杰尼书商另一个女儿的家中。它是旧时光的纪念品，是新时代的指南针。丽贝卡也亲眼见证了表兄阿列尔针对塞巴斯蒂安的言论。作者用流氓作喻来针对所有人，这其中就包括之前攻击过他的教友。

"他要怎么说那是他的自由！可，死亡，他怎么能选择死亡？"阿列尔歇斯底里地喊道，"心思细腻的塞巴斯蒂安不愿冒犯自己的导师，所以就接受了那位仁兄的序言，接受了那则死刑判决？同样出于细致的考虑，他还宣称自己也是一个流氓，以此回应那些流氓们。讽刺？那是他的事！可，死亡……对死亡的崇拜？对死亡的心

---

[1] 人名，Fani。
[2] 人名，Rebeca。
[3] 地名，Târgul Frumos，有"美丽集市"之义。

醉神迷？死亡的寒冷与黑暗？这些可不是什么玩笑话！约瑟夫·海希特·塞巴斯蒂安对此再清楚不过了。讽刺不管用，甚至连挖苦都算不上。铁卫军流氓，这死亡英雄，想通过死亡的魔力将自己神圣化？塞巴斯蒂安先生，这位已被同化的无神论者，完全明白这意味着什么！"

丽贝卡姨妈向我这个初出茅庐的13岁孩子解释道："我们滋养的是生命而非死亡！"旧约中所宣称的生命，周而复始，独一无二，不可重复，无法衡量。

这陈词滥调简直能把人折腾疯了！可是反过来说……不，它的反面也一样令人生厌。禁忌的反面……丽贝卡姨妈提醒了我，大家都知道赞颂死亡会招致何种后果。

无所不知的阿列尔是对的。在喧嚣、风暴和名为生活的马蜂窝的嗡嗡作响中，祖父一家和市里所有的家庭一样七嘴八舌地吵闹着，而对"将反犹太主义转为意识形态"毫不关心，塞巴斯蒂安是这样写的，阿列尔也这样反复念叨着。然而，寒冷和黑暗……哦，是的，他们总十分警惕这些字眼。在这个小镇里，大家邻里关系融洽，和当局关系也不错。村民们会来找老阿夫拉姆请教法律问题或是宗教困惑，有时也会向他借笔小钱。对于玛丽亚，这个书商从街上捡来的小孤儿，所有人都将她视如已出。她被书商收养在家里，这没什么值得怀疑的。可是在周围，在书籍里，在报纸上，在往来顾客的眼神中……猜疑之心四处滋生，这让人不得不小心，打起十分精神才行。

书商阿夫拉姆对这祖传的顽念始终怀着一种超然的态度，既夹杂着怀疑，又觉之颇为诙谐。似乎，一丝不苟的礼节与虔诚可以将邪恶驱逐。然而，他最小的女儿，也就是我的母亲，会对任何可疑的迹象迅速做出反应。丽贝卡姨妈让我重又回忆起这些早已烂熟于心的过往。马尔库，那位伊茨卡尼的会计，自处时安定稳重，待人则友好谨慎。他的朋友不多，倒也没有什么敌人，与形形色色的同事都能处得融洽，但无论如何，都不及和自己的亲戚相处来得更自在。他有一位名叫扎哈里亚[1]的朋友，是名副其实的"唐璜"，整日寻欢作乐，拈花惹草，打猎骑马，无论做什么都面带微笑，帽子向来斜戴在一侧。扎哈里亚对什么事都一笑而过，这种对世界漠不关心的态度总让马尔库有些生气。不过无论是吵是笑，两个人的友情一直牢不可破，马尔库无论如何也无法想象扎哈里亚会对狂热的口号和铁卫军的军歌产生兴趣。

1935年时，老阿夫拉姆可顾不上热血青年阿列尔给出的警告。于他而言，敌意和危险是人生不可避免的一环。不如就好好地把该干的干了，对身边的蠢事和麻烦多几分宽容即可，这样人们最后才会记得有这么一个得体而正派的人。阿列尔那匪夷所思的夸张穿着和言论为自己赢得了遭人怀疑又声名狼藉的下场。除了塞巴斯蒂安的丑闻和内忧外患的处境，这家人还有不少其他事要操心。

大喜之日越来越近，各种纷繁思绪主宰了他们的生活。准备婚礼的热忱状态让他们重又意识到，自己在这个祖祖辈辈生活过的地方过得如鱼得水。他们不像约瑟夫·海希特那样出生在多瑙河畔，但布科维纳的山林也不赖。他们深爱着出生的这片土地，这份爱丝毫不逊于塞巴斯蒂安，但他们没兴趣也没时间围绕着"指小词[2]"这个概念进行哲学化……不过，煽动者阿列尔最近关注的主题便是"指

---

[1] 人名，Zaharia。
[2] 罗马尼亚语中单词在词尾发生曲折变化的词汇形式，通常是带有"小"或"微"意的指小后缀，有时有昵称或爱称含意。

小词"。指小词蕴含着可人的甜美与天真，怎能不教人迷恋，只有昏头昏脑的阿列尔，也就是书商的外甥、新娘的表兄，才会觉得它们是不祥之兆。毒液正在发酵！它只是暂时被压制住了！指小词将在不经意间演化成一场灾难！"在这里，没有任何事物是不可并存的。"年轻人肃穆地朗诵着塞巴斯蒂安的语句。絮絮叨叨的阿列尔阅读了所有内容，一切都了然于心，而后随心所欲地编排辞藻！"逃避，"他是这么说的。逃避！令人愉悦的词语。这位演说家坚称，宿命论、幽默感、享乐主义、忧伤沉郁、腐败堕落与诗性激情相互协作，构成了生存的技巧：逃避。说这番话时，他展露着一如既往的轻蔑和傲慢。

但这又如何？他的听众们沉浸在婚礼来临前的幸福中，完全没有理由拒绝指小词、诗性、激情，或是对命运的信心，这一切被年少不更事的阿列尔所抨击的事物。

1934这个流氓年是快乐的一年，接下来的一年又何必与之不同？书商最喜爱的女儿宛若重获新生，幸福充盈在整个家中，充满感染力的情绪让每个人都意识到，他们世代居住的此地不输给其他任何地方。风景与人物、气候和语言皆为他们所有，邻里乡亲相处融洽。灾难又从何而来？倘若有人向你投来莫名的眼神，或是说了什么模棱两可的言语，也不必感到疑神疑鬼，毕竟与他们皈依相同宗教的人也并非圣徒。不过，他们也不止一次扪心自问，邪恶是否存在于他们自身，因为他们似乎每时每刻都在招致敌意。

没有刺激性的毒药，生活就无法进行下去了吗？当它被稀释到几乎不存在的时候会如何，当它突然爆发，喷薄而出，是否会摧毁昨日一切甜美的指小词，宣告灾难的来临？昏头昏脑的阿列尔将无数的名字与引言掷向他们，旨在帮助他们躲避那些早已习惯的陷阱。

"就连托尔斯泰也是被人牵着鼻子走,他在罗马尼亚短暂休憩期间,可是颇感满足。魅力四射的风土人情……让这位年事已高的智者容光焕发,变得天真烂漫。"年轻的阿列尔,书商的外甥,即书商那住在布胡什[1]的妹妹的儿子,便是这般教导着众人。

疯疯癫癫的阿列尔,顶着一头染成蓝色的头发,每隔一周便步行 25 公里,去弗尔蒂切尼同自己的姨父基瓦·里梅尔下棋,路上一边还背诵着兰波[2]的诗句。他会同姨父进行一番热火朝天的讨论,话题通常有关亚伯廷斯基和地中海地区未来的古犹太帝国主义,同时还认为自己身处的情境要优于海希特·塞巴斯蒂安。"同化?同化成什么?"那年轻人无情地质问道,"要变得和身边的人一样吗?同所有一切共存?这位布加勒斯特的作家认为我们生活在……一个兼容一切的世界!"对这位演说家而言,他并不在乎舅舅阿夫拉姆脸上露着开心的微笑,也不在乎阿夫拉姆的女儿看似全神贯注地听着,但实际上一个字都没听进去。

"如果和这些人、那些人或是其他所有人别无二致,我们如何能坚持这么久?五千年呐!……可不是布加勒斯特那位先生所想的两千年!让我们拭目以待吧,看看那流氓和他那些流氓朋友在一块时究竟有多么心神契合!"

老阿夫拉姆、他的女儿、讲述者本人,还有可怜的裁缝纳森[3],这位在斯大林和托洛茨基之间摇摆不定的人士,他们的境遇似乎都比

---

[1] 地名,Buhuș。
[2] 人名,Jean Rimbaud(1854—1891),19 世纪法国著名诗人,早期象征主义诗歌的代表人物,超现实主义诗歌的鼻祖。
[3] 人名,Nathan。

那位被同化的塞巴斯蒂安好得多。还有那约塞尔·维基尼特泽尔[1]，这位镇上的犹太教士，他的处境比海希特·塞巴斯蒂安更明朗而优渥。他们的确有家，但他们的家就是幻想！然而，这幻想中的家和这家的幻想偏偏是塞巴斯蒂安先生所无法拥有的。

布劳恩施泰因[2]家族在1934年至1936年三年间都很快乐，因为1934年是流氓之年，1935年他们家计划要举办婚礼，而1936年那年，他们的后代诞生了。与布加勒斯特人塞巴斯蒂安和他的批判者阿列尔所想的不同，他们在布尔杜杰尼的这几年并未过上预想中的流氓日子。

老阿夫拉姆将那些罗马尼亚语、意第绪语、德语和法语的报纸从车站一捆捆地扛回自己的书店，那些报纸认为：流氓时代就要来临，不，其实它早已到来。通过造谣中伤来取乐的现象似乎已遍布世界。可是，在那个东欧小镇里，书商一家却仍幸福地生活着。

假使在那流氓之年过去后的半个世纪里，我能有机会请教请教那位来自中国的智者，问问他，我们这些人在我出生之前是什么模样，我想，我大概无法直接得到回答，他恐怕也只能老调重弹吧。

也许他能告诉我的，不过是那些我业已知晓和已被时间验明的东西：就像假设和虚妄，你无法靠自己证明它们，只能在往后的年岁里，让事实本身为你指明真相。

我无法成为罗马尼亚犹太人安娜·鲍克[3]，她穿过无产阶级国际主义的大门，离开了犹太聚集区。我也无法变成另一位罗马尼亚犹

1　人名，Yosel Wijnitzer。
2　人名，Braunştein。
3　人名，Ana Pauker（1893—1960），曾任罗马尼亚外交部部长等要职。

太人尼古拉·斯坦哈特[1]，他从基督教皈依了东正教，甚至还投靠了军团主义的怀抱。我亦无法变成阿夫拉姆或是简妮塔[2]·布劳恩施泰因，犹太教士约瑟尔那就更不可能了，他可是大家的谋略师。就连让我变成他们那位桀骜不驯又支持犹太复国主义的亲戚阿列尔，我也做不到。然而，在1935年，也就是我出生的前一年，我已经是"流氓"塞巴斯蒂安了，而这一身份在50年后，甚至再过10年、20年，在这些早已注定了结局的日子里，都不会改变。

1950年的那个周六，我尚是一个懵懂无知的少年，待在姨母那位于雅西附近的特尔古·弗鲁莫斯的家中。在一个昏暗的小房间里，我翻开了《两千年来》这本书。

1935年，暴风雨来临前夕，祖父和我那未来的父母也不清楚横亘于布尔杜杰尼上空那如中文般复杂的符号究竟意味着什么，所有人都沉浸在筹备婚礼的喜庆氛围之中，而这么做也无可厚非。起草宾客名单、构思婚宴菜品、准备婚庆服装、核对婚礼地址，他们忙得团团转，还要一遍又一遍地盘算账户里的各类花销。庞大的计划和冗杂的细节：得租下医生那幢位于伊茨卡尼糖厂附近的房子，以供新婚夫妇居住。而且，屋子里还得给布劳恩施泰因家那位善良的小仙女——玛丽亚留个房间。他们要添置新家具，还得偿还诉讼连带的债务，书商已为此变卖了自己的家宅。尽管书商布劳恩施泰因每天起早贪黑地工作，但并不富裕。可婚礼终究是婚礼，还是得办成如书中记载的那般有模有样。为了这场婚礼，他们邀请了无数宾客：阿夫拉姆夫妇的兄弟姊妹将带上他们的子女和孙辈从博托沙尼、

1　人名，Nicu Steinhardt（1912—1989），即 Nicolae Steinhardt，罗马尼亚作家。
2　人名，Janeta。

弗尔蒂切尼和雅西赶来，还有新郎的父母双亲、兄弟姊妹以及他们的子孙后代、左邻右舍和朋友们也将从弗尔蒂切尼、罗曼[1]和福克沙尼[2]赶来。除此之外，还有一些官员：市长、警察局长、法官博斯克亚努[3]、兽医马诺留[4]、公证员杜米特雷斯库[5]，甚至还邀请了令人厌恶的书商韦克斯勒[6]，此人是阿夫拉姆的竞争对手，从不放过任何一个打压"我们的书店"的机会。新娘要照料所有杂事且事必躬亲。尽管她充满了干劲，却仍众口难调。她既要和负责婚宴的厨师舒拉[7]沟通，又要和婚礼摄影师巴尔特菲尔德[8]协商，还要和裁缝万达·沃斯罗威茨太太周旋。沃斯罗威茨太太已经将婚纱返工了三遍。这位波兰夫人体形偏大，为人果断，此时她尚未发福，也没有日后老去时的一身戾气。待到风烛残年时，怕是只有她那蓝色的眼眸、坚毅的神情和那双仍旧灵巧的手和不变的沙哑嗓音能唤起她对自己年轻时代的回忆了。那时，和后来一样，她因一些狂妄的要求气得跳脚。然而，面对这样一位忠实的老主顾，她却是无法拒绝的。更何况这位客人曾让她拥有过那么多成就感。新的版型、新的身线，这位新娘总能提出一些新建议让她耳目一新，由此，她脑海中还迸发出不少灵感。客人还为她从切尔讷乌茨弄来了1935年的杂志《时尚》。礼服的配色、材质、配饰，这些都得比平日循规蹈矩的常服多些新意。整体上，得看起来更为端庄、更为优雅，少了些乡土气息。

1　地名，Roman，罗马尼亚东北部城市。
2　地名，Focşani，罗马尼亚东部城市。
3　人名，Boşcoianu。
4　人名，Manoliu。
5　人名，Dumitrescu。
6　人名，Wexler。
7　人名，Surah。
8　人名，Bartfeld。

没有时间为犹大的遭遇舌战一番。是生命，而非死亡，占据了这舞台。然而，死神却正暗中窥视着，伺机而动，准备随时为她献上服务。

布科维纳

1945 年，从布科维纳到摩尔多瓦的梦幻之地弗尔蒂切尼依然只需一小时不到，我也正是在这梦幻之地重新发现正常的世界。

我母亲的姑妈莱亚[1]·里梅尔讲话总是缓缓道来，习惯用小舌发颤音[2]。她曾告诉我们这么一个故事：大约 170 年前，奥地利国王约瑟夫在参观特兰西瓦尼亚时，深深迷恋上这天境之国。1777 年时，布科维纳成了奥地利王国的一省，布科维纳人向维也纳宣誓效忠，盛大的庆祝仪式在切尔讷乌茨（今乌克兰切尔诺夫策附近）举行。就在这一天，强烈反对此次兼并的罗马尼亚大公格里戈雷·吉卡[3]被土耳其谋反者暗杀。

"年轻人，我们是布科维纳人啊！你很快就会重回布科维纳的。"

1　人名，Lea。
2　罗马尼亚语中 r 发大舌音。
3　人名，Grigore Ghica。

博根[1]先生曾这么对我说。他自己也是个布科维纳人，在爱情的感召下恰好来到了弗尔蒂切尼。那时我才从他口中得知，许多历史学家都支持布科维纳被重新命名为格拉夫特沙夫特[2]。博根先生是个快活自在的历史老师。他的妻子奥蒂利娅[3]·里梅尔则是个风情万种的数学老师，其父是基瓦，其母为我外祖父阿夫拉姆的妹妹莱亚·里梅尔。在从特兰斯特里斯提亚回来后的几个月里，我们的生活天天都洋溢着喜悦，也正是在那时候我结识了年轻的博根老师、奥蒂利娅和他们的儿女。那是一群犹太人区里严守教规的孩子，但在一夜之间成了拥护革命的热血骑士。我母亲的新表亲伯尔[4]·博根，用他那夹杂着德国和布科维纳特色的口音不断重复道："布科维纳会像奥地利的蒂罗尔州[5]一样，被重新命名为格拉夫特沙夫特，格拉夫特沙夫特-苏萨瓦[6]。"

"天境之国那闻名遐迩的山毛榉同它的地名有着很深的渊源。山毛榉！Silvae Faginales[7]！斯拉夫语中的 buk 在罗马尼亚编年史中则是 bucovine，Bucovine... Bucovina，Buchenland。"

这堂课就这么继续下去，我只能根据"小提琴家"博根先生的手在何处奏出了关键词的重音来推测信息的重要性。

"在1872年，恩岑贝格[8]将军制定了一条法令，自1769年以后偷渡进布科维纳，请注意，是偷—渡—进布科维纳，并且未支付每年四

---

1 人名，Bogen。
2 原文为 Grafschaft。
3 人名，Otilia。
4 人名，Berl。
5 蒂罗尔州，位于奥地利西南部，分为北蒂罗尔及东蒂罗尔两部分，首府为因斯布鲁克。
6 原文为 Suczawa。
7 山毛榉的拉丁语。
8 人名，Enzenberg。

盾[1]，四—盾—的税金的犹太人将被驱逐出境，驱—逐—出—境……我想，我们年轻的客人也知道这意味着什么。到 1872 年，布科维纳议会中有 13 位犹太代表。记住了，是 13 位年轻的绅士！他们一同签署了针对这一驱逐令的抗议书，递交给位于维也纳的政府。是所有！所有人都签了！"这位胖墩墩的布科维纳人一再强调着。此时，他的亲戚和同事，比如数学老师大卫[2]和海姆[3]·里梅尔都投来一丝微笑。

从博根先生那里我了解到不少奇怪的事情：1904 年的布科维纳议会上，罗马尼亚人拥有多数席位，共 22 席，按照一位奥地利官员所记录的说法，这些罗马尼亚人说着"谬误迭出的拉丁语"。然而，所有少数民族也都按照奥地利的模式，拥有为数甚多的代表：乌克兰人 17 席，犹太人 10 席，德国人 6 席，波兰人 4 席。

"年轻人啊，我们是苏恰瓦人！苏恰瓦可是斯特凡大公的圣地！"博根这个活力四射的苏恰瓦人警示我道。

"1918 年后，布科维纳重归罗马尼亚，当时与罗马尼亚新政府在苏恰瓦的磋商比在首府切尔讷乌茨进行得更顺利。苏恰瓦的犹太人除了德语之外，还能说一口流利的罗马尼亚语，同罗马尼亚族人的联系也从未间断。从布尔杜杰尼至罗马尼亚王国的边界得到了开放，大罗马尼亚就此形成。那些保留了在奥地利统治时期公民权利的地主和工厂主也迎来了贸易和投资发展的曙光。犹太公务员能够留在原来的岗位上，但新的罗马尼亚政府不会再聘用更多的犹太人。"我的新表亲伯尔·博根继续向我传授着这些历史知识。

1　盾，荷兰等国的货币名称。
2　人名，David。
3　人名，Haim。

"四年前,我们从那个被诗人誉为'甜美的布科维纳——快乐之园'中被驱逐而出。"我父亲低声说,"可实际上,我们并非真正的布科维纳人。"他说:"你母亲简妮塔和你外公外婆都出生于布尔杜杰尼,这个地方在原来的罗马尼亚王国境内,就在边界附近,不过是在边境的另一边。我也一样,我出生于莱斯佩济[1]。那地方离这儿不远,你爷爷奶奶也在那儿生活。"

布科维纳人,一副学究样,小算盘还打得精。他们因说德语而沾沾自喜,以从野蛮敌人那里继承来的粗鄙习俗而自命不凡,这些行径一直是家族笑柄。尽管我们吃着黄油面包,喝着咖啡牛奶[2],但论出身,不管是我母亲还是我父亲,都不是布科维纳人。我们在家讲的也是罗马尼亚语,而非德语。据我所知,我父亲就出生在离弗尔蒂切尼不远的地方,而我则在外祖父母的老屋里呱呱坠地。这间老屋位于布尔杜杰尼,它见证了我母亲兄弟姊妹的生活,还有我曾外祖父母和他们的父母、祖父母的生活。布尔杜杰尼是一个典型的东欧小镇,它相邻的小镇——伊茨卡尼,风格也同布尔杜杰尼大同小异,只是多受了些奥地利人的影响。渐渐地,这两个小镇都发展成了苏恰瓦市的郊区。

1932年6月的那个周日恰逢圣伊利耶节,在伊茨卡尼糖厂上班的那个年轻人在公交车上遇见了布尔杜杰尼书商之女——美丽的简妮塔·布劳恩施泰因,他惊讶于简妮塔与莱亚·里梅尔女士相像的容貌。眼下,在战后的前几个月里,我们便住在这位女士家中。她家就在伊茨卡尼,这对新婚夫妇也住在这个镇子里。在被流放之前,

---

[1] 地名,Lespezi,位于罗马尼亚东北部。
[2] 原文为德语"Butterbord und kaffemit milch"。

我们一直待在那里。

伊茨卡尼和布尔杜杰尼这两个镇子和苏恰瓦市都坐落在小山岗上，那里曾是中世纪的堡垒。这三个地方恰好构成等边三角形的三个角，彼此相距也不远，约莫三公里的样子。然而，这三个城镇之间差异显著，就像罗马尼亚风情的布科维纳同奥地利式的布科维纳之间的差异那样大。布尔杜杰尼的邻镇伊茨卡尼和苏恰瓦是位于布科维纳的奥地利式城镇，而罗马尼亚风情的布尔杜杰尼受这两者的影响甚微。伊茨卡尼-苏恰瓦那座不起眼的火车站，静静地杵在旧日王国的边境旁，与华丽恢宏的布尔杜杰尼火车站相形逊色，似乎并不想引起周边地区的注意。经历世事变迁的洗礼，这两座火车站得以留存下来，成为世纪风云的见证。

战前，滑冰场位于伊茨卡尼而非布尔杜杰尼。在伊茨卡尼还会举办一些慈善舞会，为修建学校、俱乐部和医院筹资。那些所谓的"外邦人"，诸如捷克人、日耳曼人和意大利人，都会在这座城镇的糖厂或石油厂工作。每逢周六，我的曾外祖父就会穿上他的黑色缎面长袍，头顶礼帽，下着黑色马裤，底下还连着一双及膝白袜。他就这样在布尔杜杰尼的街头溜达。当地人议论纷纷，在他们好奇的目光里，曾外祖父宛如一位着装奇异的亚洲皇帝。每当母亲和我讲这些故事的时候，她的眼中总闪烁着自豪与泪花。岁月流逝，她的声音逐渐成了我的声音，而我则再也听不见她的嗓音了。她的外祖父，也就是我的曾外祖父，在伊茨卡尼那个"被西化的"环境中一身加利西亚的装扮，在众人中可谓独树一帜。布尔杜杰尼是一个热闹非凡的典型犹太小镇。那些宏大的争论和犹太人聚集区的惨重悲剧深深震撼着它。报纸上最新刊登了一则有关巴黎人的绯闻，它与邻街那起为情所困而企图自杀的风流韵事一起争夺着人们的眼球。居住在主干大道两旁的人们和在穷间陋巷拥挤着谋生的人们之间横亘着经世绵延的等级之差。宗教和政治热情聚了又散，散了又聚。对礼貌和智慧的追求同拜金主义分庭抗礼。天空熙熙攘攘，颇不平静，那上面流浪的每一朵云彩都一副气势昂昂，将远赴伟大冒险的样子。

相较之下，伊茨卡尼的日耳曼氛围就不那么讨喜了，显得更浮于形式。这座小镇是个交通要塞，就像所处的整个帝国那样，它对"外邦人"敞开大门，然后将这些人渐渐吸纳进一个更广大的社群。这个社群的风貌一点也不东方，它的方方面面都像极了西方。在伊茨卡尼，犹太人在人口数量上并不占优势，但据我父亲和博根先生说，这个镇的镇长却无一例外都是犹太人，这在附近的布尔杜杰尼是无法想象的。弗拉奥·赫尔曼[1]就来自这样一个"镇长"家族。在特兰斯尼斯特里亚迎来的第一个可怖冬季，这位仁兄为了一小瓶药水敲起我母亲的竹杠，尽管这药对我那处于弥留之际的外祖父也并无多大用处。她的祖先还有迪斯切[2]和萨穆尔·赫尔曼[3]以及他们的后代，阿道夫·赫尔曼[4]博士，他们都在小镇档案的荣誉名单之列。

1941年10月的驱逐令在顷刻间抹除了伊茨卡尼与布尔杜杰尼之间的差异。那些来自"老王国"的布尔杜杰尼人，即我的外祖父、舅舅和姨妈，同我们这些来自伊茨卡尼且被"德国化"了的共同信仰者们一样，在启蒙之中被赋予了同样的权利。这个公平的方案，治好了布克维纳人那奥地利帝国式的傲慢无礼。曾几何时，面对罗马尼亚边境上那群迷人又吵闹的布尔杜杰尼邻居，他们随时都准备

---

[1] 人名，Frau dr. Hellmann。
[2] 人名，Dische。
[3] 人名，Samuel Hellmann。
[4] 人名，Adolf Hellmann。

好了要大肆揶揄一番那文明化的冷漠。

我父亲曾给我看过那份由雅西警察局于1945年4月18日签发的临时证明，它只是证明了"1945年4月14日，马内阿·马尔库先生及其家人简妮塔、诺曼、鲁蒂[1]正式从温杰尼[2]–雅西口岸入境遣返回国，目的地为巴亚[3]县弗尔蒂切尼镇库扎·沃达街。此证明仅在当事人抵达新地点前有效。到达新地点后，当事人须遵守人口管理办事处的相关规定"。

这上面完全没有提到1945年那场遣返或是1941年那场驱逐的原因。"我们没有任何文件可以证明自己曾遭受驱逐。"父亲又加了这么一句，除此之外别无他言。

后来我了解到，之前的流氓年和大家熟视无睹的坊间传闻一块儿酝酿了1941年的那场骇人事件。那些令人毛骨悚然的故事我至今仍记忆犹新。1940年6月末，一群士兵闯进苏恰瓦郊区一个犹太人的家中，对其严刑拷打，而后将他拴在马尾上，拖拽数公里后来到一个村落，在那儿用枪把他打成了筛子。卡尔普[4]司令官的狼子兽心也令人闻风丧胆，传闻他还强迫犹太人加入行刑队，去迫害同族人。死去的马匹、被残忍折磨谋杀的犹太人、割落的舌头和斩断的手指，统统被抛入尸横遍野的巨坑中。1940年7月，在苏恰瓦邻近的谢尔伯乌茨[5]村，警察局的长官枪杀了三个犹太人，他们的尸体被弃于科

---

1 人名，Ruti。
2 地名，Ungheni，摩尔多瓦共和国西部城市。
3 地名，Baia。
4 人名，Carp。
5 地名，Șerbăuți。

103

默内什蒂[1]村的河中；齐斯曼[2]兄弟从一辆火车上被抛扔出去而后被枪杀；犹太教士沙赫泰尔[3]和他的两个儿子被折磨致死。在勒德乌茨[4]和多罗霍伊[5]，有关犯罪和杀害的各种传闻也闹得沸沸扬扬。

1940年9月，大元帅安东内斯库[6]宣布自己为国家领袖，紧接着便是军团叛乱：城市的街道上随处可见绿衫军，他们占领了伊茨卡尼糖厂，父亲被迫停止工作。他们甚至还吊死了苏恰瓦的音乐家雅格布·卡茨[7]。关于布加勒斯特屠宰场那次"仪式性"杀戮的传闻传到了布科维纳人耳朵里，说是铁卫军将被谋杀的犹太人的尸体吊起来，尸体上还盖有"Kosher"[8]的标记，这让他们大惊失色。还有被迫劳动，在犹太教堂被当作人质……德国军官率领的部队集结在苏联边境附近，他们早就谈论过元首的"最终方案"了。

1941年10月9日早晨发布的政令是这么要求的："本市的犹太人应立即将所持有的黄金、现钞、股票、各类钻石及宝石上缴至国家银行，并于同日携带手提行李于布尔杜杰尼报到。"依据新法令的规定，关押着120名犹太人的苏恰瓦集中营被立即拆除。在1941年10月9日那天，主街上鼓声喧天："犹太人立即离开本市！所有私人物品一律留下。违令者将被处死！"

1　地名，Comănești。
2　人名，Zisman。
3　人名，Schahtel。
4　地名，Rădăuți。
5　地名，Dorohoi。
6　人名，Ion Antonescu（1882—1946），罗马尼亚军事法西斯独裁者。
7　人名，Jacob Katz。
8　Kosher，意指符合犹太教教规的、清洁的、可食的，泛指与犹太饮食相关的产品。

父亲说，当时正值住棚节[1]，而这场跋涉就这么开始了。战后还拍摄了无数电影让人们了解这个队伍的故事……

"顷刻间，我们失去了所有权利，只剩下死亡的义务。大家背着奥地利特色的包，在凛冽寒风中蜷缩着身躯，艰难而缓慢地走下山去。队伍逐渐变得混乱不堪，大伙儿跟跟跄跄地沿着两侧种着白杨的三公里公路行进。"

是的，就是那条通向布尔杜杰尼火车站的白杨公路，书商阿夫拉姆·布劳恩施泰因曾每天扛着报纸行走在这条路上。

从布尔杜杰尼车站出发的火车将驶向人们料想中的目的地。冥河[2]名为德涅斯特河[3]，而命运自身也在时代的回声中被重新命名：阿塔基、莫吉列夫、沙戈罗德、穆拉法、贝尔沙德和布格[4]。在1945年的春夏，这些异国地名常常被人们挂在嘴边。

倒是布尔杜杰尼、伊茨卡尼和苏恰瓦这些地名鲜有人提及，仿佛因为羞耻而隐匿了起来。乡愁与憎恨之间横亘着沉默。压迫者们直到最后也没能将我们赶尽杀绝，反倒在战争中败了北。在当时，似乎只有这一点才是重要的。新时代已有了新的传教士。谁又敢相信，在他们之中就有我们善良玛丽亚的新婚丈夫。"他是个党员，"人们在背后这么议论着。这对夫妇住在苏恰瓦……但从未听他们有过重返，哪怕只是去看看旧地的想法，尽管只需要一小时的路程即可。

大家似乎都忌讳谈到重回遭驱逐之地的话题。父母们不再谈论

---

[1] 住棚节，犹太民族和犹太教的节日，又称收藏节，为纪念以色列人出走埃及进入迦南前40年的帐篷生活而设立，每年从犹太教历提市黎月（公历9、10月间）15日开始，为期7天或9天。

[2] 原文为Styx，守誓河，古希腊神话中的冥河之一。

[3] 地名，Nistru。

[4] 此处专名在原文中依次为Ataki、Moghilev、Şargorod、Murafa、Berşad和Bug。

未来，而他们的子女就这么生活在眼前的天堂，既无过去，也无将来。

我们是4月18日被遣返的。那天，我们在雅西警察局办完了手续，而后就到了弗尔蒂切尼。起初，我们住在父亲的哥哥阿龙[1]伯父家中，而后又住在里梅尔家。两年后，我们搬到了勒德乌茨，布科维纳的一个美丽小镇，离苏联边境不远。

苏恰瓦这个名字直到1947年才重新出现在我们谈话中。那一年，圆圈画到了终点，我们又回到了起点。

---

[1] 人名，Aron。

切尔诺贝利，1986年

1945年4月，一辆卡车停在了一个十字路口。卡车后部的木质挡板被挪到一旁，乘客们从车尾下了车。紧接着的，便是等待，这是段无休无止的混乱时间。待一切尘埃落定，一切飞快活动起来。空荡荡的街道里突然跑来一群奇怪的男男女女，他们朝着卡车追去，整条街道跃出了生机。转瞬之间，这些陌生面孔就从车上走下，再次踏上了沥青马路。他们来到这个世上的幽灵们身边，互相拥抱着，哭泣着，眼泪在他们的面庞上肆意流淌。

忽而一瞬，一个新世界诞生了。小男孩呆呆地望着他的父母，那眼神就像望着陌生人似的。又过了一会儿，一些陌生人前来同他亲吻。这些人脸上长着雀斑，一双手生得又粗又大，嗓子里发出咕隆咕隆的喉音。他瞬间被这些叔叔舅舅、表兄表姐包围起来。这就是所谓团聚的激动之情！团聚？在自己的记忆中，他不曾见过这些人的面孔。然而，新世界就在他们拥抱之际，诞生于众人之间。

这才是真正的回归：1945年的这个4月，一辆卡车将我们从雅西载来。由此,我们来到了弗尔蒂切尼,来到了这个风景如画、鲜花盛开的摩尔多瓦城市。我的大伯就住在这里。阿龙大伯,身材矮小敦实,脸蛋红扑扑的。他的双眸专注有神,说话飞快,还有些话痨。他只要一激动,要么哭得一抖一抖的,要么就笑得一颤一颤的。他张开了自己强壮的臂膀,热情满腔,一个接一个地拥抱我们。因为他们这一家族分支住在摩尔多瓦的弗尔蒂切尼,而非布科维纳的苏恰瓦,所以未曾遭遇驱逐。弗尔蒂切尼和苏恰瓦之间的距离,不过25公里,而此类闹剧正是历史的荒谬之处。

距我们被驱逐出荒芜之地已过去了四年。战争终于在上个月告终,而梦魇揭开了它的幕帘。在那个春日的下午,美好的未来重现身影。它就像个五彩的泡泡,夹杂着泪水、唾液和呻吟。我用尽全力将它吹起,希望它能将我从过去的泥淖中拯救出来。小演员如饥似渴地等待着赞誉,随时准备汲取新的知识。他活了下来,周遭的一切都得以幸存下来,简直难以置信!树木与蓝天、人们的话语声和各式餐点,还有,最重要的一点:就是有了临时的快乐之园!

1945年4月,我已然是一个9岁的小老头。一晃四十载春秋。1986年的春天,我在布加勒斯特的统一广场上看见一辆满载苹果的卡车。车子停在一座庄园似的白色建筑前面,它名叫"马努克客栈[1]"。

卡车的后挡板被挪到一边。两个皮肤黝黑的小伙子将成堆的苹果从车后面卸下来,将它们堆在沥青马路上。1986年的春天,在罗马尼亚首都,几乎什么也买不到。可是,苹果供应却意外地富足,味道也十分香甜。

---

[1] 餐馆名,Hanul lui Manuc。

又过了几个月,我变成了一个 50 岁的老少年。随着年岁增长,我已有了充分的理由来质疑生日会和各种巧合事件。然而,在那个春日的早晨,一见广场上那辆满载苹果的卡车,我却突然怔住了。可实际上,我对那些金灿灿的苹果熟视无睹。我就住在广场附近,步行几分钟就能到家。那时,切尔诺贝利事件刚发生没几天,我几乎不上街,也不去公园、体育场或市场闲逛。公寓的窗户一直紧闭着,好久没开窗透风了。

我的母亲、刚从以色列回来的表妹鲁蒂,还有我,我们仨坐在沙发前的扶手椅中,关注的却不是切尔诺贝利事件。

"马尔库很小就成了孤儿。"坐在沙发上的盲妇人继续说道,"他的父亲 45 岁就去世了。你说的对。他有 9 个孩子。我的祖父,也就是你的曾祖父,有 10 个孩子。那会儿就是这样,大家都会生很多孩子。"

"我们父亲的父亲,也就是我们的祖父,是个农民。"我向鲁蒂解释道。这个故事于她而言还没有到令其耳朵生茧的地步。在远方的圣之国生活了 10 年的她有足够时间将这些东欧往事全部忘却。

"他是村里的面包师,自己有间农舍,养着牛、羊、马。当我们的父亲尚是孩童的时候,祖母便去世了。于是,阿龙、我的父亲马尔库和最小的孩子努克[1],也就是你的父亲,都成了孤儿。祖父后来再婚,又生了 6 个孩子。1945 年时我还见过他一次,当时我们刚被遣返。"

那位盲女此时已丧失了耐心,迫不及待地想接过话茬继续讲故事。她的声音显得苍老而疲惫,徐缓地浸透着倾听者的记忆。

---

[1] 人名,Nucă。

"我的祖父,也就是你们的曾外祖父,在 18 岁时就成了鳏夫。他后来娶的是祖母的妹妹,那时她才 14 岁。15 岁时,她生下了第一个女儿阿德拉[1],也就是埃斯泰拉[2]的母亲。你们应该听说过埃斯泰拉,她还有个儿子……葬身于六日战争[3]。在阿德拉之后,出生的是我父亲亚伯拉罕[4]·阿夫拉姆。而后是两儿一女,女孩是芳妮,阿列尔的母亲。你在巴黎见过阿列尔。接着出生的是诺亚[5]……这也是你名字的来源。后来还生了一个,我记不得名字了,但他很早前就去世了。再接下来是莱亚姑妈……莱亚·里梅尔,我们回来后还在她家住过一段时间。他还有一个儿子去了美国,但 19 岁时因为癌症就在那儿去世了。还得加上他第一任妻子的孩子。没错,我祖父一共有 10 个孩子! 10 个常常得忍饥挨饿的孩子。他们已经到了赤贫如洗的地步。然而,在每个周五的夜晚,还是会有个穷人或是乞丐同他们在餐桌前一起吃饭,没有一个星期不是如此。"

"一起吃饭?吃什么?"

"呃,找到什么吃什么。从一无所有的家里找些东西吃。"

"那么祖父呢?你见过他吗?就是我们的曾外祖父。"

"我没见过。倒是那个兽医马诺留和公证员杜米特雷斯库过去常跟我说,谢伊努扎[6]呀,他们是这么叫我的,你没见过你爷爷真可惜了……他常常穿着一双如白雪般光洁的袜子,全身打理得干净利落,

---

1 人名,Adela。
2 人名,Esthera。
3 第三次中东战争,以色列方面称六日战争,阿拉伯国家方面称六月战争,亦称六五战争、六天战争,发生在 1967 年 6 月初。它发生在以色列国和毗邻的埃及、叙利亚及约旦等阿拉伯国家之间。埃及、约旦和叙利亚联军被以色列打败。
4 人名,Abraham。
5 人名,Noah。
6 人名,Șeinuța。

甚至能感受到他身上有种圣洁的气质。他是位雷厉风行、博学多才的宗教人士。所有人都这么说。"

"谢伊努扎？这个名字是从 Sheina 来的吗？Shein, Schön, Schönheit？是美丽的意思吗？"

"呃，反正他们是这么叫的……"

她的声音丧失了原有的活力，即便是带有挑战性的问题也对其毫无刺激效果。这不是什么新鲜的故事，重听这个故事的那些人也已不再年轻。重述旧日回忆主要是为了提醒那些来自他国的客人，最后到底是什么留在了这里，留在了他们身后。

"那曾外祖母呢？那个子孙满堂的寡妇？她是怎么熬过那些年的？"

"靠社区给的那一小笔养老金。那些孩子们，特别是男孩子，从小就开始打工了。这就是一种代代相传的家族特点。莱亚姑妈和她的孩子们也常这么说，'人必须辛勤劳作，努力奋斗'。她的儿子从10岁起就开始干活了。他们也家徒四壁，甚至连衣服都没有。在那冰天雪地的日子里……连石头都能被冻得四分五裂。他们呢，就去给富家子弟当家庭教师，比如弗尔蒂切尼的努斯格尔腾[1]家和霍夫曼[2]家。下午5点，这些有钱人就开始享用茶和点心，但他们从未给过这些穷孩子一点儿吃的，哪怕只是一杯茶。"

"都是犹太教教友，一群非常虔诚的人，对吗？提出阶级斗争的不是马克思[3]叔叔……那么外祖父，也就是你的父亲呢？"

"那时布尔杜杰尼还没有报纸，要去苏恰瓦才买得到，但它离

---

[1] 人名，Nussgarten。
[2] 人名，Hoffman。
[3] 人名，Marx。

布尔杜杰尼有好几公里远。虽然布尔杜杰尼只是个小镇，可是它真的充满活力，无时无刻不发生着惊人的变化。我们全家都来自那里，来自布尔杜杰尼。还有我祖父、父亲，所有人。我父亲是布尔杜杰尼第一个在邮局订报纸的人！报纸名为《晨报》，整个邮局就只有他的那份。"

"你曾说他从没上过学。"

"他从未上过罗马尼亚式的学校。毕竟，你让他周六的时候怎么去上学呢？他全是自学的。不过，不少人来找他帮着出谋划策，像是寻求律师的帮助似的。他是布尔杜杰尼第一个订阅《晨报》的人，邻居们每天都会聚在一起听他读报。一段时间后，他订了5份报纸，就这么开启职业生涯了。当然，麻烦也随之而来。那时，韦克斯勒看到我父亲订了《晨报》，于是就订了《密涅瓦报》。韦克斯勒的腰包鼓得很，只要花五个巴尼他就会给你一份《密涅瓦报》，外加一大杯啤酒和一支香烟。这就是一场竞争，想要将我们摧毁！"

"这些事是什么时候发生的？那时祖父多大了？"

"17岁。那会儿他在布尔杜杰尼的报纸事业才刚刚起步。后来，他成了全国第二大报纸发行商。《世界报》的主编斯特里亚·波佩斯库[1]还给他授了勋。"

"《世界报》？是份右翼报纸吧？"

"当然，那还是份反犹太的报纸。可是，人家还是给他一个犹太人颁发了勋章……康斯坦丁·米勒[2]也给他授勋了。我告诉过你吧，米勒是民主派报刊《真理报》的主编，他对我父亲青睐有加。我姐

---

1 人名，Stelian Popescu。
2 人名，Constantin Mile。

姐丽贝卡结婚的时候,父亲还给他寄了请柬呢。康斯坦丁给我们回了一份礼——一床刺绣精美的丝绒毯,还附了一封漂亮的电报。"

"那格劳尔[1]呢?你姐夫是做什么的?"

"他捣鼓粮食。"

"这么说来,他们一个人弄粮食,一个人卖报纸,还有一个人靠鸡蛋营生?国际大阴谋,而这阴谋的中心就在布尔杜杰尼!诺亚,你祖父的兄弟,他不是也卖鸡蛋吗?"

"诺亚,你记得没错,他住博托沙尼,在那儿卖鸡蛋为生。一开始,罗马尼亚大公允许我们进入这片土地不就为了这档子事吗。我们在这里只能做生意,其他什么也干不了。后来,诺亚就把他的这些罗马尼亚鸡蛋推广到整个欧洲市场。最后,那些打包鸡蛋时扬起的灰尘让他送了命。他每天都吸着那些干草里的灰尘,后来得了喉癌!50岁就早早地走了。遗孀贝拉[2]继承了他的事业。她能用三种语言沟通,是个顶尖的女商人。"

"她比你还厉害吗?"

"可能吧。或许的确比我强。人们都说我本可以成为一名好律师,他们对父亲也是这么说的。过去,大家都跑来找他咨询建议。"

"你是可以成为一名优秀律师的,这毋庸置疑。可能那样你会平静许多。诉讼能把你累得精疲力竭,但同时也能让你冷静下来。几年前你就同我说过,你既不抽烟也不喝酒。没有什么能让你自己静一静的坏毛病。你是这么对我说的,还记得吗?"

"那会儿,我的生活确实不怎么太平。我打小就开始干活了。哦,

---

1 人名,Graur。
2 人名,Bella。

113

上帝请原谅我父亲吧，他忙着做生意，常常出门或者做其他什么事，剩下的杂事就都留给了我干。有时候，他不仅去苏恰瓦，还往其他相邻的市镇跑，有时候去博托沙尼，有时候去多罗霍伊。他与学校那拨人做生意，让那些老师从中抽成10%。作为回报，学生们用的书本和文具上都印了我们的标志。"

"'我们的书店'，是叫这个吗？这名字怎么如此有特色？所以，正是你们把那集体主义的风尚引入了这里吧。反犹太者的观点或许没错。你记得吗？在20世纪五六十年代，所有书店都叫'我们的书店'。50年代那会儿，你不就在苏恰瓦一家'我们的书店'工作过吗。现在也是啊，所有的书店都为国家所有，都叫'我们的书店'……战前，你们是开拓者，是资本主义者！你们吮吸着人民的鲜血，且乐此不疲。就这样，你们先带来了资本主义，又引入了共产主义，而它最终成了资本主义的掘墓人。"

她视若无物地望着我们。这段话似乎并不好笑，政治也从来不是她的关注重点。她只想重谈往日的传奇。

"我们辛勤工作，度日维艰。是的，那书店就叫'我们的书店'，但它是我们的书店，而非归国家所有，这是差别所在。"

"的确，这是根本差异。"

"学校的老师们只承认印上我们标志的课本和文具。协议就是这样规定的。9月学校一开学，订单就源源不断地进来，就像现在面包店的订单一样。晚上我一歇下来就感到筋疲力尽。从小，我就这么辛苦地干活。父亲、我，还有我的哥哥舒利姆[1]，我们所有人都这么干。结婚后，我还帮父母干活。被送进集中营的时候，我父母随

1　人名，Şulim。

身只带了 5000 列伊。当时,他们只有这么一点钱,而在店里还留下了价值 100 万的货。那些学校的书和文具,价值整整 100 万列伊!"

"你说,你什么都扛过。"

"那可不呢。萨多维亚努、雷布雷亚努[1]、埃米内斯库的书,各种人写的书。丰多亚努[2]、塞巴斯蒂安的书。还有报纸,各种各样的报纸。我父亲还参加过新书出版发布会呢。"

"你之前说,他常常孤身一人把报纸从车站扛回来。独自一人,在黎明时分,沿着那条种满白杨的公路。我知道那条路,最近还又看到了一次。"

看,我怀揣的那份怀乡之情,不过是旧时光的小把戏。老妇人靠着这份乡愁,只能口述出一些诡异的过往,除此之外再无他物。但我知道,即便是这些事物也将在不久之后消失得无影无踪。无论是过去数十年的老故事,还是追忆过去的此刻,在瞬间成为过去的此刻,都将一并消失。双目失明的老妇人正滑行在"生平记忆滑梯"的最后几环弯道中,鲁蒂将在几天后回到耶路撒冷,而我,谁也不知道这个秋天我又会身处何方。我们三个人都尝试着缓解团圆带来的紧张感,梳理调解着曾经的矛盾和冲突。1986 年是个流氓年,就像它之前和往后的年份那样。难道正因如此,我才开始认真聆听这些曾被我置之不理的故事?从前,我不太能接受这种感伤的桥段,只因为我无法忍受那令人恼火的叠句:离别、离别、离别。现在,是我终于意识到这是对的,还是我企图减少离别带来的精神打击?

沉默还在持续。母亲没有听到我最后说的话。不知何时起,她

---

1 人名,Liviu Rebreanu(1885—1944),罗马尼亚著名小说家。
2 人名,Fundoianu,即前文出现的冯达,罗马尼亚和法国诗人、评论家、存在主义哲学家。

变得很容易在对话中走神。

"他常常自己一人把报纸从火车站扛回来。"我重复了一遍。

"坐马车只要一列伊。我说,'爸爸,就只要一个列伊,你为什么不坐马车呢?'他回答道,'我得多锻炼锻炼'。他每天要走13公里。清晨,在去往火车站之前,他会吃下一块带着血丝的烤牛排,配上一杯葡萄酒。要是没有那场驱逐,那样健康强壮的他一定很长寿。我的一天大约从7点的一杯黑咖开始。然后直到下午五六点钟,我都不再吃什么东西。"

"他会付你工钱吗?给多少?"

"付我工钱?给他自己的女儿发工钱?作为他最爱的女儿……我想要什么就有什么,他从来不会拒绝我。当然,我工作也很努力,干活可勤快了。"

"孩子呢?你生孩子的时候还顺利吗?"

"你还没满9个月就出生了……当时我差点儿去阎王爷那儿报到。从周三一直到周日清晨,医生在我床边都不敢离开半步,因为连他也不知道要怎么办才好。在医生心里,我已经被判了死刑。至于孩子……更是毫无希望,大家都说孩子会胎死腹中。你出生后……依然没人相信你能活下来。相较那些正常婴儿来说,你实在太轻、太小了,只能把你放进早产儿保育箱里。只有我父亲保持着乐观的态度。他问你有没有指甲,说是如果有指甲,就能活下来。"

"出生后,我在某种程度上算是失去了指甲。他说得没错,指甲的存在对我大有裨益。无论是青葱岁月还是垂暮之时,指甲都为我保驾护航,是我生命的象征。"

我们仨都笑了,但母亲的笑声短促而虚弱。她几天前才刚刚出院,这也是女儿鲁蒂从耶路撒冷赶来的原因。把鲁蒂算作她的女儿并无不妥,她是我父亲兄弟的女儿,打小在我们家长大。

我倍加小心地给茶几上的录音机倒带子。坐在沙发上的盲妇看不到这台机器,也不知道自己说的话都被录了下来。她完全失明了,在医院做的手术没有半点儿用。

"你丈夫呢?孩子的父亲去哪儿了……他是怎么俘获你的芳心的?"

"那可是一个很长的故事了。生活也是如此,一个漫长的故事。我夏天的时候会去弗尔蒂切尼的集市,那个集市在我们那儿还小有名气。那时是 7 月 20 日,圣伊利耶节。一群年轻的姑娘和小伙子们一道从布尔杜杰尼出发。正当我等着回程汽车的时候,一位风度翩翩的先生突然出现,手里还拿着一把小折叠椅。"

"一把小折叠椅?"

"汽车里总是挤得水泄不通。当时,他把折叠椅放在了我旁边。过了一会儿,他问道,'你是里梅尔太太的亲戚吗?弗尔蒂切尼的莱亚·里梅尔'。我回答说,'里梅尔太太是我姑妈。'大伙儿都说我长得非常像莱亚姑妈。"

母亲那下垂的苍老面庞因岁月和疾病的折磨爬满了皱纹,看着比莱亚·里梅尔的脸更显沧桑。约莫 20 年前,我最后一次见到莱亚·里梅尔,当时她来的目的是说服我停止与那位异教徒女孩的恋爱,非犹太女人和犹太男人结合的爱情关系会让整个家族蒙羞。莱亚·里梅尔真是家族里的外交官!那镇静自若,肃穆如《圣经》般的脸上,丝毫不见我在面前这位盲妇的面具上看到的创伤感。

"他认识里梅尔太太,也认识她的先生基瓦。他是个象棋手,还是作家米哈伊尔·萨多维亚努的象棋伙伴。他总来弗尔蒂切尼找基瓦。其实,他人很聪明,经营着一家豪华家具店,却总在咖啡馆间游逛,沉迷打牌,不可自拔。我没有打断他说话,想看看他到底知道些什么,又了解到什么程度。他说自己还认识里梅尔的孩子们。那是群勤奋的高中生,未来可期。那时候,里梅尔一屋子人每天都在家说希伯来语,镇上独此一家,再寻不到别处了。他问我是否认识波琳娜[1]。那位跛脚女裁缝和他的表兄喜结连理了。后来他又告诉我,自己也有喜欢的对象了。他对兰度[2]小姐倾慕已久。这姑娘我是早就认识的。伯莎[3],风姿绰约,是个好姑娘。"

"如此说来,他算是一见钟情了。"

"哎哟,你说从弗尔蒂切尼到苏恰瓦还能多久?也不过一小时罢了。他在伊茨卡尼的糖厂上班,他就在那站下了车。我坐得更远一些,在布尔杜杰尼下车。我一到家,就把情况告诉了我的邻居兼密友阿玛丽亚[4]。我告诉她,我在公交车上遇到了伯莎的朋友,他是个挺不错的小伙子。"

"一晃五十载,他那会儿可比现在好看多了吧,不是吗?"

"那之后的周六,我收到了一张明信片。"仍处于恢复期的这位病人似乎并没听到我的提问,兀自继续道,"那上面写着:'尊贵的书商,简妮塔·布劳恩施泰因小姐。'只有这些。后来,又是一个周六,我在布尔杜杰尼看见他骑着自行车在我身边停了下来,问,下礼拜六在伊茨卡尼有个舞会,看我是否有兴趣一同前往。后来,在那个周六下午5点,他出现了。布尔杜杰尼的所有人都出现在外面的走廊上。可是,我父母不让我去。他们说,这人他们不认识,不准我

---

1 人名,Paulina。
2 人名,Landau。
3 人名,Bertha。
4 人名,Amalia。

和他出门。"

"你就这么听话？我可不信。"

"后来，所有舞会上都有我们的身影。我们会定期出现在伊茨卡尼的这些舞会上。马尔库总是骑着车来我们家找我，不仅周六周日晚饭后来，周三晚上也会出现。伊茨卡尼办舞会可勤了，主要是为各种事情筹款募捐：建学校啊，修滑冰场啊，成立猎人俱乐部啊。我每次出席舞会前都会置办不同的布料，穿上不同的裙子。那条紫色的礼服裙尤其拉风。紫色的缎面裙边配上相称的皮鞋和礼帽，美极。"

"靠他那点工资，能负担得起这样的花销吗？就凭他这样一个小会计？"

只见她用手指了指自己干裂的嘴唇，示意她渴了。我倒了一杯水递给她，可她看不见。于是，我将她的手贴在杯壁上。她的双手颤抖着将水送至嘴边，杯子也随之抖起来，小嘬两口后又示意我将杯子撤走。我将它放在了桌上，就在她面前，可她看不见。

"当然，靠他那点工资足够了。他在糖厂挣得挺多的，还会给我送花呢，送的是紫丁香和玫瑰。他还会给我写信。那会儿我们都还年轻，完全是另一个年代。"

"谁给你做的衣服呀？"

"沃斯罗威茨太太。"

"是那位波兰妇人吗？就是我10年、20年前见过的那位老妇人？同名同姓的沃斯罗威茨？我估摸，她现在也快200岁了吧。"

"她每条裙子收我300列伊，现在已经90高龄了。但我听说，她每周日都还坚持去教堂礼拜，春夏秋冬，风雨无阻。"

"无论是在国王统治时期，在绿衣军团统治时期，还是在红色斯大林时期,她都为你做裙子么?而现在,在我们敬爱的红绿国王时代,她也依然为你量体裁衣吗?你1941年消失的时候,她有说些什么吗?她肯定知道接下来会发生什么……等你回来以后,她再见到你,又对你说过什么呢?"

"我们被带走那会儿,市长连拖鞋都不让带,我只能把它们留在了走廊上。玛丽亚在车站抓着我们不放。她也想上车,双手拉着我们,不愿让我们离开。边境、德涅斯特河畔、阿塔基,火车一站一站地停靠,我们的人一站一站地往下走。那就是辆运输牲口的车,我们像粮草般被摞在一起,像沙丁鱼般在车厢里挤着。等火车到了阿塔基,抢劫开始了。尖叫、殴打、枪击。还没等我们回过神来,我们已经过了桥。在那儿,我看见了一个士兵,谁知道呢,说不准他就是那些用枪堵在背后把我们撵上车的家伙的其中之一。我现在是老了,哦天呐,可当时的我……当时的我可勇敢了。我径直走向了那位士兵,对他说:'先生,我的父母亲还留在阿塔基,他们都老了。我给您1000列伊,劳驾您把他们带到这儿来吧。'"

家里聊天的时候很少提起特兰斯尼斯特里亚。大屠杀没有成为那些年的热门话题,痛苦也不曾因公开的认罪而痊愈。以前,犹太人居住区的这些悲郁氛围总会令我十分恼火。然而,日渐增长的年岁是否让我们和过去达成了和解?那痛彻心扉、无法挽回的矛盾冲突又是否变成了轻浮的笑谈呢?

"我们走吧,我们走吧,我们走吧……"她在1945年、1955年以及之后所有年份中都重复这么说。"当我离开的时候……夜幕就会降临。"诗人预言道。她是否曾在布尔杜杰尼的"我们的书店"中读过丰多亚努,即后来的冯达所写的这句诗呢?这位罗马尼亚诗人未曾前往耶路撒冷,而是转经巴黎去了奥斯维辛。

我在最后是否接受了他笔下的诗句和面前这位老妇人的顽念？她曾清晰洞察一切，如今双目失明，再也无处可去。当我听到"异教徒""非犹太教的女人""离开"这些词时，我也不再暴跳如雷。尽管仍然尝试着逃离，但我已经可以容忍犹太人区的一切习性。

她再次示意自己的嘴唇发干，想要喝水。嘬了一小口后，她将杯子递还给我，准备重返舞台。

"'我给你列伊。'我对他说。他本可以开枪杀了我或是搜我的身，然后把钱全抢走。但他说'好吧，为了列伊，我可以帮你，但我还想要一罐妮维雅'。"

"妮维雅？他要妮维雅干什么？你又哪儿来的这东西？"

"我还真带了。上帝就是这么开玩笑的。我之前往背包里塞了两罐妮维雅。"

"所以说，你没带上拖鞋，倒是捎上了妮维雅。"

"我把妮维雅给了他，父母就这样被带了过来。接下来，我们一直都陪着他们，直到他们死去。在我父亲的弥留之际，女医生黑尔曼[1]告诉我，她有一小瓶药，德加冷滴剂，能治疗心脏病。作为交换，她让我给她些列伊。"

"她是一位女医生，却在集中营里同死亡做交易？"

"没错，那里人人都这么做。我给了她列伊。多罗霍伊的魏斯曼[2]医生说用这药无济于事，已经回天乏术了。她说，'你不如用那钱给孩子们买点吃的和穿的'。但我不得不试试，无论任何代价。父亲那时连药水都咽不下去了。"

---

[1] 人名，Hellmann。

[2] 人名，Weissman。

"你是个勇于斗争到底的战士。"

"这还没完……自从他们把我们推搡上火车起,马尔库就跟失了魂似的,即便在他们把我们扔下火车后也不见好转。深更半夜的时候,我们总会在一阵阵辱骂声中惊醒,一睁开眼就能看见尖锐的刺刀。他看到自己的衬衫肮脏发黑,爬满了虱子,那些虱子在我们身上肆意地爬行……他说了句:'这种生活不值得继续。'曾经极其在乎自己干净与否的他在当时完全丧失了希望。他曾那样优雅自若,浑身散发着书卷气,同一件衬衫都不会连续穿两天,连袜子也要烫得平整服帖。他就是这么一个人。只见他不断重复着'这种生活不值得继续'。在特兰斯尼斯特里亚度过最初的几天后,他一再说道,'再也不值得了,一点儿不值得'。而我总对他说'值得的','活着值得,是值得的!如果我们熬过去了,如果我们活下来了,你就能重新拥有干净的衬衫。为了这一点,我们无论如何也要坚持下去'。我们最终做到了。也许我内心早就知道我们最终还是能回来的!"

她忽然转过身去。门那头传来一阵声音。有人进来了。

"切卢察[1]?是切卢察吗?"

没错,是茄拉,她自若而阳光地走进门,出现在舞台中。

"说起来,切卢察,我很多时候比他还绝望……"这会儿,她对着自己的儿媳妇说道。

茄拉站在门槛边上,看着坐在沙发上的我们仨。我母亲和她说话的时候,像是觉得她自始至终都在场似的。

"有好几次……我紧紧抓住了一切可以抓住的东西。我曾抓住德国军官的衣服,求他从那群想杀死我们的乌克兰人手中把我们解救

---

1 人名,Celluța,此处指茄拉。

出来，那是一群听德国人使唤的乌克兰帮派成员。我以前还在一个农民手下打工，我也抓着他不放。寒冬腊月的时候，我得穿着麻袋布制成的衣服走上8公里。整整一周我都得马不停蹄地工作，就为了那几个土豆，一个面包和一些豆子。就这样，我的手和脚都裹上了麻袋布。我也没放过约赛尔[1]，我们的教士，企求他创造奇迹，把马尔库救回来。1944年，苏联人解放了我们，他们的第一项措施就是把犹太男人送到前线去和德国人打仗。他们都瘦得只剩皮包骨头了，连离开集中营都费劲。"

"可那个教士能为你做什么呢？难道，他认识你吗？"

"你说的是约赛尔，苏恰瓦的那个教士？他和我们一起被驱逐了，怎么会不认识我？他还认识我父母呢。战争还没开始的时候，大家都在伊茨卡尼，我们会定期地给他送些钱、油和糖。我一过去他就开始哭，'教士，你瞧瞧，我们都沦落到了什么地步。我家徒四壁，住在一个连窗户都没有的破房子里，孩子们总得忍饥挨饿不说，丈夫还被苏联人带走了。我真是孤独而又绝望，现在瘦得只有44公斤'。"

"那他帮你了吗？"

"帮了，他帮了。他用手摸着下巴上的胡子，就这样坐在那里看着我说：'回家吧，快回家去吧，明天早上一切都会好的……每个听我讲这故事的人都知道：上帝会予人奇迹。快回去吧，一切都会好的。明天早上就会好起来的。'他是这样对我说的。"

"所以你好起来了吗？是何种意义上的好起来了？"

"马尔库逃离了红色军团……是个奇迹，不是吗？他日夜兼程，

---

[1] 人名，Yosel。

穿过树林，绕过村庄，跨过道路千条，终于找到了我们，一如往日！"说着，我把磁带停了下来。

"马尔库呢？马尔库来了吗？"她焦急地问道。

这时，我父亲恰好走进门来。他戴着帽子，一身灰色夏季西装，里面穿着一件白衬衫，还打了领带。那张缺了条腿的折叠凳好像不见了。他同往常一样无欲无求，缓缓地踱步进来，内敛克制，心如止水。

"马尔库？你逛市场去了？都买了些什么？"

"你还指望他能找到些什么？"我插嘴说道，"你以为，他还会像以前那样给你买百合和玫瑰花来吗？"

"我买了份报纸。"父亲口干舌燥地说道，"还捎了些苹果。那里有好些卡车载了苹果来卖。"他将报纸递给我，那是份《自由罗马尼亚》。报纸的头版印着"党和国家环境质量监察委员会发来消息，据检测，5月6日当天，包括布加勒斯特在内的大部分受影响地区所受核辐射均有降低"。

"你看吧，污染在减少了。"我嚷嚷着，"自从鲁蒂从圣洁之地回来后，新闻报道都变得更积极乐观了。"

接下来的文字又写道："在一些地区，辐射有些许增强，但对人体并不构成威胁。"尽管没有危险，但报纸还是建议我们在饮用水和蔬菜瓜果方面多加小心。儿童和孕妇必须避免长期暴露在室外开阔区域。你听听，"开阔区域！"我们应该只喝官方渠道出售的牛乳及乳制品。渠道，网络！这些死气沉沉的木头语言才是比辐射更令人难耐的东西吧。那位环境质量监察委员会的委员长又该做何感想呢？现在危险系数是下降了，可人们却得活得愈发谨小慎微起来……

我们等待着午餐，等待着午后小憩，等待那些得以喘息的孤独时分。一间小公寓,两个房间,我们就在这狭小的房子里挤着过日子。就像40年来,我们在集体主义的狭窄空间内忍气吞声一般。

"看看,前几天还说……"我从桌上的报纸堆里抽出了另一份报纸。

"几天前,负责检测的工作人员还说:'据观测,5月1日夜里至5月2日早间,由于风向自东北转向西南,辐射区内的受辐射程度有所增强,超过正常水平。'什么叫'超过正常水平',这是否意味着一场灾难的发生呢?"

没有人愿意与我对话。全家人都安安静静地等着吃午饭。

"超过正常水平?究竟何为正常?我们还知道正常是什么吗?看看,接下来的几天……"

我又从桌上拿起另一份报纸,试图引起他们的注意。

"接下来的几天里,辐射程度略有下降,但仍保持在较高水平!呵,略有下降!但不是还停留在一个较高水平吗!苏联人声称,核污染只会对苏联境内产生影响。可自由欧洲,这一面向非自由欧洲的广播却在昨日发布新闻说,美国驻罗马尼亚大使馆自行实施了监测,如果他们没有把自己的工作人员送回加利福尼亚,那就意味着情况可能真的还可以,谁知道呢。就让我们回到大胆妈妈[1]的身边,回到她疲惫的内心身旁。"

"老妈子看不见东西了,这是问题所在。"老妇人嘟囔着,"我心脏也不太好。但凡要是能看见一点儿东西,那台死去活来的手术也就能忍了。今早在医院检查的时候,医生问了我一个多小时。他说,

---

[1] 大胆妈妈,德国戏剧作家贝托尔德·布莱希特(Bertolt Brecht)执导戏剧《大胆妈妈和她的孩子们》的主要角色。

我会重见光明的。但谁又说得准呢……"

"你能看到光是从哪儿透进来的吗？"

"可以，这我看得到。"

"你还能看到什么吗？比如谁在房间里，能看到有人在面前走动吗？"

"只能看到影子。如果有人走近，我大约能看到一个影子。就像你现在正和我说话，我能看到面前有个影子。我真想看看鲁蒂，所以才好说歹说让她过来一趟。我想再看看她。我至少还能感觉她的存在。"

"你还记得吗，姑妈……"

那位以色列女人也想加入到舞台的表演中。

"你还记得，在我坐火车回罗马尼亚的路上，他们是什么时候把我赶下去的？"

"当然记得……我怎么会忘呢？他们那时候同意把孤儿从特兰斯尼斯特里亚遣返回国。你母亲在我们被驱逐前就去世了，留下你一人孤苦伶仃。后来，你被列入了遣返孤儿的名单。但是后来上车的时候……Moishe Kandel hot aranjirt az zain inghil zol nemen ir ort。"

近几年，尤其从母亲看不见那时起，她就愈发频繁地蹦出意第绪语——犹太人居住区的专用代码。我为茄拉翻译道："莫伊舍·坎德尔[1]打算让他儿子来代替她。"话音刚落，我就回到了自己天真者的角色，装作自己早就忘记了这个故事。

"怎么回事？怎么会这样？你有没有为这一肮脏行为向坎德尔表示感谢？你遇上的，是一个敬畏上帝的人。"

---

1 人名，Moșe Kandel，即前文意第绪语中的 Moishe Kandel。

"上帝会感谢他,我就算了。他移居以色列,而他的一个儿子在那儿死于一场摩托车车祸。"

"总是这些话,上帝、教士、奇迹。当上帝把你送到德涅斯特集中营的时候,教士又能做什么呢?"

"上帝没有把我送进集中营,而是把我带了回来……教士真的在我生命中创造了奇迹。"

"那张筛子呢?"

"什么筛子?"

"那张魔幻的筛子。你不是讲过你兄弟舒利姆的故事吗?他一直过着单身汉的生活,后来有个女人上演了一场魔法征服了他,说是一个旋转着筛子的女人。魔幻的魅力。你不也是用筛子让马尔库拜倒在你的石榴裙下吗?"

她笑了起来,大家都笑出了声。

"马尔库用不着筛子。我跟那女人也从没有过什么联系。她在战争还没开始前就去世了。"

"那儿子呢?儿子也不需要?为了那幸福的婚姻,我又应该感谢谁?也许那张筛子也为我转动过。"

"不是我干的。我没帮你做过媒,是你自己追的人家。"

的确,老婆是我自己追的。运气站在我一方,转动了筛子。

"你是没有介绍她给我,可那时,我本想迎娶另一位姑娘。"

"命运注定了这一切。"

曾经的冲突现如今成了老年人的幽默谈资。只有讽刺还保留着旧日的毒素。

"正是如此,你保护了我,你还要求我保护自己。"

"你保护了自己?你从未保护过自己。"

"当我无法自保时,筛子就会来保护我。你之前常常去墓地,去吊唁埋在那里的犹太教教士。或许,他们在天之灵会按照你的意愿转动筛子,扭转命运。"

这个玩笑是阴谋,这个时刻也是阴谋。这场和解中,我们不过只是承认了自己都已老去,所有人都被关在这个小牢笼里,而这小牢笼之外还有一个大牢笼。

"命运?什么命运?那个你想娶的基督徒女人可不是命运。"

"那个基督徒女人?她没有名字吗?她也失去了自己的名字吗?不管是死了的教士还是活着的教士,不是都祈求着让那个非犹太教的女人失去自己的名字吗?"

终于,陈年旧月的痛苦现在变成了玩笑回到这里。这是顺从,是宽容吗?在即将来临的死亡面前?面对死亡,答案是肯定的。

"要知道,那些教士真的帮助了我。我确信,他们也帮助了她。你不知道吧,我常常为她祈祷。她现在在英国过得不错,有两个孩子,过得称心如意。"

"她可能过得不错,只是或许不知道你还在为她祈祷。"

"知道,她是知道的。就算她不知道……"

"你为她祈祷,这怕是上帝都不会相信的吧。"

"我的确在祷告。我不恨她,只是祈愿她能远离厄运。这一点希望你明白。"

"那,现在呢,她什么时候走的?她已经带着危险一同去了英国!而你,还在为安然无恙的她祈祷,这是不是有些太过了。"

"不,并非如此。我不希望她受到伤害,这你是知道的。我从不说她坏话。我听说,她有了两个孩子……这是沃斯罗威茨太太告诉我的。沃斯罗威茨太太还说,她非常优雅,一看就非等闲之辈。虽称不上有多漂亮,但她一直保持着那样的风韵。"

"怎么会,你从哪儿知道的?"

"我不知道,我都没见过她。只是大家都这么说。"

"既然你还和沃斯罗威茨太太那些人有联系,为什么不给她寄一张她旧情人的近照当作礼物呢?她的旧情人现在已秃了顶,还有了肚子。你让她看看她昔日的罗密欧如今落魄成何种模样,好让她开心一番。你不愿意吧,是吗?你不愿让她看见年岁在我身上碾压过后,我是副什么丑样子吧。光阴的筛子会为每个人转动,不是吗?如果我们有一个同切尔诺贝利有关的筛子,我们就都能驱恶辟邪了。你听说报纸上写的那些事了吗?我们不能待在户外,不能待在空旷的地方,否则就会受到辐射。得照顾好怀孕的妇女,还有那些正处于备孕期的女人。我们还得先把食物热一热再吃,但愿这样做是有意义的。我们要听自由欧洲广播,这样才能知道我们这里究竟发生了什么。只消轻轻一转,那只筛子便可以解决一切。如果它因爱转动,那这怕是最令人手足无措的困境了,在这事儿面前,一场糟糕的核事故也不过只能算琐事一桩。"

她累了,没有作答。我们五个围坐在餐桌旁,桌上放着茄子沙拉、香煎彩椒、炸肉丸、土豆和煎饼。我们没有什么可抱怨的,在这善恶交界的中立地带,一切都被安排妥当了……你看,还有金灿灿的苹果当饭后甜点呢。马尔库·马内阿先生用刀慢慢地给苹果削皮,果皮被削成了螺旋状的薄片。这些美味的苹果被大卡车拉来,暴露在了这充满核污染的地方。

餐后小憩。相比落伍的西方,东方社会制度的优越性通过午休平静地表现了出来。睡醒后,我们会继续这场有气无力的对话,然后在电视机前神经质地呆坐两个小时,思绪随着结巴的总统越飘越远：一天又结束了，光阴一去不复。切尔诺贝利事件加剧了不确定性。渺小而无力的希望总会遭遇不正当的诡计，时不时地挨上一记耳光。头疼、眼酸、心悸、恶心？这是神经官能症的正常表现，而非辐射的后遗症。多年来，毒素已侵入思想与骨髓。很多人对虚无中转瞬即逝的紧迫性早有警觉，但是冷漠的力量却未曾消逝。

花中女孩儿的伤口

1959年夏,苏恰瓦。五年前,我离开了那里。我并非像拉斯蒂涅[1]那样去征服世界,而只是想拼得一副铠甲,从而保护自己不受环境和自身弱点的侵袭。看,我又回到了起点。工程师这个职业于我而言没有一星半点的保护作用,完全不适合我。23岁的时候,我失望、迷茫,对生活感到莫名的乏味,还无法自由支配自己的时间。街道、房间、隐藏在未知时光背后的面庞、女人、书籍和朋友都能强化我存在的磁场。

对失败者深渊的恐惧?那种恐惧是否蜷缩着,膨胀着,抽离着,沉睡着?抑或并非如此?逃避策略又是什么呢?面对政场的那种畏缩情绪蔓延到了人际的情感世界。在我尽享鱼水之欢的时候,倘若

---

[1] 人名,Rastignac。拉斯蒂涅是巴尔扎克的小说《高老头》以及整个《人间喜剧》中的人物。他出身没落贵族,为了改变自己的贫困境地,早日实现飞黄腾达的梦想,抛弃道德、良知,利用各种手段向上爬,最终实现了自己的梦想,成为一个被旧封建社会腐蚀的贵族青年典型。

能有一套"双重解决方案",也就是一个后备计划,那么我一定会表现得更为出色。避难所坍塌的时候,同样需要一个后备方案,工程师设计的"安全系数"正是为各种意外情况而准备。年少轻狂的我眼中满是对职业责任和家庭困境的不屑,那些恐惧情绪化身成了难以被人发现的蜥蜴,看似逃往了别处,实际上随时准备伺机而动。

阿尔贝特[1]太太再次扮演起她曾经的角色,惊艳的姿态丝毫不逊当年。她的女儿已经成了家,现在怀有身孕,回到城里,回到了那个曾见证我们年少爱恋的地方。身边的家人亲戚还是原来那群人,他们的孩子现在忙于学业,等着移民。我办公桌旁的托板后有一位苗条的苏联金发姑娘,她说起话来有着独一无二的语法错误和妖娆魅惑的口音,总告诉我她的丈夫什么时候不在家。忙里偷闲的情爱生活从未缺席,所谓的职业责任无聊透顶,不应主宰一切。高中时候的我在全校可算是风云人物,而那所学校现在成了男女混校!毕业庆典变成了舞会……1960届的学生都怡然自得。我同以前的老师和同学聊了两个钟头左右,然后带着我那古怪的约会对象离开,赶赴一个为工程师及他们的妻子、女友举办的聚会。那位女毕业生虽年方十八,可举止落落大方,仪态优雅端庄,行动魄力非凡,谈吐颇为幽默。一袭蓝纱礼裙,胸前一朵小玫瑰衬出她不俗的气质。黎明时分,我们陶醉在酒水和夏夜中,昏昏沉沉地爬上了她家附近的小山包,那儿曾是古老的扎姆卡[2]要塞的所在地。这个女孩儿一副希腊人的相貌,扑闪着的眼睛好像能冒出星星点点的小火苗。她身上的那种气质与众不同,既天真纯洁又野性不羁,混杂着地中海人、

---

[1] 人名,Albert。
[2] 地名,Zamca。

斯拉夫人和安达卢西亚人的特点。

之后的几星期中，我们越聊越投机，暧昧的火花愈燃愈烈，双手和口唇愈发急不可耐。有一天，我们还计划去附近的山上共度周末。然而在此之前，我首先得杀死昔日那场音乐剧中的双重身。

那幢房子有一处高高的阳台，无论是站在街上还是从院子里的花园望去都能看到。同很久以前一样，我慢慢地爬上木质楼梯，小心翼翼地敲了敲门。按照剧本的要求，屋内黑漆漆的一片，而外面挂着一轮血色红月。北半球的夏夜，亚美尼亚街上的路灯孤独地投下光影。我在暗中将这一切收入眼底，偷偷溜入那扇旧日的门扉。没错，我刚敲了第一下，门就开了。那个7月的夏夜，命运早就书写好了一切。阿尔贝特夫妇出门度假，他们的女婿忙于工作。我旧日的恋人像角色被要求的那样迎接我的到来。我听到她在我耳旁轻声细语地说着台词："轻点儿声，轻点儿，在左边，慢点，可别把他吵醒了。"

我知道接下来将发生什么，但不知道会发生在何处。风情万种的阿尔贝特生下了风姿绰约的女儿，但女儿最终没能同心上人喜结连理，而是按照社会的惯例和习俗，嫁给了现在的丈夫。这对夫妇很快就有了自己的孩子，但一直没找到合适的住处，只好同女方父母住在同一片屋檐下。

我们即将在这栋房子里做出不法行径。就在几天前，我还是这个女孩丈夫的不二人选，为众人所欣羡，但我最终没能成为那魅力四射的阿尔贝特太太的女婿。曾几何时，她从那凡夫俗子不可企及的天堂下落凡间，来到我们那间狭小的厨房中，带来她的礼物——一段传奇式的言语："我想见见这男孩儿的父母。"男孩没有成为那家庭中的一分子，但这个令人感到不真切的夜晚为我重新开局和实

133

现复仇提供了契机。她那炽热的纤纤玉臂一步步引导着我，温柔而妩媚，又夹杂着迫不及待的心绪。我们穿过时光的隧道，走向左边那扇门。回忆往昔，我在那里度过了许多个愉悦的周六夜晚。如今在那个属于曾经的客厅，我们即将犯下大逆不道之罪。

我轻轻地将房门带上，将一方黑暗留在了身后。诸神已经点亮了罪恶之烛，忽明忽暗的烛光在房间一角跳跃着。客厅里放了一张为这对年轻夫妇准备的双人床，那里原来是一张华丽的沙发。双人床紧挨着婴儿的摇篮。

纯洁无邪的摇篮紧贴着污秽罪恶的双人床……房间里的装饰撩起了令人心痒的含蓄，可是我们却已躁动难耐。我冲向了往昔那热情的甬道，又在她每一次新的抽搐后重整旗鼓。一次又一次的冲射，一浪接着一浪的呻吟。终于，我们汗流浃背地结束了这一切。黑夜的主人完成了他的复仇与赎罪。一旁的婴儿摇篮里，新生儿睡得又香又沉。我昔日的这位爱人与过去的她并无二致，但似乎又有了些不同。她学会了讨人欢喜的新把戏，并能热情老练地运用它们。她那修长又如丝般光滑的双腿高高地架在空中。势不可挡的青春在有节奏的律动中获得了凯旋。

破晓时分，我从不贞的爱人床上挣扎着醒来，迫使自己从上面离开。小婴儿熟睡正酣，对一旁发生的艳情云雨之事毫无察觉。

夏日的清晨宛如一剂灵丹妙药将我唤醒。我并没有感受到爱意，只能觉察到因占有欲而饱受蹂躏后残留的余味。

一切都进行得顺顺利利——思想、情感、身体，还有片刻眩目的空白，随后从她身上分离，最后二人双双达到疯狂的顶峰。那种孩童般的满足，恰恰是我所需要的，也是我所接受的，更是我如影随形般携带的。迎着曙光里拂面而来的微风，我筋疲力尽地朝亚美尼亚街的高处走去。缓缓踱步，我径直路过街边的老教堂，而后左转，拐向一片新式小区，接着往下走，又左拐，来到了瓦西里·本巴克[1]大街。在街角18号，我走在并排的房屋之间，沿着狭窄的人行道来到一扇门前。门后，另一位女服务员酣睡正香。那晚发生的一切并非十年前青春期的一时躁动，或五年前弗鲁莫阿塞伊街[2]妓院中那次遗憾地错过，或两年前与名妓蕾切尔·杜·加尔德[3]共度的那一夜春宵，更非一个月前同肤白貌美的俄罗斯女郎共享巫山云雨的那夜时光。终于，所有交织不清的陈年恶疮都在那一刻溃发而出。那些抽搐的时光，如花般美好的年岁……年年岁岁，岁岁年年，我用笨拙生硬的技巧和满腔热血在那些含苞待放的处女们身上探索。最终，怀着报复之心，迎来了这个盛大的食色之夜。

这位少女已经献出了她的处子之躯。她这么做并非出于情爱，而是为了婚姻。尽管她已生下一个儿子，但其美貌并未因此大打折扣。她的双眸反而因此变得愈发湛蓝深邃，秀发愈加油亮光彩，胸脯愈发丰满圆润，腰身愈发曼妙多姿，古铜色的肌肤衬得她红光满面，神采奕奕……这位年轻的少妇比任何时候都更美艳动人。她的欲望并未因她的潇洒与热情而消退半分，那些熟悉的感觉反而激发了她的情欲，成了她天赐的礼物。似乎，她的生命并不只属于一位丈夫，或只命定于一位情人。这个念头没有将我困住，而是令我躁动难耐。按理说，在那个令人心醉神迷的偷情之夜后，我应该给她打个电话，这样才合情合理。然而，我毫不关心那个圆满的结局，甚至对未来的约会也兴致寥寥。我知道我即将拥有一个新的开始。

---

[1] 人名，Vasile Bumbac（1837—1918），罗马尼亚诗人。
[2] 路名，Frumoasei，有"美丽"等含义。
[3] 人名，Rachele du Gard。

距我离开山里那位刚毕业的女高中生还有两天。那段时间宛若童话一般被拉得悠长。在魔法之梳落下的地方，耸起了绵延的山脉。那令我陷入旧时光的夜晚已经远去。它隐在了群山之间，留在了过往岁月中。现在，我正乘车前往摩尔多瓦地区的肯普隆格[1]，我身旁的姑娘坐在我身边手舞足蹈，她的双腿一刻都没停下。正是这一刻让我同过去彻底决裂。昨日和过往如烟云般离我远去。

山顶的小木屋严肃地望着这座城市。在简洁朴实的木质房间里，星河璀璨的不眠之夜在晨光熹微时分无限蔓延着，照亮了床单上那抹鲜红的处子之血。这并非什么滑稽的模仿。它是如此真实、自然，不带一丝做作的伪装或是滥情的怀旧，无关任何指责或是同未来有关的蓝图。它淳朴、完整，一如围绕着我们的这片树林。

可是，没过多久，传统剧目宣布了自己的霸权。可疑的沉默笼罩在了这一隅陋室之上。在这里，住着互不熟知的两家人——蒙太古家族和凯普莱特家族[2]，这两个小资产阶级的家庭是否正沦为维罗纳的典型代表？流言蜚语的走卒已经拉开了阴谋大戏的序幕。房内的空气中闪烁着暴风雨来临前的讯号。历史宛如一出出可笑的闹剧，反反复复无休止地上演。

精心包装的定时炸弹唤醒了犹太人区永远的敌人：非犹太教的女人！她这颗充满诱惑的禁果，那浸透着污秽的如画眉眼，是基督教布下的陷阱，一场为犹太人区策划的悲喜剧。

献出处女之身的那个夜晚，看似神圣实则缺乏仪式感。在那之后的几周时间里，布科维纳的朱丽叶逐渐疏远了父母和兄弟姐妹，

---

1 地名，Cîmpulung Moldovenesc。
2 Montague 和 Capulet 是莎士比亚（William Shakespeare）《罗密欧与朱丽叶》中男女主人公的家族名称。

总是一个人在房间里埋头苦学，为考大学作准备。而她的情人则独自待在海边，或沿着海滩漫步，或进出各色餐厅。就在那时，他的家人接到一个电话，说是看到那对幸福的情侣出现在黑海边，正深陷爱恋中。或许，那位住在亚美尼亚街的女人，在犯下通奸罪后又决定主导一场阴谋？

一场千年哀歌促使犹太人区的无数爪牙行动了起来，他们现在正伸向各处，搜寻着可疑的迹象。"他已经很多年未遇见过像她这般聪慧的女孩了。"犹太血统的母亲一再强调着她的表亲（也就是里梅尔教授）对那女生的褒奖。与此同时，她又将这份褒奖转化成了讽刺：她的聪明才智只能说明她是个奸邪诡诈的敌人。这是受害者那纠缠了数个世纪的癫狂呓语、恐惧，还是错乱的记忆？

即便你能勉强无视那长篇大论式的演说，你也不可能架得住那些会诱发心脏病的场景，还有那即将降临的自杀带来的痉挛。悲悼圣母可不是第一次处理这种情况。然而这一次，无论是争论还是药物都毫无成效，一切皆是无法预测的逻辑和无法预知的行为。这是多年集中营生活酿成的失衡结局，还是更早些时候埋下的恐惧呢？

不论是否有理由，所有危机都渐渐蓄力。这出讲述着失望的表演只是在企求怜悯罢了。至于那个过分敏感又冷漠无情的孩子，他心中的愤怒与日俱增，而怜悯和同情也浇不灭他的怒火。正如生活在维罗纳的主角们告诉我们的那样，逆境不一定会摧毁爱情，甚至会让爱情的烈焰燃烧得更旺。因此，田园牧歌中的爱情故事还在继续，在借来的房间里不断蔓延。

初秋时节，朱丽叶终于离开闺房，开启了自己的大学生活。金秋十月，年轻的工程师去了一趟布加勒斯特，回来后则搬进了市中心一间供单身汉使用的酒店式公寓。信件不断地往返于首都和外省之间，犹太人区的危机似乎开始趋缓。然而，这场杂耍戏早就准备好了惊喜：午夜时分，两个年轻的蒙面人出现在伊茨卡尼-苏恰瓦的火车站台上。一辆汽车正候在出口处，司机等着执行这场深夜任务。雪花纷纷飘落，冬夜的寒风刺骨凛冽，站台上一个人影也见不到。凌晨1点20分，布加勒斯特北至苏恰瓦方向的列车到达目的地。哆哆嗦嗦的乘客们一个接一个地下车，身影逐渐淹没在北站的黑夜中。在最后一位乘客离开站台几分钟后，那位扮演朱丽叶·凯普莱特的神秘女子也下了车。她裹着一件布料厚实的白大衣，手中提着一个黑色的小行李箱，没来得及四下张望，就急匆匆地朝站台后那辆靠近公告板的破旧吉普车走去。车门突然打开，司机帮她上了车，然后汽车一溜烟地驶向了远方。

凯普莱特小姐在单身汉酒店的囚牢二层待了一个星期，严格遵守了阴谋中的所有指示。她未曾离开房间半步，没有接过一个电话，最后的离开也很顺利。

那位年轻工程师尝试着在布加勒斯特找一份工作，而每当他即将迎来成功的时候，所有努力又总在顷刻间竹篮打水一场空。档案中那些模棱两可的细节让一切付诸东流，次次皆是如此。

1961年春，他在前往布加勒斯特前先在普罗耶什蒂[1]下了车，准备参加当地建筑信托机构经理的面试。这里的市中心距离首都有50分钟路程，许多建筑等待翻新，不少工地急需工程师。这位申请人在那儿收到一份信函，批准他从苏恰瓦的工程设计部门调往普罗耶什蒂的建筑信托机构。然而按照相关法律规定，刚开始从业的工程师必须在政府分配的岗位上干满三年。在他递交了辞呈后，苏恰瓦

---

1 地名，Ploieşti，罗马尼亚南部城市，是该国重要的石油工业中心。

的地方领导便警告他说,他会被"套上锁链",然后被带回去……

沉默的家族葬礼让人想到桎梏的锁链。他好像一副懒得参与的样子,更形象地说,那是对过往的偏执姿态。然而,真正将那叛逆之子同火热的家庭拴住的却是爱,这亲情之爱就像一只套上了天鹅绒手套的利爪。

周一清晨,工程师提着两个行李箱出现在了普罗耶什蒂的经理办公室。科泰埃[1]同志拄着拐杖,支撑着他那细如蚊蝇的双腿,这是他得先天性脊骨髓灰质炎留下的后遗症。他本是一位风度翩翩的才子,担任理工大学招生办主任一职,和蔼又沉稳,男子气概十足,人们很难不被他的直率所折服。第二天,这位初来乍到者就会去市中心的工地上报到了。

普罗耶什蒂其实就是布加勒斯特外围的一部分,离首都很近,每小时都有从布加勒斯特发往普罗耶什蒂的火车班次。朱丽叶为人桀骜不驯、敢于冒险、不羁无束,拥有令人震惊的敏锐直觉,是一位聪明的倾听者,乐于冒险和制造惊喜。正如她那位时时会回来的数学老师里梅尔所言,她在家里为人处世的方式就像牧师莱昂纳多[2]。

这是一个残酷的四月。这对新人迎来了他们生活的第一个春天。那时候,在尚处于社会主义的罗马尼亚,堕胎还是合法的,费用也不高。候诊室里熙熙攘攘,病人来来去去,一个个就像悲剧里的主人公。

如果那一刻,来自犹太聚集区的那位母亲知道这一扇扇白色门

---

1 人名,Cotae。

2 人名,Leonardo。

扉后发生的一切,她会不会感到震惊、懊悔、愧疚,并深感同情?……那对上帝虔诚万分的老妇人是否只在乎那偏狂的神鬼之说呢?对着那残忍屠杀的诊室,这位心怀愧疚之人在医院小花园的长椅上兀自等待着他那受伤的朱丽叶,随着时间的流逝,他的心一点点下沉。这是一场病态、可怖又令人内疚不已的等待。

难道这是在检验她爱人的局限性与其表里不一的品性?这场私通究竟是他们家庭的逆境还是他暧昧不明的一己私欲?是对未知的诱惑还是对偷尝禁果的情难自禁?

"我的幸福婚姻究竟该归功于谁?难不成是那魔法筛子在为我转动?"25年后,这位曾经的罗密欧或许会这样发问。"我没帮你做过媒,是你自己追的人家。"1986年,蒙太古家的老妇人这样回答他。老妇人那时已几近失明,却依然能准确地捕捉影子。儿子则坚持己见:"你是没有介绍她给我,可那时我本想迎娶另一位姑娘。要不是你觉得不合适,我也不会和现在的她结婚。""命运注定了这一切。"回答忽然而至。"的确,你保护着我,使我与命中注定的姑娘渐行渐远。也正是你让我学会保护自己。"旧日的创伤如今成了笑话和挑衅。"你还保护自己呢?你从来没把自己保护好吧。"这位神经质的老妇人扯着她苍老的嗓子回答道。"那位基督女信徒可不是我的命中注定,"他立即回了一嘴。"基督女信徒?怎么?她都不配拥有姓名吗?对那些犹太教教士,难道你就是这么要求的?无论死活,都不配拥有姓名?"诸如此般歇斯底里的辩驳已进行了很多次,不仅是在1986年的夏天,在1961年、1962年和1963年也同样发生过。只是1986年那会儿,那些回忆已垂垂老去。

其实那位妻子是有名字的:朱丽叶!这是属于爱情的通用暗号。1986年切尔诺贝利的夏天,在大幕坍塌之前,身心俱疲的罗密欧正策划着他的最后一次逃亡。那时他就这么颐指气使地唤她作朱丽叶。光阴如梭,一味地欺骗并没有带来丝毫慰藉。"我仍为她祈祷,我不希望有任何不好的事情发生在她身上。她有了两个孩子,在英国过得很好。"如果不在英国她还能去哪儿?肯定不会在维罗纳或者普罗耶什蒂!她只会在英国,还能在别处吗?她自然是和孩子的父亲威廉,那位吟游诗人比尔[1]在一起。爱情就是一场起义,先将一切推翻,然后心生嫌隙,最后就想着从恋爱中溜走,从家庭中逃离。随着时间一分一秒地流逝,关于篡夺的一幕幕戏剧变得愈发完整,现实生活压制了理想中的人生,将完美的幻想和独特的骄傲从我们身边带走……这就是智者威廉一遍又一遍给予我们的教训。夜晚,成双人对的舞会和从维罗纳的逃亡之旅改变了既定的结局:主人公逃过了毒药和死亡,取而代之的是一种慢性毒素和一场不那么戏剧化的死亡——年岁之镜。并非只有充满雄性气概的肢体斗殴才会使鲜血淋漓,在医院的流产室里同样有血液流淌的痕迹。真正的毒药并非家庭、传统或阶级间的对立,而恰是充满局限与惊喜的生活本身。

恋爱中的男方在那充满局限的恋爱关系和那八字不合的职业生活中苦苦挣扎。而女方则同她自己神经质的蛮横占有欲纠缠不休,那是嫉妒的危机和对自我的不信任。这对恋人之间的紧张态势不仅仅源于同外部世界的敌对关系,还源于二人之间的暧昧与龃龉。他们彼此已心生嫌隙,这种隐晦的情绪并非针对什么敌人,而是针对被爱的另一方,针对自我。自我,指的就是世间那些充满多样性和潜力的个体吗?难不成,谎言已不可避免地成了我们的老师?它激

---

[1] 人名,Bill。

起了那些如油水般黏腻的涟漪，汩汩流淌又慢慢消失，而我们安然无恙，保持着以前那副老样子，仿佛一切从未发生过。人格分裂的深渊，是否会成为替代者的悲喜剧呢？

这男人显然是被女友突如其来的拜访激怒了，他受够了每天处于她极具控制欲的爪牙之下的生活。她就像一只受了刺激的饥饿猎鹰，每夜都在他的梦魇里盘旋，挥之不去。这位不受欢迎的女友兀自笑起来，她无力遮掩自己的伤口，也没本事自我治愈。于是，她就这样突然在夜半三更时找上门来，可谁想她的男友正和另一个女人你侬我侬。后来，她又截获了一封罪证确凿的情书。在巨毒斑点的闪烁光芒里，恶之花就此怒放。

他似乎已无处遁形，可好像还剩一个藏身之处——谎言！厚薄相间的云雾缭绕着，它们就像一阵微风，似乎下一秒就会将现实一分为二，然后凭空生出许许多多现实的衍生物，使人从困境中解脱。

在维罗纳发生的那个故事会不会和所有悲剧一样在最后也变成一出闹剧？末场戏仍在上演，并非悲剧和死亡催人离别，而是二人间心生的厌倦才使这场分离显得不可避免。这出爱情戏里心地纯良的主人公已变成了滑稽可笑的代言人。他一面对自己的妻子闹脾气，一面又对千篇一律的同居生活满腹牢骚。激奋、怀疑、背叛、后悔，戏剧的主角们在这种种情绪中纠缠不休，沉沦不止。逆来顺受并不能赐予这段田园牧歌式的纯真爱情一段新的开始。他们的婚姻没有经过法律程序的认可，因此二人分手并非什么难事。或许未来，他们各自都会再遇上一段美满愉快的婚姻？就像街角的吉普赛女人和苏恰瓦公墓中长眠的那位犹太教士一样，在每个难以入眠的夜晚，天上窃窃私语的云彩也会露出微笑，轻拂过他们的不眠之夜。

他回想起朱丽叶的模样：她浑身是血，躺在医院的病床上；晴朗天空下，她在海滩上欢声大笑；还有她最初在舞会上翩然起舞的模样。岁月流逝，渐渐冲刷着残存的记忆，他心中只留下了歉疚和对这段历经风波却依然青涩的感情的感激。年少轻狂时的记忆幻象迫使他在后来一再放弃那些不甚完美的乐事。

他在夜里最后留下的那则秘讯像一则威胁短信："是我，我还会回来的。"下一秒，她的模样就占据了夜晚的整个屏幕。蔓延的海滩，石头围栏尽头旁的长凳，这个女人出现了。咖色东方图案的花裙勾勒出她的倩影，一方丝巾在她颈间飘动。只见她脚踩一双褐色高跟鞋，款款而来。在连衣裙下摆和高跟鞋之间，露出了那双白皙的玉腿，上面蓝色的静脉血管清晰可见。她身旁女士的手提包敞开着，里面装了大大小小的袋子，其中一个袋子上面系着另一条黄色薄方巾。海风拂乱的发丝下，是一双专注的眼睛。她出神地望着远处某个虚无的地方，深情、温柔又孤独，自言自语个不停，微微透露着些许紧张，就像过去那样。

"第一次危机发生在两年前。那时，我刚刚结束西班牙的快乐旅行，而我的一个好朋友也在那时去世了。然后，我就收到我幺妹因一场意外而丢了性命的噩耗。她是我罗马尼亚家中最惹人怜爱的亲人！在重重打击下，我患病住了院，被迫在医院里待了好几个礼拜。从悲痛中缓过神来是一场绝望的战斗。真正帮我从绝望中捞回一条命的还是我的孩子们。我得好好关心他们，可不能让那些将我折磨得死去活来的苦痛再找到他们头上去。"

那熟悉的声音，那熟悉的脸庞，还有那熟悉的身影，甚至那副因痛苦而专心凝视的样子都一模一样。

"在恢复期中的我如同陷入了一段漫无止境的黑暗沉眠之中。还没等完全恢复，我就跟着我的丈夫四处奔波做起了生意，我们的足迹遍布东方、非洲和拉美。看到他那张和共产主义领导的合照，你可能也猜到了，他和共产主义国家做生意。现在我刚刚结束另一段住院治疗期，这次我尝试了一些东方的传统药材：药茶和特殊的药粉。或许，你能想象到我是如何忍受着疾病的折磨。"

说着说着，她停了下来，迎来一段漫长的空白。我盼着她能动一动嘴唇、手臂或是身体，再不济让她身后的海浪泛起点儿波涛，也不至于那么尴尬。

"我试着原谅，试着放下我作为乞丐公主的骄傲与尊严。我祈祷着，希望我的心脏能好起来，也希望我那些娇生惯养的孩子们能好起来。有时候，我太过在意周围的那些恶意，让自己活得很累。你也知道，我做事冲动，为人又太过老实。我们奇怪的亲密关系有时候就会伤到我。对你来说，我究竟算什么呢？是消遣对象，还是你的坏情绪催化剂？催化剂，这个化学术语，我都多久没用过了……其实，也快十年了吧，我再没踏进过实验室。一个饱受精神分裂症折磨的化学家是不能进实验室的，不是吗？我的孩子已经长大了，我也一样。"

她伫立在海岸边，一动不动，而她的身后，是绵延的海平线，它延伸着，与东方灰黑色的天空相交，没有泛起一丝波澜。这画面静止了，宛若一张明信片。唯有海浪声还拂扰着她迷离的梦。

"是的，维罗纳六月的晨光……青春年华里那些宏大的瞬间。没有什么能阻止我燃烧一切，直至生命尽头。此时，此地，各种奇怪的物件出现在我的家里——一盒三十年前的旧香烟、一小撮泥土、汽车后座软垫上的一截蜡烛。不，我才不害怕这些呢，我所得的病现在保护着我，不受一切侵扰。"

她的模样在脑海里逐渐远去，连同她的声音一起在记忆里渐渐模糊，散成一片一片的回忆。可能这些回忆在以后还会回来找他，可是那个梦却已扬风而散，就连记忆也无法将这个梦延长。那个幽灵消失了。

流亡者的语言

候诊室里人头攒动,医院被挤得水泄不通。一排排病人像神秘的仪仗队,要想看病就得有特殊关系:某人认识某人,或是某人的妻子、姐妹或情妇的朋友。在上班的早高峰,让一辆出租车将你送到位于城市另一头的医院,也是无情制度下面临的挑战。你必须得认识一个出租车司机或是有车的朋友,才能顺利地把自己送到医生手里。

然而,即便你勉强够上了这些前提条件,最终还是会发现自己身处病魔缠绕的神圣之队中,同其他那些拥有优先权的人们一道,等待着神奇一刻的降临!

那位眼科医生几年前才从外省提拔到首都布加勒斯特,但一夜之间好像就成了能妙手回春的魔术师:要想挂上他的号,得提前半年预约。

没错,问诊没几秒就结束了:魔术师做了诊断,还定了手术日期。82岁高龄的病人患有心脏病、糖尿病和精神病。而她那不再年轻的儿子，面对盲妇那迟钝的动作和缓慢的话语，似乎并未表现出屈从命运之意。

老妇人收到了那张羡煞旁人的住院证。"需带陪护"的住院：病人在手术前两天和后两天"需有人陪护"。为此，她的儿媳不得不请一个星期假。

是整整一个星期，而非四天，因为她所承担的角色要求她留出额外的时间弄到当时流行的"武器"：几盒外国香烟、肥皂、除臭剂、指甲油和带着西方国家标签的巧克力。只有把这些都安排妥当了，那些护士、清洁工和各个窗口的职员才会对你笑脸相迎。至于手术费，人们一般得把钱塞进那油腻而布满褶皱的信封中，用来换取当时的免费医疗，而这次则要求用不那么传统的方式。通过医生的妻子赠予医生一本亲笔签名的作品可不够，得准备些"真正"能够取悦那位魔术师的东西。一幅画？听来不错，我们得好好研究一番乔尔马尼亚艺术家的画室。

我花了整整一个月的工资买了一幅装在镀金框中的彩色蜡笔画，将其送到医生家中。然而，这也不足以得到一间令人钦羡的单人病房：病人和自己的陪护得挤在同一张床上，而病房中一共有六张病床。在老妇人手术的前两晚和后两晚，她们都得睡在同一张床上。

这几夜充满了啜泣和抽搐，还有从睡眠深处或是虚无之境发出的哆哆嗦嗦的忏悔声。这是一种病态的夜间呓语。初步诊疗以及精密的外科手术并没有达到期望中让病人镇定下来的效果。

老妇人的声音引起了大家的注意。那番哀号像是被加了密一般，用词怪异，难以令人理解。只有她的儿媳妇知晓她说的是意第绪语，尽管儿媳妇自己也听不懂其中的意思。

老妇人在白天只说罗马尼亚语，夜晚时就换那变幻莫测的呓语登场，这一点并没有因白日里的确定性而发生丝毫改变。另外五张病床上的农妇们总疑惑不解地打量着这位老妇人，却从来不敢向这个跟异教徒同榻而眠的年轻女人打听些什么。

次夜，呓语夹杂着睡梦笼罩着的迷失感再次袭来。先是一阵嘟囔声和短促的喉音，紧接着是一阵暴风雨般的神秘忏悔。如谜般的词汇，哀怨裹挟着责备，还有优雅而抒情的语句，所有这一切都将致以启蒙者。儿媳绷紧了心中的弦倾听着。这是一种用流亡者之语进行着的痛苦催眠。这是被放逐的远古神谕发出的声音，它为永恒求取一则旨意，这旨意或病态而激烈，或温柔而宽容，声音中充斥着某一宗派那野蛮话语的诡异语音，不断搅扰着黑暗的世界。

这语言听来像是德国或荷兰的方言，因那沉郁而悲悯的眼神变得沧桑而甜美，语言中带有像是斯拉夫语或是西班牙语的曲折变化，还有那朗诵《圣经》般的铿锵音色，就像是语言的淤泥，裹挟着各式风格，并将之融为一体。老妇人像是对祖先、邻居或是虚空讲述着流浪的故事，扭曲的自我独白，混杂着哀怨和颤音，让人无法辨别那是她在开玩笑还是在揭开自己的伤疤。她讲述的是流亡的奥德赛、对爱情的恐慌和神性的呼唤，还是倾诉着当下的恐惧？在夜晚允许出现的，由那神秘莫测的密码钩织成的陌生痉挛。

清晨如约而至，仿佛一夜无事发生。病人恢复了大家都能理解的日常语言。儿媳妇为她擦洗身子，穿衣梳头，喂好饭，又扶着她上厕所，帮着把内裤褪下，搀扶她坐上马桶，而后帮忙擦身，再把她带回病房，扶着上床。

"上帝会为你做的这些带来福报。"靠窗的床上传来一阵缓慢而虚弱的声音。

黑夜一如既往地将她送回过去。夜幕降临，这位年迈而神秘的女神明重启了她的独白,这场独白将致以一位更为年迈而神秘的女神明。虽然一些陌生听众会在无意间听到她的言语,但他们并不通晓暗夜的密码。她讲述的故事关于自己的儿子、父亲、丈夫、儿媳,以及赋予他们以面容与古怪之处的上帝,既有那阳光明媚、田园牧歌般的青葱岁月,也有笼罩着昨日与明天的流氓时间。口渴和疲惫宛若一股烈焰燃烧着老妇人的嘴唇。这犹太人区的语言哀鸣着,呢喃着,呼唤着,存在着,幸存着。

在医院的这段日子充斥着不可解读的记忆信息。即便是之前眼科医生、心脏科医生和内科医生的问诊,在她的记忆中也未留下一丝波澜。看来,她体内那生命的废墟更强烈地唤醒了新旧创伤。这是在结局开始之前的最后一轮反叛。

陌生女人

记忆在悔恨中不断地吸食养分，而那悔恨将我们同那些再也无法重逢的人们紧紧相连。

那是 20 世纪 80 年代初的一个秋日午后，事情发生在小小的布科维纳火车站。那一时刻的恬静一直萦绕在两位旅客的脑海中，即使在他们登上火车后也是如此。两人在窗边落座，面对面沉默着。刚从嘴边蹦出的几个词，尤其是那说话的语调，表明了他们心间相同的感受。他们心照不宣地接受了秋日特有的忧郁。

老妇人似乎并不喜欢对方提出的问题，可她看起来沉浸在那和谐的瞬间，陶醉在亲密的陪伴和对搭话者的兴趣中。

在犹豫片刻后，她开始诉说自己的故事。她谈起自己的青春年华，说起小镇日常的生活节奏。人们总觉得这里死气沉沉，以为许多事情还没来得及发生就会被发展迟滞的大环境扼杀在摇篮里。恰恰相反，这里像是一个愈发膨胀的绚丽舞台，甚至比世界本身还要更加广阔，常常上演着各种暴风雨般激烈的故事情节。某人与某人私定终身，打算偷偷跑到巴黎去，远离女方那一贫如洗还墨守教规的父母，远离整个社区。这是在手枪的威胁下，那可是枪啊！女人选择听从命运的旨意，想必听众都能想象到其间的恐怖。你还可以想象下，一个处在青春期的少年，每周都徒步二十多公里来同家具商里梅尔下盘棋。糖果商纳坦[1]又把邻居告上了法庭，已经是一年中的第六次了，你能想象吗？就因为邻居侵占了他店门口的人行道。他儿子也叫纳坦，同样是个糖果商，只会谈论托洛茨基和斯大林。旧日岁月里，小镇的大戏接连上演，令人应接不暇！

那么，书店呢？邻村农民来书店的时候可不只是购买孩子要用的教材和文具，他们有时也会讨论最近发生的一场法律纠纷，或是问问谁赢了选举，自由党还是农民党，因为书商阿夫拉姆对这些了如指掌。"父亲每天都起得特别早，徒步到火车站取那成捆的报纸。任它是酷暑还是寒冬，刮风还是下雨，这件事都得雷打不动地完成。他很爱开玩笑、说笑话，对所有人都极为友善。他从未丧失过信念，从来没有。而母亲这个可怜人，总是疾病缠身。"

那些麻烦事呢？这个问题没有得到回答。"那时你遇上什么麻烦了吗？"我轻声问道，"阿列尔同我说了。他提到了一些丑闻，关于一些麻烦事的。""什么麻烦？他什么时候告诉你的？什么时候？在巴黎那会儿？是1979年吗？"

顷刻间，我们每个人都变成了被保护的保护者。就在不久前，儿子还总是为母亲想要保护他这件事而倍感烦恼。看来，她一直都保护着他，即便有时这种保护意味着令其窒息。在这一刻，局面颠倒了过来，他保护着她。她并不因此感到愤怒，恰恰相反，甚至感

---

[1] 人名，Natan。

到有些得意。在他的一再坚持中，她感知到的不仅有好奇，还有脉脉温情，这与午后的宁静得益成彰，让她内心感到颇为宁和。这个问题将她推向过去，一段应该被抛诸脑后不再想起的过去，但这一次，她似乎也不再在意了。"是的，当时遇上了些有关离婚的麻烦。"

"离婚？哪场离婚？谁和谁离婚？"然而，这个问题没有问出口。故事才刚刚揭开序幕，应该留下些让她喘息的空间。

"那次离婚让我们失去了一栋房子。因为那场起诉，我不得不卖了那栋原给我做嫁妆的房子。我是家中最小的女儿，也是被偏爱的那个。虽然我哥哥因为儿子的身份拥有优先权，但我终究是父母偏爱的那个。"

我不再望着窗外，全神贯注地听她述说这段故事。

"你以前结过婚？"

"是的，嫁给了一个骗子。打牌上瘾，输得精光，后来消失了很久。那是场灾难，持续了不到一年时间。"

"但……你从来没说起过这件事！"

她似乎并不对儿子天真的惊讶感到困扰，也不急于回答。家里谁都不曾提起过那段往事！哪怕是一点暗示、一个玩笑都不曾有过！被尘封的往事终于在这节火车车厢中得到了解密，母亲与儿子再次陷入沉默。

那时候，我和她的表兄阿列尔在巴黎见过一次面。可就在这唯一一次见面中，阿列尔也没有谈到离婚这件事。他只是淡淡地笑着，似乎暗示着他表妹年轻时发生过些暧昧不清的事，但他并未提及什么婚事。很快，我们聊着聊着就触及了那次见面的核心话题，也就是每次见面都会提到的事——那次离开！我是怎么走进那条死胡同的？我又该如何面对当地那肮脏而又令人愉悦的小游戏？究竟要怎样才能让自己忍受那巧妙的指小词、游戏的魅力和那如粪便般的事物？

过去，无论是在罗马尼亚国内还是国外，这种侵犯总会把我视作攻击的对象。到了1970年末，社会的灾难已经达到了顶峰，对于铺天盖地的漫骂，我也只能无可奈何。阿列尔的表姐，也就是我的母亲，同样被"离别"所困扰，但她学乖了，不再主动追问我为何不离开。她不再那么坚持了。直到最后，怕是连阿列尔也明白了我为何至今仍心甘情愿地留在他出走已久的死胡同中。因为我是个作家，我需要让自己的思想变得深刻。曾几何时，他也靠书信卖俏，同时还是一位热情的读者。这一点不难见得，他家的书堆得到处都是，不仅书架塞得满满当当，还有椅子、桌子、沙发和地板，到处都有书堆的影子。

"那位在20世纪30年代丑闻缠身的作家叫什么？"这位瞎了眼的巴黎胖墩很是感兴趣，"内部困境和外部困境，是这么说的吧？"阿列尔陷入了沉思，面对这堆信件，他似乎一筹莫展。可没过一会儿，他又望向我，用他那双无神又迷离的大眼睛盯着我，还用他衰老却有劲的双手一把抓住了我的左臂。

"对这毛病没什么良方可言。就写作这件事来说，相信我，连女人也无法治愈。金钱更是行不通。什么自由或是民主，更是别提了……"说着说着，他笑了起来。

然而事实上，他似乎是知道一个治疗方法的！他的臂膀像一个夹子一样紧紧籀住了我，而他那双已经失去光彩的大眼睛则一动不动地盯着我，好像随时都准备好了分享他的小道消息。

"只有上帝或是某种信仰才是治愈疾病的唯一方法，不是吗？"

"或许吧，只是我并不非常……"

"我知道,我知道,我不是那个意思。我知道你不信教,那片迦南美地[1]对你也没什么吸引力。马上,等我退休了我就跑到那儿去度过我人生最后的时光。当然你也不会成为司机、冰淇淋小贩或会计,你肯定会像你父亲那样,成为一位正派有礼的体面人。不,不,我都知道。只是我不明白,你为什么不在耶路撒冷待着,毕竟那里还有犹太高等教育学校?别忘了,学习!我向你保证,在耶路撒冷你可以全神贯注地学习!"

我成功从他双手的禁锢中解放出来,瞪大双眼盯着这个双目无神的家伙,尽管他看不见我。

"犹太高等教育学校?什么犹太学校?就我这把年纪,还不信教,我能去上那种学校?"

看吧,我又开始了一场对话!这荒谬的念头莫不是一个信号?它同那个企图将我困于多瑙河畔闲言碎语之中的幻想一样荒诞绝伦。叛徒阿列尔一根头发都没有了,双目也已失明,但似乎邪恶的思想之火仍在他那魔鬼般的脑袋中熊熊燃烧。

"有这样一所特殊的犹太高等教育学校,还有一场特殊的神学讲座。这样一来,尽管那些勤思好问的学者从未有机会研究神学问题,但也可以接受教育,并就此提出自己的疑问。如果你愿意去,我可以帮你安排。这点事,我还是做得到的,请相信我。在犹太复国主义的非法组织里头,我还有些旧相识,我可以帮你打点。这可能就是唯一可行的方法了!灵感已经很久没有主动找上我了。可,看啊,就在刚才,一瞬间,它就来了。可谓有求必应!"

和我的母亲说这些细节就是白费工夫,只能徒增她无用的希望,

---

[1] 古代地区名称,是《圣经》中的"应许之地",被基督教神学看作是天国的象征。

让她变得愈发不安罢了。

待我回布加勒斯特后,受到灵感启发的阿列尔在夜晚那些最奇怪的时间给我打电话。在电话里,他不仅一再念叨着犹太高等教育学校的事,还一遍又一遍地抱怨那个被他抛弃的国家。

"就是那些闲言碎语和甜言蜜语把你们留在了那里?"在被安全人员监听的那通电话里,他用自己法兰西式的甜蜜腔调压低了声音说道,"恐怖的困境一定会找上门来!半个世纪前,我就警告过你母亲。我还听见你们把那口吃的总统唤作小雏儿。小雏儿!你听听,居然叫小雏儿!世界的小宝贝!他简直就成了明星,还和加冕的猴王、大总统、大元帅以及世界上所有的动物园园长相互拥抱。你听听,世界级的!你可听听他这昵称吧,小雏儿!"

这无疑是说给安全部的接线员们听的,好让我陷入困境,我或许还会因此被捕,被迫离开那条死胡同并前往位于首都的那所神学院,在那儿的研讨课上算笔总账。他从来没问起过他的表妹,也就是我的母亲。至于那次奇怪的离婚呢?命运把这件事留给了几年后的这场旅行,母亲与儿子在怡人的秋日重逢,用曾经的爱称呼唤彼此。

那时,阿列尔的脸上泛着微笑,暗示表妹曾在那风起云涌的青春岁月里做过些令人怀疑的事情,但对另一桩婚姻却只字不提。或许,离婚的原因也不全然是老妇人所说的那样?这个话题仿佛不曾存在,所有人都对此保持缄默……让你觉得自己似乎对身边这位陪伴了一辈子的人一无所知。

母亲已过了 75 岁,儿子也过了 45 岁。她的眼疾已明显恶化,因此他们决定去巴克乌[1]让那儿的眼科医生瞧一瞧。那地方距苏恰瓦

---

1 地名,Bacău,罗马尼亚东北部城市。

大约两小时车程。几年来,老妇人饱受疾病与痛苦的侵扰,浑身极为虚弱。儿子专程从布加勒斯特赶来陪她去看病。他们没有行李,只带了一个手提包,里边装着晚上要用的东西,旅馆房间已事先订好。他小心翼翼地扶着她下了火车,用自己的臂膀撑着老妇人前行,缓缓离开了火车站。旅馆就在车站附近,房间在三楼,十分干净。老妇人从包中取出食物,放入冰箱,又从包中取出拖鞋、睡衣和家居便服。然后,她脱下衣服,光着脚,身上只剩下一件内衣。一个令人羞耻的时刻!当中混杂着拘束的心绪和共谋的关系。矮小的身体,下垂,衰老,毫无生气,手脚大得不成比例。她已然不再能体会何为羞耻感!被冰封的记忆复又新生,青春期的怀疑与困惑、罪恶的过往、出生前的住处、胎盘……只要是为了儿子好,女人会在任何时候牺牲身体的任何部分。

像之前一样,他窘迫地离开了原位,来到窗边,眺望着远处的街道,听着自己背后窸窸窣窣的声音——母亲正徐缓地穿上自己的睡袍,她慢慢地将睡袍套在她那瘦削的身体上,一只袖子,然后是另一只。接着是一片静寂。当然,她一定是在扣睡袍上的扣子。然后,她弯腰去穿拖鞋,先是左脚,再是右脚。落日余晖透过了那扇狭窄的窗户。火车上她那令人诧异的坦白仍在继续。不过,那天的和谐并未因此被打破。她开始整理自己打的毛衣,儿子则出发去了城里。

他很快便回来了,发现老妇人依然织着东西。她似乎与世界达成了短暂的和解,平静中甚至带着几分幸福。儿子去了哪儿,书店吗?她对儿子的习惯了如指掌。他饿了吗?她从冰箱里取出食物,打开后将其放在盘子里解冻。老妇人就坐在桌边,和他面对面。

他看着她,缄默不语。在那节别无他人又恍如梦幻般的车厢里,他问她的那个问题掀起了一阵骇浪,但除此之外,他还带来了另一个令人惊诧的消息。几年前,他在布加勒斯特犹太人社区档案馆中找到了一些有关布尔杜杰尼的资料,他的曾外祖父、外祖父、舅舅和姨妈曾生活在那里。在他面前的老妇人也正是在那里度过了自己的青春年华,而后嫁给了他父亲。然而,她不只结过这一次婚,而是两次,正如她承认的那样。她在那个地方离婚,再婚,生子,如今同这个儿子共度着秋日这田园牧歌般的时光。他准备从口袋里掏出几张纸来,内心十分确定她会觉得很有意思。然而他又忽地想起火车上那个颇具轰动性的故事,当时讲述它的语调是那样苍白,让人觉得这不过是件微不足道的小事。想到这儿,他又不禁陷入了困惑。藏匿一生的秘密在顷刻间被毫不犹豫地揭露,与这么一个时刻相比,一切都黯然失色。

关乎旧日的编年史被藏匿在这几张打印纸间,还未被揭露,它们也会有这么光芒四射的一刻吗?"你感兴趣吗?需要我读给你听吗?"他本应这样问。是的,她肯定饶有兴致,怎么可能觉得索然无味?只是,她一定早已认识故事的主人公,了解他们曾经的生活,能够清晰地重述回忆和自己的看法,不遗漏任何细节。要是问到具体的地点、日期、人物、家庭、住址、职业、年龄、相貌、动向、人际关系,她也能信手拈来。然而,他的思绪又重回到车厢里,双手在那时将要做出的举动戛然而止。时间在这一刻宛若沉重的磐石,他在这难以承受的重量下保持着缄默。

在 20 世纪 80 年代初,我对不可挽回的事物还不甚在意,常常虚度光阴,对资料留档的必要性也心存怀疑。我没有什么录音记录,也从不用文字将事件经过记载下来。面对当时依然活着的,仅离我一步之遥的那个女人,我没能保存下她当时的声音和话语。

布鲁姆日

1986年5月6日,鲁蒂重返耶路撒冷。两天后,我的父母也回到了位于布科维纳苏恰瓦的家中。母亲刚刚做了手术,但看起来不是特别成功。

接下来的几天,利奥波德·布鲁姆可能会在街上到处游荡。如果连那时的都柏林在詹姆斯·乔伊斯看来都算不上一个令人向往的地方,那年春天的布加勒斯特就更别提了。这拜占庭的迷宫中没有任何一处容得下幻想。所有一切都为死亡和废墟而生,甚至幻想也成了它们的衍生物。一切都难以转圜,一个作家要么变身小说中的主人公,要么带上所有就此远走高飞,无法在此停留。

好在就当时布加勒斯特德裔文人圈里的说法来看,我还算是个作家。据他们所传,德意志联邦授予了我一个重要奖项,还附赠了一笔奖金,可柏林的邀请信却迟迟没有到来。难不成,这只是布加勒斯特知识分子的一番空想?一向以"严谨守时"闻名的德国政府不可能忽略我获奖这样的消息。几个月里,怀疑和希望在我心中反反复复奏着二重唱。最后，我毅然决然地下了决心，我要行动起来。

6月，布鲁姆之月！6月16日，就是布鲁姆之日。在这一天，詹姆斯·乔伊斯开始循着他书中主人公利奥波德·布鲁姆，也就是新尤利西斯的踪迹，在都柏林的大街小巷上游逛。

走着走着，我来到了警察局。在那里，我提交了我的护照申请，申请去堕落的西方旅行一个月。就这样，我把一串数字和名字留在了警察局，就让命运对它们进行解码吧。

我往口袋里装了一句我早已熟记于心的话："我将不再服务于那些我不再信任的事物，无论那是我的家乡、我的祖国，还是我的教堂。"所以到最后，我还是走了。原先，我希望在这里成为一名作家，但倘若自己在最后只能充当小说中的一个人物，那么我只好选择拒绝。与其在家乡碌碌无为而终，我宁愿客死他乡。在流亡途中，除了成为一个小说中的人物，我还能拥有什么其他身份吗？我只能成为一个没有祖国也没有语言的尤利西斯。然而，我别无选择。我已经为延期回归编好了理由。

我曾翻来覆去地咀嚼爱尔兰人留下的那段文字，将它们烂熟于心。在这样的日子里，那段话显得尤为重要，所以我把它写了下来，将纸条放进口袋随身携带，就像带着一张证件。"我将不再服务于那些我不再信任的事物。"等候的队伍慢慢向前挪动着，我一遍又一遍地在心中默念着这句话。"无论那是我的家、我的祖国，还是我的教堂——我都将通过生活或艺术的方式，尽可能自由地表达自我。"我一再重复着这句誓言："尽可能地自由，尽可能地完整。"接下来的话使我的生日以及我选择的庆祝方式变得合情合理："我只使用自己允许的武器进行自卫。"没错,是的,"我只使用自己允许的武器进行自卫,即沉默、流亡和诡诈"。

"流亡"这个词,终于在1986年都柏林的布鲁姆庆祝日上为自己找到了真正的含义。

逃离熊熊烈火

我之所以对离开罗马尼亚犹豫不决，是因为心中总是纠缠这么一个疑问：伴随着这场"离开"，我身上有多少部分将会死去？我也常常扪心自问，对一位作家来说，流亡是否等同于自杀。不过，我心中其实早已有了答案。至于如今埋伏于家中的死亡，又该如何审视呢？面对生活条件的迅速恶化和日益增加的危险，对重生的疑虑显得不再重要。人至暮年，垂垂老矣，对我来说，这是一场在另一个国度和另一种语言中的重生。即使是在警察局护照办理处庆祝了布鲁姆日后，这种虚幻的感觉还是久久萦绕在心头。

也许，这就是我在街上飘荡时脑中的所思所想。身边的行人一直都将我视若空气。我倏地抬起头，约内拉[1]那张明朗的脸庞映入了眼帘。她是我的一位诗人朋友，刚刚从巴黎旅行回来。约内拉迫不及待地和我谈起法国人的轻浮和法国文学的衰落。大多东欧作家都

---

1 人名，Ionela。

经历过身处边缘的沮丧和挫败，同时不乏一种狂妄自大的毛病。我们总愿意相信，那群肤浅的西方同仁不曾经受过多少痛苦与窘境，根本没能力创作出可与我们那复杂、悲情而令人着迷的巨作相媲美的作品。我们的著作才算得上是真正的文学。

女诗人用甜美的嗓音说着，"我们别无他法，必须留在这里。同为作家，我们别无选择"。我也曾无数次对自己说过同样的话。

"我们为什么别无他法？"我恍若初醒般反问道。

年轻而高挑的金发女诗人微笑着，浑身散发着斯堪的那维亚人的诱惑，而我的脸上也泛着笑意。很难看出来，我们陷入了严重的分歧。

"我们得留在这里，无论发生什么，直至生命结束的那一刻，我们都得用自己的语言创作。"这位女诗人刚刚回到命中注定的国度，重拾起命中注定的语言，一再表明自己的看法。紧接着的是一阵短暂的沉默，但它不同于我往常用来表示困惑的沉默时刻。

"为了写作，我们首先得活着。"我听见自己在心中宣告着。"墓地里多的是无法再写作的作家。他们也留在这里，安息在墓地中，但他们再也不能创作了。这是我的最新发现。"我如是补充道，为自己那早熟却又姗姗来迟的平庸振奋不已。

这位年轻的同事盯着我看了许久，褪去微笑。"也许你说得对。我才刚回来了一天，尽管充满了回国的喜悦，但总能感受到死神在周围潜伏的气息。"

是的，选项的用词已经发生了改变。伟大的祖国一直慷慨地给予着我们悲剧和危险。近几年那癔病式的独裁如灾难般吞噬着我们支撑下去的能力。这场"离开"不像那些令人忧伤的离别，不仅仅意味着身体一小部分的死亡，还可能意味着自杀，意味着走完人生最后的旅程。但在另一方面，它至少也代表着部分、暂时的救赎。那是一条消防通道，一个紧急出口，一份仓促的解决方案。你无法得知头上的屋顶会在哪一刻陷落，你别无他法，唯有尽可能快地跑出去，离开这个在熊熊烈火中焚烧的房屋，让自己挣脱这死亡的魔爪，这不是什么隐喻，而是真切具体、迫在眉睫、无可挽回的死亡。每一刻的紧迫感都像在催命般，让人晕头转向。逃生是本能吗？一场令人恍惚的逃离。事实上，我根本不知道自己该何去何从。

反观我生命的史前期，那是另一种生活，另一个世界。当时，还未出生的我曾尝试过这种实验。那是启蒙前的史前时期，一个没有轮廓或运动的空虚世界，洋溢着不曾载于史书的幸福，五岁之前无意识、无记忆的脑海中存在着无限安宁。

然而，有一个时刻催生了神话，也正式确立了"逃避"。

当时的照片能够重构起早先的故事。从集中营回来后，我们在亲戚那儿拿到了几张家庭照。在之前的一段日子里，父母会定期给这些亲戚寄送子嗣们成长历程的"可视化报告"，那是一段饱受祝福的成长之路。

"亲爱的妹妹，敬祝安康！"母亲写道，并在照片上落下儿子的名字。照片里是一位肤色略深的年轻女人。她身穿花色连衣裙，下面配一双白色系带高跟鞋，怀里抱着个金发胖小子，婴儿车停于一旁，身后是一面贴满剪报的墙。左侧的剪报上写着这样一段话："您今天读读5月12日的《思潮报》吧，5月10日那天报纸的国内版和国外版都报道了这件事。它事关忠诚与服从。"所以，拍摄这张照片的时间是在5月12日，也就是在5月10日霍亨索伦家族成员举行罗马尼亚皇室登基仪式的两天后。可能是1937年吧，那会儿孩子还不满一岁。第二张剪报的一部分被女人的身体遮住了，只能看见标题《时间报》和下面的广告语:"《时间报》,你值得信赖。编辑:格里高利·加芬库[1]。"紧接它右侧的,是从《晨报》剪下的一小块,上面只写了一个标题:纽约的灾难。

照片上是年满两岁的小婴儿。当时还是士兵的父亲一直把这张相片藏在军装外套的衣兜里。"摄于入伍时。"父亲在那照片背后如是写道。"入伍",也就是对预备役军人的集中动员,也可理解成将那些留在家里的儿子们集中起来的行为。小天使般的婴儿,小鼻梁,圆脸蛋,嘴唇嘟嘟的,裹着一身带着些潮意的衣服。这神采奕奕的小天使有着一头金发,上面系了个蝴蝶结,直勾勾地盯着摄影师,没有让自己的眼神漫无目的地游走。

另一张相片里的小婴儿没系蝴蝶结,他的双手环绕着孤儿表妹的肩。后来这表妹成了他的亲姐妹。他在照片里露出了虚假而熟悉的笑容,掩盖住了心中那股反叛的气息。

我曾因离家出走而受到惩罚,有张照片就是那之后照的。那时候我依然板着一张不可捉摸的面孔,从中看不出任何创伤或旧病复发的痕迹。但在长期久坐之后,身体却肉眼可见地肥胖起来。年龄似乎成了一笔宝贵财富,让我成日都处于被尊重的安逸状态中。照片中的孩子穿着带有大纽扣的长大衣,上面镶着褐色大毛领,内搭一件毛线衫。他留着地主老爷般的长发,带着些许东方风情,还在上面配了一顶锥形帽。只见他挺着大肚子,将手背在身后,套着马裤的双腿岔开站立着,结实的靴子里露出褪了一半的袜子。他的嘴巴很大,还有双下巴,牙齿倒生得很小巧,但因贪吃巧克力的缘故,它们大多都成了龋齿。

---

[1] 人名,Grigore Gafencu。

这个渴望自由的四岁小孩，和六个月后那个突陷沧桑的小老头似乎判若两人！

在摄影师西西[1]·巴尔特菲尔德那里，他俨然成了一位大红人，每隔几个月就会像大明星一样被请去拍照。他一面觊觎着别人的宠爱，一面又像一个被蒙在鼓里的傻瓜。要知道，身为主人和奴隶的玛丽亚才不会因世上任何事而欺骗她最心爱的宝贝呢。照片一角上印有："胶片照，感光，约瑟夫·巴尔特菲尔德，伊茨卡尼，苏恰瓦，1940年10月。"一年后，宣判时刻即将到来：离开故乡，放逐德涅斯特，这便是启蒙的开始。我们从集中营回来后重新拿到的这些照片又在40岁那年被丢入大火之中。启蒙似乎并不止步于9岁、19岁或49岁。家中起火，你仓皇逃离。数十年前孩提时西西·巴尔特菲尔德为你拍的那些老照片，你在离家时还是没有将它们揣在兜里。

几十载春秋过去了，当他再次凝视着那张1940年流放前拍的照片，依然能感受到从中透出满盈盈的希望。照片里的男孩有结实的身体，充满活力的眼神，神情专注，抿着嘴巴似乎在微笑，又似乎是在做鬼脸：这位囚徒再也受不住狱守骗他吃饭的把戏了。每天早上，这位狱守都会灌他吃下半生不熟的鸡蛋、黄油面包和咖啡牛奶。让他受不了的还有诱人、淤积却无边无际的无聊情绪。大人们上演的喜剧和他们日复一日的愚蠢关心也让他难以承受。更让人抓狂的是他们伪善的口是心非和提线木偶般的傻瓜行径！很快，他将冲向自由广阔的花花世界！最终，他会把命运握在自己的手里！

虚无王国正将他吞噬。他细数着寂寞基因的闪烁频率，带着病态而常规的韵律：三，六，九，十，灭绝，昏睡，十七。十七，十七，

---

1 人名，Sisi。

虚无正喃喃自语。万物具灭，万径皆空，在分秒流逝间，死神缓缓吞噬了年岁，终于找上了他这个老头。电光火石间，这位囚徒惊恐地甩了甩头，而后，再次陷入恍惚之中。一激灵，他获得了重生，然后发现自己来到了院子里，走上了街道，左拐，右转，很快，他踏上自由的通衢大道，向着虚无之境，前行。

他穿过火车站前的公园，而后停在马路右侧，没有丝毫犹豫，只是停下来紧一紧肥大灯笼裤上系着的腰带，检查一番皮鞋鞋带，像军人般将帽耳两翼拉平后于下巴处系紧，再将手伸进蓬松的毛纺手套里。他知道怎么走，在经过德式教堂后，那条路会向远方不断延伸下去。好了，终于迎来了绝佳机会！

照片勾勒出孩子那小姑娘似的天真面容，流露着当下的热忱之情。四岁叛徒的突然失踪意味着疏远、流亡、断然的决裂。他仿佛被鬼魂附体般溜了出去，穿过院子，走上街道。

他是在脱离胎盘吗，还只是在胎盘中漫游？他每往前行走一步，那下流的息肉和细胞膜都顺从地退向一侧，为他让路？或许这只是被鬼魂附身时昏沉状态的延续，枯燥和无趣的不断蔓延，在一头被麻醉的大河马肚子中不断下滑？他认出了教堂，认出了它的尖顶和那直指苍穹的钟楼金属塔尖。透过迷雾，他凝视着那可能通往任何地方的无尽之路，未曾停下脚步，不曾踟蹰不前。沉睡日子里积攒的呕吐物突然爆炸，他再也没有多余的时间用来浪费，任由自己沿着别人口中的那条切尔讷乌茨路越走越远。

很难说1940年那个秋日清晨的叛逆冒险持续了多久。某一刻，陌生人拦下了逃亡者，而那陌生人的脸庞同曾经家人的面容并无二致，但后者留在了慵懒怠惰的过去。陌生人饶有兴致地打量着行人的模样和穿着，并用怀疑的口吻询问起对方的姓名。他只是太倒霉了！有罪必有罚。不过，家人一般不会对他进行棍棒教育，只可能在极端的场合下才会用这招，但那时候光打可能还不够。罪犯被曾经用来惩罚他的皮带绑在了桌子腿上。

起初，他的母亲要求对他施以重罚，如果可能的话，应当判这样一个冷漠无情的儿子以死刑！可如往常一样，她又对镇压的残酷性感到恐惧，恳求着从轻处罚，希望怜悯、原谅，甚至赦免这个流氓。流氓？难道，她说的是这个词吗？她还记得阿列尔表兄年轻时候的演讲？愤怒寻找着自己的出口，"流氓"这个词听起来倒也还算合适，至少不是那些骂人用的陈词滥调了，比如"一事无成""冷漠无情""忘恩负义"之类云云。片刻之后，母亲被自己的严厉吓到了，怒火被扭转成了哀号和恳求。"他还是个孩子，"不幸的母亲不断重复道，恳求着宽恕。但一切为时已晚，眼泪已无济于事：一家之主，这个"最高法院"始终装作自己又聋又哑又瞎。不可上诉的最终裁决：逃跑者就得这么被绑在桌腿上！谁知道呢，也许这会让他恢复理智。

这是命运的预兆吗？在那场失败逃亡的几个月后，逃亡者将被赐予真正的启蒙。桌子上摆满了菜肴，那条腿则被绑在小破桌的桌腿上，动弹不得，像是一场天堂的游戏。真正的囚禁虽令人不适，但有教育意义，可以算作是一种启蒙。

在接下来的四十多年中，囚禁与自由两者间继续着臆想中的争论、日常的妥协与共谋，或是向神秘飞地的逃离。然而，启蒙还在继续，那囚徒被绑在如花岗岩般坚实的体制塔柱之上，同所有其他囚徒一样，梦想着有朝一日能解放和逃亡。可与此同时，他又像可怜的尤利西斯那般，将自己同写字台捆绑在一起。

往昔之地（二）

十位正义之士有可能救回蛾摩拉之城吗？1986年7月，十几个朋友为我庆祝我50年来的斗争。正是这些朋友构成了我的祖国，而非流亡。

"请注意，艺术家们来了！/他们穿过一道又一道门，还有猴子和模仿者们/假独臂人、假跛腿子、假国王和假大臣/还有一群因光芒和烈火而烂醉如泥的人/那是奥古斯特的子子孙孙。"在他们之中，有我的朋友穆古尔，他是个出口成章的诗人，是个半骑士半瘸腿兔。

V-DAY，也就是胜利日！1986年7月19日，所有来宾都聚在胜利大道旁那间公寓里，一同庆祝胜利！不只我得以幸存，他们也保全了一条性命。我们仍兴致勃勃地活着，齐聚此地，高举酒杯，致敬苍穹和大地……诗人、散文家、批评家、顽猴们、模仿者、假国王、假大臣、伪跛脚者……傻瓜将军奥古斯特的皇亲国戚都来了。

那时我对所谓的总结毫无兴趣，但我感觉自己已经准备好面对那位中国智者了。他就在角落里躲着，无影无形。我不会和他讲述我出生前是什么模样，但我会为他描述我死后的样子，告诉他，当我排到护照办理窗口队伍里的那刻起，我已死去，我会站在队伍里默念着爱尔兰人提供的那个暗号。我的邻居保罗[1]，那只飞翔的大象和他美若天仙的夫人唐娜·阿尔巴[2]都没有出席这场聚会。保罗是个每年都要读读普鲁斯特[3]和托尔斯泰的人。除此之外，那些业已西去的朋友和那些或被流放或被遗忘的旧识也未能出席这次聚会。不过，光是那些在场的朋友也足够一起庆祝的了。一个像我这样的入侵者绝对没有权力忘却蛾摩拉城的魅力、欢愉和那些难忘的瞬间。生命，宛若一瞬。

我生来就是罗马尼亚公民，我的父母、祖父母也一样。在我出生以前出版的那些书里常提到流氓之年。似乎，憎恶的魅力有增无减。这些书和可怖的憎恶之情难以分割，成了时间的符号。

在启蒙开始前，我对所有这一切懵懵懂懂不甚了解，只顾自己在阳光灿烂的快乐世界里寻开心。直到我五岁那年，我才因为自己从一个不洁的胎盘呱呱坠地而成为众矢之的。我记得，那是1941年10月，启蒙就此拉开了帷幕。

等到四年后最终清点时，最后罹难的受害者人数已接近当时被抓去荒芜之地的一半。所幸，我并不在这些可怜人之列。尽管我是巨蟹座，但我出生的那天还算是个幸运的日子。1945年7月，我回到了天堂，重新发现了平凡生活中的奇迹瞬间——隐匿在灌木丛中的羊肠小径、娇滴滴的幼嫩花苗，还有性格温和身材丰满的姑妈们，

---

[1] 人名，Paul。

[2] 人名，Donna Alba。

[3] 人名，Marcel Proust（1871—1922），20世纪法国最伟大的小说家之一，意识流文学的先驱与大师，代表作《追忆似水年华》。

她们让我重新尝到了牛奶和夹心松饼的美味。这个美好的伊甸园就是13年前我搭乘命运公交车离开的地方，它名叫弗尔蒂切尼。

一个无精打采的寂静午后，房间笼罩在一片荫庇里。我形单影只地存在于浩渺宇宙间，聆听那属于我又不属于我的声音。我唯一的伙伴就是那本罗马尼亚民间故事集，它有着厚厚的绿色封面，是我几天前，也就是7月19日生日那天收到的礼物。可能对我来说，语言的病症和治疗就是从那时候开始的。当时年仅四岁的我已经觉察到自己需要"另一些什么东西"，这是一种迫切的、不羁的掠夺性需求。于是我朝着虚无之境逃避。就这样，我开始和那位无形之友——文学进行对话。在当局将我变成一个畸形的怪兽之时，是文学救赎我于水深火热之中。体制已使尽浑身解数将我们从希望的束缚中解脱出来，而不完美的我们却仍心存希望。只有那些外来的浪漫主义者或宿命论者才会因体制对写作的压迫而心灰意冷。似乎原先的困苦与危险现如今都成了好事，似乎所有人都在为某种难以名状的罪行赎过。当谎言已被体制化，若想保全自我，只能逃往飞地。那里尽管不完美，但毕竟还保护人们的隐私。

1986年7月19日的夜晚就是这样一块最后的飞地。绝望之情已在我们每个人心间暗暗滋长。我们与世隔绝的小屋子已不再是昨日的象牙塔了。

1945年4月，随着我回国重获新生，我的那间小屋子似乎也得以获得了新的生命，它的魅力只增不减，无穷无尽，难以抗拒。恐怖的阴云已经远去，难民的身份也留在了过往。我曾愤怒地企图将"犹太聚集区的疾病"从身上剔除，现在一切都过去了。虽然外部的困境已烟消云散，可让塞巴斯蒂安颇为自豪的内心困惑却仍在一些人的心中残留不去。数十年岁月流转，每一天，人们都在恐怖与魅力之间挣扎着，将内心无尽的困惑付之一炬。40年前，绿皮故事书曾是我的庇护所，而到了1986年，绿皮书不再奏效——之前的那种恐惧不仅没有减少，反而在当局的统治下愈演愈烈。

难不成，在这个新的纪年里，我仍然得身处母语魔力的庇佑之中吗？在语言的作用下，我每一天都将获得重生。时至今日，我才明白，重生的进程可以在任何时候画上句号，或是在下一个星期天，或是在那天夜晚。

我将离开的决定往极限的尽头推去，决定等到布鲁姆日——我的50岁生日那天再启程。离开，意味着重回犹太居住区疾病的怀抱。可我明明该唯恐避之不及才对呀？没有一次回归是可能成行的，就连重回贫民区也毫无可能。

生日庆祝会成了我离别前的最后一次练习。魅力与恐怖间的关系又一次发生了反转。

夜过三更，参加生日会的来宾们陆续离开，我喝酒微微上了头，微醺地盯着自己的手指。我孩童般的小手、手指和指甲，它们似乎已不能再支撑新一轮重生了。

玛丽亚

"有一天,贝拉鲁[1]太太想给我一些土豆和洋葱。她家有四个业已长大成人的儿子,他们工作勤奋,忙着养家糊口。不过,人只能在有能力回馈对方的情况下才能接受赠予,我是这么和她说的。于是,她用德语回答我道,'Wenn die Not am grössten, ist der Got am nächsten',说是需求越强烈,便越靠近上帝。我说,上帝有时也没办法帮上忙。那时,我看见艾丽卡·赫勒[2]站在门口。Sie haben Gäste... 您有客人来了。玛丽亚又出现了。"

1986年春录制的那盘磁带,讲述着切尔诺贝利核泄漏时的故事: "玛丽亚就这么重又出现,像是从天而降般。她当时差点儿就要被他们逮捕、枪杀,但为了找我们,始终没有放弃。一天早晨,她出现在集中营的警卫室,说想找一个犹太人,是一位会计师,然后报上

---

[1] 人名,Beraru。
[2] 人名,Erika Heller。

了他的姓名。于是,她就被带着找到了马尔库。当他们相见时……她带来了一切,橘子、甜面包、面包圈还有巧克力。"

孤儿玛丽亚那时成了家庭中的一员,在所有家务事上都拥有绝对的权威,其中也包括抚养新生儿这件事。我非常崇拜这位善良的仙女。1941 年 10 月,哨兵们费了九牛二虎之力才把她弄下火车。她拼了命地想偷溜进那节载着牲口的车厢,那儿脏得不堪入目,动物和行李挤得满满当当,但她已下定决心要同那些她视作家人的人生死与共。虽然那时失败了,但她并没有放弃,在几个月后又找到了我们。

"她手头有些闲钱,想在集中营边上开一家烟铺。这样一来便离我们近些,到时候想帮我们也容易些。"磁带中母亲的声音继续述说着。"当然,他们不允许她那么做。集中营里的罗马尼亚长官让她去他家中当女仆。她既年轻又漂亮,在伊茨卡尼的时候,许多军官和公务员都拜倒在她石榴裙下。摄影师巴尔特菲尔德向她求了好几次婚。集中营长官愿意每天付她 20 升汽油。当时只要 5 升汽油,你就能够买到不少食物。玛丽亚让我们给她支支招。我们又能对她说什么呢?让她为了我们去出卖自己?最后,那个长官还是说服了她,但他没有信守自己的诺言。他是个坏人,是个骗子,一滴汽油都没有给她。玛丽亚回到了罗马尼亚,她承诺过自己会回来,也确实做到了。这次,她还带着不少行李。她认识我们所有未被放逐的亲戚,同他们一一联系,募集钱款。那些亲戚也同她很熟,把她当作自己的亲人。她很清楚我们需要什么,置办了各种各样的物件。不过,她的包裹被没收了,她还因帮助犹太人的罪名被送上了军事法庭。"

1945年,在集中营里的我们终于得以解放,在回到出发地苏恰瓦之前,我们先在弗尔蒂切尼和勒德乌茨逗留了两年。1947年,回归故地的圆环终于在苏恰瓦闭合。在那里,我们与玛丽亚重逢。现在,她是玛丽亚同志了,党委书记的妻子,该市未来的第一夫人。

国王万岁!

1947年12月的冬天冷得刺骨。我再一次前往弗尔蒂切尼,打算在那里度过圣诞假期。可那时国王米哈伊一世突然宣布退位,整座城市都处于骚乱之中。不过这消息对当时另一部分人而言,似乎并不值得瞠目。列宁和斯大林的拥护者显然早就受到了提醒,否则完全无法解释,为何在消息宣布后民众会自发性地爆发出如此狂热的情绪。

我们在1941年离开罗马尼亚,又在1945年重回祖国,这一切都发生在米哈伊国王执政时期。这位国王从他的父亲卡罗尔二世那里继承了王位。卡罗尔二世是个不折不扣的花花公子,他不仅风流成性,同其红发犹太情妇埃列娜·卢佩斯库[1]纠缠不清,还使罗马尼亚的政治丑闻传得满城风雨,尽人皆知。米哈伊第一次登上王位的时候,他尚是个3岁的孩子。1940年9月,其父卡罗尔二世国王因

---

[1] 人名,Elena Lupescu。

同安东内斯库军团勾结而被罢黜，流亡海外。于是，他再次登基，这时的他已是个翩翩少年。他和公众接触的机会不多，和自己那轻率的父母一样，他依旧穿着那件军绿色衬衫。不过那个时候，他也别无选择了。战时，他只是一个任人操纵的傀儡君主，生活在其母亲的阴影之下，还常常受到军事独裁者、"领袖"安东内斯库的侮辱和摆布。到了1944年8月，安东内斯被捕，罗马尼亚和盟国签订停战协议，米哈伊也因此被斯大林授予胜利勋章。现在，国王米哈伊和其母亲的画像同斯大林将军的画像一起被挂在教室里。他面容和蔼可亲，双目炯炯有神，坊间传闻，相比政治斗争和谋划权术，他更喜欢汽车和飞机。几乎所有的公共庆典都以"王室颂歌"开场，最后用"国际歌"收尾。相比起令人发颤的灵魂呐喊"起来，全世界受苦的人……"，王室颂歌的歌词简直苍白无力，令人昏昏欲睡——"和平常在，荣光永驻，国王万岁。爱国之人，国之卫士，国王万岁……"

我的表兄弟扎力克[1]和朗丘[2]是印刷匠，而他俩的父亲贝尔库[3]则是蒂波印刷厂的合伙人之一，另一位合伙人是基督徒塔克[4]。他们都在市中心那欢呼雀跃的人群中，手拉手跳着霍拉舞。他们欢快地踩着舞步，和其他所有聚在一起的快乐人儿怀着澎湃的热情，高呼："共和国！共和国！人民统治！人民作主！"手风琴演奏者拉着悦耳的歌曲，伴着人们高喊的口号："共和国！人民！人民当家作主！"霍拉舞的圈圈欢快地转动着。我站在人行道的边上，愕然地看着眼前的这一切，

1　人名，Ţalic。
2　人名，Lonciu。
3　人名，Bercu。
4　人名，Tache。

迈不开步子。阿龙叔叔在广场那边开了家小酒馆，我决定去他那儿。

在我离开我的"魔法岛[1]"，也就是离开世界上所有游子的归宿——弗尔蒂切尼的那两年里，发生了许多事。其中，1947年12月30日的事尤其令人瞩目：国王退位了！我并非君主立宪制的支持者，但我还是在空气中嗅到了些许危险的气息。城市广场上那些欢呼雀跃的歌者和舞者似乎预示着某些新鲜事的到来，可它究竟是好是坏，又有谁能料得到呢？童话故事总会在你意想不到的时候发生新的进展，背信弃义的隐瞒这下又多了新花样。罗马尼亚王国业已消失！自那天开始，我们所生活的地方就叫罗马尼亚人民共和国！

我气喘吁吁地带着这个爆炸性新闻跑进了阿龙叔叔的小酒馆。阿龙叔叔似乎并不感兴趣，只是点了点头，做着他手头更为紧急的事情。看起来，他已经知道了这个消息，所以未流露出震惊的模样。我还没来得及脱下已经冻成块的外套，就赶着去告诉拉谢拉[2]伯母，她定能够明白这事件有多么轰动。想必她已经听说了那几天有一群犹太人决定前往圣地冒险。"他们是在移民罢了。"在大家都忙着在街上载歌载舞，高喊口号的时候，拉谢拉伯母坐在她的扶手椅里喃喃自语着，眼睛抬也不抬，用仿佛来自另一个时代的温柔语气劝我，赶紧脱下衣服，吃点东西，好让身子暖和起来。

他们俩的漠然似乎并不如表面上看起来那般，相反，更像是小心地保护着什么。一定有什么事情瞒着那个受惊的孩子。这孩子刚刚目睹了一场示威游行，一路上气不接下气地跑回来。我重又回到桌台旁，告诉阿龙伯父，说自己想回苏恰瓦。他盯着我看了好一会儿，

---

[1] 摘自《魔法岛——钓鱼者的回忆》(Nada Florilor)，罗马尼亚20世纪上半叶著名作家米哈伊尔·萨多维亚努的作品。

[2] 人名，Raşela。

出人意料的是，他竟然同意了："好吧，你回家吧。"

他那身材娇小的可爱妻子也凑了过来。他们俩相顾无言，又担忧地看了看像是患了癔病的侄子。紧接着是一阵只有他们才理解的沉默，眼神中像是思考着如何治疗这个中了邪的孩子。"行，贝尔纳德[1]会把马儿给套好的。"阿龙平静地说道。拉谢拉伯母缄默不语，可她那小巧微胖的双手开始焦虑地揉搓起来。失聪的儿子贝尔纳德被招了过来。他们通过一系列富有节奏的叫喊和表意手势，让他去套马拉雪橇。雪橇、雪橇、马儿、毯子、毯子、皮衣，他们就这么一个词一个节奏地唱着。"半小时后，半小时！"阿龙和拉谢拉指着墙上的挂钟说道，"半小时后一切都得就绪。"贝尔纳德聋得像一棵萝卜，但他能理解指令的含义。

这位客人终于接受了提议，脱下外套，坐了下来。桌上放着肉丸、沙拉和新鲜面包，他开心地大快朵颐。等吃完后，贝尔纳德朝他笑了笑，指了墙上的时钟。他急忙重新套上外衣，戴上灰白色的帽子，将帽带拉到耳朵上，然后戴上手套。阿龙伯父拥抱了他，拉谢拉伯母吻了他，贝尔纳德拉过他的手，雪橇就在院子里等候。他被毯子、皮衣和稻草裹得严严实实。

屋外寒风呼啸，如盐粒般的雪花洋洋洒洒地从四面八方飘来，愤怒的暴风雪正在此间肆虐。煞白的道路、苍茫的天空和雪白的马匹，眼前是一望无垠的白色荒原。剽悍威武的"白色仆人"拉着雪橇，快活地滑行在这荒野之间，它那强壮而高挺的脖子上系着童话故事中的铃铛。这仿佛是一场在极地的远征。在这名副其实的冰天雪地，即便盖上了好几层厚毯子，穿上了敦实的羊皮大衣，盖上一堆稻草，

---

[1] 人名，Bernard。

套上厚实的毛袜和结实的靴子,连鞋带也系得密不透风,那双腿还是会像冰柱一般冻得僵硬。

驾着马儿的聋人拥有坚如磐石的身躯,对严寒毫不在意。无穷无尽的苍茫之路,充斥着恐怖和幻觉的时光。马蹄声嗒嗒作响,马儿跑得直喘粗气,温热的鼻息在噬人的寒冷中化作缕缕白雾,雪橇在滑行中吱呀作响,铃铛癫狂地摇动着,狂风席卷起绝望的气息。

这位雪之子终于到家了。他被小心翼翼地脱下那些厚实的衣物,而后被带到温暖的火炉旁。家人给了他一杯热腾腾的蜂蜜茶。他开始胡乱地嘟囔起来,没人理解他到底想要什么。"我离开。离——开……"他每次积攒的力气都只够说出一个字。"立——刻,马——上"。

"离开去哪儿?你才刚刚到家啊。"父亲的声音从远处传来。"明天。早上。我们离开。"那小爱斯基摩人重复道。"谁?去哪儿?"母亲担忧地问道。"明天。立刻。明天早上。"

这时既没有抗议,也没有笑声。"行,我们看情况。明天再说。现在先喝点茶吧。你冻坏了,赶紧喝点茶。"一双大手抚摸着孩子的脑袋,而孩子面前的热茶正飘散着温柔而甜美的水汽。"不,不",那微弱的声音再次响起,"一切都结束了。结束了。"他愣愣地盯着茶杯说道。

"答应我!你们现在就答应我。"他们既没有反对他,也没有顺他的意。"答应我!现在,就现在,你们快答应我。"穿着羊毛袜的脚一下下愤怒地踢着木桌腿。"答应我!快发誓!现在,就现在。"

不知何时,我那冻成寒冰的靴子被脱了下来,我穿着厚重的羊毛袜坐在那里,愤怒地用双腿蹬着桌子。茶杯就放在桌上,里边儿的盛着新添的茶。"喝吧,现在先喝点儿茶。我们明天再谈这事。"

我的耳边回响起了以前听到过的话语，那是古老世界中小心谨慎又令人惶恐的消息。古老的编码、各种妥协和淤积的恐惧。它们一如既往地让我怒火中烧、窒息难耐。

"好吧，我们答应你。好了，好了，就这么说定了。一言既出，驷马难追。现在赶紧趁热把茶喝了吧。"那些温柔却又虚伪的话语，组成了敷衍的二重奏，这乐声来自我依然企图逃离的犹太人区。

1947年的冬天，我身上那关于"离开"的瘾症终于爆发了，自那时算起，四十余载光景已匆匆逝过。那些犹豫不决，那拒绝用家的流亡与不可避免的在外流亡相交换的行为，伴随着时光幻化成了我的新乐章。1986年夏天，空气中再次弥漫出焦灼的危机感。这个童话故事复又平添一套新的伪装。

乌托邦

1948年夏天，我正准备进入国立第一小学就读。这学校有一栋白色教学楼，就坐落在市中心的公园里。教育改革从废除私立学校开始下手了。读新学校意味着我将会有新的同学、新的老师，而我也将长大一岁，满怀憧憬地开始学习几何原理、物理法则和中世纪历史。春天快到的时候，校长内斯托尔[1]把我叫到了他的办公室，郑重通知我，我可以加入少先队了，这是一个只有9岁至14岁中最优秀的学生才能加入的组织。他还说，根据学校的决定，将任命我为少先队队长。1949年5月29日，我声情并茂地在当地的《人民斗争报》上发表了一篇诗作。也是在同一天，一位入党积极分子、前铁路工人把鲜艳的红领巾系在了我脖子上，并郑重地将绣有金字的红旗一角交到我手里。至此，共产主义青年团就是我们的兄长，而党则是我们敬爱的父亲。

---

1 人名，Nestor。

在公园聚集的群众面前，这位积极分子强调了党赋予这群年轻战士的使命："为列宁和斯大林的伟大事业，前进！"他话音刚落，这群孩子就用稚嫩的嗓音跟着宣誓："前进！进！"

根据犹太传统，13 岁的我已经算是成年了。由此，我也成为世界幸福计划的拥护者。我的家人在瓦格纳甜点店狭窄的地下室里为我庆祝了生日。在 1949 年，这家店仍在自己的地下室出售传统皇家糕点和冰淇淋，这些东西以前只在腐朽堕落的资本主义都市维也纳能买到。显然，诸如此类的资产阶级庆祝方式，对一位上相的激进分子的早期革命生涯而言并不稀奇。

在见过玛丽亚的丈夫维克多·瓦拉斯丘克[1]后，我父亲的立场也发生了决定性的转变。父亲谨慎、谦逊的本性让这位老会计一直与政治保持着距离。即使在战后，他也拒绝同共产主义者、自由主义者和犹太复国主义者有任何接触。可这次，他的夫人瓦拉斯丘克女士也提出了让他入党的建议，并向党支书提出马内阿先生是个谦逊得体的候选人，恳请党组织予以积极考虑。据瓦拉斯丘克同志说，马内阿先生致力于和同伴们携手努力，共建一个平等公正、没有歧视和剥削的社会。毕竟这位伊茨卡尼糖厂的工人已饱受资本主义的剥削了，不是吗？他难道还会忘了自己受尽种族歧视，一度被流放至特兰斯尼斯特里亚的过去？相比那些留在祖国的亲戚，玛丽亚显得更有作为。在战争期间，她一直积极帮助我们，甚至在我们被希特勒的同盟——大元帅安东内斯库送去集中营之后，还想方设法把我们从中捞出来。如今，在红军的帮助下，共产党人逐步夺取了政权，并将这位大元帅绳之以法。被困在集中营里的我们也因此得救，重

1　人名，Victor Varasciuc。

获新生。

在这座城市的领导人面前,马内阿先生保持了他对政治和政客一贯的沉默。不过,他终究还是变成了马内阿同志。他为人一直谨小慎微,尊崇礼数,可突然之间就出现了例外情况:作为一个犹太人,他被一个信仰基督教的罗马尼亚女人拉进了党组织,之后也没有好好遵循组织里的安排。他只是无动于衷地接受着一切话语,选择不再作出任何回应。

在收到党员证后不久,这位新党员就在当地供销社里担任起要职。他的儿子也成了当地有头有脸的人物。不同于父亲的隐忍克制,这小伙子的洋洋得意自然表现得更为明显。

新世界有着简单而公正的原则:"能者多劳,按劳分配。"从蒲鲁东[1]到马克思,再到列宁和他的继任,无一不坚持这一准则。斯大林同志向我们保证,当共产主义在全世界大获全胜之后,这项神圣的原则将变成:"能者多劳,按需分配。"

与此同时,剥削阶级日渐式微。工厂、银行被收归国有,农业集体化起步,而政治党派、犹太复国主义组织和各级私立学校都被废除。

1949年的红色夏日于我而言是个辉煌时刻:国际少先队夏令营,游玩,篝火,朗诵,会见前共产党地下组织的战士们,参观红色工厂和红色农场。

一个夏日黄昏,我们家小厨房的门口出现了一位风姿绰约、优雅端庄的金发女郎。她可能来自莫斯科或布加勒斯特,哦不,她一定是位好莱坞巨星!她有着丰满身材、古铜肌肤、金色秀发和蔚蓝

---

[1] 人名,Pierre-Joseph Proudhon (1809—1865),法国互惠共生论经济学家,无政府主义的奠基人。

瞳孔，脚着一双高跟鞋，身着来自另一个世界的裙子。她展现着胜利者的姿态，动人的嗓音无与伦比。她没有说"你好！"，而是用一种戏剧化的腔调说道："我是来见见这男孩儿的母亲的。"她站在门槛那儿，饶有兴趣地打量着母亲和我，让我俩极为错愕，一时不知如何是好。进门后，我们得知她是阿尔贝特医生的妻子，他们才搬到这地方没多久。

男孩儿"爱"上了这个女子，而这位美丽的女士就这么微笑着，从桌角那儿走进家中。自那一刻起，她将成为父母的朋友，也将成为男孩渴望迎娶的倾慕者。

紧接而来的，是红色秋日、红色新学年、革命集会和城市广场的演讲。在书记、驻军上校和民主妇女联盟代表之间，还站着一位少先队队长，他在讲台上向公众致了辞。同一天晚上，他又在道姆-波尔斯基[1]大厅进行了演讲。他的胸前飘扬着一条崭新的丝制红领巾，那是来自苏维埃先烈的礼物。接下来得准备伟大的红色纪念日——约瑟夫·维萨里奥诺维奇[2]的生日。在昏暗的环境中，少年的双手和言语迷失在罪恶的欲望里，跌跌撞撞地探索着。我昏昏沉沉，很晚才从那位年轻的女领导身旁离开。我一时成了掌控世界的巨人，在下一秒却又变得十分渺小，敲打着凝满冰霜的窗户，等待着父亲来为我开门。

这位革命者逐渐远离了生活中的困境，不只是那狭小的住处，还有小资产阶级家庭那狭隘的思想。那是一个充斥着压抑的世界，被恐惧感与挫败感套上了枷锁。饱受旧日病痛折磨的犹太人区，被

1　Dom-Polski.
2　人名，Iosif Visarionovici，即斯大林。

怀疑与流言扼住了咽喉。唯有逃离这一切,置身于他所属的简单而清晰的全新逻辑中,他才觉得自在。那是红色苍穹间的雷鸣声:全世界无产者,团结起来!

至于父母、亲戚、家人……那一个个纠缠不清的卑微谎言?就连他们的名字,那怪异的发音都让你觉得可耻。他们那渺小的戏剧性,恐惧的心情,迫切想要寻觅到彼此的焦急感,充斥着曾经的负担和幻觉!他们永远觉得自己遭受着迫害!无论是两千年前,七年前还是昨天下午,这群人都认为自己遭受了不公平的对待……

"要不了几年,这孩子就会要了我们的命。"一天夜里,阿夫拉姆·布劳恩施泰因的女儿希埃娜[1]呜咽着细语道。而她的丈夫,马尔库同志,少先队队长的父亲,并未对此作出回应。他已有太多的事情需要思考,社会主义商业将重心放在社会主义上,这位曾经的公务员对此有所不解。

然而,生活不会因这些过时的疑惑而停滞不前。斯大林同志叮嘱过我们,阶级斗争正变得越来越激烈,敌人的特务遍布各处。他们存在于我曾上过课的哈布斯堡旧中学里,那儿还有帝国主义分子教师以及反动的同学,他们都是富农、律师、商人、牧师、犹太教士和资本主义政客的子孙。

炽烈的欲望控制了我的思绪,让人不由自主地在黑暗的电影院中触碰女同学,这让我颇感满足。我随时准备着陷入一场酣畅淋漓的鱼水之欢,但唯一可能的女伴只有睡在厨房中的女仆。我总在夜里暗暗窥视她的一举一动,生怕自己的喘息声被她发现。

还有件事让我颇有负罪感。那时,班上转来了个新同学,来自

---

[1] 人名,Sheina。

南方城市久尔久[1]。他身材高挑、机灵聪慧、文采斐然，很招人喜欢。但他双亲情况不明，也不知道他一家为何搬来布科维纳。在接受他加入共青团前，我本应就此展开一番调查，可我没有。这算不算是妥协和背叛的毒药？

红色剧目的大海报贴得到处都是，散发着令人难以抗拒的魅力。内容包括主题党日、农耕问题、国际局势、朝鲜战争、铁托威胁和谨言慎行。事态转瞬即变，难以预测，不知何时就会进行一场逃离、驱逐，或是重新定位，从而形成新的指示。现在还是人民的好儿女，下一秒可能突然就变成了异端分子，成了美帝国主义和资本主义的代理人。"干部人才——党的黄金财富！"红色大楼里贴着红色标语，一旁还挂着红色木框的元首肖像画，楼里的桌子用红布遮盖着。从工厂车间、田间地头、学校和研究机构走出了一批特派员，他们成了"专业革命者"，通过某种秘密操作相互联系。

最上层是政治局，然后是党的中央委员会，再是共青团中央委员会、工会委员会、妇联委员会，接下来就是各种分支机构了：大区、城区、乡镇支委。再下层是乡镇村委、工厂、农业合作社、安全警卫机构和学校的基层组织。

群众是这一整个链条的最后一环。1952年秋天，下午四点，群众集会在中学的大礼堂召开。观礼台上的桌子铺上了红色桌布，马列主义的四位杰出代表人物画像被装裱在红色相框里，高高悬挂于观礼台正上方。接着，区委代表、校共青团书记和校长走上了观礼台。校长默不作声地坐在了第一张椅子上，其他受邀教师在他身旁依次落座。

---

[1] 地名，Giurgiu。

区入党积极分子在台上打开了自己的公文包，从中拿出一张报纸，开始慷慨激昂地宣读上面发表的政治局公报。这公报振振有词地对党内偏离正确路线的左倾和右倾分子进行了严肃批判。接下来，校共青团书记开始了会议的第二项议程：排除异己。台上的这些演员精心准备了发言稿。入党积极分子干涉、打断、质疑，驳斥着那些犹豫着不愿说出敌人姓名的党内叛徒。

大会的最后一项议程：宣判。宣判对象包括：一个富农的儿子、一个屠夫的儿子和一个前自由党律师的儿子。在国家的危急时刻，所有人都应紧密团结在党、党中央和总书记的周围，要加强戒备、不懈斗争，消灭所有可疑分子。"我们绝不能放过他们三个人！不能放过这三人！至少这三个人，绝不姑息！"入党积极分子气宇轩昂地大声呼喊着。

第一位被指控者一声不响地面对着人群。这位大家口中的富农之子其实并非富农的后代。他不敢说自己的父亲只是不同意在农业集体所有的契约书上签字罢了。这位被指控者刚刚来到这座城市，是个八年级新生。大伙儿甚至瞧不见他的眼珠子在哪儿，这人情绪激动得似乎随时都可能晕过去，可他仍然紧咬牙关，不说一个字。最后投票结果出来了，全体一致同意：将其开除。

接下来轮到屠夫和牲畜商人之子——胖胖的黑策尔[1]。书记称，黑策尔作为学生成绩平平，倒是和他那个以卖牛为生的投机老爹一样，对拳头和牲畜很是精通。更糟的是，他们一家已经递交了移民以色列的申请。拥护犹太复国主义的伊西多尔[2]·黑策尔用别人听不见的声

1　人名，Hetzel。
2　人名，Isidor。

音嘟囔着。大家既没有给他投弃权票，也没有投反对票。最后，赫尔曼[1]·黑策尔不再是黑策尔同志了，他朝红色主席台的那些委员们走去，交出了他的那本红色党员证。

下一位是迪努·莫加[2]，上流社会人士，前自由党律师之子。结果还是一样，没有人弃权也没有人反对，一致通过。这位身材高大的美少年面无表情地将红色党员证交了上去，然后镇定自若地右转，朝着会堂大门走去，似乎自己和什么富农、屠夫或什么裁判庭毫无干系。这其实是个再普通不过的时刻，同其他时刻别无两样。唯一特别的是，书记对他这番激进的做法颇有微词。困窘不安啃噬着他体内的骨髓。我不再是一个12岁、13岁或14岁的孩子了，我也不再为自己拥有特权证书而自豪了。

我作为参加仪式的年轻人，全身都渗透了这场好戏的魔法，那是一种冷酷而肃穆的魔力。在更大的讲台上，在更重要的时刻中，在红色的旗帜与横幅下，我模仿着其他更为年长的演员，呼喊着审判的口号。

革命意识能与自我的道德意识相分离吗？在那些模仿者当中，最初的诚挚热情是否还有容身的余地？《共产党宣言》，《反杜林论》，《列宁主义问题》，马雅可夫斯基[3]的诗句，马克思的语录，丹东[4]的笑声？

在那场令人难忘的会议结束时，当时的演说家并没有立即让自

---

1 人名，Herman。
2 人名，Dinu Moga。
3 人名，Влади́мир Маяко́вский（1893—1930），苏联诗人、剧作家，代表作长诗《列宁》从正面描写列宁的光辉一生，描写群众对列宁的深厚感情。
4 人名，Georges-Jacques Danton（1759—1794），法国政治家、法国大革命领袖。18世纪法国大革命时期著名活动家，雅各宾派的主要领导人之一。

已远离革命行为。那个场合未曾向16岁的我揭示所有的恐怖，但我能感觉到，在那脆弱的盔甲下有一些事物正变得愈发紊乱。

我是否真的拥有特权，在这样短短几年中，凭借这般稚嫩的年纪就经历了其他人需要耗尽一生才能经历的事情？会议、开除、告密。各种仪式：自我不断膨胀，仿佛能够统治世界一般。职位的任命、保密的技巧、虚无的荣誉，其他人已更全面而深刻地体验了这一切，其中的辉煌或是悲伤是其他任何事物都无可企及的。我在礼堂中掌控全场的那一刻，所有参与这场乌托邦博弈的玩家都明白，这是一个审讯的时刻。你必须重新做出选择，从所有那些占据了你的灵魂，并不断争夺你的个体中做出选择，不仅要选出当时最后通牒所要求的那一个，还要选出真正代表你的那一个。我们那潜在的多样性可不仅仅存在于孩提时代、少年时代和青春期。我不是家里的顶梁柱，也不用操心工作，无须面对政治背叛带来的真正风险。然而，身处于两难境地的我并不轻松，青少年时代的窘境从来不是一桩小事，至于它们会持续多久更是不得而知。

幸运的是，有一些演员天生缺少争夺权力的才能，即使他们被乌托邦和剧院吸引时也依然如此。1952年秋天的那个下午，我在谁都不知晓的情况下，退回到了无名者之列。这场离开是一个重要的转折点，一个突生坏疽的时刻。是因为那位名叫迪努·莫加的年轻人的面庞吗？因为他被剥夺了宝贵的红色证书，沉默地离开冰冷礼堂时的那张脸？面对因害怕和好奇而精神紧绷的参会者，我并未表露自己的情感，在之后也不会同任何人分享这些心绪，但我一直密切地关注着这位被驱逐者的命运。

第二年，聪颖非凡的迪努·莫加进了雅西理工大学，但他在那儿的表现却并不好。几年后，他回到了故乡。1959年那会儿，我是一名初出茅庐的工程师,恰好在家乡同他重逢。

我们在那时才成为朋友。那郁郁寡欢的帅小伙儿用书籍、唱片以及平淡的爱情故事为自己建造了一块飞地。他安居在一间单身公寓中,平和地接受着时光的流逝,党政事物和大众琐事都与他无关,在情爱关系方面谨言慎行,问候方式简洁有礼,这是令人欣慰的失败者表现,如同一块纪念碑般亘古永存。

"约瑟夫·维萨里奥诺维奇·斯大林,苏联共产党总书记,列宁同志的战友和继承者,苏联人民的伟大领袖,于1953年3月15日与世长辞。"一个毋庸置疑的医学判断。人民的天才领袖,伟大的思想家、战略家和军队指挥官,科学的倡导者,守卫和平的堡垒,全世界孩子们的父亲……一个被认为是不朽的人,也还是像我们所有人一样,终有逝去的一天!克里姆林宫中,他办公室的灯光向来昼夜通明,现在却一片黑暗。

一队队师生向着城市广场进发,我在队伍边儿上一路相随。树和电线杆上的大喇叭播放着莫斯科红场的葬礼实况。数十支乐队齐奏哀乐,曲声响彻云霄。国家领导人,以及来自青年团体、工会、妇女组织、体育运动协会、红十字会、合作社、残疾人协会、收藏家协会和狩猎组织的人们都佩戴着带有一道黑色条纹的红色袖章。我的左臂上也佩戴了一枚袖章,那部位正是祖先们佩戴护符[1]的地方,这东西或许又重新将我归于上帝的选民当中。

广场上挤得水泄不通,幸好我在女子中学和技校之间有个预留位。在那儿,我看见女子中学的共青团书记在两位女同学的搀扶下哭得不能自已。其他女学生、女老师也在一旁号啕大哭。男生们凭

---

1 特指古犹太人抄有《圣经》文字的羊皮纸。

着男子气概,强忍着想要恸哭的悲伤。

不朽领袖的逝去撼动了非洲丛林和地中海,震动了中国长城和荒蛮西方。悲伤笼罩着大地。随着领袖的逝去,罗马尼亚人民共和国停止了呼吸,布科维纳陷入了悲恸。穿着寿衣的群众填满了苏恰瓦这座城市的大街小巷,"伟大的斯特凡"男子中学也不例外。

新学年伊始,眼看高考就要来了,我准备将团支书一职交托出去。我向组织推荐了一位继任者——八年级的农民之子,他为人向来勤恳努力,我告诉他得做好随时接受这重要使命的准备。他现在正羞怯地站在我右手边,像对待一名退伍老兵似的崇敬地望着我。

红场上挤满了送葬的人群,大家目送着仪仗队护送领袖的灵柩缓慢前行。由乔治乌·德治[1]同志带领的罗马尼亚使团也参加了本次葬礼。在他身旁的还有莫里斯·多列士[2]同志、帕尔米罗·陶里亚蒂[3]同志、多洛雷斯·伊巴露丽[4]同志、胡志明[5]同志、弗雷德里克·约里奥·居里[6]同志,大多面孔与姓名都为大家所熟知,他们从四面八方赶来参加此次追悼活动。由于没有电视,广播传播的效力尤为凸显。送葬游行实况和痛失伟大领袖的悲伤氛围透过广播蔓延至整个世界、国家、布科维纳、市镇、学校,还有我十年级的班级。巨大的空洞

---

1 人名,Gheorghe Gheorghiu-Dej(1901—1965),罗马尼亚伟大的无产阶级革命家、政治家,曾任罗马尼亚共产党总书记、罗马尼亚工人党第一书记、罗马尼亚人民共和国部长会议主席和罗马尼亚人民共和国国务委员会主席等要职。
2 人名,Maurice Thorez(1900—1964),法国政治家,曾长期担任法国共产党领导人。
3 人名,Palmiro Togliatti(1893—1964),意大利政治家,曾任意大利共产党总书记。
4 人名,Doles Ibarruri(1895—1989),西班牙著名国际共产主义运动活动家,被称作"热情之花"。
5 人名,Hồ Chí Minh(1890—1969),越南共产主义革命家,曾任越南民主共和国主席和政府总理。
6 人名,Frédéric Joliot-Curie(1900—1958),法国科学家,1935年诺贝尔化学奖获得者。

与落差感降临在大家面前,这仿佛就是一瞬间的事。忧心忡忡、紧张不安、期待崇敬、惶恐害怕……种种情绪在人群里不断蔓延着。几个小时后会发生什么?明早会是怎样一番光景?下个礼拜又会变成什么样子?我对那红黑相间的臂章很是陌生。不,我不再是原来的那个我了。迪努·莫加事件的发生就是我蜕变的开始。

1945年7月,弗尔蒂切尼举办了博览会。我拿到了一本绿皮书,那字里行间都蕴含着奇迹。当时我还小,没人给我讲故事,没人有那个闲心。我只能靠自己来慢慢熟悉这些故事书里所讲述的道理。

话虽如此,那本绿皮书还是立马抓住了我的眼球。书中光怪陆离、五彩斑斓的世界让人欲罢不能。克良格[1]式的文风、优美的笔触、令人沉迷的辛辣语调、精致而如毒药般的用词,如各式香料和调味品,倍增阅读兴致,令人如痴如醉。语言本身就是一个故事,里头布满了陷阱,上演着各式恶作剧,充满了奇妙的妄想呓语,这组合简直就是个奇迹。读完这本书后,其他书籍纷至沓来,有关于冒险的、爱恋的,还有关于旅行的。词汇、语句……我一页接一页地翻过,一本接一本地品读。它们在我面前打开了一个虚幻而不真切的现实世界,我可以在其中自我发现、自我探索。不知不觉间,同自我与灵魂的对话在我内心缓缓展开。

高一那年,我曾试着用一场示爱演说赢得一位女同学的芳心,她和我同名,叫博洛尼娅·诺尔曼[2]。这番告白不仅使我纯情的爱慕对象惊愕不已,还令当场的同学们瞠目结舌。这大概就是语言的力量,它们拥有令人咋舌的辐射力,甚至能穿透现实和动画之间的壁垒。

---

[1] 人名,Ion Creangă(1837—1889),罗马尼亚著名的故事作家,代表作包括《童年回忆》等。
[2] 人名,Bronya Normann。

我一刻不停地阅读恩格斯[1]的《反杜林论》、普希金[2]的《上尉的女儿》、屠格涅夫[3]的《父与子》、冈察洛夫[4]那本引人入胜的《奥勃洛莫夫》和莫泊桑[5]那些鞭辟入里的短篇小说。在阅读中，我混沌的思想开始为自己寻找合适的语言。

除此以外，还有报纸上的语言。乔治乌·德治同志的致辞，苏斯洛夫[6]和多列士同志的讲话稿，还有毛泽东，这位可以和马雅可夫斯基[7]、阿拉贡[8]、聂鲁达[9]等相提并论的诗人所创作的词。文字和革命可以混为一谈吗？内心话语体系和公共话语体系之间的鸿沟不断拉大。报纸上，尽是那些讲话稿、通讯稿和社会规章条例，这上面的语言就像军队制式的动作那样简明扼要。斗争要求简单利落、当机立断，要求行文克制、不出格。一党执政就要求有官方、统一、制式的话语体系，避免哗众取宠，提倡运用非个人、有距离感且不带一丝亲昵感和幽默感的语言。

党的语言简洁、清晰，又饱含深意。对词句的品读成为常规练

---

[1] 人名，Friedrich Engels（1820—1895），德国思想家、哲学家、革命家、教育家，全世界无产阶级和劳动人民的伟大导师，马克思主义创始人之一。

[2] 人名，Александр Пушкин（1799—1837），俄国著名文学家、诗人、小说家，现代俄国文学的创始人，19世纪俄国浪漫主义文学主要代表，同时也是现实主义文学的奠基人，代表作有《自由颂》《致恰达耶夫》《致大海》等。

[3] 人名，Иван Тургенев（1818—1883），19世纪俄国批判现实主义作家。主要作品有长篇小说《罗亭》《贵族之家》《前夜》《父与子》，中篇小说《阿霞》《初恋》等。

[4] 人名，Иван Гончаров（1812—1891），19世纪俄国最著名的批判现实主义作家之一，代表作《平凡的故事》。

[5] 人名，Guy de Maupassant（1850—1893），19世纪后半叶法国批判现实主义作家，代表作有《项链》《漂亮朋友》《羊脂球》和《我的叔叔于勒》等。

[6] 人名，Михаил Суслов（1902—1982），苏联党和国务活动家，苏共中央政治局委员兼中央书记。

[7] 人名，Владимир Маяковский（1893—1930），苏联诗人、剧作家，代表作长诗《列宁》。

[8] 人名，Louis Aragon（1897—1982），法国诗人、作家、政治活动家，代表作《断肠诗》。

[9] 人名，Pablo Neruda（1904—1973），智利诗人，代表作《二十首情诗和一支绝望的歌》。

习之一。形容词的分量、动词的激烈程度、论点的句长可用来判断局势的严重程度和修正的严厉程度。在我们的领导人与东西方政治家的会谈或是同苏联驻罗马尼亚大使的会晤结束后，就会有一份用词精妙的公报，语言爱好者们可以细细斟酌词语的要意所在："诚挚的""同志般的""深厚的友谊""相互尊重与支持"或"充分理解与合作"。这些词汇背后都有相应的寓意，暗示着联盟内部的紧张状态，意味着对内和对外政策的开放或封闭。语言标准化同社会标准化相近，像是加了密的术语，成了一种字谜。词句显得单调而受限，让人们开始对文字产生怀疑。

看起来，具体的工作才是对抗这类语言行为时唯一的避难所。

"什么，你不打算学医？"毕业宴会上，科学老师吃惊地问我道，自然科学在当时可被称为"达尔文主义的基础"。我对医学不感兴趣，而且我早已决定充分利用自己在数学上的天赋，继续学习工科，也就是水力电气工程。那时的新闻满是关于堤坝和水电站的精彩报道。

1954年时，获得5分成绩的优秀高中生（当时依照苏联模式将分数档调整为1—5分），无须参加高考就能上大学。我对自己做出的选择只有粗浅的认识，然而，我也察觉到自己正在放弃"文字的世界"……放弃了它的模糊性和无限性。我选择了一种与自己相对立的"具体事物"？我用这"阳刚"的选择，去吞噬那"阴柔"的一面，吞噬我这幼稚之人天性中那模棱两可的、流动的、怀疑且孩子气的一面吗？

这个富有男子气概的选择应该能保护我不落于制度的陷阱中，也应能保护我不受心中妖魔的侵扰。

国家，是个人、商品、创制权的绝对拥有者。司法、交通、集邮、体育、影院、餐厅、书店、马戏团、孤儿院和羊群牧场全归它所有。

商贸、旅游、工业、出版、广播、电视、矿区、森林、公厕、电力、运动、牛奶、烟草和葡萄酒也不例外。这一点是同右派专政相比的根本差异所在。在右派专政中，私有财产尚代表着最后一个独立的机会。

在"空间"收归国有之后，紧接着的是这一制度新创造中最出色的一环：时间国有化，这是将人本身收归国有的关键一步，因为时间是人们最后唯一拥有的财产。一个新词进入了全新的现实和当时的词典中："会议"[1]。"开会时我们就这么一直坐着。"[2] 这是当时的一句讽刺诗，平庸的话语反映着平庸的现实。个人的时间被转送给了团体：会议（şedinţa）这个词由"坐"字（şedea）派生而来，现在意指这种劫取时间的行为。

初期会议上一再重复："即使针对你的批评中只有5%是正确的，你也必须虚心接受。"这一规定由伟大的斯大林提出，没有人能积攒起5%的勇气去挑战它，谎言的主导地位就此树立：告黑状。得把那95%的谎言当作现实来接受！一种针对个人的威慑术，针对团体的驱魔术，带有煽动性的演说、例行公事和惩罚，其中既有监督，也有表演。在向其屈服又对之感到怨恨的过程中，顺从仪式本身是否也变成了带有破坏性的团结？当一个人投票时，他将既欣喜又淡漠。"全体一致通过"是事先准备好的决定，匿名者成了假面舞会的一分子，而这场舞会也正式要求他表示自己的赞同。同其他所有人一道，这位"酩酊大醉的公民"加入了集体的滑稽戏中，这有助于帮助他脱离自我的个性和责任，也不必再为选举中的两难境地和投票选择

1　原文为 şedinţa。

2　原文为 Şed şi tot şed la şedinţă。

而苦恼。他或低声窃笑,或恐惧地藏起笑容开始抽泣。他就是巴赫京[1]笔下"欢笑合唱团"中的一员,吞下服从者团队的麻醉剂,放下那套因为不负责任而感到幽默的说辞。

可那些舞台上的演员又如何呢?儿童演员同那些大讲台上的演员有什么差别呢?还不是受着一样的催眠?那只温柔的豚鼠也曾历经跌宕起伏。现在轮到我来品尝这背叛者的苦头了。1954年,我上大一。这一年,我终于来到了布加勒斯特,沉醉于"国际学生歌",并在教授们步入礼堂时高声吟唱。就在几天后,我得知,因为我在高中时期的出色表现和优异成绩,我被选为共青团团委候选人。但这一次,我拒绝了这一荣誉。至少我现阶段想全心投入学习——这是我给自己逃避找的借口。判决大会随即召开。我像个被告人似的站在大家面前接受批判,和几年前自由党律师莫加之子所面对的一模一样。我拒绝了候选人这一使命,为自己找的理由在众人审判面前显得不堪一击,不过都是推卸责任的借口。

我刚从外省来到布加勒斯特,还不怎么认识新同学们。然而,他们在大会上并没有否认我的过错,只是出于令人怀疑的"单纯好意",将我的罪过说得轻微了一些。他们说:"如果他不想干就随他,我们另找他人就是。"

开除计划的流产激怒了幕后的领导者。学生政治体系中的二号人物——斯特凡·安德烈[2]企图把我推向更高一级的审判法庭。在布加勒斯特大学学生中心,面对严肃的警告和强硬的威胁,我不得不低头。

---

1 人名,Михаи́л Бахти́н(1895—1975),俄国文学理论家。
2 人名,Ştefan Andrei。

新学期开始一个月后，我又在祖国南部，一个叫梅德吉迪亚[1]的地方见到了他。当时，大学突然决定将我们送去那儿的一个水泥工厂进行所谓的"义务劳动"。

父亲从极北之境急匆匆地赶来看他那被掳走的儿子。我被从大学的"飞地"叫了回来。父亲对眼前的一幕极为震惊：我脚上穿着巨大的胶靴，身上是臃肿的棉衣，头戴俄式的帽子，在工地的水泥塘里艰难跋涉。我们彼此对望了一眼，那一瞬间，战争和集中营的回忆朝我们汹涌袭来。虽然这样说好像夸张了一些，但工棚的条件糟得着实令人咋舌，伙食也难以下咽，好在氛围还不错，就像是年轻人一起外出露营旅行一般。到了晚上，会有人弹起吉他，拉起手风琴，还有人在一块儿畅谈理想。

睡在我旁边的那位兄弟，让我感觉浑身不自在，于是我试着忽略他。然而最近，安德烈同志，这名大四的学生开始热衷于谈论些非政治话题，比如聊聊他喜欢的书籍，这在理工科学生中也算是个怪咖。每当他畅所欲言时，我总会小心翼翼地回答他，或者干脆一言不发。

有一次，我同他在日暮黄昏下散步，他和我聊起他最近刚读完的一本书——苏联作家尼古拉·奥斯特洛夫斯基[2]写的《钢铁是怎样炼成的》。这本书的作者是个全身瘫痪、双目失明的人，他用自己的人生告诉我们人是怎样在逆境中千锤成钢的。"这本书你读过吗？""读过。"那时候这本书很火。"那你怎么看？""这是一本长幼皆宜的书。"我是这么回答他的，因为我读这本书的时候还是个少先

---

[1] 地名，Medgidia，罗马尼亚东南部城市。
[2] 人名，Николай Островский（1904—1936），苏联著名无产阶级革命家、作家，代表作有《钢铁是怎样炼成的》等。

队员。我的对话者凝望着我,沉默了,他似乎对我最近在看的书更有兴趣。我也不知道该给他推荐哪本,就说了罗曼·罗兰[1]写的《母与子》,尽管这并非我最近读的新书。我的对话者迟疑了一下,很快改变了话题。

这样的文化消遣并没有弥补"义务劳动"带来的痛苦。真正的补偿是在我毫无预料的情况下到来的——我们将在周末前往康斯坦察[2]远足旅行,那是个距梅德吉迪亚仅一小时路程的地方。作为一个布科维纳人,我从小在山丘和树林间长大,从未见过大海,这下我也有机会见见海的模样了。这次同海洋的伟大邂逅成为我此后数十载每年一次黑海朝圣之旅的开始。在那之后,我那位崇拜尼古拉·奥斯特洛夫斯基的同学一路高升,后来一跃进入齐奥塞斯库的内阁,成为他的外交部部长。后来,他还成了一个藏书家,收集了许多珍贵的旧书和旧报纸,还有一些由外国同僚赠送的外国图书。

在接下来的年岁里,我们的斯特凡·安德烈部长将被赞誉为一位修养良好、心地善良的绅士,一位美丽平凡女演员的好丈夫,而这位女演员的风流韵事早已被我们那高贵总统之妻的特务机构摸得一清二楚。这位外交部部长先生在拜访和会见世界各地同僚时不断培养自己的品位,而等他一回国,还是只能对自己的顶头上司唯命是从。他的那些特权,我没有,也不眼红。他对党忠诚,所以获得了这些殊荣,而我没他那么上心,所以混成这番样子,这很正常。我没有趋炎附势地去拍尼古拉·奥斯特洛夫斯基和尼古拉·齐奥塞斯库的马屁。看他用东欧口音的法语在联合国大会上装腔作势地发言时,我也并不

---

1 人名,Romain Rolland(1866—1944),法国思想家、文学家,代表作包括《名人传》《约翰·克利斯朵夫》等。

2 地名,Constanța,罗马尼亚东南部重要港口城市,位于黑海海滨。

为之感到高兴。

我们那场文学讨论过去 30 年后,这位外交部部长做了一件颇令人吃惊的事。那会儿,他正在参观布加勒斯特国家图书馆的"书籍修复实验室"。当时各类书籍和报纸才刚刚修复完毕。这位重要的宾客进门时向实验室的女负责人致以了诡异而亲切的问候:"您的丈夫最近怎么样?"茹拉听了极为错愕,简短地答了句"挺好的"。显然,这位客人在来访前就已通过档案了解了这个女人和我的事。茹拉并不知晓我和他年轻时的故事,十分惊讶,这位部长解释了一番,连连称赞他那位多年前的老同学。他请茹拉向我转达问候,并希望我能送他两本最近出版的新书。书可以直接在出版社或书店买到,要几本有几本,这些出版社和书店同书本、作者和乔尔马尼亚那时所有的产品一样,都是国家的财产。两本?!为什么是两本?

这是一个为梦游者准备的神秘问题,我将其同自己一道放逐至远方,这个问题在那儿显得愈发荒谬。

工程学真的能在政治压迫和朽木之语面前保护我吗?标语口号、陈词滥调、威胁恐吓、表里不一、习俗惯例,还有那或大或小、或细腻圆滑或棱角分明、或多姿多彩或平白无味的谎言无所不在,它们在街上,在家中,在火车上,在体育馆,在医院,在裁缝铺,也在法院。痴愚已蔓延到了每个角落,让人很难保持免疫。

那么,内在灵魂是我们必须保全的唯一财富吗?这影影绰绰的内在真的有那么重要吗?灵魂自身不曾拥有遵奉主义和自满情绪?电气水利工程学起来绝非易事。刚进入这个专业的时候,尽管我还未正式开始学习,但已经预感到了课程的难度。最后这个专业的 120 名学生中,仅 27 人能顺利毕业。

初入陌生校园时我倍感兴奋,但马上就被泼了一盆冷水——学生食堂的午餐真是太难吃了。"茄子砂锅菜"和"黄瓜砂锅菜"算是当时的两道新菜,可没尝两口我便胃口全无,甚至有一丝"中毒、崩溃,在昏沉后又恢复平静"的感觉。我的胃早就习惯了布科维纳的菜肴,因而十分抗拒首都的垃圾食物。开学初的几堂课弥补了最初遭遇的不愉快,特别是数学,那用数学语言表达的理论公式是那样新鲜有趣。然而,不久后开始的技术类课程难得令人生畏。

我寄宿在一位老妇人家,她在桌子与沙发间的缝隙中安了一张折叠床用来睡觉。之后,我找到了更热情好客的主人:大学中心图书馆、阿尔鲁斯图书馆以及外国文化交流研究所的图书馆。每当夜深人静之时,我都会进入其他领域的阅读世界,从而远离水力学、建筑静力学或是钢筋混凝土。

结果可想而知,我的成绩逐渐滑向班级中游,而后一落千丈。我应该彻底远离这条路,放弃我的学业吗?母亲痛心疾首地命令道:"这毛病得赶紧改。"绝对赤诚的母爱⋯⋯然而,父母看起来正对家里的经济问题感到忧心忡忡。我很清楚,赤诚之心往往同现实和令人恐惧的情感并驾齐驱。后现代心理学为这种危机提供了清晰的疗方:有时,父母可能会摧毁你的生活⋯⋯他们摧毁了我的生活,也许同时也击败了我的情感疑虑,也就是我这个人本身?幸运的是,无论我们错过了什么机会,生活每时每刻都在进行自我摧毁。

在专制之下,人文学科的学习会是另一个明智的选择吗?家人们告诫我不应轻举妄动,我也没什么能够反对他们的理由。《十诫》曾驯服了我的那些祖先,流亡和犹太人区强化了谨言慎行的规则。活力和勇气只能在满溢出来的内在灵魂间找寻自己的容身之处。

"他们摧毁了我的生活?!"⋯⋯然而,基于解体的构建在现实中并不少见,无论何时,无论何地,政治因素绝不是单独存在的,即使是在一个独裁的政治体制之内，也会存在难以预料之事。

1959 年，我从水利工程系毕业，而后就被送到了"社会运输机"的传送带上：实习工程师、项目工程师、建筑总负责人、主要项目设计师、首席研究员。我日复一日地做着一样的工作。如此循环，年复一年。

在这样浑浑噩噩地过了 14 年 3 个月零 16 天后，我终于抛下了自己扮演的这个角色。

难不成我的本性打小就让我对外部环境充满抗拒，只愿在母亲的胎盘上逗留，不肯离去？后来，我在不同的场景中让自己像木偶一样伪装起来，在身份的不停切换中慢慢发现那个真实的自己。可能在某时某分，我还会揭下自己伪装的面具，背叛原本的那个自我？慢慢地，我就会疲于应付这样的折磨和模棱两可的毒药。信仰、政绩、事业和婚姻除了在双重人格间将人来回撕扯从而绑架真实的自我之外，简直一无是处。

命运不止一次地朝我扮鬼脸。大学的最后一年，我再次遇见了先前的那位对话者——斯特凡·安德烈。那时候，他已荣升为地质地基系的助理教授。这虽是份清贫的苦差事，可他也只是假装"学究"罢了，这职位不过是为他重归政坛做的铺垫。当时的居住条例规定，除了在布加勒斯特长期定居的公民外，谁也不能在首都工作，外省人更没有权利迁居至首都。我虽然和安德烈一样来自外省，但我没有他那样过硬的后台，所以没法克服工作上的这道障碍。念高中那会儿，当我决定从政治活动中抽身时就有人这样对我说："你本有机会取得非凡的成就，却选择回归那众人都难以逃离的平庸。"1959 年，当我决定离开首都，回到我那风光秀美的家乡布科维纳，或许也有人会说类似的闲话吧。

六年后，我通过了一项职称考试，要重回布加勒斯特工作。恰好那时"自由化"刚刚起步，对外来居住者放宽了条件。但我还是需要出示一个证明，证明我拥有至少八平方米以上的住所，这是当时乔尔马尼亚针对合法居民身份所提出的基本条件。布加勒斯特的犹太社区给我办了一个证明，说我当时住在前犹太社区举行仪式用的一个公共澡堂里……

命运似乎也在庆贺我成功定居的胜利——卡夫卡《审判》一书的罗语版出版了！这一消息来自我的高中同学利维乌·奥布雷加[1]，他是出版这本书的最初发起者之一，这小子当时混迹于首都的文化圈里，城里很多书商都会定期向他透露此类活动的小道消息。我当时工作的研究所就在"学院书店"附近。我记得那个春日早晨约莫七点来钟，就有人在书店门口排起了长队，那时距离书店开门可还有整整一小时。

我在上班路上看见了书店门前排队的第一批顾客。于是，我在签到簿上签完名后就请了两个小时的事假，也没细说原因，不想引起同事们不必要的猜测。平时，我那些只读《体育报》的工程师同事们对我看的古怪报纸、杂志和书籍就颇有微词。

那些年正赶上政策"放宽"的时候，新兴的出版物和译著层出不穷，但面对庞大的需求，这些刊物的发行量还是杯水车薪，你必须在确定的日期和时间排上这些买书的队伍，才有可能得到一本新

---

[1] 人名，Liviu Obreja。

鲜出炉的普鲁斯特、福克纳[1]、洛特雷阿蒙[2]或是马尔罗[3]的著作。利维乌·奥布雷加面色苍白，腼腆内向，待人彬彬有礼，却很有谋略，他总能在合适的时间出现在恰好的书店里，当然不只他，整个阅读圈的那些狂热书迷们都这样，其中有许多我认识的老面孔，还有些我看不惯、装作不怎么熟络的人士。

同一时期，我的第一本散文集正式面世。也正是那时候，我被招进一家顶级工程研究院——邱雷尔水利实验室。要知道，我在之前因为自己那倒霉的人事档案曾多次被这家机构拒录。1969年，我成了这家学术机构那时候最年轻的首席研究员。为了让这个职位看起来名副其实些，他们后来还给了我一个博士头衔。我的坑蒙拐骗行为在那时可谓是登峰造极了。所以……后来，我进了一家精神病院。这可能是对我这令人怀疑的职业成就所下的最合适的定论了吧。

自我大三企图跳出既定路线的那一天至今，已过去了将近20年！这一表象我已维持了太久，个人的相关表现也被记录在了精神病医师的诊断报告中。那么，我那些同胞们表里不一和政治欺诈的做法又该如何处置呢？大型政治假面舞会后的精神错乱同此相似，"职业"失调症看起来没有那么严重，只是虚假世界中虚拟人士的精神分裂症。得了这病后，会有一个人将你替代，那个人不是你，却植根于你的灵魂中。这或许就像莫迪利亚尼[4]那"可延伸"的肖像画一般，被

---

1 人名，William Faulkner（1897—1962），美国意识流文学代表人物，1949年诺贝尔文学奖得主，代表作《喧哗与骚动》。
2 笔名，Comte de Lautréamont，原名 Isidore Lucien Ducasse（1846—1870），法国诗人，超现实主义的先驱者，代表作《马尔多罗之歌》。
3 人名，André Malraux（1901—1976），法国小说家、评论家，代表作《人类的命运》。
4 Amedeo Modigliani（1884—1920），意大利著名画家，擅长使用柔韧、巧妙、富有旋律的线条进行创作表达，代表作有《裸妇》《系黑领带的女子》《仰卧的裸女》等。

格罗兹[1]或是迪克斯[2]发展壮大，呈现出绵延、旋转而相互纠缠的意象？

你在意想不到的瞬间失去了控制。可能是你"觉得"自己失去了控制，也可能是你完美地虚构了那样的状况。现在，你终于可以凭医院的证明回家，将自己送回房间，送回牢房，送回那与世隔绝的棺材中。反正一切费用都算在国家头上，多么慷慨！

学习工科真的能保护自己吗？即便无须忍受审讯、关押、集中营，也无须被关入进行"再教育"的监狱殖民地，即便只需日常生活中故作浑浑噩噩，耍些无伤大雅的小花招，我也不得不承认这只是在相对意义上的保护，且代价高昂。堕落裹挟的庸碌已浸透了生活，没有谁能逃过痴钝的荼毒，没有什么能完全由人抵御住的疾患。然而，作家、艺术家和无数无名者一直生活在贫穷和不定的风险之间，无视着大脑粉碎机的存在，并没有出于寻求庇护的目的而成为一名工程师。

工程学是否消除了我的茫然与焦虑？又是否消除了我对细节的执念呢？

如果不是学习工程学，我就不会接触到如今这般形形色色的人和事物，不会拥有这些无价的收获。但与此同时，我也付出了不可估量的代价：时间。

然而，没有什么错误值得被高估。我们对另一种生活总有过于美好的期待，无论何时，无论何地。工程学是苦役吗？那么，亲戚、

---

[1] George Grosz（1893—1959），达达派画家，大学毕业后为幽默杂志画讽刺画，反映现实生活。1911年开始发表作品，用讽刺的笔法描绘柏林的夜生活和社会的阴暗面。战后，用漫画揭露专制政、腐败的社会道德面貌及战争的残暴、恐怖。
[2] Otto Dix（1891—1969），德国画家，早期涉足印象派、立体派，而后转向达达派以及现代主题，开始使用一种相对更为写实的处理手法，常在画中揭露毒气和阵地战的残忍。二战后，迪克斯开始使用明确的表现主义进行创作，其代表作有《大都市》等。

疾病、朋友、爱人所带来的苦役又当如何？此外，由憎恨敌人的心绪而衍生的苦役又该如何处置呢？

我 18 岁时曾对这份平凡的职业寄予诸多希望，其中有一条便是保护我不受自身的侵害。这个愿望自始至终都未曾实现。感谢上帝，工程学没有将我治愈。

佩里普拉瓦[1]，1958年

当他身穿囚服突然出现在我面前时，我一时并未认出他来。他骨瘦如柴，面色苍白，剃光了头，手中拿着帽子，耷拉着脑袋。他默默来到我对面，同其他犯人一样坐在长窄条桌的另一侧。卫兵在桌子两头监视着一切。我们有十分钟时间，而我带来的包裹只能等探视结束时才能在卫兵面前打开。

他低着头，等待着自己想听到的苍白话语，但他没有等到。于是他抬起头，孩子气地朝我微笑起来，红肿的双眼中充满恐惧。他深深凹陷的眼袋紫得发黑，双唇焦黑肿大。即便如此，他还是极力让我相信自己身体健康，这里的一切他都能应付过来。尽管工作又脏又累，环境炎热难耐，但他都能妥善应对。父亲还是微笑着，笑容中带着感激之情，像是孤儿重新找到了能照顾自己的双亲那般。

他那时50岁，虽不算老，但在经历了那一连串悲惨而肮脏的事

---

[1] 地名，Periprava。

件之后,看着很是沧桑。1958年春天,我22岁,上大学四年级,还只是个懵懂的年轻人。那一刻的重压使我陷入瘫痪。我不敢挑战当时的规定,不敢走到桌子的另一边,一把将父亲拥入怀中,然后像安抚一个小婴儿般地安慰他,甚至连允许说的那几个词我也说不出来。

他问了些关于母亲的事,我没有立即回答。事实上,母亲因为父亲的罪丢了工作,现在只得在一家罐头厂做临时工。她每天都要拼命工作十小时,终日在几个大盆上弓着身。那些盆中装着辣椒、土豆和黄瓜,她得用手利索地将它们切成薄片。不,父亲不该知道这些,不应再让他因为这些事倍感焦虑,母亲下个月就会来看他的。对了,还有他期望已久的消息:律师说政治上的压力有所缓解,拘捕行动也放慢了节奏,"上面"的某个部门承认了自己滥用职权。趁卫兵没注意,我往桌对面微微倾过身去,小声说道:"律师的兄弟是高级法院的一位检察官。"这意味着上诉可能会成功,不公正的判决将被推翻。

他才剃过胡子的脸庞和身上褶皱不堪的囚服形成了鲜明对比。曾经,大伙儿总能从他的衣着上看出他谨小慎微、古板制式的个性。而现在呢,这囚服里套着的却是一只虱子,就像他刚到德左的那几周一样,他曾惊恐地在自己洁白的衬衣领上发现一只虱子。"这样的人生不值得过,不值得。"他似乎被这样的羞辱击溃了,垂头丧气地说着,准备随时举手投降。"不是的,人生值得过,你得好好过。"我的母亲一听他这话赶忙安慰他,告诉他只要能幸存下来,人生就值得过。她试图给予他勇气,向他一再保证,之后他还能重新穿上干净整洁的白衬衫,但他却仍一言不发。

他值得活下来吗,值得吗?他得以幸存下来,却又变回了那时的模样——变成了无尽长夜里漂泊在外的一只虱子。我懂那是什么感受,作为他的儿子,作为一只年轻的小虱子,我了解他的心绪。然而,我还是和母亲一样,许诺他重生后还能穿上整洁的白衬衫。

早在他被捕的几年前,他就被迫从苏恰瓦一家经营金属和化学产品的贸易公司的领导岗上退了下来。可他没有责备任何人,也没有做出任何解释,还是保持着他一贯严谨谦逊的做派,就连那些看他不顺眼的人也不得不承认这一点。后来,他只能在当地的一家食品分配机构当了个小会计。

"社会主义商业",那时似乎是一个自相矛盾的名词。商业,这个古老的职业,使人员和货物流动起来,体现了人的独立性、主动性和智慧。然而,国家间的贸易往来却又是另一番景象。所有物资都归国家所有,一切维持体制所需的供给都受严格控制。和国家其他的产物一样,国家贸易所需的不过是各个官僚机构罢了,最后连商业也成了牺牲品。父亲既无经商天赋,亦无营商经验,对商海里的钩心斗角、统筹规划和复杂的风险投资之道更是一窍不通。所以,他只能兢兢业业地当一名公务员,一如战前,他当时是私企里的模范职员。

"1947年,我们刚搬来苏恰瓦那会儿,我在集体合作社当售货员,负责供应合作社的集体物资。有一天,有个人突然找上门来向我们兜售柴火。领导问我怎么看,我觉得柴火的价钱和运输条件都挺合理。可是当时,我没有足够的现金用来支付。于是,我联系了几个熟人,想向他们提供过冬取暖的木材。那时候柴火还算个稀罕物,大多数人家取暖用的都是炉子。很多人都表示愿意预先付款,这样我们就筹到了一笔资金,得以用来偿付那个卖柴火的商人。合作社从这笔交易中捞了不少油水。后来,布加勒斯特的大领导听闻此事,就将我提拔为负责物资供应的一把手。这意味着我有权签署银行汇票，从此跻身合作社领导层。然而，这样的发展步伐在1948年9月戛然而止。那时所有的商业都收归国家所有，我被任命为当地金属、化工和建材贸易协会的会长。"

在玛丽亚丈夫瓦拉斯丘克的要求下，父亲也入了党，并成为商海中一颗冉冉升起的新星。他就像过去严守纪律的公务员一样，仍然一丝不苟、满怀热忱地行使着自己的使命，仿佛全然忘了自己在干的事究竟有多么荒谬。1953年斯大林逝世后，我和高中共青团书记、我的父亲和当地金属贸易协会领导，每天都在"分离"的窗口前来回徘徊。最终，我和父亲双双被解雇。

"后来过了一段时间，我向区里的一位入党积极分子打听了一下我为什么会被免职。他给我打了个比方，那是他原本打算以后才告诉我的事。希特勒统治时期，有一个犹太人慌慌张张地跑在街上，被另一个犹太人撞见了，于是就被拦下来问道：'发生了什么事让你这样六神无主地四处乱窜？'只见那人气喘吁吁地回答道：'你难道不知道希特勒刚下了令，所有长着三个睾丸的犹太人都得割去一个吗。''嚯，难不成你还长了三个睾丸？'那犹太人边跑边叫唤：'他们总是先割了再数数的。'积极分子说，'其实，这就是发生在你身上的事。有人匿名举报说，你免费给了人家一辆自行车。''怎么可能！我怎么会免费给人自行车？我也不卖东西，不过是协会一个管事的罢了。''你说的对，可没有人会去验证这封匿名信说的究竟是真是假。就算后来他们发现其实里头写的尽是一派胡言，那又怎么样呢，你能怎么办？'"

1958年，父亲尚是OCL食品公司财务部的领导，有一天却突然被拘捕。这是厄运，是诅咒吗？定期召开的全会常常揭露位高权重的敌人，出乎意料的战术转变将领导层搅得一团乱，在群众当中也引起不小骚动。这冷漠的大众需要愈发恐怖的事件才会有所触动。日常生活中弥漫的薄雾倏忽间化作血色斑驳的黑暗。不难想到，他们得揪一些"少数派"出来受大家监督。

结束了一天的工作，马内阿走进肉铺，没有察觉到任何异常。无形的绳线操控着木偶剧场的一举一动，木偶们如往常那般工作着，又在导演的操控下突然间摔了个嘴啃泥。父亲像往常那般走近柜台，屠夫正准备着给他的那份包裹。同 OCL 食品公司的其他工作人员一样，马内阿与他的"下属"屠夫之间有个不成文的习惯：他一般买肉都赊账，每半个月拿到工资后结一次账，所以一个月付两次钱。然而那天，控制木偶的牵线像是通了电一般震颤起来，勒住了受害者的喉咙。

接下来的场景按照剧本步步演进：屠夫将违禁物交给马内阿，马内阿收了下来。藏匿于暗处以及视野中可见的目击者各就各位，准备按照指令执行：该犯人事实上拿着的是炸弹。幕后，木偶操纵者拉扯着通了电的牵线，随后"嘭"的一声，滑稽的小丑在观众的掌声中又摔了个嘴啃泥。伪装成顾客的群演们将其现场逮捕，犯人意识到自己进入了第二幕：审讯。

紧急情况应对方案：次日早晨。审讯暂缓了一夜，并不是为了照顾被告者，而是为了让大众有一段缓冲时间。晚上没有演出，鼓手们在荒芜的广场上大声背诵着最近一次全会通过的官方举措。这些措施旨在提高当局的警惕性、控制力和监察度，揭露一切企图破坏国家建设的行为。律师满脸怯色，不愿同当局起冲突，支支吾吾地说出仁慈一词。他提起被告清白的过去：被告人从未有过犯罪前科，一直遵守国家规定的道德、经济和司法原则，兢兢业业、无私奉献。

被告坚持在法庭亲自为自己辩护。在得到允许后，他坚称自己没有任何滥用职权的意图。话音未落，一位长着鹰钩鼻的陪审员突然恶意打断了他的发言。罪人承认自己没有当场支付两公斤肉钱，但"厚颜无耻"的他还补充道，这微不足道的数额根本无法构成刑事犯罪。

人民法庭一片哗然。法官左侧坐着一位戴眼镜的陪审员，他气急败坏地打断了罪犯的话，延迟偿付不能被依法判为犯罪行为？只需罚点小款就能了事？这是曾经那些资产阶级的"律师小把戏"！

现场鸦雀无声，OCL 金属材料公司的前领导和 OCL 食品公司的现领导被判五年有期徒刑。闹剧仓促收场，犯人也立刻进入了第三幕——赎罪。

空旷的舞台上，密集有毒的灰尘倾斜而下。劳改营的入口处印着一排字。这次不是德国佬的那句著名审判——"Jedem das Seine"[1]，而变成了"佩里普拉瓦劳改营"。犯人的脸色如尘土般灰暗，身着土褐色制服。锄头、铁锹、手推车。烈日炎炎，狂风咆哮，笨手笨脚的卫兵用枪托顶着苦役们的后颈。

即便受冤屈者能察觉到其中不公正的地方，但这也不一定能减轻他的痛苦。事实上，除屠宰场之外，当局的所有机构都会定期向这个国家的花名册贡献几个人名。压迫者的非法行径和特殊权利一再加重着受压迫庶民肩上背负的苦难。

佩里普拉瓦劳改营用无休止的羞辱让人日夜不得安生。我眼睁睁看着父亲在我面前被羞辱得不成人样。他本是位会计，后来晋升成领导，最后却沦为阶下囚。他既不明白什么"放下即空"的哲学，

---

[1] 德语，意为"罪有应得"。

也不懂商人所谓的"实用主义",他只知道自己选择了人民希望他做的事业。我的父亲不是粗暴的世界统治者赫尔曼·卡夫卡[1],也不是虚构的布鲁诺·舒尔茨之父——伟大的魔术师和能即兴表演的"造物者雅各布[2]"。我知道,对他而言,比日夜劳动更煎熬又比这次重逢的喜悦更打击人的,是那里头不分昼夜的羞辱。他这一生不曾从"尊严"的束缚中成功逃离过。尊严,对父亲来说,就是其为人处世的第十一条戒律,他坚守这一信条,众人皆有目共睹。任何冒犯都逃不过他的眼睛,就算是幽默的打趣也不行。我太了解他了,知道他一旦受辱会做何反应。他穷其一生树立起正直诚实的形象,有口皆碑,而这好口碑中隐藏着亘古不变的一条就是"维持尊严",尽管他的这一信条常常弄得我火冒三丈或是感慨满怀。

虚伪的当局经常上演对同一类人的标准化讯问,这些人有:地主、银行家、犹太复国主义者、怠工者、牧师、将领、变成异端的党员或是美国的特务分子。

还有一些指控不为大众所熟知,但其施加的痛苦却并未因此被削弱半分。它们大多被列入"灰色地带",看起来似乎没有那么强的政治性,而事实上还是不可避免地与政治藕断丝连。这些莫名其妙的指控就像命运之神一样,可能冷不丁地就会在某个地方冒出来,落到某个人的头上。

虽然父亲接受了那本红色的党员证,但他并没有因此点燃自己的政治热情。他骄傲地认为自己就像所有平凡百姓那样,对那些病态的幕后操控敬而远之。隐姓埋名的传统存在以善良和体面为限,

---

[1] 人名,Hermann Kafka,作家弗朗兹·卡夫卡之父。
[2] 人名,Jakub。

他便只在其中找寻自己的尊严。在父亲看来，他自己就是那些不受史学家青睐的小人物中的一员……我们在佩里普拉瓦劳改营中断断续续地聊了几分钟，这些想法在我脑海中一一闪过。

我们聊天的时候受人监视，所以我没有将自己的这些想法告诉他。不过就我二人的关系来讲，很多事情不言自明。在外人看来他可能只是一副沉默不语和严守秘密的样子，但其实他是将自己禁锢在了一个孤独的自我里。如果他愿意将自己所受的委屈和愤懑表达出来，或许还会好受些，可他的眼泪并没有外化成美丽的乐章，而是全被憋进肚子里去了。毕竟，怨天尤人这个特性属于我的母亲。他很少谈及令他快乐的事情，更别说提起自己遭受的痛苦了，我几乎从未听他嘴里吐出过相关的只字片语。和母亲不同，父亲从不回忆在德左度过的年岁。因此，我总缠着他给我讲那时的故事，但从未成功。比如，我很想知道他是如何被一位看似友好的军官用皮带劈头盖脸一顿揍的。其实，他从未忘记任何一个细节，只是不愿说起罢了。有一次，我曾不小心提了一嘴，结果为这草率的行为后悔不已。讲述这些羞耻的经历就像那些经历本身一样让父亲感到受伤，感到耻辱。

羞辱意味着羞耻……我知道，我本不该看到现在所看到的这些——瘦削的面庞、颤抖的双手、囚服、囚帽。就像他从不愿谈起自己在德左法西斯集中营的经历那样，我相信，日后他应该也不会谈起在佩里普拉瓦集中营中发生的一切。而我恐怕也得等他去世后，才能重提这段和他在集中营的会面吧。

我，虱子的孩子，或许那时候就应该对同样是虱子的父亲说："算了，我们走吧。我们离开这儿，尽快动身，从这非人的地狱里逃出去，快，让我们一起走吧。"离开，离开，我们没有非得待在这儿不可的理由。曾几何时，阿列尔也曾在祖父的书店里这样呐喊过，可惜无人倾听。1947年冬天的暴风雪里，我也发出了同样的呐喊，可还是没人理会。在接下来的几十年时光里，这呐喊就如同梦呓一般时常回响在耳畔，可惜那时候，连我自己也不再能听到了。

头天下午，我乘火车从布加勒斯特抵达佩里普拉瓦，这个尘土飞扬的罪孽审判所就位于伯勒甘[1]与多布罗加[2]之间。春日的烈阳炙烤着大地。一下火车，飞扬的尘土像是要将人吞噬般，我的口腔、鼻孔、手指、眼睛和衣服无一幸免，每往前迈一步都能激起一朵尘土云。没一会儿，我就望见了远处如蚁群般密集的囚犯。他们身着土褐色的制服，像是黏土捏成的微型昆虫，不断刨着地。一部分人将挖出来的沙砾装到手推车或是小木车上，而后卸在堤防脚下，由另一批人用木板条将坡面压实。在他们之间以及瞭望台上到处都是全副武装的卫兵。这是一个埃及法老式的灌溉工程，整片土地像古埃及那样被分成了小块。在地平线另一侧还有另外几批苦役，他们在齐腰深的烂泥潭中躬着身，忙着收割芦苇并把它们扎成捆。

天色渐晚，我得赶紧到附近的村庄找个地方睡一晚。透过飞扬的尘土，我勉强分辨出有一群村民正站在自家门廊上，漠然地望着聚集在大街尽头处的一群陌生人。他们很快自发地聚在一起，交换起自己听到的准确信息和流言蜚语。我走到了距他们几步远的地方，听到他们在说什么，但并不想参与讨论。

不知何时，一个衣衫褴褛的女人走出了人群。我或许在她走近时无意间表现出了自己的惊愕，让她以为我有什么事情想问问她。

---

[1] 地名，Bărăgan，位于罗马尼亚东南部。
[2] 地名，Dobrogea，位于巴尔干半岛东北部。

这位身材丰满、长着雀斑的年轻女人张口就问我从哪儿来,到这儿来看谁。明天她要去探访自己的兄弟,他曾在那"著名"的对外贸易部阴谋团体中接受审判。那是一场为了政治利益而启动的审讯,满篇假证,最后一份残酷的集体裁决书扣在他头上,这一集体性也决定了他无法以个人身份再次上诉。这场灾难似乎摧毁了她所有的克制力,将她带至此地,带至世界的尽头。她飞快地讲述着这些故事,低沉的嗓音中夹杂着一丝哽咽。

我们离开了那群村民,沿着曲折蜿蜒的乡间小路向前走。她看起来有些神经质,时不时地摇晃自己的大脑袋,或是往肩上提一提大衣,仿佛感受不到这炎热的天气。在她整理自己的披肩时,我看见她的头发浓密而蓬乱,像一顶用银丝编织的王冠。路上,她谈论着自己要见的兄弟和家中的那个兄弟,还谈到了她的母亲。可怜的老人在得知判决之后中了风,如今仍瘫痪在家。

我再次问她对劳改营有多少了解。"邪恶!邪恶!"她歇斯底里地重复道。她问我是否听说过位于皮特什蒂[1]的监狱,在那里每个囚犯都被自己的狱友轮番折磨,被折磨者最终都成了折磨者。还有多瑙河至黑海的水渠,成千上万未曾被粗暴杀害的犯人却在最后葬身在那里。佩里普拉瓦必然是后斯大林时代劳改营中最可怕的一个!给犯人吃的东西同泔水无异,犯人在卫兵们的吼斥中从早到晚无休止地干着活。肮脏邋遢的棚屋人满为患。他们每天都要完成规定的土方挖掘工作——简直野蛮!那些不习惯干重体力活的人,还有那些不再年轻的老人,有时会在这酷刑现场一命呜呼。四季流转,暑去冬来。冬日凛冽的寒风从不会手下留情!

---

[1] 地名,Pitești,罗马尼亚南部城市。

她就这么一刻不停地发泄着自己的情绪，但我已听不进她说话，满脑子都是次日早晨即将发生的那场见面。如今父亲会是什么模样？他此时此刻也一定念着我们明早的相见。我又该对他说些什么呢？我该承诺他一定能渡过这场劫难吗？既然他能在集中营里幸存下来，这次也一定能渡过难关吧？我该告诉他如今世间正是艰难岁月，无辜的人们也正被迫接受荒谬的间谍审讯吗？残忍的审讯者或许还会就他们那些资本主义世界的亲戚、犹太复国主义分子或天主教徒们盘算的阴谋进行质问……这些愚蠢的行为能为他带来一丝慰藉吗？

我沉默良久，这个陌生女人或是对此感到诧异，终于停止了喋喋不休。她告诉我，这里的村民在出租过夜的房子，但我到时候得起个大早，才能确保准时到达囚犯们居住的棚屋。说罢，她就离开了。我没有将她说的每件事都听进心里。我脑子里只想着次日同那位囚犯的见面，毫无片刻停歇。

第二天早晨，我终于见到了他。他的面庞被劳改营的尘土和狂风摧残得满是褶皱。我心中满是疑惑。现在，我该同他说些什么呢，该说些什么才能消除那阻碍我们交流的尴尬？该喊些代表希望的口号吗，还是讲些尽人皆知的套话呢？

我甩了甩脑袋，决定直接开口，让情感自如地宣泄而出，可另一边，我的思想却仍纠缠着陈词滥调不放。"你的案子会被打回重审。我大学也毕业了，这样你就能离开这鬼地方，然后结束一切。让我们走出这死胡同吧，就像亲朋好友义无反顾地离开这里那样，赶紧走。"我没说什么鼓舞人心的话，也没撒半句谎。只是觉得那时的自己不在状态。不知是什么强大又不可名状的东西，让我半天说不出话来。

"我要亲自把自己的腿绑在桌脚上，就像你之前对我做的那样。

直到现在，我才明白你之前想让我领悟的道理：自由和俘获，毋庸置疑是一组反义词，二者各有代价。"这些话几个月前还在我脑海里挥之不去，那时候我还不知道不幸之神正在暗中窥视着我们。自负的人总有过甚的需求，我宁愿把自己如俘虏般的境遇想成另一种自由，将自己看作是某一语言的子民而非某个国家的子民！当然现在我肯定不会再拿这些天真又自我的想法去叨扰业已被困的父亲了，就算想离开，我们暂时也没那能耐。我试图彻底斩断过往的"特兰斯尼斯特里亚"与当下"佩里普拉瓦"间的关系，但时至今日，我仍无法就此做出承诺，这令我感到极度歉疚。

　　我沉默着，羞愧得就要透不过气来，或许我生来就不配拥有什么奇迹吧，只能和父亲面面相觑，任沉默在我俩之间蔓延，而我们四目相对，眼神游离。在这之前，我们进行过一段简短的对话，他像一个试图为父母鼓劲的孩子，不断向我提问，而我则茫然无措，只好用长辈的语气予以回答。

　　父亲形容枯槁，面无血色，垂头丧气地坐在我面前，瘦得像道影子。桌上是他那双常年从事会计工作的小手。或许是长时间拿铁锹干活的缘故，那双手上长满了水泡，还褪了皮。他见我盯着看，难为情地赶忙将手收了回去，局促不安地将它们紧紧贴在桌面上。我发现他的手背和手指上还长着金色的细毛，间或夹杂着几根白色的，指甲和以前一样被精心修剪过，但修得并不整齐。谁知道他在没有剪刀的情况下是怎么剪的指甲。突然，哨兵大吼一声让他起身，他像被电击一般从凳子上弹了起来，接着飞速窜入出现在一旁的囚犯队伍，列队离开。我看见他和队列中其他人一样，将包裹夹在腋下，拖着如铅般沉重的步伐，一步一步向前走去。他们就像一个个提线木偶，人性深处的恐惧和他们曾所犯下的罪过俘获了他们的身心，完美操控着他们的一举一动。两位荷枪实弹的哨兵一声令下，他们就如机器人一般迅速列队，随时准备离开。此情此景，让我对再次见他不抱有任何希望。

然而，我最后还是见到了他。和先前发生的那些可怖场景不同，父亲的案子终究还是得到了再审。只要能够重新开庭，那么对我那一辈子为人谦逊的父亲来说，何时都不算晚。在法庭上，父亲的刑罚从五年有期徒刑缩减为截至庭审时他已经在佩里普拉瓦度过的十个月监禁。法院采取了减刑而非撤销刑罚，主要是为了掩饰自身曾犯下的"司法错误"。对诸如父亲这样的蒙冤者，当局从未想过给他们提供某种补偿，毕竟这些曾经被监禁的囚犯也归这个国家所有。

公务员

父亲，无论是扮演领导的角色还是家长的角色，永远都严厉而独断。他火冒三丈时难以被劝阻，态度温和时也不易察觉，且极为少见。他向来讲究公平，从不说谎，即使有时谎言才是解决问题的最佳途径。

胆小而善变的母亲思考细致，有时还能在工作上给他提点建议。她对事物直觉敏锐，美中不足的是她不懂如何拒绝他人，因此常常情绪多变、精神低迷，前一秒还在责备别人，下一秒就开始自我责备了。她以前是家中最受宠的女儿，如今也同娘家人和曾经一起生活过的人们保持着密切联系，而这一关系让她又爱又恨。母亲渴望被爱和赞赏，行事主动，擅长社交，为人热情，是坚定的宿命论者，一方面对奇迹、善良和感恩深信不疑，另一方面却总是沦为失望与崩溃的受害者。她试图强加给儿子的那些禁令和处罚似乎有些荒谬。她常常要求丈夫管教孩子，但在他过于严厉时又会连忙叫停，这样的情况不在少数。直至生命结束，他们的夫妻关系也没有改变其中任何一人。

只身一人的童年和后来在社会上的打拼塑造了父亲,也解构了父亲。尽管父亲不像母亲那样出生在布科维纳的边界,而是出生在弗尔蒂切尼附近的摩尔多瓦,但他几乎就是一个典型的"布科维纳"人,理智、孤独、谨慎、沉默、含蓄、自爱、细致、谦逊,身上有一种一成不变的,甚至可以说是悲哀的羞涩拘谨,在面对他者冒犯时会演化成恐惧。他喜爱一人独处,行事谨小慎微,不愿打扰他人。他极为珍视并时刻展现着优雅、审慎和自尊自爱的风度,即使在极端的情况下亦是如此。

审慎,或许也意味着低调的生活。总有一些细微的迹象透露着他身上的这一双重性,而他的妻子若是察觉到了这一点,便会惊慌失措或是火冒三丈。她会劈头盖脸地斥责自己的丈夫,但他既不抗议,也不否认,只希望这件事能尽快被忘记,重新回到它原有的模糊状态。

父亲的写作风格同其性格一样谨慎,既没有抒情的表达,也回避激情的抒发。"我 1908 年 6 月 28 日出生于莱斯佩兹[1]小镇,当时属于巴亚县。"这就是他那《自传》的简明开头。这份自传只有几页纸,因为它不是 1949 年时罗马尼亚人民共和国每位公民都得写的档案,而是 40 年后父亲在儿子恳求下所写的文字。20 世纪 90 年代时,父亲不再是领导,他的儿子也不再是少先队队长。我们同曾经生活过的城市相去甚远,彼此之间也相隔遥远。

"5 岁那年,我开始上犹太小学[2],在那里初步习得犹太字母表。7 岁时,我进了莱斯佩兹的一所犹太人学校。在那里,我学了意第绪

---

1 地名,Lespezi。
2 原文为 Heder,一般使用希伯来语进行教学。

语和罗马尼亚语。1916年，我的哥哥阿龙被送上前线，我的父亲被征召入伍。1917年暴发了一场斑疹伤寒流行病。母亲于那年去世，我只能与比我小3岁的弟弟努克相依为命。9岁的我不得不担起照顾弟弟的责任，这样大概持续了一年。随后，我的一个姨妈，母亲的姐妹，从雅西县的鲁吉诺阿萨[1]赶来，将我俩带去与她一起生活。那时年仅6岁的努克开始在一家食品店当售货员，食宿都因此得以解决，而我则继续上学。父亲退伍后，他娶了来自苏恰瓦县利特尼[2]的姑娘丽贝卡。我在鲁吉诺阿萨待了一年时间，完成了小学的学业。那里也有一所犹太小学。得益于先前在莱斯佩兹学的很多知识，我在那儿被评为最优秀的学生。"

自传中记述自己为人父，成为公务员和作为犹太人的部分也延续着同样的文风：

"在鲁吉诺阿萨待了一年后，我回到了莱斯佩兹，那时我才发现父亲娶了我的继母。我偷偷去帕什卡尼中学学习，但我不上课，只考试。接着，我又在弗尔蒂切尼上中学。为了谋生，我一面上学，一面给小学生补课。毕业后，我在莱斯佩兹玻璃厂找到了一份工作。后来，厂里的总会计师跳槽去了伊茨卡尼的糖厂工作，把我也带上了。自此，我整日同工程师、技师还有经济学家为伍，开始过上了更为体面的生活。糖厂还有个食堂，由用餐的人轮流做饭。每次轮到我的时候，除了常规饭菜，我还会给大家准备些甜点和腌菜，因为我从小就学着打理家事，很会做饭。1930年，我应征入伍，服役于弗尔蒂切尼第16步兵团。退伍后，我又回到了伊茨卡尼，重新开

---

[1] 地名，Ruginoasa。
[2] 地名，Liteni。

始在糖厂上班,每月能领到一份不错的薪水,基本什么东西都能买,那会儿我对生活很是满足。在被流放之前,我一直在伊茨卡尼的这座工厂里工作,大伙儿都认为我是一位出色的管理者和尽职的会计。那时候,一到每年夏天的圣伊利耶节,弗尔蒂切尼就会举办一场盛大的集市,几乎全摩尔多瓦地区的人都会来。我每年也都会抽个周日去逛逛这个集市。1932年,我在从集市回来的路上搭了一辆公交车,车上我和一位年轻的女士聊了一路。她和弗尔蒂切尼的里梅尔太太长得很像。据她说,自己家在布尔杜杰尼,与父母同住,其父是里梅尔太太的兄弟,经营着一家书店。我纯真的爱情就在那时候正式萌芽了。大约有三年吧,我每周日都会去布尔杜杰尼看她,然后搭一辆马车,披着夜色回到伊茨卡尼。1935年,我俩结婚了。那家书店看起来经营得不错,但其实没过多久就入不敷出。当时我重新回到伊茨卡尼的糖厂工作,于是没能顾上岳父母的这家书店。后来,玛丽亚也过来和我们一起生活。1936年,我们生下了你,我就这样成了一个新手'阿爸'……这样的正常生活在1941年10月走到了头——我们被集体流放了。"

"阿爸!"虽然这个孩子已经快三岁了,但他仍旧如此呼唤自己的父亲。

关于家中大事,父亲只简单提了提其中一小部分:"1939年,我弟弟努克的夫人阿努扎[1]因心脏病发作去世了。发病时,她突然倒下,手里还抱着她年幼的女儿。我请厂里的人把我安排进了一个访问团,好一起跟团前往罗曼[2]参加她的葬礼。简妮塔那时候还在博托

---

1 人名,Anuța。
2 地名,Roman,罗马尼亚东北部城市。

沙尼，我们什么也没告诉她。1939那年，铁卫军的实力已经不可小觑，排犹主义风头正盛。简妮塔想通过从边境偷渡去苏联的方法救我们，但我没同意。待我从罗曼回来后，简妮塔什么都知道了，于是我决定：我们先把小姑娘接过来抚养，先撑到弟弟努克再婚再说。我又前往罗曼去接鲁蒂。到了那儿，我发现鲁蒂过得很不好，一副营养不良的样子，住的地方也脏乱不堪，一看就没有人关心照料她。她的祖父母已是风烛残年，对她是心有余而力不足，而努克压根不关心家事。我把她领到了伊茨卡尼。玛丽亚先前在布尔杜杰尼服侍公婆，现在也回到了我们家。还有我姐姐克拉拉[1]也来了我们在伊茨卡尼的家。吃饭的时候，我负责喂你，克拉拉负责喂鲁蒂。玛丽亚也对她视若己出，照顾有加，她很快就长成了一个亭亭玉立的大姑娘。可这样的正常生活终究在1941年10月我被流放那天走到了尽头。"

接下来的1939年，母亲想通过投靠苏联国际共产主义把大家从罗马尼亚铁卫军的魔爪里拯救出来。那一提议要真能实现的话，或许我们还能在特兰斯尼斯特里亚以外的地方来个免费旅行，但没过多久，我们就被铁卫军的那位前幕僚、自封"大统领"的安东尼斯库遭送到了特兰斯尼斯特里亚。和其他许多人一样，我们或许还会去那个唤作西伯利亚的著名景点走一遭。最后，红色的乌托邦主义还是靠自己的力量将诸如"无产阶级专政"的理念从俄罗斯传到了罗马尼亚！1949年时，我们对这红色乌托邦的好处还不甚了解，但已经有了些许苗头：1939年时对红色承诺满腹怀疑的父亲也走上了共产党员的成长道路（尽管他仍心存芥蒂），而他的儿子也戴上了红领巾，成为一名光荣的少先队员，并坚信新世界的未来将充满光明。

---

[1] 人名，Clara。

然而，那危机四伏和战火纷飞的年代留给我们的教训从未被忘却。无论是10年后，还是50年后，关于流放生活的记忆一直在我脑海中挥之不去。我父亲那简明扼要的自述也证明了这一点："那时我正在收拾家里的东西，但我在糖厂认识的宪兵队队长却告诉我根本没必要，因为我们得徒步走很多路，只能带两个小孩。于是我把那些东西都留在了家里，背个包就走了。于是阿爸我一手拉着你，一手抱着鲁蒂。不过，我还是带上了为买房子攒下的16万列伊。我们挤在运牲畜的车厢里，里头挤得水泄不通。行驶缓慢的火车开了好久好久，白天，黑夜，又一个白天。终于，火车在一个漆黑的夜晚停了下来。我们在一个叫阿塔基的小镇下了车，附近就是德涅斯特河。接着，袭击开始了。许多人遭到了罗马尼亚士兵的抢劫，还有一些人被扔进了德涅斯特河。我们的邻居拉科瓦尔[1]，伊茨卡尼火车站餐馆的老板，就是其中之一。早晨，我们得在银行窗口开放的时候把钱都换成卢布，40列伊换1卢布。一位友善的罗马尼亚军官悄悄建议我们不要现在换钱，应该等到了河对岸再换，那里的汇率是6列伊换1卢布。这个建议算是暂时救了我们一命，但这点钱没能支撑多久。你母亲为了把你姥姥和姥爷带到莫吉列夫来花了不少钱。我们从阿塔基又是坐船，又是走路，又是坐马车，花了一整天才到了莫吉列夫。那对老夫妇留在了德涅斯特河彼岸的阿塔基。在莫吉列夫，我们六个人还是几个人的，住在一间没有生火的房间里。我什么活都干。薪水是每天一德国马克，这是规定。一公斤土豆得花两三马克。我们为了吃饭，卖掉了手表、戒指和衣物。后来，我们

---

[1] 人名，Racover。

到了温迪切尼[1]村的一家糖厂。那群罗马尼亚士兵中有个人曾在伊茨卡尼的工厂工作,认识我这个人。有时,他会给我们带点面包、茶叶和土豆。玛丽亚就是在那儿找到我们的。她带着两只箱子,里头装满了食物和其他东西,但它们全被没收了。即便是在那种困顿的环境中,她还是与我们一同生活了一段时间,既要照顾得了斑疹伤寒的祖父母,还要照看简妮塔和鲁蒂。那时,人们愿意用一枚金戒指去换几片匹拉米洞[2]或是一块面包。只有阿爸和你没生过病。1942年冬天,你的外祖父老阿夫拉姆死了。三周后,那位老妇人也走了。在温迪切尼有个穷凶极恶的官员,简直是头怪兽,用尽各种手段折磨我们,欲将我们摧毁。接着,我们搬到了尤尔克乌茨[3]的一家酒厂。米娜·格劳尔,丽贝卡的女儿,跟着我们一起过去了。"

故事让人紧张得屏气敛息,并向我传达了一个新词——"离婚",但它的叙述方式却显得很苍白,像是一个随意补充的细节:"米娜·格劳尔,丽贝卡的女儿,跟着我们一起过去了。"就凭这么一句话,很难感受到这背后暗藏着多大的冲突。丽贝卡是母亲的姐姐,但在这场冲突的阴霾下,丽贝卡这名字很多年来都是我们家中的禁忌。直到罪人米娜的姐妹贝蒂[4]死后,这禁忌才得以解除。那时,母亲二话没说就去了特尔古·弗鲁莫斯参加葬礼,也直到那时,双方才在通奸这件事上达成和解。

"军官把我叫到了宪兵队那儿。我认识他,他以前对我们也很好。他从抽屉里取出一根用牛筋制成的皮鞭,开始大声嘶吼着,一

---

[1] 地名,Vindiceni。
[2] 一种解热镇痛的药品,药效同阿司匹林。
[3] 地名,Iurcăuți。
[4] 人名,Betty。

边诅咒我,一边如野兽般用皮鞭抽打我的头。我的头很快肿了起来,以为自己就要死了。于是,我和你们一起逃离了那个村子,又回到了莫吉列夫。那是发生在斯大林格勒保卫战之后的事儿,当时德国军队正在撤退。苏联人进来的时候,我们试着和苏联军队一道行进,前往比萨拉比亚,罗马尼亚的边境。然而,苏联人把我抓了起来,让我加入他们的军队,还想把我送到前线去。我逃了出来,穿过森林,在荒无人烟的地方待了好几天。后来像发生奇迹了一般,我在一个名叫布里切尼[1]的小城找到了你们。"

他在写下这些文字的时候一直都保持着清醒,却用了"奇迹"这个词。要换作是他的妻子来写回忆录,早就不知道用了多少次这个词了。

"在苏联人占领布里切尼期间,你开始在那儿上一年级。有一天,你回家后说想跟表姐们一起上二年级。我去学校和老师商量了一下这事儿。因为你是个好学生,所以获准升入二年级。1945年4月,我们回到了弗尔蒂切尼。我们起先同里梅尔一家住在一起。莱亚·里梅尔是简妮塔的姑妈。后来我们到了勒德乌茨。依据停战协议,我们得向苏联运送牛和羊,我就在负责这些事务的地方当会计。那些动物需要喂养和照料,于是我雇了些兽医、助手和工人来忙活这些。农业还没有实行社会主义,罗马尼亚出口商帮着称那些牲畜的重量,想确保一切顺利,这样才有大利可图。不少生病的牛都得在那里待一段时间以恢复健康。当时,超过5000头牛和大约20000只羊被送给了苏联人,也就是罗马尼亚的新主人。这项业务一直持续到1947年4月。那之后,我们搬到了苏恰瓦。"

---

1 地名,Briceni。

这上面还记述了他在战后与玛丽亚的重逢,同她丈夫维克托·瓦拉斯丘克的会面以及后来入党的经历,语句的表达方式依然是那样简洁:"我先是作为'商品学家'在合作社工作,为农村合作社供应产品。1949年时,国有贸易诞生,我被任命为负责金属化工品和建筑材料的主任。"

他不喜欢谈论冲突、错误和失败,也避免模棱两可的言辞。在他行将就木之际,问他为什么从未提起自己的妻子以前结过婚,也不曾说起她比他大4岁,甚至对自己的儿子也守口如瓶,他毫不犹豫地回答道:"那有什么意义呢?"曾经的那个安全部成员在他逃离佩里普拉瓦后每周都会来骚扰他,在他找了个默默无闻的工作后还是一次又一次地逼迫他成为一个情报员,但倘若我问他是怎么沉默、平静而笃定地抗拒安全员的骚扰,直到他们觉得自讨没趣时,他也会用同样的话回答:"我们谈这个有什么意义?有什么意义呢?"

离开

1947年,父亲的妹妹兴高采烈地出现在我家门前,告诉我们她不仅为自己和丈夫买了离开的船票,我们一家也人人有份。可父亲却立马回她道:"我们才刚把行李拆开放好,没力气再打包一次了。"其实,之前从特兰斯尼斯特里亚回到故乡并不需要整理什么东西,1947年那会儿打包行李还能打出什么花样吗?父亲的言下之意是,他可不愿冒什么险。

因为各式缘由,"离开"这个词周而复始地光顾我的脑海。渐渐地,我也变得麻木起来。谁知在上大学那时候,它又出其不意地找上了我。这次,不只是因为佩里普拉瓦的闹剧,还因为我的一位好友要移民他国。

开学后不到两个星期,我和一位名叫雷鲁[1]的朋友就慢慢熟络了起来。他皮肤略黑,个子很高,体形瘦削,成绩优异,还是个疯狂

---

[1] 人名,Rellu。

的音乐爱好者。他喜欢数学、打篮球和听交响音乐会，似乎对文学也颇有兴趣。他知道我和工程学几乎可以算是八字不合，也知道我常年混迹于布加勒斯特的图书馆，不时同阿尔贝特女士那位风姿绰约的掌上明珠眉来眼去。他知道我对现实的不满和对未来的渴求，也理解我的怪性子，因此我们变得形影不离。他对周遭过分的敏感和避免复杂化的实用主义的确令人恼怒不已，可这些性格上的差异并不能将我俩分开，甚至他对异性的冷淡态度也不足以成为我们友谊升温的障碍。

1958年春天，雷鲁给我带来一个消息，令人五味杂陈：他母亲和姐姐决定移民以色列！二人已经搞定了移民表，还把他的那份也填了。他对事态发展之快感到不安。很快，他的学生身份和我们之间的友谊也随之受到影响。

我们就此发生了激烈的争吵。距离1947年12月的那个冬日似乎已过去了千载光阴。那一天外头冷得刺骨，国王突然宣布退位，我穿过雪原，飞奔回家，一路上不住念叨着："走吧，快，我们赶紧离开，马上动身。"战后我曾被理想的犹太复国主义吸引，但自从我迷上亚伯廷斯基的战斗精神后，它就不再对我有吸引力了。尽管如此，那时我依然极想飞奔去铁幕那一端的资本主义天堂，朝着福音的陷阱和自由的幻想义无反顾地绝尘而去。现在看来，这个想法多少有些庸俗了。当时的我对一切改变命运的幼稚企图都不屑一顾。我觉得与其只是变更所处的地理位置，倒不如直面这不完美的当下。

可我的这位朋友不仅开心地接受了"离开"的想法，还胡诌了几个完全站不住脚的理由糊弄我。他父亲在1941年那趟启程于雅西的死亡列车上消失了踪影。那时，犹太人们在大街上或是自己家中被拖拽出来，之后一并被堆在那辆不知驶向何处的死亡列车里，像沙丁鱼一样在货车厢里——紧挨着。这辆列车就这样在酷热的夏日里漫无目的地游荡，直至这些饥饿干渴的可怜人变成一具具干尸。

其实我对这样的事并不陌生。我的记忆也是在一节货车车厢里开始的。那车厢同样密不通风，还有哨兵严加看守。但和朋友父亲那辆列车不同的是，我的那班列车行驶路线明确：满载俘虏的这辆货车将在夜色中缓缓停靠在集中营里，将这些人倾倒在那个人类垃圾堆后离开。不过在我看来，雷鲁为自己的"离开"所编造的理由显得过于冠冕堂皇。自此，每当我听到那些巧言包装后显得悲惨无比的生平，我都一脸将信将疑。就连在佩里普拉瓦我也没浪费自己怯懦的把戏，我总为自己的胆怯编造五花八门的借口。

前往神圣之国的候选人们从前一天晚上就开始排队等候，以便第二天一早就能在移民局的窗口前拿到那份散发着魔力的申请表。流亡的部落再次移动了起来！它让我想起1945年时我们重返世界、重获新生时的美好回忆。记忆里童话般的声音和色彩，童话般美味的菜肴，还有从我那行事古怪的表亲里梅尔教授手中获得的故事书，这些细节再一次浮现在了脑海。我依稀记得里梅尔家中有一块大黑板，几乎盖住了整面墙，上面密密麻麻地写满了各类公式和字谜。在他家中我才明白，一户未受战火和集中营摧残的家庭收获的是何种平凡的快乐。每个人身上各有鲜明的特点，整个家中四处迸发着对生活的热情。清晨时分，彗星拖着它长长的尾巴照亮了所有人行道。那时的我宛如一只活蹦乱跳的小羊羔，每天早晨都像重新充满了电，精神抖擞地迎接新一天的到来。

就在我自得其乐时，那只无形的夜枭复又在头顶盘旋。电光火石间，它宛如一颗飞速坠落的流星，朝我所在的避难所高速俯冲下来。这个家庭本是那样生气勃勃、和乐安逸，不见衰老气息弥漫，不受死亡阴影纠缠。但我所以为的这一切，在刹那间变了样——我那在电线杆上工作的叔叔伊祖[1]被死神射中了箭，瞬间从高空坠落而亡。父亲这位最年幼的弟弟才刚出门工作没多久，当他在几小时后被抬回家时却已断了气。积雨云乌泱泱地堆满了天空，叔叔在潮湿的电线杆上受了那夜枭的无形袭击。据目击者描述，在上面工作的叔叔只抽搐了一下，便直直摔了下来。他只有17岁啊。尽管已没了生气，但脸庞和那些依然在世的人别无两样。祖父本杰明·布尤姆[2]，还有伊祖的兄弟阿龙和马尔库，一言不发，静静守着这位年轻人的棺木。

很快，夜枭的尖鸣再度响起。这次，它盘旋在祖父的头顶，长久地啼叫：老人倒在了夏日午后明澈的日光中。虽然，祖父布尤姆也年事已高……在孙子惊恐的目光里，这位老人突然倒下，向身后投下巨大的黑色阴影。我吓得一动都不敢动，仿佛被冰封在原地。这位高寿的老人毫无预兆地刹间从沙发椅上掉下来，瘫倒在地，我脑海中只剩下一片空白。时间在刹那间凝固，我恐惧得无法呼吸。这惊恐的一刻是那么漫长，直到我在餐柜上方的大镜子里望见祖母那只修长苍白的手时才回过神来。大家常在私下里说闲话，说这位老太太的年龄其实没想象中那么大。关于她年轻时作为一个继母对待鳏夫布尤姆和他三个孩子的方式，人们也总是议论纷纷。她向右拨了拨头发，后又直勾勾地盯紧了镜子！不消几秒钟，或许只过了一秒，她注意到了这灾难的发生，而后发出了惊恐的尖叫！

在镜子里，祖母的眼神和孙子相遇。只见镜中的她重新调整了自己过于拘束的面部表情，接着装模作样地粗重喘息并呜咽呻吟起

1　人名，Izu。

2　人名，Benjamin-Buium。

来。可在撞见她这厚颜无耻的模样之后,孙子同她的关系必是不复从前了。

先是这群人当中年龄最小的伊祖,再是年龄最大的布尤姆,他们都在刹那间消失了。接着,马马亚[1]也同她的女儿卢奇[2]、阿努扎和罗扎[3]一道,去往了遥远的死海。至于剩下的人,大卫、丽贝卡、阿龙、拉谢拉、雷切尔、露丝[4]、埃列泽尔[5]、米娜、莫伊塞[6]、埃斯特尔[7],他们带着自己古老的名字,在异国他乡的陌生面孔和陌生语言间迷走了数百年,而现在正重新走向他们最初的故土和最初的语言。那些名字的回音终将逐渐消失,一并消散的还有他们如雷贯耳的名声,商业与团结的精神,焦虑与坚韧的品性,神秘主义与现实主义,澎湃热情与明朗心境……这个名单还可以继续扩充下去,由那些人心中怀有的怨恨或是钦佩之情补充完整。在这些陈词滥调中,我又该处于什么位置呢?难道周遭的环境不光在他们身上阴险地注入了猜忌、窘困与敌意,同时也没有打算放过我吗?

我无法继续在同族亲戚的名字与声誉中感到自在,也不再觉得自己同他们那颠沛流离的流浪命运有什么关系。十年前,我在他们之中获得重生,而如今却与他们日渐疏远?事实上,当得知他们在远方的故土上安然无恙且自己与他们相距甚远时,我心中感到一片释然。与别人相比,他们的虚荣、急躁、沮丧、虚伪和花言巧语并

---

1 人名,Mamaia。
2 人名,Luci。
3 人名,Roza。
4 人名,Ruth。
5 人名,Eliezer。
6 人名,Moise。
7 人名,Ester。

不可怕,可我依然很庆幸自己能忘却这些,不再与之有任何关联。我没有任何理由反对他们离开,这不过是人之常情。当然我也不惮于承认这其实是一种解脱。

曾给我套上枷锁的喀迈拉,现在似乎已距我千里之远。地理空间的距离只不过是一种必要的保护罢了。

我那亲爱的朋友雷鲁怎么办?佩里普拉瓦呢?……雷鲁背起自己那流浪者的行囊,加入了由形形色色的梦想者和被驱逐者组成的队伍。许多人都急迫地想要离开如今身处的这座天堂,身上就挂一个装旧衣服的背包,这很好地定义了他们将要离开的这个僵局。回想过去,即便是在恐怖的战争刚结束时,都不曾有过这么多的人心急火燎地收拾行李离开。

相比为了领取食物、燃料或衣物而形成的普通队列,流浪者的队伍拥有另一种不同的性质,不过它们之间并非毫无关系。这些行囊里装载着流浪者的回忆、热情和焦虑,我对此一清二楚。

另一位目击者关于1958年10月的记录对我那模棱两可的文字而言或许是一种有益的补充:"起初,犹太人会在凌晨3点左右排队以提交移民以色列的申请表。后来,他们会在凌晨一两点甚至前一天晚上11点就开始排队。他们中有破产的小商人、无依无靠的留守老人,还有党员、部门的大小领导、国家中央机构的公务员,以及政治、军事及安全部门的干部。这些队伍给人留下了深刻的印象。尽管他们都是犹太人,但我心中却开始产生一种奇怪的感觉……"

这些文字出自作家N.斯坦哈特之手:"从口袋里拿出护照的动作像是个小魔术,也像是杂技演员的一套小把戏。或者,可以说是一个娇生惯养、令人嫌恶的孩子。我不玩了。我要妈妈。又或者可以说是一个赚得盆满钵满的赌徒站起了身来。我要回家了。我不玩了。

你把所有人都带到了舞会上，不断地挑唆他们，找了几个民间乐手过来表演，聚会的气氛也因此变得十分热烈。你的喊叫声充斥在每个人的耳畔，代表自己是他们中的一分子，然后你又突然背弃了这些人，留他们在原地瞠目结舌。再见，我们走了。诡计、骗局、欺诈、愚弄。任何头脑正常的人都会感到厌恶，有些或许会选择微笑。心地更为单纯的人则会在这无尽的宿命中争吵、怨恨或是诅咒。"

紧接着这段文字的是一段关于塞万提斯和背叛者犹大的叙述。显然，这代表着犹大及其共同信仰者们一直以来所象征的一种事物。

从中不难发现，那并非原初的原初从憎恨他人转向憎恨自己，反之亦然。或许当时的我对这些悲惨的细节并不具有免疫力，只是比这位未来的东正教教士表现得更为释然罢了。

犹太人斯坦哈特和他的一群知识分子朋友于1960年被逮捕，罪名是"密谋反抗社会秩序"，最后被判了12年劳役，剥夺政治权利7年，没收全部个人财产。这个犹太人自此获得启示，逐渐领悟了军团兵的英雄主义，那些人也是因为"阴谋"被囚禁于牢狱之中，只是军团兵没有那么聪明。同时，他还获得了基督教的启示，寻觅到了基督洗礼的意义。

面对离开罗马尼亚的人，无论是否为犹太裔，我都不露声色地怀着些愤怒。青春期时的我和那名叫尼古·斯坦哈特的犹太男孩有着截然不同的梦想。他将自己视为反犹太铁卫军上尉科尔内留·科德雷亚努的救星，科尔内留可是他心目中的大英雄。铁卫军团一直宣扬"同死亡结亲"，我完全无法苟同这种所谓的"英勇之举"。我的初心就是同先进性定下山盟海誓之约。即使我身陷囹圄，也不会像近来皈依东正教的尼古·斯坦哈特那样，因自己犹太人的身份而向铁卫军卑躬屈膝。

妄图逃离这个国家的想法在我看来正当却庸俗。我不是想指责那"精神残疾"使我在面对这样一个自然的决定时变得茫然无措。我倒希望我的朋友雷鲁和我一样患上这所谓的"精神残疾"呢。是否可以这样解释他离开祖国的精神动机：这个国家的反犹太分子残忍地杀害了他的父亲，而他的家庭却从未在祖国的地盘上收到哪怕一句道歉。就像我被赶到特兰斯尼斯特里亚的家人也从未收到什么表示歉意的话一样？这样的论调将我彻底激怒了。难道我已厚颜无耻到此等境界，居然以为那横亘在人世的恐怖不过是迈向"死亡"——在这苍茫天地间犯下滔天大罪的前提？以为它是我们所有人的应得之物，无一可幸免？不管是英年早逝，还是以何种惨烈的方式死去，没有什么比死去本身更不公的事了。无论我们于何时何地被死亡捕获，都无法再向世人叙说自己逝去的经过。在吵得面红耳赤的时候，我似乎已经顾不上自己向谁抛出了这样的话语，也不知道又是谁将这些话讲给我听的。

显然，争强好胜的性情让我和尼古·斯坦哈特拥有了天然的亲近关系，但除此之外，我们仍有着天壤之别，这些不同点难以克服。横亘于我俩之间的这种亲近关系不妨解释为我们同是罗马尼亚公民。可和好斗的斯坦哈特不同的是，我并不觉得自己凭借这一身份就能成为这浩渺星球上最优雅、最虔诚之人中的一员。对我而言，这样的身份更像是伴我成长的一个习惯，说不上好，更不像别人说的那样坏。我对刻意乔装自己的人并无好感，无论他是罗马尼亚人、法兰西人、巴拉圭人还是柬埔寨人。一个人缺少宗教信仰的慰藉，就像变革者缺少民族这一振奋人心的武器。我以为，那些选择改变自己国籍的人并不比改变自己信仰的人坏多少。不，我绝不会随波逐流向那个铁卫军卑躬屈膝乞求原谅。倒是那家伙应当在犹太人面前弯下他金贵的膝盖跪求宽恕。

面对那些拼命排进逃离者队伍的可怜教友,我该满怀恭敬吗?还是该对他们的客观冷静嗤之以鼻?那位基督教徒和犹太文学家斯坦哈特时不时为自己的幻想辩护,而我,一个秉持不可知论的未来犹太文学家,也如此自护着。将我留在罗马尼亚的并非宗教信仰或是民族主义归属,而是语言及其给予我的幻想,当然,还不止这些,还有我在这里经历的生平往事,它们有好有坏,也正是生命的精髓所在。

在谈及即将动身的崭新旅途时,我的朋友雷鲁也不曾像"变戏法的小丑"那样在我面前耍什么计谋。他没有娇生惯养的臭毛病,更从未以人生赢家的姿态展示"豪赌后身价暴涨"的傲气。我的家人也是这样的人,他们缺衣少食,整日为生计发愁,总是勤勤恳恳地工作,却依然被贫困和惊恐所包围。接受扎根此地的想法不见得比全身而退、奔赴冒险的决定要好多少。在这片他们世代生活的国土上,没有多少所谓的"人生赢家",而能够豪赌一场又全身而退的人更是少之又少。就算是那些为某种政治主义跳霍拉舞的人,或是那些曾为政治家摇旗呐喊的伪善者也有权承认错误,有权选择离开并前往这颗星球的另一端,更别说我的家人们并非这般人物,雷鲁也不是。最近,这样的流言似乎在我身上转悠不停,想想也有理,我一个13岁的红色少年,正是懵懂木讷的年纪。他们就等着瞧吧,我选择留下来,并不是因为我觉得自己有错,也不是因为我深信着"幽灵正在欧洲大陆上游荡"之类的话语。我只是在那时候找到了另一个美好憧憬,它从不向人许诺什么幸福到永远的谎话,这让它看起来似乎比之前那个幻想更为讨喜。

不,我朋友所表现的并非"诡计、欺诈、愚弄"。恰恰相反,他绝不是反叛的犹大。每个"头脑正常"的人都有理由嫉妒他,因为这些人也希望得到他所拥有的机会。如果离开国家的大门向所有人敞开,"不以民族为限",没有处心积虑的歧视,那么逃亡者或许早在这片土地上排起了长队,绝望的长龙将一望无尽,队伍中的每个人都将竭尽全力离开这个国度,这个他们一直尝试着逃离的国度。犹太人已不是第一次成为交易的对象。斯坦哈特神父曾认为这里是全世界最幸福的地方,但犹太人的离开证明了现有政治制度在罗马尼亚的失败。在对抗的过程中,斯坦哈特和他那群爱好哲学辩论的朋友们被视作叛国反党的"密谋者",最终被逮捕,他们或许并不会对此感到意外。

制止和镇压移民申请的措施很快就出台了。雷鲁当下就被大学开除,但他还算幸运。1959年春,我把他送上了开往维也纳的火车,之后他得从维也纳出发前往意大利,再坐船去以色列。

离别时刻的气氛十分沉重。发车前,他的母亲微笑着问我:"这下没有了你,我该拿他怎么办?"我无从得知她只是为我们中断的友谊感到惋惜,还是另有什么言外之意。雷鲁惴惴不安地将一本厚厚的日记交给了我。尽管书名不是《幸福日记》,但的确是一本记录了我们青春友谊的幸福日志。他工整的字迹密密麻麻写满了每张纸,我逐渐从字里行间读出一种炽热甚至带有情欲的爱意,而我之前却从未意识到这一点。他的离开标志着这段岁月的终结,而光阴如梭永不倒流。在笔记本的第一页,他是这么写的:"与日记主人公的分离似乎无可挽回。那么,这本日记理所当然应该留给他。"当然,没有人能预知未来的一切,只是我也看不到再次相逢的可能。随后,我离开了火车站。布加勒斯特的春夜惠风和畅,而我的心中却满是疑问。尽管留下来意味着必须面对危险，但我并不质疑这一决定，因为有危险才是正确的。也就是说，我适合留下来面对危险。于我而言，换一个地方去观察这个世界的博弈，或是改变我那与生俱来的宗教信仰并不会提高自己获得幸福的概率。我怀揣着傲慢的心态质疑这类改变，其中甚至带着一丝轻蔑。"庸人"对这一切无能为力，只能继续吸食唾手可得的希望，获得眼前的战利品，而我那关于幸存的幽闭恐惧症在脑海中反射着一些别的思绪。当然我也承认，要求别人采取和我一样的把戏并不公平。

佩里普拉瓦的那个囚犯被重体力活摧残得筋疲力尽，因身着囚服而倍感耻辱，他该怎么办？我又能为这个"庸人"提出什么应对策略呢？他对那所谓的战利品毫无兴趣，一直以来不过只想做个平凡而体面的人。这个问题在我的脑海、肺腑和心底凿出了空洞。

事实再次证明，对喀迈拉的一腔忠心以及喀迈拉本身的自私性具有强大的力量。我一直忙着编造那些冠冕堂皇的申辩词：我对去国外没兴趣，不想加入自由世界的激烈竞争，我没什么可以提供给自由市场的。流亡在外的各种生活障碍会将我摧毁殆尽。我对"本地"各种不满意的牢骚颇感满足，因为我在这里不必经历逃亡与冒险。在当时的体制中，当局企图"平分"民众的不幸福感，想通过减少获取金钱、荣誉和地位的方式来缩小社会的贫富差距，至少在我看来是如此。我在当时扭曲的社会状态中几近一贫如洗，但面对当局的努力，我并没有压制心中那股可疑的满意之情。这些把戏绝非是天真随意的安排，甚至连我父母时不时遭遇的危机也没能动摇我！

对喀迈拉坚定不移的忠诚并不能保障任何好处。我一度怀疑它会让我屈于困境。这份并不神秘的忠诚看起来十分古怪,或许还带着一些类似宗教的性质?在那段岁月里,似乎只有神秘性还能为生活带来一丝意义,其中也包括这些古怪的事情。

  那时的我也无法预料到,30年后的某一天,我也会去申请一份护照,以致敬老利奥波德·布鲁姆。

夜班

20世纪60年代初，我正忙着在普罗耶什蒂市中心盖小区楼，那些楼或许眼下还在。那是栋九层的公寓楼，就在哈乐市场[1]附近，人们戏称它为"绿廊大厦"。从某种程度上说，建这栋楼缓解了我没有孩子的自责和著书不得志的苦闷。即便我曾在布加勒斯特待过几年，但普罗耶什蒂打了鸡血似的氛围还是让我这个习惯了得过且过的布科维纳人震惊不已。那里到处都是一种"南方式"的气氛：思维敏捷、狡猾伶俐、口是心非。一位上了年纪的工程师提醒我，让我打起十二分精神好好盯着工地上人们的一举一动和建筑用材的来去动向。"不然你某天早上睁眼醒来，可能就会发现50袋水泥不翼而飞，或是一不小心就多签收了远超实际需求的20车混凝土，更甚者你收到的砖块可能只有下单时的一半。"可是这位老师傅没能告诉我，当自己都不确定自己是不是一位合格工程师的时候，我又如何能成为

---

[1] 原文为Piața Halelor，有"食品市场"之义。

一位办事得力的"警察"。

早在我还是学徒的时候,绿廊大厦尚未建成,还不是市中心最高的楼。我在那时参与修建了另一栋"L大厦",就在市场的另一边,仅四层楼高。作为工地上最年轻的工程师,我被分配去值夜班,每天从前一天晚上6点一直干到第二天清晨。夜班期间,我不仅和工人们一起卖力工作,还得……和囚犯们一块儿干活。德拉吉奇[1]少校和普罗耶什蒂监狱签了合同,里面规定了每晚需要的工人和工匠人数、他们的工作时长或天数,以及劳动报酬。德拉吉奇少校是那位不苟言笑的亚历山德鲁·德拉吉奇[2]的兄弟,而亚历山德鲁本人是内务部长,还是政治局委员。

试想1954年那会儿,我刚进入大学一年级不久,在学生食堂第一次看到茄子黄瓜砂锅菜后就差点原地晕倒,那么后来看到成列的囚犯和哨兵时的我又会做何反应呢?毫无反应。事实上,当我看到穿着囚服的罪犯向我走来时并没有晕倒,一如1958年时,我在佩里普拉瓦看到父亲蹲在一堆被哨兵管控的看押犯之中也毫无眩晕感。就像以前那样,我只是面色苍白,说话结结巴巴,但我依然没有晕倒。和这群囚犯的交流是受到严格控制的。我只能在哨兵的监视下和他们的工头,一位前建筑工人,进行必要的沟通。此外,这些囚犯和哨兵被分在几个工匠的小组里,他们在工地上的活动范围被严格限制在一些特定区域里,无法自由走动。我曾问过建筑集团的老板,这些囚犯里有没有政治犯,老板向我义正词严地保证他们只是些"普通犯人"罢了,但根据我的家庭经历,我知道老板口中的这个专有

---

[1] 人名,Drăghici。

[2] 人名,Alexandru Drăghici。

名词就像这个社会中的其他称谓一样，并不十分可信。

通过劳动，囚犯可以获得减刑的机会。由此可见，他们在这工地上如此卖命干活并非为了哈乐广场上这座新大楼，而是为了他们自己。不过，普罗耶什蒂的这个工地毕竟不是佩里普拉瓦那个令人闻风丧胆的劳动集中营。老实说，其中不少囚犯确实只是些普通罪犯。虽然这么说可能略显矛盾，但社会的谎言并不排斥真相的存在，这里的劳动强度不会过大，和监狱里的劳役相比还是要好上一些。这样的"理性思考"能缓解人的不安，可对我起的安抚作用却不大。每当我进入夜班状态，就不可自制地焦虑起来。一方面，我不仅要留心清点大卡车拉来的混凝土、成袋的水泥还有砖头的数量，还要提防囚犯和哨兵可能对我耍的阴谋诡计。这夜班值得我片刻都不得安宁。另一方面，每当夜幕徐徐降临，一群提着大包小包，携着报纸信件的女人就不知从哪儿一股脑地全冒出来了，她们总是在那儿不耐烦地伸长脖子左顾右盼，赶来看望她们亲爱的丈夫、兄弟或是情人，给他们带个口信或带点儿物什。这时候，封锁工地的那些措施可起不了什么作用。一次、两次、三次，她们总是接二连三地出现，你只能在深夜才能看到她们靠近工地的身影，而有的时候，老天呀，你完全发现不了她们。

面对那片为深夜冒险提供方便的"网络"，我试着睁一只眼闭一只眼。看来，这群聪明人已经在暗中研究过我，最后决定将我视作一个沉默的盟友。然而，你永远也不会知道，下一个挑战来自何方，下一个陷阱又会设置于何处。比如，不幸的妇女们可能会被哨兵们抢劫？还有很多复杂的情况，像是总有人想告另一些人的状？无论是在工地门口，还是在工作期间，我不止一次被犯人的亲戚、朋友或调解人拦下，而且还很难将他们同那群职业挑衅者区分开来。

黎明时分，我总算能松一口气。即将降临的早晨会将我视作胜利者，新的一天也会在荣光中开启。改建的简陋棚屋便是我的临时住所，僵硬的铁床和死寂的墙壁永远在原地等候，朱丽叶也在这陋室中沉睡。

假如我到了 25 岁还活得像个佛徒一般，不去谴责我们在那拜占庭国度里赖以生存的谎言，那么我在 5 岁到 9 岁间所受的启蒙又有何意义呢？包裹着谎言的是一层蛋壳，它是否也笼罩着我们日常的生活？只需轻轻一碰，那层薄膜就会破裂，裹挟着敌意的狂风会瞬间迎面吹来，挥舞着皮鞭的权威催人前行。或许那脑海中霎时闪过的疯狂会使你喊出心中的不满，说那当局身上的衣服比皇帝的新衣还更虚无？那么，这层蛋壳和周遭的空气就会在顷刻间蒸腾！现场立刻有人将你捉拿，把你当作精神错乱的罪犯，不过或许你本来就是如此，就像那群目击者说的那样。谎言如同一个新胎盘，阻碍着我们的死亡与重生。只需一次鲁莽的行径，那薄膜就会轰然破裂。你必须屏气凝神，可别让沾满了大小谎言的嘴在不经意间吐露出一阵清新的微风，摧毁了那个保护鸡蛋的茧囊。其实，我们正用其他的壳来包裹这层蛋壳，如同俄罗斯套娃那般。完美打造的蛋壳铁甲。教条主义的鸡蛋，是自然的馈赠吗？对许多人而言，谎言已不再是一层薄膜，而是由铜墙铁壁打造的庇护所，密不透风，坚不可摧。在谎言中生活的囚犯们获得了法定幸福。在全副武装的巨蛋内部，囚犯们由哨兵看守，而囚犯们的替代者——看似自由的职员们，由哨兵们的替代者时刻监督。

不，我没有刺破那层薄膜。和许多其他人一样，我有自己的处理方式，就是尽可能不去理会我身处的这层膜。最需要注意的地方：不理会公众生活，只做个拿钱干活的"工程师"，仅此而已。生活如我一般年轻，城市多彩而鲜活，到处充斥着南国的气息和紧促的节奏感。这永恒的夏日，就像朱丽叶那般。

朱丽叶刚刚才脱离了被大学开除的命运。她的一个同学曾报送了一封"状告书"，称这位肤色浅黑的维罗纳少女可能存在品德问题。当时她被叫去了大学中心办公室，而我在大约八年前也曾被未来的外交部部长叫去过这间办公室。那会儿传闻校长要被解职：这可是"揭露"他侄女不道德行为的好时机。然而，就在两天后，网络得知换校长并不是因为校长被解了职，而是因为他升了官。谁能想得到，她的叔叔在一夜之间成了副部长！这场精心策划的戏局还没来得及上演就在顷刻间流了产。

我又一次来到普罗耶什蒂市中心，坐在布莱瓦尔德[1]餐馆的露台上，对面就是哈乐工地。我庆祝着60年代的到来，此时的西欧正谋划着自己的行动，而东欧则努力适应着那些模棱两可却又精心策划的事物。街道震动不断，我等待着最后的启示，它将告诉我现实是真实的，我是真实的，我也终将寻找到其中的意义。神明会时不时地赐予我一种神秘的特权，而它将指引着我从烟雨迷蒙的半岛走向下一处雾气氤氲的群岛。

我嚼着烤鳇鱼，就了一口略涩的低度红酒将其咽下，然后点燃一根希腊香烟，望着我亲爱的朱丽叶的双眸，还不时打量着其他妙龄少女的模样。60年代的开头，在靠近北纬45度的浪漫都市普罗耶什蒂，我就这样坐在布莱瓦尔德餐厅的6楼露台上，对什么党派和安全局毫不在意！我岁数不大，却自认老成世故，见多识广，以为能忽略监狱里的纷纷扰扰和那里头形形色色的囚犯（无论他们是

---

[1] 店名，Bulevard，有"街、道"之义。

不是政治犯)。那会儿,我的脑袋里尽装着书本上那些文绉绉的政治思想、革命或反革命的观点,甚至还充斥着些神秘主义和激进想法,我也不知道这些想法对我有何好处。但是事实上,我对任何事物都满不在乎,毫不关心,对世界历史兴致寥寥,自己的历史也只是按部就班地前行着。我悠然地坐在餐厅露台上,吃着鳀鱼,抽着巴巴斯特拉托斯[1],对每日的生活节奏颇为自得。我全然不关心乔治乌·德治同志的疾病和他将为国家带来的变化,对越南战争带来的灾难更是置若罔闻,满心满眼只有身边的朱丽叶和其他妙龄女郎。我尝试从这世界的历史和我自己的历史中逃离,渴望着了解陌生领域的故事。我讨厌那些未知的因素断了我的去路,讨厌就此止步而无法攀上高山、奔向大海去看看我胜利的模样,讨厌无法阅读那些我渴求的书籍,去文字间寻找期许已久的答案。就算我不得不面对这样的世界,我也绝不想卷入其中的不幸与纷争!我年迈而疲惫,同时又年轻得令人尴尬,被欲望和困惑弄得晕头转向。

"工程师同志,您的母亲找您!她给您来电话了!"工地秘书大呼小叫地爬上脚手架,我正在那里监督工人浇水泥。"快,您赶紧去吧,您母亲在电话那头等着呢。她昨天就打过来了,从苏恰瓦打来的,说您已经足足俩礼拜没给家里写信了。"

整整两个礼拜!……孩子居然已经整整两个礼拜没给家里写信了,多恐怖,多自私!眼下,这孩子正翻过钢筋混凝土,越过砖头堆和玻璃栏,飞快跑去安慰他的母亲,向她保证这两礼拜一切都好,没发生什么坏事。在远离了悲悼圣母和犹太聚集区的魔爪之后,他似乎已不再关心部族的不幸。远离那一切,远走高飞,可似乎这距

---

[1] 烟名,原文为 Papastratos,一家希腊烟草公司,是希腊最大的卷烟制造商和分销商。

离还是不够远。

过去对我紧追不舍,在我措手不及时距我仅一步之遥。无论我如何逃课,如何忽视高山的雄伟和大海的辽阔,如何发疯似的渴求性爱,都于事无补。政治、独裁,难道不尽是像鸡蛋壳那般脆弱的谎言吗?什么也无法与情感的专政相提并论!过去如一双温柔的利爪,一再向我展示它的力量、它的存在。

究竟是常态的替代品,还是两面派的新陈代谢?堂堂两千万人为何就无法团结一心,齐声吼出自己的不满,尽情表达自己的心声呢?为何就不能扭成一股劲儿来一场轰轰烈烈的革命呢!难不成那鸡蛋般脆弱的庇护也笼罩着他们吗?

庇护、庇护……我像一个满腹忧虑的老头,奔跑着穿梭于潮湿的脚手和砖头堆之间,心中反复琢磨着这个词语。我看似已远离了部族的五指山,但事实上却从未逃脱。

自打25岁起,我就再也没时间去看,去听那些狗屁的政治谎话。什么演说、威胁、政客、囚犯、欢快或悲伤的合唱、阴谋诡计的游戏,抑或是日复一日的凯旋高歌和恐怖阴云?诸如此类的闹剧,我可没时间理睬,眼不见为净,耳不听为清。着实没时间吗?也并非如此。

蜗牛壳

骗子女婿娶了阿夫拉姆·布劳恩施泰因的女儿,又将新婚嫁妆挥霍殆尽,迫使老人卖掉了一年前才买的房子。房子还能再买……先让自己的心肝宝贝安定下来才是最重要的!不久后,真正的女婿出现了,他深深迷恋上了圣伊利耶赐给他的伴侣。

婚礼结束后,这对新婚夫妇开始为买新房子攒钱。1941年10月,他们的钱已经攒得差不多了。然而,在启蒙的第一个可怖冬季,那笔钱将被用作商议命运的筹码。1945年春的归来并不意味着回家。当时的房子已挪作他用,财产也被悉数转让。幸存者应该为自己还活着而庆幸!布尔杜杰尼那家"我们的书店"所在的建筑,还有杂货店后面的房间都已从记忆中消散,那曾是我出生的地方:淡黄色的墙壁,夏天永远敞开的大门,用书籍、铅笔和笔记本打造的多彩世界,走到尽头处昏暗而拥挤的房间。

我完全想不起来在伊茨卡尼的房子是什么模样。它永远留在了启蒙之前那段没有历史的空白岁月中。自我们从集中营回来多年后,我终于看到了它。那座德式建筑的结构十分坚实,位于火车站对面,前面就是一座公园。朴素的立面上涂着赭色的油漆,有些已经剥落。靠街的一边排列着矩形的窗户。在进入这座建筑前得先穿过院子。二战前,我常常进出伊茨卡尼-苏恰瓦火车站,但从来没有足够的好奇心促使我走进旁边那座房屋的院子,迈上通往入口的两级台阶。

我在集中营的那个房间里熬了四年,但也没有留下什么记忆。那儿的房间既没有窗户也没有房门,许多户人家挤在一处,这是我唯一知道的,又或许是听说的事情。我已全然不记得我们在比萨拉比亚的住处,那是红军把我们解放后的事儿了。这些都是遗失的空间,滞留在散落的岁月中。

只有在回来后,我的时间才恢复如初,空间才开始逐渐有了轮廓。

1945年7月,我们身处一切正常的美妙平庸中,那时的住所是位于弗尔蒂切尼的里梅尔亲戚家。半明半暗的房间、皇宫风格的床铺、金属床架、老式枕头、黄色绒毯、白色墙壁、黑色圆桌、两把椅子,一扇窄窗前挂着厚重的刺绣窗帘。我曾在生日时收到一本绿色封皮的童话书,它为我打开了另一个世界,在那儿,使用咒语的巫师成了我的神秘家人。

外祖父曾把自己的钱都投资在了房子上,我父母也在婚后头几年为了买房子不断攒钱。战后,国家成为唯一的产权拥有者,人们不再想着买房,只求有个庇身之所。

1947年重返苏恰瓦后,我们搬进了一栋租来的房子,它位于同主干道相平行的一条街上,就在风景宜人的三角小公园旁边。那是一幢单层建筑,我们住在左侧最后一间公寓中。穿过一条走廊后拐个角就是入口,它位于六面体的一条短边上。第一个小房间用来当厨房,跨过门槛后则通向一条黑暗的走廊,地板上有个洞口,通往储存土豆和腌菜的地下室。右手边的木架上放着一个脸盆，上面还有放肥皂和牙杯的凹槽。墙对面是毛巾架。我们得在院子里的井里打水，然后倒在脸盆旁边的锅里。

右边第一扇门通向我们的房间。同侧的第二扇门通向护士斯特伦斯基[1]的公寓，她后来嫁给了一个表面温和但内心冷漠的酒鬼。走廊尽头的那扇门通向公厕。一个又高又窄的房间，甚至只有一步的四分之一那么宽。抽水马桶没有座圈，抽水的链子生了锈，根本用不了，还得拿个大盆从走廊里的锅里把水打回来。

我们的公寓有两个中等大小的房间。第一间是起居室，我们在这里用餐、会客。家中两个孩子正是上学的年纪，这里同时也充当他们的书房和卧室。另一间是父母的卧室，里面有个巨大的衣柜。这间房里没挂什么画，但先前那间房的床上方倒是挂着一张长方形的相片。这张相片用黑色的木框裱着，记录了节庆的历史时刻：在革命日当天，一位挂着红领巾的小小少先队员站在公共广场上发表了热情洋溢的演说，朝着红色的旗帜行队礼，那旗面上赫然写着"向斯大林同志致敬"。

学生公寓是展示乔尔马尼亚居住法的最好例证：每人八平方米不多不少。老阿德尔曼[2]太太把她唯一一间屋子租给了我，以补贴她入不敷出的穷苦生活。这间屋子就在米哈伊大公[3]街27号，离伊兹沃尔桥[4]不远，位于院子深处。屋里头放着一张桌子，两把椅子，还有

---

1 人名，Strenski。
2 人名，Adelman。
3 人名，Mihai Vodă（1558—1601），即 Mihai Viteazul，罗马尼亚"勇敢的米哈伊大公"。
4 桥名，Izvor，有"泉水"等含义。

249

一张床，洗手间是邻里公用的。我隔壁是图多尔[1]上尉夫妇，上尉先生总在锻炼身体，他的爱人则整日赋闲在家，而他二人不过也只是住了一个单人间。无产阶级的平均主义将旧时资产阶级的住所平分成许多小间，供更多家庭居住。每当冬日来临时，房东老太太就会把她的折叠床从厨房搬来，放到她房客的床边，蜗居度日。

搬到雅各比[2]大夫先前的住所里是我生活的一大飞跃。他的这间屋子就在科勒拉什大道[3]边的别墅区里。雅各比是名儿科医生，在诊所工作，偶尔也会违规帮忙看一两位非法的病人。他诊所的那扇玻璃大门有时会呼地一下打开，里面会走出胖乎乎的雅各比太太或是他的儿子马里安[4]。这个年轻人是牙科专业大四的学生，性格腼腆但念书很是刻苦，对母亲警察式的教导唯命是从，总想着和母亲讲讲父亲婚外的风流韵事。雅各比大夫有个情人，是个巧舌如簧又争强好斗的吉普赛女人，就住在这座房子的地下室里。

我不断地从一个住处搬往另一个住处，唯一真正属于自己的空间只有那个小小的行李箱。

在我结婚后，当局终于分配给我一个房间，也签发了相关文件。那是一间令人愉悦的房子，窗户朝街，离解放公园不远，就在尼丰主教大街[5]的一栋公寓里。洗手间、厨房、门厅是和隔壁退休的老夫妇共用的。

后来我又住进了位于圣扬·努街[6]的一间公寓，房间十分宽敞，

1　人名，Tudor。
2　人名，Jacobi。
3　路名，Călăraşi。
4　人名，Marian。
5　路名，Mitropolit Nifon。
6　路名，Sfântul Ion Nou。

离统一广场不远。无论是搬进去居住还是离开,都让我觉得像是一出虚假的拜占庭式社会闹剧。这栋公寓三层有两套房子,其中一套住着茄拉的父母、叔叔和婶婶,另一套的其中一间房归她的祖父母居住,另两间住着一位剧场导演和他的一家子。后来,这位导演一家移民去了德国,这两间房空了出来,我们这才得以住进这间公寓。根据当时的住房规定,茄拉的祖父母有权选择自己的新室友。由于空闲的不止一间房,而是两间,以及它们之间的门厅,所以按规定我们是无法两间都住的,但还好那时候法律允许给艺术家协会或是作家协会的成员额外提供一个房间作为工作的书房。因此,我在没有多付小费或是托关系的情况下又多拿了一间。就这样,我们住进了一个资产阶级的家里,有两个又大又高的房间、一个门厅、一个洗手间和一个厨房,这可算是件惹人眼红的事。

1977年3月4日,发生大地震的不祥之夜,茄拉在城里下班后买了一大盒点心回来,而我则躺在书房的那把红色沙发里,对着床头柜,听着自由欧洲的电台广播。我正准备起身去接她,突然,地动山摇!房里的墙面在我起身的那一瞬间开始剧烈晃动,家具一下子摇晃着倒在我面前,齐墙高的书柜轰然坍塌在我几秒前躺着听广播的位置。我们俩被吓傻了,借着光匆忙躲在门框下,然后借机冲出满是残骸碎片的楼梯,仓皇逃到了街上。那时已近夜半,我们走进手足无措的人群,和大家一起绕过坍塌的楼房,来到城市中心。在那一刻我才意识到还好我俩命大,足够幸运,不然茄拉早就被压在那家斯卡拉点心店的废墟底下了,而我,可能就丧命于坍塌的书架之下。

第二年,茄拉的祖父母不顾自己年事已高,决定移民以色列。我们无权占用他们的房间,但接受另一位新房客于我们并无好处。因此,我们通知房管所,希望他们能给我们另外分配一套两居室的公寓,而我们目前的这套房子可以分配给一个更大的家庭,或者分给领导。倘若这套奢华的公寓引起了某位要人的兴趣,他或许会把我们安排到另一套合适的房子中去。

地区的几个领导和几位副部长确实来看了看这地方,但并未表现出多大兴趣。看来我错估了他们的要求。于是,我们只好请作家协会帮忙,寄希望于作协的要人以及他们同当局的沟通渠道,但这一切不过是徒劳。

在那对老夫妇离开后的两周里,一切安好。后来有一天早晨,一户吉普赛人拿着授权书出现了,表示他们有权使用空房间。他们家一共四位成员:父亲、母亲、女儿和手风琴。显然,手风琴是家里的老大。他们没有家具,只有几件行李。把几个包裹分类打开之后,他们就开始在墙上钉钉子,接着拴上一条绳,拿出挚爱的演出道具,这手风琴则用音乐彰显了自己的性情。

新邻居的好心情与我们阴沉的面容形成了鲜明对比。打破这一僵局的办法是,我们把整个厨房都让给他们,对应条件为浴室将留给我们专用。他们很少洗澡,一般就使用厨房的水槽和走廊那儿的另一间厕所。然而没过多久,他们就巧妙地打开了浴室的门,随心所欲地进出其间,仿佛我们从未严肃地达成过协议似的。自黎明至深夜,烤香肠的味道和快乐的手风琴演奏声占领了我们共有的房屋。

除了采取极端措施之外我们别无他法。在过去的一年中,我们为了解决这个问题做了不少幼稚的尝试。终于在一个周一的上午 10 点,我来到作家协会,准备提醒作协副主席我们之前讨论过的内容。我还为他带来了一则新消息:如果问题到下午 2 点还没解决的话,我就会借机在公寓举办一次面向外国媒体的新闻发布会!我会让他们看看我们工人阶级是如何生活的:三个人,母亲、父亲和女儿睡在同一个房间的地板上，与隔壁的夫妇共用一间浴室和厨房，而后者对天天萦绕在他们身边的手风琴声并无好感。

那个脾气温和的同事试着让我冷静下来。不过，他明白我是冷静不下来的，也知道他办公室的麦克风已经将这次威胁的内容传达到了该传达的地方。他打了个电话，在一番简短的对谈后通知我说上面的人想要见我，地点是 B 口 3 楼 309 房间，时间是 11 点，即半小时后。

在那神圣的会议室里，组成谈话小组的四个人坐在桌子另一侧，我则被邀请坐在他们面前。他们看起来是平级的同事关系，或许来自不同的部门，文化部、少数民族部、房管部，谁知道呢。考虑到我那威胁的性质，可能还有对外新闻处。他们让我重新描述了一下情况，而后小组成员一一向我提问。最后，他们问我是否可以提出一个解决办法。我重复了一遍曾说过的话：一年前，也就是在那对老夫妇离开前，我就建议过将这套公寓分配给一个有权合法居住的人，而后相应地为我们分配一处更小、更合适的住所。

是的，他们知道了，当时造成了错误。然而，我是否有具体建议呢？

我的确有：我贴了无数张找人换房的小广告，最终有了一个回复，或许大家可以考虑一下。参谋部的一位中校有个妻子和一个马上就要高中毕业的儿子，他们考虑搬进我们的公寓，并用自己位于胜利大道 2 号的两居室公寓作为交换。然而中校说，这个过程需要军队的特批，手续十分复杂。

中尉的姓名和电话号码是什么？我掏出了小本子告诉他们。坐在我面前的这位卷发茨冈人阴着脸向他那位高个儿的秃头同事打了招呼，然后那大高个儿立马就验了我报的电话号码，结果证明号码

253

无误。

这些好事者听罢都露出豁然的笑容,似乎他们的目的已经达到了,还向我保证所有事情都会解决。他们还为委员会的愚蠢做法向我道歉,鬼话连篇,谁会信呢?!

这可真是神清气爽的一天!往我空荡荡的档案袋里加塞的那几页纸,我可不在乎。新闻发布会的威胁似乎有了立竿见影的效果。这是好事还是坏事?又或许这只是他们为了彻底击垮我实施的权宜之计?

我走在回家的路上,火辣辣的太阳晒得人十分疲惫。下午一点左右,我从黑色大理石正门的右侧进楼,回到了位于圣扬·努街26号的家。我没有乘电梯上楼,而是从楼梯慢慢爬到了三层。手风琴一家要么在休息,要么就是去市里闲逛了。我打开了自家公寓的大门,里面居然静悄悄的!邻居的房门敞开着,出奇的安静,甚至连呼吸声都听不见,我走进他们的门口探了探:房里空无一人,完全搬空了!就连拴在两堵墙之间的那根绳子也被取了下来。房里没有四处散落的行李,好像从未有人在此居住过。空无一人!空无一物!窗户就这样哗啦啦地敞开着,似乎是某位幽灵对这里特别上心,所以才打开了这儿的窗户给房间通了风。

我一头雾水地走在走廊上,恰好撞上了公寓管理员,他告诉我那家子艺术家被强行带走了,他们被塞进了一辆卡车,送走了!是谁,究竟是谁带走了他们?不得而知。不,其实也好猜:政府人士呗!

社会马戏团凭借训练师那高效利落的作风将这一家子变戏法似的变没了。就这样以迅雷不及掩耳之势让他们消失得无影无踪!短短一小时内,持续了一年的剑拔弩张奇迹般地灰飞烟灭了。

于是,位于胜利大道2号的那间两居室——前社会主义时期建成的公寓的一半,就成了我在罗马尼亚的最后一个住所。流氓最终还是放弃了社会的游戏,虽然他一直不愿承认:他已经是个彻头彻尾的troublion,一个trouble maker。其实,我之前在一家地方杂志上偷偷发表了几段批判罗马尼亚新社会民族主义的文字。接着,官方的讨伐接踵而至,落井下石的批评从四面八方汹涌而来:骂我是叛徒、反党分子、反民族主义者。我被迫扯下自己的一张张面具——或谨小慎微,或害羞腼腆,或风趣幽默。每个彻夜失眠后睁开眼的早晨,我都被迫撕下一个面具,换上另一个。就在最近,我又冒险丢掉了最后一个作为体面且沉默的公民所应有的习惯。我一点也不喜欢这出新闹剧。流氓既无法忘却流氓之战,也无法忘记属于流氓的和平年代。

时光飞逝宛若须臾一瞬,40年前的那个下午恍如昨日。那时,我听见一个声音——似乎是我的嗓音,又似乎不是,从四面八方传来,从虚无缥缈中传来,让我知道在这苍茫宇宙间,自己并非孤身一人,正如我一直以来相信的那样。我独自身处弗尔蒂切尼里梅尔家那个陌生而昏暗的房间里,茕茕孑立于茫茫苍穹之下,突然间,我发现了另一个家、另一个宇宙、另一个自我。书籍给予了我栖身之所,无论是在苏恰瓦做学徒,还是身处布加勒斯特,抑或是拖着自己那幻想的行李箱寄人篱下之时,书籍都是我唯一的财富。

难道解析几何、材料阻力、建筑结构、流体力学、水力电气学真能像我所祈愿的那般护我免受周遭的蛊惑,免受内心的纷扰吗?关于表里不一和精神分裂的教育不仅深埋于个人的历史中,还根植于集体的历史里。然而实际上,对"一些其他事物"的需要从未因此消弭。我常常跑去寻找书籍里的那个家园,那里才是我的栖身之所。流亡,是一种自我拯救的疾病吗?我试图远离自己,又试图走向自己,就这样来来回回——试着寻找自我、取代自我、遗失自我,然而这不过只是枉然,最终一切又得从头再来。

渐渐地,我所遭受的贫苦和危险成了所有人的"财富",似乎每个人都必须为某种罪行赎罪。在这样的恐怖阴云之下,书籍依然赐予了我一块"精神飞地",让我得以找到一位无形的对话者,我们之间的对话使死神也放缓了前行的脚步。

在尼丰大街那套位于解放公园旁的房子里,我和茄拉度过了新婚第一年的时光,也正是在那里,我终于得以在自己的书中倾听自己的声音——1969年夏天,我的第一本书出版了。这本书的封面是绿色的,和1945年时的那本书一模一样。

看,我终于还是找到了自己真正的栖身之所。语言赐予我的不仅是重生,还有正大光明的合法性、堂堂正正的公民身份和实实在在的归属感。倘若我在这最后的庇护所中被赶走,那么这将是我最残忍的毁灭。这个栖身之所的灰飞烟灭将击垮我存在的本质,使我身心俱焚。

当祖父问起新生儿有没有生存所需的指甲时,流氓的生命时钟已向前走过了半个世纪。1986年,历史似乎又重演起了黑色闹剧。

难道傻瓜奥古斯特已经受够老掉牙的牺牲者角色了吗?为时过早的启蒙并不是件好事,它的教育价值也要相对批判地来看。面对那个在1945年才重新获得的"祖国",我一再推迟了离开它的时间。就像自我欺骗似的,我让自己相信这样一个幻觉——只要有语言,纵使需放弃祖国其他的一切我也在所不惜。若是想挽留我,也必须让我和我的语言、我的家待在一起。那是属于"蜗牛"的家。无论未来在何处遭遇不测,我都知道,语言这个"蜗牛壳",这个少年时代的避难所,都会是我成为天涯沦落人时最后的"家"。

爪（二）

说到底，我与犹太聚集区的斗争其实是我与母亲那过度的焦虑、夸张和惊恐的斗争。她会不断放大这些负能量并传染给身边的人。在这无休无止的对抗中，我并非什么胜利者，而是其中的幸存者。

"我临睡前唯一的慰藉，就是母亲会来到床边亲吻我……"普鲁斯特笔下的名句同我的生活毫不相干。信天主教的犹太女人让娜-克雷蒙丝·韦伊[1]嫁给了阿希尔-阿德里安·普鲁斯特[2]医生，她与我的母亲容貌迥异，所处的社会阶层、宗教信仰、地理位置和历史背景也大相径庭。罗马尼亚人米哈伊尔·塞巴斯蒂安十分崇拜普鲁斯特，他认为内在的困境是犹太人与生俱来的，会随着外部困境的减轻而逐渐减弱，甚至消失。在我的童年世界中，内外困境碰撞出的

---

[1] 人名，Jeanne-Clémence Weil（1849—1905），小说家马塞尔·普鲁斯特（Marcel Proust）之母。
[2] 人名，Achille-Adrien Proust（1834—1903），法国流行病学家，小说家马塞尔·普鲁斯特之父。

紧张状态很少能得到缓和,因此我们需要一些其他的约定来保持平稳的心态。临睡前那安人心绪的亲吻仪式同我们这个东欧家庭中若隐若现的焦虑与矛盾形成了令人咋舌的对比。

20世纪40年代初,母亲预见了灾难的降临。在灾难面前,她的活力突然变了模样。如患了精神病一般消磨意志的等待转变成了汇聚于一处的能量与行动。在特兰斯尼斯特里亚度过最初几周后,我的父亲放弃了所有幻想。令他无法再坚持下去的不是死亡,而是羞辱。他曾白手起家,只是想要过上有尊严的体面生活。

像以前一样,重新振作起来的决定是由他的妻子做出的。她内心的焦虑不安因不确定性而加剧,又因迫切的渴求进一步恶化。紧张的外部氛围、其他人的影响、流言四起的环境、囚犯间破碎的同情心,这一切都激发了她的潜能。她计划了生存下来要完成的各项交易,拆东墙补西墙,然后带着一碗玉米面、一片阿司匹林或是一条好消息重新出现。

对她那如贪婪野兽般的孩子而言,最高的奖赏不是普鲁斯特那蘸茶吃的玛德莲蛋糕,而是一个悲惨而又美味的仿制洋葱馅饼,这需要在集中营的黑色广场上付出巨大的牺牲才可获得——一场闻所未闻的奇迹,一如饥饿对巴黎人马塞尔[1]而言那般陌生。在我心中,红十字会在我们从集中营返回家园那天提供的茶,就是普鲁斯特的茶。

精神虚弱、饱经风霜、不可战胜——1945年,我们那遭受了巨大冲击的救世主站在祖国边境时就是这副模样。她立即被卷入了复活的妄想旋涡中,像往常一样,同她饱受苦难的兄弟们拴在一起,

---

1 人名,Marcel。

紧紧依赖着彼此间的联系。这与她丈夫那高贵而缄默的孤独形成了强烈对比。她不计任何后果地慷慨帮助他人，但也要求他们用忠诚和感激作为回报。我父亲则极为审慎，那笨拙的谨慎让他不愿依赖他人。这个温和的孤僻者从不要求也不奢望别人的感激之情。

当我们回到罗马尼亚时，同姨妈丽贝卡·格劳尔一家的所有联系都中断了。几年来，母亲的这个姐姐和她那"负罪之女"的名字从未被提起。然而，一条如惊雷般的消息撕毁了沉默的条约：丽贝卡姨妈的另一个女儿死了！母亲搭了第一班火车前往特尔古·弗鲁莫斯，也就是格劳尔一家所在的城市。一周后，她结束吊唁，回到家中。又过了大约一年，米娜在我们苏恰瓦的家中举行了婚礼，而她嫁给了死去姐姐的丈夫。这桩婚事重新巩固了这些人的亲戚关系，母亲又掺和到了姐姐家或好或坏的历史中，而米娜和父亲通奸的事再也没人提起，连顺口提到也不曾有过。

同其他人的关系似乎暂时保护了她不受自己的伤害。而她的儿子，作为其自身的一部分，只感受到了来自她的压力。在我们那狭小局促的避难所中，"晚安吻"丧失了它的亲密性和仪式性？此外，母亲也不再为我讲睡前故事。悲悼圣母既没有时间，也没有耐心。她甚至都没有在自己身上使用那些令人心安的技巧，矛盾占据了她所有的思绪，尽管她那强大却又脆弱、焦虑的性情内核依然是不可被摧毁的。她身上强烈的戏剧性激发了自己的热情，而内心的恐慌也没有破坏她的忠诚与斗志。因此并没有多少空闲时间留给那些做作的仪式。

纵使如今母亲已经和我互换了角色，可作为儿子的我却依然未能给她营造一个我普鲁斯特式的孩提时代中曾享受过的如巴黎生活般的氛围。东欧的犹太聚集区狭小而烦闷，惹得人在神秘中挣扎，在不幸中扭曲，不断同自我撕扯。黑暗的空间令人精神崩溃、心理变态。东正教教堂的周边环境和那些西方的天主教堂截然不同，后者有着高高的哥特式舞台，那儿常常上演魅力非凡的剧目，管风琴乐声营造出金碧辉煌的肃穆感，神圣的演出展现着宇宙的和谐。

每到午间休息，我的母亲就会离开她的商店，立刻和犹太聚集区搭上线：往来交换小道消息，同邻里拉扯家长里短，很多事她宁愿和外人念叨，也不愿同我这个做儿子的交流。母亲有她独有的固定路线：她先去第一间公寓看看阿波斯奇[1]太太。她的丈夫因拥护犹太复国主义被抓进监狱后一直杳无音讯，这位老太太便和她女儿相依为命。接着，母亲会去和赛格尔[2]夫人唠唠嗑。赛格尔夫人是个寡妇，她和即将高中毕业的女儿丽塔[3]在一起生活。最后，母亲会去拜访会计赫勒一家，这样一趟下来留给她午休的时间就所剩无几了。她总是匆匆地扒上两口饭，然后又急急忙忙地跑去看看自家那两个上学的小朋友近况如何。要是看到我们得了流感或是中了暑，她就会急得手忙脚乱！而要是看到自己的丈夫、儿子或是某个关系或近或远的亲戚发生了什么未曾预料的意外，母亲更是会搞得像大祸临头似的。她总是时刻保持警惕，焦躁不安而又小心翼翼地提防着此类事件发生。其实，最为尽心尽力的母亲和妻子似乎并非最适合做母亲和妻子的人，就像母亲对日常生活的过度参与只是为了掩饰其深层的内在不足罢了，而这样的不安只能驱使她在神秘思想中找寻一丝慰藉。

我们的饭菜是传统的奥地利-布科维纳式烹饪风格，甜中带点儿

1　人名，Abosch。

2　人名，Segal。

3　人名，Rita。

酸，属于独特的犹太菜肴口味。我们用餐时并没有严格按教规所说的那样将肉类和奶制品分开食用。每年复活节，家中所有餐具都会认真洗刷一遍，整个家也会进行大扫除。到秋天的时候，与教历新年一起来临的还有反思、庆典和斋戒。宗教信仰早已深入骨髓，成为一个代代相传的习俗——更大意义上，它是人"生而存在"的法则，将日常生活中大大小小的事情都囊括其中。母亲是神秘主义者，很迷信，信"命"。作为一个犹太区出身的女人，母亲对周围的基督教环境持有一定程度的怀疑和好奇心，但当周遭环境比较极端的时候，她也会表现得比较夸张。好在就算母亲和自己的流亡部落紧紧团结在一起，她也从未抛弃与生俱来的幽默态度和批判思维。

社会似乎并没有对母亲产生多大影响。她身边有很多同胞被乌托邦式的幸福冲昏了头脑，但母亲却依然不为所动，尽管她多少知道些新社会的规矩。自己的儿子日渐疏远祖辈们生活的犹太聚集区，但母亲并未把这些变化放在心上。过去的岁月其实是动荡危险的，但一到人们脑海中，记忆却仿佛错乱了，变得五彩斑斓、热情四射，大家恶狠狠地批判着当下生活是如何乏味无趣。犹太聚集区就像希腊的集会一样，一直鼓励自由的贸易和像商业往来一般积极的思想交流。社会大肆宣扬要求揭下小资产阶级、投机者、生意人的虚伪面具，但实则加剧了腐败行径，而且看起来并不只是个别现象。

犹太聚集区让我感到难以呼吸，里头的过度占有和持续恐慌实在令人窒息，而对那里的怨恨却反过来成了对我的另一种奴役和束缚。因为年轻时经历过一波政治运动，我对那些动不动就把集体放在个体之前的想法厌恶至极。无论何时，一味强调集体性的说法都显得可疑且令人窒息。我再也不想让自己继续在那座横亘于"我"与"我们"之间的悬崖峭壁中颤颤巍巍地穿行。

没有什么比"社会主义商业"更能解释母亲同新社会的关系了，这个看似矛盾的术语却有着超现实的现实意义。我后来才清楚这个古老职业背后所具有的复杂属性。无论过去、现在，我的犹太同胞们总是对它抱有负面的看法。想要成为一名真正的商人必须有良好的商誉，而这份商誉背后需要承载的是冒险精神、应变能力、谈判技巧、关心照料，还有不舍昼夜的勤恳工作。如果母亲也有机会接受高等教育，那么可能只有法律和精神病学是最适合她的学科。新的社会制度摒弃了最初的自由和创造精神。商业贸易由此变成了强制劳动和令人厌恶的计划式官僚主义。商店职员、售货员、商品学家、计划统筹员还有会计，这些人无一不在当局的"警察"和真警察的密切监视下。

母亲离开了新开的"我们的书店"，去了另一家杂货铺工作。她一生都在和书籍、文具打交道，但现在这家店里尽是纽扣和针线。纽扣的大小颜色各不相同，针线、绸带和花边款式多样。这份工作其实一点儿都不适合她，店铺狭小而昏暗，还常常挤满了从周边村子里过来的村民。她忐忑不安地爬上吱呀作响的梯子，想从上头的架子旁取盒子下来，奈何自己矮小的身子完成这种工作实在够呛。而后她气喘吁吁地爬了下来，布满皱纹的大手颤悠悠地拿着盒子。这时，那顾客可能已经不想要盒子里的东西了，又或许从一开始就没想清楚自己要买什么。然而，她根本没有时间和空间可以用来说话，一卷刺绣花边就这么突然消失了，一起消失的还有挤在她身旁的"魔术师"。年轻的女助理在原地晕头转向，面对突然袭来的人潮惊慌失措。我还能听到母亲正冲着那些女临时工发火。这些临时工总是没做多久就会换一批人，动作看起来极为灵巧敏捷，不知何时就会把手伸进钱柜里。这里充斥着混乱、困惑、冷漠、惊慌。在商店那歇斯底里的盘点日期间,他们便会迎来噩梦的顶峰时刻。店门会一直敞开着,店员们要将所有的商品进行分类和标价,一直得忙到深更半夜。最后,这种压力一度压垮了我的父亲。他平日忙于自己的会计工作,回家后还要检查各种账目记录,一一改正那些愚笨甚至腐败的管理人员所犯下的错误。最后,那些黑暗的不祥之兆都得到了证实。在一次盘点中,晦气找上了母亲,还好人家看她年事已高,又加上某种暗箱操作,她得以逃过牢狱之灾。她在接受审讯期间濒临崩溃,一如我们结束佩里普拉瓦之行的那个晚上,她在返程的火车上一蹶不振。而当时的父亲,正在罪犯的囚禁地经受一次又一次的羞辱。

羞辱本身并不会令她感到痛苦,可若事关她的丈夫或儿子,她就会因为他们蒙羞而感到罪该万死。

"上帝会为你所做的一切帮助你。"在布加勒斯特的那段日子里,每当我早晨陪她去看医生,她总会不断重复这句话。在从佩里普拉瓦回来的火车上以及审讯的日子里也皆是如此。双目失明的她会在街角安静地等我叫出租车回来,但这在布加勒斯特的交通高峰期几乎是件不可能做到的事儿。

她走样的容颜、绝望的心绪、毁灭性的精神危机是从鸡毛蒜皮的小事或是从我对疏远的执迷而开始的吗?她没有力量与我直接对峙,亦无法用言语伤害我。可大概是我对她的困境和创伤表现得过于冷漠,她一直想要找个什么方法深深地、无可挽救地伤害我。她的无助感加剧了身体的抽搐,而这种抽搐立刻将我转变为一个火冒三丈又冷若冰霜的旁观者。

如戏剧般的疾病,极尽夸张的哀号,不断加剧的痛苦,都是她通过表演展现的吗?我用自己的厌恶之情施以自卫,但知道自己无法逃离她企图牢牢控制却又层层断裂的世界。她对太多人的善意转变成了尖锐的自私,不留一丝商讨的余地。她看起来想要惩罚身边的所有人,既折磨自己,也折磨他们,只因他们不懂得回报她壮烈的牺牲和绝对的忠诚。

爱的暴政于我而言是犹太人区令人无法承受的疾病。那只裹着绒布和丝绸的爪子会在你不经意间重又出现。即便我逃离了犹太人聚集区,我也还是无法逃离她的掌心。

终于,她镇静下来,复又变得善解人意,恢复了往日的风趣和温柔。矛盾的是,这份平静和放松似乎是为了证明昨日的焦虑和那一幕幕绝望的真实性。仔细回想一番,平静为她此前的失态营造了一种诡异而模糊的氛围。这里谈论的并非两个不同的人,尽管她看似的确如此,而是对这一个体多面性的证明,这一结论让人倍感不适。她似乎想说,如果她想要拥有某种品性,那么同时还得拥有这一品性的对立面。这些相互对立的品性皆不能远离或企图统治这一焦躁不安的个体。一种神秘的祖传力量努力维持着脆弱的祝福。"也请保佑他们吧。"她有时似乎这么说道,一边凝望着身边的基督教世界。这时,她用手捂住双眼,让思绪沉至不可见的深处,祈求着未知神的保护。

对母亲而言,坟墓是一个比犹太教堂更适合她的归宿。在那里,人们的交流更为自然、快捷和超脱,这样的交流模式会融进历史的血脉,成为形而上哲学的一部分。我们的老祖宗是曾经的我们,而我们其实是他们现世的化身,过去即现在。每一年,我们都会重出埃及[1]，但和祖先们一样，我们从未真正离开过它，然后我们一次又一次重新体验另一个埃及的生活。祖先们的命运即我们的未来，我们的命运亦同他们紧紧相连，永生永世，不分不离。因此，我们并没有权力假借祖先之名去宽恕什么，同样上帝也无法以我们的名义去原谅别人。宽恕，这是每个人分内的事，同别人无关……

只要在这世界上有任何事进展不畅，这种神秘的联系、对过往的认同和对神明的崇拜就会变得更加频繁而自然。

母亲已经坦然接受"这个世界已经变了"的事实。但是，就像我曾耐心解释给她听的那样：你不能就此轻易相信什么人人平等的鬼话，或就此自称是什么爱国主义者，认为自己有权批判这个国家。她总是避免触及诸如此类的敏感话题，就像她从不谈我的书一样。可每当我得知自己又处于日常的风暴中心时，她却还是显得忧心忡忡。

每当母亲提前嗅到了危机时刻的味道，她不会非要求别人将自己的亲眼所见奉为圭臬。但无论如何，事情发展至此，业已太迟：我拒绝将我同我的家族捆绑在一起。我常持批判主义的态度。伟大的批判家马克·吐温向我一再重复着：再没什么比生而为人更糟糕的事了。有时人们会和我开这样的美式玩笑，做一个罗马尼亚人，你开心吗？开心吗？听见这样的玩笑话我真心快乐吗？如果我是一个巴拉圭人或是一个中国人又会如何？或者是一个犹太人呢？有何不可？这样的坏运气似乎并不比其他的倒霉事更无趣。

我真的是按照上帝的模样被创造出来的吗？上帝真的长着我的

---

[1]《出埃及记》是圣经旧约的第二书，主要讲述了以色列人如何在埃及受到逼害，然后由摩西带领他们离开埃及的故事。

面孔吗？倘若真是如此，那位创造了世界的人就是将我带到这世上的人。那么上帝是不是就是那位赐予我生命的女人，他从未变得如此具象化，仿佛距我仅咫尺之遥。

成为母亲的儿子——在同上帝的种种矛盾里，再没有哪一个矛盾能更让我从中受益的了，也再没有哪种牵绊比这更有戏剧化色彩了，再也没有。

我的母亲不是让娜–克雷蒙丝·普鲁斯特，而她的儿子也不是马塞尔·普鲁斯特转世。小时候的我从未得到过母亲的晚安之吻。而现在即使是午夜时分，当我在梦中见到母亲后，她也不会向我表达她的思乡情切。每每我一个人和衣躺在床上，笼罩于四周的黑暗仿佛在监视着我，在那一瞬间我才发觉过往的利爪竟挠得人如此痛苦。而稍过一会儿，我从漫游太虚中回过神来，望着夜晚微微泛红的天空，突然间，我仿佛又看到失去光明的老太太正在自己的轮椅中瘫坐着。在天空的座椅之中端坐着睡眼惺忪的上帝：那位垂死的老太太就是他的化身。这位虚弱疲惫的失明神灵长着母亲瘦削凹陷的面颊。当四周被陌生人环绕时，无论我流亡在此处，还是亡命在彼方，当我浪迹五湖四海，我的困惑为我这个流亡者带来了最后的财富——一位长着熟悉面孔的上帝。

家庭相册中存的照片不过寥寥，其余都随时间的流逝或因搬家而失散四方了。照片中的母亲是少女模样，双眸乌黑有神，鼻形精巧，鼻翼微张，额头高高，眉毛弯弯，头戴礼帽，面笼轻纱，身披黑色羊毛斗篷，微微侧头望着她的新婚丈夫，一看就是位地中海式美人。母亲略带紧张地望向镜头，那谨慎的神情透露了她在东欧十字路口历经的严苛考验。

照片并不意味着回忆。在最初那些年里没什么回忆可言，那几年光阴被遗忘症湮没在了过去。尽管在特兰斯尼斯特里亚发生的那些事难以忘却,但那时候并没有照片可以用来记录这一切,于是它们只能沦为零星的记忆碎片,散落在历史的档案中无迹可寻,而今更是被哭天抢地的陈词滥调所取代了。1945年春天,我们重新回到了曾经将我们驱赶出境的祖国。那时,我们一副衣衫褴褛的落魄样,在雅西街头游荡,一位摄影师按下快门记录下了这一刻,吓了我们一跳。可惜的是,他并没有将"重生"的瞬间拍下来送给我们作为纪念。年末的欢庆景象、夏日的悠长假期、瓦特拉多尔内[1]的度假公园、佩里普拉瓦附近枯焦的土地,还有我父亲那身囚服,这些可有相片记录?一张也没有。

我告诉母亲自己决定从大学辍学,不念书了。她吓得面色发白,当场傻了眼。半晌,她终于开口道:"你说的有道理,要是不喜欢,不念也罢。"当听到我这个初出茅庐的新手工程师说想在城里租房住的时候,她正在厨房忙着为自己新进门的儿媳准备晚餐。听罢,她目瞪口呆,最后还是发话:"如果你实在忍不了和我们一起住的话……"后来,母亲总是在门口来回踱步,等着邮差将我的家信捎回家。当老年病接二连三地找上门,母亲一方面同命运握手言和,一方面又抱怨连天,有时还把父亲当作出气筒:"我年轻的时候,你很快活吧,那时候的日子更好是吗?是不是这样?"

距离首次流放已过去了40年,相比之下,这次放逐的优势是不再有回归的可能。我生活的目击者如今四散隐匿在世界的角落和墓地中。夜幕降临后,在我父母相遇前便知晓我模样的那位中国圣贤偶尔会以幻影的方式出现,将戴着假面的过往归还于我。墙化作梦

---

1 地名,Vatra Dornei,罗马尼亚北部城市。

幻之地，影子的游戏在黑暗中描绘着母亲的身影，而我在墙上看到了这一切。我复又看见边境，还有出生地和墓地。当我父母在1932年相遇时，他们不会想到自己的葬身之处会同自己的父母亲相隔如此遥远，彼此的墓地远隔山海，而他们同儿子安葬之地更是遥不可及。夜幕沉沉，他们的儿子正为了子孙后代书写着这份报告。

暗夜被层层染上绿色，成了一片俄国草原。我看到特兰斯尼斯特里亚森林中既无姓名也无标记的墓坑，外祖父母就埋葬其间，接着我又看到祖父那覆满鲜花的坟墓，他就被埋葬在鲜花繁盛的小城弗尔蒂切尼。在耶路撒冷的一座山岗上，古犹太人的太阳炙烤着一块石板致其熊熊燃烧起来，而我的父亲就安息在这块石板下。唯独我的母亲姗姗来迟，留在了她一直居住却又想离开的地方。她是我们当中唯一一个永远留在了祖国的人，在苏恰瓦山丘的墓地中安息，而那里对她颠沛流离的儿子而言，已然成了他的故国。

她总有一种将被流放的预感，而命运最终将她永远地流放在最初的地点。这难道不是一场闹剧吗？用罪恶感让她儿子的回忆变得愈发沉重？对一户遗失的家庭而言，用罪恶感来替代那遗失的家庭相簿可再好不过了。

在人生的暮年，被流放者似乎才开始需要母亲的疼爱和忧虑。在巴黎少年马塞尔的哀怨声中，也正是暮年辨出了我的轮廓。马塞尔的东欧双胞胎兄弟，一直渴望着解放，如今年华垂暮，是否重新渴望着套上枷锁而迎来无数个失眠的夜晚？我许是听到了母亲的脚步声，她从没有归路的世界重新回到这里，身着厚天鹅绒裙传出一阵簌簌声，穿过走廊，走向那个离别者的卧室。

"一个痛苦的时刻，而它宣告着下一个即将到来的时刻，她离开我的时刻。"马塞尔说道。

这般幻象会持续多久？我何时又会孑然一身留在此地？

"当我听到她走上楼梯而后穿过走廊的脚步声时……我甚至希望她能尽量出现得晚一些，如此一来，等待的时间也可以随之延长。"

尽管我并非在大教堂和基督宗教音乐的世界中长大，但此时此刻，马塞尔的文字就是我的文字，而我属于混沌的东欧。

从前我无法承受普鲁斯特笔下的文字，但无论何时，我都能在另一个流亡者身上看到我这个东欧人的影子："我无法拥有片刻的宁静，任何事物于我而言都非理所当然，所有一切都需要去争取，不仅是现在和未来，还有过去。"卡夫卡如是写道。的确，所有一切都需要去争取，我们也无法拥有片刻的宁静。

不仅是犹太人区，整个世界都消失无踪了，此刻已是深夜时分。我不知该从何处着手去寻找那遗失的时光，也没有灵丹妙药可以将它们归还于我。没有过去，也没有未来，那么我是生活在租来的当下幻想中，生活在一个不幸而危险的陷阱中吗？某天夜晚，我问卡夫卡先生他是否真的想念犹太人区。"噢，如果我有这个选择的话。"这位客人低声轻语着，一边摘下了同他一样黝黑的帽子。而后，他又多次重复了这句话。我自己也重复了好几遍他那令人困惑的语句。

"如果我有机会成为自己想成为的人，那么我想做一个缩在房间角落里的东欧犹太小男孩，内心没有一丝忧虑。父亲在房中央，同其他男人说着话，母亲则裹着一身厚衣服，仔细翻弄着行李箱，姐妹摆弄着自己漂亮的头发，同其他女孩们叽叽喳喳地聊着天。接着在几个星期后，大家就都到了美国。"

我嘟囔起一些外语，叙说着这难以捉摸的天际，而我那失明的老母亲正坐着轮椅驰过这片天空。我屏住了呼吸，脑海被思念和孤独侵蚀，而那只唤醒了心中父母的利爪，又再一次刺入了我的胸膛。

维也纳式长沙发

回忆

下雨了,不过并非《圣经》里大洪水那般的瓢泼大雨。诺亚在现实的这出喜剧中只扮演了一位流亡者的角色。

纽约的一隅,有一个环境优雅的高档小区。在里头一个装潢精美的房间内,人们正聊得尽兴,丝毫没有察觉外面已下起绵绵细雨。

无人知晓何时起,那位受难者不知怎么就谈起了特兰斯尼斯特里亚,谈起了启蒙、战争,还说到了玛丽亚,那位毅然决定同犹太人共生死的农村妇人。谈话人滔滔不绝,讲得停不下来,后又提起了拜占庭式的政治体制及其矛盾点,甚至还聊到流亡生活和它的两面性。

装着玻璃镜的门缓缓晃动着,讲述者突然在那方正的镜面中望见了自己口若悬河的模样。尽管不愿承认,但真是像极了那位回忆录作者的样子。太迟了,说出去的话,泼出去的水。于是,在一个长长的停顿后,他复又开口,继续同往昔的故事来回周旋,期许能获取些蹩脚的胜利。

第二天，我收到了一封信："在共进愉快的午餐后，我久久难以将你忘怀，心头总想着**你讲的故事**，我想这不只是因为那天下雨的缘故。那是一个精彩绝伦的故事，并不只因为那是你亲口所述，还因为你在最糟糕的历史时期中那样活过、思考过、行动过。[1]"

编辑在信中还说道："作为一个目击证人，作为一名作家，你必须有所行动。[2]"

难道就这样将他的生平公之于众？萧沆曾警告："这就像给人进行了一场灰尘沐浴，这么做就是一出完美的自焚。"倘若将所有付诸文字，这无异于将人层层剖析开来，那么这同那些电视访谈和群体精神治疗又有何差别？

我一遍又一遍地凝视着打字机下蹦出来的几行文字。

公众的纪念活动让恐怖再也不是什么新鲜事。它们总是一而再再而三地被拎出来谈论，仿佛这样才能发挥它们真正的作用。自然而然，人们也逐渐对之感到厌倦，甚至变得冷漠。作为历史和地理知识的消费者，听众真正感兴趣的是新鲜的细节，他们需要的是德涅斯特左岸探险记，而非什么与启蒙和德左相关的隐喻。

书信中写的那个我和现实中的我是同一个人吗？在"最糟糕的历史时期"中接受的教育让我习惯了推卸责任，而这一后遗症似乎仍发挥着作用。如若现在毫无征兆地被卷入嫌疑人之列，我是否还会仓皇地不知所措呢？我想，在这场虚伪的游戏中，我依然习惯了

---

[1] 此处原文为英语：I don't think it was just because it rained, but I spent a good deal of time after our pleasant lunch on thinking about you, and by that I mean thinking about YOUR STORY. A fascinating one, not just because it is you, but because you lived and thought and acted at the center of the worst time in history.

[2] 此处原文为英语，you were an eye witness and as a writer you must react。

以面具示人。

镜子发起了它的警告,我仿佛从中真切地看到了人们放弃逃避、束手就擒的画面,那舍命流亡的队伍、运输中转的集中营、分拣挑选中心,而渺小如蝼蚁的人们被一批批遣送去大元帅许诺给众人的坟墓。

扬·安东内斯库,这位罗马尼亚的伟大领袖、军队的总指挥、国家的大元帅,在1941年9月6日写道:"这不是一次同奴隶的斗争,而是一场同犹太人的决斗。是生与死的战争。要么,我们胜利,世界得到净化;要么,他们凯旋,我们沦为奴隶。所以,犹太人就是撒旦。"

有这么一个根除国家烂疮的绝佳时机,这位"爱国者"可不会放过。"在我们的历史上,再没有比这更好的时候了。如果必要,我们会付诸武力。"希特勒的这位同盟补充道。

其实,零星的屠杀在一年前就开始了。安东内斯库1941年秋天的这番话只不过让它变得更一发不可收拾罢了。

10月4日,将军下了驱逐令;10月9日,执行效率创下纪录,火车也已经开动。

"今天,1941年10月9日,伊茨卡尼、布尔杜杰尼以及苏恰瓦的犹太人将乘坐火车离开。从奇普里安·波伦贝斯库[1]街到彼得鲁·拉雷什[2]街,拐角处是圣杜米特鲁[3]教堂和犹太之家。从玛丽亚王后[4]街直

---

1 人名,Ciprian Porumbescu(1853—1883),罗马尼亚著名作曲家。
2 人名,Petru Rareș(1483—1546),摩尔多瓦大公。
3 人名,Dumitru。
4 人名,Regina Maria a României,即 Marie Alexandra Victoria(1875—1938),罗马尼亚国王斐迪南一世(Ferdinand I)之妻。

至雷伊弗[1]杂货铺。还有城堡街[2]。自美国饭店背后的第一条街至工业女校，以及整条波桑奇洛街[3]。"

行动将于1941年10月9日下午4点在布尔杜杰尼火车站的军用仓库开始。前一天晚上，博托罗阿格[4]少校突然出现在门口。"你有两个孩子，必须带着他们离开。长路漫漫，除了必需品，其他什么也别带。"他用十分友好的方式警告着马内阿先生。驱逐行动将在第二天开始，持续一天后结束。规定非常明确："每个犹太居民可以随身携带厚外套、日常衣物和鞋子，以及满足数天需求的食物。总的加起来得在自己能承担的重量范围内。离开前还要带上自家的钥匙。钥匙与家庭财产清单一起放进信封中，然后写上自己的姓名和地址，在火车站交由委员会保管。"

玛丽亚认真地听着这番话，而眼睛一直看着小诺亚，他呆若木鸡地盯着那位信使的脸庞。男孩将目光转向了她，像是想要一个解释。玛丽亚回以微笑，用大拇指顶着鼻尖，一边摆了摆另外的四个手指扮着鬼脸，这是他们的暗号，意思是："这些都是胡说八道！"

少校继续说道："那些不到场服从命令，坚持反抗，煽动或使用暴力对抗当局的人，那些试图逃跑或破坏自己财产的人，还有那些不上交现钞、金币、珠宝和其他贵金属的人，都将被当场击毙。如果有人帮助或藏匿企图犯下此类罪行的犹太人，那么他们也会落得一样的下场。"

当少校说出最后几个字时，并没有盯着玛丽亚不放。不过，她

1　人名，Reif。
2　路名，Cetății。
3　路名，Bosancilor。
4　人名，Botoroagă。

或许在当时就做出了决定,要犯下比帮助或藏匿"麻风病人"更严重的罪行:同他们一起离开。此后,当这个疯女人被拖离火车车门时,警察局长、县长、副县长、当地卫戍部队的上校,以及宪兵地方指挥官博托罗阿格少校都将带着厌恶的神情审视她。她不配获得子弹的荣耀,只配留在她所背叛的人当中。

几个月后,玛丽亚带着行李箱出现在集中营门口,箱子里头装满了为她的小王子诺亚及其父母准备的衣服和食物。这些被当场没收的行李成了她在军事法庭上的证物。

"历经千年,悲剧的命运将巴比伦之狱与特兰斯尼斯特里亚那充斥着饥饿、疾病和死亡的地狱联系在了一起。"基督徒特拉扬·波波维奇[1]如是写道,他是布科维纳首府切尔讷乌茨的市长。"被驱逐者在德涅斯特河沿岸的集合点被剥夺了所有财产,文件也被销毁,他们坐着摆渡筏渡过德涅斯特河,而后饥肠辘辘地赤脚前行,一路上风雨交加,冰雪飘零,泥水飞溅,那是但丁笔下的悲剧,是世界末日般的荒蛮。"市长继续写着,直到最后一刻仍试图阻止这场驱逐。"在单次押送过程中,60个婴儿只有1个能幸存下来。劳累过度或是走路磕磕绊绊的人濒临死亡,于是他们在路边被弃之不顾,成为秃鹰和野狗的掠食对象。那些到达了目的地的人,卫生等各方面生活条件都极其恶劣,没有住所,没有柴火,没有食物和衣服,残忍地被暴露在严酷的天气中,忍受着卫兵与管理人员的折磨。"

历史地理课上一定会提到德涅斯特河的"过境点"阿塔基。囚徒诺亚当时只有5岁,但即便过去50年后,他也不会忘记这个名称。那不是《圣经》大洪水情节中的阿勒山,而是阿塔基。

---

[1] 人名,Traian Popovici。

一些苏恰瓦人在回忆中也认真地提到了这场灾难："阿塔基将始终是个谜，唯有我们当中那些在它蜿蜒的街道上备受煎熬，宛若置身于猛兽牢笼中的人才能理解。昔日体格强壮的人突然间瘫倒在地，没有了呼吸。身心健康的人也不知何时丧失了心智。罗莎·斯坦恩[1]，萨穆尔·斯坦恩[2]律师的遗孀，觉得自己仍身处苏恰瓦，只是在陌生的街道上迷了路。这可怜人总是礼貌地左右询问着：'实在抱歉，能麻烦您带我回家吗？我家和威尼尔书店是同一幢楼。'"

现在流亡者颤巍巍地待在自己位于纽约的"摇篮"里。关于威尼尔书店的记忆一直留在他的脑海中。战后，这家书店成了大家的一处避难所，里头装满了奇迹。后来，由于当局不允许私有财产存在，查禁了所有私人捐助，这些奇迹也就戛然而止了。

1941年，勒德乌茨的那批流亡者从阿塔基发来了一则令人绝望的消息："10月14日那天，我们被人赶走，带到了这里。现在正等着渡河，去德涅斯特河对岸，再被遣送去乌克兰的某个地方。在这自由的天空下，竟无我们一个栖身之处。无论风霜雨雪，无论酷暑严寒，我们都只能以天为被，以地为床。在阿塔基已经有成百上千人丢了性命。还有一些要么发了疯，要么亲手结束了自己的生命。如果现在没有人前来营救，那么我们这群不幸的人或许都得葬身于此，一个人也没法活。足足25000条性命啊。我们中的一些人踏上了前往乌克兰的流亡路，一些人去了莫吉列夫，还有一些人在这儿，在阿塔基。"

莫吉列夫这个地方，是绝不会让人忘记的。马内阿一家四口被

1　人名，Rosa Stein。
2　人名，Samuel Stein。

遭送的目的地正是此处。1942年1月6日,一名莫吉列夫的记者给位于日内瓦的犹太复国者办公室去了一封信,信中写道:"这里一天有60人死去。"看来,1941年后的第一个冬天也成了希特勒和大元帅安东内斯库的杀人同伙。

尽管德涅斯特左岸发生了一场"旷日持久的灾难",那个集中营成了一个彻头彻尾的怪物,但正如历史学家所记载的——这里最后显示的死亡率仅为50%。可见,这场"大洪水"过后的"资产负债表"最终还是没能让大元帅满意。对他来说,50%的死亡率没什么值得骄傲的,它远无法与奥斯维辛匹敌。

正如罗马尼亚的其他事情一样,德左地区的这个"成绩"显得有些尴尬。难道正如一些历史学家所言,罗马尼亚是当时欧洲最反犹的国家?恐怕这很难比较,也不容易评估。德国纳粹在大屠杀这件事上的"绝对地位"是难以撼动的。不过,德军的一份报告中曾提到,德方对罗马尼亚同盟所实行的屠杀方式颇有微词,他们觉得罗方所推行的大屠杀太过混乱、毫无章法,所使用的手段也显得原始落后。

愣怔怔的诺亚不仅初步懂得了生的内涵,还领悟了来世的意义。死神第一个找上的竟然是我挚爱的祖父阿夫拉姆!那时他已瘦得没个人样了。突然间,人便死而不能复生了,一切就像变魔术一样:祖父去了另一个世界,静静躺在坟墓里,没了性命,也没了姓名。

诺亚仿佛看到自己也像干尸一般躺在坟墓中的那张床上,永久地昏睡过去。然后现实将他拉了回来,坟墓、冻干的土地、冬天结着冰碴儿的草絮,还有一旁那些如蝼蚁般不堪挣扎的人们。放眼四周,是白雪皑皑的世界,是耳边呼啸的狂风,是错杂生长的枯树。还有一群胡子拉碴的汉子。他们手拉着手,随着古老的悼文,有节奏地摇摆着。

我那时候还活着,一面在世上喘息,一面思考着自己的死亡。但,即使是那时如此幼小的我,也尚且明白了哭泣、饥饿、严寒与恐惧都是生者才有的权利,而逝者是一无所有的。母亲说,没有什么比活下去更重要的事。留得青山在,不怕没柴烧,她试着这样鼓励自己的丈夫和儿子,无论如何都要保住自己的一条命。母亲一再用负责的口吻重复着:只有这样,我们才能幸存,才能活。

被俘期间的日子一天天过去,四季轮换,期间的记忆并不怎么清晰。战火渐渐向西方烧去。大元帅又发令,要留我们这些如蝼蚁般的人一条性命,好为自己的丑恶行径做个不在场证明和担保。

前公民马内阿获准在一家工厂做工,每天的报酬比买一个面包的钱还少,而就这微薄的收入却要支撑我们一家四口每日的生计。毕竟那时候谁也不知道这生死转盘下一次旋转后会停驻在哪里。

父亲穷尽一生小心翼翼建立起的谋生逻辑在这儿毫无用武之地。能够真正救人性命的只有腐败行为和命运的买卖交易。得以苟活于世已是最高嘉赏,而父亲却对此厌恶至极。那个曾经友善的军官现在被仇恨折磨得面目可憎。他一下下挥舞着牛皮鞭,似乎准备随时将面前的囚徒鞭笞致死,就像碾死一只虫子一般,轻而易举。然而,这并未改变我的父亲:死去,可以!凌辱,绝不接受!他试着从令人作呕的现实中逃离,好让自己不变成奴颜婢膝、虚伪假善的奴才样。为了尊严!我的父亲决不放弃做人的尊严!母亲和父亲不同,她不会为什么尊严之类的鬼话买账,可父亲却对此看得很重。集中营里,恶心的情感交易、倒卖阿司匹林和面包的黑市随处可见,父亲是非常看不惯的,对那些为了将自己从凶残的压迫者手中解救出来而对同为受害者施暴的家伙更是嗤之以鼻。我常常听他用笃定的语气轻声重复着这样一句话：只有怪物刽子手下才会生出怪物受害者。

元首[1]的最终方案才不会考虑那些被判灭绝的无名之辈的想法。纳粹清晰地规划了自己的行动，兑现了自己的诺言，回报了它的信徒，毫不犹豫地消灭了那些受害人，不曾给予他们改宗皈依或是撒谎掩饰的机会。相比之下，罗马尼亚国内的承诺与现实往往有着不可逾越的鸿沟，猜疑、堕落和恐惧从中作祟。

这般想法在孤僻者的脑海中如风般簌簌掠过，那是贪婪的20世纪70年代，布加勒斯特的一个秋日午后。寂静的房间中，读者与书无声地对话着，几乎没有注意到电话铃声突然响起。我没有心情同任何人交谈，耳边的铃声也渐响渐弱。不过，我还是拿起了听筒。柜子右边的镜子记录下了这些举动，我从中看到自己正拿着听筒。

"出去走走吗？"我的朋友问。

"下着雨呢，你想去哪儿走？不如在家里聊会儿天。"

"不，我们还是出去吧。雨停了，外边天气挺好的。我们半小时后在图书馆前的皇宫广场见。"

奇怪，这个平日里只爱久坐不动的人竟然喜欢上散步了！雨的确停了，雨后的空气也很清新。我们一同走向学院前面那座荒凉的小公园。长凳上残留着雨水，我们在那几排长凳间来回踱步。

"那事儿发生了。事情最后还是发生了。我们一直希望他们只会找到那些邻居，一直就是这么认为。但现在他找上我了，他找到我们了。"

我没有说话，等着他继续。

"他们一共有两个人，一个上校和一个上尉。上尉负责记笔记。

---

[1] 原文为德语，Führer。

审问持续了大概三个小时。"

散步的理由这下变得清楚了。房间里隔墙有耳，警察的耳朵。

"说的都跟你有关。你在做什么，都见过谁。和国外通讯的信件。你有没有情妇，茹拉有没有情人。个人财务状况，包括你的、你父母的还有你岳母的。你是否对领导人夫妇有敌意。还有是否打算移民。"

在乔尔马尼亚，嫌疑人名单愈发像是一张人口普查表！逃离公共世界的喧闹无济于事，与世隔绝也无法起到对我的保护作用。

"你可能不会信，我签字了。我最后还是签了字。他们还给了我一个秘密代号。阿林[1]！他们没问我是更喜欢纪尧姆·阿波利奈尔[2]还是威廉·莎士比亚[3]。或者米舒[4]，有何不可呢，米舒·埃米内斯库。"

警察为他选的这个代号正是那位兼职戏剧批评家和诗人的新线人在文学杂志上用的笔名！要记住：无论诗人还是警察，都搜寻着我们用来藏匿自身的神秘。

"你为什么要签字？这下，你只有进了棺材才能摆脱得了他们，指不定到那时也摆脱不了。你如果能再坚持上一个小时，他们就会作罢。现在不是斯大林时代。你那样做的话，他们或许就不会再纠缠你了。"

阿林没有回答，我也陷入了沉默。我只是不想装作自己是个英

1　人名，Alin。

2　人名，Guillaume Apollinaire (1880—1918)，法国著名诗人、小说家、剧作家和文艺评论家，被认为是超现实主义文艺运动的先驱之一，著有诗集《醇酒集》《图画诗》及小说集《异端派首领与公司》《被杀害的诗人》等。

3　人名，William Shakespeare (1564—1616)，文艺复兴时期英国最杰出的戏剧家和诗人，代表作包括《罗密欧与朱丽叶》《哈姆雷特》《李尔王》等。

4　人名，Mişu。

雄，他也没有必要表现出恭顺的态度，我们更无须建议和责备。在地狱里，面包意味着一切；在炼狱中，它也极为重要。在集中营的门上，卫兵写了"天堂""地狱"和"炼狱"几个字，而面包无论在哪里都是最常见的讹诈手段。

"他们威胁我。说您是公务员，有义务协助我们。"

换言之，你可能连个普普通通的工作也保不住。这个人很清楚，这是违法的威胁，但他也知道，法律不过是权力的玩物。不仅阿林的面包成了游戏的筹码，连他年迈多病的父母的面包也连带其中。

看，这位朋友不只是在文学中以阿林的身份存在着！他双重、三重和多重的生活中增加了一项精确、秘密而无报酬的任务：汇报他最好的朋友那双重或者三重的生活。他每周都要同联络官员见面，地点不是官员的办公室，而是在安全局控制下的私人住宅中。朴素的装修，一片狭窄的灰色居住空间会使这个任务人性化吗？警察局线人数量的增速远远快于人均生产总值的增速，而这一招募行动还在不断加强。我很清楚这一点，人们曾经和这些行动的专家发生过冲突，那不过才是几年前的事儿。

"对一个因出身于犹太人聚集区而饱受创伤的人来说，民族主义国家的警察和新社会制度里的民警、军官并无差别。"若干年后，我和其中一位秘密警察如此袒露真心。

我乘着火车连夜从布加勒斯特赶回苏恰瓦，从罗马尼亚的一端穿越至另一端，只为了能看上双亲一眼。我在父母家中匆匆灌下一口咖啡，试图弄清二老在电话中想说但未能说出口的话。很快，我便知道了，他们想说的就是那个词：恐惧。看得出父母着实感到不安、害怕。这份恐惧仿佛历经了千年古老时间的洗礼，又历久弥新，对昨天的惊恐，对今日的担忧，他们每天都生活在惶恐无措的状态之中。

283

因为急着赶火车回去,我只匆匆看了他们一眼,便又赶忙起身出门。留给二老的只有那杯未饮尽的咖啡。等我回过神来才恍然发现,自己已回到了过去熟悉的街道上。

奥斯曼时期的市政厅如今成了罗共的办公楼。我向看门的哨兵出示了自己作家协会的成员证。别说,即使是 20 世纪 70 年代末,这张证在地方上也还有些威信。小伙子怕是被唬住了,一脸迷茫地看了看他面前的这位陌生人,也不知自己的行为是否合乎礼数,只一面认真听我说着话,一面埋头苦记着那证上的信息:"我也不知道第一书记同志什么时候能接见您,但我会帮您传话的。"

他刚写完抬起头,我就斩钉截铁地回他道:"今晚我就回布加勒斯特了!听证会必须今天就开!"

小伙子犹豫了片刻,一脸听天由命的样子,无奈地对我说:"您先回去吧,中午再来,到时候给您回话。"

我还有点时间可以再去安全局总部冒险碰碰运气。他们的新办公楼离老医院不远。我再一次觍着脸递上自己的作协成员证。那儿的工作人员看起来并没被唬住。听证会?要见司令员?还得今天就办?为什么搞得这么急?

"今天午饭前我就得见他。之后我得去见党的第一书记。"

只见这位戴着眼镜的看门人拿起电话拨了一串数字,然后走了出去,另一个小伙子接替了他的位置。过了一会儿,戴眼镜的那位回来了,给我带了回信:"司令员同志目前不在市里。副司令员瓦西留[1]同志在,他会在中午 11 点见你。"

此刻是 10 点零 5 分。我漫步在田园牧歌般的故乡里。这里随

1　人名,Vasiliu。

处可见芬芳的花园、盛开的鲜花和忍不住让人懒洋洋往上躺的长凳。阿日尼公园就在附近。春日的阳光肆意倾洒下来，惹人昏昏欲睡。我绕着几棵古树来回踱步，它们才是古老时光的见证者。

11点整，我被带到了大楼一层。在大办公室的最里面坐着一位先生。他身形干瘦，面色苍白，头发稀疏，鬓角斑白，里头穿着一件白衬衫，没打领带，外套一件灰色羊毛针织背心，材质看起来略显粗糙。他左手边，是一位穿着上尉制服的男士。他肤色黝黑，蓄着乌黑发亮的胡子。

我上前开门见山直奔主题：几个月来，退休的马尔库·马内阿先生饱受困扰。一位特工老揪着他不放，一会儿说他是以色列间谍，一会儿说他打着犹太人社团秘书身份的幌子在当地做什么不可见人的交易。要是有什么证据可以证明，那有罪的人自然该受到应有的审判！但如果拿不出任何证据，这样的恐吓应当立刻停止。无论是早年的苦难，还是近年的折磨，我的父亲受够了。他一辈子都生活在同一个城市。那里的人都知道，父亲是个老实人，甚至大家都觉得他有些太过憨厚了。

上校那灼热的眼神透露了他知道特兰斯尼斯特里亚和佩里普拉瓦的过去意味着什么，也暗示着他懂得究竟何为"老实人"。从劳改监狱里放出来的人，无论有罪无罪，后来都被迫成了安全局情报人员，而他们所在的这个单位正是乔尔马尼亚的最高情报机构。曾同样锒铛入狱的老党员马内阿同志却在这一年多来不停地拒绝接受这一"光荣"使命，他一再重申"自己是个正派的老实人"。见父亲以此为借口一再推脱，那警察终于被这傻瓜般的单调话语激怒了。显然上级领导最后也得知了自己下属招兵买马失败的消息。听完我的讲述，上校简短而平静地进行了回应。显然，作为对话人，他是聪明但危险的。别看他表面波澜不惊,其实背地里打着让人服软的小算盘。可那会儿,没太多时间让我思前想后。

"以色列间谍?此话怎讲?"

我没指望着有人回答,这场对峙会靠着自身的动力继续下去。

"有人指责他以犹太人社团秘书之职陪同美国和以色列高官访问布科维纳。这些都是正式访问!都得到了外交部的批准。或许还得到了其他有关部门的批准……监督机构掌握他们所有的行动、思考和言语。"

上校又一次令人难以置信地微笑起来!他懒洋洋地点了点头,肯定了这番勇气可嘉的陈词。

"是的,知道,我们当然知道。"司令员无声地说着。

"那群访问人员中应该有个叫布里尔[1]的,一个以色列秘密组织的头目。他在苏联边界附近的锡雷特[2]参观了著名的犹太人墓地。所以说,他是想知道边境地区有些什么吗?他是靠裸眼还是用自己根本没有的望远镜来观察?他甚至都没离开过游客参观区!苏恰瓦是个小地方,当地的犹太社团更是不值一提,他一个社团里的无名小卒,又怎么会认识秘密机构那名单上的嫌疑人?再说,这些机构的监察措施都极具成效。所有人都对罗马尼亚的安全性赞不绝口。"

上校几乎要大笑起来,正在本子上速记对话内容的上尉也抬起了头,笑得前仰后合。你真切地看到了这一幕,却又不敢相信。

"假如马内阿先生,比方说,有心脏病怎么办?安东内斯库的特兰斯尼斯特里亚、战后的斯大林主义以及20世纪50年代没有斯大

---

1 人名,Brill。
2 地名,Şiret。

林的斯大林主义，这个退休老人的脑海和身体中充斥着这一切！70年代，我们不应再重蹈覆辙。报纸上都这么说。"

相比起刚才那场独角戏，两位听众似乎对独白中的新变化更感兴趣，于是我加快了节奏。

"对犹太区的后裔而言，他们不一定清楚民族主义国家中那些随时准备采取卑劣行径对抗他们的警察与后来那些民警之间的区别。上校啊，这些事并非总是一清二楚的！法律宣称所有公民一律平等，部分犹太人在战后也身负要职，其中甚至包括国家部长，一些人现在还在位。然而，这无法治愈回忆，也无法治愈恐惧感。上校啊，那些嫌疑人们都变得疑神疑鬼起来。也许他们有权利变成这样。"

呜呼，好了！宏大的咏叹调到此为止！我许是证明了自己的机敏与勇气，于是微笑着，双手叉腰，期待着掌声和桂冠？在这场一气呵成的演讲中，我的恐惧感和反抗精神联合起来，那面镜子让这一幕变成了永恒，这场比赛未就此结束。它没有结束，但我活着，依然活着，焦虑、思绪和弱点也是那样鲜活，我意识到了这一特权的存在。

上校完美地演奏了真诚的乐谱，你很难不被其打动。他没有反驳我的任何一项控诉，反倒是满脸屈从的神情，像是个因每天都得处理蠢事而疲惫不堪的人。他接受我的夸夸其谈，在情绪层面上战胜了我。不过，我还是设法保持了镇定，直到他抛出最后一句话："谢谢你，这些都是有关犹太区精神心理状况的重要信息！我们很少得到这样的帮助。我们在布加勒斯特的同事一定会在之后联系您，以取得进一步的帮助。"

我结结巴巴地说道："不，我不合适，不该是我。"上校不再听下去，他站起身来，微笑着伸出手。会面就此结束。

下楼梯的时候,普尤莱特[1]上尉向我保证道,有关马尔库·马内阿先生的误会很快就会得到解决,上校向来信守诺言,他不是一般人,这点,我在刚才那个场合中已经感受到了。

的确,那个场合很特别,但我已不再在意普尤莱特上尉的言语。那次会见给我带来的压力如泰山压顶一般。我太过于关注自己的目的,神经因过于紧绷而变得盲目,忽视了自己身处何地,在对谁说话。如果会见再多进行五分钟,我就会像块破布似的瘫倒在那些家伙怀中!那时他们就可以在审讯中将我榨个干净了。一个筋疲力尽却又极为脆弱的战斗者,即使现在,迎面吹来微风似乎还让人感到敌意十足。

不过,结局可不像阵微风似的不让人在意。现在,诺亚——这位"犹太区心理状况"情报员,成了警界中对犹太区创伤和天选之民灾难了如指掌的专家?还成了那位友善的上校和他布加勒斯特"同僚"的联系人?……

我艰难地让自己镇定下来,紧接着撒腿就跑,希望赶紧离开这鬼地方,将这一切忘得一干二净。

但,我始终都没有忘记:面对如此荒唐的两难境地,任何人都没有权利充当道德导师。

阿林知道警方在后佩里普拉瓦时期向业已退休的马内阿·马尔库先生施加了多大的压力,熟知瓦西留上校的人格魅力,了解上校在布加勒斯特的同僚和我——未来的嫌疑人心理分析专家,在那两次会见中都聊了些什么,也知道在这两次短暂接触后,我拒绝了对方抛出的诱人合作邀约。现在,这些警察又一窝蜂地围了上来。当然,

---

[1] 人名,Puiulete。

除了从平铺直叙的报告和同诗人朋友的每周会见中所搜集的信息,这些猎狗似的家伙手上肯定掌握了更多关于嫌疑人的情况。

面对调查者的问询,阿林或以口头形式,或以书面形式,不止一次表示过我是这样一个人:"他是个老实人,无心于政治。性格内向,敏感忧郁,更愿俯身书海,而非去掺和那些政治纷争。"但这些言语不及那些唬人的政治话术听起来漂亮,因此似乎少有人信服。

到最后,这种质疑一切的习惯渐渐渗透进了方方面面:我甚至开始怀疑我的朋友并没有向我摊明一切。或许,他不仅想保护我免受那些跟踪者的骚扰,也不愿让我遭受内心的自我怀疑吧。渐渐地,我越来越依赖这位扮演着双重角色的线人了。

阿林原长得人高马大,那双手也生得宽大,头发如火焰般往上蹿着,就像个充满干劲的爱尔兰人。他嗓音浑厚,做起动作来幅度大得像个乐队指挥似的。但不知怎么,他忽然就变成了小矮人的模样,就像一只长着大鼻子的小老鼠,顶上的头发又油又亮,直愣愣地耷拉在脑袋上,活像顶了一个光不溜秋的迷你头盔。就连他说话的声音也变得支支吾吾的,让人很难听得分明。难不成他是刻意略过了一些会引起我担忧的细节吗?我一次又一次要求和他碰面,无论见面的时间有多短,一遍又一遍地同他核对那些微不足道却让人纠结的细节。

难道警察还对嫌疑人的病例档案感兴趣吗?警察挪用精神病院来拘押嫌犯的做法在西方可一度引起了巨大轰动。

阿林告诉我,安全警察叫他去参加的那些审讯尽是些形式主义的例行公事。这些安全人员一再拖延着,没对他进行什么敲诈勒索,就像这群家伙放任办公室里的文件堆积如山,却坐视不理一样。为了不让自己显得过于懒散、不作为,安全警察们不断扩增着告密者的数量。然而，这么做不是为了从他们手里攫取那些又多又杂的信息，而只是为了维系其中的复杂性。

我这位诗人朋友是我在这件事中的唯一消息来源。他的这些话让我稍感安慰，甚至觉得有些滑稽：搞半天，这群安全局的家伙还是没有挖到什么轰动性的大新闻。说实在的，就算没有阿林，他们靠自己也一样能搜到手里掌握的那些消息。

相较警察局档案记录的那些内容，我在心中感受到的焦虑揭露了更多不为人知的过往，那是陈旧而混沌的精神创伤。

其实，我才是整个游戏真正的受益人，倒不是因为我有多了解阿林身上背负的任务，而是由于他对我作出的那一系列反应。在这次调查中，我就像一个拥有特权的大人物，身处闹剧中央，不断丰富着那引人入胜的细节。譬如说，光是描述安全人员同告密者每周碰头的那套私人公寓，可能就足够吊起任何一位人类学家的胃口了。可是，我实在分身乏术，无暇顾及其他，只全心专注于内心的焦虑，就像个吸毒者贪婪地渴求着毒品。

倏尔一下子，我仿佛又深陷于20世纪40年代的焦虑之中，尽管有些晚，但这种感觉让我有机会去试图寻找，我们一直以来在那无形的迷雾中试图摆脱的东西究竟为何。后来，我发现了，那就是不确定性和周而复始的神经症。

精神分裂症发作一次得多久呢？一年？两年？阿林证明了就算是在安全警察横行霸道的国家，嫌疑人之间也存在深挚的友情。不过，最终，他还是受够了最高安全机构让他提供的这些服务，决定离开这个国家。临走前，他告诉了我这个消息。

这位冒牌情报人员最后还是离开了乔尔马尼亚，但即便身处异乡，阿林也依然怀揣着同样深厚的感情，坚持给我写信。这也证明了，纵使岁月易逝，空间易改，我俩的情谊仍难舍难断。

阿林的继任者没有着急揭下自己告密者的面具，而我也没有成功辨认出来。估计安全局的那帮家伙招募新人的标准提高了不少。对那些老在我边上晃悠的人，我提高了万分警惕。毕竟，这些人都戴着一副面具，指不定他们中的哪个就是告密者呢。千篇一律的面孔，毫不扭捏的举止，所有人都一副表里不一的样子。我身上的被迫害妄想症由此不断加剧，实难从中分辨一二，焦虑由此成了人们集体性的财富。

没有证据证明国家对人的利用比人对人的利用更具吸引力。废除私有制影响了当时的经济，逐渐建立起国家对公民的占有权。仇外情绪变得愈发微妙起来，快乐时代变成了怀疑时代。在这群被监视的嫌疑人中，潜在的受益者不断获得晋升的机会。

在精神病科医生的沙发上难道也有禁忌话题吗？虚伪的肿瘤，就是它，治疗方案重点攻克的对象！

那位能将我从工程学创伤解救出来的医生曾是个诗人，而几年后他还将成为一个线人，但同之前有所不同的是，他不是我的朋友。同他对话的风险实在难以估量，即便是在问诊室里吐露的焦虑情绪也不再是一种私人财产。

模棱两可的范围和习以为常的飞地不断收缩。数十年来，人们一直期许着情况能如奇迹般缓和。然而，当希望时不时地出现在人们的视野中时，似乎不确定性又加剧了，陷阱的数量也与日俱增。怀疑和虚伪逐渐渗透到了厨房和卧室，悄悄潜入梦乡、语言和举止中。

我应该和那位精神科医生兼诗人再讲一遍他早已心知肚明的东西吗？属于国家的不只是学校、医院、出版社和印刷厂，还有森林、空气、水、土地、体育馆、面包房、银行、电影院、纽扣制造厂、兵工厂、军队、马戏团、幼儿园、养老院、乐器厂、药厂和羊群。医生和他的病人也不例外！如果你要买擦鼻子的纸巾、睡觉用的床、早餐时喝的牛奶、手表、鞋子、假牙，你就得面对那些冷漠而傲慢的国家工作人员，他们奉行的准则是"我们假装在工作，顾客假装在付钱"。

精神科医生还能有什么其他的身份，不过一个国家职员罢了！他们管理着中学、屠宰场、裁缝铺、研究机构！当然，还包括医院！

宣传的陈词滥调继续服务着极权主义马戏团的戏子们，但没有人会再相信他们。生活，生活的残骸，已经进入了另一场表演的地下世界，一个沉默、神秘且充满躲闪的世界。医生会允许一个为这双重角色的喜剧所困扰的病人对其进行精神分析吗？这位诗人能够发现同那表里不一的混乱所相对的，而又充斥着感情的等价物吗？它表面上受权力的面具所控制，而在不可见的深处却由憎恨的毒液所滋养，长存不朽。

病人的问题又即刻反弹到自己身上，像是已经学会了医生的怪癖，能闭着眼阅读病历上的内容：启蒙后的启蒙。那么，也可称之为适应？幸存者具体又适应了什么呢？

十年后，这个让人倍感熟悉的问题在一个美国精神科医生的诊室中重新出现。回答也同样似曾相识：幸存者适应了生活，平凡庸碌包裹着厚颜无耻，那便是生活本身。在开始新的试验——流亡之前，我就这么总结了自己的生平往事，而这场试验背后蕴含的教育意义，丝毫不逊色于前面任何一场试验。而后，那个美国人，新世界的自由精神病专家，问道："假如你没有自由，又怎么能成为一个作家呢？"倘若这个问题是他来自东欧的同事提出来的话，那么听上去就会像个笑话一般。不过，限制性病理学专家与自由创伤专家间的意见交流不会是毫无用处的。

尽管精神病学家们来自两个完全不同的病态世界，但他们不只会看到彼此间的不同，还会发现许多相似之处。

罗马尼亚已经不那么马克思主义的政党里有一群"马克思辩证论者"，他们告诉大夫和患者：新新人类追求的自由意味着"不言而喻的必要性"。必要性，也就是适应性。适应性，其实就是实用主义。大夫呀！想想这不言而喻的必要性吧！

大夫呀，您可瞧瞧，这教条式的生活把这学徒驯化成什么样子——平庸混日，面对怪诞之事也无动于衷。生活，活着并身在其中，无论是东方、西方，抑或是放眼世界，大家都是这个样子。

对于那些受审讯的嫌疑人或者被关监狱的阶下囚来说，国家许诺的童话已变成了他们的地狱。而其余人，则在阴晴不定的环境下，耳提面命地琢磨着当局的行动指南，活生生地把日子过成了一个滑稽的人间炼狱。当温饱问题对大家来说已不是生活的一切，满嘴跑火车也就不再稀奇，插科打诨的狂欢由此掀起。随着这些稀奇古怪的事情愈来愈多，大家也就麻木了。眼看着医生和患者，患者和线人在报刊上轮番登场做戏，我们也能睁一只眼闭一只眼地忍了。

那一套在"不言而喻的必要性"影响下催生的教规变化无常，可纵使如此，它还要求所有一切都必须同其保持一致，其中就包括禁词、禁语和那些被视为禁忌的含沙射影的话，这可真是一个规则反复无常的游戏。在这样的情况下，我艰难地通过了监视者的审查，接连出版了两本书，可在这之后，我还能受到社会的保护吗？可想而知，迎接我的只有更严密的监视：当局用特权和处分这些软硬兼施的手段来管理文艺工作者们。除非有作家协会的授权，否则写作也算不上一个正经职业了。对于那些调皮捣蛋分子，会有人找你谈话。但倘若你是一个没有正经饭碗，也没有稳定工资收入的嫌疑人，那很有可能就会受到流氓罪的指控。也就是说，在当时的法律看来，你就是一只依附于国家的寄生虫。

那么医生啊，眼下除了逃亡就别无出路了是吗？铁铮铮的现实不仅能在蔬菜瓜果市场和肉铺找到踪迹，也能在大夫的诊室里寻到身影。据说一个警察被派去了首都最大的精神病医院，他一到那儿就被惊呆了。那里的人似乎被相互传染了似的，全都振臂昂扬地高呼着："打倒政府！打倒领袖！"听罢，他正准备把这伙疯子全都抓起来，这时医院院长拦住了他："这里是一家精神病医院，这些家伙已经疯了。你别忘了，他们是群疯子。"这警察巧妙地完美回击道："疯子？他们怎么就是疯子呢？要真疯了，为何不喊政府万岁，领袖万岁？"尽管并不情愿，但在那一瞬间，他好似突然找准了国民含糊其词的症结所在。

尽管药物治疗可以营造出一种老诗人依旧年轻的幻象，但黄昏时分暗沉沉的窗玻璃还是映出了他爬满皱纹的脸庞。他早已谢顶，大腹便便，一张嘴说话就满嘴小舌颤音，俨然一位失败专家的模样。

他问我："那你一年后准备干吗呢？或者说两年后吧？你的补助金少得可怜，甚至连工程师工资的一半都不到。更何况，你以为这份疾病补助还能永永远远发下去不成？"

管它三七二十一！到最后，你都会忍不住大叫发泄一番的。值得吗？每天十二个小时，像梦游一般在那间木板房里待着，一面电话铃震天响，在烟草升腾缭绕的白烟中玩命计算着那些令人眼花的数学公式，浑浑噩噩地俯首这些工程数据，也不知道这些努力最后是否会被付诸实践，多像被囚禁在了生活的鸟笼里啊。难不成旧伤的治愈还需要新伤的加成吗？还好，至少写作能够瞬间将人从那放逐之地抽离，让人将那大屠杀的伤痛置于身后，正如卡夫卡所言："远离杀戮，你便能认清事实。"

"那么，你想领二级补助吗？……想要二级，还是三级？三级补助意味着，每六个月你就得接受一次专家委员会的审查。二级补助的话，这样的审查是一年一次。"

专家等待着病人的回复，没想到，病人反问他："您看，我这样子领一级补助有没有可能？"

"一级补助，意味着你的病已经无可救药了！意味着你已经病入膏肓，无法治愈了！我是绝不会下这样的诊断的！绝不会！"

"怎么就治不好了呢？"这位疯子据理力争道，"作家必然是无可救药的，这难道不是事实吗？作家，不都是独身一人，困在自己的精神牢笼中，像个傻瓜一样，兀自玩着文字游戏吗？医生、作家的生活不就是如此往复吗：阅读，写作，俯身书海，复又投身写作？发病，治疗，旧病复发，再接受治疗，作家的一生就是此般轮回，直至走到他生命的尽头。的确，医生啊，医学是您的专业，所以您不会断然说出无药可救这样的话，可您面前的这位工程师呢？多年来，我一直像个双重人格的怪物，同精神分裂症和口是心非纠缠不休。制图、计算、建模、创汇，我强迫自己像'工程师'一样忙忙碌碌，难道这样我就真能活成自己假扮的模样不成！每分每秒，我都因自己的这层'假面'生活在惊恐之中，生怕哪一天，有人发现了这层伪装，然后毫不留情地将我踹下楼梯，当众把我变成疯人院里的小丑，成为众人讥笑嘲讽的对象。医生啊，只有逃避推诿才是我们唯一的出路啊。"

你要详细叙述一番这个僵局，还是只把它当作捏造故事的一个起点？你一定得说服他，就说他事实上只是参与了一次友好的合作，并没有参加什么医生会诊。

"好吧，那就二级补助。"我低声嘟囔了一句。

忽然间，你成了自我时间的主人，但随之而来的还有重重陷阱：你要么与高等权力机构合作，要么假装是个不负责任的人置身事外。不过，你还是做好了踏上新启蒙之路的准备，完成了协议上规定的各阶段要求，而医生最终也为退休文件署了名。

医疗报告中的症状描述是否对真实症状加以了修饰？你拒绝把自己当成病人，宁愿扮演弄虚作假者这一次要角色。弄虚作假，本身就是一种疾病的症状吗？你并非为了治疗而来，而是为了离开那座炼狱。那座炼狱，用枷锁将生了病的当局和患了病的人们铐在一起。

在之后的岁月中，你也从未相信过精神病学家。你宁愿读他们的书，而不愿向他们咨询。

倘若弗洛伊德[1]医生问道："如果一个犹太人既不信仰宗教也非民族主义者，全然不知《圣经》的语言，那么在他身上还残存多少犹太性？"你会磕磕巴巴地说出他本人给的答案：很多，没有解释这个词意味着什么，而他也极为谨慎地将解释藏在心里。

非宗教信仰者、非民族主义者、神圣语言的文盲！……事实上，弗洛伊德医生说的就是自己吧？但他又不为这个词下定义？犹太人的定义是建立在宗教、民族主义和语言这三个因素之上的吗？这位精神病学之父，沉醉于性和复杂的俄狄浦斯情结，却忽略了割礼，忽略了需要在男婴出生第八天就镌刻于其血肉间的誓约？耶稣的割礼是新日历开始的标记，也就是1月1日！由于刻在血肉之躯中，

---

[1] 人名，Sigmund Freud (1856—1939)，奥地利精神病医师、心理学家、精神分析学派创始人。

因此割礼无可反悔。

在外祖父阿夫拉姆·亚伯拉罕的祝福下，你完成割礼成为诺亚。这是一个象征着《圣经》的名字，不会在公共场合使用。毕竟，你不会当众拉开自己的裤子拉链，把诺亚展露给大家看。弗洛伊德医生不想了解那受了割礼的诺亚吗，他同那藏在裤子中的"双重性"进行对话，同那"平行"而神秘的人生也不断对话着。这双重人生，相较任何一个有或者没有宗教信仰、种族性或神圣语言的个体的生活而言，并不缺少滑稽性或启示性。所有这些都被弗洛伊德医生[1]所忽视了吗？

与此同时，你和弗洛伊德医生一样，获得了引号。如今，利奥塔[2]认为西格蒙德·弗洛伊德是个"犹太人"，而非犹太人。瓦尔特·本雅明[3]、西奥多·阿多诺[4]、汉娜·阿伦特[5]、保罗·策兰等人，他也是这么看待的。那个法国人解释道，正如存在非德国人的德国人一样，也存在非犹太人的犹太人。他们怀疑"传统、模仿和内在性"，也怀疑"移民、分散及整合的不可能性"。

1　原文为德语 Herr Doktor Freud。
2　人名，Jean-Francois Lyotard（1924—1998），法国著名哲学家、后现代思潮理论家，解构主义哲学的杰出代表。主要著作有《现象学》《力比多经济》《后现代状况》《政治性文字》等。
3　人名，Walter Benjamin（1892—1940），德国犹太裔学者，出版了《发达资本主义时代的抒情诗人》和《单向街》等作品。因法西斯主义迫害于1935年流亡巴黎，1940年试图避居西班牙未果，在边境自杀身亡。
4　人名，Theodor Adorno（1903—1969），德国哲学家、社会学家、音乐理论家，法兰克福学派第一代的主要代表人物，社会批判理论的理论奠基者，代表作有《启蒙的辩证法》《否定的辩证法》等。1933年，因父亲的犹太人身份，他被禁止在法兰克福大学授课。1934年后，他先后移居英国和美国，1949年回到法兰克福。
5　人名，Hannah Arendt（1906—1975），德国犹太人，20世纪思想家、政治理论家之一。著有《极权主义的起源》《人的条件》《精神生活》等作品。1933年纳粹上台后流亡巴黎，1941年到了美国。

也就是:"不变与变化的双重阳痿。"

那个5岁时即身处特兰斯尼斯特里亚的小犹太人被唤作诺亚,而非诺曼。在他50岁即将开始新流亡之旅的前夜,他们之间的关系纠缠成了一个复杂的线结,而弗洛伊德医生一定会对此充满兴趣。

到最后,这位精神分析学家不仅被勒令回答自己提出的问题,还得解答后世子孙的那些疑问。不是"在你失去自己不曾拥有的东西后,你还剩下什么"这种问题,而是"在经历了大屠杀和流亡等一系列事件后,你该如何成为一个犹太人"。从定义的层面来说,这些便是犹太式的创伤吗?即便你从来不曾是犹太人,但这些已刻入你的肉体,也深深嵌入你灵魂的启蒙,你就这样成了犹太人?利奥塔给那群非犹太裔的犹太人取了个名字,叫作"幸存者中的非人者"。这些人彼此间的联系,靠的是"永无止境的记忆里的独特深度"。

对时光的无尽审视,对遗失意义的永恒守望?在镜子前的回忆?弗洛伊德医生,您不该紧锁双眉。至于弗朗兹·卡夫卡,他对弗洛伊德式的记忆持怀疑态度,也不在那群引号人物之列。要是他扪心自问"我和犹太人之间到底有什么共同点?",他就会回答"要是我同自己有共同点存在的话,那么势必和犹太人也有一丁点儿联系吧"。

尽管卡夫卡尚属希伯来语的初学者,对这门语言并不精通,既不信奉宗教,也不是民族主义者,可他并非什么非犹太人的犹太人,而算得上是一个真正的犹太人。

他难以忘却那个场景——他企图将所有天选之民都塞进一个抽屉里,直至他们在其中窒息,可是"最后"发现"自己"也被这么塞了进去。他公开表明了那不可混淆的犹太信仰,替代了宗教、民族和语言!恐怕也只有犹太人才会选择以这样一种方式,将千年来民族蒙受的耻辱和自身背负的厌倦与荣光,彻底揭露给世人看。我们不难想到这个举动将带来怎样的影响。卡夫卡曾向米莱娜[1]描述过这么一个场景，布拉格大街小巷中的谩骂声铺天盖地，人们斥责着那群"肮脏的乌合之众"，而我们很清楚，学术沙龙、大学教室里中也都是一样的景象。对犹太人的仇视和侮辱没有止于卡夫卡所在的布拉格，没有止于弗洛伊德老师热爱的维也纳，也不曾止于他死前流亡的最后一站——伦敦，甚至在那些无名小城里，这样的反犹现象也时有发生。

那么，大夫先生[2]，我们也能像卡夫卡那样听见自己纠结的心声吗？我们听到的会是什么？因自我保护而产生的疲惫呻吟？因他人完美无瑕，而不允许我们的缺陷存在？未被征服的卡夫卡重复着："在你与世界的斗争中，你要协助世界。"

"混淆的归属感让人觉得疲惫是情有可原的。"年迈的西格蒙德·弗洛伊德低声说道，"没有人会因为你试着忽略逆境而责备你。相反，自己的命运就应该由自己来捍卫，然后将它丢在脑后，复又捍卫它，直到连你自己也厌倦了如此往复的无用功。所以说，这种日常闹剧就别往心里去，也无须刻意自我为难、粉饰太平，而是要看得淡些，不妨稀里糊涂地应付过去，对生活心怀感恩，同朴素简单的理念和荒谬淡漠的人情握手言和——这才是治你病症的真正药方——装聋作哑、犯傻卖乖、心不在焉、大大咧咧。"

历经了大屠杀和之后的社会，犹太人无法肯定他与自己还有几分相似，在这样的情形下，流亡又能和犹太人扯上什么关系呢？

维也纳的这个医生坚持道，要说关系那可多了去了，无论你愿

---

[1] 人名，Milena Jesenská，卡夫卡女友，捷克记者、作家、编辑。后文出现的"米莱娜·杰森斯卡"为同一人。

[2] 原文为德语，Herr Doktor。

不愿意，你和其他犹太人，和自己都有太多共同之处。当五岁的你被迫将自己的命运同集体相连时，你就被打上了一个深深的烙印，而这个烙印远比血肉亲缘更有力。

在你没有因大屠杀却因国内政治纷争而躲在柏林避难的同一时期，一位德国犹太裔作家曾信誓旦旦地说："我们，犹太人，永远不会原谅种族大屠杀。"的确，大屠杀造的孽罄竹难书，绝不值得被原谅。

可事实上，不仅是大屠杀和一些政治体制，还有那些似是而非，看起来毫不起眼的罪行也不值得被原谅。弗洛伊德先生是研究犹太精神病的行家，对此怕是再了解不过了。

然而，哪怕可以放弃，人们也不会放过任何荣誉，纵使会因此遭受怀疑或背负骂名。自宇宙洪荒至世界末日，荣光始终是荣光！没有谁会放弃此等美事，哪怕要因此忍受逆耳的陈词滥调，被人喊作"永远的受害人、永恒的复仇者、永生的阴谋家"。最近，犹太教那帮长老还往议定书里新添了一条，声称："犹太人垄断了苦难！"

当悲剧被庸俗化，它就会被看作是一项永无止境的人类事业。只有当悲剧被人们挂在嘴边，它才可能在集体的记忆里占据一席之地。也正是因为有了这样的集体回忆，那些纪念活动的演讲词才会一再告诫人们要铭记历史，防止诸如此类的恐怖过往再次上演！共同的身份、共同的回忆，还有共同的人种、民族、信仰和意识形态。

最后，我们的世界变成了实用至上的样子，你以为自己终于可以逃离过去，远离身份认同，你以为自己终于成了一个实实在在的客体，就像尚在纽约生活的格特鲁德·斯泰[1]憧憬着巴黎的那般雀跃。可到头来却发现，周四的谋杀暴行居然成了周五新式T恤上的广告

1　Gertrude Stein（1874—1946），美国作家与诗人，后来主要在法国生活。

词,这难道不是对集体回忆的快消式贩卖吗?

西格蒙德·弗洛伊德应该懂得流亡的困惑以及因剥夺、沮丧和解放带来的纷扰。他知道,对于一个流亡者来说,能在旅店拥有一间私人住处是多么重要——那是流亡者在浪迹四方的最后一个避难所,是他租来的民主家园。它若即若离,对一个亡命天涯的人来说,再适合不过了。

你凝视着那些泛黄发皱的小小相片。它们就像一面面过去的镜子,带着你回到了1945年的那个6月。那是在弗尔蒂切尼,罗马尼亚的北部小镇,启蒙者才刚从特兰斯尼斯特里亚回来不久,学校的年终庆典也不过刚结束了两小时。

一个可爱而瘦弱的小男孩身着白衬衫和白裤子,就站在三个小男孩和三个小女孩身前这些孩子也同样是获奖者。与那些不曾享有特殊启蒙待遇的获奖者相比,小男孩与他人相比唯一的不同之处似乎在于他那骄傲的胜利姿态。获奖桂冠证明了他幸存者的身份!他的头发被打理得整齐服帖,展现着极为上镜的微笑,左脚微微向前,一手叉着腰,就像个镜头前的大明星!男孩似乎忘记了自己的学徒时代,那时饿殍满道,人们衣衫褴褛,而"死亡"导演尽情享受着其中的乐趣。

傻瓜小奥古斯特瞬间成为他的对立面,白脸小丑,一个由桂冠加冕的骑士,情节剧中的食人者还为之鼓掌喝彩。世上缺失的那些年份已被完全抹去。他复又渡过冥河,发现自己回到了当初出发的河岸——他还活着,真切地活着,再次回到属于他的伊甸园。

接下来的半个世纪里,伊甸园重又化身为梦魇。当你再次穿越冥河,便会发现彼时的冥河已变成了汪洋大海;而今你身处彼岸,白发苍苍,身上的衣服不复往昔那般一尘不染。幼稚化的过程不再蕴含最初的坦诚，幸存者的光环萦绕着记忆中浮现的其他片段。

九岁男孩的那张照片是不是让回忆加速在脑海中唰唰掠过，让人想起那挥舞着解剖刀的把戏，以及那场刀刃向内、同自己进行的殊死决斗。即使在那时，1945年的学年末，你还是宁愿蜷缩进房间一角，让周遭所有人都忘记你的存在。格特鲁德·斯坦会说，这是实体的无尽孤独，你在由迷茫自我构成的流动性中重新寻见自我又丢失自我，而这一过程激发出了你的狂热。

在你父亲那张僵滞死板、心不在焉的脸上，你有时也能发现一丝突然老去的迹象，那是孤独麻痹症。恐惧让你恍若从噩梦中惊醒，但又很快回到充满生气的舞台上，重新见到了师长、父母和朋友。

狂喜与恐惧之情的循环不只在孩童时期周而复始地出现。你总是在同一幅画面中无法自拔：如果你的身体机能忽然间停止运作，使你在虚无之中坍塌，那会怎样？无论如何，你还有一个退路——逃避的幻想。黑暗中遍布着不断蔓延的危险。在最后的千钧一发之际，唯有逃避的幻想能将你从中解救出来！

对周遭的无知随时都可能化成敌意。譬如昨天，1941年10月9日，表象一个接着一个化作废墟，粉碎了日常生活的面具。在布尔杜杰尼火车站的月台上，无人能够阻止那场灾难的发生。在梦中，你时常能看到那群外来者，他们饥火烧肠、惶惶不安，浑身哆哆嗦嗦，努力取悦着那些坐在剧院包厢中的刽子手。此后，你变得极为谨慎，混乱让你恐惧，让你犹豫，是否自己也需要前去挑战未知。最终，你选择蜷伏在语言构成的流亡庇护所中。它是最后仅剩的、真实存在的避难所吗？但这就是你苦苦寻找的一切吗，一个避难所？

弗洛伊德博士可能对这类有关记忆的练习颇感兴趣。品达[1]曾说"成为你自己",看,尼采[2]和弗洛伊德也强调这一点。弗洛伊德先生啊,这说的是悲剧的集体回忆,还是孤独者面对街角贱卖的悲剧制服时内心涌起的无力感?

他们对恐怖的否认以及那干瘪无趣的嘲笑又该如何解释呢?最终,为了维持人间喜剧的生命力,庸俗化承担起消化和排泄的功能,成了其中必不可少的过程?若非如此,那些可怜的演员该如何享用大地的果实呢?别忘了,普里莫·莱维因为奥斯维辛的经历成为作家,但之后却再也写不出如意大利天空那般澄澈明净的爱情故事。

弗洛伊德博士啊,被一种集体否定行为或一场集体性灾难所定义的羞辱是不可被忽视的。然而,我们不只是集体灾难的简单相加,无论这些灾难可能是什么。我们每个人各不相同,身上也不只有集体灾难的烙印,而是有更多其他的存在。更多其他的存在!我们应该用地球上所有的语言强调这一点,而我们的声音应该像一张坏了的唱片那样,永远都不要停止。

磨难不曾让我们变得更好,也没有将我们塑造成英雄。就像一切同人相关的事物一样,磨难会腐化堕落,而那些施加给普罗大众的磨难更是会产生无法挽救的影响。然而,你不该放弃被诅咒的荣耀,也不能抛却流亡者的荣光。我们除了流亡之外还拥有什么呢?无非是流亡之前或是之后的另一场流亡罢了。不必为先前的剥夺感到可悲或是惋惜,它们只是为最后那场剥夺所作的准备。

---

[1] 人名,Πίνδαρος(公元前518年?—公元前438年?),古希腊抒情诗人。
[2] 人名,Nietzsche(1844—1900),德国哲学家、语言学家、文化评论家、诗人、作曲家、思想家,被认为是西方现代哲学的开创者,主要著作有《权力意志》《悲剧的诞生》《不合时宜的考察》等。

"诺亚方舟"饭店和实用主义艺术会时刻陪伴在我们身边吗?

时光如白驹过隙,你体味到了自由的欢乐与痛苦,也接受了流亡者的荣光……那个下午,你在纽约城外的一座庄园里同那些美国朋友讲了这些故事。你和他们说,自己接受了命运的安排,但随后继续谈论起"模糊性",也就是集中营、监狱以及流亡生活中让人感到模棱两可的地方。

确定性的表述让你感到恐惧,即便是从你自己口中说出来的话也不能减轻这种感觉。"流亡始于我们离开胎盘之时。"一句拗口的话,但它背后的确定性似乎不曾让你感到恐惧。"一个人的母亲才是他真正的家园。唯有死亡才能将我们从这归属中解放出来。"你继续背诵着,仿佛是在背教材上的一篇课文。当然,你这是尝试着在重返旧日前给自己加油打气,但毫无幽默感的语调可不是个好兆头。"重返家园不过是重返母亲的坟茔罢了。"这便是你的结论。看起来,你似乎开始相信那面智慧之镜上出现的那些文字了。这么说吧,这是迈向不可能却又不可避免之回归的第一步。

对死亡和坟冢的讽刺可不是随随便便就能说出来的,而你的朋友们还是继续满怀同情地倾听着。

你告诉自己,你正活在鲜活的当下,而非鲜活的过去。雨声渐渐停了,下午的天空一片晴朗。宁静中荡漾着人们的热情,没有过多的杂念和疑问,唯有一派天朗气清的景象。活在当下,也就是此时此地。

复又归来

（后世）

在路上

1988年夏天,就在抵达新世界不久后,我意外收到了纽约州巴德学院院长发来的消息,他对我在德国出版的书赞叹不已,邀请我去他学院里教上一两个学期的课。

1989年春天,我去巴德学院拜访,见到了院长里昂·波茨坦本人。他个子高挑,风度翩翩,扎着领结,架着眼镜,就像一位炼金术士那般。我原以为自己会立马得到录用,没想到这位院长先生只握了握我的手,接着就带我来到了一个检查委员会面前。他解释说这样才"民主"。八年过去了,现在我著作等身,获奖无数,成了巴德学院的"驻校作家"和教授。甚至在祖国,我的地位也发生了翻天覆地的变化——因为写了一篇关于追忆米尔恰·埃利亚德同铁卫军关系的评论,成了祖国民众在国际上的头号公敌。

1997年春天,我重返布加勒斯特,好像为一切前提条件起了牵线搭桥的作用。

下午3点45分,我搭乘汉莎航空的飞机抵达肯尼迪机场,同里昂碰面，之后我还会陪他一块儿去布加勒斯特办音乐会。我记得那天是 4 月 20 日，周日，恰逢阿道夫·希特勒的生日。我们坐的是商务舱，起飞前可以在休息室喝杯免费饮料小憩片刻。我又同他核对了一遍访问日程，告诉他布加勒斯特当局现在正为了让罗马尼亚加入北约而忙得焦头烂额。

"电视采访的时候，他们可能会问你对此有何看法。"

"问我？我既不在五角大楼工作，也不是国务院的人。"

他确实不是，可"加入北约"这一问已攸关罗马尼亚民族价值取向和国家未来的命运。西方世界在雅尔塔和马耳他背叛了罗马尼亚，如今将对它进行决定性的考验。

在动身奔赴布加勒斯特的一周前，我和其他美籍罗马尼亚人一样收到了罗马尼亚总统顾问寄来的一封厚厚的信。信的字里行间都在呼吁美籍罗人得为祖国加入北约立刻行动起来，并告诉大家应该为哪些事而奋斗。"就是现在，不是明天，不是后天。有意者请立刻给罗马尼亚总统府回信，好让我们知道哪些才是我们真正的朋友。"总统先生甚至在电视采访中也提到罗政府将为所有愿意为此扛起责任的有志之士制作一份名单。看来，为流亡的爱国人士专门编一个名册并非一句玩笑话。

"这么做对我们有没有好处？到头来究竟是谁陪谁去？是你陪我，还是我陪你？"

事实上，对当时的布加勒斯特公众来说，北约并非唯一的热点话题。米哈伊尔·塞巴斯蒂安在 1935 年至 1944 年间写的那本日记在罗马尼亚一经面世就引起了热议。里昂或许得为此预作准备，其实也不用多说些什么，就像美国电视里讲的那样就成："他是一位罗马尼亚犹太裔作家，于 1945 年逝世。他的《日记》描写了法西斯统治下的岁月,被视为维克多·克伦佩勒[1]《我愿意作证》[2]的罗马尼亚版。在书中,作者揭露了在法西斯阴云笼罩下,一些罗马尼亚学者亲纳粹和反犹主义的倾向。"说起维克多·克伦佩勒,或许还会让人想起他的表亲,那位著名音乐家奥托·克伦佩勒[3]的奇闻轶事。毫无疑问里昂对后者极为熟悉。

终于,我们搭上了飞往布加勒斯特的航班,坐在宽敞的可调节座椅中看着嵌入前座靠背的电视。身旁走来一位身材高挑的金发空姐,问我们要吃些什么,喝些什么。在聊天中我们得知这姑娘出生于新泽西,现在随家人重回德国定居。里昂再三对我说,要是没我的陪伴,他是断然不会去布加勒斯特的,而我这次回去恰好可以和那些旧事来个一刀两断。以前我就听人这样和我说过,我也希望他所说的最后都能成真。可是,我宁愿不去想,不去想那过去是如何造就了如今的我。

"你想说什么?"里昂有些好奇,右手拿着矿泉水瓶指着我问。

"我们这样子不就是一对经典组合:傻瓜奥古斯特和白脸小丑。"我这话似乎没引起他多大兴趣,"白脸小丑是领导,是主宰,是权威。美国人,如果你想的话,你可以是院长……也可以是指挥家!"院长微笑着,示意让我继续往下讲。

"傻瓜奥古斯特是贱民,是为取悦大众不惜让自己屁股挨踢的倒霉蛋。傻瓜奥古斯特就是流亡者。"

---

1 人名,Victor Klemperer(1881—1960),一译"维克多·克兰姆珀勒",德国罗曼语族学者,后来以日记作家的身份出名。
2 原文为德语 Ich will Zeugnis ablegen bis zum letzten,该书以日记形式记录了纳粹期间受限制的犹太人生活。
3 人名,Otto Klemperer(1885—1973),犹太裔德国指挥家、作曲家,被认为是20世纪最伟大的指挥家之一。

"什么叫屁股挨踢？一位令人尊敬的作家，还是'驻校作家'，先前拿的那些奖不用再提了，最近还获得了大学教研室的教职……有这样一位艺术家，你觉得老板还会往他屁股来上一脚吗？"

"无论如何，我们俩现在不正结伴前往傻瓜奥古斯特曾生活的东欧吗，而他将担任大师在当地的向导。在新世界，这位大师先生热情地收留了傻瓜奥古斯特，这次陪同就权当回报吧。"

听了这话，里昂既不微笑也没皱眉，转用严肃口吻回道："正如你所说，在美国人看来，流亡者可能是受害者的代表，但在东欧的圈子里，从美国回去的小丑应该是胜利者的形象吧。"

说罢，他开怀笑了起来，然后又拾起了放在膝盖上的那份舒曼宗教剧乐谱。这下，傻瓜奥古斯特也没了聊天的兴致，只能兀自吞下难与人说的苦水。不一会儿，二人就打起了瞌睡，有时醒来喝点水和酒，拿纸巾擦擦嘴，又昏昏睡去。这对旅人就这么醒醒睡睡，偶尔也搭上一两句话。

旧版旅游指南中如此描写 20 世纪 80 年代的乔尔马尼亚：

罗马尼亚社会主义共和国位于北纬 43°37′07″ 至 48°15′06″，东经 20°15′44″ 至 29°41′24″ 间，领土面积为 23.75 万平方公里（9.17 万平方英里），位列欧洲国家第十二。耳边似乎响起了梦游者磕磕巴巴的说话声。罗马尼亚东部和北部与苏联接壤，西部与兄弟般的匈牙利社会主义共和国为邻，西南部与南斯拉夫联邦社会主义共和国相接。在喀尔巴阡山脉的中心高地……

傻瓜奥古斯特沉入灵魂深处，听到了自己的思绪：美丽的国度，优秀的知识分子，以及许多正直的人们。还有一些只可意会、不可言传的事物，魅力与污秽在指小词身上相融相生。

早晨 7 点，我们到达了法兰克福。转机前往布加勒斯特还得等上两小时，于是我们逛了逛机场商店。里昂买了些"雪茄"、圆珠笔和铅笔，都是拿来收藏的。而后，我们回到休息室，想在舒服的扶手椅上小憩一会儿。

终于，我在候机室里听到有人讲起了罗马尼亚语，内心不禁感到一些慌张。窗边，有一群穿着老旧运动衫和牛仔裤的年轻人，吵吵闹闹地说着些脏话。我打量了一番这些人的模样。他们会不会是什么新的黑手党成员，还是被什么组织雇用了来监视我这个重回祖国的嫌疑人？我大致能猜到，其中有刚开完会回来的罗马尼亚老师，去德国看望了一趟女儿的老太太，还有医生、政客和生意刚起步的商人。角落里，一个皮肤黝黑的模特，身穿一套黑色西装，朝自己那精致的行李箱和一堆文件弯下腰去。他也是个线人吗？

现在，我们登上了飞机。头等舱与经济舱之间的区别倒不是很明显。机舱里拥挤而喧哗，而我早已习惯了这种焦虑的脉搏。里昂每时每刻都关注着我，他明白，我已经到家了。奥托佩尼机场，小小的，就像地方上的那种机场，但也不乏一种令人心悦的谦逊感。护照检查有条不紊地进行着，十分迅速。我们在一个狭小而拥挤的空间里等行李，这里充满了乘客、过客、警察、搬运工和无所事事的人，他们说起话来叽叽喳喳的，透露着东方式的不耐烦。行李很晚才出来，接着，我们找了一辆手推车。是的，那儿有行李推车！毕竟，这十年来还是发生了一些变化……在货币兑换窗口，坐着一个可爱的女工作员。"换多少？"里昂问我。"100 美元，"我回答道。里昂似乎觉得这点钱太少，于是换了 200 美元，结果手里突然多出了……100 万列伊。他不知所措地看着这几叠皱巴巴的钞票。"你终于成了百万富翁！"我鼓励他道。机场出口处，布加勒斯特交响乐团的一位代表和一位司机正等着我们。

奥托佩尼位于郊区,这里设施简陋,建筑破旧,到处挂着美国广告。开到大路附近时,视野变得开阔起来,能看到大树、公园和旧别墅。这个地区的建筑以前所未有的方式融合了东西方风格,而里昂似乎被它们给迷住了。我颇为感伤地嘟囔着,没错,这地区也曾拥有过辉煌,而那份优雅随后在一代代暴发户手中逐渐褪去。我们驶入了胜利大道。这条著名的主干道如今看来似乎变短了许多。接着,我们开上了登博维察河上的一座桥,那儿和我在罗马尼亚最后的住处相距不远。开到大学后,我们往左拐去,接着再向左转,向洲际饭店的方向驶去。

"不知道现在还有没有监听装置?"我同里昂随口说了一句,然后同他讲了讲那个80年代初在布加勒斯特广为流传的故事。在我们入住的洲际饭店,曾有一位和蔼的法国老太太,在拿房间钥匙前惴惴不安地同接待员说道,"抱歉,我可能有个请求……"那个平易近人的接待员事实上是由官员假扮的,他操着一口还算不错的法语礼貌地向老太太询问其有何要求。她说:"我听说这儿的房间里有监听装置。不知道您能否想个办法……求您了,能否给我一间没有录音设备的房间?""噢,亲爱的[1]!这个小可怜,她这个笑话当时在布加勒斯特连传了好几个月。

---

1 原文为法语,chérie。

第一天：1997年4月21日，星期一

下午3点，我们仿佛承载着荣光一般步入了洲际饭店的大堂，这里原是安全局下属的外国人管理站。可现在，我也成了一个"外国人"，不过前台的接待员还是立即用罗马尼亚语和我打了招呼："欢迎光临！"确认订单后，我们要了两个相邻的房间，同时得知乐团订的车4点半就会来接我们走，去进行第一次排练。

我走进自己的1515号房，正准备打开行李，就听见电话响了起来，里头传来一阵悦耳的年轻女声：罗马尼亚电视台。原来是想采访，我礼貌地回绝了，她也理解我刚到不久，得给自己时间喘口气，清醒清醒，然后再考虑一下。特兰斯尼斯特里亚、佩里普拉瓦、埃利亚德、我在流亡中取得的成功，要是接受采访的话，怕是逃不开这些话题吧？不，就算是娜塔莎·罗斯托娃[1]来邀请我，我也不会屈

---

1 人名，原文为 Nataşa Rostova，即 Наташа Ростова，列夫·托尔斯泰《战争与和平》中的主要人物之一。

服。还记得波德莱尔[1]这样对马奈[2]说过:"你因憎恶而获得荣耀。"我像念咒语似的一再重复着这句话,好像它还能帮助我缓解紧张、害怕和拘束的情绪!我究竟该以什么身份接受采访呢?究竟是全民公敌,是法西斯主义的受害人,还是深受美国人喜爱却害羞内向的独居作家?我不过是一位侵入者罢了,求求大家忽略我吧。

最近传来一则昆德拉在布拉格发生的逸事。据说在秘密回国数次后,他终于决定接受官方邀请,回国领取故乡向他这位著名游子授予的荣誉。可就在颁奖仪式开始前,他突然觉得自己无法出席,于是就像囚徒似的,把自己困在酒店房间里,只身一人端坐在电视机前看妻子替自己上台领奖。

电话铃又响了起来,原来是我的朋友贝德罗斯[3]打来欢迎我。这么多年过去了,我很高兴能再次听见他的声音,难得自己还能如此开心。他说过半小时会来见我。除了他,另一位老朋友金头脑也给我来了电话,所以我没时间整理行李了。我随手把外套丢在床上,刚打开窗和行李箱,只见一个信封从门底塞了进来。我拆了一看是罗马尼亚电视台送来的,里头写道:"我们再次请求您能拨冗接受国家电视台文化频道社论节目的采访。希望您能理解我们恳切的请求,毕竟您这趟回国之行很难不引起公众的注意。1997年4月22日,周二,我们节目组可以派一个摄制组去接您,敬盼回复,不胜感激……"我从箱子里取出衣服,把它们挂在衣柜里,转身匆匆洗了把脸和手,

---

[1] 人名,Charles Baudelaire(1821—1867),法国诗人,象征派诗人先驱,著有《恶之花》等。
[2] 人名,Édouard Manet(1832—1883),法国画家,写实派、印象派之父,作有《草地上的午餐》等。
[3] 人名,Bedros。

贝德罗斯就到了。

我俩在门口待了一会儿，微笑着望向彼此。对方的样子就像一面时间铸成的镜子，清晰地记录了多少光阴已然逝去，以及还有多少年岁可待我们如此重逢。眼前的贝德罗斯仍和过去一样，蓄着乱糟糟的黑色络腮胡，一双大眼睛炯炯有神，但手脚却生得小巧，那模样就像他笔下《亚美尼亚百科全书》中走出的某位主人公一般，身上穿着的好像也还是过去那件套头衫，身材矮小但结实，说话像机关枪似的飞快，习惯用小舌发颤音"r"。他的样子一点没变。在齐奥塞斯库时期布加勒斯特的舞会上我和他就时兴的书籍、文学界的流言滔滔不绝的日子仿佛还在眼前。而现在，他已经是电视台文化频道的头儿，那封从门底塞进来的信似乎就是他的主意。

"是，那是我的主意，我承认。"

我向他解释了为何我此次回国不喜大肆张扬。我不希望任何人来打搅我，也无意惊动任何人。

"近来，我时常念起您。尤其当我在翻阅塞巴斯蒂安的《日记》时，总会情不自禁地想到您。事情好似历经轮回，总又一再复现，我们该何去何从呢？"

他沉默了一会儿，而后语速突然变得飞快："我印象中，您就是一位得被括号括起来的人物，一个普鲁斯特式的存在……这么和您说吧，我常常这样想起，也和朋友们聊起您。大家都觉得您就是一个普鲁斯特式的角色。"

见我似乎被这番奉承惊到了，他解释说：

"即使我们聊的都是些琐碎的事情，您也总有办法挖掘出其中的细微之处。句子中的句子，括号中的括号。"

我回想起了与贝德罗斯一起散过的步，普鲁斯特式的拐弯抹角。

我们走到阳台上,他给我指了指电信大厦和胜利大道的位置,胜利大道的尽头有一座桥,我在布加勒斯特最后的住所就位于这条街的2号。这座城市似乎有着一副疲惫和衰老的面庞,在冷漠中逐渐分崩离析。普鲁斯特式的回忆?在自己的房间里进行普鲁斯特式的流亡?那么真正的流亡会是怎样的?祖国那些报纸曾为我戴上的"敌人"面具又会怎样?

这次重逢和1990年5月巴黎书展的那次见面相似,氛围都平和友善。他那会儿是从布加勒斯特到巴黎,而我是从纽约过去的。我的书陈列在阿尔宾·米歇尔出版社的展台上,名为《普鲁斯特的茶》[1]……贝德罗斯是另外被邀请参加的,并非那些新晋的精英官员。我同时也发现,自己对那些精英而言还是个外国人。我们在一家巴黎风格的餐厅用了午餐,虽然店面不大,但它证明了我们这场见面的真实性,简单果决,毫无迟疑。如今,贝德罗斯迅速在罗马尼亚的公众舞台上恢复了我的形象,取代了那些讽刺漫画关于我的胡言乱语。

"你想喝点什么?啤酒、矿泉水,还是百事可乐?"

他想喝可乐,于是我从冰箱里拿了两瓶可乐出来。他满满灌下一大口后,这场独白重又继续:

"前不久,塞巴斯蒂安的《日记》出版那会儿,我仔细想了想不同处境间的相同之处。我可以理解您不想见人以及拒绝采访的原因。如今,从世界各地回来的罗马尼亚人对这种事儿都趋之若鹜:访谈、掌声、庆典。这里是通往东方的门户,有许多人对他们点头哈腰,而他们总对此感到欣喜若狂。这是基于奉承的快速疗法。"

---

[1] 原文为法语,Le thé de Proust。

他又同我谈及这个国家的不幸和文学，这里的政客、流浪狗和无家可归的孩子。在长达半个世纪的等待之后，这个国家值得变得更好。我看着桌上那本他新出版的书，封面上印着一张人脸，是个聪慧的亚美尼亚牧师。电话铃声将我从惆怅中解救了出来，是伊万娜[1]打来的。她是个诗人，也是罗马尼亚驻美国大使馆的前文化参赞，现就职于索罗斯基金会。我现在得下楼去和她讨论里昂的访问日程。在我离开乔尔马尼亚之前还发生了一场伊万娜事件，仔细算来也已过去十余年了。那是个春天，同现在一样，而且恰好是午餐时分。"我们的真理之乡就在这里。我们是作家，我们别无选择。"我也不止一次沉沦于悲哀的自负中，这种情绪不止一次地加深我的失望。不过，当时的我还是找到了另一种回答。"我们必须活着才能写作。死亡正监视着我们，它不只存在于安全局的办公室中。没有暖气的住所、没有药品的药房、空无一物的商店，这些都是死亡的面具。"伊万娜在历经那些噩梦后幸存了下来，如今已是一名专业的文化外交官，还出了几本书。我在流亡中幸存了下来，如今已很难阻止她过分讲究的繁文缛节和官僚作风。

我在饭店的 15 层重新眺望布加勒斯特，贝德罗斯继续为我介绍着标志性建筑，比如电视中心大楼、雅典娜音乐厅、丽都饭店和大学等。而后我们回到了房间，继续闲聊。过去十年里，我们相隔遥远，身上发生了各种各样的事儿，有太多需要解释的细节，因而一些事只得如蜻蜓点水般点到为止。他挺关心茹拉的近况。我告诉他，茹拉最终也度过了那段备受煎熬的适应期，现在拥有了自己的维修坊。她工作勤恳努力，最终也接受了这流亡的命运。

---

[1] 人名，Ioana。

"我没怎么见过她。我夫人也一样,同她只有一面之缘,应该是在 1986 年 7 月办的那场生日会上。不过,我们对她仍记忆犹新。所以每次在信末,我总是要加上一句话,以向茹拉女士问好。"

我们俩应该多花点时间待在一起,从从容容,无须多言,重新体味过去那些简单的话语。如今这场见面是那样匆忙,于我们而言更像是一种安慰。我的精神总是高度紧绷,这是"普鲁斯特式的伤口"吗?听着那些低声的耳语,仿佛让人看到了善解人意却又难以察觉的微笑。

5 点整,我的朋友瑙姆出现在门口。他的头看起来有些瘦削,微微泛着光,头发剪得极短,就像个刚入伍的新兵蛋子。他就是金头脑!他的眼睛滴溜溜地转着,全神贯注地观察着身边发生的一切。我们真切地看到了彼此的模样:大伙儿重又相聚了,是啊,他如今……看起来更瘦了,另一段岁月的风霜似乎使他形容枯槁。头发也白了好一片,还好,他仍是那样风趣洒脱,一副大大咧咧的样子,很多事都不会往心里去。也正是这种性格帮他渡过了不少难关。十年前,他稳稳地走过了假面舞会上的那根细钢丝,他为自己的表现感到满意,对别人的表现亦颇感欣喜。

他的笑容一如昨日,一副事不关己又意气风发的样子。这两年来,这位前政客常常在电话里这样对我说:"我向来对政治不感兴趣。"倒是我,这个从前两耳不闻窗外事的人,居然想将过去那些陈芝麻烂谷子的事儿翻出来捣鼓捣鼓,这让他颇为惊讶。"我不想解释,也无心解释,只想单纯叙述,你就当我是个文字誊抄工吧,如此罢了!"他一再这么强调,却对自己在那些化装舞会上的经历缄口不言。

我们因为书籍和玩笑话慢慢走近,而他对犹太人的同情更加深了我对他的好感,毕竟在当时的处境下这样的态度对他来说是只有百害而无一利的。如今,我们也因为同样的原因聚在一起。无关远近,对彼此的信任始终如一。我感到有些尴尬,不知该如何开场,于是给他指了指放在床上的锁,那是他让我买了带来的。

"这锁可贵了,我们都叫它科米蛙[1],就是大青蛙布偶秀[2]中那只身价不菲的青蛙……只有我们罗马尼亚人能理解其中的深意。罗马尼亚的小偷是没法撬开这把美国锁的。这下你可以高枕无忧了,怕是连细菌都进不了你家!"

我和他最近一次见面是在何时?我拼命回想着,除去现在这次,应该就是 1986 年秋天一起散步的那次了吧?那时,作协主席想在官方媒体不在场时私下找我谈谈。金头脑给我发了消息,建议我们三人一起散步聊天。公园里秋日的氛围正渐渐热烈起来。寒凉的雾气萦绕在灌木丛中,我们的嗓音回荡着,显得有些诡异。很难看出,我们那时候有着不同的立场和职务:主席先生抱怨说一切都无法正常运转了,对当局那种反犹主义的癔病,他替自己也为我们感到痛惜。我沉默着表示赞同,而我的同事兼和事佬金头脑也和我一样闷声不响。这或许是他们最后一次的官方尝试,想就此驯服我这个叛徒?作协主席自然明白这场临时会面背后究竟涌动着怎样的暗流。果然,在此之后不到两个月的时间,我就在华盛顿得知故国的执政党将作协授予我的所有奖项都作废了。

但事情真的到此为止了吗?就为了纽扣上的那朵花犯得着这样么?那场预谋已久的散步背后所隐藏的奥秘难道仅此而已吗?显然,

---

1 罗语中 broască 有青蛙之意,也有暗锁之意,此处一语双关。科米蛙(Kermit)是华特迪士尼旗下的布偶角色。
2 Muppetts,《大青蛙布偶秀》是由吉姆·亨森及其小组制作的布偶共同演出的电视节目,播出时间为 1976 年到 1981 年。

执政党和作协之间是谈崩了。作协主席拉着我散步聊天是想让我在最后能再给他们留下个好印象。这场漫长而玄乎的"散步"意味着什么,金头脑肯定知道得一清二楚。那天我出门后迟迟不归,家中亲友吓得不轻,以为是安全局的人给我设了个局。

我犹豫着,依旧没有开口问他那次奇怪的闲逛是否是为了拉拢准备前往西方的自己。与其将往事弄得一清二楚,我宁愿同他相望无言,好好看看彼此。即便是在他玩弄政治权术那会儿,他也依然是我的朋友。现在,那个执政党已不复存在了,与之相关的赌约、彩票和轮盘赌注也全不作数了。我穿越时间的迷雾,跨过地理的隔阂,好不容易远道而来,自然不想再揪着过去不放。

就算我真的问出口,又能如何?这位布加勒斯特老油条不还是会用一个笑话胡乱搪塞过去,然后惊讶地露出一副觉得我太无知的表情,嘴上念叨着那几句老掉牙的话:"你这老家伙还对政治念念不忘呢?对那玩意儿我从来就不感兴趣,现在也不想蹚这浑水。"这话到底是从他口中还是从我嘴里蹦出来的,我已经分不太清了,况且为了一个没有答案的问题打破砂锅问到底又有何意义呢?但假如连和老朋友都无法开诚布公地对话,那面对大众媒体那套恼人的说辞时,我又该怎么应付?那些所谓的"名望"压得我喘不过气来,这里的人都把我唤作"流亡文学名家"。但其实在祖国,我早就以"叛国贼"等堂皇的身份家喻户晓了。

在我看来,1986年那会儿的气氛和20世纪40年代别无二致。如今,一位年轻的文学评论家说在我的散文中读到了"创伤的烙印",认为我身上有某种"神经敏感的流浪因子",并由此推断我沉默寡言、消极避世、孤独桀骜,行为有些自闭倾向,性格极其内敛谨慎。的确,我并不愿面对那群人,他们就想把我再次推到墙上,然后用些老掉牙的漂亮话来讽刺我。不过，就算是那些对我有些好感的人，可能在真正面对我时也会有所保留。其实，我在开始这趟旅行前就该料到有这样的后果，但假使仅仅因为害怕受到伤害就像蜗牛那样一直躲在自己的壳里，那么我要那探索世界的触角又有何用，当初又何必开始这趟冒险呢？

金头脑任我陷入长久的沉默，现在忽又大笑起来，为那把新锁和我们的重逢欣喜不已。我在聊天中得知，他在社会转轨后为了幸存下来历经了许多困难。我还和他聊起那些新兴的暴发户和逐渐产生的贫困，了解到他妻子退休后又做起了琐碎又累人的工作，文学界的新老明星也都被重新洗牌。他的开朗快活抹除了一切悲哀或怨恨：这是一番冷静、清晰、充满男子气概的总结。他对饭店房间糟糕的装修风格感到讶异，在我同他说了价格之后，更是瞠目结舌。

我把他送到大堂后离开了饭店，来到附近的达乐斯书店。我有些羞怯地缓缓往里走，感谢上帝，我没看到曾经的那些朝圣者，以前那群读者即使互不相识，也总会认出彼此。即便是我的老朋友利维乌·奥布雷扎，这个布加勒斯特所有书店老板都认识的金发男人，那会儿也不在他平日时常光顾的狩猎点。

书架上的书摆得满满当当，罗语、法语和英语书一应俱全，装帧精美，现场读者还真不少，人头攒动。忽然，我感到一阵头晕目眩，行动也失去了控制。这种进入一家书店时产生的晕眩感已不再让我感到恐慌。1979年那会儿我第一次在西方世界旅行，在巴黎的FNAC[1]商店里像失去了理智一般，从一个书架跑向另一个书架，记

1　FNAC 是法国的一个零售企业，开业于 1954 年，法语全称为 Fédération Nationale d'Achats des Cadres。

下书名，时不时地数数手头的现金……不，这次不会重蹈覆辙，没有理由一再如此。我的疑惑与不安是由另外原因造成的：各式罗语书籍、罗语标题和罗语词汇！我重又看到布加勒斯特公寓中那堵高高的书墙，1986年我离开的时候，它一度消失殆尽。自那以后，我就没再自己买过新书……如今，我的藏书都是朋友或者出版商送的。我学习了有关剥夺的课程，而它讲的不仅仅是书籍的剥夺。

不，这不是1979年发生过的那种眩晕，只是我重新置身于一家罗马尼亚书店，内心略有些激动罢了。

7点半，需要参加排练的我准备出发去雅典娜音乐厅。马盖鲁[1]大道并未发生什么变化，但看起来却像是另一条完全不同的街道。灰头土脸的楼房，动作僵硬的行人，身形瘦削，宛若幽灵。街上的空气闻起来极为陌生，我对这一切而言是个陌生人，那些行人亦是如此。荒凉的街道上，几乎看不到人影。突然，发生了令我震惊的一幕：布切洛尤[2]医生！真的是布切洛尤医生？没错……就是内科医生布切洛尤！十年里，他一直帮我缓解胃部的焦虑感，我不会记错他的样子。那慢吞吞的动作，大大的脑袋，黝黑的皮肤……是的，就是布切洛尤医生！我想起了他那浑厚的烟嗓，乱蓬蓬的一头黑发。他像个老人似的慢慢走着，虽已是4月下旬，但他身上还穿着短款皮夹克，围着一条厚实的羊毛围巾。他的手小心翼翼地扶在另一个人的肩上，那人看起来更为年迈，驼着背，个头小小的，头发已完全花白。我无法让自己从这梦幻般的实验中离开，但我还是继续移动着，回到那两个逐渐远去的人身旁，他们正迈着细碎的步子，缓

---

1 路名，Magheru。
2 人名，Buceloiu。

慢而优雅，有种东方人的气派。

我来到斯卡拉电影院，对面就是乌尼克住宅区，茹拉的母亲直至死去都居住于此。一切都是当初的模样，但似乎又同以前完全不同。一种未被定义但又扮演着核心角色的存在让这场演出发生了扭曲，一场无形的大灾难，带有磁性的大变异，遭受了内出血的影响。或许这片地方表面看起来更脏了一些，但假如你细心观察这儿的街道，会发现并非只是脏的问题。还有泥泞不堪的人行道、烂尾楼的修复工程，但这些似乎也不是真正发生变化的部分。我在那儿驻足停留，望着乌尼克商店、斯卡拉电影院、和影院同名的咖啡馆、丽都饭店，以及大使饭店，不知不觉已超过了我该停留于此的时间。我与这一切的疏远并不彻底，伤口仍未愈合，裂痕在蠢蠢欲动的同时又逐渐式微？还有一些别的事物，一些客观的存在：饱受创伤又被视作异己的现实自身。悲愤的稳定性看似永恒，但它其实只是一种疾病，一片堕落的废墟。

是的，死亡在这里踏过了尸体，就像这位死者正跑马灯般回顾自己的人生。他再也找不到属于自己的位置或是标志。一片用于过渡的空间，如自然本身，不为一切所动，永远保持着磐石那忧郁的宁静。在我死后，死神曾拜访此地，但它或许已不是从前那样，不再是那片我曾逃离的天地？

我赶紧沿着另一条步行街往前走去，这里曾开过一家名叫奇纳[1]的餐馆。我走在这条荒凉的小路上，天空中还飘起了绵绵细雨。倏忽间，我的身边似乎出现了什么非自然的东西，它缓缓蔓延进心中。此时此刻，在这空无一人的地点，难道即将发生一场意外、一次谋杀、

---

1 原文为 Cina，在罗语中意为"晚餐"。

一出神秘的袭击吗？

　　我加快脚步来到了雅典娜音乐厅。音乐厅前部正在修缮，上面搭满了脚手架，门口的人行道也在翻修，道路泥泞不堪，无法通行。我走进先前已到访过许多次的大厅，看见两位男士在那儿正聊得起劲，他们可能是建筑维修工，又或许是这个音乐厅的工作人员。这时，礼堂传来演奏的乐曲。我循着乐声，沿着富丽堂皇的大理石台阶拾级而上，从左侧的门进入了演奏厅。

　　里昂站在指挥台上，高卷着袖子，右手握着一瓶依云矿泉水。面前的交响乐团简直一团糟，奏出的乐曲杂乱无章。面对这一群劫匪似的乐手，里昂站在那里，就像一位绝望的江湖艺人。是的，死神在这里也留下了踪迹。过去那些着装考究，视乐器如圣物的先生们现已流落四方，而取而代之的尽是面前这些穿着紧身牛仔裤和古怪马甲，还爱叽叽喳喳的家伙。

　　里昂在台上一声令下——"再来一遍"。这个交响乐团就像一班歇斯底里的留级生，似乎是突然从街上被拉到音乐厅来排练的。他们手里攥着乐谱，你一言我一语地嚷个不停，讨论着音符的时值、停顿长短以及降音时长。话音刚落，翻译还没来得及打断大家，里昂的命令就像一滴水落入了喧闹的海洋般，彻底淹没在了乐手们的吵闹声中。"再来一次！"这次，指挥家彻底被激怒了，冲那位站着的第一提琴手大吼道，命令他赶紧把自己的指令翻译给大家。"从第三小节开始，重来！"刺耳的不和谐乐章再次奏响，里昂气得咕咚吞下一口矿泉水，往上再卷了卷袖子，然后将自己至高无上的指挥棒，一下又一下，举得更高。

　　刹那间，我觉得自己仿佛置身于一个拳击场，里昂被击倒在地，台上的来客屈指可数。过了一会儿，台上的指挥家又晕晕乎乎地支起身来，看了看时间，已经是 8 点 10 分了。这场激烈的角逐得到 8 点半才会结束，而目前的斗争已经够让人精疲力竭了，只有将他们彻底分开才能了结这一切。

里昂浑身是汗地从指挥台上走了下来，举起手向上指着绘满罗马尼亚历任大公肖像的天花板，低语道："圣母玛利亚保佑。"我起身朝他走去。伊万娜向我们保证下次彩排一定会更好，音乐会最后也一定能如预想的那般顺利举行。她解释说，这支临时拼凑的乐队工作条件非常糟糕，薪水很低不说，还饱受各种侮辱。

我们离开音乐厅来街上打车。伊万娜怕我们迷路，就陪着一起出来了。我从口袋里掏出一份邀请函，上面印着"逾越节"几个字。打开信封，只见里面写道："亲爱的波茨坦先生，值此逾越节（1997 年 4 月 21 日）到来之际，我们诚邀您和马内阿教授出席节日晚宴。活动将于晚上 8 时开始，费用为每人 15 美元，可于入口处支付给戈代亚努[1]先生。本次活动地点位于布加勒斯特犹太人社区饭店（波帕·索阿雷[2]街 18 号）。届时我将在以色列和大家一同庆祝节日的到来，很遗憾无法前去活动现场向您二位问好。"这封邀请信是亚历克斯·西万[3]签的。他是罗马尼亚犹太联合会执行主席。既然美国驻罗马尼亚大使馆精心准备了这个邀请，今晚里昂自然会前去和自己的同胞们一同过节。

然而，街上空空荡荡的，一辆出租车也没见着。我们往大学方向走了好几步才发现一辆。这出租车的座位没有悬架，后座中间部分已经凹了下去，只能凑合一坐。我们把活动地址报给司机，他说

1　人名，Godeanu。

2　路名，Popa Soare。

3　人名，Alex Sivan。

自己从没听过这条街。于是我给他解释道:"就是原来和科勒拉什大道交叉的那条街。科勒拉什大道您知道吧,为了修总统府,现在它已经不在了。"可那司机还是皱着眉头简短重复道:"这地儿我不知道。"

我们只好下了车,再次走上空无一人的街道。雨势渐大,身边有两辆无客的出租车呼啸而过,到了第三辆时,我们终于成功将其拦下。尽管这个司机还是不大知道那地方确切在哪儿,但仍同意拉我们过去。我们驶过街心绿地,朝原来的迪米特罗夫[1]大道方向开去,右转,然后再右转,接着左拐。我提醒司机道:"要是您什么时候看到了警戒线,那就说明找对地方了。"根据我以往的经验,在逾越节之夜,武警会用警戒线把举办活动的餐厅周围的那几条街都拦起来。为此,来宾必须通过层层安检,出示护照等合法证件,防止阿拉伯恐怖分子、寻衅滋事的捣蛋分子以及那些反犹势力挑拨事端,引起冲突。

我们来回兜了好几圈,直至司机如胜利者般宣布:"我就知道是这里!你们看,那儿写着波帕·索阿雷。"的确,街角边的标牌证实了这一点。回到18号门牌处,我认出了那幢建筑。令人意外的是,这一次没有拉上警戒线,只站着一个带枪哨兵和一个身穿传统皮衣的监察员。一位带着基帕帽[2]的老人走上前来,说大家知道我们要来,正等着我们。他忘了管我们要15美元,大家直接走了进去。老人给了我们两顶白色的基帕帽。里昂的公文包、夹大衣以及我的皮大衣一并留在了衣帽间。我们爬上楼梯,来到灯火辉煌的大厅,布加勒

---

[1] 路名,Dimitrov。
[2] 原文为Kipa,指犹太男子参加各类宗教仪式时戴的无檐圆顶帽。

斯特的犹太人将在这里庆祝犹太教历5757年的逾越节。

桌子的布置方式还同10~15年前一样：由主持方使用的大桌放在大厅中央，供社团官员们就座，另外8张桌子绕主桌呈方形，供客人使用。我们被引到了左边的一张桌子旁入座。在那个角度，我们可以看到主席，生物学家卡扎尔[1]和他的妻子，以及社团里其他重要的人物。我们在衣帽间没有拿到衣物号码牌，倒是拿到了最新一册《犹太人的现实》，它前身是《摩西教派杂志》。以前人们更喜欢用"教派"这类词，如今的犹太人则更倾向于使用中性词。

主席团并不在意来的是美国客人，还是罗马尼亚犹太社团的前成员。这让人回想起1982年那会儿，我一公开宣布反对官方的民族主义和反犹主义，协会的官员就开始刻意回避我。看起来，这种鲁莽的行径进一步恶化了我与当局的关系，看不见任何改善的迹象。这是只属于犹太教首席教士的领域，在他的政治游戏中，美国与以色列的犹太人组织扮演着施压和赔偿的角色。如今，我们身处另一个时代，犹太人协会主席不再是首席教士，过去的策略也不管用了。

"今晚同所有其他夜晚相比，有何不同？"[2]有个人扮演着我曾经扮演过的角色，这么发问道。

时光为这些旧日的脸庞戴上了新面具。盛大表演的总指挥、宗教仪式的大师，不单单出现在后世的审判庭中。我似乎不再能感受到曾经那种表里不一的节日气氛：七零八碎的真理，被包裹在各种字谜当中，这是法律的要求，但法律同时又欲将其摧毁。我再也看不到假扮成仆人的上司，以及身着华丽礼服的替身和他奴颜婢膝的

---

1 人名，Cajal。
2 作者注：这是向所有参加逾越节活动的孩子提的问题，也是逾越节首夜仪式活动的一部分。

微笑。一同消失的还有《条件反射规范》中引用的那些话……任凭我怎么努力去找寻那种反常的热烈气息、共谋关系，或是表演惟妙惟肖的人物角色，似乎都是徒劳。5757年的复活节不再有那种在奴性时代冒险的兴奋感。只剩一群冷漠的幸存者一起参与那些令人昏昏欲睡的集会，反复聆听传奇故事，再也没有力量重新体会那随之而来的戏仿。

"欢迎回来！"一个浑厚的嗓音将我从陈年往事中拉了回来。

面前的大块头男人在桌子那端向我伸手，只见他宽大的手掌直直向我而来。这位戴着眼镜的男人体格健壮，虽已谢了顶，但仍气度不凡。他微笑着，等着我认出他，但最后还是失望了，只好正经严肃地介绍了自己的名字。的确，我应该先认出他来的。他曾活跃于小小的电视屏幕上，是那几张正常的面孔之一。我转向里昂，向他介绍约瑟夫·萨瓦[1]先生。萨瓦先生还将在自己的电视节目"音乐晚会"中采访里昂。里昂向这位音乐批评家及其夫人恭敬地鞠躬致意，接着用德语与他的夫人热切地聊起了他们即将观赏的那场表演。

"当然，您也应该一起参加。"萨瓦先生同我说道。

"很遗憾，我参加不了。那采访是专门为波茨坦先生准备的。这点我上个礼拜在纽约就和您说清楚了。"

"那可不行，您必须参加呀！这样节目才会更有意思。您顺便还能充当一下翻译。就这么说定了！周五早上，我在潘格拉蒂[2]街的电视台恭候您二位的到来。等你们啊！"萨瓦先生用浑厚的低音严肃地重复道。

---

1 人名，Iosif Sava。
2 路名，Pangrati。

这命令的口吻听了让人浑身不舒服，我不安地左右扭了扭身体。

"这么讨论下去毫无意义……"妻子出面调解，打断了萨瓦先生的话，"波茨坦先生本人说一口流利的德语，我可以为他做德罗双语翻译。"

我环顾四周，认出了原先社区里的那些诗人、演员和职员，他们都肉眼可见地衰老了。我还认出了朋友穆古尔的一个朋友，还有两个在犹太剧院工作的演员和一位著名的流行音乐作曲家。但今夜的庆典和往昔大不相同了——大师没能出席。他可是位不知疲倦的犹太教首席教士，也是原来社区的主席，是过去政治舞台上的导演和主演。他在议会里做过两任议员，是国家部委的顾问和以色列的协调员，还曾在罗马尼亚外交系统工作，常常被委以重任。

这地方最近举办了许多重大的犹太节庆活动。桌上摆放着传统风味的佳肴和以色列产的美酒。名誉教徒们坐在各色官员和从海外请来的资本家客人之间。这个夜晚注定是不同寻常的，造势者煽动气氛的艺术已经到了登峰造极的水平，说不准，他可能就成了未来的公共劳动部长、信息部长或是工业部长。

然而这个社会的体制是允许甚至鼓励这样的哗众取宠的，一方面可以混淆外界视听，让他们看看这个国家也有这样夸张的"自由"，另一方面也能以此为契机，记下与会者的姓名、样貌和话语。这其实是过分矛盾了，安全局的那些探子为了刺探情报，乔装成犹太教徒，甚至假扮成他们的敌人——无神论者。这群探子在现场有太多可看的了：矛盾的协作、互利的优惠、老奸巨猾的主子和他们的奴才。这些奴才诡计多端，和那些主子相比有过之而无不及，往往一人同时侍奉着多位主人……这些人看似安分守己、老实巴交的样子，其实在他们本来的样子外，严严实实地罩着一层面具。

现在，政治运动已经结束，那犹太教士也已去世，风险和面具一同消失无踪。世界变得腐朽，宴会厅显得寒酸，原有仪式沦落成了例行表演。

不，面前这位口齿不清又弱不禁风的司事怎能和伟大的莫泽什·罗森[1]博士相提并论！这位后来者可无法担起教士这个荣誉名号。你看他有气无力的样子，企图用绝望的姿态维护秩序，可喊破嗓子也没人响应，就像一个来自另一世纪的犹太小学老师。他的妻子坐在他左侧，身穿一袭绿色连衣裙，就像根绿色的葱一般杵在那儿。这位妇人头戴一顶红色假发，时不时用手肘蹭蹭自己的丈夫，示意他周围气氛又消沉下来了。

"这位新教士是谁？"我问了问左手边那位身材肥硕的先生，他一直沉默着不说话。

听了我的提问，他转过头来，脸盘宽厚，面色苍白，眼皮沉沉，掩饰不住眼间的困意。

"这位教士是从以色列请来的。"他简短地回答了我，然后同我握手介绍了自己，是维内亚[2]博士。坐在他身旁的女士是他的夫人。她身着黑色花边礼裙，肤色白皙，我一下就认出她是我的大学校友。

"您说他从以色列来？可我看他会说罗马尼亚语。"

"他是旅居在那儿的罗马尼亚犹太人。"维内亚夫人插进来说道，看起来她并没有认出我。"反正是美国人掏的钱，他们选的人。为罗马尼亚挑人，还能挑什么货色？当然是最便宜的了。"

我转身向里昂走去，准备告诉他刚才听到的解释。不过，他和

---

1 人名，Mozes Rosen。
2 人名，Vinea。

自己右手边的夫妇聊得正欢。那位男士是个美国犹太人，现在是一家纽约银行在布加勒斯特的代表，他的夫人是罗马尼亚人，能讲一口流利的英语。只见这位男士滔滔不绝地讲着他们一家在新泽西的发展历程，妻子、女儿、女婿、兄弟、妯娌，还有他们的孩子，一个不落，而他夫人坐在一旁听着，神色一点也不尴尬。

"我好像在哪儿见过你。"维内亚博士的夫人直直打量着我说。

"还是在学生时代，我们见过。你比我低一个年级。"

她又惊又喜。

"你也是水利工程专业的？我是1960年毕业的。"

"我听说过您的名字。不过是在一些别的事儿中听说的。"维内亚博士突然插了一句。

"嗯，有些人的确是因为其他的机缘巧合才知道有我这么个人的。"我开始咕哝起来，声音被台上唱诗班慵懒的歌声所淹没。

里昂对唱诗班和犹太教士都毫无兴趣，只关注那位担任花旗银行布加勒斯特分行领导的美国犹太人，以及那个温暖了他在黑海之滨流亡生活的年轻女子。我喝了一口红酒，尝了尝以色列薄饼、羔羊肉、传统浓汤和美味的冷肉排。同样可口的还有传说中的苦味草以及关于乔尔马尼亚版"出埃及记"的记忆。这是个缅怀过去的夜晚，旧日时光占据了今日的地盘，将我带回到不再属于自己的那个时代。

我的大学同学想知道我何时离开了祖国，在美国居住何处，又是如何解决了生活困难。她提议带我们去齐奥塞斯库的故居看看，尤其要看看里面的布置，那儿值得仔细观察一番，像普通旅行者那样走马观花是不行的。鉴于我们在这里的访问时间短、任务紧，实在没有时间，我向她表示感谢，委婉拒绝了她的好意。尽管我如今生活在美国，但一直没有电子邮箱。没错，我之后确实该申请一个。

我给里昂看了一眼手表，已近午夜。盘子里的蛋糕已不再新鲜。可里昂却没有想退场的意思。不过，他最后还是同意离开。主桌上的人没有注意到我们的离去，"资产阶级客人们"不再受到特别关注，这样挺好。

雨声淅沥，夜色深沉。大约 40 年前，就在这样的一个夜晚，犹太人机构的一位代表在布拉格被暗杀。如今，斯大林主义已不再盛行，暗杀库里亚努教授的刺客们也不再视我们为主要目标。看起来，里昂对令人忧郁的回忆并不感兴趣。布加勒斯特的这场逾越节宴会勾起了他的乡愁。

"太棒了！我想起了自己东欧的那些亲戚。你在其他地方可感受不到这样的气氛。没有任何地方可以！那个犹太教士，他的夫人，电视台来的人，他的妻子……他们都是过去留下的阴影！还有唱诗班和那个带着年轻情妇的美国人……感谢上帝，罗马尼亚在向资本主义过渡的道路上落后了，感谢上帝！[1]"

我一直保持沉默，并不认为自己身上有什么优势。在广场中央，我呆若木鸡，伸着一只手，想叫停一辆并未出现的出租车。矮小的傻瓜奥古斯特蜷缩在晚礼服中，而那高大优雅的指挥官则扎着蝴蝶领结，拎着公文包。就这样，我开始徒步向市中心走去。

就在这附近，有一户我学生时代曾寄宿过的人家。看，就是那黑暗小巷中的一条，在左手边，亚历山德鲁·西赫莱亚努[2] 街 18 号。旧房子和新住户都在沉睡，雅各比大夫的鬼魂和他那爱闹事的胖太太也正在沉睡，他俩都早已逝去。还有那个住在地下室的情妇，是

---

[1] 本句中的"感谢上帝"为德语"Gott sei dank."。
[2] 人名，Alexandru Sihleanu（1834—1857），瓦拉几亚诗人。

夫妇俩每日争吵的话题，她现在肯定也已过世。作为主宰一切的死神的祭品，她曾那样勤奋地工作着，夜以继日，枯燥无味，噢，不过也没错，当时还是很有工作效率的。

"让你那么喜欢的到底是什么呢？"我问里昂，试图驱走脑海中那些充斥着魑魅魍魉的画面。

"所有一切，我喜欢这一切！那个呆呆的教士和他那有着军人气质的老婆。音乐批评家那出色的妻子，还会说高地德语。那个纽约人和他的情妇，唱诗班和热汤。那个主席是个生物学家，现在还是个议员。我喜欢所有，一切！"

"你来晚了，没见到那个伟大的教士。他以前在国民议会待了25年左右！十分杰出！要按你们美国人的说法，他是一个'dealer'[1]……他那会儿向当局灌输摆脱犹太人的好处，还成功地说服了他们。"

"呃，难道他不对吗？"

"他自然有他的道理。他举了三个让犹太人移民的好处：一、可以摆脱这古老的灾祸；二、可以获得资本家的钱财，每个犹太人8000美元；三、还能改善本国的国际形象。至于犹太人，则不必费心说服他们。《出埃及记》就这么诞生了！"

"这位罗森博士可真是个聪明人。"

"的确很聪明，他遵奉实用主义，想让各方都有利可图。正如某人曾经说过，他之于罗马尼亚人就如同眼镜之于近视眼。得戴眼镜的人总是不情愿戴，但同时也因为拥有眼镜而感到庆幸。我父母对犹太教士的角色定位有着完全不同的看法。"

"他们信教，而你不信。"

---

[1] 有"商人"之义。

我们陷入了沉默，继续漫步在这个没有答案的问题之夜。

"几年前，在以色列的时候，有个出租车司机曾用英语问我是不是罗马尼亚人。因为他听到了我和刚刚分别的亲人们说的一些话。'是的，'我回答他，'我的确在罗马尼亚出生。'这位上了年纪的司机告诉我，自己认识罗森教士。司机说：'多年前，罗森第一次到以色列访问的时候就坐了我这辆车……那会儿我还不知道他是何许人也，毕竟这里的教士可多了去了。罗森先生还说着一口地道的希伯来语。我先载着他去了外交部，接着去了劳动党总部和他们的死对头利库德集团[1]那儿，后来又去了工会和宗教协会。最后，可能您都想不到我们还去了哪里——我们还去看望了共产主义人士！后来，我忍不住问了他'您是不是罗马尼亚的那位教士罗森？''对，我是。您是怎么知道的？'他回答说，'在这里，大家都知道您。除了您，没有第二个人会既去宗教协会，又去看望共产主义者，还同时前往工会和贝京[2]先生那儿，这些地方都是不可并存的……'"

在布加勒斯特的这个漆黑夜晚，我被他突如其来的这番话惊得一愣。流氓塞巴斯蒂安先生说过："在这里，没有任何事物是不可并存的。"

"你说得对，这位教士是个值得结识的人物。要是没有他，今天这个精妙绝伦的夜晚可就没我的份了。"

"好一个美式热情！善良慷慨，开放入世。"

"如果我对这桌上的人说我今晚无处可栖，必定有人愿意收留我。但倘若在美国，你看看有谁会收留你？在美国哪儿还会有人收留你？"

---

[1] 政党名，英文为 Likud，又称全国自由联盟，是以色列的一个右翼政党。
[2] 人名，Begin。

"巴德学院。"

话音刚落,里昂笑了,一看,不止他,我俩都笑了。

出租车!奇迹出现了,汽车停了下来,我和里昂蜷起身子将自己塞了进去。里昂穿着西装礼服打着蝴蝶领结,俨然一副指挥家和院长的派头,而我,傻瓜奥古斯特,他此次旅行的同伴,同他一起紧紧挨着,挤在这辆就像刚从博物馆中提溜出来的小破车里,可也正是它带着我们穿越雨帘,在转轨后的时代中行进。

"去洲际饭店。"这话我用罗语重复了三遍。

汽车并没有像预想的那样左转,而是笔直向前行驶着,开往不知位于何处的黑手党地下车库。我望着窗外匆匆掠过的街景,试图辨认行驶路线,不,这不是以前从科勒拉什走的那条路,那条路已经不复存在了,我们现在走的是一条叫胜利大道的路,这条路一直通向巴尔干的凡尔赛宫——白宫[1]。我们的最高领导人下令修建了它,却没来得及好好在里头享受一番。

出租车最后停在了伯尔切斯库[2]大道上大学和酒店间的那个转角。我们走进酒店,来到22层,这里分明是个酒吧,却空无一人。我们得在这儿再喝上最后一杯,向布加勒斯特的第一天致敬!里昂看起来满足极了,逾越节宴会让他重焕生机,我们的冒险之旅看起来前景一片大好。我们喝到凌晨1点才互道晚安,那时候已是纽约时间下午6点,距我们从肯尼迪机场出发已整整过去了24小时。

我在此处,我在彼处,此处无我,彼处亦无我。我身为旅客,可游走于不同时区,又可不属于任何一个时区。

---

1 此处实指布加勒斯特议会宫,原称人民宫,齐奥塞斯库统治期间兴建,今为罗马尼亚议会参众两院、宪法法院和一些重要机关所在地。

2 路名,Bălcescu。

电话上红灯闪烁起来,有人打电话来了。想必是肯[1]。他是我的美国朋友,这次专程从莫斯科跑来看我。一旁的床头柜上摊着一本蓝色的笔记本,封皮用白色大写字母印着"巴德学院"字样,那是我的"朝圣"日志。

---

[1] 人名,Ken。

第二天：1997年4月22日，星期二

肯在莫斯科和布加勒斯特为索罗斯基金会赞助的东欧私有化项目工作。五年前，我意外收到了他的来信，因此同他相识。"这就像是在黑暗中开火。"[1] 陌生人在信的开头写道。爱尔兰人的名字让这件怪事变得愈发诡异：项目是一本书，内容关于文学、音乐和美术中的大屠杀的审美反馈。"你去年春天在罗格斯大学纽奥克市分校会议上说的话一直困扰着我……那个在我脑海中纠缠不休的表达是：大屠杀的商业化。"[2]

我们在曼哈顿的一家爱尔兰酒吧见了面。在谈话中我得知，他祖父年轻时就移民到了美国，当时一贫如洗，后来倒是成了一位著名的科学家，还得了诺贝尔奖。母亲是法裔，是普林斯顿大学的教授。

---

[1] 原文为英语，This is something of a shot in the dark。
[2] 原文为英语，Something you said at the conference held at Rutgers/Newark last spring has troubled me ever since... The phrase of yours that haunts me is this: the commercialization of the holocaust。

他有个兄弟在越南战争中丢了性命。当然也聊了聊他自己,他出了好几本著作,正准备进行一项有关现代保守主义的批评研究。对话内容不断深入,我们之间也开始产生真正的友情。他观念开放,秉持世界主义,有着法国和爱尔兰的血统,在牛津大学接受了英式教育,既有天主教的道德观可自我约束,又有美国人关于公平竞争的开明意识。他特意从莫斯科来看我,在我曾经生活的巢穴同我重叙旧情。

"当您和前台的年轻人用罗马尼亚语对话时,整张脸都精神了起来。您看起来很放松,甚至像是换了副面孔似的。在我看来,语言对您而言是个不曾愈合的伤口。"

我在同饭店职员谈话时像换了副面孔似的,而我其实根本不知道这个职员服务的究竟是谁。

不过,我还是接受了他的话,语言的确是个值得讨论的话题。"我的祖国就是我的语言。"1979年那会儿,当我的美国亲戚不断劝说我尽早离开乔尔马尼亚时,我就是这么回答他的。我最终离开的,不是我赖以生存的语言,而是那个令我无法继续呼吸的国度。"希望你有天早上醒来的时候,发现周围所有人说的都是罗马尼亚语。"1993年,朋友辛西娅[1]在纽约这么祝福我。她也意识到语言一直是我的心头痛。那真是个如梦幻般的祝福。

肯说得对,重新启用语音练习疗法在今天也备受推崇。然而我发现,现在人们说的话夹杂着旧日的陈词滥调以及美国电影、广告中的那些俚语。昨天回到饭店房间打开电视后,我在屏幕上看到罗马尼亚议会的两个议员正争论着,而他们居然无法说出结构完整的句子。那时在法兰克福的候机厅里,在我耳边响起的也是同样支离

---

1 人名,Cynthia。

破碎的语言。

肯和我一道朝我从前的住处走去。我们路过了国家图书馆。那建筑雄伟大气却积满了灰尘。沿着旧利普斯坎尼[1]街向前,你会发现这是一条集市长廊一般的街道。接下来,我们又经过了斯塔夫罗波莱奥斯教堂[2],建筑不大,像是一颗被灰烬和悲哀隐藏的宝石。泥泞的人行道、失修的墙壁、滑稽的广告牌,萎靡不振、面露愠色的行人看起来像是被追捕的逃犯。我们还路过了曾经的喜剧剧院,走上胜利大道,沿桥再往下是轻歌剧院。不过,原来的轻歌剧院已经不复存在了,登博维察河上的那座桥也是新建的。

挂着 2 号门牌的那座老建筑依然伫立在原处。我往后退了几步,给肯指了指 15 号公寓的那个阳台,我原来就住在那栋楼的三层。

我们刚搬进去时用一块结实的玻璃板把阳台围了起来,这样一来就给这间小公寓创造出了一片额外的空间。正如库里亚努会说的那样,国家第一夫人莫尔杜颁发了法令,要求大家不再采用这样的设计。我当时勇敢地发起了一场反抗当局的合法战争,只是为了获取关于滥用职权的书面证据,我那乔尔马尼亚的生活传记中也因此增添了一项天真之举。

"不如我们现在上去?看看如今是谁住在那里。"

"我知道现在那里住的是谁。"

肯坚持上去看看,但我还是拒绝了他。倒不是怕看到旧日居所时我心里会不是滋味。几年前,罗马尼亚社会分崩离析,统治者及其夫人双双被捕。就在那时,这公寓的楼管破门而入,强行霸占了

---

[1] 路名,Lipscani。
[2] 教堂名,Biserica Stavropoleos。

我的旧居。显然,就像所有安全部门名单上的人一样,这位楼管背后定有国家秘密机关暗中相助。而我,这个当时已身处大洋彼岸的承租人,还傻乎乎地将这位有双重身份的"楼管"告上了法庭,但毫不意外,最高机构选择站在他的协作者身边。"不可能"重新展现了它的可能性:1990年和1991年,民主罗马尼亚的民主司法体系连续两次宣判那位"楼管"胜诉,而大洋彼岸的我则被视作"叛国贼",是断然不会被胜利女神所青睐的。接下来,我这个在纽约落脚的异乡人还得用"肮脏"的美元支付粉刷公寓的费用。要知道,自我背井离乡那天起,尽管人没住在那栋公寓里,但我却一直付着它的房租,一天未落。

我向肯解释道:的确,旧政治体制的法律曾规定,如果当事人"完全"离开了祖国,那他就得把名下房产彻底交归国有。我并没有将那公寓"上交"国家,旧时的法律如今已不适用,就算以前的那些人仍存活于世,又能如何。

我们沿着胜利大道向前,经过中央邮局大楼门口。齐奥塞斯库为纪念他和莫尔杜为人民所作的巨大贡献,曾下令把这栋楼改造成国家历史博物馆。我们所在的这条街是不懂得人情世故的,就像它的后继者们一样,不会因为我的离开而怅然若失,也不会记得这么多年来我一直是它的忠实行人。我们的左手边,曾经的维克多利亚商场,现已改回了它战前时期的名字——"老佛爷[1]百货"。商场一旁,一座其貌不扬的现代建筑正拔地而起,它附近的民兵总部大楼现在成了布加勒斯特市警察总局。再看看我们右手边,和过去一样,有一家时装店,从那儿再往下走就是电影院。

---

[1] 店名,Lafayette。

不该小看死后重生的这段游览时光。在途中，我实实在在地感受到自己在这次旅行中拥有的特权，以及它当下带来的残忍，而我正受益其中。我们在快走到街角时向右拐弯，朝大学广场走去。在那儿，我们看到有人在烟灰色的墙面上用油漆喷上了巨型标语：君主制拯救罗马尼亚。我们继续向前，穿过地下通道，通道两边是琳琅满目的杂货铺。接着，爬上楼梯，我们便来到了通道的另一端——马盖鲁大道，正对着酒店的大门。

下午一点，我在雅典娜音乐厅再次同里昂碰面。演奏厅内彩排正如火如荼地进行着。伊万娜还是那样充满了干劲和责任感。十年前的她是用艾伦·金斯伯格[1]的《嚎叫》震惊四座的女诗人，现如今的她担任着文化官员之职，我实在很难将这两幅画面联想在一块儿。美国使馆公共事务参赞——约翰·卡兹卡[2]先生邀请我们共进午餐，使馆的汽车已等候在雅典娜音乐厅的一角，它将载我们赴约。

这位美国名流携流亡的罗马尼亚人登上了大楼奢华的台阶！白脸小丑神情放松、身姿优雅，他身旁作陪的是傻瓜奥古斯特，身形佝偻、满脸疑惑，他们走上台阶和负责文化事务的随员打了招呼，她是位不苟言笑的女士。随后，他们终于见到了卡兹卡参赞。他身形高大，一头金发，风度翩翩，侃侃而谈。很快，这位参赞先生就对巴德学院、我所获得的麦克阿瑟奖和我们在首都的行程表现出极大兴趣。不一会儿，罗马尼亚来宾陆续到场……院士，罗马尼亚院士，邀请函上是这样称呼他们的。我向里昂引荐了安德烈·普莱舒[3]。

1　人名，Allen Ginzberg（1926—1997），美国"垮掉一代"代表诗人，20世纪世界著名诗人之一，代表作有《嚎叫》等。

2　人名，John Katzka。

3　人名，Andrei Pleșu（1948—　），罗马尼亚当代哲学家、散文家、记者、文艺评论家。

乔治·索罗斯[1]曾告诉我，普莱舒是布达佩斯中欧大学校长最合适的人选。因为没有事先通知，普莱舒表示非常遗憾，他说要是知道我今天会来，本可以安排一场有趣的会见，让我同他带领的欧洲研究者们好好聊聊。我还没来得及向他表示感谢，就被人拥了满怀。一看，是作协主席劳伦丘·乌利奇[2]。我和他礼节性地拥抱了彼此。他也责备我为何这次回国不提前知会他，还告诉我必须去作协看看，要为我专门组织几场会议、宴席或是研讨会，以庆贺我此番归来。昔日同行竟成如今座上宾。难道我曾经的这些同僚们，是想通过这样的活动来表达七年内他们未曾发泄的愤怒吗？乌利奇不愿把我拱手让人，抓着我讲个不停。他迫不及待地告诉我，在艰难的时期里，罗作协在组织运转和财政管理上取得了多大的成功。他们通过将作协大楼出租给外国机构取得一部分收入，然后将这些钱用于补贴发放、医疗补助和文学奖励。现在他们还成立了一个国际作家联合会，为那些翻译作品的译员提供了专门的住处，而具有罗马遗风的罗马尼亚图书馆将成为世界作家大型会议的举办地。现在的作协还和巴黎建立起了出版合作关系！听罢，我点头表示赞许，心里暗自庆幸他不曾提及任何关于我的事情。

午餐时，里昂给我们讲了音乐界的奇闻轶事。我们全都被他的热情与幽默所折服。参赞微笑着主持餐会，将每个人都照顾得无微不至。现场食物丰盛，美酒可口。

外面变得越来越暖和，阳光将街道照得亮闪闪的。我希望能有一段休息时间，去饭店旁的达乐斯书店转转。不过，我最后还是决

---

[1] 人名，George Soros（1930— ），匈牙利出生的美籍犹太人商人，著名的货币投机、股票投资者，索罗斯基金管理公司和开放社会研究所主席。
[2] 人名，Laurenţiu Ulici（1943—2000），罗马尼亚文学评论家。

定回 1515 房间午休。脱下衣服和鞋子，我直接躺倒在床上。疲惫感蔓延开来，身体遂变得沉重。我的意识渐渐迷离，终而到达无神状态。"你好，明海尔[1]！"有点沙哑的烟嗓说起了话。"你回到了自己心爱的祖国吗？"

我听出了那是谁的声音，却没看到说话的人。我知道谁总称呼我为"明海尔"，以及他这么叫我的原因。

"诺德曼[2]先生，你回到了心爱的祖国吗？"

如果他第三次问出这个问题，他肯定会称我为"坦克将军"。他读完那篇 1982 年时在新闻界引发"马内阿丑闻"的文章后对我说，"你很腼腆，却又很暴力，诺德曼先生。""如你所知，我有一双用泥捏成的双脚，就像 Golem[3] 泥人那样，但你看呀，我现在单脚站立，读着你的文章。我没办法把脚放下来，我太激动了。""很高兴认识您，将军！[4]您是一位坦克将军,亲爱的[5]诺德曼。"他在电话那端气吁吁地反复念叨。

"你从资本主义的天堂回来了？哎，将军啊，你在伊甸园感觉如何？"

我醒了过来，望着窗帘，望着那个死去的人，他曾是我的朋友，是个乱起绰号和散布谣言的大师。

我们第一次见面，他就把我的名字改成了诺德曼。我一下子成了北方来的人……听起来不只像是来自北布科维纳那么简单，还像

---

[1] 原文为 Mynheer，在荷兰语中有"先生"之义。
[2] 原文为 Nordman。
[3] Golem 是（犹太民间传说中）有生命的泥人，被赋予生命的人物塑像。
[4] 原文为法语，Mes hommages, Général。
[5] 原文为法语，mon cher。

是来自北大西洋公约组织的人。我大约是在20世纪70年代中期认识的他。一天晚上，我意外接到一个电话，电话那头是个陌生女人的声音。她在一本文学周刊上读到了我的一篇文章，备受触动，于是邀请我去她的公寓参加一场友谊晚会，地址是在圣帕维尔[1]街24号3层12室。她的嗓音听起来悦耳动听，似乎是个专业的读者。她说了自己的姓名……一位著名批评家兼作家的妻子？一个人即便不混文学圈，也一定熟悉他们的名字。

我听过许多有关她的故事，在斯大林主义时代，她可是一位在暗处操纵高级官员的要人，拥有传奇般的双重生活，对书籍和阴谋有着独特的品位。

在唐娜·阿尔巴朋友圈中初次亮相的那天晚上，我很快就被美丽女主人那古典的旧式优雅所征服。虽然她看起来只是个肤色浅黑的弱女子，但她灵动的智慧却如锋芒般锐利。唐娜大名鼎鼎的丈夫倒是没有出现。这位曾经的反叛者选择和情妇共度周末。那儿也会举办类似的文学沙龙，由大师自己和一位崇拜他的年轻女子来主持。

这故事听起来极具巴黎风格，但其实有着巴尔干式的情调。那人因在安东内斯库统治期间受了刑讯而变成了残疾人，如今体形肥胖，久坐不动，甚至连路都走不了几步。他常常开着萨尔基兹·哈恰图里安[2]老头的车往返于市中心的家和"周末情妇"的郊区爱巢之间！……那位退休司机曾几何时也是个地下工作者，他们自打那时起就认识。哈恰图里安不曾给他什么优惠，相反，还以"不道德行为"之名收取他3倍费用。一个人肯定没法儿直接从三楼的床上一跃而

---

1 路名，Sfântul Pavel。

2 人名，Haciaturian。

下跳进出租车里,只有电梯能把这个泥人运送到一楼。萨尔基兹[1]·哈恰图里安的汽车已等候在那里。奈何,他的一双泥脚无法支撑其走到电梯口,唐娜·阿尔巴只好扶着他进电梯下楼,接着在骨瘦如柴的萨尔基兹的帮助下,把他送进车里。而后,她回到房间中,给情敌打了个电话,告知她转送程序已经完成,奸夫会跟往常一样,在大约40分钟后抵达目的地。情妇则必须在40分钟内到达塔贝雷路[2]小区门口,以便准时把他的爱人从车里扶出来,带着他进电梯,然后升至8层,最后钻入令人疯狂的爱巢。这场转运发生在周五的午餐时分,大约一小时后,作为接收方的情妇就会同他相见。周一早晨,他会在聪明的哈恰图里安的帮助下被运送回家,妻子将在圣帕维尔街24号前等着他,带着他走进电梯,回到夫妇俩的住所:这美妙的经历可不是幽默的布加勒斯特人随意捏造出来的,更像是一段短小的叙事诗。两个女人显然都爱慕那魅力非凡的残疾人。

在之后的一次聚会上,我有幸见到了这位市郊通勤者。"诺德曼先生,不知你听说了些什么关于我的事。我猜,大概说我是个斯大林式的怪物吧。的确,我曾经支持过列夫·托洛茨基。但就因为这个,我就成了托洛茨基式的怪物了吗?你作为英式自由主义者可能会觉得这不就是一回事吗。不,我告诉你,这可不是一回事。"

显然,他猜到了我在想什么,从他叫我"诺德曼"那一刻起就可见一斑。

"凭借这个绰号和文字游戏,我将在文学界名留青史。人们不会因为我在'迷惘十年'里所写的那些教条社论而记住我。'迷惘十年',

---

1 人名,Sarchiz。
2 路名,Taberei。

指的就是搞阶级斗争的那段时间,你们这些人不就是这么叫的吗?人们也不会因为我在'自由时代'扮演过各种角色而记住我。'自由时代''和平共处'都是你们这些和平主义者设下的赫鲁晓夫式陷阱。或许,我在这个新阶段写的那些民族社会主义的小说没有一本能幸存面世。但我想,我的绰号和我玩弄的那些文字游戏将会在人们的记忆里永存。"

可他好像不知道,他自己也有个绰号,叫作"飞象"。这个绰号是他的医生给起的。那医生自然也有绰号,叫"保加利亚人"。绰号、面具还有背后的咯咯窃笑是这个狂欢国度在没有消遣下的自我打趣。在地下工作时期,原来那位身形修长、仪表堂堂、热情非凡的年轻人,在饱受安东内斯库的非人审讯后变成了一个残疾人。如今40年过去了,他因行动不便,已经变成了残疾的大象,只能终日待在家中,甚至无法在餐桌、卧床和厕所间来回挪动。可是,他的思想依旧活跃。每当夜深人静的时候,这只大象就会像蝙蝠和秃鹰那样,展开自己邪恶的翅膀,任所思所想披着夜色天马行空。

"将军,您觉得天堂怎么样?"

我又昏昏入睡了,再次沉湎于过去的雾霭之中。恍惚中,我似乎听见一个过去的声音。那声音醉意沉沉,似乎暗指着什么,我捉摸不清,也看不到说话之人,这样挺好。他曾在电话里头将那个我不曾预料到的名号强加于我,距今已过去了十六载光阴。

"我看了你的那个采访。镇上炒得沸沸扬扬!你们这些自由主义者为自由的勇气欢呼喝彩!坦克将军!你可知道,在你体内藏着一位坦克将军!你可能不相信,我一拿到杂志就如饥似渴地读了起来,一只脚翘在空中,一只脚杵在地上,就这么读完了全文。对我这样一位残疾人来说,你应该知道这意味着什么。"

先是诺德曼，后是大将军，天知道他在这电话里絮絮叨叨地还会给我取些什么绰号。如今，这电话怕已经成为他唯一的消遣渠道和社会生活方式了。在我于6月离开前，我又获得了一个新的绰号——"明海尔"，这个名字指的是我刚出版的小说中的一位主人公，而非《魔山》里的那位巨人。

"那么，明海尔，你对我们新社会体制下的祖国有何高见？我告诉过你吧，绿色，那恼人的绿色，就像铁卫军制服的颜色。"

如果他能听见我说话的话，我很想以一名老掉牙的自由主义者的身份告诉他，现在这个国家并非满目皆绿，之前也并非普世皆红。尽管他无法听见我的心声，但我却能真真切切听见他说的话。要是能见到，我定能一眼认出那个穿着睡衣的他，尽管我现在见不到他，也害怕真的见到他。现在的他会是什么样子呢：大腹便便，就像挺着一个充满气的气球；鼻子像象鼻似的又大又厚；悲伤的大眼睛向外突起，下面还挂着深深的眼袋和厚重的黑眼圈；像狗那般宽大的牙齿间存着缝隙，齿面还微微泛黄；手形小巧，手指像腊肠那般粗短，上面还留下了因抽烟而形成的斑块。他的双腿已经没了知觉，所以应该会用双臂支撑着桌子的边缘。他会用那双近视的大眼睛注视我，对了，他还会留着雪白的大胡子。是的，自我走后，他不再打理自己的胡子，放任它们肆意生长了。最近几年，他已经无法起身下床，所以肚子也大了起来，胡子也长了起来。他沉默着，一言不发，但"过去"却不消停，在我耳畔用昨日的声音低声细语着。

"那么，在大西洋地区的民主世界里，人们又是怎么议论这位斯大林主义者的呢？我们如今并非身处英国或亚特兰蒂斯[1]。这里总是一边倒，要么一片红，要么一片绿，再无什么别的选择。Niente[2]。考虑到你支离破碎的生平往事，你应该更害怕绿色才是。自由的亚特兰蒂斯是否正诱惑着你呢？你喜欢那满是纸醉金迷的快乐花园吗？在那儿的生活可能会更加艰难。"

他没有参加我1986年7月举办的聚会，当时我庆祝了在祖国度过的半个世纪时光。他或许没有想到，我同时还借机纪念了流亡者利奥波德·布鲁姆。他没有出席那场神秘的告别晚宴。听说我逃跑的消息后，他勃然大怒，在我离开后打来好几个电话，话语间充满了愤怒与悲伤。他还致电我们的共同好友，又是给我取绰号，又是斥责我，还让那些人把这些话转述给我听。于是它们被传递到了遥远的亚特兰蒂斯，传到这充满危机和剩余价值的世界。在这里，谎言也可以在银行中开户。他逐渐病入膏肓，没能活着看到那位他所不齿的暴君的垮台，也没有看到他向来厌恶的资本主义的胜利。

"你喜欢我们亲爱的小祖国和同胞吗？他们应该很敬重你吧？你五岁时就这样了，可不是现在才开始！你还记得吗，还是说你不愿回想这段往事？陛下，我已经和你说了，这里不允许你对民主抱有疑虑，也不准'无色'的存在。它只给予你'红'和'绿'的选项。你曾是绿的，然后转红，而后红绿相间……接着你就离开了这里。在所谓的天堂过得可好？你是不是得到了彩虹？拥有了光谱中的所有颜色？我也来到了死后的亚特兰蒂斯。我们都来到了这里。只是

---

[1] 亚特兰蒂斯，传说中位于大西洋且拥有高度文明发展的古老大陆、国家或城邦之名。有记载最早的描述出现于古希腊哲学家柏拉图的著作《对话录》里，据称其在公元前一万年被史前大洪水毁灭。
[2] 意大利语，意为"什么也没有"。

我可怜的配偶迟迟未到。你见过唐娜吗？你看到过冰山美人唐娜如今的模样吗？"

不，我还没见到她，不过会在礼拜六同她见个面。那天还是周二，我得加紧准备起来，毕竟还有这场见面等着我……我处于半睡半醒间，但我知道自己该赶紧行动起来。我昏昏欲睡、筋疲力尽，但还是得时刻记得自己尚有个见面。我几乎都想不来自己身在何处，现在又是几时。午睡！一派胡言！东方式的午睡……在以前可是标准化的设定，那位前任党员的小说花了不少工夫描述、体味和赞扬午睡习惯。午睡会让激情偏离自己的轨道，但能激发人们在醒后果决地付诸行动。这是头脑在报复疲惫的身体和空洞的灵魂吗？救赎的火刑、革命的火焰，想要粉碎平庸、倦意、礼貌、懒惰和午睡。"所有伟人都需经历暴风雨的洗礼。[1]"海德格尔不断重复着，用纳粹的敬礼方式向柏拉图的这句话致意。"所有伟人都在汹涌的喧嚣中沉淀"，飞象高举着拳头重复道：无拘无束！末日与新生！狂飙，狂飙与突进[2]！

看，现在我已经醒来！我醒过来了，不过时间仅仅过去了八分钟……我与飞象的重逢只持续了八分钟。我还有点休息时间，想去饭店旁边的书店逛逛，给我的罗裔美国朋友索尔买张布加勒斯特的旧地图。这样，他就能抑扬顿挫地朗读起那些充满魅力的地名——和谐街、微笑街、盛情街、犀牛街[3]，从而减轻自己反瓦拉几亚[4]的愤慨。

---

[1] 原文为德语，Alles Grosse steht im Sturm。
[2] 原文为德语，Sturm, Sturm und Drang，是指18世纪60年代晚期至18世纪80年代早期在德国文学和音乐创作领域的变革，其名称来源于剧作家克林格的戏剧《狂飙突进》，中心代表人物有歌德、席勒等。
[3] 该处路名原文分别为Concordiei、Zîmbetului、Gentilă、Rinocerului。
[4] 瓦拉几亚，罗马尼亚古代公国名称，在此处指罗马尼亚。

不，我动弹不得，只好重新躺回床上，目不转睛地盯着时针，看它转动，听它嘀嗒作响。我的房间突然消失得无影无踪，发现自己再一次置身于美国大使馆，一样的菜肴，一样的餐桌，以及原样摆放着的餐具。

眼前有两把椅子。我认出了那些人的模样，时间没有在他们的脸上留下什么痕迹：诗人穆图[1]、穆古尔，还有我的老朋友们。尽管他们微笑着，但一张张脸都像冰冻了一般，僵硬极了。他们就那样看着我，沉默不语，仿佛是一个个木乃伊。

"明海尔，你对这些死者有何看法？穆图小崽和小兔子曾经都是你的朋友，不是吗？"耳边又响起了泥人的低喃。

穆图小崽和小兔子……没错，都是绰号大师的杰作。

"我承认，小兔子曾是我的朋友。半骑士半瘸腿兔，你还记得吗？我们这位朋友的恐惧、卑微和谎言，你都记得吗？还有他那黄豆般大的汗珠儿！他永远都是一副大汗淋漓的样子，想起来了吗？他或是紧张，或是惊慌，或是感知到了噩兆，或是在快步疾跑。奔跑！他总奔跑着追逐那些微不足道的荣耀、不值一提的阿谀奉承、无人在乎的安排。不过不管怎么说，小兔子是个优秀的诗人。如今，斯人已逝，他在诗歌上的成就是显而易见的。在这个超验王国，他的名字依然鲜活地存在着。毕竟，没人要求诗人表现得勇敢无畏，诺德曼先生，我们俩都知道这一点，亚特兰蒂斯也很清楚。"

麦克风受远处的天线干扰，开始嗞嗞作响。泥人的声音却依然像我记忆中那般，清晰悦耳，未受丝毫影响。看来受干扰的仅仅是麦克风而已。

---

[1] 人名，Mutu。

"不是的,道德不应该用短长格和长短格[1]来衡量,这一点我们都知道。不过,道德的约束力是有限的,这我们也清楚。"

端坐在桌边的两位诗人听完这番话后无动于衷,就像什么也没听见似的。我也倚靠着门框,一动不动。

"警察!这就是约束啊!诗人是诸神的使者,而不是警察的眼线!他没有必要去做警察的眼线!我们的小兔子只不过是恐惧之神的手下……是恐惧之神要挟他写下了这些诗作。他笔下的诗文在颤抖,他本人也吓得战栗不止。他告诉我,自己直至今日还是会时不时地颤抖起来。你忘了吗?是那些痛苦才让他显得可疑。然而,事到如今我们才知道,他真的不是什么警察。"

说着,人偶又停了下来,重新组织了一番语言继续讲下去。

"据我所知,那会儿,你另一个朋友穆图小崽也没有出席那次聚会吧。那场聚会与其说是成人礼,不如说是告别宴?是的,我也没能参加。那会儿我浑身都疼得不行,腿废了不说,就连脑袋也像泥做的。穆图小崽可能觉得,他不出席对你而言会是一种保护吧。如果他之后需要写东西上报这场秘密晚宴,人们就会发现他赤身裸体地死在那里,无法就此展开调查。那时候,逝者,连同他们身上的秘密都归当局所有。"

即便是这番最后的陈词,也没有打动这群围坐在桌边的木乃伊。他们都一副漠不关心的样子,看起来似乎是全神贯注地把所有事情都记在了本子上,但其实对这一切都毫不在意。

"诺德曼先生,死亡,这才是人生的大团圆结局!死亡是无法减刑的。就像你现在看到的,流亡最后也被合法化了,至少骗子马尔

---

[1] 又称抑扬格,是一种音步,使用于多种不同的格律诗之中。

罗是这么说的。只有死亡才能让生活变成命运！明海尔，你还记得吗？小兔子，你知道我们的朋友小兔子是怎么死的吗？"

知道，我当然知道，穆古尔是猝死的。他走的时候，身旁放着一本书，手里还攥着一片面包。至于那些逝者是否了解我在他们死后所做的卑劣行径，我就不清楚了。

"卑劣行径？诺德曼先生，你刚才说的是'卑劣行径'吗？你想同那两位诗人解释误会，是这样吗？明海尔，你没必要为自己辩解。你怀疑一切，可现在却身处于一个错误的境地之中。可怜的明海尔！没有任何一个无辜的人愿意被他人怀疑。难道对你来说，坚定不渝和简单纯朴是一码事吗？你是不是为坚定不渝、言行一致和简单纯朴这样的品质感到羞耻？在那些先生面前，你没什么可解释的！相信我，就算在别人面前，你也用不着为自己辩护。"

那些围坐在桌边的人似乎没有在听他讲话，打着盹，仿佛置身于另一个世界。我走上前去，想要抱抱他们，至少这是我可以做的，可是这时，电话铃突然响了起来，好像触发了什么警铃似的。我只好把一只手举在空中，用另一只手指向电话。

"您好，这里是酒店前台。弗朗索瓦丝·吉拉尔德[1]女士找您，她在大厅等候。"

我看了看表，距约定时间已迟了5分钟。我冲进洗手间，在洗手台上用冷水匆匆洗了把脸，然后迅速搭电梯下楼。这毫无停歇的角色扮演着实让我感到疲惫和困惑。等回过神来，我发现自己已经身处大厅，手里还抓着刚才洗漱时用的牙刷。这时一位年轻女士背着包，从我身后微笑着走了出来。她来到我面前，伸出手，说道："您

1　人名，Françoise Girard。

好，我是弗朗索瓦丝，索罗斯基金的新主管。"昨天在雅典娜音乐厅彩排的时候，我和她匆匆有过一面之缘。当时她梳着完全不同的发型，穿着另一套衣服，今时昨日，她的样貌和眼神简直大相径庭。我把手里的牙刷藏进了口袋，然后和她一起朝左边的扶手椅走去，准备坐下来好好聊聊。

我没有时间也没有兴致同她拐弯抹角，所以开门见山地告诉她自己并没有回国发展的打算。但与此同时，我还是听她讲了讲基金会在罗马尼亚的运营情况，还就此提出了自己的建议。她微笑着，低声同我讲述着这个"拜占庭式国家"的奇闻轶事。她告诉我，自己是加拿大人，所以身上带着些许法兰西女人的风情。我们一致同意，到了纽约再谈谈巴德学院资助克鲁日大学的事情。我们俩的这场会面进行得简洁快速，颇具美式风格，就像在布加勒斯特头几天的时间那样一闪而过。

我在马盖鲁大道上朝雅典娜音乐厅走去，再次产生了一种化了装的错觉，感觉自己仿佛一个间谍，对这片地区了如指掌，乔装成游客走在路上。如果揭去这层面具，我能同我的同胞们重叙旧情吗？他们也许认识我，但不会再承认我是他们中的一员。他们或许不确定这个陌生人是否配得上自己的友善或敌意，正如这个陌生人也不确定自己该怎么做，只好匆匆离去。

我在斯卡拉咖啡馆前停下了脚步，下意识地抬起头。街对面那座建筑的一层是曾经的乌尼克商店。以前那儿经常排长队，顾客们总会花上好几个小时等大货车运来鸡或奶酪。入口那儿的信箱值得好好观察一番。5年前，也就是1992年，在一个像今天这般的春日，B单元84号信箱被一把火焚毁。那会儿，我在《新共和国》上关于埃利亚德的文章被翻译成罗马尼亚语，在祖国得到发表。"这里对你文章的评价很差。"茄拉的母亲在信中这么写道，她正是 B 单元 84 号的住户。"评价很差。"我岳母伊芙琳还在电话里重复了好几次。"在这儿，媒体的宠儿都是些反对当局的人，比如埃利亚德、萧沆、诺伊卡[1]、尼古·斯坦哈特、约尔加[2]、纳埃·约内斯库，甚至还有安东内斯库以及泽莱亚·科德雷亚努。"

我不是为了迎合罗马尼亚媒体才写的这文章，但我不曾料到那飞溅而出的子弹还会反弹回来，对一位老妇人的生命构成威胁，而我都来不及向她发出警告。"大家对你文章的态度都很一致……好几个月来，我们的信箱总是遭人破坏。两把锁都被砸了，还有纵火的痕迹。现在我们装了一把耶尔锁，花了整整 500 列伊！你要想让我们顺利收到信件的话，就把收件人写成邻居的名字吧。"

如今，信箱上还留有破坏和纵火的痕迹吗？此外，那位住户也已搬家去了另一个世界。我再没多少兴致去拜访那座公寓。

我来到了雅典娜音乐厅。这次排练进展很顺利，结束得很早。我与里昂一起向罗马之家走去，这是一家位于胜利大道末端的餐馆，它旁边就是我在布加勒斯特最后的住处。餐馆老板用英语问候了我们。里昂特别喜欢罗马尼亚的酸菜肉卷，决定在这家餐馆碰碰运气。为了怀念怀念过去的生活，我点了份"家常鲈鱼"，但我运气不好，端上来的菜口感黏糊糊的，葡萄酒口味也很一般。里昂倒是对自己的酸菜肉卷颇为满意，完全没注意到我失望的表情。

此时，我们的邻桌正上演着一出黑手党风格的阴谋。那伙儿人的老大个头不高但身材敦实，看着像是个建筑工地的包工头，聊着

---

[1] 人名，Constantin Noica（1909—1987），罗马尼亚哲学家、小说家、诗人。
[2] 人名，Nicolae Iorga（1871—1940），罗马尼亚政治家、历史学家。

些生意上的事儿，但内容听起来与建筑业无关。他的副手看着与他年纪相仿，而另一位年轻人似乎才刚刚踏上冒险的征程。餐馆老板在他们身边一副低声下气的样子，大气都不敢出。老大做了个手势，接着那身材魁梧、面带皱纹的副手便递给老板一大叠钞票。三人开始大快朵颐，老大只一个手势，手下们就得乖乖听令行事。他们仨身着牛仔裤和皮夹克，看起来是如假包换的"美国佬"，当然这不只因为他们的穿着打扮，还因为他们花起钱来大手大脚。

我们对桌坐着两个浓妆艳抹的年轻女子，她们哈哈大笑得令人头疼。我们起身离去时，那两张桌子被拼在了一起。

接着，我们拜访了一位女作家，她是金头脑的朋友。我只能记得这位女主人关于自己丈夫的那番独白："我丈夫是个医生，一个值得钦佩的人。虽说如此，他又挺蠢的，蠢到如今社会都改朝换代了，他还不想离开这个国家，现在都没清醒过来。就是这么蠢！现在都没想明白！"

跟前几天一样，我们在午夜时分才回到饭店。我们俩都已筋疲力尽。里昂明早要进行最后一次排练，晚上就是他的第一场音乐会，而我会参加他的第二场音乐会。

午夜是给纽约打电话的时间。茄拉向我传达了菲利普的要求，即我每天都得发份传真给他，告诉他一切都好。饭店里的人告诉我，这儿的传真机在会计办公室，只能在午饭前使用——也就是纽约的晚间。

暗夜之语

"Crino。"黑夜暗自低语。过了一会儿，又轻声道："Crino。"片刻，那喃喃的声音复又显现，这次我终于弄清它所言何物。"Hypocrino，伪君子，伪君子，"黑夜用它那阴险的声音不停轻轻呢喃。我挣扎着从睡梦的泥淖中醒来，抬起沉重而无力的左手，将被子往上一拉，遮住自己的脑袋，然后再一次沉沉地坠入梦乡。

可是，我的眼皮却一直跳个不停！那低声的咒骂再次响起，显然我已无处遁形。只听得它又在我附近轻声道："伪君子。"被子也不管用了，我已无法保护自己，看来必须从那漆黑而甜美的困倦泥淖中慢慢抽身才行。这样的事情早已不是第一次在我身上发生。我经常在半梦半醒间听到有人用世界语窸窸窣窣地在耳畔叨叨个不停。每当我渐渐听清他念叨的内容究竟为何时，睡意基本已消失无踪。身体的疲累丝毫起不到助眠的效果。再没有什么能帮我恢复以前那般深沉的睡眠状态。同前几次一样，我再次挣扎着从催眠治疗的泥淖中爬起，小心翼翼又循序渐进地试图让自己浮出困意的水面，然而，我仍久久地沉浸于那迷迷糊糊的状态之中。在那一刻，我记忆全无，双眼紧闭，意识空空却似有千钧之重，身体沉甸甸的仿佛灌了铅一般。但我依然享受这样的状态，享受这个伟大、美妙又艰难的夜晚。可事实上，这样的状态不过持续了几秒钟而已，是的，这一次，我也没能成功。窗边的夜色渐渐稀释开来。同以前一样，此时的天空慢慢呈现出粉紫色的霞彩，继而变得愈发澄澈透明。窗帘微微晃动，送来一声轻柔的叹息，听起来语气不善却很好分辨——"伪君子！"

我伸手去够床头柜上的报纸。不过当然，那儿压根没有什么报纸，我只是下意识地伸手摸了摸柜子的木质表面。我仅疑惑了数秒，而后便立马清醒过来，将自我与梦境彻底分离。很快我便重新清晰地认识到自己是谁，当下在哪儿。我抬起左手，错愕地盯着手表。

"先将它放在你的左臂上，让它靠近你的心脏。感受它。"我的希伯来语启蒙老师正教导我如何放置护符。"接着，把它放在你的额头上。这两个动作之间不能有间隔。你的思想和动作、感觉和行动不可分割。"我的导师向我解释道。我13岁那年正是在他的引介下踏入了部族成年男子的行列。

迷迷糊糊之间，我仿佛看见挂历显示的年份成了1949年。一九四九年！公元一千——九百——四十九年！我这个老人一遍遍嘟囔着这个年份。虽然我已一把年纪，但那道我自13岁起就一直试图跨越的坎，至那时都未真正跨过。多年来我一遍又一遍地尝试，从未成功。我企图改变自己，变成另一个"我"，却失败了，自那时至今已过去半世纪光阴。我度过的毕生年岁仿佛都彼此紧挨着，浓缩于年少岁月之中。这些年来，我左手戴着的仿佛不是护符，而是一块属于时间孤儿的手表，一如当初。

我看了看那似梦非梦的表盘，它是那样沉默，好像有亵渎神明之嫌。我转动了手表的调整旋钮：不，现在可不是纽约时间晚上八点半，这里，在喀尔巴阡山和多瑙河之间，现在是夜里三点半。我当时一下飞机就该把表调成新时区时间的，但当时我深受时差的折磨，连自己在哪儿都搞不清楚，哪还顾得上这些。

对于1949年来说的未来已经成了过去。但是，现在我身处的空间，却仿佛让我置身过往。我看了眼表上的时间，复又转身望向窗外这片1997年的土地：几天前，那里对我来说还是"罗马尼亚"，一个遥不可及的国度，可现在却不是了。对现在的我来说，遥不可及的国度变成了我此前出发的地方——美国，那是所有流亡者的家园。现在，它身处遥远之境，再次用流亡者的方式向我致意："嗨，伪君子！"

死亡后的生命之语，无论在现世还是来世，都只是一种"语言租借物"，而非人的所有物。Hypocrino！在幸存者面临考验、花招以及重生的奖赏时，这种租借物能起到一种适应生活的作用。"作为一名美国公民，你必须具有阅读、阐释和批评不同体裁、流派和媒体文本的能力。"这是我在罗伯特·斯科尔斯[1]《英语的兴与衰》[2]一书中读到的话。被流亡者之国接纳的异国人必须要经过hypocrino这一阶段。这个词源于"虚伪[3]"的古希腊语词根？表示自主的顺从、赞同的感叹？"'虚伪'这个词的词根是古希腊语动词hypocrino，这个词包含多种意义，从简单的演讲到舞台表演，再到杜撰或发表错误言论，各有不同用法。"

像幼儿园时那样，你学会了这些词的意义和发音？这就像是上天派来一个代替你的角色，他信手拈来地模仿着手势和表情，一副

---

[1] 人名，Robert Scholes（1929—2016），美国文学评论家和理论家。
[2] 书名原文为 *The Rise and Fall of English*。
[3] 原文为ipocrizie，相当于英语hypocrisy一词，意为"虚伪、伪善"。

得了幼稚病的样子。

晚上的时候,我将那篇书评从报纸上剪了下来,放上床头柜,打算第二天去买这本书。"Hypocrino"……夜晚那虚伪的低语将我唤醒。我将报纸揉成了团,试着不让自己听到那些声音。纸团掉在了地上,我希望自己能赶紧远离这诅咒。

天亮了,那纸团竟然还在原地!我拿来一把剪刀,将上面那句让我失眠的句子剪了下来,把它贴在电脑对面的墙上,默念起那保护流亡者不受真理噩梦伤害的咒语:"Hypocrino,这个词从简单的演讲到舞台表演,再到杜撰或发表错误言论,各有不同用法。"

那是1993年一个明媚的夏日早晨。自我抵达新世界算起,已过去了5年,按照流亡历法计算则是20年。一张明信片从信箱上掉了下来,这笔迹我颇为熟悉。"希望你有天早晨醒来后会发现,我们全都在说、读、写罗马尼亚语,罗马尼亚语还被宣布为美国国语![1]"

看得出来,辛西娅的一笔一画都极为认真,她还在后面补充道:"如今这世界正发生着各式各样的怪事儿,这样的事情又有什么理由不会发生呢?[2]"

公寓楼的门卫会突然用罗马尼亚语和我打招呼?巴德学院的院长能流利甚至有些急躁地用罗马尼亚语与我交谈?会计会用罗马尼亚语向我解释美国的财税制度?地铁司机也终于能用一种我能理解的语言报站了?……我同美国朋友、学生以及出版商的关系能突然得到缓和?这是幸福还是噩梦?不,我身处的美国应该继续保持原

---

[1] 原文为英语,I wish for you that one morning we will all wake up speaking, reading, and writing Romanian; and that Romanian will be declared the American national language。
[2] 原文为英语,With the world doing the strange thinks it is doing today, there is no reason for this NOT to happen。

样，这信中想象的奇迹只会为这怪诞的世界平添一条奇怪的新设定。

她的愿望还是成真了！尽管不是按照她所说的方式。在命中注定的这一天，身边所有人都在说罗马尼亚语，但这里不是纽约，而是布加勒斯特。

肯早上的评价直击我中毒极深的幸福内心。40岁那年，我第一次前往"自由世界"旅行，国外的亲戚朋友都催我赶紧离开那片受诅咒的土地。我当时反问他们道，"如果我并非生活在一个国家，而是生活在一种语言中，那我该怎么做？"这不过是为了逃避想出来的蹩脚理由罢了！如今我身处流亡之中，置身应允之地的入口，我心中的语言便是倒霉者的黑夜庇护所。我身上的这具蜗牛壳，并非密不透风、牢不可破的。新的声音和意义不断侵入这趟流亡之旅，陌生事物渗进了流亡者的胸甲。生活中那些徒劳无益的事物让人无法再熟视无睹。每一秒都警示着存在于心中的死亡。Hypocrino先生，语言只是一种关于失败的骄傲象征，而失败才是使你合法化的东西！

恍惚间，透过雾蒙蒙的窗户，我似乎看见了萧沆！他在医院的走廊上小心翼翼地来回踱步，嘴里碎碎念着一些莫名其妙的话。半个世纪前，他经过一场难熬的移植手术，将自己从母语中解放了出来，接着像国王那般前往法兰西定居，之后就在这个笛卡尔谬论的诞生地生活。可是，现在的他又开始嘟囔起过去的那些事来！罗马尼亚语，这语言与他的性情可真是再相配不过了。当年风华正茂时，他企图摆脱它的纠葛，而当他深陷阿兹海默症困扰时，这语言又找上了他。瞧他现在，用过去的语言神神道道地说着些老掉牙的话。彼时无国籍的风华正茂，现如今正被婴孩般温和的衰老所取代。

如果他听到有人叫他伪君子先生或许还会很开心吧！我必须直面流亡的错误，就像1990年那晚，我们一起在他巴黎的阁楼上所做的那样。现在，我是否应该敲响永生之窗，回忆起他指示我离开罗马尼亚的那封信？"这是我迄今为止做过最明智的一件事。[1]"

创伤式的虚荣，萧沆先生，难道您在受伤之后收获的只有虚荣心吗？既然如此，那又为何不顾一切代价生存下来呢？仅仅为了追求一个名分，至于阿谀奉承成这样吗？何不乖乖接受结局，何不重新成为一名演说家呢？

伪君子先生，对于仇怨，您怎么看呢？最终，我们是否都将抱着对他人的仇恨，在幻想与困惑中被治愈？这样做能让我们在自己眼中看起来更有趣吗？难道那位"形而上学"的犹太人萧沆能比真正的犹太人更懂得祖先对于仇怨二字的理解吗？我们身处的布加勒斯特是适合讨论这个话题的地方吗？

左手上那块靠近心脏的手表，不像旧表一样有"时、分、秒"三根指针，也不用每晚在临睡时重新上弦。我再也不用听着指针的嘀嗒声细数自己生命的流逝，一秒，又一秒，时间向前飞奔而去，生命也随之消散而逝。我什么也听不见了，什么也没有。新表的表盘密封得如此完好，里头的分分秒秒都被藏了起来，不再为人知晓。

我应该去酒店大堂听听那来自往昔的语言，听萧沆的教诲，听自己的心声吗？我要去那里找寻过去的话语、古老的语言，还有前世的记忆吗？

这样的好机会可绝不能错过。1992年，我为都灵的东欧作家大会准备了英文发言稿，上帝保佑，这显然是多此一举，要知道当时台下坐着的都是从罗马尼亚赶来意大利的优秀翻译家。当得知这一消息后，我如释重负，快活极了。等回过神来，我才发现有两位同

---

[1] 原文为法语，C'est de loin l'acte le plus intelligent que j'ai jamais commis。

胞正试图同我搭讪。那位男士矮小敦实,风度翩翩,脸上挂着灿烂的笑容,他介绍说自己是罗马尼亚驻意大利使馆的文化参赞,身旁的先生是罗马尼亚科学院旅居罗马的文学家。

这位文化参赞看着我问道:"您一会儿用什么语言发言?""罗马尼亚语,"我回答,"历经一波三折,我终于可以用罗语发言了。"我欣喜地补充道。身旁的同胞们听后面露难色,但还是尽力维持礼貌的微笑。他们沉默不语,满腹猜忌地打量着我。大概实在想不到眼前这位从祖国远道而来的文学界代表竟然为能用罗语作报告而如此欢欣雀跃。可怜的孩子哟,居然为能说罗马尼亚语而开心成这副样子,即便在场的听众是他从来不曾信任过的官员。

和他们道别后,我向讲台走去。尽管并非故意,但我还是在他们身边留下了自己的一只"耳朵"。那对夫妇可能没想到,离他们一步之遥的那位女士正是我的妻子,她听见了他们在底下碎碎念的一切——"你听见了吗?他要用罗语发言!功劳不小啊!多么值得赞颂!你听听!"他的同伴立马回应道:"只要他愿意,他用匈牙利语也行,我完全无所谓。"当然,用匈牙利语还不如用英语。

当然,肯完全有权力质问伪君子先生发言用语的事。他的梦呓常常将我在午夜梦回时吵醒,就像一股流浪的电流在暗夜里寻找着自己的归宿,又像深夜地下管道中潺潺的细流,看似温柔平和,实则暗流汹涌,无时无刻不在捕捉失眠者的独白,诉说着失败的丰富内涵和失眠的各种好处。

看看手表,现在已经过了布加勒斯特的清晨 5 点,而此时此刻的纽约城尚在午夜的梦乡中沉醉。房间安静无声,我亦心如止水,在无声之中能听见时间如孩子般不安的跃动。对于一位时间旅行者而言,酒店这一方小小的天地足够他暂时栖身了。

第三天：1997年4月23日，星期三

1992年的一次采访又说到我10年前，也就是1982年提出的那个问题："谁会把我藏起来？"5年后，轮到她来问我，谁把我藏在了遥远的美国，在那里存在着一切消失的可能性和所有相逢的方式。如今，在这片存在已久的土地上，我已不再是过去的我，那么，曾经的自己和崭新的自己又能用什么面具隐藏呢？

在前台对面的沙发上，坐着一位穿着绿色上衣的女士，那外套剪裁极为讲究，仿佛是专为出席学术会议设计的。她不再是20世纪80年代的那个年轻女诗人，而是一位哲学博士、大学副教授，也是一家出版社和一本杂志的总编辑。不过她看起来还是老样子，莞尔一笑，不见衰老的痕迹，1990年后寄来的那些信也足以说明她的性格一点儿都没变。

我看着她，她也望着我，我努力尝试着抹去脑海中的那些回忆，

把精神集中在她的面容上。玛丽亚·卡拉斯[1]巴尔干式的丑化肖像？两边不对称，脆弱多变，像是急转弯后立即倒了头。

我们上楼来到房间，她放下了自己的钱包和外套。纤薄的衬衣勾勒出她纤弱的肩膀与手臂。一切都恍若昨日，沉默让我们挂起尴尬而不失礼貌的微笑。我该和她说说那关于流浪、自由和衰老的故事吗？我完全不知道该从何，又该如何说起。信件从未能够取代这复又在我面前出现的声音和眼神。

然而，话匣子就这样打开了。我们没有聊民族主义或社会体制中那些令人歇斯底里的存在，而是谈起了一些别的事，甚至最后还一同笑了起来。那些玩笑似乎与我和她说的话无关，因为我听到她总结着一段未说出口的独白：

"是，你获奖无数，不少书还被翻译成外文，取得了教授头衔，拥有了令人艳羡的一切，但你身上的伤口依然不断溃烂。于我而言，这伤口是什么并不难猜。你必须写出更多的作品，这才是解决问题的方法。"

伤口和解决办法，她说的没错。我是否对她说起过那讽刺画的二重含义，还有那给我的灵魂套上枷锁的陈词滥调，我宛如一个暴露在广场中的年轻老妇人，而一桶承载着旧日回忆的汽油将会把一切当众付之一炬？像往常一样，我的脑海中充满了引语，也只有引语，似乎只有别人那些花里胡哨、歇斯底里的话才能救赎自我。"哪些人会为自己的家乡感到惋惜？"我听到了陌生人的声音。"那些为家乡感到惋惜的人会在流亡途中发现越来越多惋惜的理由；而那些成功忘却故乡并爱上新世界的人会被遣送回过去，再次被连根拔起，陷

---

[1] 人名，Maria Callas (1923—1977)，著名美籍希腊女高音歌唱家。

入一场新的流亡。"这是布朗肖[1]说的话吗？没错，是他。

我该和她说说陈词滥调裹着的紧身衣，是否该打开卡夫卡将其同胞塞入其中的抽屉？我得提一下那位跨骑在两匹马上的马戏团演员，或者那个躺在背上、地板上和土地上的扁平人？卡夫卡在1916年写的一张明信片上勾勒出了这样两幅卡夫卡式的画面。

我不确定是自己还是她对此表示了否定："不，你错了。你只是用这些引语和隐喻来逃避话题。"胡言乱语的喋喋不休立即开始，唯一目的就是用罗马尼亚语表达自己的情绪。这是一种改变吗？肯这次可能会发现我一直在探索的实验。语言重新回归，如脉搏般跳动着，拥有不可抗拒的力量，将我还给了自己。我又听到了自己说的话，也听到了她旧日和当下的声音。她就那样微笑着望着我。"你，是流氓？是骗人的吧，相信我，这算冒名顶替。不过是一副借来的异域盾甲罢了。假如我现在朝着流氓们嘶声大喊：'你们用讽刺漫画代替了他，一点儿也不好奇他说的话，只想一味抹黑他的名声。'那些流氓会相信我吗？"

不，她没这么说。这些话，我是在她最近写给我的信里读到的。"你应该每年过来两次，多和我们那些超群绝伦的同事们交流交流，录些节目，再去酒馆坐坐。"

她全神贯注地听我说着话，似乎没有意识到傻瓜奥古斯特正在自己的脑袋里进行着拼合写作[2]。在恐怖的20世纪80年代，我曾经用开玩笑的方式问她："谁会把我藏起来？"这个40年代就提出的问题，经过四十载悠悠岁月，重回了起点。

---

[1] 人名，Maurice Blanchot（1907—2003），法国作家，代表作包括《黑暗的托马斯》等。
[2] 指超现实主义和新小说派选摘现存作品而进行的写作方式。

最近，一位流亡海外且信仰基督教的罗马尼亚朋友对我说，我应该用"我的洗手间"作为回忆录的题目。"从幼发拉底河到洛杉矶，我在周游世界后终于可以证明：世上没有任何地方能和罗马尼亚的洗手间媲美！这就是所谓'粪便的启示'吧！"不知道我这位朋友是否可以理解为什么犹太裔罗马尼亚人说不出这样的话来。当自己的祖国受人质疑时，就必须穷尽一切得到它，可不是随随便便说否认就能否认的，就像卡夫卡所言："我不曾获得片刻安宁，也不曾获得任何赠予，所有的一切都需自己争取。"

但这并非我们当下谈论的话题。我们甚至没有提及1992年讨论以色列文集《用罗马尼亚语写作的犹太作家》时的那场对话，也没谈起我对这个书名的不满。我自认为是个罗马尼亚作家。在我看来，民族这个话题完完全全是件私事。我现在是否可以发问："难道做一个罗马尼亚人也成了一件需要争取的事了？"也许，我们应该一起重新读读萧沆的文章了。

现如今，我身上又贴着怎样的标签呢？为什么我身上非得有个标签才行？老天爷啊，幸好，我们没有重谈往事。那些长篇累牍的废话和引语袭击着我的脑海和流亡的记忆。

不知何时，我的这位笔友摘下了眼镜。瞬间，我以为自己见到了另一个人，她不戴眼镜的样子和先前完全不同，连带着让人觉得那嗓音听起来也恍若他人。她倚在窗边，扭头看我，久久站在那儿一动不动。那面古老的挂钟是否已经准备好重新开始工作，敲起第一声钟响？藏身之处究竟在哪儿，如何才能找到呢？她凝望着我，但我没有看向她的眼睛，也没有向她提问。我怕她会反过来求我帮忙，为她找一个栖身之所，帮助她逃离这个时代。显然，我既没有路子，也不知道怎么帮。"算了，你就把你的书弄回家去吧。这样，只要有一个人喜欢看，那也足够了。要知道，十个人就足以拯救整座蛾摩拉城。"接着，她又开始讲我们同胞之间没日没夜的勾心斗角，我忍不住打断了她，开始给她讲述自己的流亡生涯——它是如此戏剧化，就像小时候一人饰演多角那样刺激。我身上仿佛同时住着一个小孩和一个老人，孩子的那个分身已经开始奏起新的乐章，而年过半百的那部分却还在精神分裂这个老毛病的阴影下瑟瑟发抖。后来，我和诗人谈到了语言的问题，谈到了地下生活的动力和其他矫揉造作之事，我蜷缩在一旁，心中划过的一道闪电刺痛了伪君子的灵魂。

就那么一瞬间，我感受到了劳累，于是摘下眼镜，揉了揉自己疲惫的双眼，察觉到当下的话题有些过于死气沉沉了。这时，我听见她说："诺曼，我想，我们并不完全是一类人。"自然，我们不会是同一类人。不仅在 1992 年、1982 年，甚至在 1942 年或许都有人愿意收留我。我引用了我的新同胞——马克·吐温[1]的一句话，翻译给她听："人就是人。对我来说这就够了，不至于比这更糟了。[2]"

话音一落，我们先相视而笑，而后开怀大笑起来，我们知道什么时候会涌现灵感，其实压根用不了多久。我得知这位女诗人在独裁者被处刑后发誓自己定会无所畏惧，绝对不会放弃自己作为一个自由人所拥有的情感。尽管她竭力使自己表现得不像先前那般脆弱，但她后来还是不止一次地感到害怕。我再次承认，这段时间我也感受到了自由者的恐惧。我轻声嘀咕道："这次见面征服了我，我也得以卸下防备，诉说衷肠……这是一番关于困惑的综述，虽然其中仍疑云重重。"或许我一直认为自己身处于另一个房间，另一个环境，

---

1 笔名，Mark Twain，原名萨缪尔·兰亨·克莱门（Samuel Langhorne Clemens），美国作家，代表作有《汤姆·索亚历险记》《百万英镑》等。
2 原文为英语，A man is a human being —that is enough for me. He can't be any worse。

因此我时常想起布拉格和米莱娜·杰森斯卡。在曾经那样困难的年代，这位女士总是倾尽一切为逃亡者提供庇护之处。不得不承认，来世仍允许存在的这种团结品质，让我内心颇不平静。

在告别前，我勉强同意在她经营的那家出版社少量发行一些作品。我们承诺会给彼此写信，保证一定会再次相聚。对我这样已经有一只脚踏上旅途的过客来说，这也算是令人惆怅的慰藉了。我这样做是否有争议，是否就像卡夫卡笔下的那位杂技演员一样，夹在两匹马儿之间，往两个相反的方向被拉扯着。不，我好端端地躺在地上呢，精疲力竭，就像我应该做的那样，想要和大地融为一体。

9点半，里昂和肯从雅典娜音乐厅回来，对刚刚的音乐会赞不绝口。我们打听了下饭店附近有什么好的餐馆。前台服务员推荐了"La Premiera[1]"，就在国家剧院后面。里昂上楼回房，放下了装着乐谱和指挥棒的公文包。肯和我讲述了一番那场成功的音乐会。舒曼[2]的清唱剧《天堂与仙子》精彩非凡，他想找条路子搞张唱片，但这出剧似乎被世界遗忘了，唱片极为稀有。

餐馆拥挤嘈杂，烟雾缭绕。菜单上，罗马尼亚传统美食的英语翻译看起来都极为诡异。尽管里昂在布加勒斯特待的时间还不到两天，但他知道自己想吃什么：酸菜肉卷。我们也跟着他点了同样的东西，以祝贺他在雅典娜音乐厅的演出大获成功。

不难看出，演奏者们超乎其意料之外的精彩表演让里昂倍感惊喜，脸上洋溢着激动的心情。兴奋，他需要兴奋。"哥穆尔卡[3]！"他

---

[1] 有"首映式"等含义。

[2] 人名，Robert Schumann（1810—1856），19世纪德国作曲家、音乐评论家。

[3] 人名，Władysław Gomułka（1905—1982），曾任波兰共产党中央委员会第一书记（1956—1970）。

突然爆炸般大吼起来，内心像是被什么神奇的密码点燃了。"你还记得哥穆尔卡吗？"他问道，这问题关乎永恒。

我是否还记得哥穆尔卡？……我无法进入滑稽可笑的疯狂状态，只能像白脸小丑那样表现出沉重、严肃、无力，最后终于因为合作伙伴角色的互换而感到一丝慰藉。

是的，我当然记得哥穆尔卡，我们很开心他能被召唤来，不断刺激我们的欲望。不过，我同这个开心的协作者说起的，不是哥穆尔卡，而是他的继任者雅鲁泽尔斯基[1]将军。他曾于20世纪80年代初对布加勒斯特进行了短期访问。他戴着一副烟灰色眼镜，看上去像个南美独裁者，相比之下，我们那可怜的自大狂齐奥塞斯库似乎只是巴尔干讽刺漫画中的一个卑微人物。

"不，不是你的小丑，也不是雅鲁泽尔斯基。是哥穆尔卡！在这里，在布加勒斯特，我想念哥穆尔卡！"在我们开始品尝传统的肉丸浓汤和经典的酸菜猪肉卷之前，里昂不断重复着这个叠句，像是一首重新编排过的百老汇幕间曲中穿插的老歌。

里昂坚持让我讲讲这几天在布加勒斯特都见了哪些人。我犹豫了一下，还是决定回答他。

"我见了几个朋友。今天下午就见了一个诗人朋友，一个专程从外省过来看望我的女士。平常安排多，剩下的时间太短了，不过我确实对老朋友之间的见面有些发怵。肯也知道我已经拒绝了一些见面。"

里昂的眼神又回到了肯身上，期待听到些有趣的故事，但肯只是笑了笑，什么也没说，把机会留给了我，让我说说心中的想法。

---

[1] 人名，Wojciech Jaruzelski（1923—2014），前波兰统一工人党中央委员会第一书记。

"对，有几个罗马尼亚知识分子邀请我们参加一场辩论。其实我们当中的任何一人去都行，不过我跟他们说我们太忙了。"

"你做得对，我们实在没时间。我周五中午得走。"里昂肯定地说道，手中的叉子插着酸菜肉卷。

"还有个私人邀请。是我的一个老朋友，一位女士。肯以前也认识她。"

这两个美国人突然仔细地听我说起话来。

"肯来这里访问过不少次，也认识不少人。"

肯对这点表示同意，迫不及待地想给我们提供一些故事细节。

"我们的朋友引荐我去拜会了一位著名的文学人士，这个人当时已经成了政客。他性格傲慢，总是装腔作势。后来他又送我去见了一个出版商，他知道我是美国人，所以为自己只会说法语这一门外语而向我道歉。当我开始说法语时，他叫来自己的秘书当翻译，全程参与了我们的交谈。他在话语中流露出对曾经的怀念，那是一个文化事业有国家资助，全民关注并尊重文化的时代。"

"在曾经的体制中清清白白未做任何肮脏之事的人，如今突然发现自己厌恶那所谓民主的假面舞会、西方世界的花言巧语以及每个受打压者想通过银行账户的数字获得社会地位的急迫欲望。"我这么补充道，尽管面前的这些人对此早已心知肚明。

"我懂，我非常理解，"里昂说，"你见过这些反资本主义的人吗？那些资本主义者呢？其实，我是想帮你免去些烦心事！明天你不必和我一起走了，去同他们中的某个人见上一面吧，也好让我们知道他们的想法。"

"那应该会是场相当尴尬的对话。"

话音刚落，场面顿时安静得不行，我得想办法让这停顿赶紧结束。

"关于那个要肯帮忙捎口信说想见我的女子……"

"她是民主派还是叛国党?"

"叛国党怎么了,我就是,谁也不能让我放弃这个头衔。这是德雷弗斯[1]上尉留给我的遗产。"

"好吧好吧,那你至少得去见一个反资本主义者!必须这么做!"

我们回到饭店已经挺晚了。我向前台要房间的钥匙,但没想到酒店的接待员竟听不懂罗语。一问,才知道这雇员是丹麦人,和德国女同事一起在酒店前台工作。我必须承认,有些东西已经发生了变化,即使这里曾是安全部的地盘。

巴德学院的"旅行日志"详细地记录了这漫长的一天,让我重又想起米莱娜·杰森斯卡,这是多么值得感恩的事。当我发现自己在4月23日(星期三)的日志中写下除了米莱娜以外的第二个名字时,我才猛然发觉夜已过半。

我应该离开房间,在夜色中探探那些凹凸不平的神秘小巷,一直走到特兰西瓦尼亚街,玛丽亚最后的家就在那里。我应该去叩响那间屋子的窗户,她的幽魂就会因此出现,像以前那样在窗边听我说话。毋庸置疑,那时我是她的白马王子,而她也尚未听说过什么主义或是普世幸福之类的话。这位妻子终于还是受不了地狱般现实的折磨,在疾病与痛苦中日渐衰退了下去。她那性格激进的丈夫同样身处地狱之中,最终就像一个老去的酒鬼,被人遗忘在了乌托邦的荒漠之中。

或许玛丽亚会用她先前从阿夫拉姆那儿学来的意第绪语问我美

---

[1] 人名,Alfred Dreyfus (1859—1935),法国犹太裔军官,1894 年被误判为叛国罪,引发德雷弗斯事件。

国人的天堂怎么样,是不是像大家说的那样处处和平、仁慈、友善?不,玛丽亚!这里处处都是竞争!天堂不再是人们记忆中那个安静祥和的地方,它太惹人厌了。这里发明了一个游戏,能让住在天堂里的人24小时绕着它忙得片刻不停。再也没有一条叫特兰西瓦尼亚的街,玛丽亚不在了,而过去也一并消失得无影无踪,留下的徒有在黑夜里徘徊的流浪狗。它们的犬吠声能一直传到1515号房。

第四天：1997年4月24日，星期四

我们来到作曲家协会，他们现在征用了乔治·埃内斯库[1]之妻马璐卡·坎塔库济诺[2]以前的宅邸。里昂对室内收藏的档案很感兴趣。这一翻我们才发现，埃内斯库大量手写曲谱的保存状况十分堪忧。东道主告诉我们，法国萨拉贝特出版社的版权纠纷和协会本身的资金短缺造成了这个局面。据东道主的叙述，要想有所改善，这里必须尽快添置存档、影印、数字化及编辑扩展所需的各种设备。同时，最最重要的还是一份和萨拉贝特出版社重新签订的合同，因为现在的那份合同还是1965年签下的，里面规定只有苏联才有资格使用埃内斯库的这些乐谱。这时，里昂打断道："巧了！我和萨尔贝特出版社的新社长是邻居，我们都住在纽约哈德逊河谷那块儿！"

---

[1] 人名，Geroge Enescu (1881—1955)，著名作曲家、指挥家、小提琴家、钢琴家、音乐教育家，是罗马尼亚民族音乐的奠基人。
[2] 人名，Maruca Cantacuzino (1879—1968)，原名 Maria Rosetti-Tescanu，乔治·埃内斯库的妻子。

美国可真牛！[1]大家听着都咯咯笑出了声。然后，气氛突然安静了下来……紧接着，里昂，也就是指挥家波茨坦，主动提出要资助他们，重新让埃内斯库的这些曲谱在世界"发扬光大"。他要了一张详细的资助事项清单，其中列明了各项细节，包括档案重建、乐谱电子化、唱片再发行、著作的国际出版与销售以及为埃内斯库制作一部传记片等。在指挥家的呼唤下，想象力的魔棒挥舞起来，将气氛逐渐带向了高潮。"如果我们能将埃内斯库所有的作品都带进演奏厅，那么本世纪的音乐史必将在巴托克[2]和希曼诺夫斯基[3]之间为他保留一席之地。如您所知，如今这个世界被勋伯格[4]和斯特拉文斯基[5]迷得神魂颠倒。可勋伯格因为是个匈牙利人，所以被边缘化了。身为罗马尼亚人的埃内斯库也有着和他相似的遭遇。美国人也不例外。这样的情况必须得到改变。埃内斯库不该被视为一个外来客，而应该被视作一位作曲名家、原创音乐理念的缔造者。波兰接受了肖邦[6]，捷克接受了斯美塔那[7]，却没有接受德沃夏克[8]，匈牙利人对巴托克一直颇有微词，直到柯达伊[9]出于自身考虑出面干涉，这才有所好转。埃内斯库必须在世界上重振荣光！现在是个好时候，这件事刻不容缓。"

---

[1] 原文为德语，America über alles!。
[2] 人名，Béla Bartók（1881—1945），匈牙利作曲家，是20世纪最伟大的作曲家之一，匈牙利现代音乐的领袖人物。
[3] 人名，Karol Szymanowski（1882—1937），出生于乌克兰，波兰作曲家、钢琴演奏家。
[4] 人名，Arnold Schöenberg（1874—1951），美籍奥地利作曲家、音乐教育家、音乐理论家、作家、画家。
[5] 人名，Игорь Стравинский（1882—1971），美籍俄国作曲家、钢琴家及指挥，20世纪现代音乐的传奇人物。
[6] 人名，Frédéric Chopin（1810—1849），波兰知名作曲家和钢琴家，历史上最具影响力和最受欢迎的钢琴作曲家之一。
[7] 人名，Bedřich Smetana（1824—1884），捷克作曲家，被誉为捷克音乐之父。
[8] 人名，Antonín Dvořák（1841—1904），捷克民族乐派作曲家。
[9] 人名，Zoltán Kodály（1882—1967），匈牙利作曲家、民族音乐学家、教育家。

我们在离开这座典雅建筑时都产生了这样一种感觉,似乎在渡过大大小小的苦难与紧要关头之后,终于有件重要而不朽的事情在前方等着我们,而它将帮助我们重新容光焕发。难道这就是所谓的善有善报吗?"你要知道,埃内斯库是民主派人士,这在罗马尼亚的知识分子中可十分少见。或者更确切地说,他算是某种意义上的西欧人。"傻瓜奥古斯特像个热心导游似的,嘀嘀咕咕念叨个不停。

然而,我赶紧住了口。这番过分的自我满足真让人恼火。埃内斯库国际行动蕴含的前景让里昂很是着迷。他谈到布达佩斯的巴托克档案,罗马尼亚政府当时的狭隘心胸让他十分愤慨。事实上,人们能看到的,也只有埃内斯库的雕像而已。这位作曲家的巴黎流亡之旅和他的贵族妻子是否让当局感到了不悦?他的档案为何沦落到如此不堪的境地?里昂没有给我机会回答,他那会儿极度兴奋,近乎癫狂。

晚上,我去了趟雅典娜音乐厅,那儿即将举行美国指挥家的第二场音乐会。入口处放满了脚手架,院子里泥泞不堪。红色长毛绒座椅显得有些破旧,像是历史电影中才会出现的道具。大厅中,几个家庭妇女坐在破破烂烂的小桌后面,售卖着音乐会节目单,每份2000列伊。我还花800列伊买了份报纸。那女人没有零钱找我。"您知道,今晚没来多少人,因为是圣周星期四,很多人都去教堂了。"衣帽间的费用是500列伊。那个年轻女人向我表示了谢意,我也没想着能找回零钱。观众陆续入场。一群穿着普通但还算得体的退休老人,几个看起来像是从大使馆过来的外国人,一对像是黑手党电影里会出现的夫妇,举止优雅,穿着夸张。一个面似修道士的白发老先生——著名先锋派诗人萨沙·帕讷[1]之子,样貌同他父亲30年前一模一样。还有一群音乐学院的学生、一群背着书包的中学生和几个上了年纪的寡妇。我找到了自己位于18包厢12号的座位。演出大厅内大约有3/4的位子坐了人,而包厢里只有我一个。我期待着节目的上演。

"尊敬的各位观众朋友,大家晚上好。"音响里传出清晰悦耳的声音。"在此,我们谨通知如下:接下来的两场音乐会将分别于5月7日和8日举行,由科米肖纳[2]大师担任指挥。需要再次提醒各位的是,迪努·李帕蒂[3]音乐节和比赛将于5月5日盛大开幕。祝愿你们度过一个愉快的夜晚,也祝各位复活节快乐。"现场十分安静。乐队走上舞台,演奏者们调试起自己的乐器,里昂出现了,现场响起雷鸣般的掌声。我一直凝视着大厅最后一排座位上的一对年轻夫妇,紧挨着包厢的位置。男人约莫30岁,一头浓密的棕发,留着胡须。他外穿一件褪了色的皮大衣,内穿灰色西装和紫色衬衫,打着领带,侧影看起来十分刚毅,一对浓眉引人注目。他的女伴晚到了一些,羞涩地微笑着,安静地坐在他身边。男子入迷地看着那位年轻的希腊瓦拉几亚公主。她的鼻子十分精致,鼻孔颤动着,还有黑色的双眸、纤长的黑色眉毛和睫毛。她脖子上系着一条古铜色的长围巾,一直垂到裙子和臀部那儿,嘴唇泛着古典的绛红色,身上散发着一种微妙而神秘的气息。

这就是后世。在这音乐大厅中,你曾像今天这样孩子气地东摇西摆,逃离了死神的魔爪。

---

[1] 人名,Saşa Pană(1902—1981),罗马尼亚先锋派诗人、小说家。
[2] 人名,Sergiu Comissiona(1928—2005),美籍罗马尼亚犹太裔指挥家。
[3] 人名,Dinu Lipatti(1917—1950),罗马尼亚钢琴家。

里昂的几场排练实在令人沮丧。演奏者们就像是一群年轻的冒名顶替者，一伙儿穿着牛仔服的小怪兽，歇斯底里地咯咯笑着，只为了惹老师生气。曾经的交响乐团、神圣的乐器们庆祝着超验主义在超验主义土地上的消失，拒绝了来世的降临。突然，奇迹出现了！……晚礼服和黑色长裙彻底改变了乐队。看，制服带来的不一定是灾难，也可能是奇迹。

舒曼的清唱剧以不可抵挡的气势点燃了全场。按节目单上的说法，伴奏演绎着从另一个世界回归的故事，而非进入它的历程，从中似乎能体验到童年时的幻想和这想象赖以生存的梦境。节目单上说，《天堂与仙子》曾于1843年12月4日在莱比锡布商大厦音乐厅举行首演，由作曲家亲自指挥。剧中那在众神身边生活的仙女是波斯神话中的人物，以花的芳香为生。不过，仙女有时也会降落凡间，同凡人成婚。舒曼基于托马斯·穆尔[1]的诗歌进行创作，仙女就是这首诗中的主人公，她从天堂被贬黜下凡，若想重返天庭，必须带回人间最珍贵的礼物——人性。她带回了一滴懊悔的眼泪，那是罪犯在看到了一个孩子时流下的眼泪。交响乐鸣奏着，独唱者与合唱队间实现了动人的和谐，这个质朴的故事也因此得到了升华。

里昂做到了！音乐会非常成功！我去衣帽间取外套的时候，一位女士拦住我说："我刚才就在找您呢。萨瓦先生告诉我您今晚会来参加这个音乐会的。"我认识这位女士，她是位音乐评论家。这两年来，我一直在电视和广播上关注着她。她脸上总挂着浅浅的微笑，嗓音温柔悦耳，拥有极高的辨识度，一如过往。

指挥家里昂红光满面地凯旋了。我们决定去附近的一家小酒馆

---

1 人名，Thomas Moore（1779—1852），爱尔兰诗人。

填填肚子，肯和他那位布加勒斯特的女同伴也与我们一道前去。在回酒店的路上，我们在一处货币兑换点前停下了脚步，正想进去，一个人高马大的汉子拦住了我们的去路——兑换点业已打烊。我们给他指了指门上的牌子，明明写着 24 小时营业。是这样没错，但是晚上 11 点 30 分到 12 点是休息时间。我们看了看表，好吧，现在是 11 点 40 分。就这样，我们再次陷入迷惑的窘境中：既算不上没有秩序，也没有混乱不堪，好像就介于这两者之间，似是而非的。在这里，究竟会遭遇什么，又得提防什么，永远让人摸不着头脑。

"诺曼呀，老话说得好，祸兮福所倚，福兮祸所伏。"在结束了这忙碌又充实的一天后，里昂对我说："从某种程度而言，独断专横对你来说未尝不是好事，否则你可能一辈子都要留在这儿了。"

我不再纠结于向他解释自己对"福祸相依"持有的保留态度。我试着用罗语在巴德学院日志中记叙这件事，却一个词也写不出来。是什么阻止了我同现实建立联系，又是什么让我在面对往昔时毫无抵抗之力？无数问题挤在小小的脑袋中，让我感觉像是被许多条古老的巨蛇缠住那样，无法喘息。这一天已经成为过去的一部分，而即将到来的未来还在同人玩着捉迷藏，行踪不明。

不久后的未来用一封充满官僚气的信件嘲笑了这一天。6 个月后，1997 年 10 月 15 日，索罗斯基金会负责埃内斯库项目的 T.P. 女士给里昂寄来一封信："亲爱的波茨坦博士，正如您所知，我请一位优秀的法国档案保管员去看了看埃内斯库的档案，刚刚收到了他这趟访问的报告。埃内斯库基金会接待他的时候没给好脸色。他们告诉他，那些文件保存良好，但不允许他查看。我都不知道该怎么解释这件事。如果拥有埃内斯库资料的组织连文件保存情况独立评估都不准我们进行的话,那么显然,我们是无法提供支持的。[1]"

假如那时我和里昂尚未彻底认清自己正临时扮演着撒马利亚人的角色,那么或许我们在面对布加勒斯特的东道主和我们自己时还能用一种开玩笑的方式做出些许合理的回应。

---

[1] 原文为英语,Dear Dr. Botstein, as you know, I asked a distinguished French archivist to look at the Enescu archives. I just had a report of the visit. Enescu Foundation received him with some impatience. They told him the documents were in fine shape and he was not allowed to see them. I am at loss to explain this. Obviously it will be impossible to provide support if the organization holding the Enescu materials will not even permit an independent assessment of the condition.

午夜的对话者

夜已过半。我关了屋里的灯,但没拉上窗帘,因此房里还未黑到伸手不见五指的程度。一团朦胧的光雾从街上渗进房间里,在这团虚实难辨的光晕里,我望着贝泽提[1]先生的脸。

"我知道一些关于您的事,多多少少听说了一些。"

我知道这话一说会发生什么——一个长长的停顿。接着会发生什么,我心里也一清二楚。

"您去过美国吗?您了解美国吗?没有什么地方能比那儿更让人深切地体会到'孤独'的含义。"

我们于1989年1月相遇。富布莱特奖学金将我带到了华盛顿,但那时这笔为期10个月的奖学金就要到期,我既未完全和过去撇清干系,也还不曾探索过掌控未来的技巧。

白金汉小区坐落于华盛顿市郊,现代的建筑风格,周遭十分清净。

---

[1] 人名,Pergiuseppe Bezzetti。后文的"丘赛普·贝泽提"为同一人。

我已经习惯了住在那两个敞亮的房间里。房间里没有正经书桌，于是我在十字支撑架上放了块托板充作写字台。但是，我们很快就得搬走了。茹拉在纽约的一家艺术品修复公司找到了工作，她现在已经搬去了上西区的一家旅店住，它就在48号街和第八大道的交叉口。我一星期前也在纽约，就在茹拉住的那家贝尔韦代雷旅馆，价格很便宜，不像我现在住的布加勒斯特洲际酒店这般奢华。现在的我就是在这富丽堂皇的酒店里接待了幽灵贝泽提的来访。说回在纽约住的那个房间。从床走到房门，不过两步路。脏兮兮的窗户俯临着狭窄的街道，街上向来人头攒动、熙熙攘攘。街角是一处消防站，红色的巨型消防车会时不时从那儿呼啸着驶出。那旅馆靠近贩卖毒品和色情交易的街区，离时代广场也不远。每天早晨，当茹拉离开酒店走在去上班的路上，立马就会有一群人像《三分钱歌剧》[1]里演的那样哗地一下围上来：乞丐、醉汉、流浪汉、大都会的孤儿，一哄而上。"女士，美利坚爱你。"这群人像合唱团似的咋咋呼呼地说道。

相比之下，华盛顿郊区那几个白色小房间颇有些田园风情。我无论如何都不想离开自己终于住习惯了的庇护所。现如今，给我们夫妇的资助来自纽约，1月底前我们必须搬过去。

绝望不仅会刺激精神分裂症发作，也会让人肆无忌惮起来。在离开美国第一个家的最后一周里，无力感迫使我完全变了样。我一心希望命运会因此有所改变。在离开华盛顿的前几天，我被安排与丘赛普·贝泽提先生会面，他是意大利驻美国大使馆负责文化事务的随员。

见面伊始，他站在楼梯顶端打量了我一番。我也在握手前仔细

---

[1] 音乐剧名，讲述一个自信的强盗和他手下的故事。

地观察了他：肤色浅黑，相貌英俊出众，一头黑发整理得十分熨帖，整个人看上去优雅从容。我坐进了那张巨大的皮椅，整个人像是消失了一般。他在我坐定后也在另一张相同的扶手椅中坐了下来，我们俩就这么相对坐在一张宽大的雕木书桌前。房间看上去像是意大利古老宫殿的一角，而非新世界的大使馆。

如今他身处布加勒斯特洲际饭店的 1515 号房间，像 8 年前一样，用炽热的眼神紧紧凝视着我。我能感受到，他好奇的目光从夜幕的缝隙间穿越而来。尽管如此，他的一举一动依然注重礼节规范，跟那会儿一模一样。

假如我像曾经那样，在邀请他之前先试着在电话里提醒他我是谁以及我想要什么，那会发生什么？或许，他会用同样的话打断我。

"我知道您，之前听说过一些关于您的事。"他当时这么说。

什么时候听说的，又是在哪儿，从谁那儿听说的？1989 年，华盛顿没有一个人认识我。除了一些罗马尼亚的亲戚朋友外，绝对没有任何人知道我。我住在一个有些荒凉的郊区，在那里待了好几个月不曾离开。如今在这里，在布加勒斯特，我想方设法避免与别人见面，待在一家只接待外国游客的饭店里。他是听他的法国同事，也就是之前在柏林见我的那个人讲了这些事，还是通过"国际文学警察组织"的同事了解到的呢？

这位外交官像 8 年前一样等着我继续往下讲。我那会儿完全没有把他同柏林那个令人怀疑的法国外交官联系到一起。我必须简明扼要地说出自己天真的请求，这就是我的打算。我来见他也是因为我想在一切都为时太晚之前回到欧洲。我不想在新世界定居，也无法回到乔尔马尼亚。我希望他们能给我发一份在意大利学习数月的奖学金，像我期望的那般推迟时间。

这就是我在 1989 年时的愿望：推迟、推迟。"下决定的时刻是一个疯狂的时刻。"朋友克尔凯郭尔曾如此喃喃自语。然而，犹豫不决看起来也像是疯狂本身，我曾有机会验明这一点。数年来，我一直经历着踟蹰不前带来的疯狂，已然成了一个优柔寡断的专家。不过，我还是希望有机会推迟一切。

可惜，时间已经急不可耐，对我忍无可忍。我必须让那位曾在华盛顿上下打量我的意大利人明白这一点。在花完了柏林奖学金之后，我想了好些办法来推迟流亡。在巴黎进行短期调查性访问期间，我同样也寻找过躲避一切的机会。然而，我没能说服古老欧洲天堂中的神明，也没能让美国年轻的神明信服。在美国，优柔寡断被视作一种违法行为，是让人无法容忍的挑衅，是堕落与失败的污点，是令人怀疑的缺陷。

然而 1989 年那会儿，我只是在脑海中过了一遍关于这些内容的长篇大论。我向他做了个简短的自我介绍，接着就是令人压抑的久久的沉默。

"你以前来过美国吗？了解美国吗？"外交官终于开口问我。

一刹那，我那犹豫未说出口的请求表现出了它的本质：荒谬。

"除了华盛顿和纽约，你还到过美国其他什么地方吗？"贝泽提先生打破沉默，重新发问。

他大概也感受到了，自己那克制着的亲切已经彻底把我征服。

"没有，我之前没来过美国。我不是个喜欢旅游的人，既没时间也没钱，更没什么好奇心。"

"那您也许该花点时间好好在美国逛逛。"他继续耐心地说着。

感谢上帝，他没有顺着话往下讲，没有列出一长串的旅游景点和博物馆让我参观游览，取而代之又是诡异的静默。

"这世界上,再没有其他地方比美国更适合让人体验孤独滋味的了。"过了一会儿,他侃侃而谈道。

孤独……多么熟悉的话题。我随时都准备着迎接它,但不是在大使馆的办公室里,而是此时此刻,在这个酒店的墓穴中。卡夫卡曾这样说过:"你要在酒店的墓穴中发现真正的自己。"这个房间里回荡的中性和弦音以及它的几何形状对我十分有益。

"我在这里,在这个大使馆,待了整整18年。"没过多久,他就迫不及待地告诉我,我还没来得及怀疑,他又接着道,"我和所有到任的大使都相处得很好,您是拉丁民族,应该知道这是什么意思。我在这儿,在这个地方,工作了18年,整整18年啊!几乎是把一辈子都搭在这儿了!"

我看着他,突然开起了小差,想着我之前猜的年龄和他实际年龄之间的误差究竟有多大。

"我很少去罗马,只是有时候会去那儿度个短假,我真是受够了意大利。"

他这么说是为了打消我逃去意大利的念头吗?他似乎看穿了我的疑惑,急忙解释道:"因为那儿的人过于亲密,让我实在无法忍受。问这问那,抱来抱去。大家都太亲昵了!喋喋不休的念叨、七大姑八大姨、亲朋好友、邻里乡亲,他们的热情让人感到窒息。不消几天,我就被这一切折磨得精疲力竭,只得赶紧溜走。"

贝泽提先生似乎彻底打开了话匣子,想把心底话一股脑儿全讲给我听!

"您应该也看到了美国人对距离的那种分寸感。城市与城市间的距离,家家户户之间的距离,人与人之间的距离。您也注意过美国人在电影院或是商店收银台前排队时保持的距离吧。有距离感是件好事。"

话音刚落,我们面面相觑,我一时不知道该说什么才好,他是因为我先前那次鲁莽的拜访才如此喋喋不休吗?

"即使我明天猝死在华盛顿的那间小公寓里,也没有任何人会知道。这样挺好。"贝泽提先生就像死而复生的人似的,一直重复着这句话,一副刚从1989年穿越过来的模样。

我想,丘赛普·贝泽提那套位于美国首都的小公寓已经完全满足了他对死亡环境的期待。等他走后,那个广袤的孤独王国怕是不会令他失望的。

我得了解美国,得习惯另一种距离感,得学着和孤独安然共存?1989年冬天,那个阳光灿烂的午后,当得知自己没能获得意大利为东欧作家提供的政府奖学金后,我安慰自己:没有什么怪诞行径是一无是处的,失望也一样。孤独,才是我们唯一的家园……在我走出意大利大使馆那座豪华的官邸后,我自言自语地反复念叨着。

即使如今我身处布加勒斯特的酒店房间里,这些话也值得被重新提起。在我们的谈话将近结束时,丘赛普·贝泽提先生没有和我提起下次见面的事,不像他远在柏林的那位法国同事,曾一再要求新的会面。贝泽提先生只把他的名片递给了我,上面写着他美国那间公寓的地址和电话。此时此地,他身在布加勒斯特,与美国相隔千山万水,却还是期待着我回去后能抽空去那儿拜访他。

消失。贝泽提先生消失在布加勒斯特春天的氤氲雾气中。我留在原地,眼前放着一张黄色纸片。我认出了上面的笔迹:"如果你们为自己的故乡感到惋惜……"我知道这些话。在暮年的某个幸福时刻,我像个孩子般抄录了这些话。"那些为家乡感到惋惜的人会在流亡途中发现越来越多惋惜的理由;而那些成功忘却故乡并爱上新世界的

385

人会被遣送回过去，再次被连根拔起，陷入一场新的流亡。"我读着纸上布朗肖先生的言语，浮现在面前的人却不是布朗肖，而是一个不那么法兰西的法国人：萧沆，一个锡比乌人、布加勒斯特人、巴黎人。

他身材矮小，体格瘦弱，眼神敏锐，头发蓬乱。他跪了下来，不过不是在我面前，而是跪在窗户边，凝望着虚空。

"原谅我。"反抗者眼神涣散地低语道，"神啊，请原谅我吧。"……他是这么说的吗？神啊，请原谅我吧？不，不是这些话，他这个异教徒不会向神明祈祷。"原谅我。"窗帘不断发出回响。他望着虚空，望着天花板，望着天堂。"原谅我，番茄。"我终于听到了。是的，番茄，他给神明取的外号可再好不过了！"原谅我，番茄。原谅我生而为一个罗马尼亚人。"虚无主义者哀求着。我看过这出戏。有时，他会给同胞们表演这一幕，那些同胞们是这场"非笑剧"笑剧的特权观众。

离开祖国"是我迄今为止做过最明智的一件事"，他曾经在寄给我的信中这么写道。然而，他未曾能够治愈自我。"罗马尼亚人。和我们接触后，一切都变得那样肤浅，即便是我们的犹太人，亦是如此。[1]"他在信的结尾这么补充道。这是在层层泥淖间存在的甜蜜快乐吗？在这个国家没有诞生过什么圣人，它只是赋予了诗人以生命……

"你不是萧沆。"我听到自己突然悄声说起话来。"一个犹太人不能把祖国拿来擦屁股，不能像萧沆支持的铁卫军在 1940 年时做的那样。正如他的一位老师最近讲的，罗马尼亚人的心也不是屁股。罗马尼亚人的历史也不是罗马尼亚厕所的历史……你那样做从来不是

---

[1] 原文为法语，Les Roumains. À notre contact tout est devenu frivole, même nos Juifs。

合法的！你从来没有表现出一副厚颜无耻的样子，也不知无耻疗法为何物，不是吗？你很难抛弃自己的羞耻心。你既为他们，也为自己感到羞耻，不是吗？"

厚颜无耻，是一种身份的象征！隐藏的羞耻心，长满了脓疮，没错，我太清楚不过了。因没有及时离开感到羞愧，因离开感到羞愧，还因回到原点感到羞愧？"我为自己的部族贡献了太多的思想和太多的苦难！[1]"他跪在窗边呐喊，却无人倾听，唯有将自己的视线抛向那无形却可笑的权威。

那戳入血肉之中的隐刺无法被拔去吗？卡夫卡或许会明白。"在你与世界的斗争中，你要协助世界。"他曾这么建议我。然而，在四面楚歌之时，哪些面孔带有敌意，又要如何辨得？那是一张独特却又无法被人理解的鬼脸。如果看不清他们的面庞，协助他们又要从何谈起？当你同内心的敌人已是称兄道弟的关系时，又该怎么才能看清他们背后的敌意？

"太多的悲伤。[2]"萧沉先生喃喃低语道，将头埋在两膝之间。我发誓，它们也可能就是我自己说的话。"太多的悲伤、太多的思想。[3]"古老的世纪已经疲倦，我们正处于游戏的最后关头，每个人都调整着自己身份的藏身之处，保证这一切万无一失，不让明早的怪物找到我们的踪迹。此刻，睡衣并不是最合适的服装。"夜晚的马戏团需要魔术，"幽灵低语着，"你从来就对魔术一窍不通。"

确实，我从来就不会魔法，我也没有权力施展魔法。魔法将会解决一切，颠覆乾坤。萧沉化作了浮尘，将我留在虚无的暗夜之中，

---

1 原文为法语，J'ai consacré trop de pensées et trop de chagrin à ma tribu。

2 原文为法语，Trop de chagrin。

3 原文为法语，Trop de chagrin, trop de pensées。

只有一声哀号回荡在耳边。"我的祖国!"他像是中了剧毒一般,在房底空荡的墓室中嘶吼,"我的祖国!我不惜一切代价想要抓住它,却没有任何可以抓住的东西。"

不惜一切代价?并非如此!我再也承担不了任何代价,只剩下破产的结局,我不是第一个沦落至此的人,也不是最后一个。人无法失去原本不曾拥有的东西,而且,无论是好是坏,都没有回头路可走。与从古至今的许多人一样,萧沆一直重复着这些话。什么样的特权可以与这种不可能性相抗衡?你不应属于任何人,应该像大自然的那些矿物一般,除了时间之外再无其他能证明你身份的存在。虚空之间,唯有转瞬即逝这一种复仇方法。

我突然热切地希望回到美国,回到我的同胞身边去。他们和我一样是流亡者,共同在本不属于我们家园的国度租了房子,安顿下来,享受着平等的权利。他们和我一样放弃了对财产的所有过分纠缠和期待,同帐篷与时间达成了和解。

"你算是来对地方了。"1989年春天,菲利普在新世界遇到了从东欧来的傻瓜奥古斯特,并和他说了这句话。从这个流浪汉的脸上,全然看不出这世上还会有什么地方能让他声称是自己的属地。他只是结结巴巴地嘟囔着什么,用手指着命运的齿轮——难道这就是我当时的模样?和我对话的这位美国人,向后斜靠在舒适的扶手椅里,将自己修长的双腿很美国式地架在桌子上。他透过眼镜,面带着鼓励的微笑,好奇地打量着我。我很中意他那双鞋子,应该是意大利制造的,看起来像手套一样软,就算不穿袜子光脚穿它,大概也能舒服得伸展自如。

"我不敢苟同,美国并不适合我。"我嘀咕道,"我原先不想来这儿的。即使现在,我也没在这儿找到能落脚的地方。"

他依然笑着,是那种充满了鼓励意味的美式笑容。"一切都会好起来的。"他低语道,带着些许为人父母般的豁达,"慢慢地,你会在这里重新开始写作,然后出版作品。你还会在这儿收获一批粉丝。自然,可能不会太多。在美国,一切都能得到善终。所有事在美国都能搞得定,一切都会好起来的……[1] 你渐渐就能体会到这个国家的伟大之处。""所有事都能搞得定。[2]"于我而言,这是个新说法。我常常扪心自问,到底自己配不配得到一个"好结局[3]"。

"您的家族在这儿已经到第几代人了?"我得找点什么问他,好把话题从我身上转移开。

"第三代了。"他答道。

"我的家族在罗马尼亚已经传到了第五代人。后来,发生了一些事情。就像德国,像1492年的西班牙一样。我的外公外婆死在了集中营里,最后被葬在了乌克兰的一片小树林中。他们没有墓碑,也没人在旁边标记他们的名字。战争结束后,我的母亲一直想离开罗马尼亚,但她最终还是在那里结束了一生。她病得很重,年纪也太大了,不便再走动。我父亲倒是可以来这个神圣的国度,或许他能有机会体面地安葬于上帝身旁。"

虽然菲利普礼貌地听着,但我知道东欧人的这种自哀自怜听起来有多么无趣乏味。

"美国不像别的地方,这种事情不会在这儿发生。别说宪法不允许,这个国家的多样性也不会允许,这儿有来自世界各地的移民。"

接下来的沉默证明,流亡者这段悲惨的经历并不符合东道主,

---

[1] 原文为英语,Everything can be fixed in America, everything will be fine。

[2] 原文为英语,Everything can be fixed。

[3] 原文为英语,happy-end。

这位讽刺大师的口味。我还想添油加醋再说上几句，无奈谈话转向了其他琐碎的话题。接下来几年，我们变得亲近起来，我也因此渐渐体会到美国的伟大和糟糕之处。我这个朋友，他当初有多享受这个自由国度赋予他的无忧无虑，现如今被公众攻击得就有多惨烈。

当你只身一人面对渴望表演的人群时，你很难在其中确切分辨出谁是谁。这样的体验，我在旧乔尔马尼亚再熟悉不过了。现在类似的消息再度从祖国传来，我对它们又有了新的认识。尽管没有人可以声称自己足够远离自我，但这次我有幸可以利用流亡者的身份，在远处好好思考自己的"归属"问题。菲利普认为，就我的自我治愈来说，这次对祖国的回访实在是太有必要了。现在，我终于回到了自己先前一直认为是"家"的地方，可这个时候我却又开始想念那些被我留在身后，留在美国的东西。"我想我并无任何偏见，我可以忍受任何社会。"[1]大洋那一边的马克·吐温曾这样说过，"我只在意这么一句话——人就是人。对我来说这就够了，不至于比这更糟了。"塞廉和萧沆都配不上这样的讽刺。"人就是人。对我来说这就够了，不至于比这更糟了。"无尽的宽容，无尽的批判，不过如此。

我每天都会收到来自另一个世界的晚讯，要求我确认在这里"一切 OK"。不过，布加勒斯特这家饭店的传真机坏了，我没法儿回讯。即便是一个极富幽默感的美国人，也很难理解这个笑话。不过，这里还有电报。在 1997 年 4 月 24 日至 25 日的这个漫漫长夜中，布加勒斯特洲际饭店 1515 房间的客人正跨越山海、国家和时区，发送着消息，说地球仍然绕着它失眠的乘客转动着：OK！窗帘后面没有任何令人怀疑的东西，一切 OK。

---

1 原文为英语，I think I have no prejudices... I can stand any society。

第五天：1997年4月25日，星期五

今天参观宫廷大院——喀尔巴阡山白脸小丑的白宫，乔尔马尼亚的凡尔赛宫。穿过一条主干道，我们看到道路两旁有不少公寓，每座建筑的门面都略有不同，这些是为当时有钱的官员设计的住宅。

白宫伫立在一座小山上，在那儿全城风景尽收眼底，建筑风格混合折中了东西方特色，与一战后二战前那段时期里的一些别墅颇为相像，然而它看起来仿佛经过了一次奇怪的"现代化"，有些朝鲜风格的味道。

这是我第一次看到它，不免让我想起自己在布加勒斯特最后一处住所附近的一个建筑工地。在以前的领导人夫妇对它进行"工作"视察后，那儿的旧小区就发生了一系列意料之外的事件，最终招致毁灭。汽笛声响起，领导人夫妇的黑色豪华轿车队列逐渐驶近，我努力捂住耳朵，好让自己听不见它们。夜间，电焊机的火焰照亮了天空，火光映衬着起重机的身影，人行道在混凝土搅拌车的轰鸣中颤抖不已，耳畔充斥着骇人的警笛声和工地上机械的号子声。

这座宫殿让里昂着了迷,对他而言,这是他在这次旅途中期待已久的亮点。"20年后,当政治因素逐渐被人们淡忘,这座建筑就将成为建筑系的研究对象!如今在世界任何地方都不可能再出现这样的工程。或许只有暴君才会允许这样大规模的摧毁和建造。"尽管我能理解美国人面对这个前现代世界所表现出来的惊讶,但我没有同过去一切和解的心情,无法分享那种惊喜。这个前现代世界发展落后,早已被美国超越,而两者间的距离还将不断拉大。虽然美国自身还存在悲哀与困境,可它总想帮助各个地方的不幸者,仿佛能以此清偿自己曾经的罪行和特权。

我们在附近的马努克客栈吃了午餐。餐馆内弥漫着虔诚的氛围和节庆的气息。圣周五,斋戒日,服务员只提供沙拉和啤酒。

里昂将乘机飞往苏格兰,他要在那儿和苏格兰皇家交响乐团录制一些音乐。出发去机场前他激动地告诉我,自己真的很享受这次充满异域风情的冒险。他在一家土耳其商店乐呵呵地用英语和地摊小贩讨价还价,最后为自己巴德学院的办公室买了张东方风格的小地毯。据说这商人之前还是一位外交官。我也感受到了这趟美式访问的好处,他的存在成功避免了我同那些幽灵们有过多的交流。我们心怀不同的旅行目的,但看起来这并没有影响多声部乐曲为我们带来的有益经历。

再过两条街就是胜利大道,我曾经住在这条街2号的那栋楼里。再过几分钟,我就会来到15号公寓门前。一切都将重新进入旧的节奏,我会变回那个我不可能再成为的自己吗?……除非时间抹去曾经发生的一切。

不远处就是老安蒂姆街[1]，索尔以前就住在那儿。在我来布加勒斯特旅行前的几个月里，他反复和我说愿意伴我同行。索尔觉得自己太过脆弱，无法独立承受这场推迟了许久的回归，倘若我们能一起去，或许有助于减轻我们曾遭受过的不同伤痛。

从我们相识算起，已过去了 7 年时间。我以"罗马尼亚人"的身份同他相识，以期引起他的同情，但毫不意外的是，最后只是适得其反。我也没做什么特别的事来挽回局面。他沉默寡言、胡子拉碴、头顶渐秃，在接近陌生人或熟人时用语尖酸刻薄，和伟大的诗人阿尔盖济[2]有些相像，就像只监视着一切的猫，步步留心，能在瞬间爆发出敌意。这个脾气古怪的老人，年轻时肯定也曾经喜怒无常。

某天，我俩的关系突然明显变得亲密起来。他冷不丁地打电话给我，问我近来如何，我照常回复了他，挺好。他却说："不，你不会一切都挺好。你怎么说都行，就是不能说个挺好就完事。我太懂这个了。我们所来之处使我们身负诅咒，它已经化成了我们身体的一部分，这不是那么容易就能治好的。说不定，永远无法治愈。"

尽管索尔已在美国快活地度过了半个世纪，还在那里找到了人生方向，收获了社会名声，可他的罗马尼亚伤口依旧没能在那儿痊愈。"你读过一本 20 世纪 40 年代出的写罗马尼亚的书吗？我记得书名好像是《雅典娜宫》[3]，它的作者是一位女伯爵！一位美国女伯爵，如果这种事有可能发生的话。一位当地名流曾这样对她说：'夫人，我们在这里算是反犹分子，但我们不能因此就放弃犹太人。不只出于经济原因，而是由于罗马尼亚人之间彼此互不相信。他们只愿向犹太

---

[1] 路名，Antim。

[2] 人名，Tudor Arghezi（1880—1967），罗马尼亚诗人、散文家。

[3] 书名，Athénée Palace。

人倾诉自己不为人知的丑事。'"他说完，等着我的反应，但我只是回以微笑。"如果他们是反犹分子，那他们为什么还要相信犹太人呢？假如他们相信犹太人，觉得犹太人聪慧而优秀，那他们还算什么反犹太分子？"我听后还是回了他一个微笑。"这地方真是充满奇怪的魅力！你瞧瞧！我们这儿多么神奇！"

流亡以前的过往，就像久治不愈的顽疾，像渗入每个毛孔的淤泥，不仅传染了那些唯利是图之人，也传染了受害者，迫使他们对周遭的怨恨纠缠习以为常，只能通过不断地讨价还价来维持生存，而在此过程中他们的性格也逐渐扭曲。他会怒发冲冠地数落郊区的荒诞生活，显然是对那里不足为道的快乐家庭生活和长年充斥的伪善氛围颇为不满。此时此刻，我置身于1997年布加勒斯特的小巷，似乎也一样迷失了方向，内心充满苦涩，那是一种怜悯和淡漠交织的复杂滋味。

他所绘的讽刺漫画展现了他眼中的世界，对此我十分欣赏。他最近几年又迷恋上了达达国度，而不只是关注暗黑国度或者说流亡国度。正如他所言，孩提时代的国度已经一去不复返了。这位艺术家在神奇的小玩意儿和滑稽玩笑中度过了自己的童年，那时的各种气味让他心醉神迷。时至今日，纵然已过去了悠悠八十载年华，但记忆中的味道依然不时浮现出来：鞋匠作坊，擦鞋小铺，香料商店，神秘火车站里灰尘和汗水，腌菜、馅饼和香肠的香味，还有理发师身上特有的气味。

他曾这么写道："当我们将自己放在'移民者'这个不舒服的位置上时，我们就像重新变成了一群小孩。"流亡对他来说就是童年本身，这是一段充满了幻影和魔法的神奇经历。他那些著名的"地图"，从曼哈顿出发，甚至就从他的这张书桌出发，没有漏掉那片帕拉斯[1]魔法圈，他就曾在那里生活。"我算是为数不多可以在长大以后继续完善童年画作的幸运儿。"他坦然说。

先前我只在电话里听他说话，现在我终于可以见到他，看他像之前问我那样问别人："你怎么看 Cacialma[2] 这个词？这是个土耳其词，不是吗？就像 Mahala[3]、Narghila[4]、Ciulama[5] 都是土耳其词，对么？那 cică[6] 呢？还有……cicăleală[7]？这都是些土耳其词。meseriile[8] 来自德语，Florile[9] 来自法语，而 Rastel[10] 则来自意大利语 Rastello，还有 Rău[11] 源于拉丁语，Zid[12] 源于斯拉夫语，Zâmbet[13] 一词也是。同样，Dijmă[14] 看起来也是斯拉夫词，类似的还有 Diac[15] 和 Diacon[16]。diac 这个词是指什么？指文书抄写员还是教堂唱诗人？"

这些稀奇古怪的单词和它们奇怪的发音突然将人带回了彼时彼处，那些塑造了我们却又将我们扭曲的时光、那些将我们抛弃在大千世界的年岁。这位上了年纪的美国人被视作新世界的"民族之宝"，

1　路名，Palas。
2　同 Cacealma，意为虚张声势、欺骗。
3　意为城郊、郊区。
4　同 Narghilea，意为水烟袋。
5　意为用面粉稠汁的白炖鸡。
6　民间语，有"据说、怎么可能、甚至"等多种含义。
7　意为责怪、数落、纠缠。
8　此处为 Meserie 的复数定冠形式，意为技艺、职业、工作。
9　此处为 Floare 的复数定冠形式，意为花朵。
10　意为支架。
11　意为坏的。
12　意为墙。
13　意为笑容、微笑。
14　意为什一税、实物地租。
15　意为管理国库财务的官员、文书抄写员、学究、教堂唱诗人等。
16　意为（基督教）执事、（天主教）副祭。

但他却不止一次同我说"我们没法变成美国人",像是某种安慰似的。他完全有理由陪我一道前往布加勒斯特,同样,也完全有理由拒绝同我一起归来。

现在,里昂离开了,我终于能好好逛逛他小时候长大的帕拉斯天堂。虽然他最后还是决定去他青年时代生活的城市——米兰,这个选择对他来说更"保险",与之相伴的惊喜也更少。在启程前他送了我一页纸,是一张书页的复印件,那本书的内容是关于布加勒斯特的。上面有一幅地图,囊括了他所谓的魔法区域:"1997年4月21日,亲爱的诺曼,这就是我的魔法圈:'帕拉斯街至安蒂姆街、拉霍瓦大道与司法街[1]的交界区域。那里什么也没留下吗?你如果有时间的话,就前去好好看看吧。'"

卸下了东道主和导游的担子,我突然有了大把时间。魔法圈所在地其实离我不远,但我无力重新去那儿审视。统治者的推土机早已粉碎了天堂帕拉斯,它被永远地迁移到了纽约,迁移到了曼哈顿上东区那个老艺术家的记忆中。

当他诵读起那些古老的路名时,声音像是重新获得了乐律感:"帕拉斯、拉霍瓦、安蒂姆、犀牛、迷宫、盛情。和谐街,旁边紧挨着不和谐街。和谐与不和谐!……我们这里有胜利路、奥林普路、解放路。听听这个,解放路!这是不是很棒?还有犀牛街、迷宫街、盛情街。还有银刀街。水井街和银刀街![2]"

---

1 路名,Justiției。
2 原文为英语和罗语,Concordiei and just next to it, look, Discordiei. Concordiei and Discordiei!... And here we have Trofeelor, Olimpului, Emancipata. Listen, Emancipata! Isn't it wonderful? And Rinocerului, Labirint, Gentilă. Strada Gentilă! Also, Cuțitul de argint. Puțul cu apă și Cuțitul de argint!

魔法圈已经消失，但我可以按照索尔的嘱托，在饭店附近的书店为他买些罗马尼亚的老式明信片用来收藏。还有布泽乌、苏恰瓦、弗尔蒂切尼、布加勒斯特和普洛耶什蒂的风景明信片，对那位著名的纽约艺术家而言可算得上实打实的珍宝。索尔第一次拜访我们时并不像他后来那样会习惯性地带一瓶葡萄酒，或是更符合习惯地带一箱葡萄酒过来。当时，他带了一张布泽乌的旧式彩色明信片，那是他祖父母、父母以及幼年初期的他生活的家园。他郑重地将明信片递给我们，仔细地观察着茄拉和我是否配得上这样一份礼物。它是确认流亡者身份的信物。他听不得别人提起罗马尼亚，即使在离开祖国半个世纪之久后，仍无法让自己摆脱过去。"我无法同语言和解。"他多次这么说。

我站在洲际饭店门前，全身沐浴在春日的阳光里。保护我的幽灵已经回来了吗？……看那身影、步态和眼神……像在阿姆斯特丹街上那样，我又跟着圣母玛利亚往前走去了吗？她微笑着，愉悦的心情让她的双眸眯成了一条缝，透露着那种我渴望已久的睿智和温柔。现实让我们相互为敌，无数次将我们分离，又一次次让我们团聚。

恍然间，她的微笑仿佛又出现在1515房间。我赶紧回到街上，来到日常喧嚣的中心，让自己置身于真正的孤独。那是一种彻彻底底的孤寂，是我所应得的。

晚上，我在巴黎咖啡馆用餐，这是饭店旁新开的一家餐馆，餐品价格不菲。美国大使馆的参赞、代办以及他们的夫人一同参加了餐会，现场气氛十分热烈。我同他们肯定地表示自己在布加勒斯特度过了平静的一周，忙碌但也平静。在为里昂和我举办的正式午宴上，我们就和他们约定过，一旦有任何可疑之处都会向大使馆报告。我想起那幅关于殉道者夏加尔的画，画中的夏加尔被钉在十字架上，正遭受着火刑,那是在一个东欧小集市上发生的大屠杀。如今我身处布加勒斯特,但这儿也并没有什么能让我更好地理解这幅画,没有什么能让我更准确地理解这是一则带有敌意还是爱意的信息。

我们讨论的内容聚焦社会转轨之后的东欧。外交官们谨慎地评价着今日的罗马尼亚,向我询问有关米尔恰·埃利亚德的事情,后来又说起了库利亚努教授在芝加哥遇害的事。"不久,在这里,也就是东欧,知识分子那民族主义的胡言乱语也将变得无关紧要。"那位年轻的代办说道。"跟西方一样,这里的知识分子也将变得无关紧要。有关民族主义的争论也将被边缘化。所有知识分子的争论都只有这一个结局,不是吗?"

我不再打算询问他在东欧以及苏联曾担任过什么样的民族主义外交使命。我平静地接受了面前这位快乐年轻人那乐天派的实用主义,也享受着餐会上的友好气氛,大家心知肚明的那些界线让这气氛愈发和谐。

这群人坚持送我回饭店。看起来,他们早就决定好了这么做,4个人陪我进了大堂,我们又在那儿聊了10分钟。这是冷战时的旧规则吗?这是否是预先安排好的一场戏,就像过去那样,为了吸引前台接待员和他们经理的注意力,表明有美国官员陪我回来,而我也正处于他们的保护之下?

我回到房间后打开了蓝色笔记本。手握铅笔,我似乎感到又有一道阴影包围了房间。我只好作罢,闭上眼睛,合上笔记本,与追捕我的黑暗缔结联盟。

存在之家

"您知道吗,您在前台和那个小伙子说话的时候,整个人瞬间变得神采奕奕。"

的确,那一刻我自在极了,因为我所说的语言让我有当家作主的感觉。这样的事以前也发生过。有一回,在苏黎世的一家酒店,门童听到我们在用罗语对话,于是也热情洋溢地用罗语同茹拉打招呼:"Bună dimineaţa![1]"他大概是观察到我因此欢喜不已,于是和我们一块儿聊起了流亡旅途的辛酸,以及在瑞士自由生活的快乐。

"从伪君子的梦中醒来"算是个玩笑话吗?接着,你意识到必须得出去赚钱讨生活:你选择靠文字谋生,一步一步,走入流浪的迷宫。

如果你足够耐心的话,就会在某个时刻发现豚鼠之日降临了。那一晚短暂得宛如须臾一瞬,我在半梦半醒间醒来,睡眼惺忪。一位美国朋友大清早地就打来电话把我吵醒了。电话那头,他的嗓音

---

[1] 罗马尼亚语,意为"早上好"。

和开玩笑的语气都是我熟悉的样子，可他的言辞、语调和口音……哦，我的天，听起来可太奇怪了，就像一个巴尔干人有了双重身份似的。我迷迷糊糊地向洗手间走去，听见客厅传来了声音。是谁这么一大早就跑到我家来了？好嘛，是茄拉赶着去上班，忘记把电视机关上了！屏幕上正用另一种语言、另一种语调播放着电视剧《辛普森[1]的审判》，频道是加利福尼亚台。我拿着遥控器不断切换着频道，沉默地从这个台转到那个台，直到把这台小小的纽约电视机里上百个频道都切了个遍才作罢。没什么可怀疑的：所有电视台说的都是罗马尼亚语！

关掉电视后，我重新走进了洗手间。我望着镜子，发现自己完全处于一种亢奋状态。脸上的笑容像是被粘上的面具，那种感觉和我先前接电话时完全不同。我低头看向白色洗手池，希望不要看见一个陌生人的脸庞。我的双手颤抖着，肥皂滑进了水池。奇怪的是，尽管我的内心恐惧不已，可脸上仍挂着胜利的微笑。

我挣扎着从洗手间走出来，好让自己不再盯着镜子看。穿上衣服后，我来到走廊，小心翼翼地朝电梯走去。那扇门会在你不经意间再次打开幻想之境。

在一层大厅里，佩德罗[2]像往常一样等在大理石廊柱后面，热情洋溢地笑着和我打招呼："Good morning, Sir！[3]"就像昨天一样，他会露出自己那口整齐的大白牙，翘着拉美式的小胡子，用略带西班牙口音的英语向我问早。我应该怎么回复他才好呢？是用罗语回复

---

1 人名，O.J.Simpson（1947— ），原美式橄榄球运动员，被誉为橄榄球职业比赛史上的最佳跑卫，后成为影视和广告明星，并担任体育评论员。1994年因杀妻案轰动全美。
2 人名，Pedro。
3 英语，意为"早上好，先生！"。

他:"Bună dimineața, domnule！"[1]"还是像先前那样用英语"Good morning！"可是再开怀的大笑也无法掩饰我那苍白的面庞。突然，佩德罗说起了罗语！就像辛普森和他的律师科克伦[2]还有他的对手玛莎·克拉克[3]，以及克林顿[4]总统和篮球运动员"魔术师约翰逊"[5]全都在说罗语！还有几分钟前，我在电视上看到的芭芭拉·斯特雷桑德[6]、戴安娜·罗斯[7]、雷·查尔斯[8]，他们竟也都用罗语唱歌！"上帝啊！"我用罗语自言自语道，相信上帝一定也能听懂罗语，能理解我所言为何。

报亭里的巴基斯坦小伙子像看智障那样盯着我，倒不是因为他听不懂我向上帝传达的奇怪语言，而是他其实也了解这个暗号。我把零钱留在桌上，然后俯身拿了一份《纽约时报》看起来。我一页一页地翻着，读着每一篇报道的标题。我企图在其中寻找什么呢？是祝福、希望，还是神谕？其实这样的消息在一年前就有了——一年前，我收到了一张辛西娅手写的明信片。卡片是从一个小镇寄来的，小镇的名字还挺浪漫，名叫新罗谢尔[9]。上面这样写道："希望你有一天早晨醒来后会发现，我们全都在说、读、写罗马尼亚语，罗马尼亚语还被宣布为美国国语！如今这世界正发生着各式各样的怪事儿，

---

[1] 罗马尼亚语，意为"早上好，先生！"。
[2] 人名，Cochran（1937—2005），辛普森案中辛普森的辩护律师。
[3] 人名，Marcia Clark（1953— ），辛普森案的女检察官。
[4] 人名，Clinton（1946— ），1992年当选为美国第42任总统，1996年获得连任。
[5] 即Earvin Johnson（1959— ），前美国职业篮球运动员，教练员、解说员，司职控球后卫，绰号"魔术师"（Magic）。
[6] 人名，Barbra Streisand（1942— ），美国女歌手。
[7] 人名，Diana Ross（1944— ），美国女演员、歌手。
[8] 人名，Ray Charles（1930—2004），美国灵魂音乐家、钢琴演奏家，开创了节奏布鲁斯音乐。
[9] 地名，New Rochelle，美国纽约州威斯彻斯特县的一座城市。

这样的事情又有什么理由不会发生呢?"

文字,即便仅仅是文字,也没有任何力量能预言它们的组合方式。我该审慎地对待括号里的话吗?我不是雅克·德里达[1]"文本多义"的狂热门徒。辛西娅的话自然是深情且充满善意的。我是不是看得太快,忽略了辛西娅本人强调的那个 NOT=NU[2]?我是否还记得古代贤人们劝诫我们的话语,即不应贪得无厌,因为这欲望或许会成真?看,它真的实现了!它带来的不是幸福也非痊愈,而是迷茫与眩晕。我恍惚以为自己成了美国儿童电视节目中的木偶,而这些木偶讲的竟然也是罗马尼亚语。

难道外国人就必须要像个绿林好汉,或者像个流氓一样,不惜一切破门而入,才能赢得他在语言上的公民身份?当祖国将你驱逐出境时,你就该带着语言赶紧离开吗?海德格尔[3]教授啊,"存在之家"到底是什么意思?带着伤口的语言、残疾的语言、被疏离的语言、令人失眠的语言,是希腊语词 hypocrino 揉成的谜团吗?语言是模仿、掩饰和虚伪吗?语言是戏剧,是模仿和重生的迟钝游戏,是面具和假面舞会吗?突然间,一切都成了虚假的、伪造的!克林顿总统在说罗马尼亚语,雷·查尔斯在说罗马尼亚语,魔术师约翰逊在说罗马尼亚语。罗马尼亚语成了世界通用语,每个人在理解和讲这门语言时都毫无困难。一场全球性的流亡,每个人都是 hypocrino 马戏团中的一员了吗?

突然变成王子的那只青蛙正痴笑着,当它用罗马尼亚语同墨西

---

1 人名,Jacques Derrida(1930—2004),法国哲学家,西方解构主义的代表人物。
2 此处,NOT 为英语,NU 为罗马尼亚语,均可译为"不"。
3 人名,Heidegger(1889—1976),德国哲学家,20 世纪存在主义哲学的创始人和主要代表之一。

哥人佩德罗以及报刊亭的巴基斯坦人交流时却感觉浑身不自在，即便在用罗语和菲利普交谈时也是如此，这一点我必须承认。辛西娅玩文字游戏时，她脑海中思考着完全不同的一些事。像许许多多的作家和非作家一样，她忘记了藏匿在文字中的危险。

我露出梦游者的微笑，快乐激发了瘫痪，一切都变得那样简单、轻松、自然。老年的我一直磕磕绊绊地用另一套词汇描绘着童年时光，我这磕磕绊绊的毛病终于痊愈了吗？

那场荒谬的闹剧没有将这一系列事件捋顺，只是一味地扭曲了它们！德里达先生或许颇为满意：语言不能假装不可混淆，这就是教授一贯秉持的观点，不是吗？

太迟了，辛西娅，太迟了！1988年3月9日那天，我像个婴儿般从月球出发，降临在华盛顿机场，假如奇迹发生在那天，那么我可能会愉悦地用罗马尼亚语与辛西娅和菲利普交谈，同罗杰[1]和肯聊天，和里昂、索尔·B或索尔·S以及其他很多人对话。我甚至会发自肺腑地高兴，然后用罗马尼亚语与丹·奎尔[2]或乔治·布什[3]交谈。可如今，一切都成了乱麻。我不再是比手画脚、咿呀学语的婴儿了。流亡时习得的新语言渗入了旧语言的组织中，我已变成了hypocrino，一个杂种，再不是纯洁或完整的存在了。

在经历实验日后，直至如今我才真正明白不久前与路易斯[4]聊天时谈到的内容。我们聊了彼此人生中那些奇异的相似处和不同点，而其中不仅包括饱受创伤的童年，还有此后发生的那些事。基于他

---

1 人名，Roger。
2 人名，Dan Quayle（1947— ），美国第44任副总统。
3 人名，George Bush（1924—2018），美国第41任总统。
4 人名，Louis。

的经历,我不难想象,如果自己更早来到美国会有怎样的命运。大概就是在一所著名的大学完成学业,然后顺理成章成为律师、作家,当然,这一切的前提是我的父母能像他父母一样,在战后立即移民到了美国,也有办法凑到足够的资金支付儿子的学费。我猜,路易斯也是个不同寻常的名字,这个名字在波兰估计就像诺曼在罗马尼亚那样少见。我也能在脑海中想到,如果他战后一直留在自己的祖国,或许生活也不会和我有太大区别,那定是一段相当曲折的波兰时光。

午餐时分,东边这家高端餐馆中没有多少顾客,从侍者殷勤的态度不难猜到,这位著名的律师兼小说家是这里的常客。

"没错,你可能是对的。"对方肯定道。

"我们都没意识到我们俩竟是如此相像。唯一的不同是,你依然还拥有一种语言。"

餐馆里的安静气氛一下被打破了,就像一托盘的碟子、餐具和杯子哗啦啦地被打翻在地,摔了个粉碎。不,这样的骚乱只是我脑海中的假想罢了。流言蜚语不仅没有将我从扶手椅里赶下来,反倒让我在那里面坐得愈发泰然了。至少有一点可以确定,我已经失去了自己的语言,再没有什么损失可以与之相提并论了,反正我是这么认为的。那么是谁搞出了这么些前所未有的流言呢?是一位美国作家,一位完美适应了这个国家和语言的作家!

"说实话,我在美国的语言环境中生活得挺自在。"路易斯揣摩着我的想法,接着说道,"可以说,我已经完全掌握了这门语言,而且日臻完善。我和你不同的是,你有你自己的语言。相信我,这是能感觉出来的。即便是在你抱怨过的那些译文中,也依然能感受到我所说的不同。我的语言,虽说已完美无缺,但终究也不过是工具而已。我承认,有了它什么事都能办成。可你不一样,你是自我语言的拥有者，它是你一致性、完整性和统一性的体现！就算在流亡时也是如此，甚至在流亡时更能彰显这一点。"

我那充满异域风情的语言所包含的一致性与完整性会在翻译过程中尽失自己的韵味吗？难不成，我还得用一种容易翻译的语言来写作？难道这样，我所用的词汇就能轻易跨越语言的障碍为人所理解？在这家豪华餐厅的安静氛围中，我再次收到一连串的问题，就如同那天我在阿姆斯特丹大街的报刊亭前像一只豚鼠般拿起《纽约时报》时一样，须臾之间，我愣住了：文字再次找上了它的俘虏，重新获得了自己存在的意义。

我在原地发蒙，突然陷入了一个不真实的虚幻时刻。仅仅一瞬却仿佛过去了一个世纪。我弯下腰，继续往前伸手，准备拿起一份《纽约时报》。可回过神来我才发现，此刻自己手里攥着的竟是一份罗马尼亚语报纸，我在布加勒斯特！

和在纽约阿姆斯特丹大街买报纸一样，这也是一个不真实的虚幻早晨：我在布加勒斯特的一个报刊亭面前，看着报纸首页的头条——《米哈伊尔·塞巴斯蒂安的后世日记》！无论德里达先生如何解释语言的模糊性，清晰明了的话语一定是语义清楚、毫不含糊的。是的，我没有发现其中有任何模棱两可的部分。看吧，路易斯说的对：没有人能够夺取我语言中的一致性和完整性。没有任何人，没有任何东西可以这么做，就算是梦也不行，哪怕它有一天成真了，也不行。

第六天：1997年4月26日，星期六

今天，我同我的朋友贝贝[1]和西尔维娅[2]共进午餐。我们吃饭的那条街已经不再叫伏契克[3]街了。时过境迁，这条原为纪念捷克著名共产主义记者、《绞刑架下的报告》作者伏契克而命名的街，已经改名成马萨里克[4]街了，或许是因为这样听起来更让人怀有希望吧。

这座大楼多年来疏于管理，早已不复当年的荣耀。曾经舒适大气的公寓如今看起来显得有些破旧和简陋。然而，我的朋友们却不怎么显老，他们很好地适应了当地的一切。贝贝经营着一份畅销的文化杂志，西尔维娅帮着做些文字编辑和归类的工作。

我们的交谈进行得很顺畅。大伙儿聊起了民族主义和国家制度

---

[1] 人名，Bebe。
[2] 人名，Silvia。
[3] 人名，Fucik（1903—1943），捷克斯洛伐克新闻工作者、作家、文学戏剧评论家，后因参与反纳粹斗争被捕入狱并英勇就义，著有《绞刑架下的报告》。
[4] 人名，Masaryk（1850—1937），捷克斯洛伐克首任总统。

的演变，聊起纽约和巴德学院，聊起美国指挥家到布加勒斯特的这次访问，聊起埃利亚德，还有塞巴斯蒂安的《日记》。贝贝在战时是塞巴斯蒂安的学生，他写下了塞巴斯蒂安的情妇——演员莱妮·卡勒尔[1]的战后生活，她是塞巴斯蒂安的《日记》第一章中的主角。这位女演员自己也写了一本日记，贝贝保留着她的手稿，但是这日记读起来根本没她本人跌宕起伏的经历来得有趣。她姐姐的生平听起来也很动人。她和莱妮·卡勒尔一样成了生活在柏林的难民，而且和一个甚至多个国家的秘密警察保持着暧昧关系。贝贝如数家珍般一口气报出了她每一位旧情人的名字。这可真是一场旷日持久的谈话，足足进行了5个小时，让人在结束后觉得恍若隔世。

随后，我得去拜访唐娜·阿尔巴。我打通了她的电话，听筒那头传来她熟悉的声音，让我仿佛瞬间回到了十年前。好在这一次，她没有像以前那样滔滔不绝地聊起书籍的话题，新书、旧书，没完没了。

唐娜·阿尔巴在年轻时就像我给她起的外号一样，是一个星空精灵。她美丽翩翩、优雅精致又聪慧灵动，叱咤各种文学研讨会，在同学们当中威名顶顶，大家从不敢用粗俗的语言对她说话。她毕业后在一家出版社当编辑，不过干了几个月之后就因为那世界主义的着装和沉默遭到解雇。

这次解雇并非什么灾难。不久，这个优雅的女子获得了一个新名字和一个新家庭：她结婚了。来自奥林匹斯山的小天使，降临凡世，身旁是她的丈夫，党内新精英分子中数一数二的批评家和重要理论家。他平静地接受了当时社会的审美标准与妻子主张的审美标准间的矛盾。他瘸腿、近视，说起话来总带着刺，曾是地下工作者，

1　人名，Leny Caler（1904—1992），罗马尼亚著名演员、女歌手。

在安东内斯库的独裁统治下饱受折磨,还被判处死刑。他身上带着残疾人和反叛者的双重伤痕。每个夏天,他都会读一读普鲁斯特和托尔斯泰的作品。对这个崇拜者而言,如果对阶级斗争作过分简单化的处理,那么这场斗争就意味着向一个腐败的罗马尼亚社会复仇。但正如他将会发现的那样,这个社会在此之后腐败依旧,重新创造面具的速度也超越了他的想象。

20世纪60年代的解冻不只意味着失去自己的乌纱帽:他突然陷入了精神错乱,但这并非出于对民主的恐惧。在他看来那不过是为弱智儿童准备的把戏。他害怕的是法西斯主义死灰复燃的噩梦,那将引爆新的社会危机。他藏在床底,对即将到来的死刑胆战心惊!住进一家精神病医院后,他脑海中只剩下了法西斯主义和死刑!字母、写作和阅读似乎统统从他的记忆中被抹去。有位著名的精神科医生兼作家是他的朋友,最终为他想到了一个解决办法:为其朗诵他曾熟悉的文学著作中的经典片段。这个办法真的奏效了:病人的记忆逐渐恢复,他记起了那些词语、句子和书页,并重新获得了阅读和写作的能力。

我第一次见他时,这位曾经的战士已经处于久坐不动、迟钝呆滞的状态了。后来,他与政治的联系只剩下闲言碎语和几句评论。不过,他没有失去文学的热情,依然创作着优秀的长篇小说和中篇小说。他革命的武器只剩下针对美国资本主义、帝国主义以及文学界各类后台的恶狠叠句。他的病情日益严重,但依然坚韧地支撑着。从一把椅子移动到另一把椅子的动作于他而言就是一场竞技运动。当有人问及他的健康状况时,他总会这么回答:"我很快乐,先生。快乐是我唯一还拥有的东西。"

那段时间对唐娜·阿尔巴而言也不好过。在购买奶酪、柠檬或药品的长长队列中,人们总能看见她那不合时宜的毛皮大衣。这个曾经连杯茶都不会自己泡的女人,现在如英雄般承担起看护病人的责任。过去,她从不习惯在都是些凡夫俗子的大街上回应他人的问候,生怕被他们玷污。如今,她会为了买上一袋土豆和那些排了好几个小时队的老人、孩子和退休人员聊聊天。

他们所居住的老公寓楼紧挨着奇什米久公园[1],屋里没有暖气,因此,寒冷的冬季对他们来说是真正的生存考验。就像二战期间被封锁的列宁格勒一样,他们或许得靠阅读来抵御寒冷。这对伴侣间的对话充满了书香气……女人朴实无华的美丽旁流淌着病人的痛苦,妻子那无用的唯美主义超然态度与丈夫萎靡不振的战斗精神形成了鲜明对比。

不久,这对夫妇的故事就成了历史,一段历史罢了。幸存下来的那个女人换了新家,我去那儿探望了她。在花店时我倍感意外,那卖花小姐和我说起了英语。一小束玫瑰的价钱和纽约一样!这对1997年春天的布加勒斯特而言,简直是个令人咋舌的数目。我也放弃了抵抗,没有和她说这些花已经不新鲜了。

街道在一朵乌云冰冷的怀抱里沉沉睡去,过往的行人似乎都被剥夺走了活力。我唯一能感受到的,是触碰他们并被他们触碰的恐惧。行走在蜿蜒曲折的街道上,我感到怯懦,十分怯懦。唐娜·阿尔巴的新家就在附近,我走了好一会儿,不确定自己能不能走到那儿。

嘎吱作响的电梯慢吞吞地将我带到顶楼。还没等门铃声响起,门就开了。

"终于!终于把你盼来了!先生!"

---

[1] 地名,Parcul Cișmigiu,位于布加勒斯特市中心的一处公园。

正如我在电话里听到的那样,她的声音一点儿都没变。我本想拥抱她,但这个行为对她而言有些过于亲昵了。她从来都不习惯这么做。我只是像以前那样行了个吻手礼。礼毕,她习惯性地迅速接过我左手拿着的鲜花。

我们上次见面还是十年前。在这期间,她先后失去了母亲和丈夫,也曾动过自杀的念头,但最后还是坚持着活了下来。独裁的噩梦一结束,新政治体制下的噩梦又接连上演。她再也负担不起做头发的费用,可能也并不再关注这些细节。于是,她身上曾经的那些光环、神秘感和值得夸耀的资本都一一褪去了。她头发已是花白,身上披着一件白色的居家羊毛开衫。当时已不是下午,但她似乎也不再像以前那样有穿晚礼服的兴致了。在我面前的她面色苍白,眼睛深陷,看起来就像姑婆莱亚·里梅尔那样的老太太,在我童年的印象中,这般模样只在《圣经》里才会出现。那瞬间,我顿时觉得自己也苍老了许多。

她没带我转转公寓就示意请我落座。我们所在的小门厅被一扇玻璃门分隔成了两个区域,我依稀能看见门的另一边放着一张摊满了纸的桌子,桌前放着一把工作椅。再往里走的某处可能就是卧室,转角处或许还有个厨房。整间屋子显得局促老旧,让人倍感落魄和孤独。我没见到那些破烂似的老家具,圣·帕维尔街上的那家"文学沙龙"也不在了,同样消失的还有那条奢华的红裙子,不知是天鹅绒还是丝绸的。

两周前的一天,一个女人打电话给我,我依稀记得那是个秋夜,从听筒里传来的神秘嗓音驱使我在那个夜晚来到这陌生的门前。我在门前踟蹰不前的模样很容易让人联想到老式的浪漫情节。门开了,眼前的女子就像是从数百年前的油画中走出来的一般,脸庞娇小,就像纯白无瑕的瓷器，眼眸乌黑而深邃，一条白色的发带绕过前额系在秀发上。只见她身着华丽的红色礼裙，身形窈窕，莲步慢移，款款而来。天鹅绒的裙摆下，那纤腰不盈一握，臀部丰满挺翘，颇具东方女人的神韵。只是那双手看起来若有所失，令人忧伤，那手指宛如孩童般纤细却冻得青紫，手肘看起来也像玻璃似的脆弱无比，仿佛一触即破。

此情此景引人不合时宜地遐想联翩，诱人冒险。

"哎，这公寓没什么好瞧的……你还是给我讲讲美国的事吧。美国应该不像这里引进的电影放的那样，到处都是枪林弹雨和蠢蛋傻瓜吧。"

我顿住了，不知从何开始讲起。

"我听说你是陪着一位指挥家还是一个什么人一起来的。他还是个历史学家，会说德语？这样说来，美国也并非只有野蛮人、性爱和金钱吧！"

她对美国这种简单粗暴的刻板印象和外国人对罗马尼亚先入为主的偏见没什么不同。我当着她的面把指挥家狠狠赞美了一番。

"所以，如果我没理解错的话，他是个欧洲人。"

是的，他既是个美国人也是个欧洲人……我看着摆在我面前的这份甜点。在唐娜·阿尔巴女士的文学之夜上通常不会准备正餐，一般只有饮品，比如甜甜的软饮、红酒、利口酒和苦艾酒，还会配上一块分量很足的巧克力蛋糕。每一勺下去都能品到满满的奶油和糖味。文学论述的微妙感隐匿在葡萄糖的恐怖之下。从那儿回家后，我都会赶紧吃下一头洋葱，填饱肚子的同时也让自己的记忆和胆量获得平衡。后来，当基本的温饱都难以解决时，这样的佳肴某种程度上成了无法实现的酷刑。而囿于停暖等原因，她的住处一到晚上就冷得要命，那个文学之夜的活动也就此止步了。

这回她放在我面前的蛋糕并没有很甜，免去了我过去记忆里对糖分的恐惧，那味道还挺像模像样，就像是从一家信得过的甜品店里直接买来的似的。

因为不准备问她近些年来她母亲和丈夫的情况，也没打算和她聊衰老和贫困的话题，于是我只好愣愣地盯着她摊在桌上的那些书、稿纸和笔记本，试图从中寻找记忆中的那位同居者——登记簿K，它现在应该又旧又破，她母亲和丈夫的故事就藏匿其中。气氛尴尬得我不知如何是好，只能低下头看看表。我不知该怎么开口，心里希望此刻能赶紧发生些什么。当人看起来对一切都漠不关心的时候，总会发生些奇迹，比如那登记簿K突然出现，历尽劫难，终以幸存者的姿态勇敢而神秘地出现在我面前。

在我某次拜访那位同音异义词的专家，也就是唐娜·阿尔巴的丈夫时，意外碰到了他。

像平常一样，我在两点整到达。那位小说家天亮时分才上床，起床很迟，见面就安排在了午餐后。我按响门铃，跟往常一样，他的岳母为我开了门，是一个俄罗斯女人。她寡言少语，若非必要绝不开口。不过，好在第一次同她相见后，我知道了她怎么称呼我：Ruskii pisateli, ruskaia intelighentzia[1]，这个错误的称号让我受宠若惊。她照例请我走进她称为 salion[2] 的地方。我坐在以前坐的那把椅子上，旁边是一张盖着天鹅绒绣巾的桌子。从房间的布置不难看出，她已候我多时。跟以前一样，桌上放着一个相框和一本《追忆似水

---

1 俄语发音，意为"俄罗斯作家、俄罗斯知识分子"。
2 起居室。

年华》，相框里装着唐娜·阿尔巴的照片。我一面打量着照片，一面注意着从隔壁房间传来的声音：一阵碎步和气喘声。我知道接下来会发生什么。

终于，飞象出场了，他扶着墙壁，一瘸一拐地往前走着。他的腿根本站不住，为了从门口走到桌旁，他必须抓着那条专门为他系在墙边的绳子。每回他一到目的地，就会一下子精疲力竭地瘫倒在椅子上。

"嘿，自由主义者，有来自亚特兰蒂斯的消息吗？"

相比起北大西洋的消息，那位小说家对当地的流言蜚语更感兴趣。于是我们闲聊起关于书籍、通奸和文学阴谋的那些事儿。依照惯例，在大约一刻钟后，那位年迈的俄国岳母会送来点心和水，像是为这间 salion 授予荣耀。我也像往常一样，为我再一次需要忍受的美食折磨而向她表示感谢。不过，matuşka[1] 没有放下东西就离开。

"保罗，保罗，这是卡费卡[2]。"我听到她用一种难以模仿的音调咕哝着。"我带来了卡费卡。"她继续重复着，重音放在第一个音节 ka 上，第二个元音 i 被弱化成了半元音。

当只剩下我和大师两个人，那带着斯拉夫语口音的说话声也消失后，我立即问道："是卡夫卡[3]吗？"老太太刚才把一本破旧的登记簿放在了桌子上。它黑色的封面厚重老旧，中间贴了一张带着污点的学校标签。"对，登记簿上记录了地址和电话号码。没错，卡夫卡……这是我给它起的名字。就写在标签这儿，'卡夫卡'，这本电话簿就像 K 先生一样，充满了神秘。"这位文学家漫不经心地说道。

---

1 俄语发音，大致读作"马杜什卡"，是对"师母"的称呼，也有"母亲"之义。
2 原文为 Kafika。
3 原文为 Kafka。

那会儿，我心中也十分好奇，自己在这本被意外发现的神秘登记簿中又有着怎样的代号。十余年后，salion发生了改变，一如和它相关的这些人，但我能够肯定的是，曾经的同居者K依然在附近。

我痴呆地盯着那面钟，嘀嗒的节拍打出了那些侵略我脑海的文字。"我看着那块表，它是我母亲留给我的。我无所不能、永生不死的母亲，恍惚间已入土一世，似是昨日，又似是今时。"这段文字出自唐娜三年前在杂志上发表的一篇作品。"我全神贯注地望着床柜上的另外一块表，它属于我那无所不能、永生不死的父亲，质量可靠，结实耐用。那是他在自己去世的前几天——大概七天，买给自己的。"我不是在那本杂志中读到的这些文字，而是在登记簿K老旧的黄色纸页上看到的，簿子里边印着学生笔记本上的那种横线。K，一定就在附近某个地方躲藏着吧。

"床柜是用取自金柠檬树的木材制作的，因为岁月的流逝而发黑长霉，上边儿有一块我少年时戴的表，待我长成青年时依然戴着它，后来它属于同我最亲密的人，那人与我像是从一个模子里刻出来的。但那表终究是停了下来，再也没走动过。我虽然没看见它，但我知道它就在那里。我父亲把这表给了我，为的是让我日后再把这表还给他。说起来，这款制作精良的瑞士表还是从日内瓦进口过来的。源自礼物的礼物会变成天堂，它也会变成悠远的时光，虽然总让人感慨太过短暂，不过，它有时也会假装是一处真实的炼狱。因为现在我那无所不能、永生不死的父亲正躺在自己的坟墓中。我最亲密的人，同我最相像的人，脆弱、强壮、永生不死的他，也已入土为安，永远沉眠在那个深洞中，上面覆盖着层层尘土。而我，亦终将如此。"

我在电话里聆听着这些文字的低声呢喃，听着它们金属般清脆的音调在耳畔回响。那声音追随着我，穿越25年的光阴，又或许更久,穿越了一个世纪,从那个庇佑着我们所有人的洞穴中穿梭而来,降临在我的耳畔。

我讲述美国的那些词句其实平平无奇,不仅因为此番回国本身就稀松寻常,而且因为我清楚地知道唐娜夫人在1986年得知我离开的消息后有多么震惊,以及她丈夫在我离开后对我进行了多少冷嘲热讽和恶语相向。她会愿意向我讲述她爱人曾经有多么愤怒吗?在重归尘土前,唐娜的丈夫的确做出些妥协,比如从远方给我送来祝福,希望我能尽快在原先遭受磨难的土地上扎根立业。

"我其实在失去中收获了很多,至少在这个领域,我更有建树了。请你不要忘记我现在对你说的话:你没有任何损失。你的离去并没有让你失去什么,而是恰恰相反。"

她似乎是以我们当中那位逝者的名义做出的回应。这算是对我的赦免吗?我知道她所指的并非语言,她和其他人一样都清楚文字的价值。她想表达的大概是:有些失去在某种程度上其实是获得。她是想以此来评判自己留在故国的决定吗?我没有办法将自己这段时间关于舍与得的收获悉数讲给她听,因为她不断重复地对我说:"你没有任何损失。你的离去并没有让你失去什么,而是恰恰相反。"

为了从她恼人的唠叨中逃出来喘口气,我问她去洗手间要怎么走。没想到她不仅为我指了路,还亲自带我走了几步,穿过狭窄的走廊,来到洗手间门口。我摁下开关,晦暗不明的灯光亮起,瞬间,我以为自己来到了一个杂货铺——破旧的行李箱、扫帚、刷子、满是尘土的椅子、老旧的衣裳、破烂不堪的脸盆、老古董似的帽子、皮毛领子、档案夹、过时的皮鞋。我似乎还在破碎的黏土半身像和它影子的中间看见了几只鸟。

洗手池在角落里,紧挨着马桶。我没有去看那面污渍斑驳的镜子,准备直接拧上水龙头就走，可弄了半天那带着铁锈的细流还是止不住地滴，看来是白费工夫了。我看了看老旧的马桶，它的盖子已经破碎，地板和墙壁上布满了灰尘，窗框又旧又破，水桶和抹布随地扔着。我关了灯，闭上眼睛，宁愿让自己一动不动地待在这堆杂物之中，也再提不起半份勇气继续拜访。

然而我还是回到了她身边继续这场对话，她似乎是和我说起了暴富的安全部特工还有自杀了的退休人员，还讲了讲漂泊无依的流浪儿童和流浪狗。她是否还捎带着讲到了意大利皮鞋，说要是有钱就可以去街角的鞋店里买上一双？

不过，我后来也没和她聊太久。从她家离开后，我似乎依然能在街上听见她的声音。"我是谁呢？"她问我。几年前，她在一封无收件人的信中也曾这样问过："我是谁？""阖上双眼，我依旧能看见。可是，看见这一行为并不被允许。我的脑子里像灌进了汗液似的，又苦又咸，于是试图抛掉所有幻象，将脑袋中的一切清空。此时，我不禁扪心自问：现在的我到底是谁？"

她如金属般清脆的嗓音听起来有些疲惫，但我还是能辨认出来，可那些文字却像是从虚空传来的一般："我以为自己和自我认识这么久，彼此间该是再熟悉不过了。所以，我想好好问问自己：我现在究竟是谁？我，到底是个怎样的人呢？"我不知不觉地来回念叨着，然后渐渐和自我形同陌路。自己和自我相知已久，但还是重复问着这个我许久前就已失去兴趣的话题。

从我住的酒店走到大学广场不过几分钟。日落黄昏，街上行人寥寥。我穿过大学广场的地下通道，从另一个口出来，这里遍布着卖旧书和报纸的小商贩。行至一堵墙前，我不由驻足，上面用黑色大字写着："君主制拯救罗马尼亚。"这条街的对面就是洲际酒店，我就住在那里的1515号房间。我的旅行日志就放在那间房的书桌上。它证明过去这一天的分分秒秒是真实存在的,是完完全全属于我的。

这个地下通道将马盖鲁大道的十字路口和原来的格奥尔基·乔治乌–德治大街融成一体。遥想过去,这儿原是条宽敞的林荫大道,电车在这儿悠悠驶过。现如今,30年光阴打马而过,我仿佛看见命运正穿过对面的人行道,向我缓缓走来。

我像个隐形人一般藏在大学一角,那是条通向建筑研究所的小巷,在此处,我像是被赋予了特异功能,可以看见别人,别人却看不见我。时间曾停止过,就像现在这样。我在等那盏已经不复存在的红灯。在另一条人行道上的她或许也正默默等待着。隐形的我仿佛置身遥远的月球之上。她看不到我,也看不到任何人,孤独又遥不可及,主宰着时间的流动。交通信号灯从红色闪为绿色。她在原地迟疑了一会儿,迈出步子,像以前那样径直走去。只见她身穿黑色毛皮外套,脚蹬高跟短靴,面庞若隐若现,像是一圈光晕。那是茹拉,我的妻子。我注视着她优雅的步态和娇嫩婀娜的身体,那面容如月光般白皙透亮。

这位假扮成布加勒斯特大学生的北方公主正径直走入我的眼帘。在那个寒风刺骨的下午,我惊讶地看着她从另一条人行道向大学时钟和我走来。一条孤寂而神秘的启示。那之后不久,我们就结婚了。

如今过去了三十载春秋,我又站在这颗星球上的同一地点,这个只属于我的地方。我整个人似乎呆滞得像一颗石头,于是决定向报刊亭走去,再次进入地下通道,腋下夹着一叠报纸。回到房间后,我打开了这些报纸,开始阅读上面用红黑两色印刷的文字。

印有红色边框的《国家信使报》上面醒目的教会体红字宣布道:耶稣复活了!《日报》强调着:获得光明!下面半张报纸印着救世

主画像，身边围绕着其他圣人与门徒。《自由罗马尼亚》在红色背景的页面上印着：欢庆耶稣复活！旁边是耶稣的画像以及来自罗马尼亚主教泰奥克蒂斯特[1]的祝福语。《每日报》在标题左侧放上了耶稣的画像，右侧是国王米哈伊一世的照片，他也正在罗马尼亚庆祝复活节，报纸上还印着给予国王的问候：陛下，耶稣复活了！《真理报》的报头上印了这么一行文字："在这个重获希望与爱的神圣之夜，让我们共同欢呼，基督复活了！"

我把《真理报》放在面前，这名称在西方可不常见。《世界报》《纽约时报》《晚邮报》《泰晤士报》《时报》《国家报》《法兰克福汇报》《新苏黎世报》……这些报纸没有一个敢叫自己《真理报》。在两次大战之间的岁月中，《真理报》是份颇受尊重的报纸。二战刚结束，当局就中止了它的出版。莫斯科当局有自己的《真理报》——Pravda[2]，这为罗马尼亚《火花报》提供了灵感，它的名称取自列宁的 Iskra[3]。社会转轨后，《真理报》以"独立报纸"的身份重新开始发行。

五年前，《真理报》称我只算"半个人"。这篇文章是前《火花报》的记者写的，他放弃了国际主义革命的话语，开始迎合新读者的新口味。他在献给米尔恰·埃利亚德的文章《一个完整罗马尼亚人的罗马尼亚主义》中将我视作一个"只具备二分之一、四分之一或一小部分人格"的人，称这样的人是祖国跃向美好未来的绊脚石。半个人、四分之一个人？它并不一定是种侮辱。我的朋友，诗人穆古尔，就总是这么介绍自己："半骑士半瘸腿兔。"看，五年后，也就是1997年4月26日的神圣之夜，《真理报》就是这样宣称"希望与爱"的。

---

[1] 人名，Teoctist。
[2] 俄语为правда，意为真理。
[3] 俄语为искра，意为火花。

我在报纸上寻找着有关塞巴斯蒂安的《日记》的书评，那是在罗马尼亚春天发生的一件大事，受关注程度丝毫不亚于有关罗马尼亚加入北约的热烈讨论。这本在作者逝世半个世纪后才出版的书，聚焦罗马尼亚高知精英的"犀牛化"（包括埃利亚德、萧沆、纳埃·约内斯库以及其他许多人）。"同米尔恰在他家讨论了许多有关政治的话题，但无法概括谈话的内容。他激情四溢又难以捉摸，说起话来充满了惊叹号、感叹词和省音符号。我只在其中选择了一篇声明，他在上面终于坦率地承认，自己爱铁卫军，将希望寄托于它，也期盼它获得胜利。"塞巴斯蒂安于1937年时这么写道。铁卫军，极端民族主义运动，曾用罗马尼亚"给自己擦屁股"，萧沆曾这么警告过。根据那些报纸的说法，1941年1月22日，一些军团兵来到布加勒斯特的屠宰场，伴随着悦耳的基督教赞美诗，对犹太人展开了"仪式性"的杀戮。

那晚，我看着电视直至夜半三更，屏幕上放着复活节教堂的庆祝仪式。我俯身去翻那沓报纸，发现人们对塞巴斯蒂安所写《日记》的反应不一，有感动，有困惑，也有愤懑。我何必在意呢？阿列尔曾在祖父的书店里对着一小群听众高谈阔论，那时我尚未出生。他和大家热情洋溢地讲述流氓塞巴斯蒂安的故事，还聊起他那群加入了流氓队伍的朋友。塞巴斯蒂安同佩里普拉瓦和特兰斯尼斯特里亚都没有任何瓜葛。其实，阿列尔本人也考虑过离开犹太人区，可迎接他的显然不会是鲜花，而是另一段犹太人区的生活。于是，他只能在四面楚歌之中备受煎熬，成为内部斗争的俘虏……可纵使存在这么多不容忽视的相似之处，我们之间还是存在着天壤之别。他生活在旧规束缚的世界里，这些规矩随时都会分崩离析；而我则生活在这些规矩瓦解崩塌之后的世界。

不，我不是塞巴斯蒂安，但假若我就他的日记评论上几句，我会不会再次遭受辱骂，被人扔石头？又会不会重新背上诸如"叛徒""卖国贼""人渣""白宫走狗"这样的恶名呢？

我是否可以从往昔烟云中读到未来景象，或从当下的报刊中念到往后余生："傻瓜奥古斯特将向全新的流氓荣誉发起追求。他要为流氓塞巴斯蒂安的日记著书立作，而他本人也将再次化身为一名流氓，放肆侮辱罗马尼亚人民不说，还要阻止罗马尼亚加入北约！布加勒斯特的精英阶层将再一次被他气得跳脚。光犹太人对苦难的'垄断'和他们对罗马尼亚的'监督'就够让这群精英们怒发冲冠了……"

夜已深，我再无精力去猜透未来的哑谜。就在这时，报纸上的一则新闻击中了我：作家兼学者彼得鲁·克雷茨亚[1]去世了！就在他走的几天前，《犹太现实》杂志还刊登了他批判新兴精英知识分子的文章。他在文中指出："公众人物的道德看起来天衣无缝般高尚，他们在人前展示着无可挑剔的民主姿态和智慧开明的行为举止，在一些特定场合中还一脸庄重肃穆，可私底下却完全是另一副面孔。就算时至今日，他们也不惮向犹太人送上最恶毒的脏话，再吐上几口唾沫星子。"这不正同塞巴斯蒂安的流氓岁月如出一辙吗？克雷茨亚浑厚饱满的嗓音突然在房间中响起："塞巴斯蒂安站在一个不偏不倚的目击者的角度，像一位天使一般，用或冷静，或尖锐，或宽容的语调，在他的日记中讲述着一切。然而，一石激起千层浪，高涨的民族情绪被一煽而起，我清楚地看见人们因此有多么愤怒。"

说着说着他突然停了下来，似乎是在考虑究竟该扯开嗓子放声痛哭还是沉下嗓音来轻声耳语。不一会儿，他继续用坚定的语气做

---

[1] 人名，Petru Creția（1927—1997），罗马尼亚当代作家。

了一个结尾，就像一个虔诚的基督教徒向基督教世界发起了呼唤，毫不拖泥带水："继大屠杀之后，最恐怖的事情当属对反犹主义哪怕再微小的坚持。"再微小的，哪怕是再微小的坚持？听完他的总结陈词，我这个旅行者或许可以安然入睡了，带着这最后一个词进入梦乡，前往那个我不愿离开又不愿回归的祖国，前往那个矛盾重重的地方。

睡眠，即"事后治疗法"。所有你业已失去的、你尚未意识到自己已经失去的，或是你可能会失去的一切，都将在这个康复之夜与你重归于好。流氓塞巴斯蒂安和流氓耶稣也一样。无论是受到伪君子们的冷嘲热讽，还是在流氓世纪中当着成千上万人的面被架到火葬场中焚烧，他们也依然能重生为千千万万条新的生命，在这世上延续自我。

我实在太累了，就像一个年迈的老小孩求到了魂牵梦萦的麻醉药，终于还是没能撑住，沉沉睡去。

第七天：1997年4月27日，星期日

老城区的狭窄街巷大多被拆除了。街景平平无奇，甚至有些奇怪。建筑门面上留下了岁月斑驳的痕迹，古老的传言、警告、责备，还有抵抗和获得承认的勇气……顷刻间，脑海中皆是往日回忆。

我小心翼翼地走在圣维内里街上，向科拉尔犹太教会堂走去，那里是犹太人社团总部的驻地。时间已接近早上10点，而街道却依然空空荡荡的。在漫长的复活节之夜后，布加勒斯特人总会起得很晚。教堂院子里也几乎空无一人，在那儿工作的职员正享受着自己的假期，只有信仰基督教的门卫还坚守在自己的岗位上。

我试着打听了一下秘书长布卢门菲尔德[1]先生的地址。在门卫旁边穿着皮夹克的矮个子男人突然注意起我来。

"我可以开车带您过去，我是这个社团的司机。"

"您必须获得允许……"门卫指了指着院子后面的那栋建筑，说

---

1 人名，Blumenfeld。

了一个人名。"您必须先同办公室里的先生谈谈。"

那位不知名叫伊萨克索恩[1]、雅各布索恩[2],还是阿布拉姆索恩[3]的先生一直不应我的敲门声,双眼盯着文件,从来没抬起过头。我进去向他说明了一番自己是谁,从哪儿来,以及来这儿的原因:我需要布卢门菲尔德先生的地址或电话号码。他沉默着。我接着补充道,布卢门菲尔德先生认识我。那位官员连眼皮都没抬一下。于是,我也决定保持沉默,直到他那耷拉着的耳朵终于运作起来。又过了一会儿,这位模特雕塑般的人物依然没抬起头来,不过终于发出了一阵咆哮:"你想干什么?你刚才说你想干吗?"

他连个"您"都没用?我们现在可不是在美国了!除非他把头抬起来正视我,不然我是不会回答他的问题的。这个涨红了脸的人终于露出了那张瘦削又长着皱纹的脸庞。

"你是谁,你想干什么?布卢门菲尔德先生有个什么地方骨折了。他得卧床休息!在休病假!我有自己的活儿要干,明白了吗?"

我摔门而出,路过门卫处,然后顺着伯尔切斯库大道走去,回到饭店。塞巴斯蒂安好像在他的日记中提到过,人在面临困难时,总觉得自己应该身处共同信仰者和接踵而至的失望情绪之间,哪怕只有几秒而已。

城市一片荒寂,偶尔会有一个路人或一两条流浪狗走过,接着来了第三只、第四只。我听说,有时会出现上百只充满攻击性的流浪狗攻击街道上的行人。我之前没见过这情况,毕竟也不怎么上街。如今听完这断断续续的狗吠四重奏,我大概能想象一群狂吠不止的

---

[1] 人名,Isacson。
[2] 人名,Iacobson。
[3] 人名,Abramson。

狗聚在街头会是怎样的场景。

每栋楼都锁上了大门,窗户、阳台或是露台上都看不到一丝生命的迹象,唯有阴影罢了。我忽然转回头去,没有看到任何东西。几秒后,那个幽灵出现在油漆店门口。这条小道上只有我们两个人。那位老妇对这条街很熟,我曾经常陪她在这儿走动。我认出了那纤细苍白的双腿、花白的短发、干瘦佝偻的肩膀、无袖连衣裙、右手提着的袋子和左手挽着的羊毛夹克。她步履缓慢,我箭步匆匆,可我们却在并肩而行。到饭店门口后,我又落得形单影只,那些蜿蜒沉默的小巷道留在了身后,留在了虚无。

回到房间后,我设法弄到了布卢门菲尔德工程师的电话号码,给他打了电话。他目前正处于疗养期,声音听起来虚弱而年迈。是的,我随时都可以去拜访他。我动身前往阿姆则广场。半路上,我走进一家邮局为美国朋友们买了些明信片。那儿的女职员认真地打量了我一番。她是我的一个旧相识吗?不,我认不出这张表情愉悦的脸庞,对她的微笑也很陌生。她有一双水汪汪的大眼睛,丰满湿润的嘴唇和一副完美漂亮的牙齿。我必须承认,打第一眼起我就喜欢上了她举手投足间的温柔。她让我想起那些已被忘却的片段,曾经家庭生活的时光,无须多言,便可知道那是供人栖息的港湾。

"您会说德语吗?"

她亲切的嗓音沁人心脾,我给了她肯定的答复。

"哦,那您可真是我的救星。您知道吗,您救了我。"

只见她递来一张硬纸片,上面用德语写着"复活节彩蛋上色粉使用说明"。我翻译着纸上的话,这位女士点着头,微笑着听我讲使用步骤,并迅速将它们记在一张小纸片上。这要是在过去,那样年轻的我是绝不会对这微笑中隐藏的深意无动于衷的。

我走进阿姆则市场的商店。原来，这里是为数不多被允许向民众售卖少量肉制品的地方。现在这里的大多数顾客是罗裔海归，他们像往常一样回国庆祝复活节。我为朋友金头脑挑了几瓶价格昂贵的罗马尼亚红酒，还买了两瓶威士忌，一瓶给他，另一瓶准备用于自己的苏恰瓦之旅。

布卢门菲尔德一家所住的公寓坐落于一片空地中央，这是火车站区域拆迁工程导致的结果。布卢门菲尔德夫人前来给我开了门。我认得她，这位美丽娇小的女士在所有社群的节庆活动中都光彩照人、引人瞩目，她的丈夫也生得高大英俊、一表人才，她常伴其身侧。工程师布卢门菲尔德先生看上去衰老了许多，不复昔日的气宇轩昂。他们要给我倒咖啡喝，我拒绝了，于是布卢门菲尔德夫人用一只精致的水晶小茶杯为我端来一杯水。在这个装修风格略显过时的家中，时间已微微积留下一层薄薄的锈迹。

我将椅子拉到病人的扶手椅身边，向他道明此访的缘由。几个月前我曾请求他开一份证明，以证实我家曾于1941年被放逐至特兰斯尼斯特里亚的集中营。这份证明是为家父开的。1989年，81岁高龄的他要移民以色列，现在住在耶路撒冷的一家养老院里，得了阿兹海默症。布卢门菲尔德先生记下了我的请求，答应为我开这份证明。当年流放人员的名单现存放于时任执政党党派的档案里，但他承诺会把证明开好并寄给我，这样父亲就可以获得一笔补助金了，自然，这笔钱不是罗马尼亚给的。他什么也没有问，或许是我的姿态激怒了他吧。

前交通部副部长布卢门菲尔德先生也和其他犹太党员一样到了退休的年纪，尽管他在战后曾与犹太社团中断过联系，但现在还是成了这个社团的领导人之一。他说当年自己在体制内干的时候，常常尽力避免伤害周围的人，只要有能力，他总会乐此不疲地帮助他们。由于他对政府的行事作风了然于胸，所以在新的工作岗位上依然能干得心应手。可到最后才发现，专制制度的终点并非在敌方制度阵营，它是在自己的地盘走到了尽头。可对上了年纪的布卢门菲尔德先生来说，此时改旗易帜为时已晚，可要适应资本化的混乱又未免太令自己蒙羞。

离开他家后，我到朋友金头脑家吃午餐。他的命运和工程师布卢门菲尔德没有太大不同，但得益于天赋异禀的写作才能，他总能得到额外的工作机会。我还见到了他的夫人费利丝[1]太太，这位女英雄在过去30年里都用独到的智慧精心维系着这个家庭。在布加勒斯特最后的十年时光里，我在他们宽敞的家中度过了所有节日——圣诞夜、复活节，以及其他基督教、犹太的和世俗的各种节庆。现在这家里唯一还让人感到新鲜的或许就剩那条活蹦乱跳的棕色大狗了吧。

我知道这顿饭得吃上很长时间，每道菜都得在繁杂的烹调工序后才被端上桌。鱼子沙拉和小切羊肉只算得上开胃小菜，家酿李子酒、白葡萄酒和红葡萄酒与这些前菜搭配风味更佳。在过去的年代里，所有被邀请到罗马尼亚做客的外国来宾都会惊讶于宴请菜品之丰盛，这与当时市场和商店的物资匮乏程度形成了鲜明对比。对于这打肿脸充胖子的把戏，我是懒得解释的。

我们敬了第一杯酒，金头脑夫妇在碰杯时依照传统同声说道："耶稣复活了！"[2]我给他们讲述自己在纽约和巴德学院收获的世俗之

---

[1] 人名，Felice。
[2] 原文为"Hristos a înviat!"，直译为："耶稣复活了！"是罗马尼亚人复活节打招呼的方式，其回答可为"Adevărat a înviat!"，直译为"他真的复活了！"。

乐，还聊起了美国指挥家的音乐会。这次的沙拉、肉丸汤、烤羊排、猪排、腌咸菜以及红白葡萄酒都让人赞不绝口。话题很快从唐娜·阿尔巴转向她的丈夫，他为旧政权劳心劳力，却在它垮台前不久辞世而别。我们从那些长眠于地下的故人聊到那些现如今搬去巴黎、纽约或是特拉维夫居住的旧识。我们还聊起眼下留在此地的朋友，他们奔走在自由竞争的世界里，就像以前在地下工作时一样活跃。

7点，我在瑙姆的陪伴下准备回饭店，他顺便还想遛遛狗。一路上，我们碰到了几位旧相识：一位女演员、一位男演员和一位教授。黄昏时分，一切安静宁和，街道平和静谧，夕阳徐徐西沉，是久违的生活。我们聊到罗马尼亚极权末日来临时的困惑和危险，当时各种谣言闹得满城风雨，介入其中的不只有无所不在的安全人员，还有其他一些不明势力，时刻准备从人民的怨恨中攫取自己的利益。

11点，我到了火车北站，准备搭乘前往克鲁日的夜间车。当时因为乘客太少，加上全国都在庆祝复活节，两地间的航班在最后一刻被取消了。卧铺车厢中只有两位乘客和两名看上去像大学生的年轻乘务员，和曾经那位风趣的检票员截然不同。

学生时代那会儿，我每年都要坐好几回夜间火车，每次从布加勒斯特赶回苏恰瓦都得花上七个钟头。后来在我和朱丽叶坠入爱河的那几年，我又多次往返于普罗耶什蒂和布加勒斯特之间。火车也曾载我前往佩里普拉瓦的劳改营去探望父亲。1986年，另一趟列车带着我辞别了父母和布科维纳。如今，我独自乘坐在属于回忆的列车上，身边倏忽间出现了一些幽灵，而我也变成了其中的一员。车厢看起来干净整洁，散发着消毒水的气味，但床单上却沾着令人生疑的斑点。枕头给人一种就放在火车车轮正上方的感觉，无法保证它能舒缓我在布加勒斯特的一周时间里所积累的疲惫感。我在床上铺了一条被子，脱去外衣，哆哆嗦嗦地钻进被窝，接着拉上了窗帘。外面的黑暗像是被点缀上了几丝光亮。车轮哐当作响，我试着忽略火车疾驰的噪声，也尽量不去注意那响彻夜空的喷气声。

钢铁巨兽喷着鼻息，发出轰鸣，呼啸着穿越黑暗。

夜间火车

1941年10月,第一次火车旅行。在运牛的车厢里,地板清冷潮湿,一大群人挤得水泄不通。随处都能听到悲鸣哀号、窃窃私语和呻吟呜咽的声音,尿味和汗味在空气中弥漫。

哨兵们把一头集体性的野兽塞进了车厢中,他们几百双手和脚在空中挥舞挣扎,歇斯底里地吼叫着。我用恐惧保护着自己,紧紧蜷缩成一团,和这头野兽保持着距离。我孤独而迷惘,仿佛自己没有同其他人的手、嘴和腿捆在一起似的。

"所有人!都进去!"卫兵这么大吼着。"所有人,所有人!"他们一边咆哮着,一边举起了明晃晃的刺刀和枪支。无路可逃。"全都排在队伍里,所有人,所有人,都给我上去。"

人们互相推搡,越挤越紧,直到车厢都被封了起来。玛丽亚用拳头捶打着这间"墓室"的木墙,请求那些士兵让她与我们同行。她的叫声变得愈发微弱,卫兵示意火车启动。火车车轮开始转动,仿佛也重复着"所有人、所有人、所有人[1]",这台钢铁棺材正逐渐驶入夜幕深处。

接着,是第二次火车之旅:1945年那次奇迹般的回归!那是一个像今天这样的4月。时间过去了好几十年,我已经垂垂暮年。当时的我也不会想到,在几十年后还有另一场回归等待着自己。如今,我才是真的老了。

车轮敲击着夜的旋律,我滑入层层黑暗中。突然,我看到了熊光烈焰。车厢和天空中都蹿出了火苗,烈焰浓烟滚滚而来。犹太聚集区已是一片火海。集市中火光冲天,上演着大屠杀和火刑。小屋和树木也燃烧起来,发出撕心裂肺的哀号。血红苍穹下,是用于献祭的公鸡和绵羊。受死者头戴枷锁,处于集市中央。他像是被钉在十字架上的耶稣,但那十字架少了那条横杠,只剩下一条垂直的木桩,插在土地上。他也不是被"钉"在木桩上,而是被经文护符匣的神圣祈祷缚带绑住了双手。他的腿被绳子绑在木桩上,全身裹着白底黑条纹的祈祷披巾。他的双脚、一部分胸、一侧肩膀和胳膊裸露在外,晶闪发黄的皮肤反射着紫光。他面色苍白,耷拉着脸,上面留着刚长出来的胡须,蓄着一层薄薄的淡红色鬓胡,眼皮盖住了疲惫的双眼,绿色帽子的帽檐扭向了一边。

附近一栋楼的窗户被猛地打开,紧接着,一阵撕心裂肺的尖叫声传来。绝望的人们绕着画面中心的那根木桩惊慌失措地来回乱窜。原本十字架上的穿骨钉锤之刑现在变成了木桩上的烈焰焚烧之难,简单而粗暴。惨烈的景象覆盖了整个画面:熊熊燃烧的烈火中,一个男人战战兢兢地站在楼房的窗边准备一跃而下;一名小提琴手在

---

[1] 原文为"toți,toți,toți",该词发音接近"跺次",与火车行驶过程中发出的声音相似。

弯曲的小巷中仓皇流窜，试图避开那些在大火中摇摇欲坠的楼房；一个妇女紧紧怀抱着年幼的孩子；一名学者慌忙地翻阅着书籍，试图从中寻找到这一天诅咒的祸根。而画面的中央还是那根高耸的木桩。殉道者的脚下是他的母亲，抑或是妻子或姊妹，她蒙着长长的面纱，恶狠狠地咒骂着眼前发生的一切。

我试图走近那位年轻的殉道者，可怎么也走不到他跟前。眼看着帽子就要从额头上滑落，可他却依然一动不动。他身后的那木桩随时都会溅出火星，在电光火石间化出一堆熊熊烈焰。我想救他，但怎么也走不快，留给我自己寻找藏身之处的时间也不过片刻而已。我想告诉他，这不是什么受难，也不是什么复活，立在他身后的不过一根木桩罢了。至少在我们分离前，我想把这些话传达给他，可火势飞速逼近，耳畔同时传来火车的声音，愈来愈近。车轮滚滚向前，火车冒着烟，像一个燃烧的火把，带着轰隆轰隆的巨响，在黑夜中疾驶而过。近了，更近了，火车呼啸着，咆哮着，滚滚而来，就在眼前。突然，我惊恐着醒来，试着让自己从坨成一团的火热被窝里解脱。我在车厢里随着行进的车轮摇来晃去，就像一个滚动的卷轴，随着飞驰的列车发出沉闷的声响。

过了好久我才回过神来，发现自己原来没有被滚滚车轮拖轧而走，而是身处一节普普通通的火车车厢内，是一列罗马尼亚的普通夜行车。

开灯后，我久久地蜷在原地，冷汗淋漓，没有勇气重回现实世界。我试着让自己回忆美好的过往：冬天，在布科维纳体验绝妙的雪橇之旅；夏天，乘着马车前往布科维纳风光旖旎的避暑山庄；秋天，我看见阳光倾洒下来，母亲坐在空荡荡的车厢里，给我讲述她青年时代辛酸的秘史。不知何时，我又昏昏睡去，而后，一个想法突然跑进我的脑袋,再次将我惊醒:夏加尔。我之前常常会把那些印着夏加尔画作的明信片拿出来看看,但一直不知道是谁寄的,也不知道为什么寄给我。

第八天:1997年4月28日,星期一

清晨 7 点,列车准时抵达克鲁日。我没怎么来过特兰西瓦尼亚地区的首府,上一次来还是 20 世纪 70 年代末,那时我受邀前来参加 *Echinox* 杂志的庆祝年会。这本文学杂志办得很好,当时几乎所有的新一代顶尖作家都参与了这场年会。我与克鲁日作家们的关系一直不错,自己的书在这里也很受欢迎。特兰西瓦尼亚这个地方从来没有发生任何反对"叛国者"或"世界主义者"的公共抗议活动。

入住大学酒店后,我本应刮刮胡子,洗个澡,然后再来一杯咖啡,但我实在太累了,连衣服都没脱就直接倒在了硬邦邦的床上,想要好好放松劳顿的身体,放空繁杂的思绪。不过我全身发麻,生生在床上躺了半个小时,辗转反侧,怎么也睡不着。于是我起身离开酒店,走进附近的一家餐厅,在那儿喝了一杯咖啡,这才好受许多。

这一天阳光明媚,微风拂面,四周安宁的景致和短暂的徒步散心让我身心轻松了许多。我入住的房间设施简陋,床睡起来也不是很舒服,更恼人的是它的洗手间:不仅水龙头是坏的,马桶的水箱

也在不断地漏水。我旅居美国的罗马尼亚朋友戏谑道:"这不就是我曾经在罗马尼亚的生活写照吗?那成堆的粪便让人记忆犹新,今生难忘。"他出生于罗马尼亚的一个书香门第,可就连他也曾这么抱怨过。他说,设想你在咖啡馆,前一秒还在用德语和法语引经据典,和人进行一场酣畅淋漓的交谈,下一秒就走进了一个污秽不堪的厕所,看见成堆的秽物,先是被恶臭熏得头晕目眩,再是被乱飞的苍蝇吓得魂飞魄散,恐怕再没什么比这更发人深省了吧。

在出发去大学校长办公室之前,我向饭店前台的接待员反映了浴室设备的问题。她稍显窘迫地对此表示同意,不过就算我没和她说这回事儿,她或许也对此一清二楚。在校长办公室里,我给大学领导解释了一番"自由艺术与科学学院"的概念。巴德学院正计划发起一场筹资活动,然后在克鲁日建立一个这样的学院。对于合作院校而言,他们只需要怀有合作的热情即可。大学领导向我保证,他们一定会积极参与到项目中来。我没有理由不相信他们,因为罗方可以从中获得不少好处。

谈话结束后,我与校长一起去城里用午餐。在复活节过后的第一天,街上营业的餐馆寥寥无几。从侍者鞠躬的程度来看,校长似乎是一位鼎鼎有名的人,不过餐馆还是只能为我们提供一道简单的菜肴:烤牛排和炸土豆。这次我们聊得很费劲,不像一年前在纽约咖啡馆的那次对话。当时,这位克鲁日的校长从十分客观的角度分析了罗马尼亚的现状和知识分子面临的困境,这让我颇感惊喜。他对美国的情况也十分了解,还在一所美国大学拿了博士学位。因此,他也不像有些罗马尼亚文人和他们的法国导师那样,一味坚持反美的陈词滥调,这倒是让人稍感轻松。我鼓起勇气,问他是否同意这样的看法:若要将民族主义者极端且粗俗的言论与一些罗马尼亚学者自我陶醉的深奥言论两相比较，二者间只存在修辞层面的差别。他对此表示同意，完全没有因为这番带有挑衅意味的话而生气。于是，我接受了他的邀请，来到克鲁日，并带来这样一个重要的项目，以期能改变这所大学的文化环境。我不知道我们会在社会转轨后的官僚体制上浪费多少时间。

接下来是一场同克鲁日作家协会的见面，我的朋友利维乌·佩特雷斯库[1]现在是那儿的领导。我和他1990年时在纽约重逢，实在算得上是一件幸事。那阵子我们会定期见面，不是在我家就是在城里约个地方。他有次提议我去当首场文学之夜的主讲人，遭到了我的回绝，之后他便也放弃了邀请我去罗马尼亚文化中心。我从未踏入过那栋被政治官员统治了的大楼。他们和社会转轨后的媒体保持着联系，依然将我定义为民族价值的敌人。利维乌一直极为审慎地对待这个困境，但后来因为太过厌恶罗马尼亚那群试图操控他的傲慢外交官，最终选择了辞职。得知这一消息后我实在为他感到惋惜。他不久后告诉我，后悔自己没有听从我的建议，没有再多忍耐一阵子。毕竟，他在纽约的工作极大地改变了文化中心的形象，也吸引了不少受众。

大学没有让利维乌参加为我安排的行程，这意味着校长对他怀有敌意？我心里嘀咕着，有什么办法能和他在紧锣密鼓的安排间隙见上一面，哪怕只是短暂的小憩。

我最后在达契亚出版社门前的大街上见到了利维乌。他浑身散发着英国绅士般的优雅气质，身着质量上乘的西装，完美的衬衫、领带与西装相得益彰。我同他紧紧相拥后，也抱了抱亚历山德鲁·弗

---

[1] 人名，Liviu Petrescu。

拉德[1]，一个长得像波希米亚人的作家，他留了一头长发，满脸胡子拉碴。我在布加勒斯特那几年常常和他见面，到美国后也一直和他保持通信。

终于，同克鲁日作家协会成员的见面没有为我带来公众的敌意，而是真诚的欢迎。这样一来，我想自己也就没有时间参加其他那些庆祝活动了。尽管利维乌在欢迎辞中对我极尽溢美之语，但我在当下却立刻感知到了错误和虚假，自己就像个跨洋旅行的滑稽演员，被当作罗马尼亚文学界的巨星得到众人的欢呼。看起来，讽刺画没有取代它的对立面，而是将它吸纳进了自身。傻瓜奥古斯特不再迎合当地的那些陈词滥调！如梦呓般的赞美声像是歇斯底里的谩骂，又像惹人厌烦的疥疮，无论怎么抓挠，都无法将其摆脱。

难道我既不能收获鲜花也无法亲近病毒？我实在是适应不了这出不可能的回归闹剧！先前的那些同胞已不再将我当作他们之中的一员，他们看见我反倒像遇见了一个外国人那样庆贺起来。那些天花乱坠的溢美之词实在让人听不下去，于是我很不礼貌地打断了他们，还因此冒犯了一位朋友，尽管并非出于本意。

可在接下来的聊天中，我也没有等来想要的那种朴实话语，那场面就像把社区里的退休老人聚在了一起，大家坐在那里被迫粉饰太平。现场有一位身着运动服的女士，她举止优雅，手夹着一根健牌香烟，徐徐抛出了一个问题，调动起现场为数不多的活跃时刻："您怎么看米尔恰·埃利亚德那些充斥着军团气息的作品，是否认为它们会影响他其他的文学和学术著作？"这个问题实在有趣，显然是针对"反对祖国的激进分子"提出的，那些媒体就这么形容我。没有人知

1　人名，Alexandru Vlad。

道我其实就是那些文字的原作者,乔尔马尼亚前执政党所信仰的执政主义似乎对它那四百万党员来说压根无关紧要。读者们是否认为,如今埃利亚德在西方取得的赫赫名声是对他昔日和当下在罗马尼亚所受不幸应有的报复性补偿?这也是为什么人们将他奉若神明,恨不得将他供起来才好。"若无阿鼻地狱,幻想亦将无处遁形![1]"她读过萧沆那富有生命力的文学语言?可惜这个问题并未被提起,就像其他疑问一样,被埋没了。

作为回应,我急着答道:"我从未在公开场合就埃利亚德的文学和学术作品发表过任何看法!无论是他的文学作品还是学术著作都无法用道德加以衡量。我反对将埃利亚德神圣化并不是反对他的那些文学和学术作品!"可显然,那位抽着烟的女士对我的回答置若罔闻,继续要求"恢复米尔恰·埃利亚德世界级杰作的影响力"。在离开之前,一位著书等身的克鲁日大学教授在门口悄悄告诉我,这其实是个党派的聚会,在场所有人中只有他和我不是前党派成员,这恐怕是我在这场谈话中的唯一慰藉了吧。

"校长没有把我安排进克鲁日的活动,我是不会原谅他的。"临走前,利维乌这样对我说。当时的我还没来得及接受他的褒奖就匆匆离开了,而我也不知道那时的他已经患上了连他自己也不甚清楚的毛病,在我们分别不久后他便撒手人寰了。如今,我重新回到克鲁日,心里很不是滋味,因为我再也无法见到他了。

校长的夫人马尔加[2]是位风姿绰约的女士,她操持了当天的晚餐。可以说,她的魅力和餐桌上的美酒佳肴一道拉近了用餐者之间的距

---

1 原文为法语,"Sans l'enfer point d'illusions!"。
2 人名,Marga。

离。饭后,她载我回了旅馆。这位大学教授之妻开车晃晃悠悠的,我顿时觉得回程的路变成了一趟险象环生的冒险。蓝色的笔记本正在耐心地等我回去。

  想着想着,我的思绪悠悠飞向了远方,朝苏恰瓦的公墓飘散而去。

第九天：1997年4月29日，星期二

这一夜我醒醒睡睡，辗转难眠，最后还是晕晕乎乎地醒来，睡意蒙眬地起了床。我拖着沉重的步伐走进酒店大厅，在那儿遇到了一位戴眼镜的先生。他穿着高档的羊毛大衣，里面还套了西装，打了领带。我礼貌地伸手向他问好。他微笑着，可能是看出了我的拘谨，也有些尴尬起来。这时，我看见了玛尔塔·彼得雷乌[1]正露出浅浅的微笑，站在他身后看我。哦，是啊，站在我面前的这个人不正是扬·瓦尔蒂克[2]，玛尔塔的丈夫吗！自1979年 *Echinox* 杂志10周年庆之后，我便再也没见过他。想当年他还是这本文学杂志里著名的编辑三剑客之一呢。时间就像一场幸存者游戏，转眼数字变幻而过，一晃眼，20年已悄然过去，年轻的瓦尔蒂克如今已变了许多，我也一样，可玛尔塔却还是原来那副老样子，穿着牛仔裤，套着帽兜衫，依稀是

---

1 笔名，Marta Petreu，原名 Rodica Marta Vartic（1955— ），罗马尼亚当代哲学家、文学评论家。
2 人名，Ion Vartic。

学生时代的青葱模样。

我听说,他们夫妇二人刚从布达佩斯专程赶来,只为看我一眼。玛尔塔带来了一只漂亮的篮子,里头装了些零食、三明治还有咖啡。我们走出酒店,在外头的一片草坪上共进早餐后又重回大厅。我呷了一口咖啡,企图让自己挣脱夜霭之困,但即使如此,我也依然无法从旧友重逢的事实中回过神来,无法相信自己竟置身老朋友之间。这对彬彬有礼的夫妇将我昨夜遗留的疲劳一驱而散。

有一群学者正在大学哲学系等我,我还没来得及花上几分钟和大家寒暄就匆匆走进了教室。在那里,我受到了热烈的欢迎,与大家聊起了美国、美式教育以及美式文学,还共同探讨了巴德学院与克鲁日大学的合作前景。

接下来是大学的一场讲座。我在教室里认出不少熟悉的面孔。克鲁日电视台的一组工作人员希望我允许他们录制这场活动。我欣然同意了,这位记者甚至激发了我内心深处的一股信心。在克鲁日,我感到自己似乎没有那么脆弱。不过,与其演讲"世纪末的文学"这般严肃的题目,我更希望来一场无拘无束的讨论。一切都像是被调试好了,我能做的唯有掩饰自己的困窘。离开教室前,利维乌送了我一本法西斯主义作家克劳迪奥·穆蒂[1]新出的罗语译作,原作是埃利亚德的一本书。

又是埃利亚德?又是那个军团?"利维乌啊,我和这一切到底有何关系?我似乎同自己都没有什么关系了!我是个流亡者,蜷缩着藏在世界的某个角落,为自己仍能苟活着感到庆幸,仅此而已。"

接下来,我在索罗斯基金会总部参加了一场简短的会议,那里

---

1 人名,Claudio Mutti(1946—)。

的办公室看起来十分现代，工作方式也都实现了电子化。办公室主任是个匈牙利人，在这个种族冲突日益加重的时代，他依然拥有同整个社会对抗的勇气，散发着令人刮目相看的专业气质。至于我，看起来还是那样沉郁……在罗马尼亚，永远都有这般孤独的人。

同瓦尔蒂克夫妇与马尔加夫妇用完午餐后，我出发前去拜访瓦尔蒂克夫妇的公寓，那里的藏书真可谓汗牛充栋。不过，我没有也不想去细看其间都有哪些书，脑海中浮现出自己房间里那同天花板一般高的书架，先是在圣扬·努街，后来是胜利大道，再之后便无影无踪，我不愿再回忆起这些片段。大家一起享用着葡萄酒和复活节面包，扬·瓦尔蒂克突然问我道，你在写埃利亚德的那篇文章中用了"felix culpa[1]"这个词组，倘若从宗教的视角来看，这个词组是否还具有不同的含义。

我身处亲爱的挚友当中，不会觉得这是个带有敌意的问题，但我还是不禁感到自己像是个可疑人物，一个鼠疫患者，得了难以启齿却又尽人皆知的疾病。不过,我同这些又有何……我克制住了自己，没有说出那番对利维乌说过的话。我决定打破这长久的沉默。"Felix culpa"是取自圣奥古斯丁[2]名篇的那个词组吧？"O, felix culpa, quae talem ac tantum meruit habere Redemptorem"，说的是"哦，幸福的过错，献给伟大的救世主"。"过错"这个词的词义并不模棱两可，它的意思包括罪孽、错误、疾病、罪行和过失。不过，大多数宗教典籍都将它解释为"罪"。这次的沉默似乎比上一次延续得更久。马尔加夫妇重又出现，我们碰了碰杯，轻松地聊了一会儿。玛尔塔极

---

[1] 意为"幸福的过错"。
[2] 圣·奥勒留·奥古斯丁（Saint Aurelius Augustinus，354—430），古罗马帝国时期天主教思想家，著有《忏悔录》《论三位一体》等。

尽地主之谊，最后还带我去了机场。的确，这不是一次寻常的历程，因为我此趟回归只是为了同后世匆匆见上一面。

飞往布加勒斯特的飞机人满为患，机舱狭窄，过往乘客摩肩接踵。坐在我旁边的女士很快就同我热络起来。其实，我在登机时就注意到了她：身材修长苗条，气质自然优雅，丝毫不矫揉造作。她看起来有些担心天气状况，当时的天色确实不太好。她问我从哪里来，又将去往何处。这位女士对我回答的内容并不吃惊，倒是对我那一口地道流畅、没有一点儿外国口音的罗马尼亚语颇感诧异。她说，即便是最近刚离开罗马尼亚的那些人，回来后的母语也讲得极为糟糕，当我，我……这时，旁边那位来自肯皮亚·图尔兹[1]的女工程师打听起我这位远方来客的职业。没错，我也是个工程师，建筑工程师，我毕业于布加勒斯特的建筑学院，并非克鲁日，毕业时间早了她两年。是的，我在设计部、工地和研究部都工作过。这一古老的职业旨在模拟现实中的常态，我父母说的没错，没有人会看不起这份职业。

这位女工程师随后鼓起勇气问我在美国当工程师是否顺利，不过还没有等我回答，她就迫不及待地和我说起自己最近几年是怎么换的工作。如今，她与同为工程师的丈夫共同经营着一家小型的私人木材厂，提供的木材用于制造棺材、箱柜和一些小玩意儿，算得上是有利可图的生意。她这趟去布加勒斯特是为了参加一块林地的拍卖，但她发现所有的程序都很混乱，社会体制的转变带来了不少麻烦，腐败贪污随处可见，还不如让国王回来。没错，她家一直都倾向君主主义。她父亲是皇家飞行员精锐部队中的一流飞行员，坚持君主主义的父亲教育出了同样的女儿。毋庸置疑，他在之前受到

---

[1] 地名，Câmpia Turzii, 罗马尼亚中部城市。

了迫害。

我提了些无关紧要的问题。女士承认自己和丈夫先前都是党派成员,但谁也不信那些口号,不成文的规定就是这样,谁让统治者四处撒谎呢。就算时至今日,事情也并非十全十美。选举是变得自由了,但生活却愈发艰难,年轻人将仁义道德全抛在了脑后,反倒鬼迷心窍似的一心追捧美国那些充斥着暴力与色情的影片。这样看来那些住在山上的人多幸运啊!只有他们还捍卫着自己的信仰与尊严,还保留着淳朴的作风和对未来的憧憬。说着说着,她对我一口地道的罗语倍感好奇,还问我这次回家感觉如何!

我沉默了,不知该如何作答,只好给她讲了讲关于我朋友的事。乔治是我在布加勒斯特的一个朋友。一个春天的早晨,童话故事里一般是这么讲的,"那是个最美的春日早晨"。乔治,这位有许多绰号的先生,决定写完寄给老朋友的信。他的这位朋友早年逃亡海外,已经走得远远的了,据他所说,就是"整日混迹陌生人之中且一无所获"。眼前的女士睁大了她的双眼,入神地看着我。我继续往下讲,乔治留在了家里,因为这封信对其意义重大。那是个周日的早晨,童话里一般如此描述,"那是个最美的春日早晨",他决定完成这封已执笔许久但一直没能结尾的信,可不知该对这位流亡已久的朋友说些什么。

她显然被我吊起了胃口,脸上渐渐露出疑惑的神情,我假装什么也没有看见,接着往下讲。刚才说到乔治迟迟没有写完他的信,因为不知道给自己流亡的朋友要写什么才好,是该建议他搬回家,重新联系曾经的好友,同他们叙叙旧还是干脆委婉地告诉他,那所谓的尝试失败了,事态不会再发生变化,劝他不如就此放弃,回家算了?原来的那些同胞们怕是会将他视作一个长不大的"老小孩",

觉得他回到了一片不再属于他的土地上。他或曾理解过自己的祖国，但现在却做不到了。就算他回到这里，可能也依然像在其他地方一样，被当作一个外国人。因此，他既然已经失去了朋友、家人和自己的语言，不如就继续留在原地，在一群"外国人"之中做一个"外国人"，就像童话中讲述的那样。

听完我的话，女工程师沉默了，不再像先前那样喋喋不休。也许我这番奇怪的回答打击了她提问的积极性吧。

"为何您一直强调'童话里是这么讲的'？"不知什么时候，我听见她突然冒出了这么一句。她坐在椅子里焦躁不安，手里不断把玩着一张纸。

这下换作她把我问住了，我一下子答不上来，久久地沉默着。

"因为我之前好像在一本儿童书里看过这样一个故事，如果我没记错的话，题目应该叫作《审判》。"我没有告诉她那本书的作者其实叫卡夫卡，怕把她吓坏了。

话音刚落，我见她紧紧盯着我，显然，我们之间的这场谈话该到此结束了。在飞机降落前，她坐在椅子里吓得没敢再动一下，生怕触碰到我。飞机一停稳，她就急匆匆地离开了，甚至连再见都忘了和我说。

酒店的17层是巴拉达[1]餐厅，这儿四处都用红色和金色装饰着——红皮椅、红桌布、带有乡村风情的红色餐巾，男服务员穿着红色夹克，女服务员穿着红色短裙。就连乐队也穿上了红色的西装，他们每个人都坐在红架子后面，上面各有一面金色的徽章。

已是晚上9点，尽管我是整个餐厅里唯一的顾客，但交响乐队

---

[1] 餐馆名，Balada，有"民谣、民间叙事诗"等含义。

的演奏却丝毫不受影响,一位意大利女歌手伴着音乐高歌着,充分展现了我们拉丁人的奔放热情。这时,一位棕发、蓄胡的服务员走来,向我问候"晚上好",而后递上两本厚实的红色文件夹,分别是罗语和英语的菜单和酒水单。我选择用英语点了菜,不仅因为这样做能获得更好的服务,而且也希望能给眼前这位寡言少语、垂头丧气的服务员留下个幻想:今晚服务的顾客里至少还有一位是游客。

眼前的场景实在让人看不下去,没有顾客可服务的侍者、交响乐队、独自歌唱的意大利女人、唱摇滚和蓝调的女歌手,以及那23张空无一人的餐桌和哥特式的背景墙。桌上的菜肴看起来像临时粗制滥造的,就连里昂和肯喜爱的酸菜肉卷现在看起来也让人毫无食欲了。我的味蕾不愿还给我曾经的味道,酸菜肉卷是属于后世的食物,我该这么跟美国朋友们解释一番吗?或许就像普鲁斯特认为的那样,我的味觉受到了惩罚?就在一年前,一位罗马尼亚记者在听说我要去布达佩斯参加一场学术会议时,问我为什么不顺便去趟布加勒斯特,毕竟坐飞机过去也才一小时而已。我回答他,布达佩斯对我来说就像悉尼,而布加勒斯特……不,我不是在思考味觉,而是在思考这后世。乐队停止了演奏,侍者呆呆地杵在原地,像一尊木乃伊躺在夜晚编织成的猩红墓穴中。没有人注意到一位面无表情的顾客正用红色餐巾一遍又一遍地擦拭着自己的眼镜。强光、眩晕、幻象……幽灵慢慢地走在阿姆斯特丹大街上。"每个母亲身上都藏着一位元首[1]。每位元首身上也都藏着一个母亲。"飞象曾这么说。

终于,我变得孤独而自由,趴在人行道边上紧紧抓着她,极力阻止她再次跌落,不让她跌入没有归途的深渊,跌入那无底洞中。

---

1 德语,Führer。

我咬紧牙关,竭力抓住那种久远却又熟悉的触感。她的手嵌在我的手中。在餐厅这空荡的红色墓穴中,没有人听到我的呼喊。爪子紧紧抓着我,又深深刺入我的胸膛。疼痛是我仅剩的财富,用来证明灵魂的荒芜。

最漫长的一天：1997年4月30日，星期三

苏恰瓦犹太人社团的秘书是我父母的老朋友，他在电话里向我保证说，尽管墓园在复活节期间关闭了，但他们会想个办法让我进去。"您不远万里从美国过来，我们得为您破个例！犹太法规允许出现这种例外情况。"

建在小山上的那座墓园位于城郊，在珀杜里切[1]附近，而城里最老的那座墓园离我们位于瓦西里·本巴克街18号的住所不远，很久以前就关闭了。20世纪60年代初，一条建设中的新公路得穿过墓园，当地的工人和农民都不同意，因为这么做会破坏犹太教士们的坟墓。世世代代在那儿生活的人们习惯了去墓园向神明祈愿或是吊唁逝者，不允许他人惊扰这里的一切。那座老墓园离我家不远，我还能回想起那肃穆而诡异的气氛。至于城郊小山上的那座墓园，我从未去过。

飞往苏恰瓦的航班要在雅西转机。我的朋友金头脑瑙姆陪我度

---

[1] 地名，Pădurice。

过了这漫长的旅途，一路上我们聊得火热。我和他说起自己在克鲁日的奇特经历，他则同我聊了聊自由市场文学比赛中的奇闻轶事。这是我所熟悉的东方式亲切交谈，有着五彩缤纷的故事，也有交织着柔情和毒液的笑话。

一名陌生男子突然在机场出口拦住了我们。他个子高大，留着一头金发，肩上扛着摄像设备，自称是个诗人，还是当地的一名记者，库库行长派他来接我们去商业银行总部，我将在那儿被授予布科维纳基金奖。不过首先，我还是得先去趟墓园。

犹太人社团秘书是家里的老朋友，那天在罗马尼亚航空代理处门口等我。他戴着和之前一样的帽子，穿着同样的短大衣，但看起来比以前要矮小一些。他同我一起上了那辆优雅的轿车，驶过老奥地利市政厅，往左开向珀杜里切另一侧的发电厂，那里承载了我年少时的逃亡记忆。

我们下坡，上坡，左转，开上了山，远处还能望见斯特凡大公的城堡。车子往右边开了一段距离后，我们便到了目的地。

这是我第一次看到她的墓。墓碑左上方印着她的遗照，用金色的相框裱着。下方分别用希伯来语和罗马尼亚语写着四行简短的碑文：简妮塔·马内阿，全心全意的妻子和母亲。生于1904年5月27日，逝于1988年7月16日。这一看就是我父亲的做派，简单利索，不拖泥带水。看得出来，在共同生活的最后那几年里，他们依然看得两厢生厌了。话说回来，如果我父亲比母亲先走一步的话，母亲肯定会慷慨地给父亲写上一大段话，所以假如她能看到自己的墓碑最后长什么样，估计会被丈夫的小气做派给气死。她的墓地周围有一排低矮的铁栏杆，上面挂着金属质感的小灯串，一闪一闪的，地上还放着个玻璃罐，里头插着一些野花。显然有人提前告诉了守墓人我要过来。我用手拂着冰冷的墓碑底座,静静凝视着那灰色的墓石。

"我要你向我保证,你一定会出席我的葬礼。"当年我临走前,她曾这么和我说。墓石摸起来粗糙且冰凉,可莫名还有些亲近感。"你可不能把我一个人丢在这里,你得保证你会回来,这对我来说很重要。"我想起她的话,耳边似乎听见有人在低声吟诵着悼文中的古老经文:"Yisgadal veyiskadash shmei rabbo"。后来我才反应过来,那是我父母的朋友在为逝者祷告,无论是过去还是现在,他的声音听起来都是那么苍老却清晰。他以逝者儿子的名义诵读着纪念先人的古老经文,我听不明白,没有加入。"Bealmo divva chirusei veyamlich malchusei"。诵经声响彻天地之间,而墓石摸起来依旧冰凉粗糙。盲女曾来敲门,然后摸索着慢慢往里走。她在睡衣外面套了一件居家长袍,将自己裹得紧紧的,看起来是有些冷。"我感觉,你这一走怕是不会再回来了。你要把我一个人孤零零地留在这里了。"那时的我对未来一无所知,我不像她那般能看透未知之事。"我要你答应我,万一我去世时你不在这里,你也还是会赶回来参加我的葬礼。你必须向我保证。"我没有答应她,因为害怕诺言太重,自己承受不来。现在好了,我自由了,再没有人要我做出什么承诺,我也没有任何可以许诺的人了。

赐予傻瓜奥古斯特生命的上帝是个女人。我受不了她热切的崇拜,受不了她过度的焦虑,但这些东西对我来说其实是无可替代的。她已沉入深渊,又在葱茏的草木与鲜花的簇拥中飞向了不甚透明的天空。她已遁入虚无。就算我正抚摸着冰冷的墓石,也无法再感知她的存在。

"Min kol birchoso veshiroso",祷告还在继续。因为上了年纪,吟诵者在风中颤颤巍巍地晃动着身子。他沉浸在对逝去旧友的缅怀之中，先前为她送葬的记忆尚历历在目。现如今，他以其子的名义吟诵着对逝者的哀悼，企图代表 9 年后才出现在她墓前的这小子将她唤醒。终于，祷告结束了，我们都保持着肃穆的静默。朋友金头脑、祷告人、当地的诗人兼记者，以及照料这片墓地的农人，我们所有人都按照传统戴上了白色圆顶帽。

我独自一人走上了山坡，在路上遇到了母亲的新邻居大卫·施特勒明格、马克思·施特恩贝格、埃戈·萨丁格、弗雷德丽卡·莱希纳、格桑·米哈伊洛维奇、拉扎尔·梅洛维奇、雅各布·考夫曼、亚伯拉罕·伊萨克·艾弗曼、鲁赫拉·席勒、米齐·瓦格纳、大卫·赫尔斯科维奇、莱奥·赫雷尔、诺亚·施纳赫、莱亚·莱纳、莱奥·金斯布鲁纳、苏默·丘博塔鲁、莱塞尔·劳赫、约瑟夫·里考尼克[1]。这些人我全认识，母亲也是，她比我更了解他们。她生前向来健谈，擅长交际，总是迫不及待地想要和这些父老乡亲们分享坊间的传言和八卦。对她来说，这儿是个再理想不过的归宿了，四周安宁而平静，还有树木、石头和以前的老邻居们做伴，我自言自语道。这座布科维纳田园诗般理想的小山丘最终抚慰了我心中那位焦虑不安的上帝。

我临行前的最后一天，她不再自怨自艾，也不再乞求我的承诺，她对我说："你说得对，我们没有必要杞人忧天。没有人可以预测未来。更何况到了我们这把年纪，再没什么大不了的事了。不过你别忘了，无论何时，只要你希望，不管我变得多么衰老不堪、虚弱无力或是病入膏肓，我都随时准备好了离开罗马尼亚。"

---

[1] 人名，依次为 David Strominger、Max Sternberg、Ego Saldinger、Frederica Lechner、Gherşon Mihailovici、Lazăr Meerovici、Iacob Kaufmann、Abraham Isak Eiferman、Ruhla Schiller、Mitzi Wagner、David Herşcovici、Leo Hörer、Noa Schnarch、Lea Lerner、Leo Kinsbrunner、Sumer Ciubotaru、Leser Rauch、Iosef Liquornik。

事情并非如此。她同其他家人一道留了下来，却远离了挚爱的丈夫和儿子。如今她永远地留在了苏恰瓦的小山丘上，丈夫则在耶路撒冷痛苦地同死神做着最后的斗争。至于他们的儿子，巴德学院无教派[1]的墓园中有一块墓地正等着他，那里还安息着汉娜·阿伦特，以及学院里其他信奉新教、天主教、犹太教和无神论者的故人。

1945年，我们得以从特兰斯尼斯特里亚被遣返，母亲凭借自己的勇气与毅力拯救了我们全家。自那时起，她总是反反复复地说我们一定要永远离开祖国。我清楚地知道她为何从来没有付诸行动，我也很清楚她原谅了我这么做。我这罪人最后还是离开了她。她不曾打算放弃自己的儿子，所以宽恕了他的这次背叛。

"我以后在哪儿不重要。无论我在哪儿，我都会回到这儿。"我之前试着这么安慰她，没有直白地和她道别。看，我最后还是回来了，所有一切都不再重要。坟冢在前，故人已逝，一切都成了过往云烟。被称作"祖国"的华美家园如今只是一位过客，一如它曾为我们制造的陷阱。不知过了多久，我们下了山。我回到那盏灭了的提灯旁，社团秘书在那儿等着我。

"您看，这围栏……围栏有些生锈了。最好重新清理一遍，再上点漆。石碑右下角也剥落了，该修葺一下。"

我问了问这大概得花多少钱。布科维纳文化基金会的奖金足够支付这笔费用，把这笔钱花在当地也合情合理。我要了社团办公室的地址，打算几小时后带着钱过去。地址是亚美尼亚街8号。8号？再过去六栋房子，就是阿尔贝特医生和他可爱女儿曾经的住所。阿尔贝特医生是我父母的朋友，而他的女儿在多年前和我一同书写了

---

[1] 原文为英语 without denomination。

懵懂的罗曼史。阿尔伯特医生已经与世长辞，他那风姿绰约的太太在我们那座小城算得上是好莱坞级别的明星，如今正在神圣之国遭受苦难。他们那风情万种的女儿，也无奈地习惯了老去后的平淡生活。远处山上有一座亚美尼亚墓园，每当夜幕降临，罗密欧与朱丽叶的鬼魂会在那里徘徊。这条街的17号是我高中同学迪努·莫加的家，我真希望和他重逢。几天前，我拿到了他的电话号码，社团秘书还告诉我，这位老朋友一点儿都没变，他俩常常在街上相遇。

亚美尼亚街，噢，是的，关于它的一切我都如数家珍。

"一栋普普通通的小房子，"秘书补充道，"看着不像个机构的总部，也没挂着什么招牌。您明白……"

不，我不明白。当我还是个孩子的时候，这个老人就认识我了，他这会儿也意识到，我根本没明白这是什么意思。

"我们的窗户被打碎了好几次……所以最好还是不要挂招牌了。"

我看了看表，11点整。这是一个明媚的春日，商业银行行长库库先生正在银行等着我，准备向我展示布科维纳疼爱我的证据。

我们离开了墓园。这些沉默无言的墓碑不断提醒着我一直以来都明白的一件事：没有什么是永恒的，即便是今天这样一个承载着旧日回忆的日子，也终将结束。

回到城里后，我们去了一趟加赫犹太会堂，遇到两个上了年纪的教徒。他们穿着十分讲究，是旧奥地利风格的套装，或许有人通知了他们我要来。他们走近后开始自我介绍，那两个名字没有让我想起什么，不过他们自称是我父母的朋友。我打听了下劳赫[1]医生的情况。他还活着，九十多岁了，而且很想见见我。他知道我要来吗？

1　人名，Rauch。

我得知他就住在附近的一个小区里。这个医生在我中学时代就认识我，是城里的当红人物。我母亲生病和上了年纪的那些年里，是劳赫一直照料着她。也正是他，在母亲人生中最后一个周六的午饭前第一个发现了她的脉搏停止了跳动。

我们来到公寓楼一层，按了按门铃，等待，再按门铃，一次，三次，按了好一会儿也没人应答，于是敲了敲门。旁边有个邻居跟我们说老人得了泌尿感染，昨天晚上住院了。

行长库库先生兴高采烈地接待了我们，为我们准备了威士忌，还附赠了犹太人的奇闻轶事。他身着蓝色西服，大腹便便，摩尔多瓦口音浓重，在那里絮絮叨叨讲个不停。他给我们讲了瑟韦尼[1]小镇的故事，那地方离多罗霍伊不远，他曾在那儿做过莫伊塞和莎拉[2]的徒弟。从这两位师傅身上，他学会了如何营商和营生，似乎是靠着旅游相关行当来赚钱。最后，他还是把信封和证书托付给了我，很抱歉地说自己得出城一趟，没办法与我们共进午餐了。

我们漫步在主干道上，经过公园，路过古老的奥地利风格市政厅，这原是当地前执政党最后的办公地。街对面，天主教堂的钟声敲响，宣告了正午时分的到来。钟声的调子还是进行曲"醒来吧，罗马尼亚人[3]"。这时候走来一位举止得体的先生，记者拦下了他，介绍给我们认识。我这才知道，原来这位大块头、蓝眼睛的绅士是农业银行的行长。他向正在我耳边介绍情况的记者朋友点头示意。分别的时候我们才得知，他已经为我们即将要吃的那顿午饭买了单，地点在一家新开的餐厅，银行的专车已经候着，准备将我们送去赴宴。

---

1 地名，Săveni，罗马尼亚博托沙尼县下属城镇。
2 人名，Sara。
3 该曲于1990年起成为罗马尼亚国歌。

一走进这家餐厅便听见震耳欲聋的美式音乐从墙上的两个喇叭里轰轰传来，乱七八糟的小广告和海报贴满了墙面。在这个小小的屋子里大概放了十张小餐桌。我想去上厕所，可刚一打开门就立马关上跑开了。我回到桌边坐定，记者说想对我进行一个采访，麦克风和问题都已经准备好了。为什么不呢？我之前在克鲁日都接受了电视台的采访，还接受了拍摄，而且我现在又不是在布加勒斯特，我可是在自己的老家呢。过去，我一回这里就有家的感觉，现在也依然如此。但首先，我得先落实母亲墓地修理的费用。

在前往犹太社团办公室的路上，司机问我对中午那家餐厅感觉如何，声音里流露出满满的自豪之情。"行长先生说了，您想吃多少就吃多少。"他向我保证："您放心，行长先生跟我说了，他会买单。您尽管敞开了吃。"他反复说道。

亚美尼亚街8号。我走进一个狭小的房间，里面放着办公桌和圆桌，因此空间显得更加局促。房里的人似乎正等着我的到来，一位身材干瘦的老先生在门口慈祥地注视着我。确认账单数目的是一位面色苍白的老太太，她确认无误后给了我收据。我向她表示感谢，她回以微笑。尽管我不认识他们，但他们似乎都认识我。接着，我和他们握手告别。一切都进展得太快、太顺利了。所有事情看起来都进行得短暂而体面。

我在院子里的一块石头上坐了下来。从这儿走过几户人家后就是大夫阿尔贝特的住处还有他家的卧室，然后是莫加的家，再过去一些就是亚美尼亚式教堂、公墓还有那条通往扎姆卡城堡的路，稍远处错落着小巧别致的小屋子，它们的窗户就像一个个望远镜，还有朱丽叶的家……关于错误的喜剧并没有让我感到一丝慰藉。我从天马行空的想象里回过神来，司机正向我招手。我们又启程回到了餐馆。我将他的消息传达给同伴：我们想吃什么就尽管点！换句话说，这个餐厅仅有的两道菜，烤猪排和烤土豆，我们可以敞开肚皮随便吃。

"说起苏恰瓦，您有什么样的回忆？这次短暂回乡对您来说意味着什么？"那位诗人兼记者这样问我。我朝麦克风俯下身去，听到了我的嗓音从里面传来，但讲的内容却好像是陌生人说的话："我第一次离开布科维纳是在1941年。战争结束后，我成了那个特殊时期里一个做作的小明星。红色乌托邦充满戏剧化的元素，这对一个孩子来说实在太有意思了。1959年，我成了一名年轻的工程师。而后1961年，我因为突如其来的爱情再一次离开了苏恰瓦。"我说的话可真虚伪，就像是在机械地背诵曾经默记下来的内容。"做作的明星""特殊时期""红色闹剧""青春期的反叛胡闹"，这些词句让曾为前政治体制卖命的人感到无所适从。毕竟他们现在所猛烈批判的专政体制，曾是他们效劳的对象。

我们再次走回市中心，经过公园，离我父母最后的住处不远。勤快的记者跑去找照相机，回来时带给我一个消息，说有一位女建筑师想同我说上两句。只见一位身形窈窕的漂亮女士从楼里的办公室里跑了出来，她约莫50岁的样子，但看上去却很年轻，女人味十足。场面一度变得有些慌乱，她一时不知该说些什么才好，只是一再重复着自己以前每礼拜都会去我父母的邻居家坐坐，喝上一杯咖啡。她似乎绞尽脑汁寻找着话题，提起了我母亲的智慧和热情。的确，母亲是个极为聪慧又充满热情的女人。女建筑师还说母亲常常念叨自己的儿子。"她很爱您！真的很喜欢您！您一定知道吧。只要您开口，她什么都愿意为您做，无论什么事都会。"她悦耳饱满的声音在此戛然而止，后又低声咕哝着什么，我听不太清。场面显得有些尴尬，

455

我握了握她纤细的手,先行作别了。

还有一场同旧日回忆的见面正等着我。我让金头脑多加注意接下来要见的这个人——迪努,我的高中同学。当时,极权统治愈演愈烈,阶级斗争日益激化,敌人因势力不断削弱而变得愈发歇斯底里,这就是约瑟夫·维萨里奥诺维奇(斯大林)告诉我们的。任何偏离路线的行为,无论是右倾还是左倾,都不被允许,旧社会的渣滓必须被孤立。作为学校劳动青年联合会的秘书,我得负责清除那三个"怪物"。

虽然不是什么国王之子,但迪努的冷漠让他显得与众不同。他的父亲是一名自由主义律师,在当局的监狱里关了一阵子。迪努就是那三个"怪物"当中的最后一个。人民的敌人?他慢慢走向红色的讲台,脸上似乎发出了这样的疑问。他有着一头乌黑发亮的秀发,在侧面梳了一条缝,像是阿根廷探戈舞者的那种发型。尽管面色显得有些苍白,但他的目光十分坚毅。被审判者的眼神直击我内心的虚伪,至少在我看来是这样。事实上,迪努在交还证件的时候,根本没有注视或者瞥看任何人。

"那会儿,我已不是一个天真的名人,不久后也将不再是个名人,因为我在假面舞会中的表演幻想已被治愈。"在前往迪努那间单身公寓的路上,我向他们这么讲述道。好几年过去后,我们在布科维纳的一处乡间小屋重逢。我和他都在那个混乱的年代中选择了一份枯燥无味的专业,丝毫没有投入学习的热情。迪努在两年后退了学,用自己的失败和当时暴发户们平庸的战利品保持着距离,保全了自己贵族的光环。1959年,刚刚成为工程师的我去见了他一面,地点就在苏恰瓦亚美尼亚街17号的老房子。当时,迪努的父亲已经去世,他和继母在一起生活。他的继母是我以前的历史老师,她还清楚地记得学生时代的我,对我褒奖有加,或许这是对她继子放弃学业的一种间接责备。迪努最后在家乡找了份普通工作,十分满足地过着无忧无虑的日子,细致地安排好了每一天的生活。我们喜欢同样的书籍和唱片,也许还喜欢一样的女孩子。那是一种不言自明的友谊,无须任何忏悔之词。

在我离开苏恰瓦后,有时会在布科维纳度假时和他重逢。那时,他搬到了市中心的一间单身公寓,从父母家中拿了一些家具和一些有用的工具。

他的床是一张可伸缩的沙发。两把扶手椅,一张小桌子,两三幅画,还有一张旧地毯,构成了这片飞地的家装。一台俄罗斯便携式收音机是他最近在里加或基辅旅行时买的,旁边还有在布拉格买的磁带录音机和在不同兄弟国家夏日旅行中收集的唱片。在他的假日照片中出现了好几个不同的女伴。一眼望去,房间里基本没有什么书,可能是堆在其他地方了。在装着玻璃门的旧书橱中,只有一套红色皮制封面的"世界文学经典丛书"和一套棕色皮制封面的"罗马尼亚文学经典丛书"。书橱顶上摆放着葡萄酒、伏特加、利口酒和威士忌的酒瓶。最近一年乃至五年,他的生活似乎一直平平无奇,没什么改变,而我的生活则发生了翻天覆地的变化。我放弃了工程师这个职业,结了婚,出了书,进入疲惫或恼怒的新阶段,但这一切似乎都无关紧要,每一种变化的琐碎纷扰让它本身的意义消弭殆尽。迪努既无野心,亦无激情,为自己在外省的生活创造了一种简朴的和谐。同我那充满焦虑和幻想的生活相比,他的生活似乎是一种高贵的怠惰。

在去迪努家的路上,我向金头脑讲起那两个罗马尼亚人的故事。他们是高中同学,在一架从纽约飞往巴黎的飞机上相遇,于是讨论起当年班上的那些人。米哈伊？他现在是米兰的一名妇科医生，已经找了第三个老婆了。科斯泰亚[1]？在委内瑞拉的炼油厂工作，还没结婚。米尔恰？可怜的人，在阿尔及利亚死于一种奇怪的传染病。安德烈？现在是以色列一家银行的行长。霍里亚[2]？在巴塞尔当工程师，有了五个孩子。戈古呢，戈古·瓦伊达[3]？戈古留在本地，留在苏恰瓦了。你很吃惊吗？一点儿也不！戈古以前就是个冒险家。

我们爬上三楼，摁响了门铃。没过一会儿，迪努笑着前来开门。进了门，我们刚在两把扶手椅里落座，就见他拿了一瓶微甜的轻度葡萄酒前来招待，说是最近去塞浦路斯旅游的时候带回来的。他屋里的装饰只是平添了些许破损的痕迹，再无其他变化，依然还是老旧的地毯、家具和掉落的墙皮。那些水晶杯和红色、咖色封皮的书册依旧守着它们的老位子，而我这位同事的容貌也没什么变化，只是微笑时会显出几道皱纹。除此之外，现在的他几乎就是过去的他稍加润饰后的翻版，不过他现在已是退休人员了（迪努赶紧将自己这个新晋的社会身份告诉了我）。我得知，现在他家中除了他之外的所有人都已经过世了。迪努激动地强调着："所有人，所有人都死了。"包括他的哥哥，那位在胡内多阿拉[4]生活的工程师。工程师的妻子是个犹太人，在他死后带着他俩的儿子搬去了以色列。他还在世的亲戚就只有这位嫂子和侄子了。他不知道还能再说些什么，对了，他最近卖掉了父母的老房子，还变卖了一套古董银器。由于罗马尼亚眼下正处于经济危机，基本找不到什么买家，但他又不想与那些过

---

[1] 人名，Costea。
[2] 人名，Horia。
[3] 人名，Gogu Vaida。
[4] 地名，Hunedoara，罗马尼亚中西部一省。

去在安全部门工作的暴发户做生意。我们俩原来的同事施特菲[1]在不莱梅[2]做摄影师,他告诉迪努应该把这套银器弄到德国去卖,可迪努哪有能力去应付那些复杂的手续。但要是没这样的额外收入,他也将无以为继。那点可怜的退休金简直就是对他的侮辱。

我问起了利维乌·奥布雷扎……他长着一头金发,我曾将之戏称为"饱受折磨的金毛",因为他是那样多愁善感,总被晦涩的焦虑包围着。他的那头金发,浅得几乎都接近白色了,眉毛也淡到看不真切,而那像白化病人似的苍白皮肤,好像娇嫩到连空气都能在上面留下伤痕。愚蠢的政治氛围和工程师的职业饭碗让他觉得自己就像个蠢货,于是他重新蜷缩回了书堆、音乐和艺术之中。后来,他娶了一位同样满头金发又羞涩可人的女学生为妻。他俩没有布加勒斯特的户口,只好在那儿半秘密式地过着隐居生活。不知道是上礼拜在达尔斯书店,还是上周四在里昂的音乐会上,又或是上周二路过图书馆门口的时候,我总觉得自己好像在哪儿见过他。

"利维乌·奥布雷扎!"只听见迪努突然愤愤地大嚷起来。

迪努向来看不惯奥布雷扎那女里女气的嗓音,他觉得我们的这位朋友实在是太柔声细语了。

"自以为是的家伙!他的父亲原是检察官,已经去世了。你还记得他的叔叔吗,他是我们中学的校长,也去世了。现在只留下他老母亲一个人在苏恰瓦。而他居然不陪着自己的母亲,反倒搬去布加勒斯特租房住!奥布雷扎夫妇俩现在还养了两条狗!他们连自己都养不活了,怎么还能照顾好两条狗……"

---

1 人名,Ştefi。
2 地名,Bremen,德国城市。

我一句话也说不上来,他没有向我提出任何问题,我也不知该同他说些什么。是不是可以和他讲讲那位将我"引诱到布加勒斯特"的女孩,过去他常常将这件事挂在嘴边。我年轻时候的这位旧情人自打20世纪70年代初就搬去英国住了。我告诉迪努她给我寄过一张照片。照片上的她和丈夫、孩子们在一起,但夫妻二人最近离婚了。迪努没有理会这个话题。或许是勾起了对我们三人之间的那段纠葛往事的回忆吧,他只是说,自己和那位伦敦女士的妹妹一直保持着联系。

我该问问他对政治局势的看法吗?他很快就回答了我:"蠢猪!他们就是一群蠢猪!"他倒不是在骂现在的执政者,而是在指责前政府,指责伊利埃斯库[1]领导的前执政联盟。他重新为我们斟上酒,这时我发现瑙姆已经坐在那儿打盹了。我起身径直走向洗手间。决定性的时刻到来了,看看厕所是副什么模样!破旧的墙面上老化的油漆正往下脱落。生锈的水管、生锈的马桶管道、老旧的刮胡刀、皱巴巴的毛巾。这厕所说不上脏乱差,但这穷酸样一看就是隐居单身汉住的地方。

我重新回到房间,迪努递上了一张相片。

"你还记得吗?这是我们1953届的毕业班合照,你就在中间。"那些高年级的人是不是喜欢我所以才选中了我?他们所有人我都有印象,但是还能叫出名字的人却不多了。手风琴手勒泽雷亚努[2],胖墩儿黑策尔,他是小提琴手。这位屠夫的儿子在之后左倾右倾的岁月里成了"人民的敌人",后来又跑去以色列做了兽医。还有舒里[3],

---

[1] 人名,Iliescu(1930—),罗马尼亚前总统。
[2] 人名,Lăzăreanu。
[3] 人名,Shury。

他成了加拉加斯[1]的有钱人……看，还有迪努·莫加，穿着白色外套和格子衬衫。在他背后，是孤僻而谦虚的米尔恰·马诺洛维奇[2]，毋庸置疑的获奖者。我看到自己坐在第二排座位中间，绝了，我的手搭在黑策尔肩上，一年前我曾将他逐出劳动青年联合会。我穿着格子衬衫，卷着袖子，厚厚的头发梳得很高，脸上露出了少年时的蠢笑。右边放着一块宣传板，上面写着"伟大的斯大林教育我们……忠诚地服务于……人民的利益……神圣的事业"。

"我想把照片带到纽约去，制作一份放大版的副本，弄完就把原件寄还给你。"他同意了，我把照片放进了钱包。"我有你写的所有书。或许是时候让你在这些书上面写点东西了。"我听见他这么说。真令人意外！他之前从未告诉过我他买过我的书。八本保存完好的书，不知道他是从什么地方翻出来的。他似乎不像以前那样冷漠，但内心的反感和苦痛似乎仍是一触即发。这究竟是数十年来日积月累的结果，还是一个他认为的永不可能的开始？

在旧书橱中，一册册藏书还按熟悉的序列摆放着。那些酒瓶也跟以前一样放得整整齐齐，连旧地毯也没换。看来，那不被理解的人生正寻找着自己的墓志铭。

这只是一次普通的拜访，就跟以前一样，在这里住几天，探望一下父母，重新温习这城市的一切。我要回的地方仿佛不是纽约。我们如往常那样无言而别，浑然不知死亡为何物。"你的同学像是小说中才会出现的一个人物。"我们走下黑暗的楼梯，金头脑对我这么说道，"他就像一具木乃伊，拥有着不惧腐烂的傲慢灵魂。"

---

[1] 地名，Caracas，委内瑞拉首都。
[2] 人名，Mircea Manolovici。

那位记者兼诗人在公园门口等着我们。我们还有些空余时间，可以散步去扎姆卡看看。那里原有座建于13世纪的古老城堡，如今只剩下断壁残垣，不过依然是本地著名的旅游景点之一。小山、森林和古旧的墙垣组成了无人之境的边界，在回到城市之前，你必须先从这里回归你的内心。

下坡路的两边都是整洁的小房子，和以前并无二致。路右侧8号是没有门牌的犹太人社团总部，旁边是幢三层高的公寓楼，我的表亲里梅尔老师，他的妻子和四个孩子以前就住在那儿，现在他们一家都搬到了耶路撒冷。同一侧的20号是栋白色的房子，有着黑色的木瓦屋顶和带有廊柱的门廊，那是阿尔贝特医生的家。左边则是莫加一家的典雅小居，如今卖给了一位来自下个世纪的住客。

我们现在位于斜坡顶，面前恰好是钟楼和亚美尼亚墓园，左转后步行一会儿就是扎姆卡城堡和教堂的墙垣，记者在那里给我们照了相。

我们沿着另一条平行的街道回到了城里，虽然我已经忘了这条路的名称，但还清楚地记得罗密欧和朱丽叶在这里所说的甜言蜜语，那些话不只让他们俩意乱情迷，也让整条路都燃起了激情之火。与此同时，窗边那一双双充满敌意的眼睛正窥视着他们。我们在一座乡村小屋前停了下来，房子是用木瓦盖的，周边围着一圈木栅栏，房顶上竖着块黄字红底的标牌：米哈伊之家，酒吧—咖啡馆，24小时营业。它旁边还有另一块招牌：百事可乐。我们继续顺坡而下。一只白猫在一扇窗户后面用一种怀疑的眼神盯着我们，它长着尖尖的嘴巴，给人一种长舌妇的感觉。

快走到路的尽头了。在抵达高中前，我们看到了一栋装饰奢华的大别墅。

接着，我们就来到了气氛严肃的奥地利式中学：大木门、教师入口、庭院、学生入口、体育馆和篮球场。

我们又回到市中心，路过了书店、公园和旅行社。有一辆公车正等候着乘客。我或许应该回墓园去，回到那个守护我的人身边。她将会对我度过的这一天表示赞许：没错，我去找了劳赫医生，一个正直的好人，他曾经同我们走得很近，这是件好事；我带了一瓶威士忌给犹太社团的秘书，他为我探访墓园提供了便利，以后还会帮忙监督铁栅栏的维修工作，这也很不错；当然，接受当地报纸的采访也是好事一桩，毕竟这是我们的家乡；那个女建筑师没有忘记我们，还把我们记在心里呢。人们没有忘记这一切，我们也不该继续怨恨任何人……那是平凡老年生活中留有的温存，牵系着一切旧日回忆。

在她所有焦虑彷徨的时光里，今天是否算得上是个平静的日子？我愿意相信是这样的：对她来说，这是安稳平和的一天，是同世界握手言和的日子。她可能会好奇地听我讲述最近的事，关于迪努，关于农业银行行长，还有我那搬去伦敦的前女友。我还会给她讲指挥家波茨坦在布加勒斯特成功地办了一场音乐会，我坐火车从布加勒斯特去克鲁日的路上做了一场噩梦。她要是听见了，估计又会唠唠叨叨告诉我要宽容理解，要与人为善……或许，最后还会问她的丈夫移居耶路撒冷后现状如何，我的妻子在纽约又过得怎样。

可是我再也回不去了。墓园已经远去，隐匿在茫茫夜色之中，村民们也各自回家享受属于他们的夜晚，而我在机场大厅里等待着飞机起飞。透过落地窗，我望向远方地平线上的平原和树林。广播里正放着罗马尼亚的民俗音乐，调子同10年、20年乃至30年前都别无两样。

两个小时后，我回到了布加勒斯特洲际酒店 17 层的巴拉达餐厅，今晚这里演奏的是当地民俗音乐，而不是意大利或美国的音乐。这回，我不再是这里唯一的顾客，另一位顾客是英国航空公司的飞行员，我们二人共处于这个金色与红色交织的餐厅中。

回到房间后，我瘫在床上呆呆地望着天花板，试图重温即将过去的这一天。我将手掌贴在床后的墙壁上，黑夜里，这面墙摸起来还是一样的冰凉。

倒数第二天：1997年5月1日，星期四

在新时期的罗马尼亚，人们不再庆祝五一国际劳动节。眼下聚在酒店门口的那一小撮抗议者和过去的大规模集会相比简直是小巫见大巫。那混乱无序、稀稀拉拉的抗议队伍，即兴编造的示威口号和反叛的恶作剧属于国家当下可悲的现实，和它同样悲惨的过去无关。统治者在他领导国家的最后十年里取消了所有"国际"节日，保留下来的节庆都带有浓浓的民族和民族主义者特征，以烘托他无与伦比的伟岸形象。

半个多世纪以前，1945年5月1日，我刚从特兰尼斯特里亚集中营回来不久。当时，我这样一个年仅9岁的小男孩参加了"第一个自由五一节"的庆祝活动。在经历了纳粹统治的噩梦之后，那个春天带来了复兴和自由的希望，我口袋里揣着一本"临时身份证"，它将带我重返祖国，重归家园。我们刚越过边界，雅西的边防警察就接待了我们，并正式授予我们回归证明："兹证明，1945年4月14日，马内阿·马尔库先生及其家人简妮塔、诺曼、鲁蒂正式从

温杰尼—雅西口岸入境遣返回国，目的地为巴亚县弗尔蒂切尼镇库扎·沃达街。"

自然，这份证明里没有提及我们是为何以及被谁"驱逐"，又是如何"遣返回国"的。

回来两个礼拜后，我和父亲一同走在弗尔蒂切尼的大街小巷上，向我们回归的光明前景致敬。

而今已过去半个多世纪，我重新回到这里，目睹了另一个自由的"五一"节，发现一切已大不相同。1945年时赫赫有名的四重奏乐队早已解散，远走他乡成了我们的新常态。只有长眠于苏恰瓦墓园的人无法实现自己离开的愿望，永远地留在了那里，留在了祖国。

今天，我要用探访另一座墓园的方式庆祝劳动节。它不是斯特劳莱什提墓园，在那儿我可以和飞象说说话；也不是贝卢墓园，在那儿我可以同玛丽亚重逢。光阴似箭，留给我的时间不多，死者和幸存者都明白这一点。我要去久尔久的那座墓园，给茄拉的父母和祖父母上坟，向他们倾诉那永远无法传至彼岸的言语。

在阔别十年之后，我也将同老朋友半骑士半瘸腿兔重逢。"如果你爱一个人，那么他离去后的空缺感会比他活着时的存在感更为强烈……你越是去填补这份空缺，就越是难以挣脱心中的孤寂。"诗人在离世前曾写信告诉我这些。穆古尔将物理学上的欧姆定律变成了人性定律。"我满怀着爱和孤独思念着你们。'孩子们，一起来玩儿吧！'街上传来这样的声音。我们还会在一起玩耍吗？"1986年后，纵使我们相隔千山万水，但我们的游戏还是继续着，现在也依然如此。

右手边是墓园的一堵高墙，依然由一个老犹太人守着门。我和金头脑付了入园费，为社团作了一份"贡献"。我们翻看着逝者名录，找到了坟墓的位置信息。

入园通道很长，尽头处有一组诡异的雕塑——一根长着断肢的树干。旁边的一块灰板上用一战后初期风格的白色字体写着："在第二次世界大战期间，法西斯军队侵略并摧毁了苏联境内的犹太人墓地，强迫被囚禁的犹太人干活。成千上万的花岗岩墓碑，它们是真正的艺术品，在这期间或被毁坏，或被法西斯分子运回了自己的国家。在这里展出的墓碑是那场劫难中的遗存物。"

巨大的花岗岩柱体在基座上拔地而起，形成了一根树干，树干上有着一副残缺躯体的断臂。一块石板上用俄语刻着"记者尤利娅·奥西波维奇·沙霍瓦列夫[1]"，旁边一块则刻着"索菲娅·莫伊塞埃瓦·戈尔德[2]。Mir tvoemu, dorogaia mati（愿你安息，亲爱的母亲）"。还有一块白色的纪念碑，建于1947年，上面的铭文写着："谨以此纪念罗马尼亚神圣的犹太殉难者，他们承载圣名，永远安息在黑海的斯特鲁玛号沉船上。"1942年2月24日（5702年），769位受害者乘船前往巴勒斯坦，但这艘船在黑海上航行时被苏联人击沉。如今，大理石体的三个侧面刻满了他们的名字。

我走进了墓园，沉默着坠入云烟往事之中。我看见一个高挑瘦削的男人，有点驼背，快节奏地忙活着，全神贯注于手头的任务。我还看到一个女人，身上散发着与众不同的平和气质，他们是茹拉的父母。近处，一个老妇人在岁月的迷雾中默默无闻地活着，偶尔偷偷倒上一小杯樱桃白兰地，自得其乐。他们终于在这里扎下了根，再也没有人会斥骂他们是"无根无源的外地人、外国人"。现在，他们都已入土长眠，所谓民族的土地、祖国的财产，如今只归属虚空

---

[1] 人名，Iulia Osipovici Sahovalev。
[2] 人名，Sofia Moiseeva Gold。

所有。

我将一只手放在茄拉父亲杰克[1]坟墓的白石碑上,另一只手放在茄拉母亲伊芙琳和祖母托妮[2]合葬的墓碑上。按照如今已化身尘土的祖先们的习惯,我在每块石板上都放上了一颗小石子。透过它,我看到了苏恰瓦的墓地,还有那座在巴德学院等着我的小墓园。

我们回到左边一排,找到了诗人,也就是半骑士半瘸腿兔的坟墓。"再等我一会儿吧,刽子手先生,就一会儿。[3]"我的骑士朋友乘着一个瘸腿的半身幻影,一声声徒劳地哀求着。"火焰太小了,还不如它正燃烧的那本书大。"夹着书的王子惊慌失措,满身大汗,一瘸一拐地重复着这句话。"你可以让自己蒙羞,但必须要满怀激情地去做这件事。"那不知疲倦之人疲惫地轻语着,颤抖不已,仿佛有一把利剑架在脖子上。"你身在何处,恐惧的学徒?你的《圣经》又在哪里?"他跛着脚一跃而出,向我发出疑问,一同出现的还有他那条瘸了腿的黑狗。他又带着兄弟般的亲切感向我诉说自己的秘密:"诗歌是谎言的探测器,它会在哭声中轰然爆炸。"影子和小丑们摘下面具,也卸下了假肢和高跷,旁边闪着磷光的文字整齐地排成了一行:"弗洛林·穆古尔,诗人,1932年—1991年。"除此之外,别无他言。

活着,我还活着,在某一瞬间我还活着,我朝弗洛林·穆古尔的墓石俯下身去,朝苏恰瓦墓园里刻着另一个人名字的墓石俯下身去。她曾说:"要是先去世的那个人是我就好了。没有马尔库的话,我会成为你们的一个累赘。我不好相处,你们会受不了的。我本身就易怒,凡事都喜欢夸大其词,这对你们来说太不好过了。"

---

[1] 人名,Jack。
[2] 人名,Tony。
[3] 原文为法语,Encore un moment, monsieur le bourreau, encore un moment。

的确，那不是一件容易的事。她动不动就惊慌失措，常常夸大其词，很难相处，和她在一起的日子不会好过。"如果你爱一个人，那么他离去后的空缺感会比他活着时的存在感更为强烈。"这个祷告最终灵验了，她的确是第一个去世的，临走时给人留下的巨大空洞感，大到让我们都手足无措。没错，她满足了诗人弗洛林·穆尔古口中所说的那种欧姆定律。是，她为人激动易怒，独断专横得让人受不了，可是她走后留给我们巨大的空缺感却让人更加无法承受。"你和茹拉，你俩要好好照顾你们的父亲。他不像我，从来不会主动要求什么。他那人呀，你们也是知道的，沉默寡言又不善交际，总是独来独往，内心脆弱得很，可容易受伤了。"其实命运一直很眷顾他：父亲这个孤老头子被迫离开家乡后，就被命运送往了神圣之国，然后一直同孤独共处一室。最近，他被遣送进了"阿尔茨海默症"的记忆荒漠。

昨天在墓园，我没来得及同母亲说她丈夫和我妻子的近况。和她的这次重逢太过短暂，话题主要集中在她儿子和她父亲身上。或许对她来说，只有这两个人才算得上是她生命中最重要的男人吧。她的儿子现居纽约巴比伦，而书商阿夫拉姆则被葬于乌克兰某处不知名的树林之中。倘若我现在才离开那座属于往昔的墓园，我一定会再和她讲讲她丈夫的事。

我每年至少会去看父亲一次。每次一看到我，他的眼睛立马就有了神，脸上还会露出灿烂的微笑。我最后一次看望他是在6月的一个周日。那时我爬上二楼，发现起居室的那些幽灵中没有父亲，于是我就去他房间找。我刚打开房门才走到门框那儿，就看见父亲赤身裸体地站在前面，这下我进也不是，退也不是。父亲背对着门，赤裸地站在窗前，一位金发的高个年轻人两手各握毛巾的一头，正帮父亲擦拭身体。地上已经摞了一堆他手里用过扔下的毛巾。这位护工看到了我，朝我笑了笑。我俩认识，一起聊过几次天。他是个德国青年志愿者，来耶路撒冷的养老院帮忙。虽然身材纤瘦，看起来弱不禁风的样子，但无论是工作还是聊天，他都从未表现出疲惫之态。这个小伙子可以在德语、法语和英语之间自如切换，还会一些意第绪文的短语，这样就能让生活在老年巴别塔中的老人们明白他的意思。我们曾用德语一起聊天，现在他亦用德语同父亲沟通，试图让父亲冷静下来。

先前，护士们一直在我这儿夸他勤奋能干、任劳任怨，这下我可算亲眼证实了。这位年轻人全心全意投入到护理工作中。其他护工都受不了的脏活累活，他却干得沉着而细致，日复一日地沉浸其中。只见他俯下身子，一点点仔细地擦洗着父亲身上被排泄物弄脏的每个部位：骨瘦如柴的双臂、皮包骨头的大腿、干瘪发黄的脊背、松弛无力的臀部，还有脆如玻璃的膝盖。德国小伙子细心地擦去这位犹太老人身上的脏东西，好像要从他身上擦去当年纳粹海报中反映的那些污秽偏见！看见此情此景，我没忍心上前打扰，小心翼翼地阖上房门，回到了起居室。半个小时后，父亲微笑着从房里出来。我对他说："今天你迟到了。"他答道："是，我起晚了。"脸上带着一样恍惚的笑容。显然他已经忘了，刚才有位年轻人为他洗去了身上恶臭的秽物，替他拿来干净衣裳并给穿上，然后带他来到了我等候的地方。

9年之后，我终于回到祖国，来到母亲的墓前。因此，在我离开这方属于往昔的墓之前，我必须给耶路撒冷病人的忠贞之妻留下宝贵的信息：最终，父亲从孤独中走了出来，一位德国年轻人想为自己国家正名，正悉心照料着他。父亲过得很好。

最后一天：1997年5月2日，星期五

那影子蹑手蹑脚地在房间里走动，小心翼翼地，生怕吵醒我，却又迫不及待地想要叫醒我，看到我，让我为毫无意义的世界赋予一种意义。不，我不会动，我不会醒来！她终于离开，我也睁开了双眼，克制自己不四处张望，催促自己赶紧清醒过来，为离开做好准备。

10点，玛尔塔打来电话祝我一路顺风，同时还带来了个坏消息：我之前犹豫许久同意让她出版的两本书没能成功申请到赞助。"这个赞助申请怎么可以被拒绝？！我都学着美国人打广告，告诉他们这是罗马尼亚未来的诺贝尔奖获得者！这位获奖者将同他的祖国达成和解！……这些话连我自己都差点相信了。"这位来自克鲁日的朋友补充道。我想起了苏恰瓦的那位记者兼诗人，他曾吹嘘说自己拿到了同一个基金会的资助，有一本诗集不久后就能在英国出版。玛尔塔的消息像是一出节奏缓和的滑稽戏，是我旅途最后的小笑话。

我来到大堂咖啡厅，找了个靠窗的位置坐下来。这是我在祖国

的最后一小时。我翻开蓝色笔记本，读起了那些指引着这次朝圣之旅的引语。汉娜·阿伦特、埃马努埃尔·列维纳斯[1]、保罗·策兰、雅克·德里达，他们所有人都和祖国的语言充满羁绊。在同自己长时间对话之后，我需要听听其他人是怎么说的。我看见，或是没看见，又似是重新看见了旧日回忆的阴影：在位于巴蒂什泰伊街[2]的地毯商店门口，饭店的左侧，我分明看到了老同学利维乌·奥布雷扎，他奇迹般地出现了！

这个金发男人身边是他那满头金发的妻子，他手上牵着两条毛茸茸的大棕狗，甚至都快拉不住它们了。利维乌看起来苍老了许多，头上长了不少白发，但相比起我们这些没有时间和能力变得成熟的人，他又完全不显老相，不过是在暮年时分延续了自己的少年时光。他还是我在50年前认识的那个样子，一个我总能在书店或唱片店邂逅的幽灵。他是这个地方，乃至世上所有地方永恒的存在。一千年以后，我可能还会在这儿重逢那个始终如一的他。

自从回归的第一天起，我就一直期盼着这命中注定的重逢。看啊，最后在这个5月的下午，他被那两条毛茸茸的棕狗拖着出现在我面前。他们四个都在，父亲、母亲和两个急躁的大婴孩，我透过水族箱的玻璃望着他们，啜着那杯意味着告别的咖啡。我好想站起身来，走到街上，赶上利维乌的身影，但时间一分一秒地流逝，瞬间将我吞噬殆尽。

迪努说得对，我心中的困惑得到了解答，也证实了他的说法。

---

[1] 人名，Emmanuel Levinas（1906—1995）。出生于立陶宛，二战后师从犹太导师舒沙泥（Chouchani）研习《塔木德经》（犹太教法典），作品包括《从存在到存在者》《和胡塞尔、海德格尔一起发现存在》《整体与无限：论外在性》等。
[2] 路名，Batiștei。

长毛犬双胞胎——拉凯和马凯真的存在，几秒前我在利维乌身边看到了它们，真的就在几秒前，巴蒂什泰伊街，马盖鲁大道拐角，布加勒斯特洲际饭店旁边！40年前，我、利维乌和迪努试图通过书籍、唱片和少年人的小把戏逃脱令人压抑的紫色时代，这就是我们那会儿走过的路吗？不，那时我们谁都不会想到，在前面等待着我们的是怎样的炼狱岁月。

傻瓜奥古斯特在这趟后世之旅中总是感到畏缩、困窘，甚至有些自闭。但现在，他终于找到了自己的对话者。我灵光乍现，立刻伏在蓝色笔记本上，急匆匆地提笔给拉凯和马凯写信："离开不曾解放我，回归不曾治愈我。我一直都生活在自我人生的羁绊中。"拉凯和马凯才是真正的世界主义者，它们能适应任何地方，明白流亡意味着一笔怎样的财富，它令人惊心动魄，也让人受益良多，世上再无他物能将这两者完美融合。在它们面前，我没有任何应该感到羞愧的理由，此刻我心中激情鼎沸，洋洋洒洒地写下脑海中涌现的话语，记录下心中迸发的无数疑问。我的这趟旅程是无足轻重的吗？正是这种无足轻重感赋予了它合理性吗？过去和未来仅仅是虚无之境愉悦的须臾一瞬？我们的人生只存在于我们自身？流浪的祖国是否也藏在我们的灵魂之中呢？我将自己从试图成为某人某物的负担中解放了出来吗？我终于自由了吗？那只被赶到荒野中的替罪羊真的带走了所有人的罪恶吗？在与世界抗衡时，我又是否站在它的一边呢？

最后，我还是为自己找到了对话人。我伏在餐厅的桌子上或是蜷在去往机场的出租车里奋笔疾书，生怕遗漏了自己这些姗姗来迟但正喷涌而出的灵感。亲爱的拉赫和马赫，这趟不可能的回归并非一场可以被随意忽略的经历，它那无关紧要的性质同其他无数琐碎的事物有着密不可分的联系，而我也不再怨恨任何人。在奥托佩尼机场等候检票的空档，我写下了故事的结尾。我相信我的对话人一定能够读懂：我不会像卡夫卡的甲虫那样，将脑袋完全埋入地里，然后彻底消失不见，我将继续漂泊之旅，像蜗牛那样，坦然接受自己的命运。

飞机从虚无之中起飞，在虚无之中降落，只有那片墓园在原地伫立成了永恒。亘古不变的往昔、更迭轮回的喜剧、蛊惑人心的结局：诸如此般的陈词滥调，傻瓜奥古斯特或许不必经历这场回归的滑稽戏就可以将它们重新悉数体验一遍。

美国再次提供了最合适的转机路线！至少我获得了这样的保证。默念着从波兰诗人那里学来的祈祷方式，我一步一步登上飞机的舷梯。一步一语，一步一词："天堂总好过别处。社会制度稳定，统治者英明。在天堂里，人们过得比哪儿都好。"

我置身于天堂鸟的子宫里，轻声吟诵着那些外来人的叠句。身上的虚空感不断放大，离开地面后的眩晕感也随之不断增强，好像自己突然悬浮在了半空中，置身不确定的某处，只能在不断摇晃中感受对自己的主宰，虚空，在虚空中寻找自我认同。

在踏上跨越大西洋的飞行之旅前，我利用在法兰克福的转机空档抓紧写完了致拉赫和马赫的信。信里提到了我在布加勒斯特最后一个早晨的种种细节、脑袋里盘来转去的纷繁思绪、作为旅客时的心理活动、替罪羊、甲虫、蜗牛壳，还有天堂里外来人的祈祷。无论是在布加勒斯特的洲际酒店里，还是在前往克鲁日的火车上，抑或是现在前往法兰克福的飞机中，这本蓝色笔记本一直是我的最佳旅伴。历经12个日日夜夜后，它上面写满了紧张的话语、歪歪扭扭的字句、划来划去的箭头，还有加密的问题。

没有性格活泼的纽约指挥家相伴左右，这趟回程飞机的滋味和先前来时大不相同。我身旁坐着一位年轻的中国人,他在飞机上的时间似乎可以直接分成两个部分:看电影和睡觉,与之相伴的还有他干涩的鼾声和扭曲的睡相。还好,我提前买了《纽约时报》和《法兰克福汇报》,手头也有个笔记本,可以在上面胡乱记上几笔,百无聊赖地打发时间。可尽管如此,飞机上的时间还是显得格外漫长。在我离目的地愈来愈近时,星星点点的天空上映出这样一句话:"抑郁是体内化学物质失衡的结果,而非性格的缺陷。"这好像是为我打出的欢迎词。当我坐在飞机里,悬浮天空之中时,这句映在苍穹之上的话成了我回归的密码,我满怀感激地再三默念着它。

"我只是想知道你是不是已经平安归来了。我很想你。我们之前在布加勒斯特过得很愉快。"里昂的声音从电话中传来,听得出来他正在前往巴德学院的汽车上。他身旁坐着索尔·S,头上戴着一顶大大的白色鸭舌帽。只见他瘦骨嶙峋的大手中拿着一份地图,正好挡住了眼睛,嘴巴上方的花白胡子肆意地不修边幅,简直长成了一把毛刷。"去盛情街,盛情街。"索尔兴奋地嘀咕着。盛情街、和谐街,和谐和不和谐!盛情街和犀牛街……是的,我已经踏上了归途,正坐在悬浮空中的扶手椅里,摇来晃去。里昂的声音渐渐消失在云层之间,恍惚间,我又看到了他那黑色加长轿车,正朝着塔康尼克公园大道[1]驶去。"我们在布加勒斯特过得很开心,那真是段美妙的时光。"突然,机身一阵晃动,乘客们被从睡梦中惊醒,我也晕得目眩,一时无法恢复同地面的联系。稍过片刻后,飞机又恢复了平稳,没什么晃动,没什么感觉,先前中断的联系又得以重续:"我们在罗马尼亚过得很不错。我跟你说过的吧,福祸相依,在那儿发生在你头

---

[1] 路名,Taconic Parkway。

上的好事,先前看来不都是些糟心事吗。"

这是里昂说的话,还是索尔说的?可能是索尔吧,他知道一个东欧孩子意味着什么。他躲在房间的角落里,父亲和其他男人说着话,母亲换上了旅行的打扮在一旁等待,姐妹摆弄着自己漂亮的头发……不久后,所有人都搬到了美国!……

"你在回家的路上,别忘了!这里才是你的家。是这儿,不是那儿!这是你不幸中的万幸。"这次我确定是里昂的声音。

我打算承认,没错,我在回家路上,准备回到我的蜗牛壳中,还要和他聊聊苏恰瓦的墓园和我准备的新课"流亡与疏离[1]",但他不再听我说话了。这个男人没多少耐心,向来不会和人进行长谈。飞机又一次颠簸起来,我也跟着摇晃不已,感到一阵头晕目眩。我赶紧合上了那本记录着飞象和半骑士半瘸腿兔的蓝色笔记本,将它放在座位后面,以便我能感觉到它就在身边。留着一头金发的乘务小姐走了过来,斜倾着身子问道:

"您想喝点什么吗?"

他们提供葡萄酒、啤酒、果汁和威士忌,我最后要了一杯矿泉水。要依云、巴黎水、阿波利纳里斯还是圣培露[2]?我要了圣培露——属于朝圣者的水。飞机着陆了,我赶忙冲向出口。行李很快就出来了,印度裔的司机启动了出租车,我不一会儿就回到了上西区。长途旅行的疲惫和心头的困惑再次袭来,让人头晕目眩,一时都找不到回家的路。好在无论如何,我终于要回家了,世上任何地方都不如家的天堂。

---

1 原文为英语 Exile and Estrangement。
2 此处品牌分别为 Evian、Perrier、Apolinaris 和 Pellegrino。

刚过晚上9点,我心中的警报突然拉响。我赶紧找出自己的旅行袋,拉开第一层拉链,然后是第二层,绝望地搜寻着。尽管心中已经产生了不祥的预感,但我依然无法接受这场灾难。笔记本!笔记本弄丢了!

我现在才想起了一切:傻瓜奥古斯特在睡梦中胡言乱语,醒来后喝下了灵丹妙药圣培露,接着急匆匆地冲向出口,企图忘却一切赶紧回到家中。然而,蓝色笔记本还留在飞机座位上!

我近乎癫狂地拨通机场的电话,接着又打给汉莎航空公司,得知这架飞机当晚将飞回法兰克福。他们一遍又一遍向我礼貌地保证道:在清理客舱时发现的物品都会被收起来并在晚上进行分类。第二天早上10点左右我就会知道这件珍贵的宝物是否已被找到。在那成堆的报纸、手袋、废纸和垃圾中,是在椅子上,还是在椅子之间?是那一大堆垃圾吗?毕竟这是德国人的飞机,加上我坐的是头等舱,这个等级的客人应当有自己的特权,我对此有足够的信心。

在美国的第一晚对我不怀好意。疲惫、惊慌、怨恨、气愤、虚弱、后悔、内疚、歇斯底里。那些纸可不能丢,我不许它们就这么丢了!

回美国的第一个早晨对我也并不慷慨。10点,令我害怕的情况发生了,11点依然如此。12点,电话那头的人恼怒地跟我重复道,我没有找到失物的希望了,当然,要是发生了奇迹,他们就会把笔记本寄送到我家。

家,当然,指的是我在纽约的地址。是的,上西区,曼哈顿。

INTOARCEREA HULIGANULUI
Copyright ©2003,Norman Manea
All rights reserved
Simplified Chinese edition copyright: 2021 New Star Press Co., Ltd.

图书在版编目（CIP）数据

归来 /（罗）诺曼·马内阿著；徐台杰，莫言译. —— 北京：新星出版社，2021.10
ISBN 978-7-5133-4268-1

Ⅰ. ①归… Ⅱ. ①诺… ②徐… ③莫… Ⅲ. ①自传体小说 - 罗马尼亚 - 现代 Ⅳ. ①I542.45

中国版本图书馆 CIP 数据核字（2020）第 245019 号

归来

[罗马尼亚] 诺曼·马内阿 著；徐台杰　莫言 译

责任编辑：李文彧
责任校对：刘　义
责任印制：李珊珊
封面设计：冷暖儿　unclezoo

出版发行：新星出版社
出 版 人：马汝军
社　　址：北京市西城区车公庄大街丙3号楼　　100044
网　　址：www.newstarpress.com
电　　话：010-88310888
传　　真：010-65270449
法律顾问：北京市岳成律师事务所

读者服务：010-88310811　　service@newstarpress.com
邮购地址：北京市西城区车公庄大街丙3号楼　　100044

印　　刷：北京天恒嘉业印刷有限公司
开　　本：910mm×1230mm　 1/32
印　　张：15.375
字　　数：348千字
版　　次：2021年10月第一版　 2021年10月第一次印刷
书　　号：ISBN 978-7-5133-4268-1
定　　价：89.00元

版权专有，侵权必究；如有质量问题，请与印刷厂联系调换。